SCIENCE FICTION

Herausgegeben
von Wolfgang Jeschke

Von SHADOWRUN® erschienen in der Reihe
HEYNE SCIENCE FICTION & FANTASY:

1. Band:
Jordan K. Weisman (Hrsg.), *Der Weg in die Schatten* · 06/4884

TRILOGIE GEHEIMNISSE DER MACHT

2. Band:
Robert N. Charrette, *Laß ab von Drachen* · 06/4845

3. Band:
Robert N. Charrette, *Wähl deine Feinde mit Bedacht* · 06/4846

4. Band:
Robert N. Charrette, *Such deine eigene Wahrheit* · 06/4847

5. Band:
Nigel Findley, *2 X S* · 06/4983

6. Band:
Chris Kubasik, *Der Wechselbalg* · 06/4984

7. Band:
Robert N. Charrette, *Trau keinem Elf* · 06/4985

8. Band:
Nigel Findley, *Schattenspiele* · 06/5068

9. Band:
Carl Sargent, *Blutige Straßen* · 06/5087 (in Vorb.)

TRILOGIE DEUTSCHLAND IN DEN SCHATTEN

10. Band:
Hans Joachim Alpers, *Das zerrissene Land* · 06/5104 (in Vorb.)

11. Band:
Hans Joachim Alpers, *Die Augen des Riggers* · 06/5105 (in Vorb.)

12. Band:
Hans Joachim Alpers, *Die graue Eminenz* · 06/5106 (in Vorb.)

Liebe Leser,

um Rückfragen zu vermeiden und Ihnen Enttäuschungen zu ersparen: Bei dieser Titelliste handelt es sich um eine Bibliographie und NICHT UM EIN VERZEICHNIS LIEFERBARER BÜCHER. Es ist leider unmöglich, alle Titel ständig lieferbar zu halten. Bitte fordern Sie bei Ihrer Buchhandlung oder beim Verlag ein Verzeichnis der lieferbaren Heyne-Bücher an. Wir bitten Sie um Verständnis.

Wilhelm Heyne Verlag GmbH & Co. KG, Türkenstr. 5–7, Postfach 201204, 80333 München, Abteilung Vertrieb

NIGEL FINDLEY

SCHATTENSPIELE

Achter Band
des
SHADOWRUN™-ZYKLUS

Deutsche Erstausgabe

WILHELM HEYNE VERLAG
MÜNCHEN

HEYNE SCIENCE FICTION & FANTASY
Band 06/5068

Titel der amerikanischen Originalausgabe
SHADOWPLAY
Deutsche Übersetzung von Christian Jentzsch
Das Umschlagbild malte Keith Birdsong
Die Innenillustrationen sind von Earl Geier

5. Auflage

Redaktion: Rainer Michael Rahn
Copyright © 1993 by FASA Corporation
Copyright © 1993 der deutschen Ausgabe und der Übersetzung
by Wilhelm Heyne Verlag GmbH & Co. KG, München
Printed in Germany 1995
Umschlaggestaltung: Atelier Ingrid Schütz, München
Technische Betreuung: Manfred Spinola
Satz: Schaber Satz- und Datentechnik, Wels
Druck und Bindung: Ebner Ulm

ISBN 3-453-07233-2

Inhalt

Prolog
Seite 9

Erster Teil
Vorspiel zum Krieg
Seite 17

Zweiter Teil
Am Scheideweg
Seite 183

Dritter Teil
Über den Rand
Seite 277

Epilog
Seite 427

Glossar
Seite 435

*Für Fraser —
Das hier übertrifft
ja wohl arbeiten,
oder?*

Prolog

Ein Decker, unter Ice begraben. Einer dieser Anblicke, von denen man hofft, sie nie zu Gesicht zu bekommen.

Wissen Sie, alle Decker sind Kameraden. Auf irgendeiner Ebene gibt es ein Band zwischen uns, obwohl wir bei einer bestimmten Sache oder einem Shadowrun auf unterschiedlichen Seiten stehen können. Aber wenn Sie das mal außer acht lassen, gibt es mehr Gemeinsamkeiten zwischen uns als zwischen uns und allen anderen — Ehefrauen, Ehemännern, Geliebten, allen. Ich meine, es gibt uns, die wir den Elektronenhimmel des Cyberspace gesehen haben, die wir durch die Datenkanäle gejagt sind, die wir uns eine virtuelle Realität direkt ins Hirn gestöpselt haben. Und dann gibt es noch die anderen ...

Jedenfalls fühlte ich mich wie Drek, als ich ihn sah. Die Intrusion Countermeasures — das Ice — hatten ihn förmlich zugedeckt. Ich konnte gerade noch sein Icon durch die dunklen, aber durchscheinenden Tentakel erkennen, die sich um ihn gewickelt hatten. Ein silbernes Kind, so sah sein Icon aus. Ein silbernes Kind, das von Monstern verschlungen wurde.

Er starb, das wußte ich. In der wirklichen Welt wäre es nach einem Augenblick vorüber gewesen. In der Matrix hängt sich das Ice an das Decker-Icon und lädt dann sein Signal in das Cyberdeck. Die Filter des Decks werden überladen und jagen das Signal weiter durch die Datenbuchse und direkt ins Hirn des Deckers, Und dann ... Wer weiß? Krämpfe von der Sorte, die stark genug ist, um ihm die Knochen zu brechen. Oder sein Blutdruck steigt so stark an, daß die Gefäße platzen und es zu einer Gehirnblutung kommt. Oder vielleicht hört sein Herz einfach auf zu schlagen, irgendwas in der Art. Biofeedback, es bringt dich so schnell und sicher um wie eine Kugel in den Kopf.

Aber in der Matrix ist die Zeit anders, sie läuft viel

langsamer ab. Ich kann *sehen*, wie es passiert. Ich kann ihn sterben sehen. Und ich kann nicht das kleinste verdammte bißchen dagegen tun.

Ich war in die Seattler Datenspeicher des Yamatetsu-Konzerns gedeckt. Ein leichter Hack, echt. Einfach durch die Kundendienstleitung rein. Yamatetsu vermarktet Telekommunikationssoftware, und eines ihrer besten Verkaufsargumente ist, daß man sein Computersystem nur über die Matrix an ihres anzukoppeln braucht, wenn man irgendwann Ärger mit einem ihrer Produkte hat. Sie beheben alle Fehler direkt über die Leitung, und zwar noch während man den Kram benutzt. Drek, Yamatetsu macht damit sogar die große Reklame, um die Verkäufe anzukurbeln.

Und das sagt mir, daß es eine Verbindung zwischen Yamatetsus Entwicklungssystem und dem lokalen Telekommunikationsgitter geben muß. Nicht wie bei diesen barbarischen Gesellschaften, die sich aus der Matrix ausklinken. Also düse ich über die LTG-Nummer ihres Kundendienstes rein, alles läuft wie geschmiert. Natürlich stoße ich gleich im ersten Knoten auf ein IC. Ein Barrierenprogramm und ein primitives Aufspüren-und-Rösten-IC. Zum Lachen, wie leicht ich durchkomme.

Und dann bin ich in Yamatetsus Entwicklungssystem. Noch ein Knoten, und ich bin im Hauptdatenspeicher des Konzerns. Die Schutzvorrichtungen sind ungefähr gleich, hauptsächlich Barrieren- und Aufspüren-und-Rösten-Programme mit einem Blaster hier und da. Ich komme so mühelos und glatt an ihnen vorbei, daß mich die Konzerndecker nie finden, selbst wenn sie das ganze Netz unter die Lupe nehmen. Ich bin ein Geist.

Und weiter brauchte ich nicht zu kommen. Ich war ausschließlich an den Personalakten interessiert. Mein Auftrag lautete, allen Drek auszugraben, den ich über die leitende Vizepräsidentin, einer Schnalle namens Maria Morgenstern, finden konnte. Natürlich waren die Personalakten mit Primitiv-Ice belegt, und wenn ich eine Millisekunde brauchte, um daran vorbeizukommen, konnte ich nicht ganz auf der Höhe sein.

Ich kopierte die Datei, speicherte sie in den Memory-Chips in meinem Kopf, und das war's. Vertragsverpflichtungen erfüllt. Da hätte ich mich mit allem, hinter dem ich her war, ausstöpseln können.

Aber Sie kennen das ja: Was soll's? Mein Auftrag lautete, bei Morgenstern das Unterste zuoberst zu kehren. Aber hier stand ich im Hauptdatenspeicher eines Konzerns mit 'nem echt soliden Ruf im Telekom-Bereich. Wer weiß, vielleicht konnte ich was abstauben und es auf dem Schattenmarkt verkaufen. Solange ich die Sache nicht völlig verpatzte und das System mit der Nase darauf stieß, daß ich mit ihm Schlitten fuhr, gehörte mir alle zusätzliche Beute, die ich mir unter den Nagel riß, so steht es jedenfalls in meinem Vertrag. Also denk ich mir, ich schieb mal eben zu den Forschungs- und Entwicklungsdateien rüber und seh nach, ob irgendwas dabei ist, das die Mühe lohnt und nicht total mit Ice zugepackt ist. Ich zog mich also aus den Personaldateien zurück, wobei ich unterwegs meine Spuren verwischte...

Und da sah ich den unter Ice begrabenen Decker. Bei meinem letzten Besuch in diesem Knoten war er noch nicht dagewesen, das wußte ich genau, also mußte es wohl so sein, daß er versucht hatte, sich aus einem anderen Knoten abzusetzen. Das schwarze Ice, das ihn jetzt tötete, mußte ihn verfolgt und hier erwischt haben.

Wie ich schon sagte, ich konnte nichts tun, außer zusehen. Die schwarzen Tentakel des Ice waren um seinen perfekten silbernen Körper gewickelt und drückten jetzt zu. Häßliches Zeug, dieses Ice. Der Decker hätte sich ausstöpseln sollen, sobald er es kommen sah. Ich wußte, ich hätte es getan. Ich erkannte es sofort als ein Produkt von Glacier Tech — einem der ›Beltway Bandits‹ aus Provo in der Ute Nation, den besten Ice-Programmierern des ganzen Kontinents.

Aber er hatte sich nicht ausgestöpselt und es offenbar

vorgezogen, hart zu bleiben und es mit dem Ice auszufechten. Keine gute Entscheidung. Selbst Seattles Dekker-Elite hätte einen schweren Stand gegen schwarzes Ice von Glacier Tech gehabt, und das silberne Kind gehörte ganz sicher nicht zur Creme. Wenn er 'n echter Heuler gewesen wäre, hätte ich sein Icon erkannt.

Und da hätte ich abschwirren sollen, entweder weiter zu den Forschungs- und Entwicklungsdateien oder direkt ausstöpseln. Aber ich konnte einfach nicht. Ich gebe zu, es war eine irgendwie krankhafte Faszination, die mich dort festhielt, die Art grausige Neugier, die einen auch dann noch zusehen läßt, wenn es einem den Magen umdreht. Ich blieb auf Distanz und hielt mich in der äußersten Ecke des Knotens, aber ich beobachtete alles.

Und das silberne Kind sah mich. Es richtete seine glänzenden Augen auf mich, und mir war sofort klar, daß es mich als das erkannte, was ich war — kein Teil des Systems, das es tötete, sondern jemand wie es selbst, ein freier Decker. Ein Zuschauer. Er muß außerdem gewußt haben, daß ich ihm nicht helfen konnte. Aber was muß das für ein Gefühl sein, wenn einem jemand beim Sterben zusieht?

Ich wollte mich abwenden und verschwinden, wollte mich aus dem Knoten absetzen und so schnell wie möglich zu den Forschungs- und Entwicklungsdateien düsen, um mich dann eiligst zu verabschieden. Doch in diesem Augenblick bewegte sich der silberne Junge. Irgend etwas war in seiner Hand aufgetaucht, ein Programmkonstrukt, das wie ein goldener Apfel aussah. Trotz der Ice-Tentakel, die ihn zerquetschten, schaffte er es, den Arm zu bewegen und den Apfel in meine Richtung zu werfen.

Für einen Augenblick dachte ich, das Ice würde einfach einen seiner Tentakel ausstrecken und das Konstrukt herunterpflücken. Doch nein, der Apfel segelte auf mich zu, und ich streckte die Hand aus und fing ihn auf.

Kaum hatte mein Icon ihn berührt, wußte ich, daß es eine Datei war. Eine Datei mit einem Haufen Daten, hundert Megapulse oder mehr, trotz der geringen Größe des Konstrukts. Sie war außerdem versiegelt und verschlüsselt. Das spürte ich sofort. War diese Datei das, hinter dem der Decker hergewesen war — was ihn getötet hatte?

Ich warf noch einen letzten Blick auf den sterbenden Decker, doch er war nicht mehr da. Sein Icon war verschwunden, was bedeutete, daß er in der wirklichen Welt — in der Welt, wo sein Körper in ein Cyberdeck eingestöpselt war — so tot war wie ein Stück Fleisch. Und während ich noch die Stelle musterte, wo ich das Icon zuletzt gesehen hatte, entwirrten sich die Tentakel und tasteten sich langsam in meine Richtung vor.

Ich erwog kurz, trotzdem noch einen Abstecher zu den Forschungsdateien zu machen — wenn ich schnell genug war, konnte ich einen Vorsprung herausholen, der groß genug war, um es zu schaffen —, entschied mich dann jedoch dagegen. Das Ice hatte das silberne Kind erwischt und das Leben aus ihm herausgequetscht. Ich war nicht bereit, mich von ihm ebenso zurichten zu lassen.

Manchmal ist Vorsicht der bessere Teil der Tapferkeit, und so weiter. Ich stöpselte mich aus.

ERSTER TEIL

Vorspiel zum Krieg

1

9. November 2053, 2025 Uhr

Sly lehnte sich auf ihrem Stuhl zurück. Der kleine Decker, dessen Gesicht den Vidschirm ihres Telekoms füllte — Louis war sein Name —, hatte seine Geschichte soeben beendet. Seine Stimme war so unpersönlich wie eh und je, sein Gesicht gleichermaßen ausdruckslos. Doch seiner Körpersprache und einem Unterton in seiner Stimme konnte Sly entnehmen, daß es ihn emotional ziemlich mitgenommen hatte, den anderen Decker im Ice sterben zu sehen.

Und wen würde das nicht mitnehmen, dachte sie. Auf schwarzes Ice zu stoßen — davon getötet zu werden —, war eine häßliche Realität der Deckerwelt. Jedesmal, wenn ein Decker seinen Verstand aufs Spiel setzte und sich in die weltumspannende Computermatrix einstöpselte, riskierte er, einem Intrusion Countermeasure-Programm zu begegnen, das ganz einfach zu gut für ihn war. Riskierte er, daß sein Hirn gegrillt — ›eingemacht‹, wie es im augenblicklich aktuellen Deckerjargon hieß — oder er durch irgendein tödliches Biofeedback umgelegt wurde. Das war schlicht und einfach völlig alltäglich, nicht bemerkenswerter als die Risiken, welche ein Magier einging, wenn er einen mächtigen Elementar beschwor, oder die eines Straßensamurai, der für eine heiße Zielscheibe den Leibwächter spielte. Unter Deckern gehörte es sich nicht, über Ice zu reden, außer in technischer Hinsicht, oder wenn Kriegserzählungen zum besten gegeben wurden und man über bedeutende Fischzüge prahlte. Dabei spielte es keine Rolle, daß Sly kein Decker mehr war. Das Protokoll änderte sich nie.

Die Tatsache, daß Louis den Tod des silbernen Kindes

so detailliert beschrieben hatte, verriet, wie sehr er ihn bestürzte.

Natürlich verstand sie, warum. Für die meisten Dekker war der Tod durch Ice etwas, das ›hinter der Bühne‹ geschah. Wenn man selbst gegeekt wurde, lief man ja nicht mehr durch die Gegend, um es herumzuerzählen. Und wenn es jemand anders erwischte — Decken war eine äußerst einsame Beschäftigung —, hörte man erst viel später davon, wenn sich der Pechvogel nicht mehr in seinen bevorzugten Läden und Schlupfwinkeln sehen ließ. Es tatsächlich geschehen zu sehen und zu wissen, daß man nichts dagegen tun konnte ... Sly unterdrückte ein Schaudern. Sie hatte sich gegen die meisten häßlichen Details des Lebens und Sterbens in der Erwachten Welt verhärtet, doch wenn sie das Icon eines anderen Deckers in der tödlichen Umschlingung von schwarzem Ice gesehen hätte, wäre sie ebenfalls ziemlich erschüttert gewesen.

Sharon Louise Young — Straßenname ›Sly‹ — war sorgfältig darauf bedacht, ebenfalls eine vollkommen ausdruckslose Miene zu bewahren. Schwäche zu zeigen, gehörte ebenfalls nicht zum Protokoll, besonders dann nicht, wenn man sich gerade mit jemandem unterhielt, den man für einen Job angeheuert hatte und wahrscheinlich wieder anheuern würde. Ein Teil des Spiels, ein ›Mr. Johnson‹ zu sein — jemand, der Shadowrunner für Unternehmen in den finsteren Nischen der Gesellschaft anheuerte —, bestand darin, eine eiskalte Fassade aufrechtzuerhalten. (Was natürlich nicht immer möglich, aber grundsätzlich erstrebenswert war.) Sie rutschte ein wenig auf ihrem Stuhl herum in dem Versuch, bequemer zu sitzen, und streckte sich dann, um eine leichte Verspannung im Rücken loszuwerden.

Die Schmerzen entlockten ihr ein mißmutiges Stirnrunzeln, das sie jedoch rasch von ihrem Gesicht verscheuchte. Sly wußte, daß sie nicht mehr so jung war, doch warum mußte sie ihr Körper andauernd an diese häßliche Tatsache erinnern? Sie hielt ihre große, schlanke Gestalt und ihren Muskeltonus mit täglichen Übungen gut in Form. Sie war immer noch so stark und schnell wie eh und je — oder zumindest redete sie sich das ein. Doch es ließ sich nicht leugnen, daß sie bereits dreiunddreißig war, nein, *vier*unddreißig: Sie hatte erst vor zwei Wochen Geburtstag gehabt. Hartes Training — oder ein besonders anstrengender Shadowrun — verursachte ihr immer öfter Rückenschmerzen. Und ihr linkes Knie, das sie sich vor Jahren zertrümmert hatte, als sie in einem Haus auf dem Weg nach unten die Abkürzung durch ein Fenster im vierten Stock nahm, neigte dazu zu pochen, wenn es regnete. Was in Seattle natürlich praktisch ständig der Fall war. Kurz gesagt, sie schaffte immer noch all das, was sie vor fünfzehn Jahren gekonnt hatte — und ihre reiche Erfahrung machte sie *viel* tüchtiger als damals mit neunzehn —, aber es ließ sich nicht leugnen, daß es immer länger dauerte, sich anschließend von den Strapazen zu erholen.

Sly wußte, daß sie immer noch attraktiv war. Haare und Haut waren dunkel, und sie besaß scharf umrissene Wangenknochen — ein Vermächtnis der Nootka-Abstammung ihres Großvaters. Im Gegensatz dazu waren ihre Augen hellgrün dank des irischen Blutes ihres ›männlichen biologischen Spenders‹ — sie weigerte sich, den verfluchten Bastard als ihren Vater zu bezeichnen. Der Gesamteindruck war, das wußte sie, ungewöhnlich, und eine für eine statistisch relevante Erhebung ausreichende Anzahl von Männern hatte ihr gesagt, daß sie verführerisch aussah. Sicher, sie hatte ein paar Narben. Welcher Shadowrunner hatte die nicht? Aber die meisten befanden sich an Stellen, die nur besonders enge Freunde je zu Gesicht bekamen. Ihr Gesicht wies einen einzigen Schönheitsfehler auf — eine kurze weiße Narbe, die ihre rechte Augenbraue halbierte, das Andenken an einen Granatsplitter —, doch diese Blessur war weit davon entfernt, es zu entstellen ...

Sie würgte diesen Gedankengang rücksichtslos ab. Zeitverschwendung, schalt sie sich. Erst die Arbeit, dann die Eitelkeit.

Das Gesicht von Louis dem Decker war immer noch auf dem Schirm. »Also hast du die Daten über Morgenstern?« fragte sie.

»Das sagte ich doch, oder nicht?«

Sly mochte Louis nicht. Nicht nur sein Benehmen, seine gesamte Erscheinung störte sie auf einer fundamentalen Ebene. Er war ein Trisomie 11. Aufgrund irgendeiner Laune der Zellteilung hatte entweder das Spermium seines Vaters oder die Eizelle seiner Mutter *zwei* Ausgaben von Chromosom 11 enthalten, also nicht die übliche eine, was bedeutete, daß die Zygote — die befruchtete Eizelle —, aus der später einmal Louis der Decker werden sollte, *drei* Ausgaben von Chromosom 11 anstatt der üblichen zwei in sich trug. Trisomie 11 war eine seltene, doch durchaus erforschte genetische Abnormität, die eine ganze Reihe körperlicher Beeinträchtigungen mit sich brachte: Gehemmtes Wachstum, ein schwaches Herzgefäßsystem, begrenzte motorische Koordination und einen Phänotypus, eine äußere Erscheinung, die Sly unangenehm an eine antropomorphe Schnecke erinnerte. Sie führte auch zu geistigen Beeinträchtigungen. Das Gehirn eines an Trisomie 11 Leidenden war ganz allgemein unfähig, sich um die wichtigen Dinge in seiner Umgebung zu kümmern, unfähig, das Signal — das, worauf sich die Person konzentrieren wollte — aus dem ›Hintergrundrauschen‹, d. h. allem anderen, was auf die Sinne einwirkte, herauszufiltern. Dies führte gewöhnlich zu einem Stillstand der geistigen Entwicklung des Betroffenen auf einer Stufe, die nicht viel höher als die eines Neugeborenen lag.

Natürlich war das nicht mit Louis geschehen. Seine Eltern, die beängstigend reich waren, hatten schon vor der Geburt von seiner genetischen Abnormität gewußt und sich dem Problem auf die einzige ihnen bekannte

Weise genähert: Mit Geld. Praktisch sofort nach seiner Geburt und lange, bevor sich seine Schädelknochen zur normalen Konsistenz verhärteten, hatten sie eine winzige Datenbuchse in Louis' Säuglingsschädel implantieren lassen. Spezialisten hatten diese Datenbuchse an ein Netz hochentwickelter Computer angeschlossen, das seinen Verstand mit einer virtuellen Realität — ähnlich, aber nicht identisch mit der konsensuellen Halluzination, die in der Matrix ›Leben‹ war — fütterte. Die Computer ›empfingen‹ die Welt durch Mikrophone und Trideokameras und behoben auf elektronische Weise das Problem der Aufmerksamkeit und Unterscheidung zwischen ›Signal‹ und ›Rauschen‹, die Louis' eigenes Hirn nicht hätte leisten können. Mit dieser elektronischen Hilfe hatte Louis es geschafft, die geistigen Beeinträchtigungen zu vermeiden, die typisch für andere Trisomie 11-Geschädigte waren. Tatsächlich hatten sich seine geistigen Fähigkeiten wahrscheinlich noch schneller entwickelt als bei einem normalen Kind.

Damals, vor ungefähr achtzehn Jahren, war Louis zu einer Art Medienliebling geworden. Das Trideo hatte ihm mehrere Sendungen gewidmet, und Forscher hatten Dutzende von Arbeiten über seine Fortschritte und die philosophischen Fragen veröffentlicht, die dadurch aufgeworfen wurden. Die meisten Leute, welche die Shows gesehen oder die Literatur überflogen hatten, begriffen eigentlich gar nicht, was wirklich vorging. Durch gelegentliche Wiederholungen von Louis' Geschichte in den Realityshows wurden die Tatsachen solange ausgeschmückt, bis daraus eine Art urbaner Mythos geworden war: »Kind wächst in der Matrix auf.« (Sly waren Gerüchte zu Ohren gekommen, daß es tatsächlich Kinder gab, die ausschließlich in der Matrix aufgezogen wurden. Aber genaugenommen gehörte Louis nicht dazu.)

Schließlich hatte Louis den Sprung in die richtige Matrix geschafft und seine Fähigkeiten als Decker entwikkelt. Trotzdem war er immer noch ein Trisomie 11. Ohne extreme medizinische Eingriffe — die wiederum von seinen Eltern bezahlt wurden — wären sein Herz am Ende gewesen und sein gesamtes Herzgefäßsystem zusammengebrochen, bevor er fünfzehn war. Er war immer noch auf eine beträchtliche Computerunterstützung angewiesen (die jetzt direkt in seinen kleinen Schädel implantiert war), um seine Aufmerksamkeit richtig fokussieren zu können. Und sein einziges Interface mit der wirklichen Welt bestand aus einer klobigen Brille auf seinem platten Gesicht, die aus Miniaturvideokameras und Stereomikrofonen bestand und in seine Datenbuchse eingestöpselt war. Körperlich war er schwerbehindert. Er verbrachte sein ganzes Leben in einem Lebenserhaltungsrollstuhl, den er mental durch ein modifiziertes Fahrzeugkontrollrig steuerte.

Obendrein hatte das alles zu einer tiefsitzenden Matrixsucht geführt. Nur, wenn er eingestöpselt war und sich in der elektronischen Umgebung des Cyberspace befand, lebte er wahrhaftig. Er hatte Sly einmal erzählt, daß für ihn die Zeit, in der er nicht deckte, nur Wartezeit war.

Sly betrachtete Louis' kleines häßliches Gesicht auf ihrem Telekomschirm, wobei sie sich beherrschen mußte, sich ihre Abscheu nicht anmerken zu lassen. Es spielte keine Rolle, daß sie sein Äußeres abstoßend und seine Persönlichkeit — die, wie vorauszusehen, durch seine Krankheit und seine besondere Art des Aufwachsens verdreht war — noch schlimmer fand. Er war ein brandheißer Decker, das konnte niemand abstreiten.

Meistens arbeitete er als ›freier Mitarbeiter‹ für viele Seattler Konzerne. Aber er hatte immer noch genug Zeit übrig, um Schattenarbeit für Leute zu übernehmen, die er mochte. Und Sly mochte er — aus welchen Gründen auch immer. Seitdem sie selbst nicht mehr aktiv als Decker tätig war, hatte sie ihn im Laufe der vergangenen Jahre mehr als ein dutzendmal angeheuert. Natürlich nie für wirklich heikle Dinge: So sehr traute sie ihm einfach nicht. Für wirklich kritische Projekte bevorzugte sie andere Decker, die vielleicht nicht so befähigt waren wie Louis, aber eben doch gut genug.

Sie seufzte. »Tut mir leid, Louis«, sagte sie. »Du hast recht. Natürlich hast du die Daten. Bereit zum Transfer?«

Er bedachte sie mit einem schlafflippigen Lächeln. »Du hast's erfaßt. Bereit zum Empfang?«

Sie drückte auf die entsprechenden Tasten ihres Telekoms und öffnete damit eine Empfangsdatei. Als sie ihm das Startzeichen gab, jagte er den Inhalt von Maria Morgensterns Personalakte durch die Leitung. Sly öffnete ein zweites Fenster auf dem Schirm und sah zufrieden zu, wie es sich mit Text füllte. Gut, er hatte alles. Das war ein Vorteil bei Louis, er war immer gründlich. Keine unvollständigen Dateien, keine verstümmelten Daten. Zweifellos hatte er die Datei bereits durchgesehen und alle Fehler korrigiert, die sich eingeschlichen haben mochten.

Als das Telekom summte, um das Ende der Übertragung anzuzeigen, schloß sie die Empfangsdatei und das Datenfenster. »Ich hab's«, sagte sie. »Eingelesen und abgespeichert. Bereit zum Empfang der Bezahlung?«

Er antwortete nicht, aber ihr Bildschirm zeigte an, daß sein System bereits auf Kredittransfer eingestellt war. Es dauerte weniger als eine Sekunde — *eintausend Nuyen, einfach nur so. Na ja, wie gewonnen, so zerronnen.* »Ist mir immer ein Vergnügen, Geschäfte mit dir zu machen«, sagte er kichernd. »Wie wär's denn zur Abwechslung mal mit dem Geschäft, sich ein Vergnügen mit dir zu machen?«

Sie starrte ihn in dem Wissen an, daß ihr der Schock ins Gesicht geschrieben stand. Das konnte er doch unmöglich ernst meinen, oder? Bei jedem anderen wäre das eine ziemlich aufdringliche Anmachmasche gewesen. Aber nicht bei Louis, dessen verkümmerter und kindlicher Körper zu nichts in der Lage war, das auch nur im entferntesten mit Sex zu tun hatte. *Oder?*

Er lachte, ein groteskes, blubberndes Geräusch, und ein Tropfen Speichel lief ihm das Kinn herab. »Erwischt«, krähte er. »Fünf Punkte dafür. Ach, arme Sly, immer noch keinen Sinn für Humor.«

Humor? Sie musterte den schneckenähnlichen Decker mit Abscheu. »Ja, Louis, du hast mich erwischt.« Sie streckte die Hand aus, um die Verbindung zu unterbrechen.

»Hey, warte.«

Sie zog den Finger zurück.

»Was ist mit der anderen Datei?«

»Mit welcher Datei?«

Er schüttelte den Kopf. »Mit der Datei, die ich von dem sterbenden Decker habe«, sagte er langsam und deutlich, als unterhalte er sich mit einem unheilbaren Idioten. »Mit der Datei, die er mir vor seinem Tod gegeben hat. Willst du sie?«

»Willst *du* sie nicht?«

Er schüttelte erneut den Kopf, diesmal äußerst vehement. »*Nein*«, schnappte er. »Nein, ich will sie nicht. Bringt Pech. Schlechtes Karma.«

Zum hundertsten — oder war es das tausendste — Mal wunderte sich Sly über den seltsamen Aberglauben, den so viele Decker mit sich herumzuschleppen schienen. Wie konnten sich Leute, die ausschließlich mit harter, kalter Technologie zu tun hatten, so viele Sorgen über einen Hokuspokus wie ›schlechtes Karma‹ machen?

Und das betraf nicht nur Louis. So ungefähr jeder Decker, den sie kannte, praktizierte irgendein besonderes Glücksritual oder trug den einen oder anderen Talisman als Glücksbringer bei Matrixruns. (Slys rechte Hand tastete zu dem Beutel an ihrem Gürtel, in dem sie ihre Hasenpfote aufbewahrte — eine *echte* Hasenpfote, nicht irgendein Fetzen, der aus synthetischem Fell zusammengeschustert worden war —, die sie auf Shadowruns immer als Glücksbringer bei sich trug. Sie spürte einen kurzen Anflug von Schuldbewußtsein, weil sie urteilte. Aber dies ist doch etwas anderes, dachte sie. Oder nicht?)

»Du kannst die Datei haben«, sagte Louis. »Umsonst, als Bonus. Drek, vielleicht hat sie sogar einen Wert für dich.«

Sie zögerte. »Du sagtest, sie sei verschlüsselt. Hast du den Code geknackt?«

Er schüttelte wiederum den Kopf, wobei er sich jetzt ziemlich unbehaglich zu fühlen schien. »Nein«, bellte er. Mit einer sichtbaren Anstrengung brachte sich Louis wieder unter Kontrolle. »Nein«, sagte er etwas ruhiger. »Ich hab sie nicht angerührt. Mach dich zum Empfang bereit. Es geht los.«

Sly öffnete eiligst eine andere Empfangsdatei — gerade noch rechtzeitig, um die Datenflut aufzufangen, die in ihren Computer rauschte. Wiederum öffnete sie ein Fenster auf dem Bildschirm, um mitanzusehen, was sie bekam. Doch diesmal füllte sich das Fenster anstatt mit ordentlichen Textzeilen mit entstellten Zeichen — Buchstaben und Zahlen, die mit geheimnisvoll aussehenden Grafikzeichen vermischt waren.

Die Übertragung dauerte ein paar Sekunden, was bedeutete, daß es sich um eine große Datei handelte. Sie überprüfte die Statuszeile am unteren Schirmrand. Über hundert Megapulse an Daten.

Als die Übertragung beendet war, schloß sie die Datei. »Danke, Louis«, sagte sie nüchtern.

Er zuckte die Achseln. »Wenn sie nichts wert ist, lösch sie einfach«, sagte er. »Sie gehört dir, mach damit, was du willst. Ich hab nicht mal 'ne Kopie behalten.«

Was natürlich bedeutete, daß er von der Morgenstern-Datei eine Kopie behalten *hatte*. Aber das war schon in Ordnung. Die meisten Decker behielten Kopien der Dateien, die sie ›befreiten‹. Dabei handelte es sich um eine Art Basisversicherung gegen alle Mr. Johnsons, die an das alte Sprichwort von den Toten, die nicht reden, glaubten. Sly rechnete damit. »Okay, Louis.« Wieder streckte sie die Hand aus, um die Verbindung zu unterbrechen.

»Wir sehen uns, Sly«, sagte der Decker. Und dann grinste er wieder. »Und wenn du meinen anderen Vorschlag in Erwägung ziehen solltest...« Aber sie schaltete ihn ab, bevor er den Satz beenden konnte.

Sie reckte sich erneut und spürte, wie der Wirbel im unteren Rückgrat wieder an seinen Platz schnappte. Zum Teufel mit dem Altwerden, dachte sie grimmig. Seattle, genauer gesagt die Schatten, die sie in den vergangenen dreizehn Jahren frequentiert hatte, waren einfach nicht der richtige Ort für jemanden in ihrem Alter. Sie sah auf das Hologramm, das auf die graue Wand über das Telekom geklebt war. Ein weißer Sandstrand, grüner Ozean, azurblauer Himmel. Irgendwo in der Karibischen Liga, aber sie wußte nicht genau, wo. Ja, *dort* sollte sie sein, an einem Ort, wo Kälte und Feuchtigkeit ihr Knie nicht beeinträchtigen konnten. Genau, es wurde höchste Zeit, sich zur Ruhe zu setzen.

Aber um sich zur Ruhe zu setzen, braucht es Nuyen, machte sie sich klar, einen Haufen Nuyen. Sie erwog, ihren Kontostand aufzurufen, entschied sich dann jedoch dagegen. Zu deprimierend. Die meisten Runner verpulverten ihre Nuyen für einen hohen Lebensstandard und Partys, aber sie hatte es sich zur Gewohnheit gemacht, soviel wie möglich zu bunkern. Ihrer Schätzung nach besaß sie im Moment ungefähr siebzigtausend Nuyen. Ganz nett, aber weit von dem entfernt, was sie als ›Leckmichkohle‹ bezeichnete — die Summe, die sie benötigte, um sich endgültig aus Seattle zu verabschieden und sich in die Karibik abzusetzen. Sie brauchte noch ein paar gute Jobs oder vielleicht einen richtigen Volltreffer. Ich muß einen Riesendeal landen, dachte sie niedergeschlagen.

Sie warf einen Blick auf den Telekomschirm. Das Fenster war immer noch geöffnet und mit dem verschlüsselten Text ausgefüllt. Vielleicht ist die Datei wertvoll, sann sie, um dann lächelnd den Kopf zu schütteln. Wunschdenken. Mit Wunschdenken macht man kein Geld, es macht einen nur tot. Wahrscheinlich enthielt die Datei Daten, die für den Yamatetsu-Konzern, der sie verschlüsselt hatte, wertvoll, aber für alle anderen wertlos waren.

Ihre Uhr piepte. Zeit, sich mit dem Johnson zu treffen, der sie angeheuert hatte, und ihm den Drek über Morgenstern zu übergeben. Der Run, den sie einfach an Louis untervergeben hatte, würde ihr um die zehntausend Nuyen einbringen, von denen sie vielleicht die Hälfte auf die hohe Kante legen konnte. Besser als gar nichts, aber immer noch keine ›Leckmichkohle‹.

Sie schloß das Datenfenster und schaltete den Schirm aus. Die verschlüsselte Datei kopierte sie auf einen Lesechip. Sie lief ihr nicht weg. Wenn sie etwas mehr Zeit hatte, konnte sie vielleicht herausbekommen, um was es sich dabei handelte. Falls sie sich jemals dazu aufraffen konnte.

2

12. November 2053, 2005 Uhr

Die Gasse war dunkel und ekelhaft, wie es nur eine Gasse in der Nähe der Seattler Docks sein konnte. Im Moment leer, doch Falcon wußte, daß dieser Zustand nicht lange anhalten würde. Die Disassembler waren hinter ihm her. Er hatte ein wenig Vorsprung gewonnen, aber sie waren ihm immer noch dicht auf den Fersen, und es war nicht anzunehmen, daß sie aufgaben. Jeden Augenblick konnte ein in den grauen und weißen Farben ihrer Gang gekleideter Trupp hinter ihm in die Gasse gestampft kommen.

Die feuchtkalte Luft schien seine Kehle zu versengen, und seine rechte Seite fühlte sich an, als habe ihm jemand ein Stilett in die Rippen gejagt und drehe es jetzt spielerisch in der Wunde um. Seine Beine waren bleischwer, und er konnte kaum noch spüren, wie seine Füße beim Rennen auf den Asphalt schlugen. Keine nützlichen Sinneswahrnehmungen — zum Beispiel, ob er sich auf trockenem Untergrund bewegte oder durch öligen Schlamm pflügte, auf dem er Gefahr lief, sich auf die Nase zu legen —, aber das Brennen in seinen Schenkeln wollte einfach nicht verschwinden. »Ich dachte, Taubheit bedeutet, keinen Schmerz zu spüren«, brummte er mit zusammengebissenen Zähnen vor sich hin.

Falcon hatte die Gasse zur Hälfte hinter sich gebracht und schleppte sich mit den torkelnden Bewegungen eines Betrunkenen weiter. Er war ein guter Läufer, eine Tatsache, auf die er ziemlich stolz war, und sofort losgerannt wie ein flinkfüßiger Geist, kaum daß er über die Disassembler gestolpert war.

Das war natürlich vor vielen Blocks gewesen, viele Gassen hinter ihm. Wenn sich jemand wie er, jung und in guter Form, so erledigt fühlte, mußte sich ein Haufen fetter, schwerfälliger Trolle — alle *alt*, mindestens zwanzig — längst am Boden krümmen und das Abendessen in den Rinnstein kotzen.

Doch nein, den heiseren Schreien hinter sich hatte er entnommen, daß der ursprüngliche Haufen Disassembler Hilfe herbeigerufen haben mußte. Vielleicht waren die ersten sechs damit beschäftigt, ihren Magen zu leeren, aber sie hatten Freunde, die sich der Verfolgungsjagd später angeschlossen hatten.

Gott, tut das weh, dachte er. Würde es weniger weh tun, wenn er einfach stehenblieb, hinter einem Müllcontainer zusammenbrach und sich von den Disassemblern fangen ließ? Sie würden den Drek aus ihm herausprügeln, ihn durch die Mangel drehen, bis er aus sämtlichen Körperöffnungen blutete. Aber sie würden ihn wahrscheinlich nicht umbringen. Seine Gang, die First Nation, befand sich nicht offiziell mit den Disassemblern im Krieg, jedenfalls nicht im Moment. Und er hatte weder seine Farben noch eine Waffe getragen, als sie ihn entdeckten. Er war nicht in Sachen Gang unterwegs gewesen, sondern lediglich rausgegangen, um ein paar Stuffer zu klauen, damit er sich den leeren Magen füllen konnte. Nur verdammtes Pech, daß ihn einer der Trolle erkannt hatte.

Also, kein Krieg, und er hatte auch nicht den potentiell tödlichen Fehler begangen, im Revier einer rivalisierenden Gang die Farben seiner eigenen Gang zu tragen. Das bedeutete, wenn sie ihn erwischten, waren sie *wahrscheinlich* damit zufrieden, ihm eine Abreibung zu verpassen. Und wenn sein Pech nicht anhielt, würde er während der Festivitäten sowieso die meiste Zeit bewußtlos sein ...

Aber das wäre feige gewesen, und wenn Dennis Falk — ›Falcon‹ für seine Chummer auf der Straße — überhaupt etwas war, dann auf jeden Fall kein Feigling. Er zwang seine Beine zu einer neuerlichen Tempoverschärfung, wobei er die schmerzgequälten Schreie seiner Muskeln ignorierte.

Die Gasse endete und entließ ihn auf eine schmale Straße, die parallel zum Hafenbecken verlief. Er stand unter dem großen Alaska Way-Viadukt. Über ihm rauschte selbst zu dieser späten Stunde, kurz nach drei am Morgen, der Verkehrslärm dahin. Er bog scharf nach rechts ab und erwog, sich hinter einem weiteren Müllcontainer einfach an die Wand zu drücken und abzuwarten, daß die Disassembler an ihm vorbeirannten, verwarf die Idee jedoch. Er konnte in Erwägung ziehen, sich mit der Abreibung abzufinden, einfach anzuhalten und zu hoffen, daß die Trolle ihn übersahen, aber er hatte zu verdammt viel Angst. Und bei allen Geistern und Totems, er hatte auch das Recht, Angst zu haben. Welcher Fünfzehnjährige hatte keine Angst, wenn ihm ein Haufen Trolle auf den Fersen war?

Er riskierte einen raschen Schulterblick. Sein schweißdurchtränktes, langes schwarzes Haar fiel ihm in die Augen und blendete ihn für einen Moment. Dann trat sein rechter Fuß auf irgend etwas, etwas, das rollte und ihn aus dem Gleichgewicht brachte. Er stieß einen entsetzten Schrei aus, kämpfte um die Balance. Schmerzen — scharf und brennend — schossen durch seinen linken Knöchel. Irgendwie schaffte er es, auf den Beinen zu bleiben, rannte noch einen Schritt weiter...

Falcon schrie gequält auf, als sein gesamtes Körpergewicht auf dem linken Knöchel ruhte, und es war, als versuche einer der Disassembler bereits, ihm den Fuß abzureißen. Er fiel nach vorne und schlug hart auf das Pflaster. Der rauhe Asphalt schürfte ihm die Handflächen auf und zerriß die Knie seiner Jeans.

Vor Angst und Schmerzen schluchzend, zwang er sich zum Aufstehen, testete den Knöchel noch einmal. Der Schmerz darin, der sich wie geschmolzenes Blei anfühlte, war so groß, daß ihm einen Moment lang schwarz vor Augen wurde. Gebrochen? Er glaubte es nicht, aber es spielte nicht wirklich eine Rolle. Er konnte so oder so nicht weiterlaufen.

Falcon sah sich verzweifelt nach einer Deckung um, nach einem Platz, an dem er sich verstecken konnte. In den umliegenden Gebäuden waren Türen, aber er wußte, daß sie abgeschlossen waren. (Wer würde die Türen in der Nähe der Docks nachts *nicht* abschließen?) Und natürlich war da ein kleines Stück weiter rechts von ihm der Müllcontainer.

Die Idee, sich dahinter zu verstecken, kam ihm längst nicht mehr so gut vor. Aber sich *darin* zu verstecken...

Der Rand des Müllcontainers lag so hoch, daß Falcon nicht sehen konnte, was sich darin befand, aber er *roch* auf jeden Fall voll. Der große Metalldeckel stand offen und war gegen die Hauswand gelehnt. Einmal darin, sollte es nicht allzu schwierig sein, ihn zuzuziehen. Und dann konnte er nur noch hoffen, daß die Disassembler nicht allzu gründlich vorgingen.

Aber er mußte sich beeilen. Er konnte bereits heisere Wutschreie und das Trampeln rennender Füße hören. Ihm blieben nur noch Sekunden — wenn überhaupt —, bevor die Trolle um die Ecke biegen und ihn sehen würden.

Es war gar nicht so leicht, mit einem verstauchten Knöchel in den Container zu klettern, aber die Angst spornte ihn an. Als er sich hineinfallen ließ, traf ihn der Gestank wie ein Schlag in den Magen: Saure Milch, Urin, verfaultes Gemüse und, ganz stark, verwesendes Fleisch. Er war froh, daß es zu dunkel war, um sehen zu können, worauf er lag. Allein bei der Vorstellung wurde ihm schon schlecht. Er stand auf, wobei er mit Mühe das Gleichgewicht auf dem schwankenden Abfall hielt, packte den Metalldeckel und zog. Die rostigen Scharniere quietschten — *ach, ihr Geister und Totems, was ist, wenn das die Trolle hören?* —, aber der Deckel bewegte sich. Falcon mußte seine ganze Kraft einsetzen, um den überraschend schweren Deckel langsam zu schließen und nicht einfach zuknallen zu lassen. Die Scharniere blockierten, bevor er ganz unten war, so daß zwischen Deckel und Container ein Spalt von der Größe seiner Handfläche frei blieb. Doch das war sogar ganz gut. Es bedeutete, daß er beobachten konnte, was draußen vorging, während die Disassembler ihn erst entdecken würden, wenn sie mit einer Taschenlampe durch den Spalt leuchteten oder den Deckel des Containers ganz öffneten. (Und was würde er tun, wenn das geschah? Mit einer toten Katze auf sie einschlagen?)

Er hatte keinen Augenblick zu früh gehandelt. Der erste seiner Verfolger kam praktisch in dem Augenblick aus der Gasse, als sich der Deckel geschlossen hatte. Die käsige Gesichtsfarbe des Trolls entsprach fast dem Grau und Weiß der Gangfarben. Wenn der Bursche nicht wie ein asthmatischer Behemoth gekeucht hätte, würde Falcon gesagt haben, daß er tot aussäh. Seine blutunterlaufenen Augen rollten wild in den Höhlen umher, und von seinen Lippen troff der Speichel, als habe er Schaum vor dem Mund.

Falcons Herz klopfte wie ein Preßlufthammer, doch er genoß den Anblick. Falls dieser Bursche ihr bester Läufer war, würden die Trolle vor verdammter Erschöpfung gestorben sein, wenn Falcon es auch nur noch zwei Blocks weiter geschafft hätte. Dann verging ihm das Grinsen. Wenn sie ihn jetzt erwischten, würden sie ihre schlechte körperliche Verfassung an ihm auslassen. Er duckte sich tiefer in den finsteren Container.

Drei weitere Trolle wankten aus der Gasseneinmündung. Sie keuchten, als stünden sie kurz vor dem Abkratzen. Einer beugte sich vor, stemmte die mächtigen Hände auf die Knie und kotzte geräuschvoll auf die Straße. »Ich werd' ihm die Haut abziehen«, knurrte er zwischen den Würgeanfällen. »Ganz langsam mit 'nem stumpfen verdammten Messer die Haut abziehen.«

»Erst mußt du den Wichser mal kriegen«, grollte der Anführer.

»Er is wie vom Erdboden verschluckt«, grunzte der kleinste der vier — mit knapp über zwei Metern und vielleicht hundertzehn Kilogramm vergleichsweise ein Zwerg. »Lassen wir den Wichser einfach laufen, und das war's dann.«

Der Anführer verpaßte dem kleineren Troll einen lässigen Rückhandschlag, der mit einem fleischigen Klatschen auf die Wange traf. Der Schlag hätte Falcon von den Füßen gehoben und gegen die Hauswand geschleudert, doch der Troll schien ihn kaum zu spüren. Er funkelte den Anführer an und spie aus, hielt jedoch den Mund.

»Er kann nich so weit vor uns sein«, erklärte der Anführer. »Ich hätt' ihn erwischt, wenn die Gasse länger wär.«

Bring mich nicht zum Lachen, dachte Falcon. Wenn die Gasse noch länger gewesen wäre, würdest du jetzt darin liegen und dir die Seele aus dem Leib kotzen.

»Er is nich weit vor uns«, wiederholte der Anführer. »Rennt wie 'n verdammtes Karnickel und schwingt die Hufe. Scragger, du und Putz geht da lang.« Er deutete mit dem Daumen, der fast so dick wie Falcons Handgelenk war, in die andere Richtung der schmalen Straße. »Ralph kommt mit mir.« Er schlug dem Troll, der immer noch über eine Pfütze von Erbrochenem gebeugt stand, auf den Rücken. »Was is? Schiebt ab.«

Der kleinere Troll und der vierte setzten sich stolpernd in Bewegung, weg von Falcons Container, und schlugen einen leichten Trab an. Mit einem Stöhnen richtete sich der Troll auf, den der Anführer Ralph genannt hatte. Dieser war bereits wieder unterwegs und kam dabei so nahe an Falcon vorbei, daß dieser seinen ranzigen Schweißgeruch sogar über den Gestank des Mülls hinweg riechen konnte. Ralph fluchte, hatte jedoch keine andere Wahl, als ihm zu folgen. Im Vorbeigehen ließ er seine Wut an dem Müllcontainer aus, indem er ihm einen Schlag versetzte, der hart genug war, um ihn heftig zu erschüttern und das Metall zu verbeulen. Falcon überfiel eine Woge des Entsetzens, als er sich vorstellte, daß er von dieser massigen Faust getroffen wurde, und duckte sich ganz tief in den Müll.

Ich könnte einen Stadtgeist beschwören, dachte er, einen großen Stadtgeist, und ihn hinter ihnen herschikken. Vor seinem geistigen Auge sah er, wie der auf der Straße verteilte ekelhafte Müll plötzlich in Bewegung geriet, als werde er plötzlich von einem Wind durch die Stadt gepeitscht und zusammengetrieben, und dann zu einer gewaltigen, amorphen Gestalt verschmolz. Einer Gestalt, die hinter den fliehenden Trollen herwatschelte. Er konnte ihre Schreie hören, ihre Bitten um Gnade.

Und dann das Schweigen. Ich könnte es tun, dachte er wieder.

Doch natürlich galt das nur für seine Träume. Im Schlaf waren seine Träume oft von einem Gefühl der Macht durchdrungen, und seine Nerven summten mit den Liedern der Totems. Wenn er träumte, *wußte* Falcon, daß er den ersten Schritt auf dem Weg zum Schamanen getan hatte — nicht durch bewußtes Wollen. Es war, als sei es in seinen Genen festgeschrieben, so klar und eindeutig wie seine hohen indianischen Wangenknochen, dunklen Augen und glatten schwarzen Haare. In seinen Träumen beschritt Falcon diesen Weg, folgte den Rufen des Totems, dem Geist, der ihn am Ende des Weges erwartete. Er wußte nicht, welches Totem ihn rief — edler Adler, treuer Hund, schlauer Kojote, robuster Bär oder eines der vielen anderen. Aber er konnte den Ruf hören, spürte, wie er von ihm durchdrungen wurde, und realisierte, daß er erst dann erkennen würde, wer ihn rief, wenn er das Ende des Weges erreichte. Und dann würde ihm wahrscheinlich klar werden, daß es ein Teil von ihm schon immer gewußt hatte.

Aber das war in seinen Träumen. Und wenn er wach war? Nichts.

Nein, nicht ganz nichts. Die Träume blieben als Erinnerung. Aber das war schlimmer als nichts. Er wußte, ganz tief unten, daß er den Weg beschreiten würde, daß ihn die Totems rufen würden, daß sie ihn bereits riefen, wenn er schlief. Doch ein Schamane muß die *bewußte* Wahl treffen, den Weg zu beschreiten, jedenfalls hatte ihm das jemand vor langer Zeit gesagt. Er mußte das Lied der Totems hören und bewußt beschließen, ihm zu folgen, wohin es ihn auch führte. Nur dann konnte jemand ein Schamane werden. Er mußte das Lied im Wachzustand finden.

›Traumsuche‹, so nannten viele amerindianische Stämme das Forschen nach dem Lied der Totems. Unterschiedliche Stämme und unterschiedliche Traditionen hatten unterschiedliche Vorstellungen, wie Traumsuchen funktionierten, aber nach allem, was Falcon gehört und gelesen hatte, mußte sich der angehende Schamane allein in eine feindselige Umgebung wagen — eine Wüste, die Berge, den Wald — und dort bleiben, bis er den Ruf hörte. Manchmal fand der Sucher unterwegs sterbliche Freunde und Verbündete, manchmal nicht. Aber wenn er wirklich entschlossen war, ein Schamane zu werden, würde schließlich ein Führer kommen und ihm das Lied der Totems zeigen. Dieser Führer mochte ein Geist sein, in Gestalt einer Maus oder anderen Kreatur erscheinen, aber alle Geschichten darüber waren sich darin einig, daß er nie in der Gestalt auftauchte, die der Schamane erwartete.

Das war die traditionelle Form der Traumsuche, doch Falcon hatte auch gehört, daß manche Stämme einige sehr moderne Änderungen an dem Ritual vorgenommen hatten. Beispielsweise hatte er gehört, daß manche angehenden Schamanen in der Matrix auf Traumsuche gingen. (Welche Gestalt würde der Führer dort annehmen? fragte sich Falcon.) Und dann gab es zahlreiche Gruppen — nicht nur die neuen ›Vorstadtstämme‹, die sich auf dem ganzen Kontinent gebildet hatten —, welche die Stadt als geeigneten Ort für eine Traumsuche betrachteten. Die angehenden Schamanen verließen ihr Stammesland und wanderten in die Sprawls — zugegebenermaßen eine ebenso feindselige Umgebung wie die Wildnis Nordamerikas —, um dort auf den Führer zu warten, der ihnen den Weg zu den Totems zeigte.

Als Falcon zuerst davon hörte, hatte ihn die Vorstellung wirklich gepackt. Er hatte in Purity gewohnt, einem besonders unangenehmen Teil der Redmond Barrens, und davon geträumt, den Plex eines Tages verlassen und über die Grenze ins Salish-Shidhe Council zu gehen. Nur dann, hatte er seinerzeit gedacht, würde er überhaupt die Möglichkeit haben, dem Weg zu folgen.

Dann hatte das Konzept von der urbanen Traumsuche einen Sinneswandel herbeigeführt. Er kannte die Stadt. Er war auf den Straßen aufgewachsen. Warum sollte er sich in eine für ihn vollkommen fremdartige Umgebung wagen — die ländliche Wildnis des S-S Councils —, wenn er das, was er wollte, auch auf vertrautem Gelände bekommen konnte?

Es war jetzt ein Jahr her, daß er sein Zuhause verlassen hatte und von Purity in die tiefste dunkelste Innenstadt Seattles gezogen war. Ein ereignisreiches Jahr, und er hatte keineswegs die ganze Zeit damit verbracht zu lauschen, ob die Totems für ihn sangen. Er hatte einen Platz zum Wohnen gefunden und sich der First Nation-Gang angeschlossen, die sich aus Halb-Amerindianern zusammensetzte ... Im wesentlichen hatte er überlebt, was keine üble Leistung war.

Natürlich hatte er die Traumsuche nicht vergessen. Er konnte sie niemals vergessen. Wenn er freie Zeit hatte, steckte er sie in Nachforschungen. Er war kein Decker, aber er wußte genug über Computer, um sich Zugang zu den großen öffentlichen Datennetzen verschaffen zu können. (Damit war er den meisten seiner First Nation-Chummer ein paar Schritte voraus, ebenso durch die Tatsache, daß er die Ergebnisse lesen konnte, welche die Datennetze auswarfen. Die meisten anderen Gangmitglieder waren Analphabeten.)

Er hatte erfahren, daß, historisch betrachtet, viele Stämme Drogen benutzt hatten, um sich für die Stimmen der Geister zu sensibilisieren. Also hatte er sie selbst ausprobiert. Energizer, Speed, Downer, Hypnodrogen ... im letzten Jahr hatte er die meisten gängigen Drogen angetestet. Sie hatten seinen Verstand ihrer jeweiligen Wirkung entsprechend beeinflußt — und ihn manchmal erschöpft, schweißüberströmt, verkrampft und nach Luft schnappend auf dem Fußboden seiner Bude zurückgelassen —, aber sie hatten seine Seele nicht für die Totems geöffnet. Nach einem besonders schlechten Trip, in dessen Verlauf ihn der Rest der Gang mit Gewalt davon abhalten mußte, in die Elliot Bay zu springen, war Falcon zu dem Schluß gekommen, daß Drogen für ihn nicht der Weg waren.

Glücklicherweise hatte er etwa zu jenem Zeitpunkt das Buch gefunden. Ein echtes Buch mit Papierseiten und einem Kunstledereinband. *Spirituelle Traditionen der Gebirgsstämme Kaliforniens und des Nordwestens*, geschrieben von jemandem namens H.T. Langland. (Er hatte nie herausgefunden, wer Langland und ob H.T. ein Mann oder eine Frau war.) Das Buch war in einem kleinen Taliskrämerladen in der Pike Street, ganz in der Nähe des Marktes, zum Verkauf angeboten worden. Sie hatten fünfunddreißig Nuyen dafür haben wollen, weit mehr, als Falcon sich leisten konnte. Aber irgend etwas an dem Titel und der Art, wie sich das Buch in seinen Händen anfühlte, hatte ihn davon überzeugt, daß es wichtig war. Also hatte er es geklaut. Er hatte es sich einfach unter die Jacke geschoben und den Laden verlassen. (Die Taliskrämerin brauchte es nicht oder betrachtete es als unwichtig, hatte er später rationalisiert, ansonsten hätte sie es nicht verkaufen wollen.)

Das Buch war schwer zu lesen, voll von langen Worten und komplexen Ideen. Doch Falcon verbiß sich in den Text und hatte ihn schließlich verstanden. Langland — wer dies auch sein mochte — war ein Soziologe und hatte die Beziehung der Stämme der Westküste zu Geistern und Totems studiert und wie sie die Welt sahen. Der Traumsuche war ein ganzes Kapitel gewidmet, das Falcon mehrmals gelesen hatte.

Er war froh zu erfahren, daß die Stadt ein geeigneter Ort für eine Traumsuche war, wenigstens behauptete das Langland. Doch dieses Wissen war keine besonders große praktische Hilfe. Die Träume dauerten immer noch an, die Träume, in denen er zur Musik der Totems sang und tanzte, aber im wachen Zustand mußte er immer noch seinen Führer finden und den Ruf hören.

Langsam, vorsichtig hob er den Kopf und spähte

durch den Spalt nach draußen. Die Straße war leer, abgesehen von einer Ratte in der Größe eines unterernährten Beagle, die einen Müllhaufen in der Nähe der Gasseneinmündung durchstöberte. Keine Spur von den Disassemblern. Die Trolle schleppten sich wahrscheinlich gerade in ihr Revier zurück und versuchten den amerindianischen Punk zu vergessen, der sie zum Narren gehalten hatte. Grinsend hob er die Arme und drückte gegen den Deckel.

Er bewegte sich nicht. Plötzliche Furcht drang wie ein Eiszapfen in sein Herz ein. Hatten sich die Scharniere verklemmt? Oder gab es vielleicht irgendeinen Verschlußmechanismus, den er übersehen hatte? Bilder, wie er in diesem Container eingesperrt war, bis der Müllwagen vorbeikam, um ihn zu leeren, überfluteten seinen Verstand. In diesem Teil des Sprawls wurde der Müll alle zwei oder drei Wochen abgeholt, und dem Inhalt dieses Containers nach zu urteilen, war dies vor ein paar Tagen erst geschehen.

Nein, befahl er sich schneidend, beruhige dich. Er bewegte sich ein wenig, um einen sichereren Stand auf dem Müllberg zu finden. Wieder stemmte er sich gegen die Unterseite des Deckels. Der Müll unter ihm bewegte sich und brachte ihn aus der Balance. Er verlagerte sein Gewicht und gab alles, was er hatte. Sein Rücken beklagte sich bitter, und ein Blitz aus flüssigem Feuer schoß durch seinen Knöchel. Er stöhnte, und Tränen ließen sein Blickfeld verschwimmen.

Aber der Deckel bewegte sich. Unter dem lauten Kreischen der rostigen Scharniere öffnete er sich und knallte gegen die Hauswand. Falcon flankte über die Seitenwand in die relativ frische Luft der schmalen Straße, wobei er im letzten Augenblick daran dachte, den Sprung mit seinem unverletzten Knöchel abzufangen.

Er sah sich rasch um. Keine Spur von den Disassemblern. Er hoffte, daß die Trolle die Suche nach ihm aufgegeben hatten und wieder zu ihrer ursprünglichen Beschäftigung zurückgekehrt waren. Er holte tief Luft und vertrieb damit den Müllgestank — und den Funken der Furcht — aus seinen Lungen. Er sah zum Himmel hinauf. Eingerahmt von den Gebäuden war dort ein Fleck der Schwärze zu sehen, an dem eine Handvoll Sterne hing, die hell genug waren, um durch den Dreck in der Luft zu scheinen.

Der Mond war aufgegangen und beinahe voll. Eine perfekte Nacht für einige der magischen Rituale, über die Falcon in Langlands Buch gelesen hatte. Er brauchte einen freien Platz, vorzugsweise in der Nähe unberührter Natur, aber wo sollte er so einen Ort inmitten des Sprawl finden? Glücklicherweise kannte er einen Platz, der diese Voraussetzungen erfüllen mochte. Seinen verletzten Knöchel schonend, hinkte er davon.

Der kleine Park war einer von vielen in der näheren Umgebung der mächtigen Renraku-Arcologie. Die große abgestumpfte Pyramide mit ihren Tausenden von schwarzgrünen Glasfenstern dominierte das Gebiet um den einstigen Pioneer Square, erhob sich vor Falcon in schwindelnde Höhen, und ihr schieres Gewicht schien ihn erdrücken zu wollen.

Tagsüber waren die Parks in der Umgebung der Arcologie — jeder ein kleines Gehölz, das von einem perfekt gepflegten Rasenstück umgeben war — ›sichere Zonen‹. Von Renrakus graurot gekleidetem Sicherheitspersonal bewacht, waren das Orte für die *Shaikujin*, die in der Arcologie lebten und arbeiteten, an denen sie, umgeben von etwas, das Natur ähnelte, spazierengehen konnten. Bei Nacht zogen sich die Sicherheitskräfte jedoch ins Innere der Mauern zurück und überließen die Parks den Nachtschwärmern unter den Bewohnern Seattles.

Der Park, den sich Falcon ausgesucht hatte, befand sich an der südlichsten Ecke der mächtigen Arcologie in der Nähe der Fourth Avenue. Er hatte vielleicht die Größe eines Viertelblocks. Nicht viel, aber zwischen den

Bäumen in seinem Zentrum konnte er für den Augenblick fast vergessen, daß er sich mitten im Sprawl befand. Er hockte sich auf den feuchten Boden und sah hinauf zum Mond, der wie ein Geisterschiff durch die versprengten Wolken segelte.

Während er die Hände ausstreckte, Handflächen nach unten, als wolle er sie über einem nichtexistenten Feuer wärmen, begann er leise zu singen. Die Worte seines Liedes stammten aus Langlands Buch, Worte in der Sprache der Salish. Er beherrschte die Sprache zwar nicht, aber das Buch hatte umsichtigerweise auch eine englische Übersetzung enthalten, und diese war es, welche ihm durch den Kopf ging. Was die Betonung betraf, riet er nur, und die Melodie hatte er selbst erfunden. Aber vielleicht ist das den Totems egal, dachte er. Zählen sollte nur das, was sich in meinem Herzen, in meiner Seele befindet.

Leise sang er.

Kommt zu mir, Geister meiner Vorfahren,
Bewohner meiner Träume und meiner Seele.
Kommt zu mir, ihr Hüter und Beschützer,
Hört eure Kinder, wie sie euch rufen.
Kommt zu mir, Geister des Landes,
Des Waldes, der Berge und der Wasser,
Kommt und erfüllt mich mit eurem niemals endenden Lied.

Er schloß die Augen, ließ die Worte des Liedes durch die Kammern seines Verstandes hallen. Ließ die Melodie seinen Schmerz und die Erinnerungen an die Verfolgungsjagd davontragen. Ließ seinen Geist ruhig werden wie die Oberfläche eines im Windschatten liegenden Bergsees.

Er wußte nicht, wie lange er sang. Als er aufhörte, war sein Mund trocken, seine Stimme heiser. Seine Knie waren steif und wund, und sein verstauchter Knöchel pochte schmerzhaft. Er öffnete die Augen.

Nichts hatte sich verändert. Er befand sich immer noch in dem kleinen Park, nicht im Land der Totems. Er hatte den Ruf der Geister nicht vernommen. Er war kein Schamane, nur ein Punkbengel, der sich abmühte, im Herzen des Sprawl zu überleben.

Er sah auf. Die Wolken verdeckten den Mond, und es hatte zu regnen begonnen. Er seufzte.

Falcon reckte sich und schüttelte Arme und Beine, um die Blutzirkulation in seinen Gliedern wieder in Gang zu setzen. Schließlich hinkte er aus dem Park und verschwand in der Nacht.

3

12. November 2053, 2055 Uhr

Dieser Laden verändert sich nie, dachte Sly. Das Armadillo war eine kleine, dunkle Bar mitten in Puyallup, in der normalerweise Jungvolk verkehrte. Sie schaute sich um. Wie üblich waren sie selbst und die Besitzerin Theresa Smeland — die heute hinter der Bar arbeitete — zehn Jahre älter als alle anderen, in Smelands Fall sogar noch mehr.

Als Sly zur Tür hereinkam, fiel ihr Smeland gleich ins Auge. Die Besitzerin des Armadillo war eine attraktive dunkelhaarige Frau um die vierzig, die heute abend einen schlichten Khaki-Overall trug. Die Lichter über der Bar wurden von den drei verchromten Datenbuchsen in ihrer Schläfe reflektiert.

Sly lächelte und nickte grüßend. Sie und Smeland waren befreundet, vielleicht nicht besonders eng, aber sie waren mehr als nur Bekannte. Früher waren sie sogar Kameradinnen gewesen, Runnergefährtinnen, aber das war vor ... Laß es einfach bei ›vor‹, ermahnte sich Sly streng, den Gedanken verdrängend.

Sie hob die Hand und deutete damit auf eine kleine Nische im hinteren Teil der Bar. Sobald Smeland einen Augenblick Zeit hatte, würde sie mit Slys üblichem Drink in die Nische kommen und eine Weile mit ihr plaudern.

Während Sly in den rückwärtigen Teil der Bar ging, sah sie sich um. Das Armadillo unterschied sich kaum von den anderen Kneipen in Puyallup oder sonstwo im Plex. Niedrige Decke, abgetretener Boden aus Kompositfliesen. Kleine Tische und Bänke, die mit abgewetztem rotem Plüsch bezogen waren, um verschüttete Drinks aufzusaugen. Aus billigen Lautsprechern drang klassischer Angstrock als Hintergrundberieselung — irgendwas von Jetblack, registrierte Sly. Und ein paar uralte Trideoschirme, die von den Gästen mehr oder weniger einhellig ignoriert wurden.

Die Gäste waren vielleicht jünger als die Kundschaft anderer, ähnlicher Bars im Sprawl. Und tranken vielleicht etwas weniger hemmungslos, als liege das Gewicht mehr auf Konversation als auf Alkoholkonsum. Vielleicht ein erster Hinweis, doch nicht genug, um das Armadillo wirklich von anderen Saufläden zu unterscheiden.

Aber dann konzentrierte sich Sly auf das Gemurmel der jugendlichen Konversation. *Das* machte aus dem Armadillo das, was der Laden war, und zu einem ihrer bevorzugten Orte zum Abhängen. In anderen Bars hätten die Gäste mit ihren Eroberungen der letzten Nacht — sexuelle und andere — geprahlt, weiter über Sport gelabert, sich dann über Politik gestritten und grundsätzlich versucht, das anzubringen, was sie im Moment am meisten beschäftigte. Natürlich gab es das auch im Armadillo. Aber der größte Teil der Gespräche drehte sich ums Geschäft. Um eine ganz besondere Art von Geschäft.

Das Armadillo war eine der bevorzugten Deckerbars im Seattler Metroplex. Alle Anwesenden dort, einschließlich Sly selbst, hatten zumindest eine Datenbuchse in ihrem Schädel installiert, manche gar vier oder fünf. (Nur um der Schau willen? fragte sich Sly. Oder können sie tatsächlich so viele Datenkanäle gleichzeitig verfolgen?) Verstärkte Anvil-Reisekoffer, die Cyberdecks enthielten, waren überall — auf Tischen, an Stuhlbeine gelehnt und auf Schößen, wo sie schützend umklammert wurden. Die meisten Decker der ersten Garnitur und die aufstrebenden Talente hingen im Armadillo herum, nannten die Bar ihre Operationsbasis: Die Konsolenjockeys, die Matrixcowboys, die Bitprügler.

Für einen Augenblick ließ Sly sich von ihrer Träumerei gefangennehmen. Es war noch gar nicht so lange her — oder zumindest kam es ihr so vor —, daß sie in einer ähnlichen Bar wie dieser herumgegangen war: in der Deckerbar Novo Tengu im Akihabara-Distrikt von Tokio. Sie erinnerte sich an die ernsthaften Unterhaltungen und Streitgespräche — manchmal von *Sake* beflügelt, doch meistens nur von der Begeisterung für das Thema — über die Geheimnisse der Matrix und die Philosophie des Cyberspace.

Selbst jetzt, nachdem sie seit mehr als fünf Jahren ›weg vom Fenster‹ war, hörte sie immer noch gerne den Deckergesprächen zu. Die meisten liefen auf einer praktischen, fachbezogenen Ebene ab: Methoden der Auseinandersetzung mit der jüngsten Ice-Generation, brandneue Hackverfahren für alte Utilities, neue Wege, ein Cyberdeck zu ›frisieren‹, um mehr Leistung aus ihm herauszukitzeln. Das Geschäft hatte sich auf beinahe unglaubliche Weise weiterentwickelt — sowohl hinsichtlich der Hard- und Software als auch in bezug auf die zugrundeliegende Theorie. So sehr, daß ein Großteil der Gespräche auch in Elfisch hätte geführt werden können nach allem, was Sly davon verstand.

Aber die Decker rangen immer noch mit denselben philosophischen Problemen, die sie in Akihabara so fasziniert hatten. Geister in der Matrix, jene seltenen und seltsamen Konstrukte, die keinen Bezug zu Deckern und normalen Computersystemfunktionen zu haben schienen. Was waren sie? Künstliche Intelligenzen — KIs —, obwohl die Konzerne behaupteten, daß es bislang noch niemandem gelungen sei, eine zu erschaffen? Oder mutierte Virenprogramme, die in irgendeiner elektronischen Analogie zur biologischen Evolution ›gescheit‹ geworden waren? Oder vielleicht sogar die Persönlichkeiten — die ›Seelen‹ — der Decker, die in der Matrix gestorben waren?

Darüber diskutierten vier Elfen am Tisch neben der Nische, die Sly sich ausgesucht hatte. Während sie sorgfältig darauf achtete, die Elfen nicht offen anzusehen, lauschte sie dem Gespräch um so begieriger.

»... und was ist das, was ›Du‹ in der Matrix bist?« sagte einer gerade. Sly hielt ihn für den ältesten, den ›großen alten Mann‹ von vielleicht dreiundzwanzig. »Das sind deine Personaprogramme, stimmt's? Und sie laufen auf deinem Cyberdeck, stimmt's? Was passiert also, wenn das Ice dein Deck zerstört? Die Personaprogramme laufen nicht mehr. Und das war's dann: Es gibt kein ›Du‹ mehr in der Matrix, das ein Geist *sein* könnte.«

»Es sei denn, die Personaprogramme laufen woanders weiter«, schlug ein anderer vor. »Zum Beispiel auf einer anderen CPU im System.« Der erste schüttelte den Kopf und wollte widersprechen, doch der Sprecher fuhr fort. »Oder vielleicht sorgt das Ice dafür. Du hast gefragt: ›Wer bist du in der Matrix?‹ Die Antwort bleibt dieselbe, ob in der Matrix oder außerhalb. Du bist dein Sensorium, die Gesamtsumme deiner Erfahrungen. Warum sollte schwarzes Ice dein Sensorium nicht lesen können, vielleicht so wie bei SimSinn, nur umgekehrt? Und es dann irgendwo in das System kopieren, während es deinen Körper tötet? Dein Körper ist tot, aber dein Sensorium existiert immer noch. Als Geist in der Matrix.«

Zum erstenmal meldete sich die dritte. »Nein«, sagte sie scharf, »dein Sensorium existiert *nicht* immer noch, sondern nur ein Programm, das dein Sensorium *emuliert*. Das bist nicht *du*, das ist Software, die *vorgibt*, du zu sein.«

Der vierte Elf schwieg und folgte lediglich dem Gespräch, das zwischen den drei anderen hin und her flog wie ein Tennisball.

»Die Unterscheidung ist witzlos«, behauptete der zweite.

»Für mich nicht«, schoß die dritte zurück. »Überhaupt, *ich* glaube, die ›Geister‹ sind nur parallel arbeitende Boolesche Verbände mit mittlerer Vorspannung.«

»Oder schlecht verbundene oder vielleicht stark kanalisierte«, konterte der erste Decker.

Und dann ging es auch schon weiter in geheimnisvolle Tiefen, als sie über ›die Transition zwischen Chaos und Ordnung‹ und ›Attraktoren‹ und ›Zustandszyklen‹ redeten, Konzepte, die über Slys Begriffsvermögen gingen. Innerlich lächelnd, löste sie sich geistig von dem Gespräch. Worte und Einzelheiten waren anspruchsvoller, aber die Ideen unterschieden sich nicht von denjenigen, welche sie und die anderen Decker in Tokio vor einer halben Dekade diskutiert hatten.

Sly mochte das Armadillo, aber nicht nur wegen der Gespräche. Dort herrschte einfach eine gemütliche Atmosphäre. Die kaum verhohlene Gewalt, die sie in anderen Bars spürte, und zwar besonders in denen, wo Gangmitglieder und Samurai abhingen, fehlte völlig. Sicher, manchmal wurde auch im Armadillo jemand zu betrunken und fing an herumzustänkern. Aber die Kundschaft bestand aus Leuten, die ihren Verstand als Waffe benutzten, nicht große verdammte Kanonen und cyberverstärkte Muskeln. Wenn es einen Kampf gab — was selten genug vorkam —, wurde niemand getötet oder auch nur schwer verletzt.

Was noch wichtiger war, niemand belästigte sie. Sie

wußte, daß die meisten Gäste sie als ›Nullhead‹, als Nichtdecker, abtaten ... und als Fossil. Die wenigen wie Theresa Smeland, welche Sly und ihren Hintergrund kannten, wußten darüber hinaus genug, um nicht mit ihr darüber zu streiten, keine schlafenden Hunde zu wecken. Wenn sie mit Deckern herumhängen wollte, obwohl sie selbst nicht mehr deckte, war das Sahne, soweit es sie betraf.

Vom Ambiente ganz abgesehen, hielt Sly das Armadillo auch für einen guten Platz, um Geschäfte abzuwickeln. In den letzten paar Jahren hatte sie fast ein Dutzend Treffen mit verschiedenen Johnsons in der Bar arrangiert. So wie heute abend. Sie klopfte leicht auf ihre Tasche, um sich zu vergewissern, daß die Chipetuis und ihr Taschencomputer immer noch da waren. Ein Blick auf die Uhr verriet ihr, daß es kurz vor einundzwanzig Uhr war. Ihr gegenwärtiger Mr. Johnson würde jede Minute auftauchen, und zwar in der Hoffnung, die Daten einzusacken, welche sie aus den Yamatetsu-Dateien über Maria Morgenstern ausgegraben hatte.

Sie runzelte die Stirn. Louis hatte seinen Run vor drei Tagen beendet, aber Johnson hatte gesagt, ein früherer Termin für ihr Treffen ließe ›sich einfach nicht einrichten‹. Das verblüffte Sly, beunruhigte sie sogar auf einer tieferliegenden Ebene. Bei der Aushandlung des Kontrakts hatte Johnson einen echt gierigen Eindruck gemacht. Er wollte sämtlichen Drek, den sie über Morgenstern ausgraben konnte — nicht jetzt, sondern jetzt *sofort*. Sie war umgehend zu Louis marschiert, hatte ihm sogar einen zehnprozentigen ›Eilzuschlag‹ gezahlt, damit er den Run auf der Stelle abzog. Die Schlußfolgerung war offensichtlich: Mr. Johnson hatte den Drek entweder benötigt, um Morgenstern an den Karren zu fahren, oder um die Dame daran zu hindern, genau das mit ihm zu tun.

Und jetzt spielte er die Bedeutung der ganzen Sache herunter. Bedeutete das, daß sich die Dinge geändert hatten, daß es nicht mehr wichtig war, einen Hebel gegen Morgenstern in die Hand zu bekommen? Und wenn ja, bedeutete das, er versuchte sich um die Bezahlung dessen zu drücken, was er nicht mehr benötigte?

Sly sah von der Tischplatte hoch, auf der sie komplizierte geometrische Figuren gezeichnet hatte. Smeland bahnte sich einen Weg durch die Menge. Sie trug zwei Schnapsgläser, die mit einer bernsteinfarbenen Flüssigkeit gefüllt waren. Als sie in die Nische auf die Bank gegenüber von Sly glitt, stellte sie die Gläser vor ihnen ab.

»Hoi, T.S.« Sly wußte, daß Theresa ihren richtigen Namen aus irgendeinem Grund haßte. »Wie läuft's denn so?«

»Das Geschäft?« Smeland deutete vage auf die Gäste und die Bar. »Ach, es läuft. Ändert sich nicht viel, weißt du.« Sie lächelte. »Und wie steht's bei dir? Was machen die Schatten?«

Sly zuckte die Achseln und beantwortete die Frage grinsend mit Smelands eigenen Worten. »Ändert sich nicht viel. Ich such immer noch nach einem Weg nach draußen ins Licht.«

»Ach, ich weiß schon, Schätzchen.« Smeland legte die Arme auf den Tisch und beugte sich vor. »Wie entwickelt sich die Urlaubskasse? Bist du bald soweit?«

Sly seufzte. »Sie entwickelt sich. Langsam. Ist immer noch ein weiter Weg.«

»Ist das nicht immer so? Also nehme ich an, das hier ist noch nicht ganz in Ordnung, wie?« Sie zog einen kleinen Gegenstand aus einer Tasche ihres Overalls — einen winzigen vielfarbigen Papierschirm — und ließ ihn in Slys Drink fallen.

Sly berührte den Schirm mit den Fingerspitzen und versetzte ihm einen Stoß, so daß er sich drehte. »Noch nicht ganz.«

»Aha. Nun denn.« Smeland hob ihr Glas. Sly tat es ihr nach. »Manche Dinge brauchen Zeit.«

Sie stießen an und tranken. Der Scotch — echter

Scotch, nicht der Ersatzsynthahol, den Smeland normalerweise servierte — entwickelte einen rauchigen Geschmack auf der Zunge, während Sly ihn im Mund herumrollte. Sie schluckte, spürte die Wärme in ihrer Kehle. »Ja, Zeit. Wovon jeder so viel hat, richtig?«

Smeland beugte sich noch weiter vor, verschwörerisch, und senkte die Stimme. Sly beugte sich ebenfalls vor, so daß sie Smeland besser verstehen konnte. »Ich hab gerade 'n bißchen Gemunkel von 'n paar Jungens der Dead Deckers gehört«, sagte T.S., wobei sie sich auf eine der bekannteren Deckergruppen in Seattle bezog. »Louis hat gerade 'n Job für dich erledigt, nicht?«

In Smelands Stimme lag irgendwas, irgendein Unterton, der Sly beunruhigte. »Ja«, sagte sie gedehnt.

»Irgendwas ... echt Heikles? Ist er bei dem Job jemandem auf die Zehen getreten?«

Sly schüttelte den Kopf. »Nicht, daß ich wüßte. Ein Routine-Datenklau«, verriet sie ihrer Freundin. »Es ging nur um eine Personalakte.«

»Sonst nichts?«

Sly schüttelte wieder den Kopf. Fast unfreiwillig klopfte sie wieder auf die Tasche mit dem Computer und den beiden Chipetuis. Einer der Chips enthielt Morgensterns persönliche Daten, der andere die verschlüsselte Datei, die Louis ihr gegeben hatte. »Nein, sonst nichts.«

»Das ist gut.«

»Warum?« fragte Sly. »Was ist los?« Sie zögerte. »Ist irgendwas mit Louis?«

Smelands Augen zuckten nach rechts und links. Aber niemand war nahe genug, um mithören zu können. Dennoch beugte sie sich weiter vor, so daß sich die Köpfe der beiden jetzt fast berührten. »Louis hat 'n Abgang gemacht«, flüsterte sie.

»Verduftet?«

»Tot«, korrigierte Smeland. »Nach allem, was die Dead Deckers sagen, hat er 'n schlimmen Tod gehabt.«

Sie grunzte. »Ich hab das kleine Stück Drek nie gemocht, war mir immer 'n bißchen unheimlich. Aber niemand hat es verdient, so zu sterben wie er.«

»Was ist passiert, T.S.?«

»'n paar Leute sind letzte Nacht in seine Bude geplatzt«, sagte Smeland zögernd. »Die Dead Deckers sagen, sie hätten schlimme Sachen mit ihm angestellt, ihm harte Fragen gestellt, du weißt, wovon ich rede?« Smeland schüttelte traurig den Kopf. »Sie haben seinen Rollstuhl unter Strom gesetzt und seine Datenbuchsen kurzgeschlossen ... Profis, sadistische Profis. Er hat lange zum Sterben gebraucht.«

Sly schloß die Augen. Folter. Jemand hatte klein Louis gefoltert, um herauszufinden ... ja, was eigentlich? Hinter was waren sie her gewesen? Die verschlüsselte Datei? Vielleicht. Aber vielleicht hatte er noch für jemand anders einen Run abgezogen, und dieser zweite Run hatte die unerwünschte Aufmerksamkeit erregt.

»Du hattest ihn auf nichts anderes als 'nen simplen Personaldatenklau angesetzt? 'n Anschwärzjob?« Smeland beobachtete sie, die dunklen Augen unverwandt auf ihr Gesicht gerichtet. »Nicht mehr als das?«

»Genau das habe ich gesagt, T.S.«

Smeland kicherte freudlos. »Gute Antwort. Genau null Informationsgehalt.« Sie nahm noch einen Schluck von ihrem Scotch. »Nun, es ist dein Spiel. Ich spiel diesen Drek nicht mehr.« Sie schwieg einen Augenblick, dann fuhr sie fort: »Du triffst dich hier mit deinem Johnson?«

Sly nickte. In einem jähen Aufflackern der Besorgnis versuchte sie sich zu erinnern, was sie Louis erzählt, wieviel sie ihm über den Kontrakt verraten hatte. Nicht viel, aber Louis war ein schlauer kleiner Knirps, der sich die Dinge auch ganz gut selbst zusammenreimen konnte. Bedeutete das, er hatte es seinen Mördern erzählt? Konnte das der Grund dafür sein, warum ihr Johnson das Treffen verschoben hatte?

Paranoides Denken, sagte sich Sly. Es gibt keinen Zusammenhang. Louis hat sich wahrscheinlich auch noch von anderen anheuern lassen, während er für mich gearbeitet hat.

Smeland beobachtete sie gründlich. »Weißt du«, sagte sie leichthin, im Konversationston, »ich hab doch hinten dieses kleine Versteck, ein kleines Zimmer hinter der Bar. Massenhaft Sicherheitssysteme — Kameras, Mikrofone, Infrarot, die ganze Palette. Man kann sich direkt in alle Schaltkreise einstöpseln und ein Auge auf alles und jeden hier in der Bar haben. Hab ich dir das eigentlich je gezeigt?«

Ein breites Lächeln überzog Slys Gesicht. Das ist der Grund, warum wir Freunde haben, dachte sie. »Nein«, sagte sie laut. »Aber es klingt interessant. Warum zeigst du es mir nicht gleich jetzt?«

Smelands Büro war ein winziger Raum, nicht viel größer als manche der Besenkammern, in denen sich Sly im Laufe der Jahre schon verkrochen hatte. Ein kleiner Schreibtisch, mit Papieren überhäuft, ein Drehstuhl, der quietschte und dessen Rückenlehne an ein Folterinstrument erinnerte. Das übliche Arbeitszimmer für den Besitzer einer einigermaßen erfolgreichen Kneipe.

Mit Ausnahme der Elektronik. Die war allererste Sahne, das Neuste vom Neuen. Eine ganze Wand war mit Videomonitoren bedeckt, und das Kontrollbord war der Traum jedes Systemdesigners. Besser noch, es gab sogar ein Fiberglaskabel mit einem Stecker daran. Sly zog sich den Drehstuhl heran, setzte sich und stöpselte den Stecker in die Buchse in ihrem Schädel. Daten strömten in ihr Gehirn.

Das Interface unterschied sich ein wenig von der normalen SimSinn- oder Matrixverbindung, und es dauerte ein paar Sekunden, bis sie aus dem, was sie empfing, schlau wurde. Dann fiel alles an seinen Platz.

Mit dem Kabel in ihrer Datenbuchse *war* Sly das Si-

cherheitssystem. Ein Dutzend oder noch mehr Kameras waren ihre Augen, die Mikrofone ihre Ohren. Die anderen Sensoren wurden zu Sinnen, zu denen es keine direkte menschliche Entsprechung gab. Rein optisch war es so, als hinge sie über der Bar und schaute durch eine gläserne Decke herunter. Aber sie konnte in jeden Winkel des Raums sehen, eine perfekte dreihundertsechzig-Grad-Rundumsicht, als schaue sie durch ein optisch perfektes Fischauge, doch ohne die Verzerrung, die solch eine Linse immer schuf. Durch einen einfachen Willensakt konnte sie ihre Aufmerksamkeit auf etwas anderes konzentrieren, auf Großaufnahme gehen oder zum Zwecke einer Gesamtansicht weiter zurückfahren. Die Mikrofone nahmen das allgemeine Stimmengewirr der verschiedenen Unterhaltungen auf, aber sie lernte rasch, daß sie unwesentliche Geräusche geistig herausfiltern und sich auf jeden einzelnen Sprecher im gesamten Raum konzentrieren konnte. So ist es also, wenn man allgegenwärtig ist, dachte sie mit einem Kichern.

Sie war ein bißchen nervös gewesen, als sie das Datenkabel gesehen hatte. »Ist dieses System mit der Matrix verbunden?« hatte sie gefragt.

Smeland hatte verständnisvoll gelächelt. »Es ist völlig isoliert. Kein Systemzugriffsknoten. Auch kein Ice.« Und mit einem beruhigenden Schulterklopfen war Smeland in die Bar zurückgekehrt. Sly hatte zwar immer noch ein paar Befürchtungen, doch die verschwanden, sobald sie die Anlage des Systems erforscht hatte. Das ist nicht die Matrix, hatte sie sich gesagt. Das System ist ungefährlich.

Die Uhr an der Wand hinter der Bar zeigte einundzwanzig Uhr acht. Ihr Mr. Johnson war überfällig. Sie richtete ihre Aufmerksamkeit auf die Eingangstür.

Wie auf ein geheimes Stichwort schwang die Tür auf, und eine vertraute Gestalt trat ein. Nicht ihr Johnson. Jemand anders, jemand, den sie schon lange nicht mehr gesehen hatte.

Der Elf war groß und schlank, seine Haut hatte die Farbe von Mahagoni, sein schwarzes Kraushaar war so kurz geschnitten, daß es fast wie Samt aussah. Seine breite Nase war platt, eine direkte Folge von einer Faust zuviel im Gesicht, und er hatte Augen, denen nichts entging, dunkle glitzernde Augen, die sie an einen Raben erinnerten.

Modal, das war sein Straßenname. Seinen wirklichen Namen hatte sie nie gekannt, auch nicht vor fünf Jahren in Tokio, als er ihr Liebhaber gewesen war. Sein Ruf als Runner war schon damals erstklassig gewesen, und er hatte für viele Konzerne als persönlicher Expedient gearbeitet. Sie hatte ihn in einer pikfeinen Konzernbar im Shibuya-Distrikt kennengelernt, einem verrückten kleinen Laden namens The Womb.

Genaugenommen hatten sie bei einem Run, der schiefgegangen war, auf verschiedenen Seiten gestanden. Slys Mr. Johnson war ein mittelhoher Exec von Kansei gewesen, ein Konzern, der es mit ein wenig Industriespionage gegen einen in Kyoto beheimateten Multi namens Yamatetsu versuchte. Der Johnson hatte bekommen, was er wollte, und war dann plötzlich zu dem Schluß gekommen, daß er es nicht mehr brauchte. Was er statt dessen wollte, war, es zurück zu Yamatetsu zu bringen, und zwar *sofort*. (Sly wußte bis zum heutigen Tag nicht, was genau schiefgelaufen war, aber sie konnte es sich denken. Verschiedene finstere Charaktere hatten sich in der Nähe seines Hauses blicken lassen und vielleicht seine Frau bearbeitet oder seine Kinder bedroht. Angedeutet, daß die Dinge nur noch schlimmer werden konnten, wenn er Yamatetsu nicht schleunigst Wiedergutmachung — *volle* Wiedergutmachung — leisten würde.)

Und da war Sly ins Spiel gekommen. Beim ursprünglichen Run hatte sie einer Gruppe ortsansässiger Shadowrunner, die in Yamatetsus Tokioter Filiale eingedrungen war, Rückendeckung aus der Matrix gegeben.

Dann war ihr Johnson zu ihr gekommen und hatte ihr gesagt, sie müsse einem Abgesandten Yamatetsus einen Chip und einen Kredstab — offensichtlich ein Teil der Wiedergutmachung — liefern. Warum das nicht einer der anderen Runner übernehmen könne, hatte sie gefragt. Weil von denen keiner mehr am Leben sei, hatte ihr Mr. Johnson geantwortet.

Das Treffen hatte im Womb stattgefunden, und der Yamatetsu-Kontakt war ein hochgewachsener negroider Elf mit einem — paradoxerweise — starken Cockney-Akzent gewesen. (Damals hatte sie noch angenommen, er sei ein regulärer Angestellter Yamatetsus und kein gemieteter Runner wie sie selbst.) Es war ein zivilisiertes Treffen gewesen. Wenn Yamatetsu von Slys Beteiligung am ursprünglichen Run wußte, war man offenbar zu der Ansicht gelangt, daß es nicht der Mühe wert war, sie zu geeken. Sie hatten nur das gewollt, was sie genommen hatte, plus eine massive Zahlung für ›angerichteten Schaden‹. Sie hatte Chip und Kredstab übergeben und im Gegenzug vom Elf eine Empfangsbestätigung erhalten — *zivilisiert* —, und das war's. Als Sly aufgestanden war, um zu gehen, hatte der Elf darauf bestanden, daß sie wenigstens noch blieb, bis sie ihren Drink ausgetrunken hatte. Aus einem Drink waren ein paar geworden, und sie hatten die Nacht — und noch viele danach — zusammen in Modals Bude in der Nähe des Shinjuku-Bahnhofs verbracht.

Das Treffen im Womb hatte das Ende von Slys Aufenthalt in Japan signalisiert, und sie war schließlich wieder nach Seattle zurückgekehrt. Modal war noch ein paar Jahre in Tokio geblieben, aber auch er war letzten Endes wieder in seinen Sprawl heimgekehrt. Sie hatten versucht, ihre Beziehung zu erneuern, aber es war ganz einfach nicht mehr dasselbe gewesen. Der Funke war erloschen, und beiden war klar gewesen, daß sie sich gegenseitig etwas vormachten. Sly fand es ein wenig deprimierend, wie leicht sie sich trennten, denn keinem von ihnen schien es besonders nahezugehen. Weder Tränen des Zorns noch irgendein anderes leidenschaftliches Gefühl, sondern Gleichgültigkeit hatte das Ende ihrer Affäre markiert. Ist das alles, was da ist? hatte sich Sly traurig gefragt.

Und seitdem? Natürlich waren sie und Modal sich gelegentlich über den Weg gelaufen. Allen Nachrichten- und Zeitungsmeldungen zum Trotz war die Schattengemeinde Seattles gar nicht so groß. Sie wußte, daß Modal den einen oder anderen Run für die Seattler Filiale Yamatetsus erledigt hatte, aber nach allem, was sie wußte, war seine Verbindung zu dem Megakonzern schon vor ein paar Jahren aufgelöst worden.

Und da ist er wieder, dachte sie. Ich ziehe einen Run gegen Yamatetsu durch, mein Decker wird gegeekt, und siehe da, Modal taucht auf. Zufall? Zufälle gab es tatsächlich, das wußte sie, aber den nackten Zufall ganz unten auf die Liste aller möglichen Erklärungen zu setzen, war eine gute Überlebenstaktik. Sie konzentrierte ihre elektronische Aufmerksamkeit auf den dunkelhäutigen Elf, während sich dieser durch die Tische arbeitete.

Behende einem ziemlich angeheiterten Decker ausweichend, erreichte Modal die Bar und setzte sich auf einen Barhocker. Er hob grüßend die Hand in Richtung Smeland. »Hoi, T.S. Wie sieht's aus?«

Smeland begrüßte ihn mit einem Lächeln. (Also kennen sie einander, stellte Sly fest. Interessant.) »Es geht. Und bei dir?«

»Ach, gar nicht so schlecht.« Er sah sich um und beugte sich näher zu Smeland. Mit einem geistigen Zukken erhöhte sie den Pegel des nächsten Mikrofons. »Ich such 'n Chummer«, sagte er. »Sharon Young. Hast du sie kürzlich mal gesehen?«

Sly hörte sich mit ihren eigenen Ohren überrascht keuchen, das Geräusch klang irgendwie unmittelbarer als die Daten, welche ihr durch das Kabel übermittelt wurden. Soviel zu Zufällen ...

»Sie hat sich seit ein paar Tagen nicht mehr blicken lassen«, antwortete Smeland glatt und ohne das geringste Zögern. »Aber wer weiß? Vielleicht willst du warten, sie könnte später noch kommen.«

Modal zuckte angelegentlich die Achseln, als sei es nicht wirklich wichtig. »Vielleicht mach ich das sogar«, sagte er. »Ich glaub, ich seh da drüben 'n paar alte Kumpel. Mit denen könnte ich mir so lange die Zeit vertreiben.«

Er lächelte, wobei er strahlend weiße Zähne sehen ließ. »Ein Pint von deinem besten Ale, T. S., wenn du gestattest.«

Theresa kicherte. »Lackaffe«, gab sie zurück, eine von Modals Lieblingsbezeichnungen für jemanden, der ziemlich vornehm tat. (Also kennen sie einander gut, registrierte Sly. Danach muß ich sie noch fragen.) Smeland reichte Modal das Pint Bier, und er schlenderte davon, um sich zu ein paar Orks zu setzen, die Sly nicht kannte. Keine Stammkunden des Armadillo. Sie schaltete geistig auf das ihrem Tisch am nächsten gelegene Mikrofon um.

Und das war natürlich der Moment, in dem ihr Mr. Johnson hereinspazierte. Ein kleiner Mann — ein Mensch, aber nicht viel größer als ein stattlicher Zwerg —, mit einem Designeranzug bekleidet, der so viel gekostet haben mußte wie ein Kleinwagen. Er stand in der Tür und sah sich um. Nach Sly natürlich.

»Drek«, flüsterte sie. Das würde heikel werden. Sie wollte nicht, daß Modal sie sah, aber sie mußte sich mit ihrem Mr. Johnson treffen. Kein Treffen, keine Bezahlung. Keine Bezahlung, kein Beitrag zum Sharon Young-Rentenfonds. Drek hoch zehn, dachte sie. Gab es irgendeine Möglichkeit, Smeland eine Botschaft zukommen zu lassen, ihr mitzuteilen, sie solle Johnson in dieses Hinterzimmer lotsen? Vielleicht, indem sie eine Nachricht auf dem Schirm der Kasse hinterließ? Doch nein, das Sicherheitssystem war isoliert, wie Smeland gesagt hatte. Es bestand nicht einmal eine Verbindung zu den anderen computerisierten Geräten im Haus.

Sie zögerte. Warum? fragte sie sich. Warum habe ich Angst vor Modal? Und sie *hatte* Angst, wie ihr mit einem Anflug von Überraschung klar wurde. Zuerst Smelands Geschichte über den Tod von Louis und dann das unerwartete Auftauchen Modals — der früher für Yamatetsu gearbeitet hatte. Aber was bedeutet das denn nun wirklich? Drek, selbst *ich* habe schon einen Job für Yamatetsu Seattle erledigt. Sie erinnerte sich an den Anruf, den sie im letzten Jahr vom Leiter der hiesigen Yamatetsu-Zentrale erhalten hatte. Bei dem Kontrakt war es darum gegangen, Hintergrundmaterial über einen Burschen namens Dirk Montgomery aufzutreiben. Jeder arbeitet für irgend jemanden, richtig?

Sie hielt sich über Modal auf dem laufenden. Nicht ernsthaft, nicht lückenlos, aber sie war ziemlich sicher, daß sie davon gehört hätte, wenn er wieder für Yamatetsu aktiv geworden wäre. Seattle war keine große Stadt, nicht in den Schatten. Wie groß war die Chance wirklich, daß Modal jetzt für Yamatetsu arbeitete? Dürftig. Und wie groß war die Chance, daß Louis von Yamatetsu geigeekt worden war? Größer, aber immer noch dürftig. Das bedeutete also, die Chance, daß Modal sie aus anderen als aus Gründen ehemaliger Freundschaft suchte, waren dürftig hoch zwei. Vielleicht sollte sie einfach wieder in die Bar gehen und sich mit Johnson treffen, und zum Teufel mit Modal. Wenn sie vorsichtig war, würde er sie vielleicht nicht einmal zu Gesicht bekommen ...

Bewegung. Schnelle Bewegung in ihrem ›peripheren‹ Gesichtsfeld, demjenigen Teil der Bar, auf den sie sich nicht konzentrierte. In der Realität hätte die Bewegung in ihrem Rücken stattgefunden, und sie hätte nichts gesehen. Aber dergestalt eingestöpselt, entging sie ihr nicht. Jemand sprang auf, ein Tisch kippte um, Drinks fielen zu Boden. Ein paar Leute protestierten lautstark.

Es war der vierte Elf, das vierte Mitglied der Gruppe, die über Geister in der Matrix diskutiert hatte, derjenige, der nichts gesagt hatte. Schneller, als sich irgendein Metamensch von Rechts wegen hätte bewegen dürfen, war er auf den Beinen, und sein rechter Arm schwang nach oben. Er richtete ihn direkt auf ihren Mr. Johnson, die Hand weit nach hinten gebeugt. Und dann brach eine Flammenzunge aus seinem Handgelenk hervor, der Mündungsblitz einer automatischen Waffe. Eine Cyberpistole, die in einen Cyberarm implantiert war.

Über das Sicherheitssystem hörte sie die Kugeln durch die Luft peitschen, hörte sie in Brust, Hals und Kopf ihres Konzern-Auftraggebers einschlagen. Blut und Gewebe spritzten in alle Richtungen, die Einschlagswucht der Geschosse entriß der Kehle des Mannes einen gurgelnden Schrei.

Und dann, noch bevor Johnson überhaupt die Chance hatte zu fallen, setzte sich der Elf wieder in Bewegung und sprintete auf die Tür zu. Warf Gäste zur Seite und Tische um. Sprang über den mittlerweile zusammengebrochenen — und leblosen — Körper des Execs, stieß die Tür auf und verschwand in der Nacht.

Kanonen wurden aus Halftern gezogen, Ziellaser flammten auf. Langsam, zu langsam. Die Decker im Armadillo waren bewaffnet und bereit, sich zu verteidigen. Doch wenngleich ihre Reaktionen in der Matrix mit Gedankenschnelle erfolgt wären, hier draußen in der Welt aus Fleisch und Blut waren sie viel zu langsam. Eine Kanone dröhnte los, eine großkalibrige Pistole, und die Kugel schlug in die Tür, wo sich der Elf noch einen Augenblick zuvor befunden hatte. Es war Modal, der seinen Ares Predator für einen weiteren Schuß anlegte. Für einen Schuß, der nie kam, weil sein Ziel verschwunden war.

Erst da begannen die Verwirrung, das wütende Gebrüll, die Schreie des Entsetzens. Das Nachspiel zu jedem Mordanschlag.

Mit langsamen Bewegungen stöpselte sich Sly aus dem Sicherheitssystem aus und lehnte sich in dem quietschenden Stuhl zurück. Ihr Johnson war tot, die Datei über Morgenstern nicht mehr als eine Verschwendung von Speicherplatz. Und Louis' verschlüsselte Datei? Vielleicht war sie doch wichtiger, als sie gedacht hatte.

Vielleicht, sann sie, wird es Zeit für eine Unterhaltung mit Modal.

4

12. November 2053, 2237 Uhr

Die Schmerzen in Falcons Knöchel hatten ein wenig nachgelassen. Der Knöchel war nicht gebrochen, aber er war verstaucht, und zwar ziemlich übel. Er spürte förmlich, wie er in seinem hohen Turnschuh anschwoll und gegen das Kunstleder drückte. Sollte er die Klettverschluß-Riemen lösen und dem Knöchel somit mehr Platz zum Anschwellen geben? Nein, es war besser, den Schuh geschlossen zu halten, solange er es aushielt. Ärzte behandelten Verstauchungen mit Streckverbänden, oder etwa nicht? Der Schuh würde eine ähnliche Funktion erfüllen. Aber der Knöchel tat trotzdem ziemlich weh und verzögerte den Rückmarsch in sein eigenes Revier.

Durch die unerwünschte Aufmerksamkeit der Disassembler hatte er sich ziemlich weit von zu Hause entfernt, und sein Abstecher zum Park in der Nähe der Renraku-Arcologie hatte ihn seinem Ziel nicht näher gebracht. Jetzt stand ihm ein langer Fußmarsch bevor — und unglücklicherweise verlief ein Großteil davon durch das Revier der Disassembler.

Falcon seufzte. Er *konnte* einen Umweg in Kauf nehmen, nach Osten über den Alaskan Way gehen, einen großen Bogen um den Kingdome machen und sich seinem Revier dann über die Schienen der Burlington Northern nähern. Aber dadurch würde sich die Strecke um einige Kilometer verlängern, ein echtes Problem, wenn man den Zustand seines Knöchels berücksichtigte. Außerdem würde ihn diese Route auf das Gebiet der Bloody Screamer führen, einer Gang, mit der Falcons First Nation im Krieg lag. Wenn die Screamer ihn erkannten und zu fassen bekamen, würden sie sich, obwohl er keine Farben trug, nicht damit begnügen, ihn zusammenzuschlagen. Sie würden ihn in Stücke reißen und als abschreckende Mahnung zur First Nation zurückschicken.

Nein, das geringere Übel war offensichtlich der direkte Weg die Docks entlang, und zum Teufel mit den Disassemblern. Wenn er Glück hatte, waren seine Verfolger ohnehin noch damit beschäftigt, ihr Abendessen auszukotzen.

Er ging die King Street in westlicher Richtung in der Absicht, nach Süden auf die First Avenue abzubiegen. Das waren breite, gut beleuchtete Straßen, die ihm eine gute Möglichkeit boten, schon frühzeitig jeden auszumachen, der potentiell Ärger bedeutete.

Natürlich hatte dadurch auch jeder andere eine Möglichkeit, ihn frühzeitig zu entdecken. Die Disassembler trieben sich nur selten im Norden auf der King herum, aber der Abschnitt der First in der Nähe des Kingdome verlief mitten durch ihr Revier. War es sinnvoll, direkt hindurchzuspazieren, dazu noch unter der Festbeleuchtung der Sodiumstraßenlaternen? Im Leben nicht. Links von ihm zweigte eine Gasse ab — *noch eine verdammte Gasse* —, die nach Süden führte. Schmal, finster und klaustrophobisch, sah sie noch gefährlicher aus als die breiten, hell erleuchteten Straßen. Aber so ist das Leben, dachte er. Der Schein trügt. Er wandte sich in die Dunkelheit.

Für ein paar Sekunden waren seine Augen, die sich an die helle Straßenbeleuchtung gewöhnt hatten, blind. Als er ein paar Schritte vorwärts ging und darauf wartete, daß sich seine Nachtsicht wieder einstellte, stieß er mit dem rechten Fuß gegen irgend etwas. Etwas Nachgiebiges.

»Hey!«

Der Ausruf aus der Dunkelheit reichte aus, um ihn zu Tode zu erschrecken. Falcon wich einen Schritt zurück.

Seine Nachtsicht kehrte langsam zurück. Er machte die Umrisse einer menschlichen Gestalt aus, die auf dem Boden der Gasse saß und sich gegen eine Hauswand gelehnt hatte. Er war über eines der ausgestreckten Beine dieser Gestalt gestolpert.

»Paß auf, wo du hinlatschst, Chummer«, kam die Stimme wieder. Eine tiefe, männliche Stimme, volltönend, doch mit einem Unterton der Erschöpfung. Die Gestalt bewegte sich, zog die Beine an, kam langsam auf die Füße.

Der Mann war groß, realisierte Falcon, indem er noch einen Schritt zurückwich. »Hey, tut mir leid«, begann er eiligst. »Wenn das deine Ecke ist, kannst du sie gerne behalten. Ich...«

Der Mann fiel ihm ins Wort. »Ich bin kein Penner. Kann sich ein Mann nicht mal hinsetzen und 'ne Weile ausruhen, ohne daß man ihn gleich für 'n Penner hält?«

Falcon konnte die Gestalt jetzt deutlicher erkennen. Der Mann war groß, annähernd zwei Meter, fast zwei Köpfe größer als Falcon, und massiv gebaut. Nicht fett, aber massig und muskulös. Lange, glatte schwarze Haare waren im Nacken zu einem Pferdeschwanz zusammengebunden. Hohe Wangenknochen, eine kräftige Adlernase und tiefliegende, fast schwarze Augen. Falcon war der Ansicht, daß seine Hautfarbe normalerweise dunkel sein mußte — vielleicht noch ein wenig dunkler als Falcons eigene —, aber im Moment sah der Mann irgendwie blaß aus. Ein Amerindianer? Höchstwahrscheinlich.

Der Mann trug etwas, das Falcon bei sich als ›Geschäftsanzug‹ bezeichnete, die Art engsitzenden, dunklen Overall, mit dem in Trid und SimSinn grundsätzlich Shadowrunner und Straßenvolk bekleidet waren.

Falcon wich einen weiteren Schritt zurück. »Tut mir leid.«

»Ach, vergiß es.« Der Mann klang noch müder, als er sich wieder an die Wand lehnte. Mit der rechten Hand griff er sich unter den linken Arm und tastete seine Rippen ab. Als die Hand wieder auftauchte, glänzten die Finger vor Nässe. »Drek«, murmelte er. »Es hat wieder angefangen zu bluten. Ich schätze, du hast nicht zufällig 'n Wundpflaster bei dir?« Er schnaubte. »Hab ich mir schon gedacht.«

Zu seiner Überraschung spürte Falcon die Furcht langsam von sich abfallen. Der Penner, der gar keiner war, war groß genug, um einschüchternd zu wirken, und irgend etwas an ihm wies auf tödliche Fähigkeiten hin. Doch er hatte außerdem etwas an sich, das Falcon davon überzeugte, daß dieser Mann nicht einfach um des Ärgers willen Ärger machte. Anders als beispielsweise die Disassembler. Aber gib ihm einen Grund, auf dich loszugehen, und die Geister mögen dir gnädig sein. »Was ist passiert?« fragte er.

Der Amerindianer lächelte grimmig. »Ich bin nicht schnell genug ausgewichen. Hochgeschwindigkeitskugeln haben immer Vorfahrt.«

Falcon musterte den Fremden mit wachsendem Respekt. Er hatte schon gesehen, wie jemand von einer Kugel getroffen worden war — ein Mitglied der First Nation war bei einem Bandenkrieg von einem Screamer ins Bein geschossen worden. Die Wunde hatte ausgesehen wie ein Kratzer, aber das, was im Trideo ›Wundschock‹ genannt wurde, hatte seinen Chummer fertiggemacht und regelrecht flachgelegt. Er hatte nur noch daliegen und teilnahmslos auf das Blut starren können, das durch seine Jeans sickerte. Im Gegensatz dazu hatte sich dieser Bursche eine Kugel in die Rippen eingefangen — nach der Blutmenge an seinen Fingern zu urteilen, eine üble Wunde —, aber er schien es ganz gut zu verkraften. Klar, er war müde, wahrscheinlich durch den Blutverlust, aber er konnte trotzdem noch Witze darüber machen.

»Hättest du gern ... brauchst du Hilfe?« fragte Falcon zögernd.

Der Amerindianer schnaubte. »Von dir?«

Falcon richtete sich zu voller Größe auf. »Ja, klar. Warum nicht?«

»Warum nicht?« Ein müdes Lächeln breitete sich auf dem Gesicht des Mannes aus. »Bemüh dich nicht, Chummer, ich komm schon zurecht. Aber ... gute Idee, weißt du? Danke für das Angebot.« Er deutete in die Richtung, die Falcon zuvor eingeschlagen hatte. »Du mußt irgendwohin, stimmt's?«

Falcon zögerte, nickte dann. »Ja. Ja, ich ...«

Ein kehliger Schrei schnitt ihm das Wort ab. »Da isser«, verkündete eine donnernde Stimme. »*Sag* ich doch, ich hab ihn gesehen!«

Voller Entsetzen wirbelte Falcon herum. In der Gasseneinmündung standen vier Gestalten, deren Umrisse sich vor dem Hintergrund der Straßenbeleuchtung abzeichneten. Große, asymmetrische Gestalten. Falcon konnte zwar die Farben nicht sehen, aber er wußte trotzdem, daß sie grauweißes Leder trugen.

Langsam, fast gemächlich, setzten sich die vier Disassembler in Bewegung. »Da hast du uns aber 'ne verdammt fröhliche Jagd geliefert, was?« fauchte einer von ihnen. »Ich hab dich hinken sehen. Mal sehen, ob du's noch mal bringst.«

Einen Augenblick lang erwog Falcon tatsächlich wegzurennen. Aber er wußte mit schrecklicher Gewißheit, daß der Troll recht hatte. Sein Knöchel war im Eimer.

Sie würden ihn erwischen, bevor er auch nur ein Dutzend Meter weit kam. Er sah sich verzweifelt nach einer Waffe um — *irgendwas*.

Der Amerindianer stieß sich lässig von der Wand ab und versperrte den Trollen den Weg. »Laßt ihn in Ruhe«, sagte er ruhig. »Er steht unter meinem Schutz.«

Falcon sah, wie sich die Augen zweier Trolle vor Überraschung weiteten. In der ruhigen, gemessenen Art des Mannes lag etwas, das ihn plötzlich wie eine Naturgewalt erscheinen ließ — tödlich und unerbittlich.

Der Anführer der Trolle war nicht sensibel genug, um das zu spüren. Oder wenn doch, ignorierte er es. »Verpiß dich, du schwindsüchtiger Norm«, fauchte er. Er hob einen Arm, der dicker als Falcons Oberschenkel war, um den Mann wegzustoßen. So groß der Amerindianer auch war, ein harter Stoß von einem Troll reichte immer noch aus, um ihn gegen die Wand zu schleudern.

Doch die Brust des Amerindianers war nicht mehr da, um den Stoß aufzufangen. Im letzten Moment drehte er sich weg, packte das Handgelenk des Trolls mit beiden Händen und zog. Der Troll verlor das Gleichgewicht und stolperte vorwärts. Der Amerindianer vollendete seine Drehung. Er drehte dem Troll jetzt den Rücken zu und klemmte dessen Arm unter der Achsel ein. Er wechselte den Griff und *drehte*.

Das widerliche Knacken brechender Knochen hallte wie ein Pistolenschuß durch die Gasse. Der Troll brüllte vor Schmerz. Aber nicht lange. Der Amerindianer ließ den gebrochenen Arm des Trolls los, vollführte noch eine halbe Drehung und schmetterte ihm den Ballen der rechten Hand unter das Kinn. Die Zähne des Trolls knallten mit einem deutlich hörbaren Klicken aufeinander; er verdrehte die Augen und brach wie ein nasser Sack zusammen.

Zwei der drei verbliebenen Trolle sprangen brüllend vor Wut über das Schicksal ihres Anführers vorwärts. Der dritte, der kleinere, wich vor dem beginnenden

Handgemenge zurück, wobei ihm vor Überraschung und Angst fast die Augen aus dem Kopf quollen.

Die beiden größeren Trolle erreichten den Amerindianer im gleichen Augenblick, eine solide, lebendige Mauer, die allein schon völlig ausgereicht hätte, den Mann von den Beinen zu holen. Schlimmer noch, Falcon sah das Glitzern von Stahl in der Faust eines der Trolle. Ein Messer? Es mußte eins sein. Wenn sie Kanonen gehabt hätten, wären sie nicht auf ihn losgegangen. Der Amerindianer verschwand unter den Trollen. Das war's, dachte Falcon.

Doch nein, keineswegs. Einer der Trolle jaulte schmerzerfüllt auf, ein hoher, pfeifender Laut, bei dem sich Falcons Oberschenkel in unbewußtem Mitgefühl anspannten. Ein Licht blitzte auf, und irgend etwas fiel klappernd direkt vor Falcon zu Boden. Das Messer des Trolls.

Ein Troll war erledigt und rührte sich nicht mehr. Der andere ließ einen mächtigen Schwinger zum Kopf des Amerindianers los, doch er traf nicht. Der Amerindianer duckte sich darunter hinweg, und der Troll wurde von seinem eigenen Schwung herumgerissen. Dann feuerte der Amerindianer zwei kurze, brutale Haken in die Nieren des Trolls ab. Aufbrüllend stolperte der Troll rückwärts.

Der Amerindianer trat einen Schritt vor und trat dem Disassembler die Beine unter dem Körper weg. Als der Troll stürzte, warf sich der Amerindianer auf ihn, um ihn endgültig zu Boden zu werfen. Das erste Körperteil, das auf den Boden aufschlug, war der Hinterkopf des Trolls. Ein lautes Knacken. Der Disassembler zuckte noch einmal und lag dann still.

Ein winziger rubinroter Punkt erschien auf der Schulter des Amerindianers und wanderte dann zu seinem Kopf. Falcon wirbelte herum.

Der noch verbliebene Troll stand in der Gasseneinmündung und hielt eine Pistole, die in seinen gewaltigen Händen winzig wirkte. Der Ziellaser glomm, und Falcon sah, wie sich der Finger langsam um den Abzug krümmte.

Falcon bückte sich und schnappte sich das zu seinen Füßen liegende Messer. Warf es, ein verzweifelter Unterhandwurf.

Der Troll mußte das Messer aus dem Augenwinkel gesehen haben. Er zuckte in dem Augenblick, als er abdrückte. Die Pistole hustete einmal, dann traf ihn das Messer am Kopf. Für einen echten Messerexperten war es ein lausiger Wurf — das Heft traf zuerst, und die rasiermesserscharfe Klinge tat nicht mehr, als das Kinn des Trolls anzukratzen —, aber unter Berücksichtigung aller Umstände war er schon verdammt gut.

Doch nicht gut genug. Vor Wut fauchend, legte der Troll die Pistole wieder an, sein Finger krümmte sich um den Abzug.

Und wie durch Zauberei schien plötzlich ein Messergriff aus seinem Hals zu wachsen. Gurgelnd kippte der Troll hintenüber, schlug verzweifelt um sich und rührte sich dann nicht mehr.

Der Amerindianer lag immer noch auf dem zweiten Troll, den er gefällt hatte; sein linker Arm, mit dem er das Messer geworfen hatte, war immer noch auf den Pistolenheld der Gang gerichtet. Er hatte es ebenso wie Falcon mit einem Unterhandwurf versucht, aber durch die Tatsache, daß er lag, war der Wurf noch schwieriger gewesen. Schwierig oder nicht, der Wurf war perfekt gewesen.

Langsam und vor Anstrengung stöhnend kam der Amerindianer auf die Beine. Jetzt erst sah Falcon, daß der rechte Arm des großen Mannes schlaff herabhing. Er brauchte nicht lange, um den Grund dafür zu erkennen: Die Kugel des Trolls hatte ein großes Stück Fleisch aus dem Bizeps des Amerindianers gerissen. Blut rann aus der Wunde und den Arm herunter, um dann von seinen Fingerspitzen auf die Gasse zu tropfen.

»Verdammter dreckfressender Hurensohn«, fluchte der Amerindianer. »Zwei an einem Tag.« Er richtete müde, schmerzerfüllte Augen auf Falcon. »Steht dein Hilfsangebot noch?« fragte er. »Weißt du irgendwas über Erste Hilfe?«

Voller Mißtrauen musterte Falcon den provisorischen Druckverband, den er dem Amerindianer angelegt hatte. Er hatte sein Hemd zerrissen, und der graue Stoff hatte sich bereits dunkel verfärbt. Zumindest hatte er die Blutung verlangsamt, dessen war er sich jedenfalls sicher. Ansonsten wäre der Mann jetzt bereits tot gewesen.

Er ging langsam neben dem Amerindianer her, bereit, ihm seine Schulter anzubieten, falls er sie brauchen sollte. Doch sein Begleiter schien ohne fremde Hilfe gehen zu können, wenn auch langsam. Wiederum war Falcon erstaunt, wieviel der große Mann einstecken konnte. Er hatte reglos dagesessen, während Falcon seine neue Wunde verarztet hatte, aber kaum war der Job beendet gewesen, als er auch schon wieder zum Geschäftlichen übergegangen war: Er hatte die Pistole des Trolls aufgehoben, Magazin und Lademechanismus überprüft, dann sie und sein Messer in seinem Overall verstaut. Als er sich schließlich zum Gehen wandte, hatte Falcon darauf bestanden mitzukommen. Der Amerindianer hatte protestiert, doch nicht allzu energisch. Seitdem waren sie dem Herzen der Innenstadt vielleicht fünfzehn Blocks nähergekommen, und zwar ausschließlich über Hintergassen.

»Mein Name ist Dennis Falk«, sagte Falcon, um das Schweigen zu durchbrechen. »Meine Chummer nennen mich Falcon.«

Der Amerindianer sah zu ihm herab und schwieg einen Augenblick. Dann erwiderte er: »John Walks-by-Night. Man nennt mich Nightwalker.«

Falcon erwog ein Händeschütteln, doch Nightwalker

machte keine Anstalten, die Hand auszustrecken. »Welcher Stamm?« fragte er.

»Stamm? Kein Stamm.«

Falcon sah ihn überrascht an, musterte kurz das ausgeprägte Profil des Mannes, seine Hautfarbe, das Haar.

Nightwalker sah ihn nicht an, sondern redete weiter, als könne er die Gedanken des jungen Bandenmitglieds lesen. »Ja, ich bin ein Amerindianer. Aber ich gehöre keinem Stamm an.« Er lächelte, immer noch ohne ihn anzusehen. »Zu welchem Stamm gehörst *du?*«

»Sioux«, antwortete Falcon, um sich gleich darauf mit leiserer Stimme zu korrigieren. »Meine Mutter war eine Sioux.«

»Die Abstammung mütterlicherseits reicht bei den meisten Stämmen«, sagte Nightwalker. »Also ist Falcon dein Stammesname? Der dir von den Häuptlingen verliehen wurde?«

»Nein«, sagte Falcon zögernd.

»Bist du vom Siouxhäuptling irgendeines Siouxstammes offiziell anerkannt worden?«

»Nein.«

»Dann gehörst du strenggenommen also zu gar keinem Stamm. Wie ich. Richtig?«

Falcon schwieg ein paar lange Augenblicke. »Ja«, sagte er widerwillig. Dann fügte er hitzig hinzu: »Aber das werde ich noch.«

»In Seattle gibt es keine Siouxhäuptlinge, Chummer.«

»Ich gehe zur Sioux Nation.«

Daraufhin zog Nightwalker eine Augenbraue hoch und sah zu ihm herunter. »Ach? Wann denn?«

Falcon biß die Zähne zusammen und betrachtete es als Schwur, als er grollte: »Wenn ich dazu bereit bin.«

»Ach?« wiederholte Nightwalker. »Hält dich irgendwas zurück? Die Familie, vielleicht? Deine Gang?«

Falcon wollte dem Amerindianer sagen, er solle sich zum Teufel scheren, aber er konnte es einfach nicht. Der große Mann hatte irgend etwas Unwiderstehliches an sich, irgendeine merkwürdige Art von Charisma, die ihn gefangennahm. »Traumsuche«, murmelte er.

»Was?«

»*Traumsuche!*« schrie Falcon fast. Er funkelte Nightwalker an, forderte ihn fast heraus, sich über ihn lustig zu machen.

Doch Nightwalker betrachtete ihn nur gelassen. Wiederum hob sich eine Augenbraue. »Erzähl mir was über diese Traumsuche«, sagte er ruhig.

Falcon schnaubte. Du weißt schon, wovon ich rede, dachte er, sagte es jedoch nicht. Statt dessen erklärte er, was er aus Langlands Buch erfahren hatte.

Als er geendet hatte, schien Nightwalker über seine Worte nachzudenken, bevor er sich dazu äußerte. »Also gehst du, wenn dich die Geister rufen?« sagte er schließlich. »Dann und nur dann?« Er schüttelte den Kopf. »Das kann ich einfach nicht glauben.« Er hob rasch die Hand, um Falcons Widerspruch zuvorzukommen. »Ich meine damit nicht, daß ich dich für einen Lügner halte«, erklärte er. »Ich kauf dir einfach nur diese Philosophie nicht ab. Dein Schicksal liegt in deinen Händen, das glaube ich, du allein trägst die Verantwortung für dein Leben. Und so, wie ich das sehe, ist jeder ein Dummkopf, der diese Verantwortung *irgend* jemandem überläßt, selbst wenn es die Geister sind.« Er schüttelte wieder den Kopf. »Aber was soll's«, fuhr er mit einem plötzlichen Grinsen fort, »ich misch mich nicht in die Religion oder Philosophie von anderen ein. Es ist nicht sonderlich gesund, und überhaupt, wer weiß? Vielleicht haben sie ja recht. Ich wünsch dir mehr Macht und hoffe, daß du eines Tages das Lied der Totems hörst.«

Ein paar Minuten lang gingen sie schweigend weiter, wobei Falcon den großen Amerindianer verstohlen beobachtete. Der andere beklagte sich zwar nicht, aber er konnte erkennen, daß Nightwalker starke Schmerzen hatte. Und, was noch schlimmer war, der Blutverlust durch die beiden Kugelwunden hatte ihn offenbar ziemlich geschwächt. Sein Gesicht war blaß, die Haut spannte sich über dem Schädel. Seine Augen waren eingefallen und glänzten fiebrig. Zwar behielt er das eingeschlagene Tempo bei, doch aus seinem normalen, wenngleich langsamen Gang war eine Art Schlurfen geworden. Falcon war klar, daß es Nightwalker immer schwerer fiel, die Kontrolle über seinen Körper zu bewahren.

»Wohin gehen wir?« fragte er schließlich.

Nightwalker antwortete nicht sofort. Dann schüttelte er den Kopf wie jemand, der kurz vor dem Einschlafen stand und sich mühsam in den Wachzustand zurückkämpfte. Er bedachte Falcon mit einem gequälten Lächeln. »*Wir?*« fragte er. »Ich gehe dorthin, wo ich mich mit meinen Kameraden treffe. Du gehst dorthin zurück, wo du herkommst.«

Falcon schüttelte entschlossen den Kopf. »Du brauchst mich.«

Nightwalker lachte. »Bilde dir bloß nichts ein. Du bist schnell mit 'nem Messer und kennst dich mit Notverbänden aus. Das bedeutet nicht, daß du in derselben Liga spielst wie wir. In zehn Jahren vielleicht, aber jetzt noch nicht.«

»Ihr seid Shadowrunner.«

Der große Amerindianer sah wieder zu ihm herunter, diesmal taxierend. Einen Augenblick später sah Falcon ihn eine Entscheidung treffen. »Ja«, sagte Nightwalker.

»Was ist passiert?«

Nightwalker dachte darüber nach, zuckte dann die Achseln. »Ich schätze, es spielt keine Rolle, ob ich es dir erzähle. Ein Run ist schiefgelaufen. Wir haben darauf gewartet, daß eine aus unserem Team ihren Teil des Jobs beendete, aber« — er zuckte wieder die Achseln — »sie ist nie zurückgekommen, wir wollen's mal so ausdrükken. Und dann hat uns das andere Team angegriffen.« Er grunzte. »Ein anderes Schattenteam. Der Konzern, auf den wir es abgesehen hatten, war selbst aktiv geworden und hatte Shadowrunner zu seinem Schutz angeheuert. Wir haben nicht damit gerechnet, aber es ergibt schon einen Sinn. Einen Dieb fängt man am besten, indem man einen anderen Dieb einsetzt.« Seine Worte verklangen, und sein Gesicht wurde ausdruckslos, schlaff. Einen Augenblick sah er wie ein Schlafwandler aus; sein Körper setzte die Gehbewegungen fort, obwohl er das Bewußtsein verloren hatte.

»Und was ist dann passiert?« hakte Falcon nach.

Nightwalkers Kopf zuckte hoch wie bei jemandem, der plötzlich erwacht. »Ich drifte weg«, sagte er leise. »Blutverlust, Wundschock. Vielleicht solltest du dafür sorgen, daß ich weiterrede.«

»Und was ist dann passiert?« wiederholte Falcon seine Frage.

»Sie haben uns kalt erwischt«, fuhr Nightwalker mit emotionsloser Stimme fort. »Ich war dabei und ... und meine Freundin plus der Rest meines Teams aus Seattle. Und dann noch sechs andere von außerhalb.« Er zwinkerte Falcon zu, seine Lippen hatten sich zu einem grimmigen Lächeln verzogen. »Echte Stammestypen, ihr hättet euch wahrscheinlich über tausend Sachen unterhalten können.« Dann erlosch das Lächeln. »Es war ihr Run. Sie brachten mich als Taktiker mit an Bord, und weil ich den Sprawl kenne. Die Stammestypen waren gut, aber nur bei Aktionen in kleinen Gruppen. Sie brauchten mich, um die Teams zu koordinieren. Marci — meine Freundin — und der Rest meines Teams waren nur Kanonen für den Fall, daß was schiefging.« Seine Augen waren ein wenig glasig, ihr Blick in weite Ferne gerichtet. Falcon wußte, daß er die Ereignisse noch einmal durchlebte wie die Aufzeichnung einer Trideoshow.

»Sie haben Marci erledigt«, fuhr der große Amerindianer leise fort. »Eine Kugel nur. Sie traf sie in Höhe der Oberlippe und pustete ihr den gesamten Hinterkopf weg. Ein paar von den anderen hat es auch erwischt, glaube ich.« Er schüttelte den Kopf. »Oder vielleicht auch nicht, vielleicht sind sie nur verwundet worden. Jedenfalls waren wir getrennt und mußten uns verziehen, oder sie hätten uns alle gegeekt.«

»Und dabei wurdest du auch getroffen?«

Nightwalker nickte zögernd. »Ich glaub schon. Ich hab's nicht gespürt, als es passiert ist. Manchmal ist das so. Erst später hab ich dann bemerkt, daß meine Rippen taub waren.« Er sah zu Falcon herunter. »So fühlt sich 'ne Schußwunde oft an: taub und tot. Die Schmerzen kommen erst später.«

»Und was willst du jetzt machen?«

»Notfallpläne«, sagte Nightwalker schleppend. »Wir haben Treffpunkte, Zeiten und Verfahren für den Notfall. Wir sammeln uns und sehen, ob wir irgendwas tun können, um den Run noch aus dem Feuer zu reißen.«

»Und dorthin gehst du jetzt«, stellte Falcon fest.

»Mh-mh«, antwortete Nightwalker teilnahmslos.

Plötzlich besorgt, sah Falcon zu seinem Begleiter hoch. Der große Shadowrunner schien von Sekunde zu Sekunde apathischer zu werden, seine Stimme wurde immer leiser, die Aussprache immer undeutlicher. »Alles in Ordnung?« fragte er in scharfem Tonfall.

Nightwalker antwortete nicht sofort. Als er es dann tat, machte er nur: »Hm?«

Falcon blieb stehen, und der Grad seiner Besorgnis schnellte sprunghaft in die Höhe, als der Amerindianer noch ein paar Schritte weiterging, bevor er es bemerkte und ebenfalls stehenblieb. »Alles in Ordnung?« fragte er noch einmal.

Wieder eine Pause, bevor Nightwalker antwortete. »Nein«, sagte er gedehnt. Er schüttelte den Kopf, als wolle er ihn klären. »Nein«, sagte er erneut, diesmal mit entschlossenerer Stimme. »Drek, ich baue echt ab.«

»Wie weit ist es noch bis zum Treffpunkt?«

»Denny Park. Wie weit ist das noch?«

Falcon sah sich um. Sie befanden sich an der Ecke

Sixth Avenue und Pine Street. »Ungefähr einen Kilometer, vielleicht etwas mehr«, schätzte er.

»Drek!« Nightwalker hustete trocken und rauh und spie auf den Boden. Falcon sah, daß der Tropfen Speichel auf der Lippe des Amerindianers dunkel vom Blut war. Der große Mann lehnte sich gegen eine Hauswand und schloß für einen Augenblick die Augen. Sein Gesicht war von Erschöpfung und Schmerz gezeichnet. Als er die Augen wieder öffnete und auf Falcon richtete, glänzten sie im Fieber. »Vor einer Weile sagtest du ›wir‹«, begann er leise. »*Wir*. Willst du mir immer noch helfen?«

Falcon zögerte, doch nur einen Augenblick. »Ja.« Er bemühte sich um einen coolen Tonfall, um die Erregung zu verbergen, die er empfand. »Ja, ich will dir helfen. Was brauchst du?«

Der Shadowrunner brachte ein Lächeln zustande, erschöpft, aber wissend. »Bring mich zum Treffpunkt«, sagte er. »Ich werde es schaffen, aber danach wird nicht mehr viel mit mir los sein. Verstehst du, was ich meine? Du sollst mir Rückendeckung geben. Halt mir den Rücken frei, wahre meine Interessen. Verstehst du?«

»Du traust deinen Partnern nicht?«

Aus Nightwalkers Kichern wurde ein schmerzerfülltes, trockenes Husten. Er spie wieder aus, wischte sich einen blutigen Speichelfaden vom Kinn. »In den Schatten gehört Vertrauen nicht zu den Dingen, die weitverbreitet oder auch nur üblich sind, Chummer. Wir müssen dir 'ne Kanone besorgen.«

Falcon wog die Pistole in der Hand. Sie war schwerer als erwartet und fühlte sich kalt und tödlich an. Eine Fichetti Security 500, so hatte sie der Ork-Waffenschieber genannt. Eine leichte Pistole für leichte Muni, gerade mal eine Stufe über einer Hold-out-Pistole. Doch in seiner relativ kleinen Hand machte sie einen klobigen Eindruck.

Er hatte noch nie zuvor eine Pistole gekauft. Um die Wahrheit zu sagen, hatte er auch noch nie eine benutzt oder auch nur in der Hand gehalten. Keine echte Pistole. Wie die meisten Mitglieder der First Nation hatte er sich eine ›Samstagabend-Spezial‹ gekauft — eine selbstgemachte, einschüssige Gummibandpistole, die er für zwanzig Nuyen vom Barmann einer Kneipe bei den Docks erstanden hatte. Wiederum wie die meisten seiner First Nation-Kameraden hatte er die Waffe jedoch nie benutzt und auch nie *vorgehabt*, sie zu benutzen. Eine Gummibandpistole zu besitzen, sie im Gürtel zu tragen, war nicht viel mehr als Machogehabe. Er wußte, daß ein paar Gangführer echte Kanonen besaßen. Einer hatte einem rivalisierenden Gangmitglied sogar mal eine Kugel ins Bein gejagt. Für die meisten anderen war eine Kanone mehr ein Requisit wie eine Jacke mit den Gangfarben, kein Werkzeug, das man benutzen konnte.

Der Waffenschieber hatte nur gelächelt, als Falcon eine Pistole verlangt hatte. Doch das Lachen war ihm schnell vergangen, als der Jugendliche den beglaubigten Kredstab herausholte, den Nightwalker ihm gegeben hatte. Er hatte Falcons Hand ergriffen, um die Größe seiner Handfläche zu bestimmen, und dann die Fichetti hervorgeholt. »Is nich viel Knarre«, hatte der Ork gegrunzt, »sollte dir aber gute Dienste leisten.« Die Kanone hatte 425 Nuyen gekostet, die Falcon bezahlt hatte, ohne zu versuchen, den Waffenschieber herunterzuhandeln. Keine Zeit. Er wußte mit Bestimmtheit, daß er zuviel bezahlt hatte, als der Ork freiwillig einen zusätzlichen Munitionsclip drauflegte.

Jetzt hielt er Nightwalker die Waffe hin.

Der Amerindianer sah aus wie Drek, seine Haut war fahlweiß, die Augen rot und eingefallen, die Stirn mit Schweißperlen bedeckt. Er saß auf dem Bürgersteig, den Rücken gegen eine Hauswand gelehnt, und hatte große Ähnlichkeit mit einer Leiche. Genauso hatte Falcon ihn zurückgelassen, bevor er in die Bude des Waffenschiebers gegangen war, und es sah nicht so aus, als hätte der Runner in der Zwischenzeit auch nur mit der Wimper gezuckt.

»Also hast du dir 'n Spielzeug besorgt, hm?« Nightwalkers Lächeln wirkte ebenso matt und erschöpft wie sein Tonfall.

»Für dich hab ich auch was«, antwortete Falcon. »Hier.« Er warf ein kleines Päckchen in Nightwalkers Schoß.

Mit schwerfälligen Bewegungen öffnete der Amerindianer das Päckchen und zog ein kleines, rundes, in Plastikfolie verpacktes Pflaster heraus. Er schüttelte das Päckchen, bis auch der übrige Inhalt in seine offene Hand fiel: drei kleine, achtkantige Pillen in einem warnenden, leuchtenden Rot. Er sah zu Falcon hoch. »Stimulanzpflaster?« fragte er.

Falcon nickte. »Und das sind Metas. Metam... irgendwas.«

»Metamphetamine«, vollendete Nightwalker. »Runners Freunde.«

»Der Waffenschieber sagte, sie würden dich aufpeppen.«

»Aufpeppen?« grunzte Nightwalker belustigt. »Ja, genau, sie peppen mich auf, nehmen mir die Schmerzen, machen mich *unverwundbar... oder zumindest machen sie mich glauben*, ich sei unverwundbar. Und dann, wenn die Wirkung nachläßt, kommt der Absturz, und zwar ein *schwerer* Absturz.«

Falcon sah weg. »Ich dachte, sie würden helfen.«

»Das werden sie auch«, bestätigte Nightwalker. »Du hast das ganz richtig gemacht. Wenn ich sie nehme, werde ich morgen das Leben hassen.« Er lachte. »Aber wenn ich sie nicht nehme, erlebe ich kein Morgen.« Er grinste. »Du hast wohl nicht zufällig 'n Glas Wasser mitgebracht, hm?«

Nightwalker sah immer noch wie Drek aus, dachte Falcon, aber zumindest sah er nicht mehr so aus, als würde er jeden Moment abkratzen. Falcon hatte das Stimulanzpflaster auf die häßliche Durchschußwunde in den Rippen des Amerindianers gelegt, eine Wunde, die noch schlimmer aussah, als Falcon erwartet hatte. Und dann hatte Nightwalker die Metas geschluckt und schmerzhaft gehustet, als die trockenen Pillen in seiner Kehle steckengeblieben waren.

Fasziniert hatte Falcon auf die Reaktion gewartet. Wenn die Metas so stark waren, wie Nightwalker gesagt hatte ... Er brauchte nicht lange zu warten. Das Blut kehrte in das Gesicht des Runners zurück. Seine eben noch glasigen Augen klärten sich sichtbar. Mit einem schmerzerfüllten Stöhnen rappelte er sich auf. Er sieht immer noch wie Drek aus, dachte Falcon, aber zumindest nicht mehr tot.

Vorsichtig streckte sich Nightwalker, testete die Beweglichkeit seines Körpers. Er drehte sich in der Hüfte und zischte vor Schmerzen, als die Wunde in seinen Rippen durch die Bewegung gedehnt wurde.

»Wie geht's dir?« fragte Falcon.

»So gut, wie zu erwarten war, also verdammt lausig. Was ich wirklich brauche, ist Magie. Du bist nicht zufällig 'n Schamane? Hab ich mir gedacht.« Langsam vollführte er eine tiefe Kniebeuge. »Okay, ich kann gehen. Nicht besonders schnell, aber ich werde es schaffen.« Er grinste Falcon an und schlug ihm auf die Schulter. »Willst du vorgehen?«

5

12. November 2053, 2343 Uhr

Was haben Fahrstühle und öffentliche Treppenhäuser nur an sich, daß Männer darin ihre Blase entleeren wollen? fragte sich Sly, als sie den Gestank roch. (Und Frauen auch, dachte sie, als sie sich an die verkommen aussehende Tippelschwester erinnerte, die sich einfach auf den Bahnsteig der Monobahn-Haltestelle Westlake Center hingehockt hatte.) In zynischen Momenten fragte sie sich, ob es derselbe Instinkt war, der Wölfe und Hunde veranlaßte, ihr Revier zu markieren. Vor ihrem geistigen Auge konnte Sly eine Motorradgang sehen, deren Mitglieder sich vor der nächtlichen Kreuzfahrt durch ihr Revier die Bäuche mit Wasser füllten. Sie kicherte in sich hinein, um dann ihre herumvagabundierenden Gedanken zu zügeln. Zeit, sich aufs Geschäft zu konzentrieren.

Sie befand sich am nördlichen Ende des Alaskan Way auf Höhe des Pier 70 direkt gegenüber dem frisch renovierten Edgewater Inn. Ein seltsamer Stadtteil, paradox, fast schizophren, dachte sie. Die Westseite der Straße bestand aus protzigen Hotels wie dem Edgewater und Touristenfallen in Gestalt überteuerter Restaurants und Andenkenläden, die Souvenirs und an computerkontrollierten Drehbänken und Pressen produzierte ›authentische amerindianische Kunst‹ verkauften. Überall helle Lichter und elegante Wagen, um die sich aufgemotzte Diener kümmerten, die zusätzlich als Leibwächter fungierten. Und auf der Ostseite der Straße ...

Tiefstes, dunkelstes Brachland. Verrostete Eisenbahnschienen, verlassene Lagerhäuser. Ausgebrannte oder ausgeschlachtete Autowracks. Stinkende Mülltonnen. Und Ratten, sowohl die vierbeinige als auch die zweibeinige Variante. Das Nebeneinander von Touristenland und Sprawl sorgte für ein verdrehtes Ambiente.

Sly stand im Schatten einer Lagerhaustür gegen eine Stahlbetonwand gelehnt. Unbenutzt, leerstehend und mit Brettern vernagelt, war das Gebäude wahrscheinlich für den Abbruch vorgesehen, wenn die Stadtplaner so weit waren. Der Eingang, in dem Sly sich verbarg, war ebenfalls vernagelt gewesen, aber jemand hatte die Plastikplatten heruntergerissen, wahrscheinlich ein unternehmungslustiger Penner, der damit irgendeinen stinkenden Schuppen in der Pennersiedlung gebaut hatte, die am Südende der Docks aus dem Boden geschossen war. Die Wände waren großzügig mit Graffiti besprüht, und auf die Tür hinter ihr war der Hinweis gesprüht: »Wer hier reingeht, stirbt.« Der Müll und die überall verstreuten leeren Drogenampullen besagten, daß nicht allzu viele Leute die Warnung ernst nahmen.

Sly warf einen Blick auf ihre Uhr — dreiundzwanzig Uhr dreiundvierzig. Sie war seit einer Stunde hier, und seitdem ging ein kalter Nieselregen herunter. Sie fröstelte. Wie lange noch?

Sobald sich der Aufruhr im Armadillo gelegt hatte, war sie durch die Hintertür geschlüpft und hatte Modals Spur aufgenommen. Kein sonderlich schwieriger Job für jemanden mit ihren Kontakten. Sie brauchte nur zu sagen, was sie wollte, ihre Telekomnummer (genauer gesagt, die Nummer, auf die ihr Kom im Moment geeicht war) zu hinterlassen und auf eine Antwort zu warten. Ein paar Penner in der Nähe von Smelands Laden hatten auf Befragen erklärt, ›der schwarze Elf mit der großen Kanone‹ sei auf einer großen schwarzen BMW Blitz abgerauscht. Dieselbe Marke und dasselbe Modell wie seinerzeit, als Sly und er versucht hatten, ihre Affäre wiederaufleben zu lassen. Er war ein Gewohnheitstier — ein echtes Risiko in seinem Beruf —, und sie hatte ihm deswegen oft genug die Hölle heiß gemacht. Jetzt war sie natürlich froh, daß er seine festen Gewohnheiten hatte. Sie erleichterten ihre Aufgabe ungemein.

Sie hatte nicht mit einer sofortigen Antwort gerechnet. Normalerweise brauchte ihr Informationsnetz Stunden oder gar Tage, bis es lieferte. Heute hatte sie Glück gehabt. Der erste Anruf hatte sie nach weniger als einer Stunde erreicht, um kurz darauf von anderer Seite bestätigt zu werden. Jemand hatte Modal dabei gesehen, wie er ins Kamikaze-Sushi am alten Pier der Washington State Fähren geschlendert war — Pier 68, wenn sie sich recht erinnerte.

Sly kannte das Kamikaze-Sushi, war selbst schon ein paarmal dort gewesen. Es war ein weiterer widersprüchlicher Aspekt des nördlichen Hafengebiets, auf der Westseite des Alaskan Way scheinbar völlig fehl am Platz. Ein kleines, ständig überfülltes Restaurant, bekannt für seine nächtlichen Partys (in krasser Mißachtung der Schanklizenzen) und für die Tatsache, daß dort klassische Rockmusik in ohrenbetäubender Lautstärke gespielt wurde. *Altes* Zeug — Rolling Stones, Doors, Genesis, Yes —, Bands, die vor einem Dreivierteljahrhundert angesagt waren. Der Besitzer des Kamikaze-Sushi war ein großer Japaner, der sich Tiger nannte, und wenn er hinter der Sushibar arbeitete, war er die größte Attraktion des Restaurants. Vercyberte Reflexe machten aus Tiger den schnellsten Sushikoch im Plex, aber durch seine Angewohnheit, bei seinen Gästen Drink für Drink mitzuhalten — selbst bei Trollen, die fünfzig Kilo schwerer als er waren —, erhielten seine Fähigkeiten immer sehr rasch einen Dämpfer. Als Resultat einiger ›geringfügiger Zwischenfälle‹ unter Alkoholeinfluß waren vier Finger seiner linken Hand und zwei seiner rechten Cyberglieder. (Ein immer wiederkehrendes Gerücht behauptete, an dem Tag, als er sich den kleinen Finger der linken Hand abhackte, habe er ihn einem betrunkenen Gast auf Reis und mit einem Klecks *Wasabe* serviert ... und besagter Gast habe ihn auch prompt gegessen.) Aber nichts von alledem schien Tiger bremsen zu können.

Sly hatte ungefähr eine halbe Stunde gebraucht, um

von Puyallup zu den Piers zu gelangen, und sich ziemliche Sorgen gemacht, Modal könne in der Zwischenzeit bereits wieder abgerauscht sein. Doch nein, als sie gegenüber dem Kamikaze Stellung bezog, parkte die schwere Blitz immer noch davor. Seit einer Stunde holte sie sich jetzt in dem Eingang kalte Füße, und wartete darauf, daß der Elf herauskam. Während sie der Musik lauschte, die sie selbst aus dieser Entfernung noch klar und laut hören konnte, träumte sie davon, sich mit einem Täßchen heißem *Sake* aufzuwärmen. Natürlich unmöglich. Der ganze Sinn und Zweck dieser Übung bestand darin, Modal allein zu erwischen, ihn an irgendein stilles Plätzchen zu schaffen und ihm ein paar bohrende Fragen zu stellen. (Sie fröstelte plötzlich wieder, doch diesmal nicht wegen der Kälte. Ein Bild des kleinen Louis stand ihr plötzlich vor Augen, Louis, wie er sich durch ein Verhör schrie. Mit einiger Anstrengung verdrängte sie das Bild in die unzugänglichsten Kammern ihres Verstandes.)

Diese Geschichte hielt sie ganz schön auf Trab. Sie mußte erfahren, was Modal vorhatte, mußte herausfinden, was er über Yamatetsu und den Anschlag auf ihren Mr. Johnson wußte und warum er sie zu finden versuchte. Wenn er für die andere Seite arbeitete — vorausgesetzt, sie war nicht einfach nur paranoid —, konnte die Angelegenheit ziemlich heikel werden. Modal war schnell und gefährlich. Den Beweis dafür hatte er ihr noch vor ein paar Stunden geliefert. Sie war einigermaßen zuversichtlich, daß sie ihn — mit dem Überraschungsmoment auf ihrer Seite — rasch und sauber aus dem Verkehr ziehen konnte. Aber das wollte sie gar nicht. Sie brauchte ihn lebendig, unverletzt und in der Verfassung, ein paar Fragen zu beantworten. Und wenn sich herausstellte, daß er sie nicht aus irgendeinem finsteren Grund zu finden versuchte, mußte sie auch noch vermeiden, seinen Stolz zu verletzen oder ihn zu sehr in Wut zu bringen, so daß er ihr sagte, was sie wissen wollte. Sie seufzte. Niemand hatte behauptet, der Job sei einfach. Sie sah wieder auf die Uhr. Mach schon, Modal. Beeil dich...

Als sei dieser Gedanke ein Zauber gewesen, um ihn herbeizubeschwören, tauchte die vertraute Gestalt Modals in blauer Lederkluft ganz plötzlich im Eingang des Restaurants auf. Er blieb kurz stehen, ganz offensichtlich, um sich von der kalten Nachtluft den Sakedunst und die Rauschschwaden aus dem Kopf blasen zu lassen. Dann schlenderte der Elf zu seinem Motorrad, schwang ein Bein über die Maschine und setzte sich auf den Sattel.

Sly hielt den Atem an. Die nächsten Augenblicke waren entscheidend. Der Elf hielt hartnäckig an einer Angewohnheit fest — dem schweren Motorrad, das er so sehr liebte. Würde er auch an einer anderen festhalten?

Ja! Anstatt die Maschine einfach anzulassen und loszufahren, griff er in seine Taschen und suchte nach etwas. Sly wußte, wonach: dem kleinen Computer-Modul, das alle anspruchsvollen Funktionen der Blitz kontrollierte. Da er es vorzog, sich nicht auf Alarmanlagen und andere Diebstahlsicherungen zum Schutz seiner Maschine zu verlassen, hatte Modal die Kontrolleiste so verändert, daß das Computermodul in einen Tunnel paßte, ähnlich wie bei einem Autostereo. Wenn er die Maschine parkte, zog er das Modul heraus und steckte es in die Tasche. Ohne das Modul war die Maschine praktisch tot. Ein potentieller Dieb konnte nicht einmal den Anlasser starten, geschweige denn die Metallmasse kontrollieren, deren Stabilität entscheidend vom computergesteuerten Gyroskop unter dem Motorblock abhing. Das Herausnehmen und Wiedereinsetzen des Moduls dauerte mehrere Sekunden — Sekunden, die im Falle eines Kampfes den Unterschied zwischen Leben und Tod ausmachen konnten —, doch Modal war zu dem Schluß gekommen, daß ihm der Schutz seines geliebten Motorrads das Risiko wert war.

Das bedeutete, ihr blieben ein paar kostbare Sekunden, in denen der Elf die Blitz zum Leben erweckte. Mit dieser Überlegung im Hinterkopf hatte sie ihre Stellung gewählt, und das Risiko hatte sich ausgezahlt.

Mit erhobenem Kopf, die Augen starr auf Modal gerichtet, schoß sie aus ihrem Versteck und rannte über die Straße. Sie war hinter ihm, außer Sicht ... jedenfalls hoffte sie das. Dies war höchstwahrscheinlich das größte Risiko. Wenn er auch nur die geringste Bewegung aus dem Augenwinkel wahrnahm, wenn er sich umdrehte, um genauer hinzusehen, konnten ihn seine Reflexe den Ares Predator ziehen und sie abknallen lassen, bevor er sie überhaupt erkannte.

Doch das Glück war wiederum auf ihrer Seite. Als sie die andere Straßenseite erreichte, hatte der Elf gerade das Computermodul aus der Tasche gezogen, jedoch offensichtlich Schwierigkeiten, es in den Tunnel zu schieben. Betrunken? fragte sie sich. Möglicherweise, wenn man bedachte, daß er über eine Stunde im Kamikaze gewesen war. Und wenn Modal ein Bekannter oder gar Freund von Tiger war, würde ihm der Sushikoch ein paar Drinks auf Kosten des Hauses serviert haben. Nach allem, was sie über den Elf wußte, würde er sie kaum abgelehnt haben.

Sie verlangsamte ihr Tempo zu einem normaleren raschen Gehen. Der schwere Ruger Super Warhawk mit verkürztem Lauf war eine beruhigende Metallmasse in ihrer Manteltasche. Sie schloß die Hand fester um den Kolben des Revolvers und vergewisserte sich, daß die Waffe entsichert war.

Fast da. Der Elf hatte noch nicht aufgeschaut, sie noch nicht bemerkt. Er fummelte nach wie vor mit dem Modul herum, während er unterdrückte Cockney-Flüche vor sich hin murmelte. Fünf Meter, drei ...

Sie war immer noch einen Schritt von ihm entfernt, als seine Instinkte — geschärft durch die Jahre auf der Straße und vom Alkohol nur leicht getrübt — schließlich

Alarm schlugen. Sein Kopf fuhr herum, und sie sah, wie sich seine dunklen Augen vor Überraschung weiteten. Dann zuckte seine Hand unter die Jacke, griff nach dem Predator im Schulterhalfter.

Doch zu spät. Sly warf sich bereits vorwärts und schlang ihm den linken Arm um die Schulter, während sie ihm den Lauf ihres Warhawk in die rechte Niere bohrte. »Nicht!« flüsterte sie ihm rauh ins Ohr.

Seine Hand erstarrte Zentimeter vor seiner Waffe. Einen Augenblick lang konnte sie unter ihrem Arm die Anspannung in seinen Muskeln spüren, während er überlegte. Dann entspannte er sich mit einem Seufzen. Er war schnell, das wußte sie, aber nicht *so* schnell, und das hatte er ebenfalls erkannt und sich damit abgefunden.

Auch sie gestattete sich ein wenig Entspannung. Die Furcht war sehr real gewesen, die Furcht, daß er es mit seinen vercyberten Reflexen gegen ihre normalen darauf ankommen lassen könnte. Er hätte es nicht geschafft, den Versuch nicht überlebt, dessen war sie sicher. Ihre einzige Möglichkeit hätte darin bestanden, ihm eine Kugel ins Rückgrat zu jagen, wenngleich er ihr tot nichts nützte. Ihr anderes Problem wäre die dringende Notwendigkeit gewesen, aus dieser hervorragend bewachten Hafengegend zu entkommen — eine Mörderin, an deren Kleidung noch das Blut ihres Opfers klebte. Keine angenehme Vorstellung. (Noch weniger angenehm war der Gedanke, jemanden zu töten, an dem ihr einmal sehr viel gelegen hatte ... aber darüber konnte sie jetzt nicht nachdenken.)

Modal seufzte erneut. »Ein Gesicht aus der Vergangenheit«, sagte er leichthin, im Konversationston. »Wie geht's, Sharon Louise?«

Zu ihrer Überraschung — und zu ihrem Schrecken — spürte sie beim Klang seiner Stimme einen Stich der Emotion. Sharon Louise. Damals in Tokio war sie noch unter ihrem richtigen Namen aufgetreten, bevor sie Sly als Straßennamen angenommen hatte. Nur Sharon. Aber nachdem Modal ihren zweiten Vornamen erfahren hatte, nannte er sie immer mit beiden. *Sharon Louise.* Er war der einzige, der sie jemals so genannt hatte. Selbst jetzt noch weckte der Name Erinnerungen — seine sanfte Stimme im Dunkeln, das Gefühl seines Körpers, der sich an ihren schmiegte ...

»Sly«, schnappte sie, wobei sie zwar der Versuchung widerstand, dem Wort durch einen Stoß mit dem Revolverlauf mehr Nachdruck zu verleihen, doch nur knapp.

Scheinbar unbesorgt zuckte er die Achseln. »Wie du meinst«, sagte er vernünftigerweise. »Es ist lange her, Kleines.«

Sie schüttelte verärgert den Kopf, mehr über sich selbst als über ihn. »Wir machen einen Spaziergang«, sagte sie.

Er schwieg für einen Augenblick. »Wenn du mich erledigen willst«, sagte er schließlich, »dann tu es jetzt und mach Schluß.«

Das versetzte ihr einen Schock. Nicht die Worte, nicht das Ansinnen. Die Einstellung war ihr nicht völlig fremd. Sie hätte wahrscheinlich dasselbe empfunden, wären die Rollen vertauscht gewesen. Wenn sie sich vorstellte, daß jemand sie geeken wollte, dann würden jene letzten Sekunden die denkbar schlimmste Folter sein — der langsame Spaziergang über die Straße in den Schatten der Lagerhäuser und dann, erst dann, die Kugel in Kopf oder Hals. Nein, nicht die Worte waren es, die sie packten.

Es war sein Tonfall, die ruhige, emotionslose, fast gelassene Art, wie er sie aussprach. Und die Tatsache, daß sie in den Schultern unter ihrem Arm überhaupt keine Anspannung spürte. Er redete über seinen Tod, als ... als diskutierten sie die Frage, wo sie noch einen Drink nehmen und ob sie dann in seiner Bude oder ihrer schlafen sollten. Und das war auf einer tieferen Ebene unglaublich bestürzend.

Sie unterdrückte ihre Reaktion gnadenlos. »Deine Kanone«, sagte sie entschlossen.

Er zögerte einen weiteren Moment, und sie konnte seine Gedanken fast spüren, als er seine Chancen überschlug. Dann zuckte er die Achseln. »Wenn du es so haben willst.« Langsam griff er mit der linken Hand, von der sie wußte, daß es seine schwächere war, unter die Jacke und zog den Predator mit zwei Fingern aus dem Halfter.

Sie nahm ihn ebenfalls mit der Linken und ließ ihn rasch unter ihrem Mantel verschwinden. Dann trat sie einen Schritt zurück und legte damit etwa einen Meter zwischen sich und ihn. Nach allem, was sie über ihn wußte, hatte Modal zwar vercyberte Reflexe, sich jedoch niemals irgendwelche Cyberwaffen implantieren lassen. Keine Dornen, keine Klingen. Mittlerweile waren jedoch ein paar Jahre vergangen. Sly *glaubte* nicht, daß er sich mittlerweile unter den Laser begeben hatte — implantierte Waffen waren nicht sein Stil —, aber sie würde nicht ihr Leben darauf wetten. Sie packte den Revolver in ihrer Manteltasche fester und schob ihn ein wenig vor, so daß der Lauf den Stoff ausbeulte. Nur einen Augenblick lang, um ihn daran zu erinnern, daß sie ihn immer noch geeken konnte, bevor er nahe genug an sie herankam, wenn sie wirklich mußte.

Er nickte, bestätigte die wortlose Kommunikation. »Und was jetzt?« fragte er leise.

»Wir machen einen Spaziergang«, sagte sie wieder. »Über die Straße und hinter das Lagerhaus. Und keine unbedachten Bewegungen, okay? Ich will dich nicht geeken, aber ich werde es tun, wenn du mich dazu zwingst.«

Er nickte wieder. »Ich weiß«, sagte er gelassen. »Okay, es ist deine Party.« Er stieg von seinem Motorrad und schlenderte gleichmütig über die Straße. Sie folgte ihm mit einigem Abstand.

Auf halbem Weg drehte er sich zu ihr um. Einen

schrecklichen Augenblick lang dachte sie, er wolle etwas versuchen. Sie umklammerte den Revolver fester. Doch er lächelte nur. »Ich könnte dich ziemlich in Verlegenheit bringen, weißt du«, bemerkte er, immer noch im Konversationston. »Ein Höllenspektakel machen, schreien: ›Das Miststück hinter mir hat zwei verdammte Kanonen!‹«

»Aber das wirst du nicht«, sagte sie, wobei sie mehr Zuversicht in ihre Stimme legte, als sie tatsächlich empfand.

Er ging weiter, wobei er noch ein paar Sekunden darüber nachdachte. »Nein, werde ich nicht«, entgegnete er dann über die Schulter hinweg.

In der relativen Dunkelheit hinter dem Lagerhaus, außer Sicht der Straße, begann Sly sich sicherer zu fühlen. Sie zog den Warhawk aus der Tasche und richtete ihn auf Modals Hinterkopf.

Er drehte sich zu ihr um, die Augen fest auf den schweren Revolver gerichtet. »Also hast du tatsächlich eine eigene Kanone«, sagte er. »Ich habe mich schon gewundert.«

Sie berührte den Abzug des Warhawk, was den Ziellaser aktivierte, und plazierte den rubinroten Punkt auf seine Stirn. »Knie dich hin«, sagte sie kalt, »und verschränk die Hände hinter dem Kopf.«

Er rührte sich nicht. »Ich will nicht auf die Knie.«

»Ich sagte dir doch, ich will dich nicht geeken«, schnauzte sie. »Runter mit dir.«

Er zuckte die Achseln, als komme es nicht so darauf an. Aber er gehorchte.

Sly entspannte sich ein wenig mehr. Mit seinen vercyberten Reflexen war der Elf immer noch schrecklich gefährlich — insbesondere dann, wenn er dachte, daß sie abdrücken wollte —, aber zumindest würde er sich in dieser Stellung nicht so rasch in Bewegung setzen können. Sie ließ den Abzug des Revolvers los, und der Laser erlosch.

Er sah zu ihr auf, lächelte. »Ich schätze, du willst dich ein wenig unterhalten.«

Sie holte tief Luft, versuchte ihre Emotionen in den Griff zu bekommen. Irgend etwas stimmte hier nicht, aber sie hatte keine Ahnung, was. Modal war einfach zu ruhig. Nicht entspannt, denn sie konnte die Anspannung seines Körpers erkennen. Doch es war eine Anspannung der Bereitschaft wie bei einem sprungbereiten Panther, nicht die Anspannung der Furcht. Seine Augen waren wie Zielfernrohre auf sie gerichtet, aber sie gaben keine offensichtlichen Emotionen preis.

Eigentlich ist es egal, sagte sie sich entschlossen. Ich hab ihn im Griff. Er ist ungefährlich.

Sie zwang sich dazu, ihre Stimme gleichermaßen ruhig klingen zu lassen. »Erzähl mir von Yamatetsu«, sagte sie.

Er nickte, fast zu sich selbst. »Dann weißt du es also.«

Was weiß ich? fragte sie sich, gab sich jedoch alle Mühe, ihre Verwirrung nicht nach außen dringen zu lassen. Vielleicht erzählt er mir mehr, wenn er glaubt, daß ich bereits Bescheid weiß.

»Ich weiß einiges«, sagte sie. »Und ich vermute noch mehr. Aber ich brauche die Bestätigung.«

Daraufhin lächelte Modal. »Mir hat deine Vorgehensweise schon immer gefallen ..., *Sly*.« Das absichtliche Zögern vor ihrem Namen versetzte ihr einen Stich. »Gute Verhörtechnik. Laß den Befragten nie wissen, wieviel du schon in der Hand hast.«

»Yamatetsu«, erinnerte sie ihn. »Arbeitest du für den Laden?«

Er zögerte, seine Augen suchten in ihren nach irgendeinem Hinweis. »Ja«, sagte er schließlich. Um dann hastig hinzuzufügen: »Aber nicht so, wie du wahrscheinlich denkst.«

»Erzähl mir alles«, drängte sie. »Und lüg mich nicht an. Wenn du lügst, leg ich dich sofort um.«

Er nickte. »Ja«, sagte er langsam, »das würdest du

tun, nicht wahr? Okay, die Wahrheit. Yamatetsu ist hinter dir her. Durchkämmt die Schatten mit einem ganz feinen Kamm. Sie haben Leute darauf angesetzt — ihre eigenen plus vielleicht ein Dutzend angeheuerte Runner.«

»Und du gehörst nicht dazu?«

Er schüttelte lächelnd den Kopf. »Nicht direkt. Ich bin kein Shadowrunner mehr. Es ist ein Spiel für junge Hüpfer, das weißt du. Es gibt verwegene Runner, und es gibt alte Runner. Aber es gibt keine *verwegenen alten* Runner.«

Sie schnitt eine Grimasse. Er ist jünger als ich, dachte sie empört. »Wie hängst du dann mit drin?« fragte sie rauh.

»Was machen in Rente gegangene Shadowrunner?« fragte er rhetorisch. »'ne verdammte Boutique eröffnen? Damenhüte verkaufen?«

»Du bist ein Schieber.« Die Worte klangen in ihren Ohren wie eine Anklage.

»Ins Schwarze getroffen«, sagte er mit einem Grinsen. »Ich bin immer noch im Spiel, ich kann alle meine alten Connections weiterbenutzen, aber ich muß meinen Arsch nicht mehr aus dem Fenster hängen und darauf warten, daß ihn mir jemand wegschießt.«

Sie nickte langsam. »Also ist Yamatetsu zu dir gekommen, um Runner anzuheuern.« Sie dachte laut. »Wer ist Yamatetsu Seattle? Immer noch Jacques Barnard?«

»Du bist nicht mehr auf dem laufenden. Barnard ist vor drei Monaten die Treppe raufgefallen. Er ist jetzt in Kyoto und schwelgt zweifellos im Luxus. Nein, es ist Blake Hood — 'n Zwerg und 'n richtig reizender noch dazu. Neben Blakey sieht Barnard wie 'n Muttersöhnchen aus.«

»Wie viele Runner?«

Modal zuckte die Achseln. »Blakey teilt den Kuchen immer gerne. Er gibt nie alles an einen Schieber.«

»Wie viele Kontrakte hat er dir angeboten?«

»Acht. Und noch dazu mit Spitzentarifen.«

Sly hörte den Puls in ihren Ohren pochen. Acht hochbezahlte Runner. Wahrscheinlich kannte sie ein paar von ihnen. Wie schon gesagt, Seattle war keine große Stadt, nicht in den Schatten — und das machte es noch schlimmer. Kein Profi leistete sich Gefühle, wenn es ums Geschäft ging, und die Leute, die hinter ihr her waren, mochten ihre Gewohnheiten kennen und wissen, wo sie wohnte. Drek, dachte sie, vielleicht habe ich heute nacht sogar mit einem von ihnen geredet. Schnell überdachte sie noch einmal, was sie ihren Informanten am Telekom erzählt hatte. Wahrscheinlich zuviel.

Wem, zum Teufel, soll ich trauen? fragte sie sich, während sich die Furcht in ihrem Magen zu einem drekkigen Schneeball zusammenklumpte. Niemandem!

Sie funkelte Modal an. »Und natürlich hast du die acht Kontrakte erfüllt«, beschuldigte sie ihn mit bitterer Stimme.

»Natürlich«, antwortete er ungerührt. »Geschäft ist schließlich Geschäft. Und selbst wenn ich es nicht getan hätte, Blakey wäre ganz einfach zu einem anderen Schieber gegangen, nicht?«

Sie mußte die Logik dessen, was er sagte, akzeptieren, aber dadurch fühlte sie sich nicht besser. »Du hast selbst nach mir gesucht, oder nicht?« knirschte sie.

Er hob eine Augenbraue. »Also warst du tatsächlich im Armadillo. Das dachte ich mir.«

»Warum?« grollte sie. »Was wolltest du tun? Mich persönlich erledigen und das Kopfgeld einstreichen?«

Modal schwieg einen Augenblick. »Ich weiß nicht, was ich tun wollte, und das ist die reine Wahrheit.« Er schüttelte den Kopf. »Das Kopfgeld wäre ganz nett gewesen. Zehn K sind 'n Haufen Kohle, und die Zeiten sind schlecht. Aber bei allem, was mir heilig ist, ich weiß nicht, was ich getan hätte. Dich umlegen? Dich warnen? Keine Ahnung.«

Gegen ihren Willen starrte Sly wieder in die Tiefen jener schwarzen Augen. Sie waren immer noch klar, zeigten nicht die leiseste Regung von Furcht oder irgendeiner anderen Emotion. Er konnte lügen, aber sie glaubte es nicht.

Aber ... Drek, zehn K. Ein Kopfgeld von zehntausend Nuyen. Jemand ist wirklich scharf auf mich.

»Warum?« wollte sie wiederum wissen, doch diesmal meinte sie etwas anderes damit. »Warum ist Yamatetsu hinter mir her?«

Er zuckte die Achseln.

Wut flammte in ihrer Brust auf und verdrängte fast — doch nicht ganz — die Angst. »Bist du nicht zumindest neugierig?«

»Nicht wirklich.« Modals Stimme war ruhig, gelassen. »Eigentlich spielt es keine Rolle. Dutzende von Leuten sind hinter dir her. Was auch der Grund dafür sein mag, sie werden dich ziemlich bald finden, und dann bist du erledigt.«

Sie starrte ihn wieder an. Mit einer anderen Betonung hätten die Worte eine Drohung sein können. Doch so, wie Modal sie aussprach, waren sie die bloße Feststellung einer nackten Tatsache. Was sie um so erschreckender machte.

»Weißt *du* es?« Aus Modals Worten sprach nur mäßige Neugier, mehr nicht.

Ich *glaube* es zu wissen, dachte Sly, während sie sich einbildete, das Gewicht der beiden Datenchips — der eine mit Morgensterns Personalakte und der andere mit Louis' verschlüsselter Datei — in ihrer Tasche spüren zu können. Nur Einbildung, natürlich. Jeder Chip wog selbst mit Etui nicht mehr als eine Feder. Einen Augenblick lang verspürte sie das überwältigende Verlangen, sich Modal anzuvertrauen, ihm ihre Vermutungen mitzuteilen.

Aber natürlich war das völlig unmöglich. Er konnte zu leicht eine Kehrtwendung vollziehen und Yamatetsu verraten, wieviel sie herausbekommen hatte. Sie schüttelte den Kopf.

»Tja dann.« Er zuckte die Achseln.

Und das brachte sie natürlich direkt zu einer anderen Frage. Was, zum Teufel, sollte sie nur wegen Modal unternehmen? Sich einfach umdrehen und weggehen? Wahrscheinlich. Aber sie hatte ihm indirekt und mehr zufällig bestätigt, daß sie mit Theresa Smeland befreundet war. Das bedeutete, er konnte dieses Juwel von einer Information an Yamatetsu weitergeben. Und wie würde man dort damit umgehen?

Wahrscheinlich auf dieselbe Weise wie bei Louis. Das konnte sie Theresa nicht antun. Sly konnte untertauchen. Es gab nichts, was sie in Seattle hielt — jedenfalls nicht richtig. Doch Theresa hatte das Armadillo und zweifellos einen großen Teil ihrer Geldmittel in die Bar gesteckt. Sich bei Nacht und Nebel davonzuschleichen, wäre für Smeland genauso gewesen, wie wenn Sly ihren ›Rentenfonds‹ hätte zurücklassen müssen. Damit würde Smeland nur das bleiben, was sie tragen konnte, plus all das, was sie flüssig hatte, während das Geschäft, das sie sich aufgebaut hatte, im Eimer war. Tolle Methode, eine Freundin dafür zu belohnen, daß sie eine Freundin war, keine Frage.

Und Modal selbst. Drek.

Seine Augen waren immer noch auf sie gerichtet — stetig, unbesorgt. Doch da lag noch etwas anderes in ihnen, selbst wenn sie keine Emotion erkennen konnte. Ein wissender, verstehender Ausdruck.

Er weiß es, dachte sie. Er weiß, was ich denke. Sie konnte seinem Blick nicht begegnen, sah weg. Sah auf den abfallübersäten Boden. Sah auf die Rückseite des unbenutzten Lagerhauses, hoch zu den Lichtern der Stadt, die sich über der zur Elliot Avenue führenden Anhöhe zeigten. Sie umklammerte den Warhawk fester. Zur Hölle damit ...

»Mich zu geeken, wäre der bequemste Ausweg«, sagte der farbige Elf glatt und sprach damit ihre tiefsten, schmerzhaftesten Gedanken aus. »Aber es ist nicht der einzige.«

Sie sah ihn wieder an, wobei sie ganz genau wußte, daß sich ihr lautloses Flehen, ihre stumme Bitte, ihr einen anderen Weg zu zeigen, in ihrer Miene widerspiegelte. »Rede«, sagte sie mit rauher Stimme.

»Du kannst mich nicht einfach laufenlassen«, sagte er mit so ruhiger Stimme, als unterhalte er sich über das Wetter. »Du glaubst, ich würde mit meinem Wissen sofort zu Yamatetsu rennen. Ich kenne dich, Sharon Louise, ich weiß, wo du normalerweise rumhängst. Ich kenne einen ganzen Haufen deiner Kumpel. Und ich weiß, daß du hier bist. Selbst wenn du mir meine ganze Ausrüstung abnehmen würdest, könnte ich in zwei Minuten am nächsten Telekom hängen, wenn du mich einfach so gehen ließest. Fünf Minuten später würde die ganze Gegend von Yamatetsu-Leuten wimmeln. Und wie weit könntest du in sieben Minuten kommen? Nicht weit genug? Hab ich recht?«

Sie nickte jämmerlich. Er zählte nur die Gründe auf, warum sie ihn töten *mußte*. Wollte er an etwaige Gefühle appellieren, die sie vielleicht noch für ihn hegte? (Gab es noch Gefühle? Ja, zum Teufel, es gab noch welche.) Doch wenn er das tat, schätzte er sie falsch ein. Sie würde sich danach hassen, wenn sie ihn umbrachte, aber sie *konnte* es. Falls nötig. Und sie *würde*. Ihr Finger spannte sich um den Abzug. Der Laserpunkt zitterte auf der Brust des knienden Elf.

»Aber es gibt noch eine andere Möglichkeit.« Sogar jetzt, den Tod vor Augen, verriet seine Stimme nichts, weder Furcht noch Flehen.

»Rede«, forderte sie ihn erneut auf. Diesmal war ihre Stimme ein Flüstern.

»*Benutz* mich, Sharon Louise«, sagte er, und der Name durchfuhr sie wie ein Messer, das sich in ihren Eingeweiden drehte. »Dreh mich um. Sorg dafür, daß ich nicht mehr für Yamatetsu arbeiten kann. Sorg dafür, daß ich keine andere Wahl habe, als mit *dir* zusammenzuarbeiten.«

»Wie?« Das Flehen blieb ihr fast in der Kehle stecken.

»Ich könnte sagen: ›Vertrau mir‹«, sagte er mit einem Kichern, »aber ich weiß, was mir das einbringen würde.« Er sah bedeutungsvoll auf den Laserpunkt hinunter. »Schwärz mich bei Yamatetsu an. Kompromittier mich, laß es für Blakey so aussehen, als hätte ich ihn an dich verkauft. Er wird es glauben. Er traut niemandem, und er weiß, daß wir ...« Er brach ab.

Sie schwieg einen Augenblick. Sie konnte ihre Hände nicht mehr spüren, war vom Ellbogen abwärts taub, doch die Bewegungen des Laserpunkts verrieten ihr, daß sie zitterten. Hört sich ganz vernünftig an, dachte sie. Was er sagt, ergibt einen Sinn. Sie wollte ihm glauben. Sie wollte ...

»Ich sage dir, wie. Es wird klappen, Sharon Louise.«
»Sly!«
»Es wird klappen, Sly.«

Plötzlich flammte der Zorn in ihr auf, ein verzehrendes Feuer überwältigender Wut. Sie riß die Kanone zur Seite und zog durch. Der schwere Revolver donnerte, schlug in ihrer Hand aus. Sie hörte die Kugel neben Modal in den Boden schlagen. Er zuckte beim Geräusch der großkalibrigen Kugel, die an seinem Ohr vorbeipfiff, zusammen. Doch sein Blick blieb starr auf ihr Gesicht gerichtet, in seinen Augen und seinem Gesicht zeigte sich ... *nichts.*

»Zeig ein *Gefühl!*« schrie sie ihn an. »Zeig *irgendein* Gefühl! Es ist, als wärst du 'n verdammter *Zombie!* Was, zum Teufel, stimmt nicht mit dir? Ich könnte dich *töten!*«

»Ich weiß.« Immer noch nicht die geringste Spur einer Emotion.

Sie bezwang ihre Wut, färbte seinen Nasenrücken mit dem Laser ein in dem Wissen, daß er ihm in den Augen brennen mußte. Seine Pupillen zogen sich zusammen, doch das war die einzige Reaktion. »Was ist es?« flüsterte sie. »Sag es mir.«

»Immer gefühlsbetont, Sly«, bemerkte er im Konversationston. »Immer kommen dir Gefühle in die Quere. Genauso, wie es bei mir mal war. Bist du das nicht leid? Macht dich das nicht manchmal fertig?« Er wartete nicht auf ihre Antwort, sondern stellte eine weitere Frage. »Hast du je von ›Deadhead‹ gehört?«

Von seiner Frage aus dem Gleichgewicht gebracht, schüttelte sie nur wortlos den Kopf.

»Eine Droge«, erklärte er ohne Umschweife. »Sie koppelt die Emotionen ab. Sie sind immer noch da, aber dein Bewußtsein hat keinen Zugang mehr zu ihnen. Wenn du sie nimmst, kannst du deine Gefühle nicht mehr *empfinden*. Keine Angst, keine Wut. Und, was das Wichtigste ist, keine Trauer. Darf ich?« Er bewegte die linke Hand.

Ihr Finger spannte sich um den Abzug. Nur ein klein wenig mehr Druck, und er hatte eine Kugel im Kopf. Sie nickte.

Langsam, behutsam griff er in eine der Außentaschen seiner Lederjacke und zog etwas heraus. Hielt es ihr hin. Eine kleine Plastikflasche, die Dutzende kleiner schwarzer Pillen enthielt. »Deadhead«, erklärte er unnötigerweise. Er stellte das Fläschchen auf den Boden und verschränkte die Hand wieder hinter dem Kopf. »Ich nehme das Zeug jetzt seit drei Jahren.«

Sie starrte die Pillen an und sah ihm dann wieder in die Augen. »Wann hast du damit angefangen?« Es bedurfte einer gehörigen Anstrengung, um die Worte herauszubringen.

»Bald danach.«

»Und was...« Sie konnte die Frage nicht beenden.

»Zuerst war es genau das, was ich brauchte. Alles ist noch da, alle Sinneswahrnehmungen. Die Sinne werden nicht beeinträchtigt. Aber die gefühlsmäßigen Reaktionen sind einfach... ausgeschaltet. Ich kann alles tun,

ohne daß mir Gefühle in die Quere kommen. Genau das richtige für einen Shadowrunner, nicht? Das dachte ich jedenfalls. Kein Schmerz, keine Reue, keine Selbstquälereien für die Entscheidungen, die man getroffen, die Fehler, die man gemacht hat.« Er zuckte wieder die Achseln. »Natürlich werden *alle* Gefühle ausgeschaltet. Ich kann keine Trauer mehr empfinden, aber auch keine Freude. Nur wenn ich andere Pillen schlucke. Und es gibt Nebenwirkungen. Die gibt es immer bei Dingen, die dich so ... *tiefgreifend* beeinflussen. Es fühlt sich an, als trüge ich eine Klammer um die Stirn, manchmal fest, manchmal lockerer, aber immer vorhanden. Und wenn ich die Menge falsch dosiere, nehmen die Stimmen der Leute manchmal eine ... eine Art metallischen Unterton an. Aber das ist nur ein geringer Preis, findest du nicht auch?«

Nein! wollte sie schreien. Es ist nicht richtig. Das ist kein Leben. Gefühle sind schließlich das, was uns von den Tieren unterscheidet, oder? Wir handeln nicht einfach, wir empfinden. Aber ...

Aber hatte die Vorstellung nicht auch etwas für sich? Keine emotionalen Qualen mehr. Keine Nächte mehr, in denen du im Dunkeln aufwachst und dich die peinigenden Fragen überfallen? Keine Angst mehr, die an deinen Eingeweiden zerrt und dich innerlich zerfrißt. Keine Augenblicke finsterster Schwärze mehr, in denen es einfach nicht mehr der Mühe wert scheint weiterzumachen.

Sie schüttelte den Kopf. Nein. Manchmal waren die Gefühle nicht angenehm. Aber, Drek, es waren *ihre* Gefühle.

»Warum hörst du nicht auf?« fragte sie, und dann kam die Frage, die sie eigentlich stellen wollte. »*Kannst* du aufhören?«

Er lächelte ihr zu. Ein Lächeln, von dem sie wußte, daß es eine Maske, eine leere Fassade war. Ein Habitus, den er sich angewöhnt und noch nicht wieder abgelegt hatte wie ein Krüppel, der sich an einem Bein zu kratzen versucht, das nicht mehr da ist. »Der Straßendoc, der mich auf diese Dinger gebracht hat, sagte, nach kurzer Zeit trete eine Gewöhnung ein«, sagte er leise. »Nur eine Gewöhnung. Später fand ich heraus, daß sie körperlich süchtig machen. Mehr noch als Heroin, mehr noch als Nikotin, mehr noch als Cram ... Nein, Sly, ich kann nicht aufhören. Und ich würde es auch gar nicht wollen, selbst wenn ich könnte. Ich sagte, die Gefühle sind alle noch da, ich habe nur keinen Zugang mehr zu ihnen. Wie würde es dir gefallen, auf einen Schlag mit einem Dreijahresvorrat an Gefühlen konfrontiert zu werden? Gefühlen, die du nicht verarbeitet hast? Und alle auf einmal?« Er schüttelte den Kopf. »Da wäre mir schon lieber, wenn du abdrücken würdest, und Ende.«

Sie sah auf ihre Waffe, bemerkte, daß sie immer noch kurz davor stand zu schießen. Mit einiger Mühe nahm sie den Finger vom Abzug. Als sie die Waffe senkte und Modal wieder ansah, konnte sie nicht die geringste Spur von Emotion, von Erleichterung entdecken. Vor Ekel drehte sich ihr fast der Magen um.

»Ich verpfeif dich bei Yamatetsu«, sagte sie schroff. »Sag mir, wie ich es machen soll.«

6

13. November 2053, 0230 Uhr

Beim Gehen spielte Falcon mit der Fichetti herum. Sie fühlte sich solide an, ein wenig schwerer, als er erwartet hatte, ein hervorragend bearbeiteter Klumpen aus Metall und Keramik. Ihre Umrisse waren glatt, geschäftsmäßig, ohne Ausbuchtungen oder Vorsprünge, die sich in einem Halfter oder einer Tasche verfangen konnten. Sogar das unter dem Lauf montierte Laserzielrohr war stromlinienförmig gerundet. Die Waffe rief ein Gefühl der Sicherheit in ihm wach, ganz anders als seine Gummibandpistole. Die Gummibandpistole mochte tödlicher sein, weil sie eine großkalibrigere Kugel als die Fichetti verschoß, doch Falcon hatte immer geargwöhnt, daß die Gummibandpistole aufgrund ihres provisorischen Charakters viel gefährlicher für *ihn* als für sein Ziel war, sollte er sie benutzen. Ganz anders die Fichetti.

»Noch nie zuvor 'ne Kanone in der Hand gehabt, was?«

Falcon drehte sich um. Nightwalker musterte ihn mit einem schwachen Grinsen. Herablassung?

Das junge Gangmitglied spürte ein Brennen auf den Wangen, wußte, daß er errötete. »Klar hab ich.« Die Lüge ging ihm rasch über die Lippen. »Schon immer.«

Der Shadowrunner sagte nichts, sondern fixierte ihn nur mit stetigem Blick. Sein Lächeln veränderte sich nicht, Falcons Interpretation desselben hingegen schon. Nicht Herablassung, sondern Verstehen. Das war ein großer Unterschied.

»Nein«, korrigierte sich Falcon leise. »Nur 'ne Gummibandpistole. Ich schätze, das zählt nicht.«

»Da hast du recht«, stimmte Nightwalker zu. »Gummibandpistolen sind was für Straßenpunks.« Bevor Falcon an dieser Bemerkung Anstoß nehmen konnte, streckte der Runner die Hand aus. »Gib sie mal her.«

Falcon sah ihn überrascht und mit einer Spur Mißtrauen an. »Warum?«

Nightwalker seufzte. »Ich will sie mir nur mal genauer ansehen«, sagte er geduldig. »Mich davon überzeugen, daß du nicht übers Ohr gehauen wurdest. Was hast du dafür bezahlt?« Als Falcon es ihm sagte, schüttelte der große Amerindianer den Kopf. »Spitzenpreis«, verkündete er, »aber mach dir deswegen nicht ins Hemd. Du hattest keine Zeit, dich großartig umzusehen. Aber merk es dir und denk nächstesmal daran.«

Falcon nickte und gab ihm die Pistole. Ich wußte, der Wichser zieht mich ab, dachte er.

Ohne aus dem Tritt zu kommen, scheinbar sogar ohne die Waffe anzusehen, nahm Nightwalker die Pistole auseinander. Betätigte den Lademechanismus, prüfte die Kammer, untersuchte den Lauf nach Unregelmäßigkeiten. »Fast neu, kaum gebraucht«, bemerkte er, indem er die Waffe wieder zusammensetzte. »Ist aber eingeschossen. Letzten Endes hast du doch noch 'n ganz guten Deal gemacht, Chummer.« Er prüfte das Magazin, das in seinen riesigen Händen winzig wirkte. Dann versetzte er ihm einen leichten Schlag, so daß es einrastete. »Hast du mit deiner Gummibandpistole je geschossen?« Falcon schüttelte den Kopf. »Hast du je mit *irgendwas* geschossen?« Ein weiteres Kopfschütteln, diesmal jedoch zögerlicher.

»Kein Grund zur Panik. Der beste Run ist immer der, von dem du nach Hause zurückkehrst, ohne Muni verbraucht zu haben.« Er gab Falcon die Waffe zurück und steckte die Hände in die Taschen. Dann blieb er stehen und lehnte sich lässig gegen eine Hauswand. »Ich will, daß du sie jetzt ausprobierst.«

»Häh?« Echt intelligent, Falcon, schalt er sich selbst, 'n echt cooler Spruch. Aber der Vorschlag des Runners hatte ihn völlig überrascht. »Hier?«

»Warum nicht?« Nightwalker zuckte die Achseln. »Besser, sich jetzt an sie zu gewöhnen, als später, wenn der Drek am Dampfen ist, hab ich recht?«

»Was ist mit dem Krach?«

»Wir sind hier in 'ner verdammten Hintergasse im verdammten Seattle«, sagte Nightwalker müde. »Glaubst du, irgendwer kommt angerannt, wenn du einen lausigen Schuß abgibst? Tu es.«

Falcon musterte das Gesicht des älteren Mannes. Seine Augen blickten ernst, aber seine Lippen waren zur Andeutung eines Grinsens verzogen. Glaubt er, ich hätte nicht den Schneid? fragte sich Falcon. Er zuckte die

101

Achseln und versuchte, Nightwalkers cooles Gehabe nachzuahmen. »Ja, warum eigentlich nicht? Worauf ziele ich?«

Nightwalker deutete mit dem Zeigefinger auf einen etwa ein Dutzend Meter entfernten Müllcontainer. »Das wird reichen«, sagte er trocken.

Noch ein verdammter Müllcontainer. Es sah ganz so aus, als sollte es eine dieser Nächte werden. Falcon enthielt sich jedoch jeglichen Kommentars, hob nur die Pistole und nahm die, wie er glaubte, richtige zweihändige Schußhaltung ein. Er legte den Finger auf den Abzug — wobei er im letzten Augenblick daran dachte, die Waffe zu entsichern — und krümmte ihn ein wenig. Der Laser leuchtete auf und malte einen roten Fleck auf den dunkelblauen Container. Der Zielpunkt zitterte und beruhigte sich dann, als er den Kolben fester packte. Er holte tief Atem, hielt ihn an. Zog durch. Der Lauf ruckte nach links.

Aber kein Schuß löste sich. Kein Knall, kein Rückschlag, nur ein scharfes metallisches *Klicken*.

Bevor er reagieren konnte, schoß Nightwalkers Hand scheinbar aus dem Nichts nach vorn, packte die Kanone und hielt sie vollkommen ruhig in ihrer neuen Position. »Hey!« rief Falcon.

»Daneben, Chummer«, sagte Nightwalker schlicht, die Pistole immer noch unbeweglich haltend. »Sieh mal, wo der Zielpunkt ist.«

Falcon sah. Der Laserpunkt flackerte auf einer Hauswand etwa einen Meter über und mindestens einen Meter neben dem Müllcontainer.

»Siehst du das?« betonte Nightwalker. »Du hast mit dem Rückschlag gerechnet und wolltest ihn unbewußt ausgleichen. Deshalb hast du die Kanone verrissen, als du dich angespannt hast. Siehst du?« Er ließ die Pistole los.

»Sie hat nicht geschossen«, sagte Falcon anklagend.

Nightwalker kicherte nur. Griff in seine Tasche, nahm

etwas heraus und streckte Falcon dann die Hand entgegen. Zehn mantellose Kugeln rollten über seine große Handfläche.

Er hatte sie eingesteckt, als er die Kanone überprüft hatte, wurde Falcon klar. »Warum?« fauchte er.

»Zwei Lektionen auf einmal«, sagte Nightwalker jetzt mit ernster Miene. »Erstens: Niemand glaubt, er wappnet sich gegen den Rückschlag, aber er hört nicht eher damit auf, bis ihm klar wird, daß er es doch tut. Dies war die beste Art, es dir zu zeigen. Und zweitens: Glaub nie — wirklich *nie* — jemandem, der dir sagt, eine Kanone sei geladen. Sieh immer selber nach. Hast du mich verstanden?«

Falcon nickte zögernd, während er den amerindianischen Runner mit neuem Respekt musterte. Offensichtlich machte er diesen Drek nicht zum erstenmal. »Danke«, sagte er leise.

»Kein Problem. Alle Grünschnäbel machen dieselben Fehler.« Gleichzeitig schlug er Falcon kräftig auf die Schulter und entkleidete seine Worte damit jeglicher Beleidigung. Er gab Falcon die Kugeln. »Lade die Waffe, und dann laß uns weiter.«

Falcon folgte dem großen Mann, während er versuchte, die sich leicht fettig anfühlenden, mantellosen Kugeln nur unter Zuhilfenahme seines Tastsinns in das Magazin zu stopfen. Hinter den Schatten steckt mehr, als ich dachte, sann er — eine Erkenntnis, die äußerst beunruhigend war.

Es war nach drei Uhr, als sie schließlich die Ecke Eighth und Westlake erreichten. Denny Way lag zwei Blocks nördlich, Denny Park, wo das Treffen stattfinden sollte, noch einen Block weiter westlich.

Der Amerindianer beklagte sich nicht, doch es war nicht zu übersehen, daß Nightwalker in ziemlich schlechter Verfassung war. Seine Atmung war rasch und flach, und seine Augen hatten wieder den spröden

Glanz des Fiebers. Er wurde wieder langsamer, nicht annähernd so langsam wie gleich nach der Begegnung mit den Disassemblern, doch immer noch merklich. Er preßte den linken Arm fest gegen die Rippen, übte offenbar Druck auf die Wunde aus, um die Blutung zu verlangsamen. Der Verband um seinen rechten Oberarm war bereits vollständig dunkel, mit Blut durchtränkt. Das Stimulanzpflaster und die Metas hielten ihn auf den Beinen, aber wie lange noch? konnte Falcon nicht umhin, sich zu fragen.

»Können wir hier nicht mal anhalten?« fragte Falcon, wobei er sorgsam den Blick des Runners mied. »Ich brauch 'ne Verschnaufpause.«

Wenn Nightwalker wußte, daß er log — und aus welchem Grund —, gab er jedenfalls keinen Kommentar dazu ab. Der Runner lehnte sich nur gegen eine Hauswand und schloß die Augen. »Ich werde langsam zu alt für diesen Drek«, seufzte er. »Ich hätte schon längst ins Licht zurückkehren sollen.«

Falcon kannte die Redewendung nicht, nahm aber an, daß damit der Rückzug aus den Schatten gemeint war. Er beobachtete, wie sich sein Begleiter zu tieferen Atemzügen zwang, sah, wie der große Mann vor Schmerzen die Lippen zusammenpreßte.

Sie ruhten sich ein paar Minuten lang aus. Dann stieß sich Nightwalker von der Wand ab und fuhr sich mit der Hand über das Gesicht. Er braucht mehr Ruhe, dachte Falcon, mehr Zeit. Doch es war Nightwalkers Unternehmen, Nightwalkers Entscheidung. Er ging ganz dicht neben dem Amerindianer, als sie sich wieder in Bewegung setzten, immer bereit, ihm, falls notwendig, eine stützende Schulter anzubieten. Doch die Nähe zu ihrem Bestimmungsort hatte dem Runner offenbar neue Kräfte verliehen.

Sein Schritt war immer noch schleppend, aber die Tendenz zum Stolpern war jetzt längst nicht mehr so ausgeprägt wie zuvor.

»Was ist das überhaupt für ein Treffen?« fragte Falcon.

»Sammeln«, erwiderte Nightwalker. »Wir treffen uns und verschwinden dann. Über die Mauer, weg aus dem Sprawl. Wir haben drüben auf dem Salish-Gebiet 'n sicheres Versteck, wo ich bleiben und mich auskurieren kann.«

Falcon nickte. »Irgendwas, worauf ich achten sollte?«

Damit handelte er sich einen scharfen Blick ein. »Was meinst du damit?«

Falcon zuckte die Achseln. »Du sagtest, ich solle die Augen offenhalten«, erinnerte er den Runner. »Als würdest du den anderen nicht richtig trauen.«

Nightwalker bedachte ihn mit einem müden Lächeln. »Tja, nun ...« Er dachte einen Augenblick nach. »Ich schätze, ich rechne nicht wirklich mit Schwierigkeiten. Sei einfach nur auf der Hut. Halt dich dicht bei mir, wenn wir hinkommen«, fügte er hinzu. »Laß die anderen wissen, daß du zu mir gehörst.«

Falcon nickte, spürte plötzlich, wie es ihm kalt den Rücken herunterlief, als ihm klar wurde, daß ihn die anderen möglicherweise beim ersten Anblick geekten, wenn er es nicht tat.

Denny Park war ungefähr fünf Blocks weit vom Seattle Center entfernt. Falcon konnte die Lichter der Space Needle erkennen, die in den Himmel zu reichen schienen. Obwohl sie nicht einmal annähernd so groß war wie die Konzernwolkenkratzer der Innenstadt, ließ sie ihre schlanke, grazile Konstruktion doch größer *aussehen*.

Der Park selbst war eine grüne Oase in der Stahlbetonwüste des Sprawl. Er war etwa zwei Blocks groß, ausreichend Platz für ein paar Baumgruppen, etwas Rasen und sogar einen Fischteich. Der Park war im Zuge der Stadterneuerungsflut entstanden, welche die Stadt vor ein paar Jahren überschwemmt hatte. Offensichtlich von jemandem angelegt, der die häßlichen Realitäten des Sprawl nicht kannte, hatte man damit einen Platz schaffen wollen, an dem Kinder spielen und Verliebte spazierengehen konnten, für diesen ganzen Drek eben. Doch es waren nicht die Kinder und Verliebten, die es in den Park zog. Es waren die Penner, die Banden, die Drogen- und Chipdealer, die Chippies, das Straßenvolk und die Gossenpunks. Und was den verdammten Fischteich betraf — nach ein paar Monaten war das Wasser durch den sauren Regen Seattles so säurehaltig geworden, daß alle Fische abgekratzt waren. Mittlerweile hätte Falcon nicht mal mehr einen Finger in den Teich getaucht, da er befürchten mußte, nur noch nackten Knochen zu sehen, wenn er ihn wieder herauszog.

Sie näherten sich dem Park von Osten über den Denny Way, der zu dieser nächtlichen Stunde größtenteils verlassen war. Ein paar Motorräder dröhnten vorbei, doch die Gang schien anderes im Kopf zu haben, als zwei Fußgänger zu belästigen. Als sie den löchrigen Gehweg verließen und den matschigen Rasen betraten, hielt sich Falcon ganz dicht an Nightwalkers Seite, so dicht, daß seine linke Schulter den rechten Bizeps des Amerindianers streifte und diesem einen Schmerzlaut entlockte. Rasch wich er einen halben Schritt zur Seite, versuchte jedoch — durch seine Körpersprache und indem er so angestrengt wie möglich daran dachte — die Tatsache auszustrahlen, daß sie zusammengehörten.

Es gab keine Lichter im Park. (Es hatte mal welche gegeben, aber ausgelassene Ortsansässige hatten sie rasch zerschossen, und nach dem fünften oder sechsten Mal hatte sich die Stadtverwaltung nicht mehr die Mühe gemacht, sie ersetzen zu lassen.) Eigentlich waren auch keine nötig. Die Lichter der nahegelegenen Häuser beleuchteten das Gebiet ausreichend; Falcon konnte erkennen, daß der Rasen verlassen war. Die nächste Baumgruppe befand sich etwa zwanzig Meter vor ihnen, direkt neben dem sauren Fischteich. Nach zwei Schritten blieb Nightwalker stehen und wartete.

Falcon sah sich um. Wir sind echt exponiert, dachte er. Stehen völlig im Freien. Das ist dumm ...

Aber es war *nicht* dumm, wurde ihm einen Augenblick später klar. Klar, es gab keine andere Deckung als ein paar geparkte Wagen auf dem Denny Way hinter ihnen, aber dafür gab es auch weder Versteckmöglichkeiten für eventuelle Feinde noch irgendeinen Weg, auf dem sich jemand unbeobachtet an sie anschleichen konnte. Falcon steckte die Hand in die Jackentasche, spürte das beruhigende Gewicht der Fichetti.

Über eine Minute lang rührte sich nichts. Nightwalker stand neben ihm, scheinbar völlig entspannt. Er bewegte sich zwar nicht, aber seine Augen zuckten unablässig hin und her und suchten nach irgend etwas Ungewöhnlichem.

Und dann tauchte die Gestalt aus dem Gehölz neben dem Teich auf. Noch ein Amerindianer, dachte Falcon, jedenfalls ließ das das glatte schwarze Haar des Mannes vermuten. Er trug dieselben dunklen Klamotten wie Nightwalker. Einer von seinen Runnern?

»Cat-Dancing«, murmelte Nightwalker vor sich hin, vermutlich der Name der Gestalt.

Es *ist* einer von seinen Kameraden, dachte Falcon, und seine Anspannung verflüchtigte sich ein wenig. Nightwalker ging einen Schritt vorwärts, und Falcon folgte ihm.

Cat-Dancing hob die rechte Hand und vollführte damit eine winkende Bewegung. Seine linke Hand war in Hüfthöhe, und er fuhr sich damit in einer raschen Wischbewegung über den Bauch.

Nightwalker versteifte sich, als sei er von einem Taser getroffen worden. »Eine Falle!« bellte er Falcon zu. »In Deckung!« Gleichzeitig warf er sich zur Seite, wirbelte herum und rannte zur Straße zurück.

Falcon war erstarrt. Nur einen Augenblick lang, doch lange genug, um ein Aufblitzen im Gehölz und Cat-Dancings Schädel unter dem Aufprall einer Kugel zerplatzen zu sehen. Dann wurde die Dunkelheit der Baumgruppe von Mündungsblitzen erhellt — drei, vier, mehr. Kugeln peitschten um Falcon durch die Luft, fuhren in den Boden, rissen Rasenstücke aus der Erde. Mit einem Angstschrei drehte er sich um und rannte aus dem Park und auf den Denny Way.

Wo war Nightwalker? Der Amerindianer war einfach verschwunden.

Falcon erreichte die Straße, rannte auf den nächsten Wagen zu, einen klapprig aussehenden Ford. Eine Kugel traf das Vehikel und schlug ein Loch in der Größe eines Männerdaumens in die Tür. Ein weiterer Schuß zersplitterte das Fenster in der Beifahrertür. Irgend etwas zupfte an der Schulter seiner Jacke, etwas anderes pfiff an seinem Ohr vorbei. Falcon warf sich vorwärts in den Schutz des Fords, wobei er versuchte, die Schultern einzuziehen und sich bei der Landung abzurollen. Er schaffte es nicht ganz und schlug so schwer auf, daß ihm die Luft aus den Lungen gepreßt wurde. Er lag einen Moment lang auf der Straße, teilweise betäubt, und hörte Kugeln in den Wagen schlagen. Eine fuhr durch den Wagen, zerschmetterte das Fenster in der Fahrertür und überschüttete ihn mit Glassplittern.

Einen Augenblick später arbeiteten seine Lungen wieder, zwangen Luft durch seine Kehle, die plötzlich eng und trocken war. Er ging in die Hocke, sorgfältig darauf bedacht, den Kopf nicht über Karosserieniveau zu heben. Während er die Fichetti zog, sah er sich hektisch nach Nightwalker um.

Der große Runner hockte etwa ein Dutzend Meter entfernt in der Deckung eines anderen Wagens. Er hielt eine Kanone in der Hand, eine schwere Automatik, schoß jedoch nicht. Die Funken der Hochgeschwindigkeitskugeln, die vom Chassis des Wagens abprallten, verrieten Falcon auch den Grund dafür. Trotz seiner Angst konnte er erkennen, daß sich Nightwalker vor Schmerzen krümmte. Noch eine Kugelwunde? Nein, der Runner hatte sich so schnell bewegt, daß ein Treffer unwahrscheinlich war. Doch durch seinen Spurt und den anschließenden Hechtsprung in die Deckung des Wagens waren seine Wunden wahrscheinlich wieder aufgebrochen.

Eine weitere Kugelsalve hämmerte in Falcons Wagen. Ein Reifen explodierte mit lautem Knall, und das Heck des Fords sackte ab.

Tief Luft holend, riskierte er einen Blick, indem er rasch den Kopf hochriß. Rotes Licht flammte in seinen Augen auf. Ein *Laser!* Augenblicklich ließ er sich wieder fallen, keine Mikrosekunde zu früh. Eine Kugel pfiff über seinen Kopf hinweg, so dicht, daß er den Luftzug ihres Vorbeiflugs spürte. Sein Magen krampfte sich vor Angst zusammen, und Übelkeit überfiel ihn. O ihr Geister und Totems ...

Er hörte knappe Befehle, doch die Stimme war zu weit entfernt, als daß er den genauen Wortlaut hätte verstehen können. Weitere Kugeln durchlöcherten den Wagen. Zwei weitere Fenster zersplitterten, noch ein Reifen explodierte. Sie nahmen den Wagen auseinander!

Warum rücken sie nicht vor? Der Gedanke war kalt wie Eis, schreckerregend. Vielleicht sind sie ja schon dabei ...

Er mußte nachsehen. Er konnte die Unwissenheit einfach nicht ertragen. Außerdem, wenn er nicht nachsah, würde er erst wissen, was die Revolvermänner vorhatten, wenn schließlich einer hinter seinem Wagen auftauchte und ihm das Hirn wegpustete. Er hob wieder den Kopf. Diesmal nicht auf Höhe der Motorhaube, sondern indem er durch das zerschossene Fenster in der Fahrertür schaute.

Noch ein Laserpunkt, diesmal auf dem Türpfosten neben seinem Kopf. Bevor er noch reagieren konnte, schlugen drei Kugeln in den Türpfosten, alle drei um Haaresbreite innerhalb des roten Punkts. *Verfluchter*

Drek! Keuchend ließ er sich wieder fallen, doch nicht ohne zuvor zwei Schüsse — blind, ungezielt — in die ungefähre Richtung der Baumgruppe abzugeben.

Nightwalker schoß jetzt ebenfalls, seine schwere Kanone donnerte, und das mit mehr Wirkung als Falcons Erbsenpistole. Ein schriller Schmerzensschrei ertönte aus dem Park, als der Runner traf. Dann war Nightwalker ebenfalls gezwungen, nach unten zu tauchen, als kontinuierlicher Beschuß den Wagen an den Schweißnähten fast auseinanderriß.

Falcon sah zu, wie sich der Runner herumwälzte, dann hinter dem Heck des Wagens hervorlugte, um einen weiteren Schuß abzugeben, sogleich wieder den Kopf einzug, um der Antwort der Angreifer auszuweichen, schließlich wieder an anderer Stelle auftauchte und eine weitere Salve abgab. Trotz seiner Verwundung war der Runner schneller, als es einem Menschen von Rechts wegen zustand.

Ermutigt durch das Beispiel des großen Amerindianers hob Falcon wieder den Kopf.

Gerade noch rechtzeitig. Eine dunkle Gestalt rannte auf ihn zu, der rote Strahl eines Ziellasers tanzte durch die Dunkelheit, tastete nach Falcon. Die Gestalt war höchstens noch zwanzig Meter entfernt. Er hatte vielleicht noch drei Sekunden, dann würde der Angreifer über ihn herfallen.

Vor Entsetzen — und jäher, lodernder Wut — aufschreiend, riß Falcon seine Pistole hoch und drückte immer wieder ab. Von seinen eigenen Mündungsblitzen geblendet, konnte er die heranstürmende Gestalt nicht mehr sehen. Doch das war egal. Er feuerte blindlings auf die Stelle, wo er den Angreifer vermutete. Feuerte weiter, bis die Fichetti nur noch metallisch klickte. Suchte verzweifelt in seinen Taschen nach dem zweiten Munitionsclip. Erkannte mit lähmendem Entsetzen, daß er ihn verloren haben mußte, als er in die Deckung des Wagens gehechtet war.

Er richtete sich dennoch wieder auf und drückte auf den Abzug, um den Laser zu aktivieren. Er erinnerte sich an das kalte Entsetzen, das ihn gepackt hatte, als die roten Punkte neben ihm aufgeblitzt waren, und hoffte unsinnigerweise, daß sein eigener Ziellaser den Angreifer lange genug erstarren lassen würde, daß Nightwalker ihn erledigen konnte.

Doch das war gar nicht mehr nötig. Der Mann war zu Boden gegangen und lag leblos auf dem Bürgersteig, keine drei Meter von Falcons Wagen entfernt. So nah... Falcons Magen verkrampfte sich erneut. Er wollte sich übergeben. Doch mit einer heldenhaften Anstrengung gelang es ihm, sich unter Kontrolle zu halten.

In der Baumgruppe flammten jetzt keine Mündungsblitze mehr auf. Zum zweitenmal hörte Falcon einen gebrüllten Befehl. Doch diesmal konnte er das Wort verstehen. »Rückzug!«

Ein letzter Schuß aus dem Gehölz, eine letzte sinnlose Geste. Die Kugel bohrte sich harmlos in den Wagen, der Nightwalker schützte. Dann herrschte Stille.

Nein, nicht ganz. In der Ferne hörte Falcon Sirenen, Lone Star-Patrouillen, die jetzt unterwegs waren, um das Feuergefecht zu unterbinden. Sie mußten von hier verschwinden, und zwar gleich. Er sah zu Nightwalker.

Der große Runner hockte immer noch hinter seinem Wagen. Kopf und Arme hingen schlaff herab, und er sah unsagbar müde aus. Falcon wollte zu ihm rennen, doch die Furcht nagelte ihn am Fleck fest. Was, wenn es nur eine List war? Wenn die anderen nur darauf warteten, daß er seine Deckung verließ?

Er *mußte* zu Nightwalker gehen. Der Amerindianer brauchte Hilfe. Und Runner halfen einander, wenn sie konnten.

War Falcon jetzt nicht ein Shadowrunner? Zumindest in gewisser Hinsicht? Er hatte ein Feuergefecht durchgestanden. Er hatte zum erstenmal jemanden erschossen...

Und dieser Gedanke war es, die Erinnerung daran, was er getan hatte, der die dünne Tünche seiner Selbstkontrolle wegwischte. Seine Magenmuskeln krampften sich zusammen. Er beugte sich vor und entleerte seinen Mageninhalt auf den Boden. Würgte immer wieder, bis außer dunkler, bitterer Galle nichts mehr hochkam.

Nach einer unmeßbaren Zeitspanne spürte er eine sanfte Hand auf der Schulter. Er sah auf, während er sich mit dem Handrücken über den Mund wischte.

Es war Nightwalker, der ihn betrachtete. Das Gesicht des Amerindianers war zerfurcht und müde, blaß. Seine Augen waren umwölkt von Schmerzen und Erschöpfung ... und vielleicht noch etwas anderem.

»Wir müssen los, Chummer«, murmelte der große Mann kaum noch verständlich. »Auf geht's.«

»Wer waren sie?«

Nightwalker antwortete nicht, schien über die Frage nachzudenken. Oder vielleicht duselt er auch nur wieder ein, dachte Falcon mit einem Schaudern.

Sie saßen auf der Laderampe eines aufgegebenen Ladens irgendwo auf dem Denny Way, ein halbes Dutzend Blocks vom Park entfernt.

Sie hätten es beinahe nicht geschafft, nicht aufgrund von Feindeinwirkung, sondern weil Nightwalker kaum noch genug Kraft besaß, um sich zu bewegen. Seine linke Seite war bis zum Oberschenkelansatz mit Blut durchtränkt. Der Verband um seinen rechten Arm saß noch an Ort und Stelle, doch er war ebenfalls völlig durchgeweicht, und der Arm hing herunter wie ein Stück totes Fleisch.

Falcon hatte versucht, ihn anzutreiben, und ihn wenn nötig gestützt. Außerdem hatte er versucht, ihn zum Reden zu bewegen. Irgendwo hatte er gelesen, daß man Schock auf diese Weise behandelte: Man darf das Opfer nicht in die Bewußtlosigkeit abgleiten lassen. *Beweg ihn zum Reden, und du hältst ihn am Leben.*

Vielleicht hatte es geholfen, vielleicht auch nicht. Nightwalker hatte auf Falcons Kommentare und Fragen mit beinahe lebloser Stimme reagiert. Ein paarmal hatte er ihn anders genannt — Marci, Cat-Dancing, Knife-Edge ... Sie hatten es bis hierher geschafft — soeben! —, aber es war offensichtlich, daß Nightwalker ohne eine Rast nicht mehr viel weiter kommen würde. Und vielleicht nicht einmal dann. Der Runner hatte eine Menge Blut verloren — mehr als Falcons Ansicht nach jemand verlieren konnte, ohne daran zu sterben — und verlor immer noch mehr. Falcon mußte deswegen irgend etwas unternehmen, wußte aber nicht, was.

»Wer waren sie?« wiederholte er seine Frage, wobei er einen schärferen Ton anschlug, um den Nebelschleier zu durchdringen, der sich im Verstand des großen Amerindianers eingenistet zu haben schien. »Deine Chummer?«

Nightwalker öffnete die Augen und sah Falcon einen Augenblick verständnislos an, als sei er unsicher, wen er vor sich hatte. Dann brachte er seine umherwandernden Gedanken mit sichtbarer Anstrengung wieder unter Kontrolle.

»Nein, nicht meine Chummer«, sagte er schleppend. Seine Stimme war immer noch leblos, aber zumindest schien sein Verstand wieder folgen zu können. »Sie haben Cat-Dancing erwischt und ihn benutzt, mich anzulocken. Cat hat mich gewarnt, mir das Leben gerettet. Und dafür mit seinem eigenen bezahlt.«

Falcon nickte. So hatte er das Vorgefallene ebenfalls interpretiert. Aber ... »Wer dann?« hakte er nach. »Wer sind ›sie‹?«

»Der Konzern. Er muß es gewesen sein.«

»Der Konzern, dem dein Run galt?«

»Er muß es gewesen sein«, wiederholte Nightwalker.

»Welcher Konzern?«

Der Runner musterte ihn mit stetigem Blick. Seine Augen waren immer noch von Schmerz und Schock umwölkt, doch der Funke der Intelligenz war ganz eindeutig noch in ihnen. »O nein«, sagte er leise. »Das brauchst du nicht zu wissen.«

Falcon schnaubte. »Drek. Ich hab dir geholfen. Du schuldest mir was ...«

Nightwalker fiel ihm ins Wort. »Und genau deshalb sag ich es dir nicht«, erklärte er. »Wenn du weißt, um welchen Konzern es geht, wirst du genauso tot enden wie Marci und Cat. Ich schulde dir mein Leben, klar, das weiß ich. Und diese Schuld begleiche ich nicht dadurch, daß ich dein Todesurteil unterschreibe. *So ka?*«

Falcon schwieg einen Augenblick. »Okay«, fand er sich schließlich damit ab. »Aber hör mal. Erzähl mir von dem Run. Was ist passiert? Worum ging es überhaupt? Cat ist gegeekt worden, weil er dich gewarnt hat, nicht? Das heißt, die Sache ist wichtig.« Er beugte sich gespannt vor. »*Was* ist so wichtig?«

»Das brauchst du nicht zu wissen«, sagte Nightwalker entschieden. »Ende der Diskussion.«

»*Drek!*« spie Falcon. »Ist schon okay, wenn du mir den Namen des Konzerns nicht nennen willst. Das kann ich verstehen. Aber erzähl mir wenigstens den Rest. Laß die Namen weg, aber sag mir, worum es überhaupt geht. Das bist du mir schuldig, Walker. Das schuldest du mir.«

Gegen den Drang ankämpfend, Nightwalker weiter zu bedrängen, fixierte Falcon den Amerindianer schweigend, während dieser überlegte. Schließlich nickte der Runner erschöpft.

»Ja, vielleicht.« Nightwalker seufzte, hustete, und sein Gesicht verzerrte sich vor Schmerzen. »Vielleicht bin ich dir wirklich was schuldig.« Er lehnte den Kopf an die Mauer hinter sich und schloß wieder die Augen. Für einen Augenblick glaubte Falcon, der Amerindianer sei wieder weggedriftet.

Doch dann sprach er plötzlich. Leise, so daß Falcon näher an ihn heranrücken mußte, um ihn zu verstehen.

»Hast du je vom Konkordat des Zürich-Orbitals gehört?«

Falcon dachte ein paar Sekunden lang nach. Vom Zürich-Orbital *hatte* er schon gehört. Wer nicht? Das älteste und wichtigste aller EUHs — der Erdumlaufbahnhabitate —, das hundert Kilometer über der Atmosphäre durch den Weltraum schwebte. Zürich-Orbital. Sitz des Konzerngerichtshofs, der Regierungs- und Appellationskörperschaft, welche die Beziehungen zwischen den weltumspannenden Megakonzernen regelte. Sitz der Züricher Gemeinschaftsbank, dem Finanzzentrum der Megakonzernwelt. Aber ein *Konkordat* des Zürich-Orbitals? »Nein«, mußte er zugeben.

»Hätte mich auch gewundert. Die meisten haben noch nichts davon gehört. Und so wollen es die *Zaibatsus* auch haben.« Nightwalker atmete ein paar Sekunden lang tief ein und aus, als wolle er den Bedarf seines verwundeten Körpers nach mehr Sauerstoff befriedigen. »Du brauchst etwas Nachhilfe in Geschichte. Damals, ich glaube es war in den achtziger Jahren des letzten Jahrhunderts — vielleicht auch in den Siebzigern oder Neunzigern; ich bin nicht so beschlagen in alter Geschichte —, schwenkte die Welt gerade auf Glasfaserkabel zur Nachrichtenübermittlung um. Bis dahin war alles per Funk oder Elektronenfluß in Kupferdrähten übertragen worden. Barbarisch«, betonte er, »und riskant. Wenn du etwas per Funk sendest, kann jeder die Sendung empfangen, deinen Code entschlüsseln und dadurch erfahren, was du sendest. Wenn du es durch Drähte jagst, können die Leute den Datenfluß mittels Induktion lesen. Kannst du mir folgen?«

Falcon glaubte schon. Ein Chummer in der First Nation-Gang beschäftigte sich mit Elektronik und hatte versucht, Falcon etwas Physik beizubringen. »Elektrizität, die durch Leitungen fließt, erzeugt ein Magnetfeld, richtig?« warf er ein, indem er gehörte Worte nachplapperte, deren Sinn er nicht wirklich begriff.

Nightwalker öffnete die Augen und musterte ihn überrascht. »Ja, richtig«, stimmte er zu. »Man kann das Magnetfeld auf einige Entfernung orten, und indem man seine Veränderung mißt, kann man sich ein Bild über den Elektronenfluß in der Leitung machen. Wenn Daten durch diese Leitung geschickt werden, kann man sie lesen. Und mit der richtigen Ausrüstung kann man sie sogar verändern. Alles mitbekommen?«

Falcon nickte.

»Als also die Glasfaserkabel aufkamen«, fuhr der Runner fort, »ist jeder auf den Zug aufgesprungen. Licht in einer Glasfaser ist etwas ganz anderes als Elektrizität in einem Draht. Es gibt kein Magnetfeld. Du kannst es nicht lesen, du kannst es nicht abhören, du kannst es nicht verändern. Die Sache ist völlig sicher. Jedenfalls dachten das alle. Und dann haben ein paar Superwissenschaftler etwas ausgeknobelt. Sie arbeiteten für einen der großen Konzerne damals — 3M oder 4F oder so ähnlich hieß er, glaube ich. Sie fanden heraus, daß es eine Möglichkeit gibt, Glasfaserkabel abzuhören. Man konnte es aus der Ferne tun, man konnte sogar die Informationen ändern, die durch das Kabel wanderten.« Er kicherte. »Natürlich war es nicht unbedingt praktikabel. Nach allem, was ich gehört habe, brauchte man zwei Cray Supercomputer, *große* Elektronenhirne, die größten, die sie damals hatten, plus einen Hänger voll mit anderem High-Tech-Drek *plus* eine verdammte Kompanie von Intelligenzbestien, um den ganzen Kram zum Laufen zu bringen. Ich weiß nicht, wie es funktioniert hat, ich bin kein Technofreak. Aber ich will verdammt sein, wenn es nicht funktioniert hat.«

»Nein.« Falcon schüttelte den Kopf. »Das ist unmöglich«, sagte er zögernd. »Man kann diesen Glasfaserkram nicht abhören. Das geht einfach nicht. Jeder weiß das.«

»Ja, klar. Jeder *glaubt* das. Jeder *will* das glauben. Aber diese Burschen von 4F haben's geschafft.«

»Aber was ist dann passiert?« fragte Falcon. »Wenn das stimmt, wie kommt es dann, daß alle Konzerne Glasfaserkabel benutzen und glauben, daß sie sicher sind?«

»Der Crash von neunundzwanzig ist passiert«, sagte Nightwalker. »Irgendein Computervirus brach aus und ist in das globale Computernetz gelangt. Es hat einen ganzen Haufen Systeme abstürzen lassen, einen Haufen Daten gelöscht und fast die gesamte Weltwirtschaft zusammenbrechen lassen. Richtig?«

Falcon nickte wieder. *Jeder* hatte schon Horrorgeschichten über den Crash gehört.

»Wie sich herausstellte«, fuhr Nightwalker fort, »war das Virus bei kompliziert verschlüsselten Daten besonders wirksam, also bei dem Zeug, das von einem Haufen Sicherheit geschützt war. Das Virus drang in die Sicherheitssysteme ein, so daß die wichtigen Daten nicht mehr an einen sicheren Ort kopiert werden konnten, und zerstörte dann in aller Ruhe die Dateien, welche die Sicherheitssysteme schützen sollten. Darum war der Crash auch so schlimm. Der größte Teil von dem Zeug, das auf Nimmerwiedersehen verschwand, das niemand aus den verstümmelten Dateien rekonstruieren konnte, war von allergrößter Bedeutung, unterlag höchster Geheimhaltung. Die größten Geheimnisse der Konzerne, die ganze Spitzentechnologie, an der die Intelligenzbestien aus den Forschungsabteilungen der Konzerne gerade arbeiteten.« Er lachte bitter. »Was glaubst du, warum die Welt technologisch nicht so hoch entwickelt ist, wie sie eigentlich sein sollte?«

Das schockierte Falcon. Du meinst, wir sollten, verdammt noch mal, *noch* höher entwickelt sein? wollte er sagen, unterließ es jedoch.

Wenn Nightwalker seine Überraschung bemerkte, reagierte er jedenfalls nicht darauf. »Keiner der Konzerne erwähnte die Geheimdateien, die sie verloren hatten«, fuhr er fort. »Natürlich nicht. Sie wollten die anderen nicht auf Ideen bringen, damit ihnen kein anderer zuvorkam, während sie versuchten, die verlorenen Daten zu rekonstruieren.« Er hielt inne und lächelte. »Irgendwelche Vermutungen, was sich in einigen der Geheimdateien befand, die verlorengingen?«

Natürlich. »Der Glasfaserkram«, antwortete Falcon sofort.

»Volltreffer. Die Burschen, die damit anfingen, hatten in den fünfzig Jahren vor dem Crash 'ne Menge Arbeit in die Geschichte gesteckt. Andere Konzerne auch. Mittlerweile hatten sie die Technik so weit vereinfacht, daß sie weder die zwei Supercomputer noch die Wagenladung mit dem anderen Drek brauchten. Nach allem, was ich gehört habe, reichte ein Techniker für die Bedienung aus, und die Hardware paßte in einen Lieferwagen. Und dann — *puff!* — läßt das Virus alles hochgehen. Vielleicht sind die Burschen, die ursprünglich für die Forschung verantwortlich waren, im Zuge der anschließenden Unruhen ums Leben gekommen, vielleicht haben die Konzerne sie verschwinden lassen. Wie auch immer, Tatsache ist, sie waren nicht mehr da und konnten niemandem mehr erzählen, was sie getan hatten. Und das bringt uns zum Jahr zweitausenddreißig«, fuhr Nightwalker fort. »Das Crashvirus ist erledigt, und die Konzerne bauen das globale Netz zu dem aus, was wir heute Matrix nennen. Ein paar von den anderen *Zaibatsus* kriegen Wind davon, daß 4F — oder wer den Laden aufgekauft hat — versucht, die verlorene Technologie zu rekonstruieren und wieder auszutüfteln, wie man Glasfaserkabel abhören kann. Wie du dir vorstellen kannst, brachte diese Vorstellung 'n ganzen Haufen Execs aus der ganzen Welt ganz schön ins Schwitzen. Sie traten damit vor den Konzerngerichtshof im Zürich-Orbital und verlangten, daß dem Spuk ein Ende bereitet würde. Und das hat der Gerichtshof dann getan.«

»Mit dem Konkordat des Zürich-Orbitals?« riet Falcon.

»Genau«, bestätigte Nightwalker. »Alle großen Konzerne haben es unterzeichnet. Sie kamen überein, daß keiner von ihnen je versuchen würde, die Technologie zu rekonstruieren. Und wenn irgendein anderer Konzern — vielleicht einer von den kleineren — es versuchen sollte, würden ihm die Unterzeichner auf den Pelz rücken und ihn ausradieren.« Der Runner lachte. »Du kannst deinen Arsch darauf verwetten, daß die Unterzeichner in ihre Geheimlabors rannten, kaum daß die Tinte trocken war, und versuchten, den anderen bei der Rekonstruktion der Technologie zuvorzukommen. Aber das Konkordat hatte durchaus sein Gutes. Weil niemand die Forschungen mit Volldampf betreiben konnte, ohne daß es die anderen herausfinden würden. Und dann wäre es dem Betreffenden an den Kragen gegangen.

Kein Konzern — nicht einmal die ganz großen — will sich mit dem Konzerngerichtshof anlegen. Es sei denn, sie haben einen verdammt großen Stock in der Hand, mit dem sie der Züricher Gemeinschaftsbank Angst einjagen können.«

Falcon schwieg eine Zeitlang und dachte über all das nach. Es ergab einen Sinn, zumindest im großen und ganzen ... Doch dann kam ihm ein anderer Gedanke. »Hey, und was ist mit Magie?« fragte er. »Warum kann man diese Glasfaserkabel nicht mit Magie abhören? Warum braucht man dazu überhaupt diese verlorengegangene Technologie?«

Nightwalker lächelte. »Ich hab mich schon gefragt, ob du darauf kommen würdest.« Er schüttelte den Kopf. »Magie ist ganz anders, sie verträgt sich nicht gut mit Technologie. Über die astrale Wahrnehmung kann ein Magier oder Schamane nur den emotionalen Gehalt einer Unterhaltung erfassen, die er abhört. Und wie steht es mit dem emotionalen Gehalt bei einem typischen Datentransfer?«

»Ist gleich Null«, antwortete Falcon sofort.

»Genau. Magie ist also nicht besonders sinnvoll, richtig?«

Falcon nickte, aber er war dennoch verwirrt. Er hatte Nightwalkers Geschichte begriffen, jedenfalls zum größten Teil, doch eine Sache war ihm immer noch vollkommen schleierhaft. »Was hat das alles mit deinem Run zu tun?« fragte er.

»Kannst du dir das nicht denken? Die Burschen, die mein Team angeworben haben, fanden heraus, daß einer der hiesigen Megakonzerne kurz davor stand, die 4F-Technologie zu rekonstruieren. Unsere Aufgabe war, in ihren Forschungspark einzubrechen, uns die Techno-Files zu schnappen, das Labor und alle Aufzeichnungen einzuäschern und die Daten dann den Johnsons zu bringen, die uns angeheuert haben.«

»Damit sie die Daten selbst benutzen konnten?«

Nightwalker schüttelte energisch den Kopf. »Auf keinen Fall. Das ist ...« Er zögerte, um dann rauh aufzulachen. »Das ist Etwas, Das Zu Wissen Dem Menschen Nicht Bestimmt Ist, verstehst du? Wenn irgendein Konzern die Geschichte in die Finger bekommt, wird dadurch *alles* destabilisiert. Drek, das Chaos nach dem Crash würde sich dagegen ausnehmen wie 'ne Teegesellschaft. Nein, meine Johnsons wollten die Daten vernichten und nur ausreichendes Beweismaterial behalten, um vor den Konzerngerichtshof treten und den betreffenden Konzern anschwärzen zu können. Dann hätten sie sich einfach zurückgelehnt und sich den Spaß angesehen. Egal, wie groß und zäh ein Konzern auch ist, er hat einfach keine Überlebenschance, wenn jeder andere Megakonzern auf der Welt das Messer gegen ihn zückt.«

Falcon schwieg eine Zeitlang. Was Nightwalker sagte, paßte recht gut zusammen. Aber er wußte etwas über die Art, wie Johnsons arbeiteten. Johnsons *waren* Konzerne, oder etwa nicht? Und welcher Konzern würde gutes Geld ausgeben und Shadowrunner anheuern, um

Daten zu *vernichten*, mit denen sie Milliarden und Abermilliarden Nuyen machen konnten?

Doch Nightwalker glaubte daran, oder? Er hatte es seinen Johnsons abgekauft, daß sie tatsächlich etwas zum Wohl der Welt taten und nicht nur an ihren Kontostand dachten.

Tja, Drek, warum eigentlich nicht? Jeden Tag geschahen schließlich noch seltsamere Dinge auf der Welt. Und Nightwalker hatte mehr Erfahrung mit den Schatten. Er kannte sich aus. Vielleicht hatte er recht.

»Was ist also passiert?« fragte Falcon. »Habt ihr euch die Daten geholt?«

»Keine Ahnung. Wie ich schon sagte, ich gehörte lediglich zum äußeren Unterstützungsteam. Wir haben eine Deckerin in das System geschickt, aber sie ist nicht zurückgekommen. Jedenfalls nicht, bevor das andere Shadowrunnerteam über uns hergefallen ist.« Der Amerindianer zuckte die Achseln. »Wir sind ziemlich aufgemischt worden. Ich weiß nicht, ob die Deckerin an die Daten rangekommen ist oder nicht. Das ist auch der Grund, warum ich mich mit den anderen treffen muß.«

»Wenn sie noch leben.« Die Worte waren heraus, bevor sich Falcon eines Besseren besinnen konnte.

Nightwalker schwieg einen Augenblick. Dann nickte er. »Wenn sie noch leben. Aber ich muß mir Gewißheit verschaffen. Die Sache ist zu wichtig, um sie einfach abzuhaken.«

Falcon seufzte. Ich *wußte*, er würde das sagen, dachte er. »Was willst du also als nächstes unternehmen?«

»Ein anderes Treffen an einem anderen Ort.« Nightwalker musterte ihn durchdringend. »Kannst du mich hinbringen?«

Falcon fragte nicht einmal, wo das Treffen stattfinden sollte. »Ich kann deine *Leiche* hinbringen«, sagte er entschlossen. »Mehr wird nicht von dir übrig sein, wenn wir nicht *sofort* etwas dagegen tun.« Er bemühte sich, seine Stimme fest klingen zu lassen, als er seine Entscheidung verkündete, die er im gleichen Augenblick getroffen hatte. »Ich muß dich zu einem Straßendoc bringen.«

Nightwalker widersprach. Aber nicht besonders energisch.

7

13. November 2053, 1100 Uhr

Sly dachte, daß es mit dem Stück Broadway in Höhe der Pine Street seit ihrem letzten Besuch hier sichtlich bergab gegangen war. Noch mehr Chippies hockten in Hauseingängen oder sogar draußen im Regen, blind und taub für alles andere außer den SimSinn-Phantasien, die in ihrem Verstand abliefen. Noch mehr Heimatlose, die überall dort unterkrochen, wo sie einen Platz fanden. Noch mehr Orks und Trolle in irgendwelchen Gangfarben. Wenn es tagsüber schon so schlimm ist, dachte sie, wie muß es dann erst nachts sein?

Die Häuser reflektierten den Wechsel der Gegend ebenfalls. Die meisten Schaufenster waren mit Lattenrosten oder Gitterstäben versehen, die übrigen mit Brettern vernagelt. Ein Laden — ein kleiner unabhängiger Stuffer Shack — hatte ein mitleiderregendes Schild ins Fenster gehängt: »Bitte laßt meine Scheiben ganz.« Natürlich war die Scheibe gesplittert. Die Graffitis waren allgegenwärtig, in der Hauptsache Gangfarben, Slogans und Symbole. Ein ziemlich talentierter Sprüher hatte einige Mauern mit abstrakten, fast kubistischen Gemälden bedeckt, die er unten mit ›Pablo Fiasko‹ signiert hatte.

Das Seattle Community College gegenüber von Slys Bestimmungsort auf der anderen Seite des Broadway sah wie ein Kriegsschauplatz aus. In dem ganzen Gebäude gab es nicht eine einzige intakte Fensterscheibe. Das Neonschild an der Ecke Pine und Broadway, das auf das College hinwies, war nur noch eine verbogene und brandgeschwärzte Ruine. Eine Granate, fragte sich Sly, als sie hier und da noch andere Brandstellen entdeckte. Sicherheitspersonal war vorhanden — private Wachen von Hard Corps. Aber es waren nicht sehr viele, vielleicht ein halbes Dutzend oder so. Sie sahen nicht so aus, als würde ihnen ihr Job Spaß machen, traten nervös von einem Fuß auf den anderen und fixierten argwöhnisch jeden, der näher als zwanzig Meter an sie herankam.

Sly fand die Veränderungen deprimierend. Nach allem, was sie über Seattles Geschichte wußte, war diese Gegend um die Jahrhundertwende nach Anbruch der Dunkelheit kein angenehmer Ort gewesen. Damals war es die Furcht vor den Drogenabhängigen gewesen, nicht vor den SimSinn-Süchtigen, aber die Risiken waren dieselben geblieben — militante Kinder und Jugendliche, die alles taten, um an das Geld zu kommen, das sie brauchten, um dem Affen in ihren Köpfen Zucker zu geben. Dann, so um 2010 herum, war Geld hügelabwärts nach Norden und in den Broadway geflossen. Nur ein paar Blocks weiter lag der ›Pillenhügel‹, Standort von einigen der besten Krankenhäuser Seattles. Die zur Einrichtung der Krankenhäuser notwendige Infrastruktur — Labors, Restaurants, Wohnhäuser, verschiedene Zulieferer und so weiter — hatte sich in der Region Brodway und Pine angesiedelt und die Gossenpunks und das Straßenvolk verdrängt.

Sly war nicht sicher, welche ökonomischen Veränderungen das Schicksal dieser Gegend besiegelt hatten — wollte es auch gar nicht wissen, weil es wahrscheinlich zu deprimierend war. Doch der Wandel war nicht zu übersehen. Das Stück Broadway zwischen Pike Street und Denny Way befand sich ganz eindeutig auf der Talfahrt die sozioökonomische Leiter hinunter. Nicht erst seit heute, aber Sly war trotz allem überrascht und auch ein wenig bestürzt, wie weit die Gegend in einigen wenigen Monaten heruntergekommen war.

Das reicht fürs erste an Stadtgeschichte, sagte sie sich, als sie ihr Motorrad vor ihrem Bestimmungsort aufbockte. Es handelte sich um ein altes Gebäude — vielleicht hundert Jahre alt — auf der Ostseite der Straße nördlich von der Pike Street. Ihr Bestimmungsort war aus roten und weißen Steinblöcken errichtet — *echtem* Stein, nicht irgendeiner Ersatzfassade —, und an den Ecken erhoben sich kleine Türme oder vielleicht Giebel mit einer größeren Spitze in der Mitte, ein komisches, anachronistisches Bauwerk inmitten der Plastistahl- und Betonhäuser, die es umgaben. In den Stein über der Vordertür war die ursprüngliche Identität des Gebäudes eingemeißelt — die Erste Christliche Kirche —, aber Sly wußte, daß es schon seit mindestens zwei Jahrzehnten kein Ort religiöser Verehrung mehr war. Jetzt war es die Heimat und Operationsbasis ihres Freundes Agarwal.

Während sie den Motor abstellte und sich aus dem Sattel schwang, dachte sie daran, was sie über Agarwal wußte. Er hatte einen Wahnsinnsruf auf den Straßen und in den Schatten, war einer der ganz wenigen Schattendecker, denen der große Wurf gelungen war und die es dann geschafft hatten, mit dem größten Teil ihrer illegalen Einnahmen aus dem Spiel auszusteigen. Das ging bereits aus der Behausung hervor, die er sich ausgesucht hatte. Trotz der fallenden Immobilienpreise in diesem Stadtteil mußte ihn die Kirche ein paar Millionen Nuyen gekostet haben, und das schloß nicht die weitreichenden Änderungen ein, die er nach seinem Einzug vorgenommen hatte.

Die meisten Runner schafften den Absprung nie, das wußte Sly. Das heißt, nicht lebendig. Und jene, die es schafften, hatten entweder nicht viel auf die hohe Kante gelegt oder nahmen, was sie zusammenkratzen konnten, und tauchten unter, um unerwünschte Aufmerksamkeit seitens derjenigen Konzerne zu vermeiden, denen ihre Runs gegolten hatten. Agarwal war die Ausnahme, denn er lebte glücklich und zufrieden — und offenbar auch sicher — nur ein paar Kilometer von jenen Konzernen entfernt, die er um Millionen erleichtert hatte. Sie fragte sich, wie er das anstellte. Die Gerüchteküche in den Schatten behauptete, er habe sich mit den Jahren eine unangreifbare ›Lebensversicherung‹ geschaffen, sich verheerende Informationen über all jene Konzerne verschafft, die ihn gerne tot gesehen hätten, und diese Bombe mit einem automatischen Zünder für den Fall seines Todes versehen. Wenn Agarwal je gegeekt wurde oder es einmal versäumte, sich mit seinen hochentwickelten Computerwachhunden in Verbindung zu setzen, würden all jene Gigabytes mit heißen Daten in die öffentlich zugänglichen Teile der Matrix eingespeist werden, so daß jeder sie einsehen konnte. Kein Konzern, so schien es jedenfalls, wollte dieses Risiko eingehen, nur um eine alte Rechnung mit Agarwal zu begleichen. Bis jetzt war es dem alternden Decker gelungen, in relativer Sicherheit zu leben.

Wobei natürlich das Wörtchen ›relativ‹ der Knackpunkt war. Zwar mochte es ihm gelungen sein, sich die Konzerne vom Leib zu halten, aber es gab andere, die Agarwal mit Freuden einen Besuch abstatten würden. Schließlich sah sein Haus wie der Alptraum eines Sicherheitsspezialisten aus, das gegen eine Gruppe entschlossener Diebe unmöglich zu verteidigen war.

Doch der Schein trog. Tut er das nicht immer? dachte Sly. Agarwals Haus war so sicher, wie es High-Tech-Abwehrsysteme im Wert von einigen Millionen Nuyen machen konnten. Wiederum nach den auf der Straße kursierenden Gerüchten zu urteilen, hatten in den letzten Jahren nicht weniger als vier große, auf Einbruch spezialisierte Gangs versucht, Agarwals Haus auszuräumen. Keine hatte Erfolg gehabt, und niemand hatte überlebt, um ihren Fehlschlag anschließend analysieren und einen Nutzen daraus ziehen zu können. *Niemand.* Keine Leichen, keine Hinweise, was geschehen war, *nichts.* Sie waren einfach verschwunden. (Als Sly Agarwal einmal eine diesbezügliche Frage stellte, hatte er nur gelächelt und mit den Schultern gezuckt. Nachdem sie ihn dann etwas besser kannte, war sie zu dem Schluß gekommen, daß sie es eigentlich gar nicht wissen wollte.)

Sly hatte Agarwal vor fünf Jahren kennengelernt, kurz nach ihrem letzten Matrixrun. Sie war bemüht gewesen, ihre fünf Sinne wieder beieinander zu bekommen, und ihr Schieber, ein Chummer namens Cog, hatte soviel Herz gehabt, ihr zu helfen, und sie mit jemandem zusammengebracht, der das Trauma nachempfinden konnte, das sie erfahren hatte. Dieser Jemand war Agarwal.

Cog hatte zu Recht geglaubt, daß ein Gespräch mit Agarwal helfen würde. Agarwal hatte Sly davon überzeugt, daß es ein Leben nach dem Decken gab, und ihr über die Alpträume und die schrecklichen Dämmerzustände jener ersten paar Monate hinweggeholfen. Natürlich hatte er nachempfinden können, was sie durchmachte. Er hatte ähnliches erlitten, und sein eigener Absturz war der Auslöser seines Entschlusses gewesen, sich schließlich aus den Schatten zurückzuziehen. Selbst nach acht Jahren hatte er von Zeit zu Zeit noch Absencen, doch er hielt sie unter Kontrolle, minimierte ihren Einfluß auf sein Leben. Das hatte Sly Hoffnung gemacht, daß sie sich ebenfalls wieder vollständig erholen konnte. Was natürlich auch geschehen war. Sie hatte sich sogar noch besser erholt als Agarwal, da ihr jüngeres Hirn offenbar schneller wieder auf die Reihe gekommen war. Ihre letzte Absence — eine kleinere, die nicht mehr als zwei Minuten aus ihrem Leben geschnitten hatte — lag mehr als zwei Jahre zurück.

Sie ging die Steintreppe zur Vordertür hinauf und

drückte den Interkomknopf. Ein paar Sekunden lang geschah gar nichts, aber Sly wußte, daß sie von einem hochempfindlichen Sensorenbündel abgetastet wurde. Sie lächelte zu der Stelle hoch, an der sie die Videokamera vermutete, und öffnete die Lederjacke, um anzuzeigen, daß sie unbewaffnet war.

Die Tür summte und schwang von allein auf. Sie trat in die Eingangshalle.

Agarwals Modifikationen im Innern der Kirche hatten praktisch nichts von der ursprünglichen Struktur erhalten. Im Gegensatz zum anachronistischen Äußeren barg das Innere den letzten Schrei zeitgenössischen Dekors. Verborgene indirekte Beleuchtung, Fußbodenbelag, der wie goldgeäderter Marmor aussah, doch unter ihren Füßen nachgab wie ein Plüschteppich. Möbel der modernen reduktionistischen Designschule. Und alles in Reinweiß, Eierschalenblau oder irisierendem Perlmutt. Sly kam sich vor, als sei sie in ein Bild aus der Werbebroschüre eines Innenarchitekten getreten. Sie durchquerte die Halle, ging durch eine weitere Tür.

Agarwal erwartete sie in seiner Bibliothek, einem Raum mit hoher Decke und hohen Bücherregalen an den Wänden. (Mit echten Büchern. Obwohl sie Agarwal seit Jahren kannte, war es immer ein Schock für Sly, wenn sie hierherkam und daran erinnert wurde, wie reich ihr Freund war.)

»Sharon«, begrüßte er sie warm mit seinem präzisen Oxford-Akzent. »Ist mir ein Vergnügen, dich wiederzusehen, ein echtes Vergnügen. Komm, ich zeig dir mein jüngstes Projekt.«

Mit einem Lächeln folgte sie ihm aus der Bibliothek zur Treppe.

Agarwal war Ende Vierzig und schlank; er hatte ungefähr Slys Größe, schmale Schultern und Hüften. Sein langes, spitzes Gesicht wurde von einer Hakennase dominiert. Seine milchkaffeefarbene Haut war rauh und voller großer Poren. Er hatte sein dünnes Haar streng nach hinten gekämmt, so daß die Datenbuchse in seiner rechten Schläfe zu sehen war. Er trug grundsätzlich eine Brille mit Drahtgestell — ein seltsamer Spleen in diesen Tagen der permanenten Kontaktlinsen und Hornhautchirurgie —, hinter der seine braunen Augen sanft und schwach wirkten. Sly hatte ihn noch nie anders als mit Krawatte und einem zweiteiligen Anzug bekleidet gesehen, der immer neu, immer maßgeschneidert, aber mehrere Jahre aus der Mode war. Zieht er sich nie lässig an? fragte sie sich.

Er führte sie nach unten in seine Werkstatt, einen riesigen offenen Raum, der das gesamte untere Stockwerk des Hauses einnahm. Dies war eine der bedeutendsten Änderungen, die er an der alten Kirche hatte vornehmen lassen. Er schaltete das Licht ein.

Der riesige Raum war mit Autos gefüllt, ungefähr einem Dutzend, zählte Sly. Die Hälfte befand sich in verschiedenen Stadien des Verfalls. Die anderen wirkten gut erhalten, als seien sie gerade vom Fließband gerollt. Was an und für sich schon beeindruckend war, da kein einziges Auto weniger als fünfzig Jahre alt war. Ihr Blick wanderte über die Fahrzeugreihen. Die meisten kannte sie schon, aber der Anblick so vieler antiker Autos — manche von ihnen einzigartig auf der Welt — war ehrfurchtgebietend. Direkt vor ihr stand ein Rolls Royce Silver Cloud, Baujahr 2002. Und ein Stück weiter hinten ein Acura Demon, das schnellste Serienauto, das im Jahre 2000 gebaut worden war. Und ihr Lieblingsstück, das unter den Sport- und Luxuswagen, von denen es umgeben war, irgendwie fehl am Platz wirkte, ein liebevoll restaurierter Suzuki Sidekick 4x4, Jahrgang 1993. Wie immer versuchte Sly zu schätzen, wieviel Agarwals Sammlung wert war, gab jedoch auf, als sie nach der Hälfte der Wagen die Zehnmillionengrenze überschritten hatte.

Agarwal zupfte an ihrem Arm und führte sie durch die Werkstatt in Richtung der drei hohen Türen, die sich auf eine leicht ansteigende Rampe öffneten, welche zur Hintergasse führte. »Das«, sagte er auf einen Wagen deutend, »ist meine jüngste Erwerbung.«

Sie betrachtete den Wagen. Schwarz, schnittig und flach erinnerte er sie an einen Hai. Seine lange, nach vorn abfallende Motorhaube war sonderbar gewölbt, was auf einen gewaltigen Motor schließen ließ. Er kam ihr vage bekannt vor. Sly wußte, sie hatte so einen Wagen schon einmal gesehen, wahrscheinlich in irgendeinem historischen Drama im Trideo. »Eine Corvette, nicht wahr?« riet sie nach einigen Sekunden.

Wenn Agarwals Lächeln noch breiter gewesen wäre, hätte er seine Ohren verschluckt. »Eine Corvette, ja, Sharon. Aber eine ganz besondere Corvette, eine getunte Corvette. Das ist ein Callaway Twin Turbo.« Er streichelte die glatte schwarze Haube. »Ein wundervoller Wagen, gebaut im Jahre 1991, wenn du das glauben kannst — vor zweiundsechzig Jahren. Der Motor ist ein 5,7 Liter V-8, der vierhundertunddrei Pferdestärken bei viertausendfünfhundert Umdrehungen pro Minute leistet. Sein maximales Drehmoment beträgt fünfhundertfünfundsiebzig Newtonmeter bei dreitausend Umdrehungen.« Die Zahlen gingen ihm mühelos über die Lippen, beinahe liebevoll. Sly wußte, wieviel Freude es ihm bereitete, sich solche Details zu merken. »Beschleunigung von null auf hundert Stundenkilometer in 4,8 Sekunden, die Querbeschleunigung liegt bei 0,94 g, Höchstgeschwindigkeit« — er zuckte die Achseln — »tja, das weiß ich nicht, aber wahrscheinlich liegt sie bei knapp unter dreihundert Kilometern pro Stunde. Ein phantastischer Wagen. Ein absolutes Vergnügen, ihn zu restaurieren.«

Sly nickte. Dies war Agarwals Hobby, seine Berufung, seitdem er den Schatten vor ein paar Jahren den Rücken gekehrt hatte. Er war derjenige im Plex, vielleicht sogar im ganzen Land, der über Oldtimer, Verbrennungsmotoren und Automobilbau am besten Bescheid wußte. Wenn ihn das Projekt interessierte, konnte er einen Wagen in sämtliche Einzelteile zerlegen und dann wieder zu einem besseren Wagen zusammensetzen, als er es je zuvor gewesen war. Sie musterte ihn verstohlen. Wie üblich entsprach sein Interessengebiet nicht seinem Äußeren. Zieht er den Anzug aus, wenn er unter seinen Autos liegt? fragte sie sich mit innerlicher Belustigung. Oder hat er deswegen immer neue Klamotten an, wenn ich ihn sehe?

»Sieht Sahne aus, Agarwal«, sagte sie. Sie grinste schalkhaft. »Wie fährt er sich denn so?«

Er lächelte milde. Sie wußten beide, daß Agarwal niemals mit einem seiner Wagen fuhr. Für ihn lag der Reiz darin, eine abgewrackte Rostbeule zu nehmen und sie zu ehemaliger Pracht zu restaurieren. Danach erfreute er sich einfach an dem Wissen, daß er etwas Schönes besaß. Die Wagen tatsächlich zu fahren, wenn er mit ihnen fertig war, interessierte ihn nicht im geringsten.

Nachdem er Sly noch ein paar Minuten Zeit gelassen hatte, um seine vierrädrigen ›Babys‹ zu bewundern, führte Agarwal sie wieder die Treppe hinauf in sein Arbeitszimmer, einen kleinen, gemütlichen Raum im Obergeschoß mit Fenstern, die nach Westen herausgingen und einen Ausblick auf die Wolkenkratzer der Innenstadt boten. Er bugsierte sie in einen bequemen Armsessel und stellte eine Tasse Darjeeling-Tee auf das Tischchen neben ihr. Dann setzte er sich auf seinen hochlehnigen Schreibtischstuhl, stützte die Ellbogen auf den Tisch und faltete die Hände vor dem Gesicht.

»Mir ist zu Ohren gekommen, dein Leben ist in letzter Zeit recht ... interessant, Sharon«, begann er.

Sly nickte und lächelte angesichts der Untertreibung ihres Freundes. Sie überdachte noch einmal die letzten vierundzwanzig Stunden. Ihr Besuch bei Theresa Smeland. Die Ermordung ihres Johnson. Die harte Begegnung mit Modal. Das Überspielen einer Kopie von Louis' verschlüsselter Datei auf Agarwals Leitung. Und schließlich die Telekomanrufe — alle von verschiedenen Münztelekoms, jeder bei einem anderen Konzern- und Schattenkontakt —, um den schwarzen Elf bei Yamatetsu anzuschwärzen.

Wird es klappen? fragte sie sich kurz. Es hatte den Anschein. Modals Gerissenheit und sein Verständnis für Konzernpsychologie und die menschliche Natur schienen sich seit den alten Tagen nicht verändert zu haben. Durch die ständige Praxis hatte er sich eher noch verbessert. Das Gebäude aus Gerüchten, Indizien, Lügen und wilden Spekulationen, das er errichtet hatte, schien jedenfalls das Bild eines Menschen zu malen, der seine Konzernherren zugunsten einer alten Liebschaft verraten hatte. Wenn da nicht noch irgendeine Fußangel verborgen war, die ihr entging, mußte Modal jetzt für Yamatetsu schlimmer als Drek sein, und der Konzern würde auf ihn wahrscheinlich ebenso Soldaten ansetzen wie auf sie. Und das war natürlich auch der Sinn der Sache, Modal jeden möglichen Nutzen zu verwehren, den er daraus ziehen konnte, sie zu töten oder zu verraten. Sicher, er konnte versuchen, sich mit ihrem Kopf den Weg zurück in Yamatetsus Schoß zu erkaufen, aber jeder Versuch in diese Richtung war äußerst riskant. Die Yamatetsu-Vertreter, die er kontaktieren würde, bereiteten höchstwahrscheinlich eher einen Hinterhalt für ihn vor als ein sauberes Treffen.

Ja, dachte sie, ich kann Modal trauen ... einstweilen. Diese Schlußfolgerung hatte es ihr nicht leichter gemacht, ihn heute morgen ziehen zu lassen, aber sie hatte ihn unmöglich mit zu Agarwal nehmen können.

Der Ex-Decker betrachtete sie schweigend, ließ ihr Zeit zu entscheiden, was sie ihm erzählen wollte und was nicht. Sein mildes Lächeln blieb unverändert.

»Es waren interessante vierundzwanzig Stunden«, sagte sie schließlich. »Hattest du die Möglichkeit, an der Datei zu arbeiten, die ich dir geschickt habe?«

»Seit deinem Anruf habe ich an nichts anderem gearbeitet, Sharon«, erwiderte er. Sie empfand einen Hauch von Schuldbewußtsein. Jede Stunde, die er damit verbrachte, ihr zu helfen, war eine Stunde, die er nicht mit der Arbeit an seinen geliebten Autos verbringen konnte, aber diese Geschichte war wichtig.

»Hast du irgendwas herausbekommen?«

Agarwal nickte. »Zunächst einmal kann man davon ausgehen, daß irgend etwas höchst Wichtiges und höchst Ungewöhnliches — Unerhörtes, möchte ich fast sagen — in Konzernkreisen vorgeht. Zum einen waren die Aktivitäten an der Börse ... abnormal, und das ist noch gelinde ausgedrückt. In den letzten zwei Tagen, vielleicht auch schon länger, haben eine ganze Menge Konzernaktien den Besitzer gewechselt. Megakonzerne haben versucht, kleinere Konzerne zu übernehmen, die bis jetzt wegen ihrer Verbindung mit anderen Megakonzernen als unantastbar galten. Begreifst du die Bedeutung dieses Vorgangs?«

Nach einem Augenblick des Nachdenkens mußte Sly den Kopf schütteln. »Eigentlich nicht«, gab sie zu. »Die Wirtschaft ist nicht meine starke Seite.«

Er seufzte. »Die Wirtschaft ist in dieser Welt *alles*, Sharon, das solltest du eigentlich wissen.« Er hielt einen Augenblick inne, um seine Gedanken zu ordnen. »In bezug auf den Wettbewerb vollführen alle großen Konzerne im Prinzip einen Drahtseilakt. Jeder Megakonzern steht mit jedem anderen im Konkurrenzkampf um Marktanteile, um Geld, welches er auf dem Markt gewinnen kann. Da der Markt in den meisten Bereichen erschlossen ist, heißt das, wir haben es mit einem Nullsummenspiel zu tun. Jeder Zugewinn, den ein Konzern macht, ist ein Verlust für einen oder mehrere seiner Konkurrenten. Folglich hat derjenige Konzern Erfolg, der am konkurrenzfähigsten ist. Unglücklicherweise hat der, sagen wir mal, *übereifrige* Konkurrenzkampf eine Kehrseite. Wenn ein *Zaibatsu* einem anderen offen den Krieg erklärte, könnte der Aggressor seinen Marktanteil beträchtlich ausweiten. Aber das Chaos, das durch einen derartigen Konflikt auf den Finanzmärkten und anderswo angerichtet würde, hätte zur Folge, das sich der potentielle Markt verkleinern würde. Bildlich gesprochen würde sich der Aggressorkonzern zwar ein größeres Stück vom Kuchen abschneiden, aber durch die Störungen würde der Kuchen an sich kleiner. Absolut betrachtet, würden sich die Umsätze des Aggressors eher verringern. Und das ist der Grund, warum die Megakonzerne nach den Regeln des Konzerngerichtshofs und den ungeschriebenen Gesetzen spielen, die alle erfolgreichen Execs instinktiv begreifen.«

»Aber Konzerne unternehmen Raubzüge gegen andere Konzerne«, stellte Sly fest. »Drek, Agarwal, du hast selbst genug davon abgezogen.«

Agarwal kicherte. »Wie wahr. Aber die Shadowruns, die ein Konzern gegen einen anderen in Auftrag gibt, sind kleine Fische.« Er beschrieb eine kreisförmige Bewegung mit der Hand, die das Haus einschloß. »Oh, nicht für dich oder für mich. Aber für einen *Zaibatsu* mit einem jährlichen Umsatz, der in die Billionen Nuyen geht, sind unsere Bemühungen nicht mehr als ein Nadelstich für einen Drachen.«

Darüber dachte Sly erst einmal einen Augenblick nach. »Diese ungeschriebenen Gesetze, die du erwähnt hast«, sagte sie schließlich, »werden die etwa gerade gebrochen? Ist das der Grund, warum die Übernahmeversuche so bedeutsam sind?«

»Genau. Irgendwas ist geschehen, wodurch sich der Konkurrenzkampf der Megakonzerne verschärft hat. Anzeichen dafür gibt es sogar auf der Straße. Ist dir schon die verstärkte Anwesenheit von Konzerntruppen im Plex aufgefallen?«

»Eigentlich nicht«, sagte sie. »Ich schätze, ich war mit meinen Gedanken woanders.«

»Ja, ganz woanders. Und verständlicherweise. Ich habe mich in ein paar Datenbänken umgesehen und festgestellt, daß ein Haufen Leute nach dir sucht, meine Liebe. Schattenbewohner, Informanten und mehrere Konzerne.«

Das erschütterte Sly. »Mehrere?« platzte es aus ihr heraus. »Nicht nur Yamatetsu?«

Agarwal wurde ernst. »Mehrere«, wiederholte er. »Yamatetsu scheint in vorderster Linie zu stehen, aber es gibt noch andere. Aztechnology, Mitsuhama, Renraku, DPE plus ein paar kleinere. Alle sind an deinem Aufenthaltsort interessiert.« Ein Unterton der Besorgnis schlich sich in seine Stimme. »Ich gehe davon aus, daß du entsprechende Vorsichtsmaßnahmen ergriffen hast?«

Sie nickte zerstreut. »Ich passe schon auf mich auf.« Sie dachte angestrengt nach. »Was ist eigentlich los, Agarwal?«

»Für mich sieht es nach dem Auftakt zu einem Konzernkrieg aus«, eröffnete ihr Agarwal grimmig. »Zu einem *totalen* Konzernkrieg. Obwohl ich bete, daß ich mich irre, denn die Vorstellung erschreckt mich.«

»Was hat das mit mir zu tun?«

»Ich könnte sagen, eine ganze Menge, denn ein Konzernkrieg hat Folgen für jeden in Seattle. Aber ich verstehe, was du meinst. Ich würde sagen, einer der Konzerne — vielleicht Yamatetsu, vielleicht einer der anderen — hat etwas verloren. Etwas von immensem Wert, und zwar nicht nur für diesen, sondern auch für alle anderen Konzerne in Seattle. Etwas von derart großem Wert, daß sie bereit sind, einen Konzernkrieg zu riskieren, um es zu bekommen. Außerdem vermute ich, daß die Konzerne irgendwie zu dem Schluß gekommen sind, daß du besitzt, was sie suchen, oder zumindest weißt, wo es sich befindet.« Seine Stimme war plötzlich unpersönlich, völlig nichtssagend. »Sagt dir das irgend etwas, Sharon?«

Unfreiwillig warf Sly einen raschen Blick auf den hochentwickelten Computer auf Agarwals Schreibtisch

134

— das Gerät, das er benutzt haben würde, um die Datei zu entschlüsseln, die sie ihm geschickt hatte. Er sah die Bewegung ihrer Augen und nickte unmerklich.

»Hast du den Code geknackt?« Sly war über sich selbst empört, als sie das leichte Zittern in ihrer Stimme hörte.

»Bist du über die mathematischen Theorien zur Datenverschlüsselung auf dem laufenden?« fragte Agarwal elliptisch.

»Es geht.«

»Dann kennst du dich mit Verschlüsselung unter Benutzung öffentlicher Codes aus?«

»Ein wenig. Genug, um zurechtzukommen. So etwas wurde bei dieser Datei benutzt?«

»Zum Teil. Es gibt mehrere Ebenen, was mich zu der Annahme bringt, daß diese Datei von höchster Bedeutung ist. Auf der ersten Verschlüsselungsebene werden Miltons Paradigma und ein Fünfundsiebzig-Byte-Code benutzt.«

Sly spitzte die Lippen und stieß einen leisen Pfiff aus. »Wie schnell ist dein Computer?«

»Annähernd fünfhundert Teraflops.«

Fünfhundert Teraflops. Fünfhundert *Billionen* Fließkommaoperationen pro Sekunde. Ein sehr schnelles Gerät. Sie schloß die Augen, stellte ein paar Berechnungen an. Dann fluchte sie unterdrückt. »Dann ist der Code nicht zu knacken. Auch bei fünfhundert Teraflops hätte das Gerät tausend Jahre daran zu kauen, den Code zu durchbrechen.«

»Wohl eher *fünfzehn*tausend Jahre«, korrigierte Agarwal sanft. »*Wenn* ich den Computer einfach drauflosrechnen ließe. Kennst du Eijis Arbeiten über rekursive Reihen?«

Sie schüttelte den Kopf, um dann rasch einzuwerfen: »Halt dich nicht mit langen Erklärungen auf. Komm einfach zum Kern.«

Er neigte lächelnd den Kopf. »Wie du willst. Eiji hat

ein paar Techniken entwickelt, die auf Verschlüsselungen mit öffentlichen Codes angewandt werden können und eine gewisse ... Zeitersparnis bewirken.«

»Dann könntest du die Datei also knacken?«

»Ich glaube schon. Es wird einige Zeit dauern — einen Tag, vielleicht länger —, aber bedeutend weniger als fünfzehntausend Jahre.«

»Und was ist mit den anderen Verschlüsselungsebenen?«

Er zuckte die Achseln. »Ich bezweifle, daß sie auch nur annähernd so komplex sind wie die Primärebene.«

Sie nickte. Ein Tag, vielleicht ein paar Tage ...

»Was willst du in der Zwischenzeit unternehmen?« fragte er, ihre Gedanken aussprechend.

»Untertauchen«, antwortete sie sofort. »Den Kopf unten halten und abwarten.« Sie hielt inne. »Vielleicht 'n bißchen Wühlarbeit in bezug auf Yamatetsu, herausfinden, ob sich irgendwas in der Matrix findet ...« Sie sah, wie sich seine Augen vor Bestürzung weiteten, und beruhigte ihn rasch. »Ich würde dich nicht darum bitten, das zu tun, Agarwal, das weißt du. Ich werde jemand anders dafür finden.«

Die Anspannung wich aus seinem Gesicht. »Ja«, sagte er leise, »ja, natürlich. Verzeih meine Reaktion, aber ...«

»Es gibt nichts zu verzeihen. Vergiß nicht, mit wem du sprichst.«

Er seufzte. »Natürlich. Ich ... natürlich.«

»Hast du die Zeit, um jetzt daran zu arbeiten?«

Ihr Freund nickte. »Ich habe bereits alle meine anderen Projekte auf Eis gelegt. Es wird keine Ablenkung geben.«

»Was die Bezahlung betrifft ...«

Er hob die Hand, um sie zu unterbrechen. »Wenn wir es wirklich mit dem Auftakt zu einem Konzernkrieg zu tun haben, wäre es Bezahlung genug, ihn zu verhindern.«

Sie nickte und streckte impulsiv die Hand aus, um seine zu drücken. Freunde. Selten in den Schatten, doch kostbarer als alles andere.

8

13. November 2053, 2100 Uhr

Falcon rutschte auf der abgewetzten Vinylcouch herum und versuchte eine Stellung zu finden, in der sich die gesprungenen Federn nicht in seinen Rücken oder in die Rippen bohrten. Ein verdammt unmögliches Unterfangen, sagte er sich mit einem Schnauben. Auf dem Fußboden war es höchstwahrscheinlich bequemer.

Wie unbequem die Couch auch sein mochte, er mußte zugeben, daß er darauf *geschlafen* hatte. Nur ein paar Augenblicke, aber immerhin. Nach der langen, harten Nacht verlangte sein Körper nach mehr, aber jetzt, wo sein Verstand wieder arbeitete, wußte er ganz genau, daß es ihm nicht mehr gelingen würde, wieder einzudösen. Er sah auf die Uhr an der grauen Wand. Neun Uhr erst? Das konnte nicht sein, er war erst gegen sieben hier eingetroffen...

Dann fiel ihm auf, daß es sich bei der Uhr um eine alte Zwölfstundenvariante handelte, und nicht um ein Vierundzwanzigstundenmodell, an das er gewöhnt war. Das bedeutete, es war einundzwanzig Uhr, also bereits mitten am Abend. Er hatte länger geschlafen, als er gedacht hatte.

Er schwang die Beine auf den Boden und rieb sich mit dem Handrücken über die verklebten Augen, während er sich in dem Wartezimmer umsah, in dem er sich hingehauen hatte.

Ziemlich lausig, dachte er. Vergilbte Linoleumfliesen auf dem Fußboden. (Und was besagte das über das Alter des Hauses? Vor wie langer Zeit hatten die Leute *Linoleum* benutzt?) Nackte Rauhputzwände, die einmal weiß gewesen sein mochten. Das Folterinstrument, das als Couch getarnt war. Ein Telekom, dessen Bildschirm gesplittert und dessen Leitungen gekappt waren. *Einfach entzückend.* In der Luft lag eine Vielzahl stechender, unangenehmer Gerüche, die größtenteils unter der Rubrik ›medizinisch‹ einzuordnen waren, aber alle mit einem moderigen Hauch unterlegt zu sein schienen. Ich hätte ihn zu einem richtigen Arzt bringen sollen, schalt er sich.

Doch das war das letzte, was er hatte tun *können.* Nightwalker hatte zwei Schußwunden erlitten, und Falcon wußte, daß ein Arzt gesetzlich verpflichtet war, die Angelegenheit Lone Star zu melden. Das hätte dem großen Amerindianer jetzt gerade noch gefehlt: mit dem Gesetz in Konflikt zu geraten.

Dann war da noch das Problem der Identität. Falcon war bereit zu wetten, daß Nightwalker keine Identität besaß, zumindest keine offizielle. Wie Falcon selbst gehörte er wahrscheinlich zu den SINlosen — denjenigen, die keine Systemidentifikationsnummer besaßen, den offiziellen Identitätscode, an dem die Regierung, das Gesundheitswesen und jede andere Facette der Gesellschaft ihresgleichen erkannte. Hätte er Nightwalker in irgendein Krankenhaus oder zu einem lizensierten Arzt gebracht, wäre der Drek am Dampfen gewesen, sobald die Aufnahme den Kredstab des Runners verlangt hätte, in dessen Speicher die SIN normalerweise ganz oben stand.

Und selbst wenn es ihm gelungen wäre, diese beiden Klippen zu umschiffen, wäre immer noch das Nuyen-Problem gewesen. Runner waren nicht krankenversichert, das war mal sicher, und weder er noch Nightwalker besaßen genug Kreds, um die Gebühren für eine Notaufnahme zu bezahlen.

Was war also übriggeblieben? Eine freie Klinik wie jene, die von der Universellen Bruderschaft geführt wurde. Doch auch diese Möglichkeit war nicht völlig problemlos. Falcon war nicht sicher, ob sie sich dort nicht auch an den »Schußwunde, verständigt den Star«-Drek hielten wie in den echten Krankenhäuser. Und überhaupt glaubte Falcon nicht, daß er den immer weiter wegdriftenden Nightwalker die drei oder vier Kilometer zur nächsten Klinik hätte schleifen können.

Also war nur ein Straßendoc geblieben, ein Schattenklempner. Zuerst hatte Falcon gedacht, auch diese Möglichkeit scheide aus. Dies war nicht sein Revier, und Straßendocs machten keine Reklame in den öffentlichen Datenbanken.

Doch dann war ihm eine Bemerkung eingefallen, die einer der ›Ältesten‹ der First Nation — ein großspurig daherredender Haida, der mindestens neunzehn gewesen sein mußte — einmal darüber gemacht hatte, wie er nach einer Schlägerei von einem Schattenklempner zusammengeflickt worden sei, der in einem ehemaligen Restaurant Ecke Sixth und Blanchard arbeitete. Das reichte Falcon, um sich gleich auf den Weg zu machen, und einige vorsichtige Nachfragen bei ein paar Pennern, über die er gestolpert war, hatten ihm schließlich dabei geholfen, den fraglichen Ort zu finden.

Gerade noch rechtzeitig, dachte er, während er sich vergegenwärtigte, wie Nightwalker aussah, als er ihn schließlich in die Schattenklinik geschleift hatte. Noch zwei, drei Blocks weiter, und er wäre draufgegangen.

Für einen Augenblick kehrte seine Angst um das Leben des Runners wieder zurück, die durch sein Vertrauen in die medizinische Technik vorübergehend in den Hintergrund gedrängt worden war. Würde Nightwalker es schaffen?

Dann kam ihm eine andere Frage in den Sinn. Wenn nicht, was spielte das für eine Rolle? Nightwalker war kein Chummer, er gehörte nicht zur First Nation. Und er war so verdammt alt ...

Aber er war ein Shadowrunner, und das machte einiges wett. Ein Runner und ein Amerindianer — selbst wenn er behauptete, keinem Stamm anzugehören. Und, was das Wichtigste war, er hatte Falcon vertraut, sich auf seine Hilfe verlassen. Und darum *spielte* es eine Rolle, sagte er sich.

Falcon sah wieder auf die Uhr. Einundzwanzig Uhr zehn. Vierzehn Stunden waren vergangen, seit er Nightwalker in das heruntergekommene Gebäude geschleift hatte. Dreizehn Stunden, seit die Ärztin mit ihm im Behandlungszimmer verschwunden war. Operierte sie ihn immer noch. Oder war Nightwalker auf dem Operationstisch abgekratzt, und sie wollte es ihm nur nicht sagen? Er stand auf und ging einen Schritt in Richtung auf die Tür zum Behandlungszimmer. Blieb unschlüssig stehen. Er hatte noch nie warten können — besonders, wenn er die Wartezeit nicht verschlafen konnte.

Wie auf ein Stichwort öffnete sich die Tür, und die Ärztin kam heraus. Sie hatte sich als Doktor Mary Dacia vorgestellt, doch Falcon wußte, daß die Straße ihren Namen zu Doc Dicer verstümmelt hatte. Sie war klein und dünn, hatte kurzgeschnittene rote Haare und große, ausdrucksvolle Augen. Irgendwie niedlich, dachte Falcon, besonders mit diesen gewaltigen Möpsen. Oder sie wäre ganz niedlich gewesen, wenn sie nicht so *alt* gewesen wäre — mindestens doppelt so alt wie er.

»Sind Sie mit ihm fertig?« fragte er.

Doc Dicer sah müde aus. Sie hatte irgendein halbwegs modisches Make-up getragen, als sie angekommen waren, doch jetzt war nichts mehr davon zu sehen, und ihr Gesicht wirkte bleich. Sie hob vielsagend eine Augenbraue. »Ich bin schon seit einer ganzen Weile mit ihm fertig«, sagte sie mit ihrer kehligen Stimme. »Wollte nur mal sehen, wie es dir geht. Du hast ja ziemlich ausgiebig gepennt.«

»Und wie geht's ihm?«

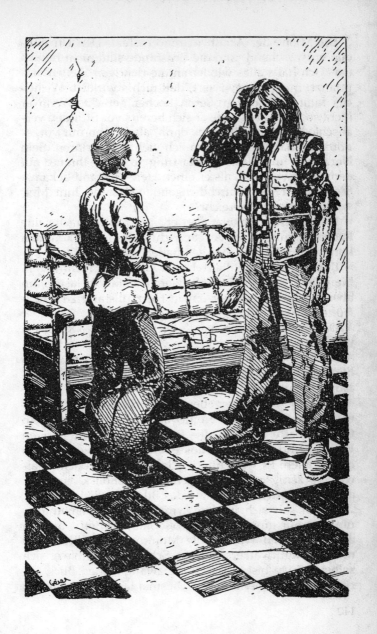

Die Miene der Ärztin wurde ernster. »Den Umständen entsprechend, und die Umstände sind nicht besonders. Ich habe alles wieder an die richtigen Stellen verpflanzt, mich vergewissert, daß nichts wirklich Wichtiges fehlt, und die größeren Löcher geflickt. Wenn er nicht so zäh wäre, hätte er sich bereits vor Stunden verabschiedet oder spätestens dann, als ich ihn mir vorgenommen habe. Er hat ziemlich viel Blut verloren. Sein Herz steht unter starker Belastung. Ich hätte ihn fast auf dem Tisch verloren, als er einen Herzstillstand bekam.« Sie musterte ihn durchdringend. »Hast du ihm Metamphetamine verabreicht?«

Falcon schluckte. »Ja, aber er...« Er unterbrach seine Rechtfertigungen, bevor er richtig in Fahrt kommen konnte. »Haben sie ihm geschadet?«

Doc Dicer zuckte die Achseln. »Kann ich nicht sagen. Sie haben seine Herzgefäße ziemlich stark belastet, ihn aber vielleicht auch vor einem Herzstillstand zu einem früheren Zeitpunkt bewahrt.«

Das ließ Falcon ein wenig leichter atmen. »Kann ich ihn sehen?«

Darüber dachte Doc Dicer erst einmal einen Augenblick nach. Dann nickte sie und führte ihn in das Behandlungszimmer.

In dem Bett, umgeben von High-Tech-Überwachungsgeräten, wirkte Nightwalker beinahe klein. Sein Gesicht hatte fast dieselbe Farbe wie die schmierigen Wände, und seine geschlossenen Augen lagen tief in den Höhlen. Er sieht hundert Jahre alt aus, dachte Falcon. Vorzeitig gealtert. Für einen Augenblick dachte er an seine Mutter, verdrängte das Bild dann jedoch.

Falcon sah sich in dem winzigen ›Krankenzimmer‹ um, das nur unwesentlich größer als das Bett war. Sah auf die grauen Wände, die Monitore, überallhin, nur nicht in Nightwalkers Gesicht. Schwach! raunzte er sich selbst an. Du bist schwach! Er zwang seinen Blick zurück zu dem Amerindianer. Diesmal tauchten die Bilder von seiner Mutter nicht auf. Er spürte, wie sich sein Atem verlangsamte, die Muskeln entspannten.

Doc Dicer hatte ihn beobachtet, sah jedoch rasch weg, als er sie anfunkelte. »Wann wird er aufwachen?« fragte er.

»Ich *bin* wach.« Die tiefe Stimme des Runners erschreckte Falcon. »Ich döse nur vor mich hin.« Er öffnete die Augen, sah sich um. »Wo bin ich hier?«

Schnell brachte Falcon ihn auf den neuesten Stand.

Nightwalker sah Doc Dicer an, dann wieder Falcon. »Du hast das für mich getan, was?«

Falcon nickte.

»Klar hast du«, sagte der Amerindianer fast zu sich selbst. »Du mußtest einfach. Ehrenkodex des Runners, stimmt's?«

Falcon wußte, daß er kein weiteres Dankeschön von Nightwalker erhalten würde. Aber es reichte, war besser als die Klischees, die sich so leicht sagten. Zum erstenmal hatte er das Gefühl, daß Nightwalker ihn akzeptierte, vielleicht nicht als Ebenbürtigen, aber zumindest als Kamerad. Er nickte wieder.

»Wie spät ist es?« fragte der Runner. Falcon sagte es ihm.

»Drek!« fluchte Nightwalker. »Das zweite Treffen ist für zweiundzwanzig Uhr dreißig angesetzt. Ich muß los.« Er versuchte sich aufzusetzen.

Doc Dicer legte ihm die Hand auf die Brust, drückte ihn wieder nach unten. Falcon wußte, daß sie der Amerindianer mit einer Hand quer durch das Zimmer schleudern konnte, wenn er wollte, doch er ließ sich gehorsam zurücksinken. Seine dunklen Augen fixierten sie.

»Sie gehen nirgendwohin«, sagte sie energisch.

»Ich fühle mich gut genug«, antwortete er. »Ich muß es einfach tun.« Sanft, aber entschlossen nahm er ihre Hand und schob sie weg. Die Muskeln der Ärztin spannten sich, als sie versuchte, sich seinem Griff zu entziehen, doch sie konnte ihre Hand keinen Millimeter bewegen.

»Hören Sie«, fauchte sie, »vielleicht haben Sie was an den Ohren oder während des Herzstillstands einen Hirnschaden erlitten.« Sie sprach langsam und in dem Tonfall, den sich die Leute normalerweise für Idioten vorbehalten. »Ja, Sie fühlen sich gut. Weil Sie bis zur Halskrause mit Schmerzmitteln, Energetika und Aufhellern vollgepumpt sind. Wenn ich die Schmerzmittel und Tranquilizer absetze, werden Sie sehr rasch merken, wie schlecht es Ihnen geht. Wenn ich die Energetika absetze, hört Ihr Herz einfach *so* auf zu schlagen.« Sie versuchte mit den Fingern zu schnippen, aber es klappte nicht richtig.

Er setzte zu einer Antwort an, aber sie ließ ihn nicht zu Wort kommen, sondern fuhr energisch fort. »Sie sind nicht abgekratzt — *noch* nicht —, weil ich zufällig verdammt gut in meinem Job bin.« Sie seufzte. »Sie wissen gar nicht, wie schlecht es Ihnen geht«, sagte sie etwas ruhiger, »wie schwer Sie verletzt sind. Wenn Sie ein Auto wären, würde ich sagen, Sie laufen nur noch auf einem Zylinder und haben nur noch einen Gang — der Rest ist im Eimer —, keine Bremsen, eine fragwürdige Lenkung und drei platte Reifen. Hören Sie, was ich Ihnen sage? Sie sind am Leben. Jetzt. Wenn Sie hier bleiben, kann ich Sie mit Sicherheit noch einen oder zwei Tage am Leben halten, vielleicht länger, wenn wir beide Glück haben. Wenn Sie in ein Krankenhaus gehen, ein *richtiges* Krankenhaus, wird man Sie dort wieder ordentlich zusammenflicken, und Sie haben ganz gute Überlebenschancen. Aber« — ihre Stimme wurde wieder rauh — »wenn Sie glauben, daß Sie in der Lage sind, hier rauszumarschieren, vergessen Sie's. Sie würden's — *vielleicht* — bis zur Haustür schaffen, bevor Ihr Herz aufhört zu schlagen, und das auch nur, weil Sie'n zäher Hund sind.« Die kleine Ärztin entzog dem großen Mann ihre Hand und funkelte auf ihn herab.

Nightwalkers Augen schlossen sich, seine Atmung verlangsamte sich. Dachte er nach? Traf er eine Entscheidung? Oder übergab er vielleicht seinen Geist den Totems ...

Nach ein paar Sekunden öffnete Nightwalker die Augen wieder und richtete sie auf die Ärztin. Falcon sah, daß diese Augen klar waren, ruhig — gelassen. Die Augen eines Menschen, der seine Entscheidung getroffen hatte.

»Ich bin also auf Energetika«, begann er. »Was für Energetika? Turbo, nicht wahr?« Er nannte eine der Designerdrogen, die ursprünglich für medizinische Zwecke entwickelt worden waren, auf der Straße jedoch einen noch größeren Markt gefunden hatten.

Doc Dicer nickte widerwillig. »Turbo«, bestätigte sie.

»Welche Dosierung? Fünfzig Milligramm?«

Sie nickte wieder.

»Also würden mich zweihundert Milligramm durch die Nacht bringen.«

»Und Sie morgen früh umbringen«, schnappte sie.

Er nickte zustimmend. »Aber heute nacht könnte ich mich auf den Beinen halten.«

»Ja. Wenn ich Ihnen diese Dosis verabreichte. Was ich nicht tun werde.«

Nightwalker schwieg mehrere Sekunden. Falcon hörte Doc Dicers raschen, wütenden Atem, hörte seinen eigenen Puls in den Ohren rauschen.

Schließlich sagte Nightwalker leise: »Ich habe etwas Wichtiges zu tun, Doktor. Ich kann Ihnen nicht sagen, worum es geht, aber ich habe bei meinem Leben geschworen, mich darum zu kümmern. Verstehen Sie? Ich brauche zweihundert Milligramm Turbo.«

»Es wird Sie umbringen«, sagte die Ärztin erneut. »Ich kann es nicht tun ...«

»Sie *müssen*«, stieß der Runner hervor. »Jeder hat das Recht, den Zeitpunkt seines Todes selbst zu wählen, das Recht, sein Leben zu geben, wie er es für richtig hält.

Wer sind Sie, daß Sie mir dieses Recht streitig machen wollen?«

Fast eine Minute lang herrschte Schweigen in der kleinen Kammer. Nightwalker lag einfach nur da und beobachtete Doc Dicer mit beinahe unmenschlicher Ruhe. Die Ärztin wich seinem Blick aus. Falcons Augen huschten von einem zum anderen.

Schließlich rührte sich die Ärztin. Griff in ihre Gürteltasche, um einen Hyposprüher und eine kleine Ampulle mit einer violetten Flüssigkeit herauszuholen. Sie wich Nightwalkers Blicken immer noch aus, als sie die Ampulle in den Sprüher einlegte. »Zweihundert Milligramm«, krächzte sie.

Falcon wandte sich ab, als sie ihm die Droge verabreichte.

»Was hast du eigentlich vor?«

Bei Falcons Frage drehte sich Nightwalker zu ihm um.

»Was hast du vor?« fragte Falcon wieder. Bevor du stirbst, wollte er noch hinzufügen, ließ es aber. »Was, wenn dieses Treffen auch eine Falle ist?«

Der Runner zuckte nur die Achseln. Sie hatten ein Automatentaxi, eines jener kybernetisch kontrollierten Fahrzeuge, die sich langsam im Sprawl vermehrten, bis zur Ecke Boren und Spruce genommen und gingen jetzt die letzten Blocks zum Kobe Terrace Park zu Fuß.

Nightwalker hatte keine Schwierigkeiten, mit Falcons absichtlich flottem Schritt mitzuhalten. Er bewegte sich so geschmeidig, so mühelos, daß Falcon fast vergessen konnte, wie schwer verletzt der Runner war, wie die Droge in den Adern des anderen Mannes kreiste und seinen Körper von innen verzehrte. Nightwalker schien wieder jung zu sein, fast so jung wie Falcon selbst. In gewisser Weise war das für die Nacht, in der er sterben würde, vielleicht auch angemessen.

»Na schön, was, wenn es *keine* Falle ist?« hakte Falcon

nach. »Was, zum Teufel, kannst du tun?« *Bevor du stirbst.*

Nightwalker ignorierte den Zorn in der Stimme des jungen Mannes und antwortete gelassen: »Jetzt, wo Marci und Cat-Dancing tot sind, sind nur noch Stammeskrieger übrig. Sie kennen den Sprawl nicht. Ich kann ihnen sagen, wie sie es zurück ins Salish-Shidhe Council schaffen, ohne angehalten zu werden — sei es von den Grenzpatrouillen oder den Konzerntruppen. Ich kann ihnen ein paar Kontakte vermitteln.«

»Und was ist, wenn sie bereits verschwunden sind?«

»Sind sie nicht.«

Falcon schüttelte wütend den Kopf. »Also gut, dann von mir aus, wenn der Konzern sie bereits erledigt hat. Du wärst für nichts und wieder nichts gestorben.«

»Dann sterbe ich eben«, antwortete der Amerindianer schlicht. »Die Entscheidung ist getroffen, warum soll ich mir über Möglichkeiten Gedanken machen, die ich nicht wahrgenommen habe?« Er sah zu den Wolken hoch, die das Licht der Stadt reflektierten. Nach der Miene des Runners zu urteilen, hätte Falcon auch meinen können, Nightwalker blicke *durch* die Wolken zu den Sternen. »Heute nacht ist ein guter Zeitpunkt zum Sterben.«

Um zweiundzwanzig Uhr dreißig war der Innenstadtkern voller Leben und Aktivität. Die Pinkel und die Schönlinge waren unterwegs, um zu sehen und gesehen zu werden, zu essen und zu trinken, sich eine Show anzusehen und die Clubs abzuklappern. Die Nacht summte förmlich vor Energie.

Nicht jedoch im Kobe Terrace Park. Hier herrschten andere Regeln. Bei Tag war der Park ein sicheres Fleckchen — so sicher, wie ein Ort im Plex eben sein konnte —, wo man an den seltenen Sonnentagen im Gras saß, um einen Imbiß zu verzehren und zu entspannen. Wie so viele andere Parks wurde aus ihm nach Einbruch der Dunkelheit ein Kriegsgebiet. Zweibeinige Raubtiere schlichen über die Betonterrassen, lauerten hinter Büschen und Bäumen auf irgendein Opfer, das so dumm war, sich hier blicken zu lassen. Lone Star — das den Gangs mit Format, die den Park als Bühne für das Austragen von Meinungsverschiedenheiten benutzten, allzu oft unterlegen war — kümmerte sich nach Sonnenuntergang nicht mehr um den Park.

Falcon kannte den Park nicht besonders gut, da er erst einmal dort gewesen war, und das tagsüber. Niemals bei Nacht. Nur Gangs wie die Ancients und die Tigers, die schweren Kaliber Seattles, kamen nach Einbruch der Dunkelheit zum Spielen her. Die First Nation hatte nicht einmal annähernd deren Format — sie war zweit- oder sogar drittklassig.

Diese und andere unangenehme Gedanken rasten durch Falcons Verstand, als sie den Park erreichten. Nightwalker machte einen völlig sorglosen Eindruck, schlenderte von der Stelle, wo die Tenth Avenue vor dem Parkgelände endete, in südlicher Richtung weiter. (Und warum, zum Teufel, auch nicht? fragte sich Falcon verbittert. Er hat nichts zu verlieren.)

Falcon umklammerte den Kolben seiner Fichetti, die wieder geladen und entsichert war, zu allen Schandtaten bereit. (Er war immer noch irgendwie überrascht, daß ihm ausgerechnet Doc Dicer zwei Munitionsclips verkauft hatte. Schattenklempner *und* Waffenschmuggler?)

»Was, wenn es wieder 'ne Falle ist?« zischte er Nightwalker zu.

Der Runner zuckte bloß die Achseln. »Wenn es eine ist, dann ist es eben eine.«

Bloß immer schön cool bleiben, dachte Falcon, während er die undurchdringlichen Schatten um sie doppelt so angestrengt fixierte. Im Augenblick wünschte er sich nichts so sehr wie ein zweites Augenpaar im Hinterkopf.

Falcon war es auch, der die Gestalt zuerst ausmachte. Ein Fleck von tieferer Schwärze in einem Meer aus

Schatten. Falcon blieb stocksteif stehen und stieß seinen größeren Begleiter mit dem Ellbogen an. »Da drüben«, flüsterte er, während er die Richtung mit einem Rucken des Kopfes anzeigte.

Er spürte, wie sich der Runner neben ihm spannte. Nightwalker hob die linke Hand auf Hüfthöhe und vollführte damit eine rasche, sonderbare Geste. Die schattenhafte Gestalt reagierte darauf mit einer ähnlichen Geste — nicht mit dem Abwinken, das Cat-Dancing das Leben gekostet hatte, wie Falcon erleichtert zur Kenntnis nahm. Nightwalker entspannte sich und schritt vorwärts, um sich der Gestalt anzuschließen. Etwas verspätet beeilte sich Falcon, mit ihnen Schritt zu halten.

Jetzt, wo er näher heran war und sich seine Augen an die Dunkelheit gewöhnt hatten, konnte Falcon die Gestalt besser erkennen. Sein erster Eindruck war, daß der Mann Nightwalker ziemlich ähnlich sah. Er war ebenfalls groß, um die Schultern herum vielleicht sogar noch ein wenig breiter als sein Gefährte. Er hatte das gleiche glatte schwarze Haar, die gleiche Adlernase, den gleichen stechenden Blick. Es gab keinen Zweifel an seinem amerindianischen Blut.

Die beiden Männer packten einander bei den Unterarmen. Falcon war sich nicht sicher, aber er hatte das Gefühl, Nightwalker freue sich mehr über dieses Treffen als der Fremde. »Hoi, Knife-Edge.«

»Hoi, Walker. Ich dachte, du wärst erledigt, Mann.«

»Noch nicht.« Irgend etwas im Tonfall des Runners ließ Knife-Edge innehalten und das Gesicht seines Kameraden fixieren.

Doch wenn Knife-Edge begriff, was er dort sah, erwähnte er es nicht. Er warf Falcon einen harten Blick zu. »Wer ist das?« Der Tonfall brachte Falcon innerlich zur Weißglut, aber er hielt den Mund.

»Bleib cool, Edge«, sagte Nightwalker gelassen. »Er ist Sahne, Chummer. Hat mir aus echtem Drek geholfen. Wir sind dicke miteinander.«

Knife-Edge sah skeptisch aus. »Dicke mit *dem?*« Er schnaubte ganz verächtlich. »Tja, ist dein Begräbnis, *Omae.*«

»Ja«, gab ihm Nightwalker schlicht und einfach recht, womit er sich einen fragenden Blick des anderen Runners einhandelte.

»Ja, na gut«, murmelte Knife-Edge, indem er sich abwandte. »Die anderen sind auch hier. Bring deinen Chummer mit, wenn du unbedingt mußt.«

Mit einem beruhigenden Schulterklopfen führte Nightwalker Falcon tiefer in die Schatten.

Die ›anderen‹. Es gab noch drei von ihnen, alle groß, alle Amerindianer, alle mit dem gleichen Hauch von Kompetenz umgeben wie Nightwalker und Knife-Edge. Sie hockten in der Deckung einer kleinen Baumgruppe auf einer der oberen Parkterrassen. Während Falcon Nightwalker auf die winzige Lichtung folgte, spürte er ihre stechenden Augen abschätzend auf sich ruhen. Einer der hart aussehenden Männer streckte die rechte Hand, und drei bösartig scharfe Dornen schnellten aus seinem Handrücken.

»Immer mit der Ruhe«, befahl Knife-Edge leise. »Er gehört zu Walker.«

Der vercyberte Runner zuckte die Achseln, und die Dornen fuhren wieder in ihre Scheiden zurück.

Nightwalker sah sich um. »Das sind alle?« fragte er ruhig. »Was ist mit den anderen?«

»Nicht mehr da«, antwortete Knife-Edge schlicht. »Als der Run den Bach runterging, haben wir uns alle getrennt. Von Team eins hat es niemand geschafft. Ich hab selbst gesehen, wie es Marci erwischt hat, was bedeutet, du bist der einzige Überlebende von Team zwei, Walker. Von den Teams drei und vier ... tja, Slick ist da, Benbo und Van sind da« — er deutete auf die anderen drei Runner — »und ich, und das war's. Ich glaube, Cat-Dancing hat es auch geschafft, aber wir haben ihn aus den Augen verloren.«

Nightwalker schilderte der Gruppe in knappen Worten die Ereignisse der vergangenen Nacht.

Knife-Edge nickte kurz, als er fertig war. »Ja, das paßt zusammen. Wir hörten Gerüchte, der Treffpunkt sei aufgeflogen, aber wir konnten dich natürlich nicht warnen. Oder Cat.«

»Was ist mit dem Cowgirl?« fragte Nightwalker. Falcon nahm an, daß er von der Deckerin redete.

»Hat's nicht geschafft«, stellte Knife-Edge fest. »Nachdem wir die Opposition abgeschüttelt hatten, sind wir in ihrer Bude gewesen. Sie lag immer noch da, eingestöpselt und so tot wie 'n Stück Fleisch.«

Nightwalker schien in sich zusammenzufallen, als ebbe die spröde, vergängliche Energie, die ihm das Turbo verliehen hatte, ab. »Also ist es vorbei«, sagte er leise.

»Vielleicht nicht«, korrigierte ihn Knife-Edge. »Auf der Straße gehen merkwürdige Gerüchte um — zum Beispiel, daß jemand anderer die Daten hat.«

»*Unsere* Daten?«

»Das besagen jedenfalls die Gerüchte, Walker. Ich weiß auch nicht, wie das möglich ist. Vielleicht hat sich das Cowgirl auf eigene Rechnung Rückendeckung für die Matrix besorgt.«

»Wer ist es?« wollte Nightwalker wissen. »Wer hat die Daten?«

»Wir haben keinen Namen«, sagte einer der anderen Amerindianer. »Irgendein Einheimischer. Ein Runner.«

»Stimmt das auch?« Falcon konnte die Verzweiflung in Nightwalkers Stimme hören, den dringenden Wunsch, es zu glauben.

»Das besagen die Gerüchte«, bestätigte Knife-Edge.

»Was wollen wir deswegen unternehmen?«

»Immer mit der Ruhe, Freund.« Knife-Edge legte dem anderen Runner den Arm auf die Schulter. »Wir haben im ganzen Plex unsere Fühler ausgestreckt und versuchen herauszufinden, wer der Einheimische ist. Bis wir seine Identität kennen, können wir nicht viel unternehmen, oder?«

»Aber ihr kennt die Kanäle nicht ...«

Knife-Edge fiel Nightwalker ins Wort. »Wir sind vielleicht nicht von hier, aber wir wissen, wie es auf der Straße läuft. Wir haben an alles gedacht. Es ist nur eine Frage der Zeit.« Er sah auf die Uhr. »Paß auf, Chummer, laß uns abzischen. Wir haben 'n sicheres Plätzchen, wo wir uns verkriechen können.« Er funkelte Falcon an. »Was ist mit ...?«

»Er kommt mit mir«, sagte Nightwalker rauh. »Ich sagte doch, wir sind dicke. Ich bürge für ihn.«

Für einen Augenblick glaubte Falcon, Knife-Edge würde widersprechen. Aber dann zuckte der Amerindianer nur die Achseln. »Deine Entscheidung, Walker.« Er musterte den Runner noch einmal von oben bis unten. »Willst du im Van schlafen? Du siehst aus wie Drek.«

Nightwalker schüttelte langsam den Kopf.

»Später«, sagte er, und nur Falcon verstand die Bedeutung seiner Worte. »Ich werde später schlafen.«

9

14. November 2053, 0055 Uhr

Hat er begonnen? Sly nippte an ihrem Glas Scotch, während sie aus dem Fenster und auf die Lichter der Innenstadt starrte. Der Konzernkrieg. Hat er bereits begonnen?

Es war ein merkwürdiger Tag gewesen. Ein schwieriger, nervenaufreibender Tag. Sie brauchte Informationen darüber, was auf der Straße vor sich ging, was die Konzerne im Schilde führten und wer an der plexweiten Suche nach ihr beteiligt war. Aber natürlich waren ihre

Möglichkeiten eben durch die Existenz dieser Suchaktion äußerst begrenzt. Woher sollte sie wissen, welche ihrer Kontakte, ihrer ehemaligen Verbündeten und Gefährten, die Kreds der Megakonzerne genommen und sich der Jagd angeschlossen hatten? Es war unmöglich. Sicher, es gab Mittel und Wege, Fühler auszustrecken, ohne sich dabei persönlich identifizieren zu müssen, aber das war nicht annähernd so effektiv wie der persönliche Kontakt zu Leuten, die einen kannten und einem vertrauten. In der Stunde, nachdem sie Agarwals Haus verlassen hatte, war ihr klar geworden, wie isoliert sie wirklich war.

Und da war ihr Argent eingefallen. Er war ein schwer verchromtes Straßenmonster, der Anführer eines Schattenteams, das sich selbst Wrecking Crew nannte, und hatte vor ein paar Jahren bei einem größeren Run mit Sly zusammengearbeitet. Seit damals hatte sie einen lockeren Kontakt zu ihm aufrechterhalten. Zwar hatten sie sich nie nahe genug gestanden, um sich als Chummer zu betrachten, aber sie teilten einen gesunden Respekt vor der Tüchtigkeit des anderen. Mit schockartiger Bestürzung hatte Sly realisiert, daß Argent der einzige Runner im gesamten Sprawl war, dem sie einigermaßen vertrauen konnte.

Sie hatte eine halbe Stunde scharf nachgedacht, bevor sie beschlossen hatte, das Risiko einzugehen, ihn anzurufen. Was schließlich den Ausschlag gegeben hatte, war die Tatsache, daß Argent einen starken — nach Slys Meinung besessenen — Haß auf Yamatetsu hatte. Über die Gründe dafür hatte er noch nie geredet. Diese persönliche Macke mußte eigentlich ausreichen, um ihn davon abzuhalten, sich je auf etwas einzulassen, was dem Megakonzern nützen mochte. Nicht die beste Vertrauensbasis, aber besser als gar nichts.

Argent erwies sich als gute Wahl. Er beantwortete ihre einleitenden Fragen ohne Umschweife und ohne seine Kontakte zu Rate ziehen zu müssen, als habe er die

Veränderungen bereits mitbekommen, die auf der Straße vor sich gingen. »Die Dinge werden langsam heikel«, sagte er, »und zwar sowohl in den Schatten als auch außerhalb. Lone Star ist verstärkt unterwegs. Mehr Patrouillen, besser bewaffnet. Wo normalerweise eine Patrouille aus zwei Leuten besteht, sind es jetzt sechs. Und wo sie normalerweise in einem leichten Patrouillenfahrzeug unterwegs sind, rücken sie jetzt in Citymastern an. Sie verhalten sich auch ziemlich komisch, als wüßten sie, daß irgendwas los ist, aber nicht genau, was.

Konzerntruppen sind auch draußen«, fuhr er fort. »Bis an die Zähne bewaffnet, und sie führen diesen sonderbaren Tanz ebenfalls auf. Haufenweise Straßenschlachten im gesamten Plex. Die Medien führen das auf erhöhte Gangaktivitäten zurück, aber das ist Drek. An den Reviergrenzen ist es ziemlich ruhig. Ich sehe das so, daß die Konzernsoldaten den Stunk machen.« Sein Gesicht auf dem Telekomschirm nahm einen besorgten Ausdruck an. »Da geht irgendwas *echt* Schlimmes ab, Sly. Ich weiß nicht, was, und das macht mir Angst.« Diese Bemerkung hatte Sly schwer getroffen. Wenn sein Ruf auf der Straße ihm auch nur annähernd gerecht wurde, war schon *einiges* nötig, um Argent Angst einzujagen.

Außerdem hatte er einige von Agarwals Vermutungen bestätigt — als hätte Sly noch eine Bestätigung gebraucht. Alle größeren Megakonzerne waren dabei — *wo*bei auch immer —, aber Yamatetsu schien die Schlüsselrolle zuzukommen.

»Und sie suchen alle nach *dir*, Sly«, hatte er ungefragt hinzugefügt. »Vielleicht nicht konkret dem Namen nach. Ich glaube nicht, daß schon alle Beteiligten deine Identität kennen. Aber sie stellen alle die richtigen Fragen auf der Straße, und alle deine üblichen Aufenthaltsorte stehen unter Beobachtung.« Er hatte grimmig gekichert. »Ich nehme an, du bist nicht zu Hause, sonst würden wir diese nette Unterhaltung nicht führen. Ich halte Augen und Ohren offen, aber bis du wieder was von mir hörst, solltest du dir 'ne *echt* sichere Bleibe suchen, wo du dich verkriechen kannst.« Er hatte kurz innegehalten, dann: »Weißt du schon was, oder könntest du 'n Vorschlag gebrauchen?«

Sie hatte ihn beim Wort genommen, und der Vorschlag hatte sie überrascht. Er war innovativ und wahrscheinlich die beste Idee, die ihr seit langer Zeit zu Ohren gekommen war.

Was erklärte, wie sie an ihrem gegenwärtigen Aufenthaltsort gelandet war.

Dem *Sheraton*. Einem von Seattles besten und teuersten Hotels, schräg gegenüber vom exklusiven Washington Athletic Club.

Sly wäre selbst nie auf diese Idee gekommen, aber Argents Begründung hatte ihr augenblicklich eingeleuchtet. Erstens: Wer, zum Teufel, würde in einem Nobelhotel, dessen Kundschaft hauptsächlich aus Konzernpinkeln bestand, nach einem Shadowrunner suchen — noch dazu einem, der von den Konzernen gejagt wurde? Die Jäger würden die Schatten auf den Kopf stellen, die Löcher und schmierigen Buden in den übleren Stadtteilen, wo der Haß der Einheimischen auf die Konzerne die Suche beeinträchtigte. Und zweitens: Wenn sie erst einmal ins Sheraton eingezogen war, standen der hochgepriesene hoteleigene Computer und die physikalischen und magischen Sicherheitsvorkehrungen des Hotels für ihren Schutz zur Verfügung. Die einzige Schwierigkeit war der eigentliche Einzug.

Der, wie sich herausstellte, dank Modal gar nicht so schwierig war. In den letzten paar Jahren hatte er eine Vielzahl falscher Identitäten — einschließlich Name, Lebensgeschichte und sogar SIN — gesammelt, und zwar sowohl für Männer als auch für Frauen und sogar für alle bedeutenderen metamenschlichen Rassen. Vermutlich hatte er einen blühenden Handel damit getrieben und sie Runnern und anderen verkauft, denen ihre wahre Identität aus welchen Gründen auch immer lästig war. Kaum hatte sie das Problem erwähnt, als der schwarze Elf auch schon je einen Kredstab für sie beide aus dem Ärmel gezaubert hatte, auf dem praktisch alle für eine wasserdichte Deckidentität notwendigen Daten gespeichert waren. Er sagte nicht, woher er sie hatte, und sie fragte nicht.

Dann waren sie einfach rotzfrech in die Lobby des Sheraton marschiert und hatten unter den Namen Wesley Aimes und Samantha Bouvier zwei angrenzende Zimmer gemietet. Zwar war Sly davon überzeugt gewesen, der Zwerg am Empfang hätte ihr Herz klopfen hören müssen, aber er hatte lediglich gelangweilt die Kredstäbe in den Schlitz des Kassencomputers gesteckt. Als sich herausstellte, daß sie gut waren, hatte er ihnen die Magnetkarten ausgehändigt, die als Schlüssel fungierten, und gemurmelt: »WillkommenimSheraton, hoffentlichgenießenSieIhrenAufenthalt.«

Im Aufzug hatten sie erfahren, daß für heute abend eine Tagung im Hotel angesetzt war. Eine Tagung von Vertretern privater Polizeiagenturen. Die Zimmer der fünfzehnten und eines Teils der zehnten Etage waren mit Execs von Lone Star und seinen Äquivalenten aus der ganzen Welt belegt. Zuerst hatte sie das zu Tode erschreckt. Doch dann, bei genauerem Hinsehen, war Sly klar geworden, daß sich dadurch der Grad ihrer Sicherheit noch *erhöhte*. Welcher Konzernjäger würde damit rechnen, daß sich seine Beute ausgerechnet mitten in einem Haufen Cops versteckte? Und selbst *wenn* jemand ihre Spur bis ins Sheraton verfolgte, würde sich dieser Jemand zweimal überlegen, irgendeine Schattenklamotte abzuziehen, wenn ein beträchtlicher Prozentsatz der Hotelgäste bis an die Zähne bewaffnet war.

Als die anfängliche Furcht einmal überwunden war, fand sie die ganze Vorstellung lustig wie nur was. Was machen Cops auf einer Tagung, um ihren Spaß zu haben? fragte sie sich. Einander verhaften? Sich gegenseitig zusammenschlagen? Sly entspannte sich so sehr, daß sie Mühe hatte, nicht in Gelächter auszubrechen, als im zehnten Stock ein Exec der British Alde Firm — ein Zwerg, der eine knallrote Jacke, eine Schärpe und einen Kilt trug — den Aufzug betrat, um zu einer der Suiten im fünfzehnten zu fahren.

Hier stand sie nun also, in Zimmer 1205, sah aus dem Fenster und genoß ein Glas Single Malt aus der Minibar. Sie sah hinüber zu Modal, der sich auf dem Bett flegelte und sich geradezu unanständig wohl zu fühlen schien, während er sich träge durch die Trideokanäle schaltete.

Es gefiel ihr nicht, ihn bei sich zu haben. Es spielte keine Rolle, daß sie ziemlich zuversichtlich war — so zuversichtlich, wie sie vernünftigerweise überhaupt sein konnte —, er würde bei jedem Versuch, sie an die Konzerne zu verkaufen, selbst draufgehen. Doch seine Beteiligung weckte ernstes Unbehagen in ihr.

Warum? fragte sie sich. Er war ein geschickter Mann der Straße und als Rückendeckung so gut, wie man es sich nur wünschen konnte. Er war wertvoll, ganz gleich, welche Entscheidung sie schließlich hinsichtlich ihrer weiteren Vorgehensweise treffen würde.

Lag es nur daran, daß sie einmal liiert gewesen waren? Sie kaute ein paar Minuten daran, nahm noch einen Schluck Scotch, um ihre Hirnzellen auf Trab zu bringen.

Nein, eigentlich nicht. Es war nur ... nur, daß er sie an einen Zombie erinnerte. Modal war immer so leidenschaftlich in allem gewesen. Nicht nur in bezug auf sie selbst oder beim Sex. Nein, er hatte immer den Eindruck erweckt, in alle Dinge, die er tat, persönlich verwickelt, *tief* verwickelt zu sein, wenngleich er nicht zugelassen hatte, daß ihm seine Emotionen bei einem Run in die Quere kamen. Und jetzt?

Überhaupt keine Emotionen mehr, dank der violetten

Pillen, die er alle paar Stunden einwarf. Und das war's auch schon. Er sah aus wie Modal, er redete wie Modal. Aber es war so, als *sei* er nicht Modal. Er erinnerte sie an die Horrortrideos, die ihr als Kind so viel Angst eingejagt hatten, diejenigen, wo wandelnde Leichen aus ihren Löchern krochen, um die Lebenden zu jagen. Es war fast so, als sei Modal eine dieser reanimierten Leichen. Sie schauderte.

Sly sah auf ihre Uhr, sah, daß es eins war. Zeit, Agarwal anzurufen. Sie wünschte, es hätte eine Möglichkeit gegeben, eingehende Anrufe direkt auf dem Apparat in Zimmer 1205 zu legen, aber sie konnte sich keine vorstellen. Tragbare Telekoms waren mit Lokalisierschaltkreisen bestückt — wie hätten sie sich sonst im Netz anmelden sollen? —, also hatte sie ihres bereits vor ein paar Stunden abgestoßen. Irgendein elektronisches Genie hätte vielleicht ein nicht zurückverfolgbares Relais zusammenbasteln können, aber sie wußte, daß das ihre Fähigkeiten bei weitem überstieg. Sie ging in das angrenzende Zimmer, wobei sie die Verbindungstür hinter sich schloß. Setzte sich auf die Bettkante und tätigte ihren Anruf.

Agarwal meldete sich sofort. Auf dem Telekomschirm wirkte sein Gesicht müde, seine sanften braunen Augen hinter der Brille waren blutunterlaufen, als habe er seit Stunden pausenlos auf einen Computerschirm gestarrt. Was er wahrscheinlich auch getan hatte. Der Hintergrund war unscharf, aber sie erkannte das Dekor seines Arbeitszimmers.

»Sharon.« Er bedachte sie mit einem angespannten, besorgten Lächeln. »Geht es dir gut, Sharon?«

Sie nickte lächelnd, versuchte ihrer Stimme einen beruhigenden Klang zu verleihen. »Ich komme zurecht, Chummer. Keine Schwierigkeiten bis jetzt. Hast du irgendwas?«

»Einiges. Aber es ist vielleicht nicht unbedingt das, was du hören willst.«

Sie bekam einen trockenen Mund, doch sie behielt ihr Lächeln bei. »Hast du den Code geknackt?«

Er wackelte nervös mit dem Kopf. »Zum Teil. Wie ich vermutet habe, gibt es mehrere Ebenen mit unterschiedlichen Verschlüsselungsgraden an verschiedenen Stellen der Datei. Ich habe genug entschlüsselt, um die Bedeutung deiner Datei zu verstehen ... und auch genug, um mich, verdammt noch mal, zu Tode zu fürchten.«

Sly hatte Agarwal noch nie fluchen hören, hatte geglaubt, das sei einfach nicht die Art des Ex-Deckers. Vielleicht war es das vor allem anderen, was sie jetzt bestürzte. Unfähig, ihr falsches Lächeln beizubehalten, ließ sie es fallen.

»Worum geht es?«

»Ich glaube, es geht um verlorene Technologie, Sharon. Weißt du, was das bedeutet?«

Sie hielt inne, ordnete ihre Gedanken. »Der Crash von neunundzwanzig«, sagte sie. »Das Virus hat das Computernetz lahmgelegt und ein paar Daten zerstört. Meinst du das?«

Er nickte wieder. »Im wesentlichen, ja. Es gibt immer noch vieles, das wir über dieses Virus, das den Crash verursacht hat, nicht wissen. Ist es von selbst entstanden? Ist es zufällig ins Netz eingeschleust worden? Oder hat es sich um einen Fall von Core Wars gehandelt?«

»Moment mal«, sagte sie, die Hand hebend. »Core Wars?«

»Computerkriegführung, Sharon. Krieg zwischen Konzernen, der geführt wird, indem maßgeschneiderte Viruscodes in das System eines Konkurrenten eingeschleust werden. Ein paar Technohistoriker deuten an, unter Berücksichtigung seiner Vorliebe für stark verschlüsselte Dateien könne das Crashvirus für eben diese Aufgabe konzipiert gewesen sein.« Er hielt inne. »Jedenfalls steht fest, daß deine Datei Forschungsergebnisse enthält, und zwar über Technologie, die im Zuge des Crashs verlorengegangen ist. Und das würde natürlich die plötzlichen Aktivitäten der Megakonzerne erklären. Wenn ein *Zaibatsu* wichtige verlorene Technologie wiederentdeckt hat, könnte er sich damit einen so großen Wettbewerbsvorteil verschaffen, daß es die anderen Megakonzerne sogar auf einen Krieg ankommen ließen, um sie sich ebenfalls zu verschaffen.«

Sly nickte langsam. Diese Einschätzung der Dinge paßte gut — zu gut — zu Argents Bemerkungen.

»Ich habe einen zweiten Computer eingerichtet, der die Datenfaxe und BTX-Systeme der Konzerne überwacht«, fuhr Agarwal fort. »Mein Überwachungsprogramm ist auf ein paar äußerst bestürzende Neuigkeiten gestoßen.«

»Und die wären?«

»Der Konzerngerichtshof im Zürich-Orbital hat die Vorgänge in Seattle zur Kenntnis genommen und scheint hinsichtlich der Möglichkeit eines Konzernkrieges dieselben Schlußfolgerungen gezogen zu haben. Der Gerichtshof hat eine offizielle Abkühlungsperiode angeordnet, ein vorübergehendes Einfrieren aller ungewöhnlichen Konzernaktivitäten im Plex.«

»Dazu hat der Gerichtshof die Macht?«

»Nicht direkt. Der Gerichtshof hat keine Vollstreckungsmöglichkeiten. Die Megakonzerne folgen seinen Dekreten, weil die Alternativen undenkbar sind.« Er hielt inne, und seine Miene ließ Sly frösteln.

»Undenkbar *waren*«, fügte er hinzu. »Meines Wissens nach haben mindestens drei der großen Megakonzerne das Edikt des Gerichtshofs vollkommen ignoriert.« Er nahm seine Brille ab und rieb sich die geröteten Augen. »Der Vorgang ist beispiellos«, sagte er leise, »und ungeheuer erschreckend. Er läßt vermuten, daß der totale Krieg der Konzerne näher denn je ist.«

Vor Angst krampfte sich Slys Magen zusammen. Ihr Mund war so trocken, daß sie schlucken mußte, bevor sie etwas sagen konnte. »Das heißt also, daß alle Konzerne hinter *mir* her sind.«

»Hinter der Datei«, korrigierte Agarwal. »Und möglicherweise nicht nur die Konzerne. Es gibt ein paar Anzeichen, daß auch die Regierung der UCAS in die Sache verwickelt ist. Hinweise, daß auch Bundestruppen im Sprawl aktiv sind.«

»Bundestruppen? Warum?«

Der Ex-Decker zuckte die Achseln. »Vielleicht, um sich einen Vorteil gegenüber den Konzernen zu verschaffen? Die Regierung versucht das schon seit einigen Jahren. Oder vielleicht, um sich einen Vorteil gegenüber ihren eigenen Konkurrenten zu verschaffen — den Konföderierten Amerikanischen Staaten, den Native American Nations, dem Freistaat Kalifornien, vielleicht sogar Aztlan und Tir Tairngire.«

Sly schüttelte den Kopf. Die Sache wurde ihr zu groß, wuchs ihr über den Kopf. »Und alle wollen diese Datei? Sie sind alle hinter mir her?« Plötzlich fühlte sie sich sehr einsam, sehr klein. »Was, zum Teufel, soll ich denn jetzt machen, Agarwal?«

Die Miene ihres Freundes war ausdruckslos. »Ja«, sagte er schließlich. »Das ist die Frage, nicht wahr?«

10

14. November 2053, 0145 Uhr

Falcon wanderte in dem alten Gebäude herum, einer abbruchreifen ehemaligen Bowlinghalle in den Barrens, die Knife-Edge sein Versteck nannte. Da der Strom abgestellt war, dienten tragbare Lampen als Lichtquellen, die die Runner in dem Raum aufgestellt hatten, der früher das Restaurant gewesen war. Sämtliches Mobiliar war verschwunden — entweder bei der Schließung des Etablissements mitgenommen oder danach von den Nachbarn ›requiriert‹ —, und am Ende der Bowlingbahnen zeigten gähnende Löcher, daß auch die Aufstellmaschinen für die Kegel entfernt worden waren. Die Bahnen selbst waren ziemlich mitgenommen — das auf Holz getrimmte Plastik war hier und da fleckig und zerkratzt —, aber im wesentlichen noch intakt.

Knife-Edge und seine ›Jungs‹ flegelten sich auf den Boden des ehemaligen Restaurants und aßen etwas von ihrem mitgebrachten Proviant. Der Geruch ließ Falcons Magen knurren — Wie lange ist es schon her, daß ich etwas gegessen habe? fragte er sich. Vierundzwanzig Stunden? —, doch sein Stolz ließ es nicht zu, sie darum zu bitten, ihm etwas abzugeben. Nightwalker saß gegen eine Wand gelehnt da und schien langsam schwächer zu werden. Die anderen Runner nahmen wohl an, daß es nur die Erschöpfung war, doch Falcon wußte es besser.

In dem Versteck angelangt, war Knife-Edge für fast eine Stunde verschwunden, wahrscheinlich, um sich ein wenig in den Schatten umzuhören. Jetzt war er wieder zurück und besprach die letzten Informationen mit den anderen Runnern. Die hart aussehenden Amerindianer warfen Falcon immer wieder stechende Blicke zu, ließen keinen Zweifel daran, daß er für sie nicht dazugehörte. Doch bis jetzt hatte sie Nightwalkers Bürgschaft davon abgehalten, ihn rauszuschmeißen ... oder noch Schlimmeres mit ihm anzustellen. Aber was ist, wenn Nightwalker tot ist? dachte er grimmig.

»Ich glaube, ich bin dem Runner auf der Spur, der unsere Daten hat«, sagte Knife-Edge gerade zu seinen Gefährten. »Immer noch kein Name, aber ich schätze, ich kann mich mit ihm in Verbindung setzen.«

»Wie?« Das kam von demjenigen, der Slick genannt wurde. Er hatte seinen Proviant verzehrt und schärfte jetzt beiläufig ein Wurfmesser an einem Lederriemen. Im Licht der Lampen sah die Schneide des Messers bereits rasiermesserscharf aus.

»Über einen anderen Runner«, erklärte Knife-Edge. »Hat mal mit 'nem Chummer meines Bruders zusammengearbeitet, bevor der gegeekt worden ist.«

»Dann weiß dieser Runner also, wo sich unser Mann aufhält?« Das kam von Benbo. Er war der Größte im Team. Ein Mensch, doch derart massig und muskelbepackt, daß man ihn bei schlechtem Licht leicht mit einem Troll verwechseln konnte.

Knife-Edge schüttelte den Kopf. »Nein, oder wenn doch, verrät er es nicht. Aber er gibt eine Nachricht weiter, wenn ich ihn darum bitte.«

Der letzte Runner, derjenige, welcher Van genannt wurde, nickte. Er war der kleinste, wog aber immer noch gut fünfzehn Kilo mehr als Falcon. Seine graublauen Augen waren immer ruhig, und in ihnen schien ein Begreifen zu glitzern, das er mit niemand anderem teilen wollte. »Du denkst daran, ein Treffen zu vereinbaren, nicht?« sagte Van mit seiner ruhigen Stimme.

»Ja, scheint mir die beste Vorgehensweise zu sein.« Knife-Edge wandte sich an Nightwalker. »Hey, Walker, nenn uns 'n guten Ort für 'n Schattentreffen.« Er hielt inne. »Walker?«

Falcons Kopf ruckte herum. Nightwalker war noch weiter zusammengesackt, sein Kopf hing schlaff herunter. Seine Augen waren noch geöffnet, aber Falcon wußte, daß sie nichts wahrnahmen. »Ach, Drek ...« Er rannte zu dem großen Amerindianer und kniete sich neben ihn.

Er ist tot. Nein, noch nicht. Er atmete noch — flache, schnelle Atemzüge, fast ein Japsen. Falcon packte ihn an der Schulter, drückte zu. Nightwalkers Kopf ruckte hoch, er sah Falcon an, versuchte sich auf ihn zu konzentrieren. Doch Falcon wußte: was auch immer der Runner sah, ihn jedenfalls nicht. Er betrachtete die Augen seines Chummers eingehender. Im gelblichen Schein der Lampen sah er, daß sich eine Pupille auf Stecknadelkopfgröße kontrahiert hatte, während die andere so sehr geweitet war, daß die Iris verschwunden zu sein schien. Was, zum Teufel, bedeutete das? Was auch immer, bestimmt nichts Gutes.

»Was ist los mit Walker?« fragte Knife-Edge in scharfem Tonfall.

»Er ist verwundet«, antwortete Falcon rasch. »Ziemlich schwer. Ich hab ihn zu einem Schattenklempner gebracht, um ihn zusammenflicken zu lassen, aber er wollte nicht dort bleiben.« Er stand auf und fixierte Knife-Edge, wobei er sich so gerade wie möglich hielt. Er schluckte, versuchte seiner Stimme einen selbstsicheren, gebieterischen Tonfall zu verleihen. »Hör mal, ich muß ihn in eine Klinik schaffen.«

»Häh?« grunzte Benbo.

»Er wird sterben, wenn ich es nicht tue.«

Darüber dachte Knife-Edge einen Augenblick nach. Schließlich schüttelte er den Kopf. »Keine Klinik.«

»Er wird sterben!« schrie Falcon fast.

Die Augen der vier Amerindianer blickten kalt, Raubtiere, die ihre Beute studierten. Slick hielt sein Messer locker mit drei Fingern an der Klinge. Der Griff eines Messerwerfers, wie Falcon wußte.

»Keine Klinik«, sagte Knife-Edge wieder, die Stimme kalter Stahl.

»Er ist euer *Gefährte*«, knirschte Falcon. »Was ist mit dem Ehrenkodex der Shadowrunner?«

Benbo lachte laut auf, ein rauhes Geräusch, das von den Wänden zurückgeworfen würde. Falcon sah, wie Knife-Edge Slick einen Blick zuwarf, sah den Messerwerfer seinen Griff um die Klinge geringfügig verändern.

Ich werde sterben, dachte Falcon, doch die Vorstellung brachte nicht die Angst mit sich, die er erwartet hatte. Er empfand lediglich Zorn. »Bei allen verfluchten Totems, er ist euer Gefährte!« schrie er. Er durchforstete sein Hirn nach irgend etwas, das Nightwalker ihm gesagt hatte, irgend etwas, das er benutzen konnte, um ihrer beider Leben zu retten. »Er ist euer verdammter *Taktiker!*«

Slick verlagerte sein Gewicht, zum Wurf bereit.

Doch Knife-Edge hob die Hand, vollführte eine rasche Geste. Slick bedachte seinen Anführer mit einem ungläubigen Blick, senkte das Messer jedoch.

»Ja«, sagte Knife-Edge leise. »Ja. Laß ihn zusammenflicken, Junge.«

Benbo murmelte etwas vor sich hin, zu leise, als daß Falcon es verstehen konnte.

»Er ist ein Aktivposten für uns, Ben«, stellte Knife-Edge fest. »Man vergeudet nichts, das einen Wert hat, wenn man nicht dazu gezwungen ist. Wenn du das gelernt hast, bist du vielleicht auch in der Lage, ein Team zu führen.« Der Anführer fixierte Falcon mit kalten Augen. »Laß ihn zusammenflicken und bring ihn dann zurück.«

Falcon spürte, wie ihm die Knie schwach wurden, mußte sich zwingen, auf den Beinen zu bleiben. *Jetzt* überfiel ihn die Angst, ließ seine Eingeweide sich zusammenkrampfen. »Ich brauche den Van.« Er bemühte sich, seine Stimme ausdruckslos klingen zu lassen, konnte den Mienen der Runner jedoch entnehmen, daß es ihm nicht gelungen war.

»Nimm ihn«, sagte Knife-Edge nach einem Augenblick des Nachdenkens. »Wir haben noch andere fahrbare Untersätze.«

Falcon nickte und drehte sich wieder zu Nightwalker um.

»Wir erwarten dich zurück, Junge«, sagte Knife-Edge ruhig, »und zwar *mit* Walker und *mit* dem Van. Andernfalls wirst du mit Slick hier 'ne ziemlich lange Unterhaltung darüber haben.«

Slick kicherte leise.

Falcon fuhr den Van vorsichtig durch die Straßen der Redmond Barrens. Er hatte fahren gelernt, nachdem er sich der First Nation angeschlossen hatte, war von den besten Fahrern der Gang ausgebildet worden, hatte sogar bei ein paar kleineren Unternehmen als Fahrer gearbeitet. Dennoch mußte er sich ungemein konzentrieren, um nicht in Schwierigkeiten zu geraten. Trotz seines scheinbar schrottigen Äußeren, war der Van dort, wo es drauf ankam, in ausgezeichnetem Zustand. Der Motor war perfekt getunt und brachte mehr Leistung als alles, was Falcon je gefahren hatte. Ein zu starker Druck aufs Gaspedal, und schon neigte das Ding dazu, seiner Kontrolle zu entgleiten und mit durchdrehenden Rädern über den Asphalt zu kreischen. Nicht die beste Methode, Aufmerksamkeit zu vermeiden, und Aufmerksamkeit war genau das, was Falcon jetzt noch gefehlt hätte.

Nightwalker war auf dem Beifahrersitz neben ihm zusammengesunken. Er sieht aus wie der Tod, dachte Falcon, der gelegentlich einen Blick auf seinen Freund warf, wenn er an einer Straßenlaterne vorbeifuhr, die noch funktionierte. Er hatte die Augen geöffnet, jedoch ohne etwas zu sehen, und atmete schnell und flach. Auf der breiten Stirn des Amerindianers glänzte ein dünner Schweißfilm. Als Falcon die Hand seines Chummers berührte, fühlte sich die Haut kalt an. Noch nicht die Kälte des Todes, aber nahe daran.

Falcon hatte schon gedacht, Nightwalker würde in der Bowlinghalle den Löffel abgeben, als er versucht hatte, den großen Mann auf die Beine zu zerren. Der Runner hatte gejapst, der Atem in seiner Kehle gerasselt, und dann hatte er die Atmung ganz eingestellt. Nur für einen Augenblick, aber es war der längste gewesen, den Falcon bisher erlebt hatte. Knife-Edge und seine Männer hatten sich lediglich zurückgelehnt und ihm bei seinen Bemühungen zugesehen, sowohl Slick als auch Benbo mit einem widerlichen Grinsen. Doch schließlich hatte Van sich seiner erbarmt, sich den viel größeren Nightwalker wie ein Kind über die Schulter gelegt und ihn zum Wagen getragen. Falcon hatte ihm danken wollen, aber der Runner hatte sich abgewandt und war bereits wieder in der Halle verschwunden, bevor er ein Wort herausgebracht hatte.

Jetzt zermarterte sich Falcon das Hirn nach einem Ort, der seinen Freund aufnehmen würde. Die regulären Krankenhäuser schieden aus. Vielleicht nahmen sie Nightwalker auf und behandelten ihn in der Erwartung, die Bezahlung schon irgendwie aus ihm herauszupressen, wenn sie ihn erst mal wieder zusammengeflickt hatten. Aber sie würden demjenigen, der jemanden in seiner Verfassung einlieferte, ein paar bohrende Fragen stellen. Das konnte sich Falcon nicht leisten.

Blieben also noch die freien Kliniken. Von denen waren diejenigen der Universellen Bruderschaft die beste Wette. Nach allem, was er gehört hatte, vertraten sie die Politik, keine Fragen zu stellen, zumindest hinsichtlich der Leute, die Patienten einlieferten. Dennoch mochten sie gesetzlich verpflichtet sein, Lone Star alle Schußwunden zu melden, aber das betraf nicht ihn. Nightwalker mochte einem unangenehmen Verhör entgegensehen, aber das war besser als der Tod, oder etwa nicht?

Für einen Augenblick durchzuckte ihn so etwas wie ein Schuldgefühl. Er hat mir aufgetragen, ihn nicht in eine Klinik zu bringen, erinnerte sich Falcon, und ich habe ihm versprochen, ich würde es nicht tun.

Aber war dieses Versprechen noch gültig? Nein, sagte sich Falcon, es war von dem Augenblick an null und nichtig, als sich sein Zustand so verschlechtert hat.

Jetzt stellte sich nur noch die Frage, wo die verdammte UB-Klinik war. Falcon wußte, daß es eine in Redmond gab, aber wo? Er fuhr ein paar Minuten lang ziellos in der Gegend herum in der Hoffnung, irgend etwas zu entdecken, das entweder sein Gedächtnis auf Trab brachte oder ihm irgendeinen Hinweis lieferte. Im Revier der First Nation gab es mindestens ein Dutzend Reklametafeln, die für die Bruderschaft warben, und auf allen war die Adresse des örtlichen Stifts verzeichnet.

Doch hier in den Barrens schienen Reklametafeln als bevorzugte Zielscheiben für schwere Artillerie herhalten zu müssen. Wenn die Bruderschaft hier eine aufgestellt hatte, war sie von den Leuten schon vor langer Zeit in Fetzen geschossen worden.

Dann kam ihm eine Idee. Dieser Van war ziemlich stark aufgemotzt. Vielleicht ... Er fuhr an den Randstein und begutachtete das komplexe Armaturenbrett.

Ja, die Geister waren heute nacht mit ihm. Die elektronischen Vorrichtungen des Vans beinhalteten eine Verbindung zum Navstar-Satellit und einen Navigationscomputer. Sollte die Datenbank des Computers nicht auch nützliche Informationen wie die Adressen medizinischer Kliniken enthalten?

Es dauerte eine Weile, bis er mit dem Computerinterface zurechtkam, das nicht allzu komplex war, weil seine Konzeption die Benutzung während der Fahrt vorsah. Er gab seine Anfrage ein, und der Computer spuckte augenblicklich die Antwort aus: Universelle Bruderschaft, Redmond Stift, Ecke Belmont und Waveland.

Er drückte eine andere Taste, um eine Straßenkarte von Redmond aufzurufen. Drek, es war weiter, als er gedacht hatte. Wenn man an den Innenstadtkern gewöhnt war, vergaß man leicht, wie groß die Vororte waren. Er stellte die beste Route zusammen und fuhr wieder los. Glücklicherweise war der Verkehr zu dieser nächtlichen Stunde gleich Null, und Lone Star schien heute einen großen Bogen um Redmond zu machen. Er erhöhte das Tempo des Vans ein wenig.

Nightwalker bewegte sich neben ihm, stöhnte irgendwas.

Falcon legte seinem Freund beruhigend eine Hand auf die Schulter. Der Amerindianer murmelte wieder etwas und rollte mit den Augen, als könne er sie nicht mehr kontrollieren. Doch dann schien er Falcon bewußt wahrzunehmen.

»Bist du das, Falcon?«

»Ja.«

»Was'n los?« Seine Stimme klang undeutlich wie die eines Betrunkenen kurz vor dem Absturz.

»Ich bring dich in eine Klinik«, sagte Falcon mit fester Stimme. »Knife-Edge hat es befohlen.« Er hielt das für die beste Methode, eine lange Diskussion zu vermeiden. »Er sagte, du wärest ein Aktivposten.«

»Ja.« Seine Stimme verlor sich, die Augen halb geschlossen. Doch dann, ein paar Sekunden später, raffte er sich wieder auf. »Ich fühl mich wie Drek, Chummer.« Im Schein der Straßenlampen sah Falcon, daß sich der Mund seines Freundes zu einem müden Lächeln verzog.

»Du wirst schon wieder.« Falcon gab mehr Gas, spürte den Van vorwärtsschießen.

Nightwalker schwieg eine Zeitlang. Obwohl sich Falcon deswegen große Sorgen machte, nutzte er die Stille aus, um sich auf die Fahrt zu konzentrieren. Okay, hier ist die Belmont. Also links abbiegen und immer geradeaus bis zur Waveland.

Der Amerindianer rührte sich wieder. »Ich bin ein Salish«, flüsterte er.

»Hm?«

»Ich bin ein Salish«, sagte er etwas lauter. »Ich hab dir gesagt, ich hätte keinen Stamm. Aber ich bin ein Salish.«

»Von einem Häuptling anerkannt?« fragte Falcon.

Nightwalker schüttelte den Kopf. »Nee. Aber ich bin trotzdem ein Salish. Wie du ein Sioux bist.« Er hielt inne, der Kopf sank ihm auf die Brust. »Hab nie 'ne Traumsuche gemacht«, murmelte er. »Oder vielleicht ist sie das jetzt.«

»Ja, klar«, brummte Falcon. »Halt nur noch 'ne kleine Weile durch, okay?« Er trat das Gaspedal durch, kämpfte mit dem Lenkrad, als der Van wie ein Rennwagen beschleunigte.

An der Ecke Belmont und Waveland hielt er mit

quietschenden Reifen an, wobei das rechte Vorderrad über den Randstein holperte. Das Stift der Universellen Bruderschaft sah aus, als sei es früher mal ein Kinopalast mit zwei Büroetagen darüber gewesen. Die Tafel, auf der früher die Filme angekündigt worden waren, gab es immer noch. »Die Universelle Bruderschaft«, verkündete sie, »Tritt ein und entdecke die Kraft des Dazugehörens«. (Ja, genau, dachte Falcon.) Die Vordertüren waren geschlossen, die meisten Lichter gelöscht. Aber was konnte man um zwei Uhr morgens schon erwarten?

Wo, zum Teufel, war nur der verdammte Klinikeingang? Wenn er vorne nicht war, mußte er in der Seitengasse sein. Er startete den Van, fuhr vom Randstein herunter und vollführte eine kreischende Hundertachtziggradkehre. Bog in die finstere Gasse hinter der Belmont ein.

Er schaltete das Fernlicht ein, während er im Schrittempo an den Häuserfronten vorbeifuhr. Wo war der Klinikeingang? Die Quarz-Halogen-Scheinwerfer erleuchteten die Gasse taghell, zeigten ihm die Rückseite des Stifts. Über der Hintertür war ein Schild mit der Aufschrift ›Suppenküche der Universellen Bruderschaft‹ befestigt.

Suppenküche? Wo war die verdammte Klinik?

Er fuhr langsam weiter. Der Eingang zur Suppenküche war versperrt, mit einem Gitter aus dicken Metallstäben gesichert. Kein Eingang. Verzweifelt jagte er den Van vorwärts. Am anderen Ende des Gebäudes befand sich eine weitere Tür. Kein Schild, diesmal. Doch auch diese Tür war mit einem Metallgitter versperrt. *Ihr Geister und Totems ...*

Hat dieses Stift keine Klinik? dachte Falcon verzweifelt. Ich dachte, alle hätten eine.

Er hielt den Van an, richtete eine weitere Anfrage an den Navigationscomputer. Diesmal forderte er nicht nur die Adressen aller Stifte der Bruderschaft an, sondern darüber hinaus noch alle Informationen, die der Computer über sie hatte.

Er spürte es kalt seinen Rücken herunterlaufen, als die Daten über den kleinen Bildschirm liefen. Es gab vier Stifte im Plex, wie er gedacht hatte. Doch laut Computer hatten nur zwei von ihnen eine freie Klinik: Das Oktagon mitten in Seattle und das kleinere Stift in Puyallup. Die Bruderschaft unterhielt noch zwei weitere Kliniken, eine in Everett, die andere in der Nähe der Tacoma-Docks. Machte insgesamt vier, weshalb Falcon gedacht hatte, jedes Stift sei mit einer Klinik gekoppelt. Verdammter Drek! Er tippte weitere Anfragen in den Computer ein. Die nächste Klinik war die in der Innenstadt, Ecke Eighth und Westlake, zwei verdammte Blocks vom verdammten Denny Park entfernt. Mindestens eine halbe Stunde Fahrt, selbst mit dem schnellen Van und bei dem leichten Verkehr. Konnte Nightwalker so lange durchhalten?

Er betrachtete seinen Freund. (Freund? Ja!)

In plötzlicher Panik griff Falcon nach der Schulter des Amerindianers, um seine Hand angesichts der tödlichen Kälte unter dessen Jacke rasch wieder zurückzuziehen.

Nightwalkers Augen waren immer noch geöffnet, doch Falcon wußte, daß sie nichts mehr sahen. Sein Gesicht war schlaff, kalkweiß. Seine Haltung, sein ganzer Körper, sah unverändert aus. Aber Falcon wußte — *wußte* —, daß der Geist dieses Mannes seinen Körper verlassen hatte.

Er stellte den Motor ab und legte die Stirn auf das Lenkrad. Was mache ich jetzt?

Nightwalker war tot. Er konnte nichts mehr für ihn tun. Oder doch?

Falcon fiel wieder ein, was der Amerindianer über die verlorene Technologie gesagt hatte, über die Fähigkeit, Glasfaserkabel anzuzapfen. Er hatte nicht alles verstanden — eigentlich *kaum* etwas, um die Wahrheit zu sagen —, aber er erinnerte sich daran, wie ernst der Runner geklungen hatte. Nightwalker wußte so viel über die Art und Weise, wie der Plex funktionierte, wie die Megakonzerne zusammenhingen, und er hatte die Suche nach der verlorenen Technologie für wichtig gehalten. Für die vielleicht wichtigste Sache seines Lebens.

Konnte Falcon dem einfach den Rücken kehren? Konnte er einfach davongehen und Nightwalkers Aufgabe unvollendet lassen?

Konnte er alles weitere Knife-Edge und seinen Männern überlassen? Und konnte er den anderen Amerindianern zutrauen, das richtige mit der Beute zu unternehmen, wenn sie sie tatsächlich in die Finger bekamen?

Was, zum Teufel, mache ich hier eigentlich? schalt er sich. Ich bin ein Niemand, nur ein Punk, der zu einer kleinen Gang gehört. Ich bin kein Shadowrunner. Hat mir Nightwalker nicht gesagt, daß ich nicht in seiner Liga spiele?

Aber er hat mir auch gesagt, ich sei sein Gefährte. Er hat gesagt, wir sind durch den Ehrenkodex der Shadowrunner verbunden — auch wenn Benbo darüber gelacht hat. Hieß das nicht, daß Falcon verpflichtet war, dafür zu sorgen, daß die Aufgabe seines Freundes erledigt wurde?

Das ist die Möglichkeit, etwas zu ändern, sagte er sich, etwas Wichtiges zu tun. Nicht nur zu meinem eigenen Nutzen durch den Sprawl zu geistern. Bei der First Nation könnte ich nie was ändern. Ich hätte nie gedacht, daß ich überhaupt je die Chance dazu bekommen würde. Wie könnte ich mich jetzt abwenden?

Er seufzte, rieb sich die Augen. Er hatte so angestrengt nachgedacht, daß sie zu tränen begonnen hatten. Das mußte der Grund sein. Er betrachtete seinen Freund.

»Ich bin dabei«, sagte er zum leblosen Nightwalker. »Ich hab 'ne Scheißangst, aber ich bin dabei.«

Falcon hatte Nightwalkers Leiche in der Gasse hinter dem Stift der Universellen Bruderschaft abgeladen. Tief im Innersten störte es ihn, sich seines Freundes auf diese Weise zu entledigen, aber was hätte er tun sollen? Er wünschte, er hätte mehr über die Sitten und Gebräuche von Nightwalkers Stamm gewußt. Wie wären die Salish mit der Leiche eines Freundes verfahren? Aus Langlands Buch wußte Falcon, daß die Begräbnisriten variierten. Manche Stämme beerdigten die Toten unter großem Zeremoniell und mit viel Ehrerbietung, sangen Lieder, um die Geister der Toten ins Land der Totems zu geleiten. Andere schienen solche Traditionen nicht zu kennen, sondern entledigten sich ihrer Toten ohne jede Zeremonie. Der Geist war fort, schienen diese Stämme zu glauben, wodurch der tote Körper zu einer bedeutungslosen leeren Hülle wurde. Warum ihm eine besondere Behandlung angedeihen lassen, wenn die Person gar nicht mehr da war? Er wußte nicht, zu welcher Gruppe die Salish gehörten, aber er sagte sich, daß Nightwalkers Geist — wo immer er sich jetzt auch befand — verstehen würde.

Er fuhr langsam zum Versteck zurück. Die Aussicht, ohne Nightwalkers Schutz zu Knife-Edge und den anderen zurückzukehren, ängstigte ihn zu Tode, aber seine Entscheidung ließ ihm keine andere Wahl. Zumindest glaubte er eine Möglichkeit gefunden zu haben, die Situation zu meistern.

Als er das Restaurant betrat, sah er neue Gesichter. Insgesamt fünf, alles Orks, deren Gangfarben sie als Mitglieder der Scuzboys identifizierten. Er kannte den Ruf der Gang, eine echt harte Truppe, die sich von verschiedenen Schattenteams als Verstärkung anheuern ließ.

Der größte der fünf Orks, wahrscheinlich der Anführer, bleckte seine gelblichen Hauer, als er Falcon erblickte. »Was is das für'n Wichser?« wollte er wissen.

Knife-Edge antwortete ihm nicht, sondern musterte

Falcon nur ganz ruhig. »Wo ist Nightwalker?« fragte er mit kalter Stimme.

»In der Klinik, wo sonst?« erwiderte er in dem Bemühen, seine Angst unter Kontrolle zu halten. »Er ist völlig fertig. Die Ärzte sagen, er ist nicht transportfähig und liegt ein paar Tage flach. Er hat mich hierher zurückgeschickt. Sagte, er will durch mich in Verbindung bleiben.«

Falcon hielt den Atem an, als Knife-Edge einen Moment darüber nachdachte. Er entspannte sich, als der Runner nickte.

»In welche Klinik hast du ihn denn gebracht?« fragte Van.

»In die freie Klinik der Universellen Bruderschaft«, antwortete er glatt. »Nightwalker sagte, er hätte nicht die Kreds für was anderes.«

Das schien Van zufriedenzustellen, der seine Aufmerksamkeit wieder dem großen Gewehr auf seinem Schoß zuwandte, das er auseinandergenommen hatte und reinigte.

Falcon kam zu dem Schluß, daß jetzt der richtige Zeitpunkt war, um zu sagen, was er zu sagen hatte. »Nightwalker meinte, ich soll beim Treffen dabei sein. Auf die Art kann ich ihm direkt Bericht erstatten, was abgelaufen ist.«

Einer der Orks räusperte sich und spie auf den Boden. »Wir können keinen Normbengel gebrauchen«, fauchte er.

Ihren Mienen konnte Falcon entnehmen, daß Knife-Edge und die anderen Amerindianer genauso dachten. »Nightwalker ist der Taktiker«, sagte er, wobei er sich anstrengte, seine Stimme gelassen klingen zu lassen. »Er sagte, ich sei ein *Aktivposten*« — er betonte das Wort —, »weil ich mich auskenne.«

Wieder beobachtete er Knife-Edges Gesicht, während der Runner darüber nachdachte.

»Ich kenne den Sprawl«, fügte Falcon hinzu.

»Wir auch«, schnauzte der Anführer der Scuzboys.

Nach ein paar Sekunden zuckte Knife-Edge die Achseln. »Ja, warum eigentlich nicht?«

Slick warf seinem Anführer einen angewiderten Blick zu, sagte jedoch nichts.

»Hat Walker einen Ort für das Treffen genannt?« fragte Knife-Edge.

Falcon nickte, froh, daß er sich auf der Rückfahrt hierher einen überlegt hatte. »Er sagte, Pier zweiundvierzig, am Hyundai-Terminal. Wegen des Dockarbeiterstreiks ist dort bis zum Morgengrauen alles ruhig.«

Er warf einen Blick auf den Anführer der Scuzboys, der zustimmend nickte. »Ja, das is ganz gut.«

»Dann ist es beschlossen«, stellte Knife-Edge fest. »Jetzt ein Wort zur Taktik. Ich werde verlangen, daß der Einheimische allein zum Treffen kommt, aber wahrscheinlich bringt er trotzdem Rückendeckung mit. Benbo, wir zwei erledigen den direkten Kontakt. Van, du beziehst erhöht Stellung, so daß du alles überblicken kannst. Sollte sich Rückendeckung zeigen, erledigst du sie.«

Van strich zärtlich über den Schaft seiner Waffe. Es war ein Scharfschützengewehr, realisierte Falcon jetzt. »Das Baby hier erledigt den Job. Was ist mit dem Einheimischen?«

»Sobald ich weiß, wo unsere Daten sind, will ich einen sauberen Kopfschuß.«

Van nickte. »Kein Problem.«

»Und Slick, ich will, daß du den Jungen ... *beschützt*.«

Der Messerwerfer lächelte, wobei er gelbliche Zähne zeigte. »Verlaß dich drauf, Chummer.«

»Was is mit mir und den Jungs?« fragte der Anführer der Scuzboys.

»Absicherung«, erwiderte Knife-Edge. »Sichert das Gebiet, säubert es von Grund auf. Und wenn sich irgendeine Rückendeckung blicken läßt, legt sie um.«

Der Ork stieß ein phlegmatisches Kichern aus. »Hört

sich an wie 'ne Party«, brummte er, während er einen seiner Hauer befingerte.

Falcon betrachtete die Gesichter um sich, fragte sich, in was, zum Teufel, er sich hineingeritten hatte. Das war kein Treffen, was sie da planten. Es war ein Hinterhalt. Doch was konnte er dagegen sagen? Wenn er irgendwelche Einwände erhob, war er ganz sicher, daß Slick ihm einfach ein Messer durch die Kehle jagen würde. Was er wahrscheinlich ohnehin tun würde, sobald Knife-Edge hatte, was er wollte.

»Okay«, sagte Knife-Edge, indem er in einer einzigen geschmeidigen Bewegung auf die Beine kam. »Packt zusammen, und dann ab in den Van. Ich erledige den Anruf, sobald wir hier fertig sind.«

11

14. November 2053, 0230 Uhr

Das Telekom im Nebenraum klingelte. Sly nahm sofort ab. Nur eine Person hatte ihre gegenwärtige LTG-Nummer, jedenfalls wußte sie nur von einer. Und jeder andere, der die Nummer kannte, würde sich nicht erst mit Telefonieren aufhalten, darauf konnte sie Gift nehmen.

Argents Gesicht füllte den Telekomschirm. »Hoi, Sly. Was läuft denn so?«

»Eigentlich gar nichts«, erwiderte sie. Seine Miene verriet ihr, daß er die Lüge durchschaute und sie wortlos bat, ihm anzuvertrauen, was ihr Kopfzerbrechen bereitete. Sie kam zu dem Schluß, daß es am besten war, nichts zu verraten. Je weniger Leute davon wußten, desto besser. Sie schüttelte den Kopf als Antwort auf die unausgesprochene Frage.

Er zuckte die Achseln. Botschaft erhalten und verstanden, dachte sie. »Mir ist zu Ohren gekommen, daß jemand scharf auf ein Solotreffen ist«, sagte der verchromte Runner.

»Wer?«

»Ich weiß nicht genau. Der Kontakt läuft über einen alten Kameraden von Hawk, aber ich weiß nicht, ob er auch der Auftraggeber ist.«

Hawk? Sie zermarterte sich das Hirn, versuchte den Namen einzuordnen. Dann fiel es ihr wieder ein. Hawk war Argents engster Chummer gewesen, Kampfschamane und stellvertretender Anführer der Wrecking Crew. Vor einem Jahr hatte es ihn unter Umständen erwischt, über die Argent nie geredet hatte. Sly hatte den Verdacht, daß der Schamane bei dem Run ums Leben gekommen war, der Argent zu einem Gegner Yamatetsus gemacht hatte.

»Hast du irgendwas rausbekommen?« fragte sie.

»Nicht viel. Die meisten meiner Kontakte haben aufgrund der Konzernaktivitäten den Kopf eingezogen. Nach allem, *was* ich gehört habe, handelt es sich um ein Runnerteam von außerhalb.«

»Von wo genau?«

»Keine Ahnung, aber sie kommen jedenfalls nicht aus Seattle und auch nicht aus den UCAS. Kalifornien vielleicht, aber in diesem Punkt tappen alle im dunkeln.«

Darüber dachte Sly erst einmal nach. Nicht aus dem Plex, nicht einmal aus den UCAS. Das klang vielversprechend. Es war möglich, daß diese Leute mit den hiesigen Konzernen in irgendeiner Verbindung standen, aber nicht sehr wahrscheinlich. »Ist es schon zu offenen Kriegshandlungen zwischen den Konzernen gekommen?« spekulierte sie laut.

»Noch nicht«, sagte Argent schleppend, »aber ich vermute, daß es nur eine Frage der Zeit ist.«

Sie nickte nachdenklich. Das war gut, weil dadurch die Wahrscheinlichkeit noch weiter verringert wurde, daß diese Runner von außerhalb von Yamatetsu oder irgendeinem der anderen hiesigen Konzerne verpflichtet worden waren. »Und sie wollen ein Treffen«, sagte sie zögernd. »Warum?«

Argent zuckte wiederum die Achseln. »Der Kontakt hat nicht viel gesagt. Nur, daß er wüßte, du hättest irgendwelche Informationen, an denen sie interessiert seien. Irgendwas Wichtiges.«

Noch einmal sah Sly die unausgesprochene Frage in seinem Gesicht. Sie lächelte nur und schüttelte den Kopf.

Der große Mann seufzte. »In Ordnung, deine Sache«, räumte er ein, »aber man kann auch manchmal daran ersticken, wenn man etwas zu tief in seiner Brust verschließt, Sly. Doch das weißt du selbst.«

Ihr Lächeln wurde wärmer. Seine Anteilnahme rührte sie. »Wollen sie diese ... *Information* für sich haben?« fragte sie. »Sind sie auf einen Handel aus?«

»Nein«, sagte Argent zu ihrer Überraschung. »So, wie ich es verstanden habe, wären sie durchaus zufrieden, wenn du sie weiterhin behieltest.« Und alle ›Interessenten‹ auf dich ziehst, war das, was er nicht erst hinzufügen mußte. »Sie wollen lediglich mit dir darüber reden und vielleicht ein Wörtchen bei ihrer Verwendung mitreden. Sie sind daran interessiert, die beste Methode auszuknobeln, damit umzugehen, um maximalen Profit für dich und sie selbst zu realisieren. Sagt dir das irgendwas?«

Sly nickte zögernd. »Ja. Wo soll das Treffen über die Bühne gehen?«

»Im Südhafen.« Eine Adresse mit den dazugehörigen Stadtplankoordinaten flimmerte über den Schirm.

»Wann?«

»Sie sagen, Zeit sei jetzt von entscheidender Bedeutung. Vier Uhr.«

»Heute?« Sie sah auf ihre Uhr. Es war bereits zwei Uhr achtunddreißig.

»Ja. Enges Timing.« Er hielt inne. »Wirst du hingehen, Sly?«

»Ich weiß noch nicht«, antwortete sie aufrichtig.

»Weißt du überhaupt irgendwas über diese Burschen?«

»Nichts Konkretes, weder im Negativen noch im Positiven.«

Sie klopfte mit dem Fingernagel gegen ihre Schneidezähne. Was sollte sie tun? Es konnte eine Falle sein, aber es konnte sich auch um eine Gruppe handeln, mit der sich zusammenarbeiten ließ, um Verbündete. Was also?

»Was würdest du tun?« fragte sie.

Argents Miene wurde völlig ausdruckslos. »Dein Run«, sagte er schlicht.

Sie schnaubte. »Ich *weiß*, daß es mein Run ist. Ich will dich auch gar nicht bitten, irgendeine Verantwortung zu übernehmen, Argent. Ich bin kein Neuling in dem Geschäft. Ich frage dich nur nach deiner ganz persönlichen Meinung, von Freund zu Freund. Die Entscheidung liegt ganz allein bei mir, ganz egal, was du sagst.«

Er entspannte sich. »Ja. Das Gerede auf der Straße bringt mich ganz durcheinander.« Sly wußte, daß sie in ihrem ganzen Leben keine deutlichere Entschuldigung von Argent hören würde, aber die Empfindung war da, und das war alles, was zählte.

Sie beobachtete ihn, während er darüber nachdachte. »Schwierige Entscheidung«, sagte er schließlich. »Es könnte so oder so ausgehen. Ich will dich nicht beeinflussen und dich in irgendwas reinreiten.«

»Aber *du* würdest hingehen, nicht wahr?« drängte sie.

»Ja«, sagte er nach einer weiteren Pause. »Ja, ich würde hingehen. Aber du kannst dein gesamtes Vermögen darauf wetten, daß ich Rückendeckung mitnehmen würde. Haufenweise Rückendeckung.«

»Du hast doch gesagt, sie wollten ein Solotreffen.«

»Seit wann läßt man sich vom anderen Team alle Bedingungen diktieren?«

»Guter Einwand.«

»Und, hast du Rückendeckung? Oder bist du total isoliert?«

Sie warf einen raschen Blick durch die Verbindungstür in den anderen Raum, wo der schwarze Elf immer noch auf dem Bett flegelte. »Minimale Rückendeckung«, gab sie zu.

»Modal«, sagte Argent mürrisch. »Auf der Straße heißt es, du hättest ihn dazu gebracht, seinen Johnson zu verkaufen. Traust du ihm?«

Sie antwortete nicht sofort, was bereits Antwort genug war.

»Ja, das dachte ich mir.« Argent runzelte die Stirn. »Ich kann dir zwei Leute schicken, wenn du willst. Mongoose kennst du, glaube ich, und ich würde dir noch seinen Straßenbruder Snake schicken.«

Sly dachte darüber nach. Sie hatte Mongoose, eine Messerklaue mit noch stärker verchippten Reflexen als Modal, auf einem Run im letzten Jahr kennengelernt. Später hatte sie gehört, er und ein anderer Bursche namens Snake hätten bei Argent angeheuert, um Hawk und Toshi zu ersetzen, die beiden Männer, welche bei einem Run Ende '52 ums Leben gekommen waren. Mongoose war tüchtig, das wußte sie. Snake mußte es ebenfalls sein. Argent nahm keine Luschen auf.

Sie nickte. »Danke, ich nehme sie. Zum Standardtarif, aber« — sie lächelte — »es kann sein, daß du eine Weile auf deine Bezahlung warten mußt.«

Argent winkte ab. »Bezahl sie einfach nach Stunden, und vergiß meine Prozente. Willst du dich unten im Hafen mit ihnen treffen?« Er kicherte. »Ich glaube, Mongoose und Snake würden in der Lobby des Sheraton etwas deplaziert wirken.«

Die Vorstellung ließ sie ebenfalls lächeln. Sie dachte an Mongooses dünne Mohawksichel, an die kantigen Tätowierungen auf seinen Wangen, an seine Schneidezähne aus poliertem Stahl. »Sie sollen mich an der Monobahnstation auf der Fourth Avenue treffen.« Sie sah wieder auf die Uhr. »Können sie es bis viertel nach drei schaffen?«

»Wenn *du* es schaffst«, bestätigte er. »Einsatzbesprechung am Treffpunkt?« Sie nickte. »Alles klar, Sly.« Er zögerte. »Ich wünschte, ich könnte mehr tun.«

»Du tust schon eine ganze Menge, Chummer. Danke für deine Hilfe. Ich kann sie gut gebrauchen.«

Zu ihrer Überraschung schien dem stark verchromten Shadowrunner ihre Dankbarkeit peinlich zu sein. »Geschenkt«, sagte er, mit der Hand wedelnd, als wolle er etwas wegwischen. »Hals und Beinbruch, Sly. Die Jungens werden pünktlich da sein. Erzähl mir später, wie's gelaufen ist.« Und weg war er.

Sie ließ den Kopf kreisen, um die Anspannung in ihrem Hals zu lockern. Später, dachte sie, wenn es ein Später *gibt*.

Zweiter Teil

Am Scheideweg

12

14. November 2053, 0315 Uhr

Es war kalt in den Docks. Falcon zog den Reißverschluß seiner Lederjacke zu und stellte den Kragen hoch. Wünschte, er hätte sich einen gefütterten Mantel in der Art leisten können, wie ihn die Scuzboys trugen.

Die Orks schienen jedenfalls nicht zu frieren — oder wenn ja, waren sie zu stolz, darüber zu maulen. Was Knife-Edge und die anderen Runner betraf, mußte ihnen in ihren Thermo-Overalls angenehm warm sein. Außerdem würden die klobigen Körperpanzer, die sie darüber trugen, die Kälte von ihnen fernhalten. Aus der Elliot Bay wehte ein böiger Wind herüber, der einen von dem Gestank nach Öl und einem Dutzend chemischer Gifte durchsetzten Salzgeruch mit sich brachte. Falcon verschränkte die Arme über der Brust und gab sich alle Mühe, nicht mehr mit den Zähnen zu klappern.

Auf das Areal des Hyundai-Piers zu gelangen, war Routine gewesen. Wie alle Seattler Docks war auch Pier 42 von einem hohen Zaun mit drei Reihen Stacheldraht obenauf umgeben. Im Umkreis patrouillierten private Sicherheitsleute, doch der Zaun war lang und die Sicherheit aus Gründen der Kostenersparnis bei den Konzernen derartig reduziert, daß die Chancen ziemlich gering waren, tatsächlich auf eine Patrouille zu stoßen.

Die Scuzboys hatten sich des Zaunes angenommen. Einer der Orks hatte ihn mit irgendeinem Handsensor abgetastet und bestätigt, daß er nicht elektrisch geladen war und nur dann ein Alarm ausgelöst würde, wenn sie den Draht tatsächlich durchschnitten. Ein anderer war den Zaun emporgeklettert, um eine flexible Matte aus verwobenen Kevlarfasern über den Stacheldraht zu legen. Danach waren die anderen einfach über den Zaun gestiegen.

Zu Falcons Überraschung war das Hyundai-Gelände

nicht voller Autos. Muß am Dockarbeiterstreik liegen, dachte er. Große Flächen waren völlig leer, verlassene Parkplätze unter den Karbon-Bogenlampen. Am Pier selbst und an der Peripherie waren gewaltige Frachtcontainer in langen Reihen gestapelt. Sie waren mindestens zehn Meter lang, vier Meter breit und vielleicht drei Meter hoch. Falcon fragte sich, was sie wohl enthielten. Keine Autos, überlegte er. Wahrscheinlich Ersatzteile oder irgendwas.

Slick stieß Falcon den Arm in die Rippen und deutete auf Knife-Edge, der die Gruppe bereits in Richtung Wasser führte. Der Runner benutzte die gestapelten Container als Deckung vor eventuellen Sicherheitsposten, die vielleicht gerade diese Gegend durchstreiften. Sich die Rippen reibend, folgte Falcon der Gruppe.

Der Pier Zweiundvierzig genannte Abschnitt bestand tatsächlich aus zwei Piers, die sich in westlicher Richtung erstreckten. Sie waren neuer als die Docks weiter nördlich, weniger verfallen und heruntergekommen. Falcon nahm an, daß sie vor drei Jahren, als dieser Teil der Elliot Bay abgebrannt war, zerstört und kürzlich neu aufgebaut worden waren. Jeder Pier hatte seinen eigenen mobilen Hebekran, gewaltige rote Gebilde, die groß genug wirkten, um ein kleines Haus zu versetzen.

Knife-Edge blieb auf einer freien Fläche zwischen zwei Containerreihen stehen. Er sah sich um, offenbar schätzte er Entfernungen und Sichtwinkel ab. Nach einem Augenblick nickte er. »Das ist es. Ground Zero.« Er grinste bösartig.

Falcon führte seine eigene Inspektion durch und mußte zugeben, daß es ein guter Platz für ein Treffen war. Oder für einen Hinterhalt. Die freie Fläche war in etwa quadratisch und hatte eine Kantenlänge von vielleicht fünfzehn Metern. Man gelangte auf vier verschiedenen ›Gassen‹ zwischen gestapelten Containern dorthin. (Einen Augenblick lang fragte er sich, woher der Runner wissen sollte, wo genau auf dem Hyundai-Gelände das Treffen stattfinden sollte. Doch Knife-Edge würde daran gedacht und entsprechende Vorkehrungen getroffen haben. Vielleicht hatte er den Scuzboys befohlen, Markierungen zu hinterlassen — Zeichen auf Frachtcontainern, möglicherweise —, um den Treffpunkt zu identifizieren.)

Knife-Edge deutete auf den Kran, der hoch über der freien Fläche aufragte. »Wie wär's damit als Lauerstellung?«

Van dachte darüber nach, wobei er das Präzisionsgewehr wie ein Baby in den Armen hielt. Dann nickte er. »Ich nehme den Laufsteg da oben«, sagte er, indem er auf einen Zugangsweg auf halber Höhe des Krans deutete. »Da habe ich Deckung *plus* Rundumsicht.« Er blinzelte, schätzte die Entfernung ab. »Ungefähr sechzig Meter bis Ground Zero, plusminus.« Er lächelte. »Bei dieser Entfernung kannst du mir sagen, welches Haar ich treffen soll.«

Knife-Edge schlug ihm auf die Schulter. »Verteilt euch hier im Umkreis, aber haltet euch versteckt«, befahl er den Orks. »Wenn Leute hereinwollen, laßt sie durch. Aber behaltet sie im Auge. Wenn ich dreimal pfeife« — er hob sein Mikrofunkgerät und drückte auf einen Knopf, was ein gedämpftes elektronisches Summen in den Empfängern aller anderen verursachte —, »legt jede Rückendeckung um, die ihr gesichtet habt. Alles klar?«

Der Anführer der Scuzboys nickte. »Kein Problem. Ich und die Jungens machen das nich zum erstenmal.« Er gestikulierte in Richtung seiner Chummer und bellte irgend etwas Unverständliches in einer Sprache, von der Falcon annahm, daß sie irgendein spezieller Gangdialekt war.

Als sich die Orks in der Nacht verteilten, zeigte Knife-Edge auf einen Container auf der Südseite der freien Fläche. »Benbo und ich bleiben hier«, sagte er. »Wenn die Trogs die Ankunft des Einheimischen melden, wickeln wir das Treffen ab.« Er tätschelte das Mikrofunkgerät, das jetzt an seinem Gürtel befestigt war. »Ich schalte es auf Sendung, dann könnt ihr alle hören, was abgeht.«

»Was ist mit mir? Und *ihm?*« wollte Slick wissen, wobei er Falcon anfunkelte.

»Da oben.« Der Anführer deutete auf einen anderen Container an der Nordseite von ›Ground Zero‹. Der Todeszone, dachte Falcon mit einigem Unbehagen. »Legt euch flach auf den Container und wartet einfach ab. Wenn die Post abgeht, weißt du schon, was du zu tun hast, Slick.«

Der Amerindianer kicherte, ein Laut, der Falcon durch und durch ging. »Ja, ich weiß schon, was ich zu tun hab.« Er knuffte Falcon wieder in die Rippen. »Du hast den Mann gehört. Auf geht's.« Er warf sich sein Sturmgewehr über die Schulter und marschierte zu der Stelle, die Knife-Edge angezeigt hatte.

Als er die an der Außenseite des Containers festgeschweißte Leiter hinaufstieg, sah Falcon, daß die Orks bereits verschwunden waren. Wahrscheinlich hatten sie eine lose Postenkette um das Gelände gebildet. Van kletterte die Leiter zu seinem Heckenschützennest hinauf, während Benbo und Knife-Edge das Gelände noch ein letztes Mal überprüften, bevor sie selbst ihre Positionen einnahmen.

Falcon gefielen die Vorgänge überhaupt nicht. Er war davon überzeugt, daß Nightwalker, wenn er mit dabeigewesen wäre, auf einem fairen Treffen anstelle dieses Hinterhalts bestanden hätte. Aber Nightwalker wäre mit diesem Drek auch durchgekommen, sagte er sich. Ich nicht. Irgendwelche Einwände zu erheben, war der rascheste Weg, vom Leben zum Tod befördert zu werden.

Mit einem Seufzer schwang er sich auf das Dach des Containers und legte sich neben Slick. Er steckte die Hand in die Tasche, wo er den beruhigenden Kolben seiner Fichetti spürte. (Zu seiner Überraschung hatten ihn die amerindianischen Runner nicht gefragt, ob er bewaffnet war, und er würde mit dieser Information gewiß nicht freiwillig herausrücken.) Der Metallcontainer war kalt und sog ihm das bißchen Wärme aus den Knochen, das noch verblieben war. Er nahm die am wenigsten unbequeme Stellung ein und bereitete sich auf das Warten vor.

Er brauchte nicht lange zu warten. Nach seiner Uhr war es drei Uhr vierzig, als er es in Slicks Funkgerät knistern hörte. »Sie sind da«, flüsterte eine Orkstimme. »Die Lusche mit zwei Mann Rückendeckung. Kommen aus östlicher Richtung.«

»Zwei?« Knife-Edges Stimme klang skeptisch. »Mehr nicht?«

»Mehr ham wir nich gesehen«, bestätigte der Ork.

»Und niemand hätte sich unbemerkt einschleichen können?«

Der Scuzboy schnaubte. »Wir kennen uns aus in unserem Job, Mr. Klugscheißer.«

»Positionstest«, beharrte Knife-Edge.

Der Ork schwieg einen Augenblick, und Falcon dachte, er würde sich weigern. Doch dann grollte er: »Okay, Jungens, meldet euch. Position eins?«

»Ja.«

»Zwei?«

»Klar.«

»Drei?« Schweigen. »Drei?« fragte der Ork noch einmal. Neben Falcon zappelte Slick nervös hin und her und entsicherte seine AK-97.

»Position drei?« In der Stimme des Scuzboys lag jetzt echte Anspannung.

»Drei hier.« Die Antwort war ein angewidertes Flüstern. »Das verdammte Funkgerät macht Zicken.«

Falcon hörte den Orkanführer verächtlich schnauben. »Position vier?«

»Klar«, antwortete der letzte Ork.

»Positionen bestätigt«, schloß der Scuzboy. »Und es sind *immer noch* nur die zwei Mann Rückendeckung. Beides Messerklauen. Kommen immer noch aus östlicher Richtung. *Augenblick*.« Einen Moment herrschte Schweigen, dann meldete sich der Ork wieder. »Okay, die Lusche geht jetzt allein weiter. Die Messerklauen ham sich getrennt, um ihr Deckung zu geben.«

»Können sie deine Jungens ausmachen?« fragte Knife-Edge.

Der Ork lachte rauh. »Wenn ja, sind sie das letzte, was sie in ihrem Leben sehen.«

»Ich hab Sichtkontakt.« Die Stimme gehörte Van. »Zielperson noch etwa dreißig Meter entfernt, kommt langsam näher.«

»Bewaffnet?« wollte Knife-Edge wissen.

»Nichts Schweres«, sagte der Heckenschütze. »Höchstens 'ne Handwaffe.« Er zögerte. »Ich könnte den Schuß jetzt setzen ...«

»Vielleicht sind die Informationen irgendwo versteckt«, sagte Knife-Edge. »Ich werde dir das Signal geben. Okay, Chummer«, kam die Stimme des Runners ein wenig lauter über das Funkgerät. »Es geht los. Das Funkgerät bleibt auf Sendung.«

Falcon sah zwei dunkle Gestalten von einem Container auf die freie Fläche springen. Knife-Edge, der seine Panzerweste abgelegt zu haben schien, und der schwer gepanzerte Benbo. Augenscheinlich trug keiner von beiden eine Waffe, wenngleich Falcon sicher war, daß sie beide kleinkalibrige Pistolen irgendwo am Körper verborgen hatten. Nicht, daß sie die Waffen wirklich brauchten, da Van der Heckenschütze seine Waffe im Anschlag hatte und Slick bereit war, mit seinem AK-Sturmgewehr zum Tanz zu bitten. Edge und Benbo stellten sich in der Südwestecke der freien Fläche auf, die ›Gasse‹ im Blickfeld, die der Runner entlanggehen würde, doch ein gutes Stück abseits von Slicks Schußlinie.

Der Runner — eine Frau, registrierte Falcon — betrat die Todeszone, blieb dann stehen und nahm das Areal kühl in Augenschein. Falcon musterte sie unverfroren.

Sie ist wunderschön, dachte er. Sie war groß und schlank und hatte dunkles, welliges Haar. Und volle Rundungen, die sich unter ihrem Straßenleder abzeichneten. Sie bewegte sich mit Selbstvertrauen und Anmut, kontrollierte Kraft. Wie eine Athletin, dachte Falcon. Er wünschte, er hätte ihr Gesicht besser sehen können, aber das Licht war nicht gut genug. Er glaubte einen olivfarbenen Hautton und hohe Wangenknochen auszumachen, war jedoch nicht sicher.

Aber was spielt das überhaupt für eine Rolle? fragte er sich mit einem Anflug von Trauer und Schuldbewußtsein. Wird nicht mehr viel von ihrem Gesicht übrig sein, nachdem ihr Van 'ne Kugel verpaßt hat. Vor seinem geistigen Auge sah er, wie der Heckenschütze das Fadenkreuz des Zielfernrohrs bedächtig mit ihrem Kopf zur Deckung brachte.

Der amerindianische Anführer trat vor und blieb schließlich zehn Schritte vor ihr stehen. Benbo folgte ihm mit einem Schritt Abstand und seitlich versetzt. Mit seiner schweren Panzerung sah er im Vergleich zu der schlanken Frau grotesk aus.

»Ich bin Knife-Edge.« Falcon hörte die Worte von zwei Seiten — aus Slicks Funkgerät und einen Augenblick später direkt aus der Todeszone. Durch den winzigen Zeitunterschied hatte die ganze Szenerie etwas Traumartiges an sich.

Die Frau nickte. »Sly«, sagte sie, sich vorstellend. »Mir ist zu Ohren gekommen, du wolltest mit mir reden.«

»*Uns* ist zu Ohren gekommen, du hättest was, woran wir interessiert sind«, konterte Knife-Edge. »Wir haben 'nen Run gegen den Yamatetsu-Konzern abgezogen, aber er ist schiefgegangen. Jemand anders hat die Daten bekommen. Auf der Straße heißt es, du seist dieser Jemand. Hast du sie?«

Die Frau zuckte die Achseln. Falcon glaubte, ein Lächeln zu erkennen. »Meine Sache«, antwortete sie.

Knife-Edge nickte. »Deine Sache«, bestätigte er. »Wir wollen sie auch gar nicht. Wir wollen nur sichergehen, daß sie vernünftig ... entsorgt werden. Der Drek ist echt am Dampfen, wenn die Daten in falsche Hände geraten, das weißt du auch.«

Sly schwieg einen Augenblick lang, in dem sie offenbar die Worte des Amerindianers abwog. »Mag sein«, räumte sie schließlich ein. »Und wie sieht euer Entsorgungsplan aus?«

»Mh-mh.« Knife-Edge schüttelte den Kopf. »Zuerst muß ich wissen, ob ich mit der richtigen Person rede. Hast du die Daten oder hast du sie nicht?«

Falcon spürte, wie sich Slick spannte, sah, wie er die AK fester umklammerte. Er konnte sich vorstellen, wie Van sein Ziel ins Visier nahm, sich sein Finger langsam um den Abzug krümmte.

Sly holte Atem, um zu antworten.

Und dann brach die Hölle los.

Irgend etwas schlug gegen Benbos Brust und durch seine Panzerung, als existiere sie gar nicht. Pulverisierte förmlich den Rücken des Amerindianers. Benbo wirbelte herum, wild um sich schlagend, während sein Kopf nun, da der Großteil des Rückgrats fehlte, locker hin und her schwang. Einen schrecklichen Augenblick lang konnte Falcon *durch* die Brust des Mannes sehen — ein klaffendes Loch, an dessen zerfetzten Rändern kleine Flämmchen leckten. Der Samurai klappte zu einem leblosen Haufen zusammen. Magie! dachte Falcon. Was konnte es sonst sein?

»Heiliger verfluchter Drek!« Das kam von Sly, dem weiblichen Runner. Sie warf sich nach hinten und zur Seite, rollte sich in Richtung eines Frachtcontainers, der Deckung versprach.

Knife-Edge knurrte. Eine Pistole war in seiner Hand aufgetaucht, anscheinend aus dem Nichts. Er hob sie, richtete sie auf Sly.

Irgend etwas traf ihn am Bauch, ziemlich tief und links, riß ihn herum und von den Beinen. Was es auch war, es knallte gegen den Container hinter ihm und sprengte ein Loch von der Größe einer Männerfaust in das dicke Metall. Was, zum Teufel, *war* das?

Falcon hörte ein bösartiges Husten von rechts oben. Van trat mit seinem Präzisionsgewehr in Aktion. Die Kugel prallte vom Container neben Sly ab. Sie rollte weiter, versuchte die Waffe in Anschlag zu bringen, die plötzlich in ihrer Hand lag. Doch bevor sie anlegen konnte, streifte die zweite Kugel des Heckenschützen ihren Arm, und die Pistole wurde ihrer Hand entrissen.

Dann ratterte automatisches Feuer und trommelte gegen den Laufsteg, auf dem sich Van häuslich niedergelassen hatte. Die Kugeln erzeugten blaue und weiße Funken auf dem Metall. Falcon hörte einen Aufschrei, sah das Gewehr des Heckenschützen herabfallen, um irgendwo inmitten der Container außer Sicht aufzuschlagen.

Der kurz zuvor noch in völliger Lautlosigkeit daliegende Pier hallte jetzt von Gewehrfeuer und gedämpften Explosionen wider. Eine Salve Leuchtspurgeschosse, gelbe Lichtbahnen, jagte ziellos in den Himmel. Falcon konnte kein mögliches Ziel erkennen. Wahrscheinlich war der Schütze getroffen worden und hatte im Fallen mit einem letzten Reflex die Salve ausgelöst. In dem Chaos ließ sich unmöglich erkennen, wie viele verschiedene Feuergefechte im Gange waren, doch es schien wesentlich mehr Schützen zu geben als die fünf Scuzboys und die beiden Messerklauen, die in Slys Begleitung gekommen waren.

Falcon richtete seine Aufmerksamkeit wieder auf die Todeszone. Sie war jetzt leer bis auf das, was von Benbo übrig geblieben war. Slys Verwundung konnte auf keinen Fall tödlich sein, und es hatte den Anschein, als habe auch Knife-Edge das überlebt, was ihn herumgerissen hatte. Doch was, zum Teufel, *war* das nur?

Er hörte ein Knurren hinter sich. Er drehte sich um.

Natürlich war es Slick, dessen Gesicht sich vor Wut verzerrt hatte. »Du Wichser hast uns verkauft!« fauchte er. »Du wirst sterben, du Schwanzlutscher!« Er brachte sein Sturmgewehr in Anschlag, ganz langsam, als wolle er das Vergnügen so lange wie möglich hinauszögern.

Zu langsam. Mit einem panischen Aufschrei riß Falcon die Fichetti aus der Tasche.

Kaum hatte er die Pistole gesehen, versuchte Slick, das Gewehr vollständig hochzureißen. Doch zu spät. Die Augen des Amerindianers weiteten sich vor Entsetzen, als der rote Laserpunkt der Fichetti auf seiner Stirn erschien. Und dann verschwand sein Gesicht ganz einfach, als Falcon immer wieder abdrückte.

Die Übelkeit krampfte ihm den Magen zusammen, drohte ihn zu überwältigen. Kurz davor, sich zu übergeben, kehrte er den zerschmetterten Überresten von Slicks Kopf den Rücken.

Von irgendwoher schlugen Kugeln in den Container, brachten ihn wie einen Gong zum Hallen. Offenbar hatten selbst die relativ leisen Schüsse aus seiner Pistole unerwünschte Aufmerksamkeit erregt.

Er wälzte sich zur Nordseite des Containers, der von der Todeszone abgewandten Seite, und zögerte dann, als sein Blick auf die Fichetti in seiner Hand fiel. Die Pistole war eine angenehme Waffe, und sie hatte ihm bereits zweimal das Leben gerettet. Aber verglichen mit dem *Ding* — Magie, Gewehr, Artillerie, was es auch sein mochte —, das ein Loch in den schwer gepanzerten Benbo gerissen hatte, war sie eine Erbsenpistole. Er brauchte mehr Feuerkraft.

Er wälzte sich zurück, entwand Slicks starren Fingern die AK-97. Die relative Nähe zur Leiche reichte aus, um ihm den Magen umzudrehen. Aber er brauchte die Waffe. Er vergewisserte sich, daß die Waffe entsichert war und sich eine Kugel in der Kammer befand. Damit war sein Wissen über automatische Waffen im wesentlichen erschöpft. Glücklicherweise war die AK ein neues Modell mit einem digitalen Munitionszähler direkt unter dem Visier. Der Zähler zeigte zweiundzwanzig an, was einen guten Eindruck auf Falcon machte. Er steckte die Fichetti in seine Tasche zurück, schlang sich den Gurt der AK über den Kopf und um den rechten Arm und kroch zum Nordende des Containers.

Auf dieser Seite befand sich ebenfalls eine Leiter. Der Lauf des Sturmgewehrs schlug auf halbem Weg nach unten metallisch gegen den Container, und Falcon wappnete sich innerlich dagegen, von einer Kugel getroffen zu werden. Doch niemand schoß auf ihn. Zwei Meter über dem Boden sprang er.

Und vergaß natürlich seinen verstauchten Knöchel. Er jaulte vor Schmerzen auf und hielt sich nur mühsam auf den Beinen. Seine Flüche unterdrückend, nahm er die AK in beide Hände und sah sich um.

Die Gasse zwischen den Containern war dunkel. Und — den Geistern und Totems sei Dank — leer. Er blieb stehen. Was, zum Teufel, soll ich jetzt machen? fragte er sich.

Ein langer Feuerstoß aus einer automatischen Waffe, dem ein Todesschrei folgte, beantwortete die Frage für ihn. *Bloß zusehen, daß ich so schnell wie möglich von hier wegkomme!* Er sah sich wieder um, versuchte sich zu orientieren. Okay, dachte er, wo der Kran steht, ist Westen, also geht es in *der* Richtung nach draußen. Er verfiel in einen hinkenden Trab. Erreichte eine ›Kreuzung‹, wo sich zwei Gassen trafen, bog nach rechts ab.

Und blieb wie angewurzelt stehen. Der weibliche Runner — Sly — stand ein paar Meter weit entfernt. Als er um die Ecke bog, nahm sie sofort Kampfhaltung an. In ihren Händen war die Waffe, die sie in der Todeszone verloren hatte — ein riesiger Schießprügel von einem

Revolver. Sie hielt ihn ruhig in beiden Händen und zielte direkt auf sein Herz.

13

14. November 2053, 0356 Uhr

Noch ein Amerindianer, dachte Sly. Aus derselben Gang? Mußte wohl so sein. Kleiner als die anderen, doch mit einer verdammten AK-97 bewaffnet. Sly verstärkte den Druck auf den Abzug. Der Laserzielpunkt erschien mitten auf der Brust des Mannes.

Er versuchte nicht, seine Waffe zu benutzen. Statt dessen hielt er sie in der linken Hand und breitete die Arme aus. »Nein!« keuchte er. Ihr Finger krümmte sich um den Abzug. Noch ein paar Gramm mehr Druck, und der Revolver würde losgehen und ihm eine Kugel ins Herz jagen.

Und erst da wurde ihr richtig klar, was sie sah. Er ist noch ein Junge, dachte sie verblüfft. Groß für sein Alter, aber auf keinen Fall älter als sechzehn, höchstens siebzehn. Alt genug, um eine AK zu tragen, alt genug, um sie umzubringen ...

Aber er versuchte gar nicht, sie umzubringen. Eine Flut widerstreitender Gefühle ließ sie innehalten. Der Schuß war kurz davor, sich zu lösen. Er hatte nicht die geringste Möglichkeit, die AK auf sie zu richten, bevor sie den Schuß abgeben konnte.

»Nein ...« Mehr ein Stöhnen diesmal.

Sie konnte ihn nicht umlegen, nicht einfach so. »Fallenlassen!« schrie sie. »*Sofort!*«

Er ließ es fallen. Das Sturmgewehr fiel klappernd zu Boden. In seinen Augen sah sie Entsetzen, Verwirrung, eine ganze Reihe anderer Gefühle.

Also kein Profi. Und was bedeutete das? Die Amerindianer, die ihnen beim Treffen gegenübergetreten waren — der ungepanzerte und seine Rückendeckung — waren cool, kontrolliert. Profis, ganz eindeutig Profis. Der Heckenschütze auf dem Kran ebenfalls. Er hätte sie fast erwischt, bevor ihn jemand anders erledigt hatte. Alles Profis, alles erfahrene Runner. Warum sollten sie diesen grünen Jungen mit auf den Run nehmen? Wenn er überhaupt zu ihnen gehörte ...

Drek, was sollte sie jetzt tun? Was machte man mit Gefangenen bei einem Feuergefecht? So etwas war ihr, verdammt noch mal, noch nie passiert. Sobald die Luft bleihaltig wurde, legte man die Bösen um und machte, daß man wegkam. Jeder, den man nicht als Freund erkannte, war eine Zielscheibe, schlicht und ergreifend.

Aber sie konnte sich nicht überwinden, diesen Jungen zu geeken. Nicht so, nicht in ihrem gegenwärtigen Zustand, den man durchaus als kaltblütig bezeichnen konnte. Wenn er irgendeine falsche Bewegung machte, nach einer Waffe griff, konnte sie es, ohne mit der Wimper zu zucken, ohne Bedenken, ohne schlechtes Gewissen, ohne Schuldbewußtsein. Aber nicht jetzt.

Und sie konnte ihm auch nicht einfach den Rücken kehren. Er konnte jede Menge Holdout-Pistolen in seinen Taschen haben und ihr in dem Augenblick eine Kugel in den Kopf jagen, in dem sie sich von ihm abwandte. Zum Teufel damit!

Modal würde ihn auf der Stelle umgelegt haben, das wußte sie, nur um ganz sicherzugehen. Es war das einzig Logische, und seine violetten Pillen sorgten dafür, daß ihm keine verwirrenden Emotionen in die Quere kamen.

Aber ich bin nicht Modal, dachte Sly.

»Hände hinter den Kopf!« schrie sie, als sie ihre Entscheidung getroffen hatte. »Mach schon!«

Der Junge verschränkte die Hände hinter dem Kopf. In seinen Augen lag ein Flehen, aber er hielt den Mund.

»Dreh dich um.« Er gehorchte augenblicklich. »Ein

Blick zurück, und du bist tot. Beweg die Hände, und du bist tot. Und jetzt, *vorwärts*.«

Der Junge ging die Gasse zwischen den gestapelten Containern entlang. Sie sah, daß er leicht hinkte und das linke Bein nachzog. Sie erhob sich aus ihrer Kampfhaltung, wobei sich ihr eigenes linkes Knie anfühlte, als stünde es in Flammen. Toll, zwei Krüppel. Club Hinkebein. Sie hielt den Revolver auf ihn gerichtet, der Laserpunkt ruhte auf seinem Nacken. Sie folgte ihm im Abstand von gut drei Metern. Zu weit entfernt von ihm, als daß er in der Lage gewesen wäre, sich auf sie zu stürzen, bevor sie ein Sieb aus ihm machen konnte. Als sie an der AK-97 vorbeikam, ging sie in die Hocke und hob sie mit der linken Hand auf, ohne den Blick oder den Laserzielpunkt von ihrem Gefangenen zu lassen. Rasch, bevor der Junge reagieren konnte, steckte sie den Warhawk in die Tasche und drückte das AK an die Hüfte. Es hatte ebenfalls ein Laserzielrohr. Der Zielpunkt des Sturmgewehrs löste den ihres Revolvers im Nacken des jungen Amerindianers ab. Mit dem Gewicht des AK in den Händen strömte auch wieder das Selbstvertrauen in sie zurück. Ihr Knie schmerzte höllisch, und die Wunde in ihrem linken Unterarm, die ihr der Heckenschütze beigebracht hatte, brannte und blutete. Doch mit der zusätzlichen Feuerkraft des AK glaubte sie, eine bessere Chance zu haben, mit heiler Haut aus dieser Schießerei herauszukommen.

»Immer in Bewegung bleiben«, befahl sie.

Sie stießen auf eine Kreuzung. »Stop!« Der Junge blieb wie angewurzelt stehen, sah sich nicht um, bewegte die Hände keinen Millimeter. Sie zögerte einen Augenblick, in dem sie sich orientierte. Glücklicherweise gab der Kran eine gute Orientierungshilfe ab. »Nach links«, wies sie den Jungen an, »und geh schneller.«

In der neuen Gasse legte der Junge einen Zahn zu. Seinem Hinken konnte sie entnehmen, daß ihm die schärfere Gangart erhebliche Schmerzen bereiten mußte, aber er gab keinen Laut von sich. Sie folgte ihm, wobei sie ihren Dreimeterabstand wahrte.

In der Umgebung tobten immer noch zahlreiche Feuergefechte. Sie konnte das sporadische Knattern automatischer Waffen aus mindestens vier Richtungen hören, aber nichts klang nahe genug, als daß sie sich deswegen hätte Sorgen machen müssen. Jedenfalls nicht im Moment. Dem Klang nach zu urteilen, waren nur MPs oder vielleicht leichte Karabiner im Einsatz. Ihre gepanzerte Jacke würde jede aus einer einigermaßen vernünftigen Entfernung abgefeuerte MP-Kugel aufhalten, aber was war mit dieser Monsterwaffe — diesem Ding, das ein Riesenloch in die amerindianische Messerklaue gepustet hatte? Was, zum Teufel, war das? Und wie *transportabel* war es? Konnte der Schütze sich vielleicht gerade in diesem Augenblick an sie anschleichen? Sie spürte, wie sich ihre Rücken- und Bauchmuskeln verkrampften.

»Schneller«, befahl sie. Der Junge gehorchte wortlos und verfiel in einen schlurfenden Trab. Der Laserpunkt des AK tanzte herum, als sie sich seinem Tempo anpaßte, blieb jedoch ständig auf seinem Rücken.

Noch eine Kreuzung. Wenn sie sich richtig erinnerte, befand sich der Treffpunkt, den sie mit Modal vereinbart hatte, ein Stück weiter links. Wird Modal dort sein? fragte sie sich. Oder hat es ihn erwischt? Bin ich allein? So oder so, sich darüber Gedanken zu machen, würde nicht helfen. Man machte einen Plan, hielt sich dann daran und änderte ihn nur, wenn man wußte, daß er schiefgegangen war.

»Nach links«, schnappte sie.

Diese neue Gasse war schmaler, die Dunkelheit tiefer. Sie entfernte sich von den Karbon-Bogenlampen, die das Gelände um den Kai erhellten. Die Container links und rechts der Gassen, standen nicht mehr dicht beieinander, wie es in der Nähe des Krans der Fall gewesen war. Das bedeutete, zwischen ihnen waren ausreichend große Lücken für einen Menschen, um sich darin zu verstecken. Sie sah angestrengt nach rechts und links, aber es war sinnlos. Die Schatten waren undurchdringlich. Den ersten Hinweis darauf, daß ein feindlicher Schütze in der Nähe war, würde sie erhalten, wenn sie von der ersten Kugel getroffen wurde. »Schneller«, rief sie.

Wo, zum Teufel, war Modal?

Ein Laser blendete ihre Augen. Sie wirbelte herum, versuchte das AK hochzureißen, wußte, daß sie es niemals schaffen würde. Sie wappnete sich gegen den Hammerschlag, wenn die erste Kugel ihren Schädel zerschmettern würde.

Kein Hammerschlag. Sie beendete ihre Vierteldrehung, kurz davor, den Abzug des Sturmgewehrs durchzuziehen.

»Modal.« Die Stimme des Elfs erklang aus der Lücke links von ihr. Der Laserpunkt auf ihrem Gesicht erlosch.

Sie nahm den Finger vom Abzug, senkte den Lauf des AKs, so daß er auf den Boden zeigte.

Modal trat aus der Dunkelheit. Er hielt seinen Ares Predator in der linken Hand und eine schallgedämpfte Ingram MP in der rechten. »Was hat das zu bedeuten?« Er zeigte mit dem schweren Revolver auf den amerindianischen Jungen.

»Ein Gefangener«, antwortete sie.

Er verzog das Gesicht. Sie konnte sich lebhaft vorstellen, was er davon hielt.

»Wir nehmen ihn mit«, sagte Sly in einem Tonfall, der keinen Widerspruch duldete. »Vielleicht kann er uns verraten, was hier abgegangen ist.«

»Das kann *ich* dir auch verraten«, grunzte der Elf. »Es ist total *fugazi*, das ist es. Sie haben das Gelände mit vier Orks gesichert. Einen hab ich erledigt und mir sein Funkgerät ausgeborgt. Die anderen kämpfen jetzt mit jemand anderem. Einer oder vielleicht sogar zwei Gruppen. Verhalten sich wie Konzerntruppen.« In seinen

Augen standen Fragen, die er offensichtlich jetzt noch nicht stellen wollte.

Sly wußte, daß sie Antworten auf dieselben Fragen wollte. »Vielleicht kann *er* es uns sagen«, schlug sie vor, während sie den Kopf in Richtung des Jungen neigte. Der stand wie versteinert da, jeder Muskel seines Körpers angespannt, während sie hinter seinem Rücken über sein Schicksal berieten.

Modal dachte einen Augenblick darüber nach und nickte dann. »Es ist deine Entscheidung.«

»Wo sind Mongoose und Snake?«

»Ich hab gesehen, wie es Snake erwischt hat. Er ist tot. Mongoose?« Er zuckte die Achseln.

»Dann nichts wie weg von hier. Ich schätze, das Treffen ist vertagt.«

Sly zog die Schutzhülle des Wundpflasters ab und klebte es sich auf die Schußwunde im linken Unterarm. Das Pflaster stach für einen Augenblick, wie es das immer tat. Dann ließ das Stechen nach und nahm das brennende Pochen mit sich. Gott sei Dank für die Wundpflaster, dachte sie, während sie die Ränder andrückte, um sicherzugehen, daß der Klebstoff hielt. Sie konnte bereits den vertrauten Olivengeschmack auf der Zunge spüren, als das DMSO — Dimethylschwefeloxid — im Pflaster von ihrem Blut absorbiert wurde, und mit ihm die Schmerzstiller, Energetika und antibakteriellen Substanzen, die den Heilungsprozeß in Gang setzen würden. Sie haßte den Geschmack in ihrem Mund — hatte ihn immer gehaßt —, aber mit den Jahren hatte sie sich gewiß an ihn gewöhnt.

Sie standen im Schatten des Alaskan Way-Viadukts, ungefähr auf Höhe der University Street. Die Renraku-Arcologie trennte sie von Pier 42 und dem verkorksten Treffen. Sly wußte, daß sie sich deswegen nicht sicherer fühlen sollte, weil Renraku ebenfalls hinter ihr her war, aber sie tat es trotzdem.

Sie sah auf die Uhr. Es war vier Uhr zwanzig — erst zwanzig Minuten waren seit dem Zeitpunkt vergangen, zu dem das Treffen hätte stattfinden sollen. Lebhafter Morgen, dachte sie mit einem schiefen Grinsen.

Modal hockte im Schatten neben ihr. Der Junge — der jetzt Plastikhandschellen trug, ein Mitbringsel des Elfs — hatte sich ein paar Meter entfernt an einem Betonpfeiler zusammengekauert. Modal untersuchte die Fichetti Security 500, die er dem Jungen aus der Tasche genommen hatte.

»Hübsches Teil für 'n Gossenpunk«, sagte der Elf zu Sly, während er die Kanone in die eigene Tasche steckte.

Sie wußte, was Modal damit tatsächlich zum Ausdruck bringen wollte: Daß der Junge nicht so unschuldig war, wie er aussah. Sie beschloß jedoch, ihn zu ignorieren. Zum erstenmal, seit sie das Viadukt erreicht hatten, sprach sie *mit* dem Jungen, nicht *über* ihn. »Wie heißt du?«

»Dennis Falk. Falcon.«

Sie musterte seine Lederjacke. Keine Gangfarben, aber irgend etwas an ihm verriet ihr, daß er zu einer Gang gehörte. »Welche Gang?«

»First Nation«, murmelte er.

Das ergab einen Sinn. Die First Nation war eine drittklassige amerindianische Gang, die das Dockgebiet in der Nähe des Kingdomes für sich beanspruchte. War er deshalb am Pier 42 gewesen? In Gangangelegenheiten unterwegs und über das Höllentreffen gestolpert? »Was hattest du heute nacht am Pier zu suchen?« fragte sie. »Und woher hast du das?« Sie tätschelte den Schaft des Sturmgewehrs, das auf ihren Knien ruhte.

Er betrachtete sie aufmerksam und mit stetem Blick. Das Entsetzen war verschwunden, einer nicht zu übersehenden Intelligenz gewichen. Er überlegte, was und wieviel er ihr erzählen sollte.

»Lüg mich nicht an«, sagte sie ruhig. »Vergiß nicht, du weißt nicht, wieviel ich weiß. Und wenn ich merken sollte, daß du mich anlügst, könnte ich zu dem Schluß kommen, daß Modal hinsichtlich der Frage, wie man mit Gefangenen verfahren sollte, recht hat.« Modal griff das Spiel sofort auf, indem er die Zähne bleckte und den Jungen raubtierhaft angrinste.

Guter Cop, böser Cop. Das funktionierte immer. Sie sah den potentiellen Widerstand aus Falcons Blick verschwinden. »Was hattest du dort zu suchen?« wiederholte sie.

»Ich bin mit *denen* gekommen«, murmelte er. »Den amerindianischen Runnern.«

Modal warf ihr einen scharfen Blick zu. Also ist er doch ein Feind, dachte Sly. Sie sah, wie Modal den Finger um den Abzug der Fichetti des Jungen legte.

Der Junge redete weiter. »Ich fand heraus, daß es eine Falle war. Es war nie als Treffen geplant, sondern von Anfang an als Hinterhalt. Aber ich konnte nichts dagegen tun, sie hätten mich sofort gegeekt.«

»Warte mal«, sagte Sly mehr zu Modal als zu Falcon. Der Elf wirkte leicht enttäuscht, als er die Fichetti senkte. »Drück dich mal ein bißchen klarer aus. Welche Verbindung besteht zwischen dir und den Amerindianern, die mich reinlegen wollten?«

Falcon verstieg sich in eine verdrehte, zusammenhanglose Geschichte über seine Begegnung mit einem verwundeten amerindianischen Shadowrunner und wie er ihm geholfen hatte, nach einem schiefgegangenen Run zum Treffen mit seinen Chummern zu kommen. Als der Runner den Löffel abgab, hatte der Junge sich den anderen auf Gedeih und Verderb angeschlossen, um dafür zu sorgen, daß die letzten Wünsche des toten Runners ausgeführt wurden. Oder so ähnlich.

Modal begegnete ihrem Blick, schüttelte den Kopf. Die Geschichte klang nicht sehr glaubhaft. Leute wurden nicht in bedeutende Shadowruns verwickelt, nur weil irgendein Fremder in ihren Armen das Zeitliche segnete.

Nein, das mußte nicht unbedingt stimmen. *Jungen* vielleicht schon. Jungen, die ihre Vorstellungen über das Schattengeschäft aus Trid oder SimSinn bezogen. Sie sah Falcon tief in die Augen. Und glaubte, daß er die Wahrheit sagte.

Der Junge war immer noch nicht fertig. »Das Treffen war von Anfang an als Hinterhalt angelegt«, wiederholte er. »Dann fing der Drek an zu dampfen, und der Runner, der den ›Leibwächter‹ für mich spielte, dachte, ich hätte sie verkauft. Er wollte mich geeken. Also hab ich ihn abgeknallt und mir sein AK geschnappt. Dann wollte ich abhauen. Ich war unterwegs zum Zaun, als ich dir über den Weg gelaufen bin.«

Das paßte ebenfalls zusammen, dachte Sly. Als sie den Jungen zuerst gesehen hatte, schien er sich mit dem Sturmgewehr nicht besonders wohl zu fühlen, als hätte er es gerade vor ein paar Sekunden irgendwo aufgehoben.

»Und was ist passiert, als das Treffen den Bach runtergegangen ist?« fragte sie.

Falcon zuckte die Achseln. »Ich hab auch nur mitgekriegt, wie Benbo auf einmal 'n großes Loch im Rücken hatte.« (Benbo mußte der schwer gepanzerte Samurai sein, der dem Anführer Rückendeckung gegeben hatte.) »Slick dachte, irgendwie hättest du das angezettelt, aber ich hab dein Gesicht gesehen, als es Benbo erwischt hat. Du warst genauso überrascht wie alle anderen.« Er zögerte und fragte dann. »Was, zum Teufel, war das? Magie?«

»Ich denke, ich bin mittlerweile dahintergekommen«, antwortete Modal. »Hat 'ne Weile gedauert. Sly, hast du je von einem Barret gehört?«

Sie dachte einen Augenblick nach, schüttelte den Kopf.

»Ist schon ziemlich alt«, fuhr der Elf fort, »achtziger oder neunziger Jahre des letzten Jahrhunderts. Aber es ist *die* Waffe für einen Heckenschützen. Das Ding ist *ziemlich* groß. Schloß, Einzelschuß. Aber es ist für Kaliber-Fünfzig-Munition ausgelegt. Für verdammte halbzöllige *MG*-Munition. Du kannst es mit jeder MG-Munition laden — normale, Leuchtspur, explosive, panzerbrechende, weißer Phosphor —, und es ist auf eineinhalb Kilometer zielgenau. Ein guter Schütze kann drei Schüsse abgeben, bevor der erste trifft.«

Sie erinnerte sich wieder an das Bild, an das klaffende Loch in der Brust des amerindianischen Samurai. Sie schauderte. »Explosivgeschosse Kaliber fünfzig ...«

»Ich glaube nicht, daß das Explosivgeschosse waren«, korrigierte Modal. »Schon eher panzerbrechende mit einem Mantel aus reduziertem Uran. *Das* panzerbrechende Geschoß. Die Kugel trifft irgendwas Festes — wie Panzerung —, und die kinetische Energie überwindet die Aktivierungsschwelle für das Uran. Es fängt Feuer und verbrennt mit einer Temperatur von über zweitausend Grad Celsius.« Er grinste gemein. »Das reicht, um jedem Straßensamurai gründlich den Tag zu verderben, wenn du mich fragst.«

Vor ihrem geistigen Auge sah Sly immer noch den Feuerball in der Brust des Amerindianers brennen, bevor er in seinem Rücken ausgetreten war. »Echt harter Drek«, murmelte sie. Mit einiger Anstrengung richtete sie ihre Aufmerksamkeit wieder auf Falcon. »Wer hat deine Chummer also erledigt?«

»Das sind nicht meine Chummer«, korrigierte er sie ruhig. Dann schüttelte er den Kopf. »Ich weiß es nicht.«

»Konzerntruppen«, mischte sich Modal ein. »Wie ich schon sagte.«

»Um noch mal auf die Amerindianer zurückzukommen«, sagte Sly, »ich nehme an, sie haben dir nicht verraten, warum sie hinter mir her sind.«

»Klar«, sagte Falcon, heftig mit dem Kopf nickend. »Nightwalker hat es mir gesagt. Es geht um verlorene Technologie aus der Zeit vor dem Crash.«

Sly und Modal wechselten rasche Blicke. Sie zögerte,

die nächste Frage zu stellen — die *Schlüssel*frage. »Hat er auch gesagt, was für eine verlorene Technologie?«

»Klar«, wiederholte der Junge. »Glasfasern.«

Der Junge erklärte es ihnen noch ein paar Minuten lang. Als er fertig war, mußte Sly feststellen, daß sie ihn seit geraumer Zeit anstarrte. Schockiert. Sahne, dachte sie. Kein Wunder, daß die Konzerne einen Krieg vom Zaun brechen. Die Fähigkeit, die angeblich sicheren Kommunikationsleitungen eines Konkurrenten anzuzapfen. Mehr als das, die Fähigkeit, den Datenfluß zu *verändern*. Sie wußte, wie vorherrschend die Glasfaserkommunikation war. *Alle* benutzten sie. Das LTG-System, die Matrix. Konzerne und Regierungen ebenfalls, weil man Lichtleitungen angeblich nicht anzapfen konnte. Sogar die militärischen Kanäle basierten darauf, weil Glasfaserleitungen nicht vom elektromagnetischen Schock in Mitleidenschaft gezogen wurden, falls jemand eine Atombombe in der Stratosphäre zündete.

Wie viele *Billionen* Nuyen waren in diese ›ultrasichere‹ Technologie investiert worden? Megakonzerne und Regierungen hatten keine Möglichkeit, auf ein anderes Kommunikationsmedium umzuschalten, jedenfalls nicht sofort. Und wer in dieser Umschaltphase über die von Falcon beschriebene Technologie verfügte, konnte buchstäblich *jede Facette* in der Kommunikation eines Konkurrenten kontrollieren. Um sich in den Besitz dieses Vorteils zu setzen — oder um diesen Nachteil abzuwenden —, würden die Konzerne alles tun. Sogar einen Krieg vom Zaun brechen.

Ihr Blick fiel auf Modal. Er verstand die Ungeheuerlichkeit der Vorgänge ebenfalls. Sie konnte es in seinen Augen erkennen. »Jesus«, stieß er hervor. »Sharon Louise ...«

»Ich weiß.« Sie starrte Falcon noch ein paar Augenblicke an. Der Junge begegnete ihrem Blick standhaft.

»Ich will mit euch zusammenarbeiten«, sagte er

schließlich. Er versuchte ganz offensichtlich, Furcht und Anspannung aus seiner Stimme herauszuhalten, aber das gelang ihm nicht ganz.

Modal schnaubte. Sly ignorierte den Elf. »Warum?«

»Nightwalker wollte das Richtige mit den Informationen anstellen, wenn er sie bekommen hätte«, erklärte der Junge. »Er wollte sie vernichten, so daß niemand sie benutzen konnte. Er wollte den verantwortlichen Konzern beim Konzerngerichtshof im Zürich-Orbital verpfeifen. Meiner Ansicht nach hatte Knife-Edge andere Pläne. Ich glaube, er wollte die Informationen für sich behalten. Um sie selbst zu benutzen oder auch an den Höchstbietenden zu verkaufen.« Er schüttelte den Kopf. »Nightwalker wollte das nicht. Jetzt hast du die Informationen. Was hast du damit vor?«

Und das war die große Frage, nicht wahr? dachte Sly. Die verschlüsselte Datei und alle darin enthaltenen Informationen zu zerstören — das war offensichtlich die beste Wahl im globalen Maßstab. Doch auf der *persönlichen* Ebene war das überhaupt keine Antwort. *Sie* würde wissen, daß sie die Datei zerstört hatte, aber woher sollten es die Konzerne wissen? Ich könnte es ihnen sagen, und *natürlich* würden sie mir glauben, klar, ganz bestimmt. Nein, wenn bei einer derartig wichtigen Information auch nur die geringste Chance — wie weithergeholt sie auch sein mochte — bestand, daß sie die Datei nicht zerstört hatte, daß sie vielleicht eine Kopie für sich behalten hatte, würden sich die Konzerne auch weiterhin an ihre Fersen heften. Schließlich würde man sie erwischen und zu Tode foltern, um eine zufriedenstellende Bestätigung zu erhalten, daß sie die Wahrheit gesagt hatte. Und selbst, *wenn* sie glaubten, daß sie die Datei zerstört hatte, würden sie *trotzdem* noch hinter ihr her sein. Bei ausreichender ›Motivation‹ konnte sie sich vielleicht an einige Details der Datei erinnern, wodurch sich der betreffende Konzern möglicherweise einen Vorsprung vor seinen Konkurrenten verschaffte.

Nein, die Datei zu zerstören, war nicht die offensichtliche Lösung, nach der sie aussah.

»Was wirst du tun?« fragte Falcon erneut.

»Ich weiß es nicht«, gab sie zu. »Ich hab die Antwort noch nicht gefunden.«

»Ich will dir dabei helfen, sie zu finden.«

Modal schnaubte wieder. Und wieder ignorierte ihn Sly. »Warum? Es ist nicht dein Kampf.«

In den Augen des Jungen konnte sie die Antwort erkennen, die ihm im Kopf herumging. Weil sein Freund Nightwalker es so gewollt hätte. Schwachsinniger, sentimentaler überemotionaler Drek!

Zumindest sprach es der Junge nicht laut aus. Er zuckte die Achseln. »Weil die Sache wichtig ist«, sagte er zögernd. »Und weil du alle Hilfe brauchst, die du bekommen kannst.«

Ein Laser färbte eine Hälfte von Falcons Gesicht rot. Modal hatte die Fichetti gehoben, bereit, dem Jungen den Kopf wegzupusten.

»Nein, Modal«, schnappte sie mit einer Stimme wie ein Peitschenknall.

Er senkte die Kanone nicht, drückte aber auch nicht ab. »Er ist nur ein Klotz am Bein, Sly«, sagte der Elf emotionslos.

»Nein. Ich bin ein *Aktivposten*.« Beim letzten Wort fuhr der Junge zusammen, als habe es eine echte Bedeutung für ihn.

Und Sly mußte ihm beipflichten. »Laß ihn«, sagte sie zu Modal. »Bis ich etwas anderes sage, bleibt er bei uns.«

»Du machst einen Fehler.«

»Das ist mein gutes Recht.«

»Nicht, wenn ich dadurch mit draufgehe«, sagte Modal. Aber er senkte die Pistole und steckte sie in seine Tasche.

Das war ein Vorteil der Pillen, mußte Sly zugeben. Kein verdammtes männliches Ego, keine Überlegungen, das Gesicht zu wahren. »Ich will weg von hier«, sagte sie. »Wir brauchen 'nen fahrbaren Untersatz. Modal, kannst du uns ein Auto klauen?«

Während er sie in dem gestohlenen Westwind zum Sheraton zurückfuhr, nörgelte Modal unentwegt darüber, daß er sein Motorrad hatte zurücklassen müssen, aber Sly wußte, daß er nur Dampf abließ. Er wußte ebensogut wie sie, daß es viel zu riskant war, umzukehren und die Motorräder zu holen. Sie fragte sich, ob Mongoose es wohl geschafft hatte, aus der Todeszone zu entkommen. Sie würde Argent anrufen müssen, sobald sich ihr die Möglichkeit bot, um ihn auf den neusten Stand der Dinge zu bringen. Und ihm mitzuteilen, daß zumindest einer seiner Jungs nicht mehr zurückkehren würde.

Der Junge, der sich Falcon nannte, saß neben ihr auf der Rückbank. Modal war widerwillig Slys Anweisungen gefolgt und hatte ihm die Handschellen abgenommen, doch erst, nachdem er den Amerindianer noch einer äußerst gründlichen Durchsuchung unterzogen hatte.

Jetzt stand der Wagen im unterirdischen Parkhaus des Washington Athletic Clubs schräg gegenüber vom Sheraton und mit dem AK-97 im Kofferraum. Auch darüber hatte sich Modal beschwert, war jedoch eine Antwort schuldig geblieben, als Sly ihn gefragt hatte, wie er denn das Sturmgewehr ins Hotel zu schmuggeln gedachte. Er wußte ebensogut wie sie, daß die Waffendetektoren im Sheraton ihre Handwaffen und Modals Ingram registrieren würden. Wie in den meisten Hotels der Oberklasse würde das Sicherheitspersonal einfach vermerken, daß die Gäste in den Zimmern 1203 und 1205 ›Selbstverteidigungsutensilien‹ trugen. Doch die Angelegenheit würde keinesfalls einen derart routinemäßigen Verlauf nehmen, wenn die Elektronik die AK unter irgend jemandes Mantel entdeckte.

Der Wecker auf dem Nachtschränkchen von Zimmer

1205 zeigte vier Uhr einundfünfzig an. Sie hatten das Hotel erst vor zwei Stunden verlassen. Sly hatte eher das Gefühl, daß zwei Tage vergangen waren.

Der Junge, Falcon, ließ sich in einen Armsessel fallen. Im helleren Licht sah er jünger aus, als sie ursprünglich gedacht hatte, nicht älter als fünfzehn. Und er sah müde aus, als hätte er seit Tagen nicht geschlafen. Sein Gesicht war abgehärmt, der olivfarbene Teint blaß.

»Willst du dich ausspennen?« fragte sie. »Du kannst das Bett im anderen Zimmer benutzen.«

Er nickte, fragte dann zögernd. »Gibt es irgendwas zu essen?«

Sie richtete den Blick auf Modal. »Warum rufst du nicht den Zimmerservice?« schlug sie vor. »Bestell für uns alle was zu essen. Ich muß telefonieren.«

Sie konnte erkennen, daß Modal widersprechen wollte — offensichtlich hielt er den Jungen immer noch für einen Klotz am Bein —, doch er hielt den Mund. Sie zuckte die Achseln. Wie der Elf gesagt hatte, den Jungen bei sich zu behalten, war vielleicht ein Fehler, aber einer, den zu begehen ihr gutes Recht war. Trotz seiner Befürchtungen würde er weiterhin bei ihr mitmachen.

Sie setzte sich auf das Bett von Zimmer 1203, tippte Agarwals LTG-Nummer ein.

»Hast du die Nachrichten gesehen?« lautete die erste Frage des Ex-Deckers, als er ans Telekom ging und sah, wer dran war.

»Nicht richtig.« Modal hatte das Radio in dem gestohlenen Wagen angestellt, aber sie hatte den Nachrichten keine besondere Beachtung geschenkt. Sie zermarterte sich das Hirn, versuchte sich an die wichtigen Nachrichten zu erinnern. Gang-Zusammenstöße, ziellose Gewaltausbrüche auf den Straßen ... Aber was hatte Argent noch gesagt? Die Gangs waren *nicht* daran beteiligt und die Gewaltausbrüche weder ziellos noch unmotiviert. Ihr war plötzlich kalt. »Es geht los, nicht?« fragte sie Agarwal.

Agarwal beantwortete ihre Frage nicht direkt, doch seine ernste Miene war Aussage genug. »Seit fünf Minuten«, sagte er ruhig, »gibt es in den Medien keine Meldungen mehr über irgendwas, das auch nur annähernd nach Konzerngewalttaten aussieht. *Und* alle Schilderungen ähnlicher Vorfälle sind aus den öffentlichen Datenbanken zum Zeitgeschehen gelöscht worden. Was sagt dir das, Sharon?«

Eine Menge. Die Angst schnürte ihr die Kehle zusammen, doch sie zwang sich zu einem Kichern. »Ich schätze, es bedeutet nicht, daß alles vorbei ist, wie?«

»*Mir* sagt es«, fuhr Agarwal fort, als habe er ihren Einwurf überhört, »daß die Plexverwaltung — wahrscheinlich mit Rückendeckung der Bundesregierung — eine ›D-Mitteilung‹ herausgegeben hat, eine offizielle Nachrichtensperre. Dazu kommt noch, daß kurz vor deinem Anruf eine Verlautbarung von Gouverneur Schultz von allen Trideo- und Radiosendern ausgestrahlt und in allen Datenfaxen und BTX-Systemen niedergelegt worden ist — nur stimmlich, übrigens.« Er schnaubte verächtlich. »Ich nehme an, um fünf vor fünf am Morgen haben sie die Stimme synthetisch erzeugt. Die erlauchte Frau Gouverneur ist dafür bekannt, daß sie selten vor zehn Uhr aufsteht.«

»Und was sagt Schultz?« fragte Sly.

»Daß alle Gang-Zusammenstöße und Gewaltausbrüche aufgehört haben«, sagte Agarwal freudlos. »Daß die Stadtverwaltung eingeschritten ist. Daß alles wieder im Lot ist, und daß kein Bürger des Metroplex um seine Sicherheit zu fürchten braucht.« Er schnaubte erneut. »Als ob die Stadtverwaltung in einem Konzernkrieg dafür garantieren könnte.« Er schüttelte den Kopf. »Alle Politiker sind Lügner. Sie sind geschickte Lügner, und sie lügen ständig. *Sie* wissen, daß *wir* wissen, daß sie lügen, aber sie lügen trotzdem. Und dann reden sie von ihrer *Ehre*.«

Der Ex-Decker lächelte gequält. »Entschuldige meine

politischen Abschweifungen.« Er seufzte. »Zu meiner Schande muß ich gestehen, daß ich die Datei noch nicht vollständig geknackt habe.«

»Ich weiß nicht, ob das jetzt noch so wichtig ist«, antwortete sie. »Du hattest recht, es geht um verlorene Technologie. Und ich weiß jetzt auch, um was genau.« So knapp und präzis wie möglich wiederholte sie, was Falcon ihnen erzählt hatte.

Als sie fertig war, sah Agarwal blaß aus, erschüttert. »Also steht das Konkordat des Zürich-Orbitals kurz vor dem Ende?«

Sie zuckte die Achseln. »Mir scheint es sowieso nicht viel gebracht zu haben«, sagte sie. »Yamatetsu hat ihm immer entgegengearbeitet, und ich schätze, die übrigen Konzerne ebenfalls.«

»Ja, ja«, wischte Agarwal ihren Einwand beiseite. »Aber hinter dem Konkordat steckt noch mehr als die Geschichte mit der Glasfasertechnologie, Sharon. Viel mehr. Es ist vielleicht die weitreichendste Vereinbarung, die die Konzerne je untereinander getroffen haben.

Das Konkordat enthält Bestimmungen, die praktisch alle Facetten der Kommunikationstechnologie abdecken«, fuhr er fort. »Du weißt, daß die meisten *Zaibatsus* ihre eigenen Satelliten haben, und zwar nicht nur solche für Kommunikationszwecke? Ja, und viele von diesen Satelliten sind mit hochentwickelten Störsendern und sogar Satellitenabwehrvorrichtungen — ASAT — ausgerüstet, um die Kommunikationsmittel eines Konkurrenten vernichten zu können. Außerdem betreiben viele Megakonzerne immer noch Forschungen auf dem Sektor der Computerkriegführung — die sich, wie ich dir bereits erklärt habe, direkt gegen die Computersysteme der Konkurrenz richtet und mit Viren arbeitet. Natürlich ist eines völlig klar: Wenn irgendein Konzern seine Möglichkeiten in dieser Hinsicht — Störung, ASAT oder Viren — je ausnutzte, würde das Vergeltungsmaßnahmen nach sich ziehen. Gefolgt von Vergeltungs-Vergeltungsmaßnahmen, gefolgt von Eskalation. Gefolgt von einem, sagen wir mal, ›digitalen Aderlaß‹ in einem Ausmaß, den sich kein Konzern auch nur vorstellen, geschweige denn in der Realität sehen wollte.

Darin liegt die Bedeutung des Konkordats, Sharon«, schloß Agarwal seine Ausführungen, »nämlich genau das zu verhindern. Und es hat über zwanzig Jahre lang funktioniert. 2041 hat ein in Atlanta beheimateter Konzern namens Lanrie — ein kleines Unternehmen, dessen Einfluß sich auf die Konföderierten Amerikanischen Staaten beschränkte — einen Konkurrenten in Miami mit einem maßgeschneiderten Computervirus infiziert. Irgendwie sind die großen *Zaibatsus* dahintergekommen. Sie haben Lanrie in Übereinstimmung mit den Bedingungen des Konkordats und mit Zustimmung des Konzerngerichtshofs vollkommen vernichtet. Seine Finanzstruktur zerschlagen. Produktionsanlagen und Aktiva zerstört. Den Aufsichtsrat exekutiert. Als abschreckendes Beispiel. Seitdem hat tatsächlich niemand mehr Virenkriegführung praktiziert.«

Sly war bis ins Mark erschüttert. Ihre Haut fühlte sich so kalt an, als würde ein eisiger Wind durch das Zimmer wehen.

»Und die Konzerne sind bereit, das Konkordat zu brechen?«

Agarwal nickte. »Der Konzerngerichtshof versucht sie zurückzupfeifen, wie man es mit Jagdhunden tun würde. Zweifellos, um sie an das Konkordat und seine immense Bedeutung zu erinnern. Aber — wie ich dir schon bei unserem letzten Gespräch erzählt habe — die Konzerne ignorieren die Beschlüsse des Gerichtshofs. Die potentiellen Vorteile der verlorenen Technologie überwiegen die potentiellen Gefahren eines Konkordatsbruchs bei weitem. Jedenfalls sehen das die Konzerne so.«

Sie ließ sich das ein paar Sekunden durch den Kopf gehen. »Hat schon jemand die Grenze überschritten?«

fragte sie. »Sind sie bereits an dem Punkt angelangt, an dem keine Rückkehr mehr möglich ist?«

»Noch nicht. Aber alle stehen gefährlich dicht davor. Die Situation ist instabiler denn je.«

»Kann sie wieder stabilisiert werden?«

»Bis zu dem Zeitpunkt, an dem ein Megakonzern einen substantiellen, direkten Angriff auf bedeutende Aktiva eines anderen unternimmt, ja.«

»Wie?«

Er fixierte sie mit müden Augen. »Wenn wir davon ausgehen, daß die Konzerne vor dem Abgrund stehenbleiben und nicht über den Rand treten, bevor du aktiv werden kannst«, sagte er zögernd, »glaube ich, daß alles in deiner Hand liegt. Es kommt darauf an, was du mit den Informationen anfängst. So, wie ich das sehe, hast du zwei Möglichkeiten. Die erste besteht darin, die Informationen zu vernichten.«

Dieser Vorschlag war nicht neu. Sie hatte ihn bereits selbst erwogen und abgelehnt. »Das würde nicht klappen«, sagte sie. »Niemand würde mir *glauben*, daß ich sie tatsächlich vernichtet habe.«

»Ich gebe dir recht.«

»Und die zweite Möglichkeit?«

»Wenn du nicht dafür sorgen kannst, daß *keiner* die Informationen erhält, dann sorge dafür, daß *alle* sie erhalten. Verbreite sie, veröffentliche sie, so daß jeder Megakonzern gleichermaßen Zugang dazu hat. Die einzige Möglichkeit besteht darin, allen die gleichen Spielbedingungen zu liefern und dafür zu sorgen, daß alle diese Bedingungen *kennen*. Wenn ein Konzern einen Vorteil hat — oder im Verdacht steht, einen Vorteil zu haben —, *dann* werden die Dinge instabil. Verstehst du, Sharon?«

Sie nickte zögernd. Theoretisch war alles völlig klar und einfach. Aber ... »Wie?« wollte sie wissen.

Er breitete die Arme aus. *Frag mich nicht* ...

»Und wenn ich es nicht schaffe?«

»Konzernkrieg«, stellte Agarwal unumstößlich fest.

»Der Zusammenbruch der Weltwirtschaft ein paar Tage nach seinem Beginn. Die ersten durch Versorgungsengpässe hervorgerufenen Unruhen würden wahrscheinlich mindestens eine Woche auf sich warten lassen, aber die große Frage ist die, ob die zivilen Regierungen vor ihrem Kollaps noch ausreichend Zeit hätten, militärisch aktiv zu werden. Meiner Ansicht nach würde sich ein nuklearer Schlagabtausch wahrscheinlich in Grenzen halten ...«

Er redete weiter, aber Sly hörte nicht mehr zu.

Was, zum Teufel, soll ich bloß tun? fragte sie sich immer wieder.

14

14. November 2053, 0515 Uhr

Falcon aß, als sei er am Verhungern, was auch der Fall war. Die Frau, Sly, hatte angeregt, genug zu essen für sie drei zu bestellen. Der schwarze Elf — Falcon glaubte den Namen Modal verstanden zu haben — hatte ein wenig übertrieben. Drei Burger — mit echtem Fleisch, kein Sojaersatz — Nudelsalat, Brot, Käse, Salat ... mehr Essen, als Falcon für sechs seiner Gang-Chummer bestellt hätte. Er begutachtete das Hotelzimmer. Natürlich würde jemand, der sich *diese* Art Bude leisten konnte, nicht mit dem Essen knausern.

Na, meine Kreds kostet's ja nicht, dachte er. Mit dieser beruhigenden Erkenntnis machte er sich heißhungrig über das Essen her.

Als er einen Burger, zwei Käsesandwiches, einen Apfel und irgendeine komische sternförmige Frucht, die er nicht kannte, verputzt hatte, fühlte sich Falcon langsam etwas besser. Modal lag auf dem Bett und beobachtete ihn. Der Elf hatte seinen Burger selbst ziemlich schnell verzehrt und nuckelte jetzt an einem Bier, das er sich aus der Minibar des Zimmers geholt hatte.

In dem Glauben, ein Bier würde jetzt runtergehen wie Öl, sah Falcon den Elf an, dann das Bier in seiner Hand und hob fragend eine Augenbraue. Modals Miene und Körpersprache veränderten sich nicht im geringsten. Er würde mich immer noch lieber tot sehen, dachte Falcon. Was bedeutet, daß er mir wahrscheinlich kein Bier anbieten wird. Er zögerte, dann ging er zur Minibar und nahm sich selbst eins heraus. Ein Importbier, sah er, in einer echten Glasflasche. Modal verzog zwar das Gesicht, aber zumindest machte er keine Anstalten, ihn zu erschießen. Falcon öffnete die Flasche, warf sich wieder in seinen Sessel und zollte dem Gebräu die Aufmerksamkeit, die es verdiente.

Ein paar Minuten später öffnete sich die Tür zum angrenzenden Raum. Falcon hatte zwar gehört, daß Sly ein Telekomgespräch führte, aber die Schallisolierung der Tür hatte gereicht, um zu verhindern, daß er auch nur ein Wort verstand. Es mußten schlechte Neuigkeiten gewesen sein. Sie sah aus wie Drek, das Gesicht weiß und abgehärmt, der Blick gehetzt.

Modal stellte sein Bier ab und richtete sich auf. »Schlechte Nachrichten?« fragte er mit seinem verdrehten Akzent.

Sly nickte, ließ sich neben den Elf auf das Bett fallen. Modal reichte ihr das Bier. Die dunkelhaarige Frau nahm einen kräftigen Schluck und lächelte dankend.

»Die Situation ist ... was du vorhin gesagt hast, fugazi«, sagte sie. Dann unterbrach sie sich. »Was bedeutet das überhaupt?«

»Total daneben«, erklärte der Elf. »Ein Slangausdruck der Smoke.« Er hielt inne. »Ist es soweit?«

»Sieht so aus«, gab Sly widerwillig zu, um dann irgendwas über das Konkordat des Zürich-Orbitals zu erklären. Offenbar steckte noch mehr dahinter, als Nightwalker Falcon erzählt hatte — oder vielleicht mehr, als

Nightwalker *gewußt* hatte. Falcon verstand bei weitem nicht all die sonderbaren Manöver und Winkelzüge der Konzerne, die Sly beschrieb, aber dafür begriff er die verfahrene Situation um so besser. Es ist wie bei den Gangs, dachte er. Solange ein Waffenstillstand allen nützt, herrscht Frieden. Aber wenn jemand einen Vorteil für sich sieht, kommt es zum Revierkrieg. Offenbar folgten die Megakonzerne demselben Prinzip und bereiteten sich jetzt auf ihren eigenen Krieg vor. Zwar sah er nicht, wie ihm — oder auch den beiden Runnern — ein Konzernkrieg persönlich schaden konnte, aber ihre mürrischen Mienen verrieten ihm, daß sie sich ernste Sorgen machten. Und sie verstanden diesen hochpolitischen Drek besser als er, mußte er sich eingestehen.

»Und was hat er vorgeschlagen?« fragte Modal.

»Nichts Konkretes«, sagte Sly. »Gute Ideen, aber keine Vorschläge, was ich *tun* soll.«

»Ich hätte einen Vorschlag, wenn du ihn hören willst«, warf der Elf ein. »Setz dich einfach auf dein verdammtes Motorrad und hau ab. Fahr in die Karibische Liga oder sonstwohin, wonach dir der Sinn steht.« Er zuckte die Achseln. »Okay, ich weiß, du hast nicht die Kreds, um völlig ins Licht zu wechseln, aber warum nimmst du keinen Abschied auf Raten? Sollen sich die Konzerne ruhig gegenseitig fertigmachen, das geschähe ihnen ganz recht. Und wenn sich alles wieder beruhigt hat, kannst du wieder ins Geschäft zurückkehren.

Das ist mein blutiger Ernst«, hakte er nach, als Sly den Kopf schüttelte. »Schwirr einfach ab. Das ist auf jeden Fall besser, als eingemacht zu werden — und genau das wird passieren, wenn du noch länger hier herumhängst. Das weißt du, Sly. Reise mit leichtem Gepäck, wirf alle Hemmschuhe über Bord« — der Elf funkelte Falcon an, und der junge Amerindianer wußte ganz genau, worauf Modal anspielte — »und *verzieh dich.*«

Sly schwieg für ein paar Augenblicke. Falcon, der ihre Augen beobachtete, konnte ihren Verstand dahinter förmlich rotieren sehen, als sie Modals Vorschlag überdachte. »Vielleicht«, sann sie leise vor sich hin.

Es klopfte an der Tür. »Zimmerservice«, erklang eine gedämpfte Stimme aus dem Gang.

Beim ersten Geräusch waren wie durch Zauberhand Waffen in den Händen beider Runner erschienen. Jetzt sah Falcon, wie sich beide entspannten.

»Wahrscheinlich wollen sie das Geschirr abholen«, sagte Modal. Er steckte die Pistole in sein Halfter zurück, stand dann geschmeidig auf und ging zur Tür.

Gefahr.

Wer hatte das gesagt? Einen Augenblick lang sah sich Falcon verwirrt nach dem Sprecher um. Die Stimme hatte so deutlich geklungen ...

Aber es war keine Frauenstimme und auch nicht der komische Akzent des Elfs gewesen. Die Stimme hatte eher so geklungen wie ...

Meine Stimme? Falcon lief es eiskalt den Rücken herunter.

Modal hatte die Tür fast erreicht.

Für einen Sekundenbruchteil schien schockierenderweise das Krachen von Gewehrschüssen, das Echo von Schreien in Falcons Ohren widerzuhallen. Als keiner der beiden anderen reagierte, wurde ihm klar, daß die Geräusche nur in seinem Kopf waren.

Modal griff nach der Türklinke.

»*Nein!*« rief Falcon.

Der Elf erstarrte, drehte sich um und funkelte ihn an.

»Nein«, sagte Falcon, indem er versuchte, seiner Stimme eine Festigkeit zu verleihen, die nicht vorhanden war. »Mach nicht auf. Es ist eine Falle.« Als er die Worte aussprach — und erst dann —, wußte er, daß es die Wahrheit war.

»Ach?« Die Stimme des Elfs troff vor Hohn. »Und woher, zum Teufel, weißt du das?«

Falcon konnte es nicht sagen, nur daß er es eben *wußte*. Es klopfte wieder, lauter diesmal, beharrlicher.

Und das Klopfen wurde von einem anderen Geräusch begleitet — einem scharfen Klicken von Metall auf Metall. Zuerst dachte Falcon, er hätte sich diesen Laut ebenfalls nur eingebildet, doch dann sah er, wie Modal sich plötzlich anspannte.

»Drek, er könnte recht haben.« Plötzlich hielt der Elf wieder seinen schweren Revolver in der Hand. Er sah sich um, versuchte offenbar, die taktische Situation einzuschätzen. »Geht in das andere Zimmer«, befahl er leise.

Falcon war zu eben diesem Schluß gelangt und bereits zur Verbindungstür unterwegs. Sly folgte ihm in das Zimmer, einen Augenblick später gesellte sich Modal ebenfalls zu ihnen. Der Elf schloß die Verbindungstür so weit, daß nur ein schmaler Spalt geöffnet blieb. Die beiden Runner hielten ihre Waffen bereit. Falcon fühlte sich hilflos und verwundbar, sehnte sich nach seiner Fichetti oder wenigstens seiner alten Gummibandpistole. *Gebt mir irgendwas.*

»Wissen sie von den beiden Zimmern?« fragte Sly leise.

Modal zuckte die Achseln. »Das werden wir in einer Minute erfahren.« Er stellte sich mit dem Rücken zur Verbindungswand, so daß er die Tür zu diesem Zimmer im Auge behalten *und* hören konnte, was nebenan vorging. Falcon hörte das metallische Klacken, als beide Runner die Sicherungsflügel ihre Waffen umlegten. Dann warteten sie.

Nicht lange. Ein weiteres energisches Klopfen an der Tür von Zimmer 1205. Noch ein paar Augenblicke der Stille.

Dann brach die Hölle los. Jemand oder etwas krachte gegen die Tür, riß sie aus den Angeln. Falcon hörte das leise Husten schallgedämpfter Schüsse, dann den dumpfen Knall einer Explosion, die ihre Verbindungswand erschütterte. *Heiliger Drek,* dachte er, *eine Granate!*

Wiederum Stille. Die Eindringlinge nebenan würden wissen, daß der Raum leer war. Ihre Beute befand sich nicht darin. Wie würden sie darauf reagieren?

Sly und Modal ließen ihnen keine Zeit dazu. »Deckung«, flüsterte die Frau, während sie zur Tür sprintete, die auf den Gang führte. Modal nickte, drückte sich näher an die Verbindungstür. Falcon durchschaute ihre Strategie. Sly würde sie von hinten, aus dem Gang, angreifen, während Modal von vorne kam. Sie würden sie für ihren Fehler büßen lassen, für ihre Unwissenheit hinsichtlich der *beiden* Zimmer.

Aber was, zum Henker, mache *ich?* dachte er panisch. Ohne Pistole, nicht einmal mit einem Messer bewaffnet ...

Er brauchte sich nicht lange Gedanken darum zu machen. Sly öffnete lautlos die Tür, glitt auf den Gang. Einen Augenblick später hörte Falcon ihren schweren Revolver krachen.

Auf dieses Stichwort hin trat Modal die Verbindungstür auf und wirbelte — unmenschlich schnell — herum, während der schwere Revolver in seiner Hand dröhnte und bockte. Falcon hörte einen Schmerzensschrei, der in ein Stöhnen, dann in ein Gurgeln überging. Einen erwischt.

Ein Feuerstoß aus einer automatischen Waffe durchlöcherte die Verbindungstür samt Rahmen. Doch Modal war nicht mehr dort. Seine verchippten Reflexe hatten ihn zur Seite und hinter die Deckung eines massigen Armsessels wirbeln lassen. Weitere Schreie, als sein Revolver wieder Feuer spuckte. Und dann war er außerhalb von Falcons Blickfeld.

Das Feuergefecht ging weiter, aber er konnte nichts unternehmen, um den Runnern zu helfen. Eine ungezielte Salve durchschlug die Verbindungswand und zerschmetterte das Trideo. Er warf sich zu Boden, kroch dann auf die Verbindungstür zu. Er konnte es nicht ertragen, nicht zu wissen, was los war, selbst wenn ihn

ein rascher Blick das Leben kosten würde. Zentimeterweise schob er den Kopf vor und spähte durch die Verbindungstür.

Zimmer 1205 sah aus, als sei es im Stil Frühes Kriegsgebiet eingerichtet. Die Granate hatte alles kurz und klein geschlagen. Wo heiße Schrapnelle auf brennbarem Material gelandet waren, brannten kleine Feuer. In der Nähe der Verbindungstür lag einer der Angreifer, fraglos tot. Er trug einen eleganten Konzernanzug — oder das, was davon übriggeblieben war —, vermutlich gepanzert, obwohl ihm das nicht viel genützt hatte. Modals Kugeln hatten den größten Teil seines Kopfes weggepustet. Die Gestalt hielt immer noch eine winzige, tödlich aussehende Maschinenpistole in der leblosen Hand.

Der Rest des Zimmers bot das Bild eines entsprechenden Gemetzels. Drei weitere Angreifer — ein Mann und zwei Frauen, alle in Konzernklamotten — lagen in verschiedenen Stadien der Zerstörung im Raum verstreut. Überall klebten Blut- und Gewebespritzer, und das Zimmer roch wie ein Schlachthaus. Falcon schluckte in dem Versuch, seinen Magen dort zu halten, wo er hingehörte.

Modal stand in der Tür und schoß auf den Gang. Wahrscheinlich knallte er noch ein paar Nachzügler ab, nahm Falcon an. Der Elf hatte die Lippen zu einem Lächeln gebleckt, in dem sich eine unmenschliche Freude spiegelte.

Er wird mich auch töten. Der Gedanke traf Falcon mit der Gewalt eines Schnellzuges. Er hält mich für einen Klotz am Bein, das hat er oft genug gesagt. Er will mich loswerden.

Und gab es einen besseren Zeitpunkt als jetzt? Ein Schuß, und Modal brauchte der Frau nur noch zu sagen, daß Falcon für einen der Angreifer Zielscheibe gespielt hatte. Kein Klotz mehr am Bein. Kein Dennis Falk mehr.

Der junge Amerindianer betrachtete die Maschinenpistole in der Hand der nächsten Leiche. Es geht auch andersherum, dachte er grimmig. Ich kann ihn töten, bevor er mich tötet, und es den Angreifern in die Schuhe schieben.

Wenn er es tun wollte, mußte er es *schnell* tun. Der Lärm des Feuergefechts im Gang draußen erstarb langsam. Er bog die Finger des Toten zurück. Ging in die Hocke und richtete die Waffe auf den Rücken des Elfs. Krümmte den Finger um den Abzug, um dann mitten in der Bewegung zu erstarren.

Was tat er? Er war kein Mörder. Klar, er hatte schon getötet — zuerst den Burschen im Denny Park, dann Slick am Pier 42. Beide hatten versucht, *ihn* umzubringen. Es war reine Notwehr gewesen, er oder sie. Aber jetzt? Er konnte Modal nicht in den Rücken schießen. Er konnte einfach nicht.

Er senkte die MP.

Modal drehte sich um, als spüre er etwas hinter sich. Sah über die Schulter.

Falcon hielt die Maschinenpistole immer noch in beiden Händen, der Lauf zeigte auf den Boden hinter dem Elf.

Ihre Blicke trafen sich für einen Sekundenbruchteil.

Und Falcon wußte — *wußte* ohne auch nur den Schatten eines Zweifels —, daß Modal realisierte, was beinahe geschehen war. Einen Augenblick stand der Elf stocksteif da. Dann verzogen sich seine Lippen zu einem schiefen Grinsen.

»Nichts wie raus hier«, sagte er. »Und bring dein Spielzeug mit.«

15

14. November 2053, 0531 Uhr

»Wer, zum Henker, war das?« fragte Sly.

Sie fuhren wieder in einem Wagen, einem, den sie aus dem unterirdischen Parkhaus des Sheraton gestohlen hatten. Sie waren die Feuertreppe vom zwölften Stock hinuntergerannt, bevor die Sicherheit des Hotels — deren Reaktion wahrscheinlich massiv ausfallen würde, bedachte man das Ausmaß der Verwüstung — am Schauplatz der Schießerei eintreffen konnte. Modal wollte sich denselben Wagen schnappen, in dem sie gekommen waren (seine Ingram und das AK-97 lagen immer noch im Kofferraum), aber Sly überzeugte ihn davon, daß es zu riskant war, sich mit der Sicherheit in der Garage des Washington Athletic Clubs anzulegen. Außerdem war das Sheraton-Parkhaus so leichte Beute, daß er nur eine Minute brauchte, um dort einzubrechen und die Zündung eines schnittigen Saab Dynamit kurzzuschließen. Jetzt fuhren sie auf der I-5 in südlicher Richtung und damit aus dem Innenstadtkern heraus.

»Wer?« fragte Sly noch einmal.

Modal zog etwas aus der Tasche und warf es ihr in den Schoß. »Hier«, sagte er. »Ihr ehemaliger Besitzer braucht sie nicht mehr.«

Sly schaltete die Kartenlampe an und begutachtete den Gegenstand. Es handelte sich um eine Kunstlederbrieftasche, die einmal hellbraun gewesen, jetzt aber vom Blut ihres Besitzers dunkel gefärbt war. Sie öffnete sie, untersuchte ihren Inhalt. Mit Plastikfolie überzogene Ausdrucke des persönlichen Dreks, der sich auf jedermanns Kredstab befand — Führerschein, DocWagon-Kontrakt, Waffenschein et cetera —, alles auf den Namen einer gewissen Lisa Steinbergen. Wahrscheinlich ein falscher Name, dachte Sly.

Doch dann fand sie etwas, das sie ihre Einschätzung

revidieren ließ. Eine Konzern-ID-Karte mit einem kleinen Holo, das einen kleinen Rotkopf ungefähr in Slys Alter zeigte. (Sie erinnerte sich an die kleine Frau, hatte sie zu Boden gehen sehen, als sie einer von Modals Schüssen im Hals erwischt hatte.) Wenn der Name auf dieser Karte kein Deckname war, was bedeutete das dann?

Sie stellte diese Frage zwecks späterer Beantwortung zunächst einmal zurück. In der oberen linken Ecke der Karte befand sich das Farbholo eines Konzernlogos — ein stylisiertes Y.

»Yamatetsu«, sagte sie schlicht.

»Ich wußte, daß es ein Konzernteam war«, sagte Modal. »Ich schätze, sie sind davon ausgegangen, daß sie uns problemlos erledigen.«

Sly nickte. Warum sonst sollten sie ihre ID-Karte mitschleppen?

Wenn es sich nicht um irgendeinen Trick handelte, um sie *glauben* zu machen, es sei Yamatetsu, obwohl es sich in Wirklichkeit um jemand anders handelte ...

Aber das paßte nicht zusammen. Diese Theorie setzte voraus, daß die Bosse, die das Team geschickt hatten, davon ausgegangen waren, daß Sly und ihre Chummer die Killer erledigten. Normalerweise müßten sie, Modal und der amerindianische Junge aber entweder tot oder gefangen sein. Das Konzernteam war nicht schlecht gewesen. Sicher, sie hatten einen großen Fehler gemacht — sie hatten nicht gewußt, daß Sly und ihre Truppe zwei Zimmer hatten —, aber es war trotzdem ziemlich knapp gewesen. Wäre der Junge nicht gewesen ...

Sie drehte sich nach hinten um. Falcon saß auf der Rückbank des Dynamit. Er hatte kein Wort gesagt, seit sie das Sheraton verlassen hatten.

Sie nahm überrascht zur Kenntnis, daß er mit der Maschinenpistole herumspielte, die er einem der toten Killer abgenommen hatte. Sie wußte nicht, warum Modal dem Amerindianer die Waffe gelassen hatte. Andererseits herrschte irgendeine verdrehte Dynamik zwischen dem Elf und dem Jungen, die sie nicht verstand.

»Woher wußtest du es?« fragte sie.

Falcon schreckte auf. »Hm?«

»Woher *wußtest* du es?« wiederholte Sly. »Wir hätten die Tür geöffnet. Wir hätten uns umlegen lassen. Du wußtest, daß es eine Falle war. Woher?«

Der Junge antwortete nicht sofort. Sly sah, wie sein Blick leer wurde, als er sich in seine Erinnerung zurückzog. »Ich weiß es nicht«, sagte er schließlich.

»Hast du etwas gehört?« hakte sie nach. »Oder gesehen?«

Er wollte den Kopf schütteln, zögerte dann.

»Hast du etwas gehört?« wiederholte sie.

»Ich habe gehört ...« Er brach ab.

»Was hast du gehört?«

»*Nichts.*« Seine scharfen blauen Augen sahen etwas, das ihn verwirrte oder ängstigte. Aber sie wußte sofort, daß er nicht mit ihr darüber reden würde. Nicht jetzt, vielleicht niemals.

Sie zuckte die Achseln. »Du hast uns das Leben gerettet«, sagte sie. »Dafür sind wir dir dankbar.« Sie überließ ihn seinen Grübeleien und drehte sich wieder nach vorn um. Auf der I-5 war wenig Verkehr. Das würde sich in der nächsten halben Stunde ändern, aber im Augenblick waren die Straßen so frei, wie sie nur sein konnten.

Aber wenn man freie Straßen ausnutzen will, dachte sie, muß man wissen, wohin man fährt.

Als hätte er ihre Gedanken belauscht, sagte Modal: »Also, was nun?«

»Keine Ahnung«, gestand sie ein. »Ich muß irgendwas unternehmen.«

»Warum tust du nicht das, was ich vorgeschlagen habe?« sagte der Elf. »Untertauchen. Über die Grenze gehen und den Kopf einziehen, bis sich der Drek abgekühlt hat.«

Die Idee war verlockend, aber ... Sie schüttelte den Kopf. »Ich kann nicht.«

»Warum nicht, zum Teufel? Wegen dieses verdammten Konzernkriegs?« Er schnaubte verächtlich. »Seit wann bist du für die ganze verdammte Welt verantwortlich? Und überhaupt, was kannst du schon ausrichten, wenn du ins Gras beißt?«

Sie seufzte. »Der Konzernkrieg spielt auch eine Rolle«, räumte sie ein, »aber nur eine kleine. Du sagst doch, ich soll meinen Abschied auf Raten nehmen, richtig? Was ist das für ein Abschied, bei dem ich um mein Leben rennen muß? Bei dem ich weiß, daß mir jeder verdammte Megakonzern in Seattle — und wahrscheinlich dem Rest der Welt — das Hirn ausquetschen will? Egal, wie tief ich untertauche, egal, wie gut meine Sicherheitsvorkehrungen sind — wie lange wird es dauern, bis mich irgend jemand erwischt? Wie stehen die Chancen, daß ich einen Monat überstehe? Zwei Monate? Ein Jahr? Früher oder später wird meine Glückssträhne einfach zu Ende sein.« Sie schüttelte den Kopf. »Ich könnte es nicht ertragen, einfach darauf zu warten. Könntest du das?«

Sly konnte erkennen, daß Modal immer noch Einwände erheben wollte, aber ihm fehlte ein logisches Argument. Er fuhr ein paar Minuten lang schweigend weiter, dann fragte er: »Also, was hatte der Lackaffe zu sagen? Argybargy, oder wie er heißt.«

»Agarwal.«

»Wie auch immer.«

»Er sagte, ich hätte zwei Möglichkeiten«, erklärte Sly. »Die erste ist, die Datei zu zerstören ...«

»Klingt gut«, warf Modal ein.

»... und zu *beweisen*, daß ich sie zerstört habe«, beendete sie den Satz. »Das klingt schon nicht mehr so gut, oder?«

»Ganz und gar nicht«, räumte der Elf ein. »Wie *beweist* man so etwas? Wie lautet die zweite Möglichkeit?«

227

»Die Datei zu verbreiten, dafür zu sorgen, daß *alle* die Informationen darin erhalten. Auf diese Weise hat niemand einen Vorteil davon. Es gibt nichts mehr, wofür sich ein Krieg lohnte, und sie hätten auch nichts mehr davon, uns umzulegen.«

Modal ließ sich die Sache durch den Kopf gehen und nickte schließlich zögernd. »Die Möglichkeit gefällt mir besser«, sann er. »Hat er auch gesagt, wie?«

Sie schüttelte den Kopf. »Irgendeine Idee?« fragte sie mit schiefem Grinsen.

»Hmmm.« Wiederum schwieg Modal eine Zeitlang. »Du mußt dafür sorgen, daß alle die Daten gleichzeitig bekommen«, dachte er schließlich laut. »Wenn du Konzern A die Daten zuspielst, bevor du sie an Konzern B weitergibst, ist es so sicher wie nur irgendwas, daß Konzern A versuchen wird, dich zu geeken, bevor du die Daten noch jemandem geben kannst.

Und da ist noch was anderes«, fügte er nachdenklich hinzu. »Das gleiche Problem wie bei der ersten Möglichkeit: Du mußt dafür sorgen, daß alle *wissen*, was du getan hast. Jeder Konzern muß wissen, daß alle anderen dieselben Daten erhalten haben, richtig? Das ist der einzige Weg, sie davon zu überzeugen, daß es sich nicht lohnt, dich noch weiter zu verfolgen.«

»Das heißt, daß ich es nicht auf privatem Wege tun kann«, stellte Sly fest. »Die einzige Möglichkeit besteht darin, es in aller Öffentlichkeit zu tun.«

»Ich schätze, das heißt es.« Modal hielt inne. »Damit ist deine Frage beantwortet, nicht? Du mußt die Daten *veröffentlichen*. Und zwar in irgendeinem elektronischen Mitteilungsblatt. Einem öffentlichen BTX-System.«

In einem öffentlichen BTX-System. Ja, das war logisch. »Aber in *welchem* BTX-System?« fragte sie. »Alle großen befinden sich direkt oder indirekt im Besitz irgendeines Megakonzerns. Sobald ich diese Daten einspeise — vorausgesetzt, ich komme überhaupt hinein —, wird sich der Konzern die Daten unter den Nagel reißen und meine Eingabe löschen. Da könnte ich die Daten auch gleich nur einem Konzern aushändigen, dem nämlich, dem das System gehört.«

»Was ist mit Shadowland?« fragte Modal.

Shadowland. Das war der Name der berühmtesten Anlaufstelle für ›schwarze‹ oder ›Schatten‹-Informationen in ganz Nordamerika. Shadowland betrieb auch eine Reihe öffentlicher Mailboxen und BTX-Systeme, die eine erstaunliche Vielfalt von Drek über Regierungen, Konzerne und Einzelpersonen enthielten (zum Teil sogar wahr). Und ermöglichte Echtzeit-›Konferenzen‹, bei denen Decker und andere sich über *alles* unterhalten, Treffpunkte, an denen Decker sicher ihren Geschäften nachgehen konnten, und vieles mehr. Die Regierungen Nordamerikas — insbesondere die geheimnistuerischeren wie die vom Pueblo Corporate Council und Tir Tairngire — haßten Shadowland ebenso inbrünstig wie die Megakonzerne. Die Schatten waren voller Gerüchte hinsichtlich zahlreicher Versuche, das System zu kompromittieren oder zum Absturz zu bringen. Der einzige Grund, warum Shadowland noch existierte, war angeblich die Tatsache, daß sich seine Zentrale — die als Denver Data Haven bekannt war — irgendwo im umstrittenen Gebiet von Denver befand. Die Regierungen, welche die Stadt laut Vertrag von Denver aufgeteilt hatten, waren so nervös und reizbar, daß niemand ein Unternehmen auf die Beine stellen konnte, um Shadowland auszuradieren. Von dieser Warte betrachtet, war Modals Vorschlag ziemlich sinnvoll. *Aber*...

»Aber welcher Konzern betreibt Shadowland?« fragte sie.

»Häh?« grunzte Modal schockiert. »Shadowland ist unabhängig, das weiß doch jeder.«

»Manchmal bin ich mißtrauisch, was Sachen angeht, die jeder weiß«, sagte Sly leise. »Was *ist* Shadowland? Der Laden deckt den ganzen Kontinent ab, richtig? Hauptquartier im Denver Data Haven — wo, zum Teufel, *das* auch sein mag —, aber örtliche Zweigstellen in jeder größeren Stadt Nordamerikas. Richtig?« Modal nickte besorgt. »Und all diese Zweigstellen sind mit der Zentrale in Denver verbunden, richtig?«

»Worauf willst du hinaus?« Trotz seiner emotionsunterdrückenden Drogen klang Modal mürrisch, als unterminierten Slys Fragen eine lange gehegte Anschauung. Und vielleicht ist es genau das, was ich gerade tue, wurde Sly klar.

»Niemand hat je diese Datenkanäle stören können. Behauptet das nicht jeder? Niemand hat je die Verbindung zwischen den Zweigstellen und der Zentrale entdeckt. Niemandem ist es je gelungen, sie zu unterbrechen. Keiner Regierung, keinem Konzern.« Sie konnte die Heftigkeit in ihrer Stimme hören, erkannte, daß der Gedankengang, den sie verfolgte, *sie* ebenso bestürzte wie Modal. »Sichere Kanäle — *so* viele und *so* sicher ... Muß da nicht 'n ziemlicher Haufen Kreds drinstecken, dafür, daß der Laden von 'nem Haufen schmuddeliger Shadowrunner betrieben werden soll?«

Modal antwortete nicht sofort. Doch als er es tat, hatte er seine Stimme wieder völlig unter Kontrolle, war schon wieder ganz er selbst. »Worauf willst du also hinaus?«

»Ich frage nur, wer Shadowland betreibt. Wäre es nicht ein echter Coup für jeden Megakonzern, wenn er den Laden insgeheim kontrollierte? Totale Kontrolle über eines der größten Kommunikationsmittel der Schattengemeinschaft in Nordamerika. Und, wer weiß, vielleicht sogar in der ganzen Welt. Der Konzern könnte *alles* verfolgen, was außerhalb des Lichts vor sich ginge. Er könnte jede beliebige Information — oder *Des*information — verbreiten. Er könnte Spekulationen ein Ende bereiten, die seinen Interessen schaden. Er könnte jeden verdammten Shadowrunner manipulieren, der in irgendeiner Weise auf Shadowland angewiesen ist.«

Modal pfiff tonlos. »Das ist aber 'ne ziemlich verdrehte Vorstellung«, sagte er schließlich. »Glaubst du das wirklich?«

Sie zuckte die Achseln. »Ich weiß nicht. Aber es klingt ganz vernünftig, oder nicht?«

»Viel *zu* verdammt vernünftig«, stimmte Modal zu.

»Und selbst, wenn ich mich irre«, fuhr Sly fort, indem sie ihren Gedankengang logisch zu Ende führte, »ich glaube trotzdem nicht, daß ich Shadowland die Daten anvertrauen kann. Bis jetzt hat zwar noch niemand ernsthaft versucht, die Shadowland-Zentrale einzumachen, doch wahrscheinlich in erster Linie deswegen nicht, weil es sich nicht rentiert hätte. Aber jetzt ... Erkennst du, worauf ich hinauswill?«

Modal nickte widerwillig. »Jetzt, wo uns ein Konzernkrieg bevorsteht, sind alle Regeln außer Kraft.«

»Nehmen wir mal an, Mitsuhama ist der erste Konzern, der auf die Daten im Shadowland-BTX-System stößt«, sagte Sly. »Sie kopieren sich die Daten ... und plötzlich liegt es in ihrem besten Interesse, dafür zu sorgen, daß kein anderer mehr an die Daten herankommt — *und zwar koste es, was es wolle.* Sie müssen Shadowland ausradieren. Was würde es groß ausmachen, wenn sie neunzig Prozent ihrer Privatarmee dafür brauchten und halb Denver in die Luft jagen müßten? Wenn sie dadurch gewährleisten könnten, daß sie die verlorene Technologie als einzige besäßen, wäre es das wert, oder nicht?«

»So einfach wäre es nicht ...«

»Nicht? Shadowland stehen beachtliche Hilfsmittel zur Verfügung, aber verglichen mit den gesamten, weltweiten Hilfsmitteln von Mitsuhama Computer Technologies? Und allen Tochtergesellschaften? *Und* allen Gesellschaften, die sie sonst noch in den Klauen haben? Ich bitte dich!«

»Also gut«, räumte der Elf ein, nachdem der Dynamit noch ein paar Kilometer gefressen hatte. »Shadowland scheidet aus. Was kommt sonst noch in Frage? Ich glaube immer noch, daß ein öffentliches BTX-System die einzige Möglichkeit ist. Such dir also 'ne Privatfirma aus, die den Schneid hat, sich gegen einen Megakonzern zur Wehr zu setzen.«

»Ja, klar«, schnaubte Sly verächtlich.

»Ich weiß auch nicht«, sann Modal vor sich hin. »Wie wär's denn mit einem Regierungssystem? Mitsuhama ist 'n zäher Brocken, aber ich würde zu gerne sehen, wie sie sich mit der UCAS-Regierung anlegen.«

»Die Regierung ist auch hinter der Datei her.«

»Wie bitte?« Modal war schockiert, das war nicht zu übersehen.

»Warum auch nicht?« Sie wiederholte, was Agarwal ihr über die Regierungstruppen im Sprawl erzählt hatte.

Als sie geendet hatte, seufzte er. »Jedesmal, wenn wir uns umdrehen, wird der Spielraum kleiner. Also scheiden die Regierungen aus. Was ist mit den Systemen, welche die Megakonzerne aus guten Gründen nicht würden vernichten wollen?«

»Aus welchen Gründen?« stellte Sly eine Gegenfrage. »Nenn mir einen.«

»Die Gemeinschaftsbank im Zürich-Orbital.« Die Stimme kam von der Rückbank.

Sly drehte sich um und starrte den Jungen an, der sich Falcon nannte. Nicht länger in seine eigenen Gedanken vertieft, hatte er ihnen offenbar zugehört und seine eigenen Schlüsse gezogen.

»Was ist mit der Bank?« fragte sie.

»Dort bunkern die Konzerne ihr Geld, stimmt's?« sagte Falcon. »Welcher Konzern würde sein eigenes Geld in die Luft jagen?«

Sly schwieg für einen Augenblick. Der Junge hält die Gemeinschaftsbank wahrscheinlich für einen einzigen riesigen Tresor voller Gold, dachte sie, aber so läuft das nicht. In der Hochfinanz und im Bankwesen dreht es sich nicht um Geld oder Gold. Es dreht sich um *Informa-*

tionen. Agarwal hatte sich mächtig ins Zeug gelegt, um ihr die Grundzüge zu erklären. Die Gemeinschaftsbank bestand letzten Endes nur aus einem Haufen großer Computer. Im Grunde war sie eine riesige Datenbank, in der finanzielle Informationen gespeichert waren.

Aber die Idee des Jungen ist trotzdem ganz vernünftig, dachte sie. Jede finanzielle Transaktion ist ein Austausch von Daten. Aber man braucht einen sicheren Kanal, um diese Daten austauschen zu können. Darum ist die Gemeinschaftsbank so wichtig. Falcon hatte recht. Die Gemeinschaftsbank war für alle Konzerne viel zu wichtig, um sie auszuradieren oder auch nur zu bedrohen. Sie brauchte nur die Daten aus der verschlüsselten Datei in das Informationssystem der Gemeinschaftsbank einzuspeisen.

Nur. *Nur?* Die Gemeinschaft war eine Bank. Und nicht irgendeine Bank, sondern die Bank der Megakonzerne. Wie würden die Dateien, die Kommunikationskanäle, jeder Knoten des Systems gesichert sein? Natürlich mit schwarzem Ice, gar kein Zweifel. Schwarzem Killerice — dem besten, das für Geld überhaupt zu haben war.

»Alles in Ordnung, Sharon Louise?« Modal fuhr jetzt langsamer, musterte sie mit etwas, das an Besorgnis erinnerte.

Sie schüttelte sich, ihre Hände zitterten, und ihre Haut fühlte sich kalt an.

»Alles in Ordnung?« fragte der Elf noch einmal.

»Mir geht's gut«, sagte sie in dem Versuch, ihre Stimme ruhig und kontrolliert klingen zu lassen. In dem Versuch, ihre Ängste zu verdrängen. »Ich denke nur nach, das ist alles.« Sie holte tief Luft, atmete langsam aus und stellte sich vor, wie die Anspannung ihren Körper mit der Luft verließ. *Besser.*

»Die Gemeinschaftsbank bringt uns nicht weiter«, stellte sie energisch fest. »Zuviel Sicherheit. Kein Decker könnte je in ihr System eindringen.« Falcons Enttäuschung war nicht zu übersehen. »Obwohl die Idee gut war.«

Dann kam ihr eine andere Idee. »Nicht die Bank«, sann sie, »aber wie wär's mit etwas, das an der Bank dranhängt? Wie wär's mit was anderem im Zürich-Orbital?«

»Du meinst doch wohl nicht etwa den Konzerngerichtshof ...?«

Sie klopfte Modal auf die Schulter. »Laß es uns doch einfach mal durchdenken«, sagte sie mit wachsendem Enthusiasmus. »Zum einen, welcher Konzern würde es tatsächlich wagen, direkt gegen den Gerichtshof vorzugehen?«

»Sie ignorieren ihn bereits«, stellte der Elf fest.

»Ihn zu ignorieren und direkt gegen ihn vorzugehen, sind zwei verschiedene Dinge. Und der Gerichtshof befindet sich in demselben Orbital wie die Gemeinschaftsbank. Wer weiß, vielleicht teilen sie sich sogar die Computer. Niemand würde es wagen, sich mit dem Gerichtshof anzulegen, weil dabei die Bank mit draufgehen könnte.«

»Und vielleicht ist die Sicherheit nicht ganz so heftig«, fügte Falcon hinzu.

»Das könnte es sein«, schloß Sly. Der Junge hatte recht. Wenn der Gerichtshof nicht vollkommen paranoid war — möglich, aber nicht wahrscheinlich —, hatte ein Decker bessere Chancen, in dieses System einzudringen als in das der Bank ... Und zu überleben.

Modal machte einen mürrischen Eindruck. »Du setzt dabei voraus, daß der Gerichtshof ein eigenes BTX-System hat«, warf er ein.

»Es wäre ganz vernünftig, wenn er eines hätte.«

»Du mußt dich vergewissern.«

Sly nickte, um ein paar Minuten lang in tiefes Nachdenken zu verfallen.

»Fahr nach Puyallup«, sagte sie schließlich.

Theresa Smelands Apartment war nur ein paar Blocks vom Armadillo entfernt auf der 123. Straße Ost, einen halben Block jenseits der Intercity 161. Sly war noch nie dort gewesen, aber sie wußte, daß Smeland das gesamte obere Stockwerk des kleinen Hauses gehörte, während das Erdgeschoß von einem Laden für elektronische Bauteile in Beschlag genommen wurde.

In ihrer Phantasie hatte sich Sly immer ein sauberes, gut instand gehaltenes Haus vorgestellt — vielleicht eines der wenigen unter Denkmalschutz stehenden Gebäude, das der korrupte Gemeinderat von Puyallup je hatte restaurieren lassen. Als Modal den Dynamit vor dem Haus anhielt, sah sie sich jedoch zu einer drastischen Revision ihrer Einschätzung von Smelands Vermögensverhältnissen gezwungen.

Das Haus sah aus wie der letzte Drek. Die Pseudo-Steinfassade hatte Risse und bröckelte an vielen Stellen ab. Der saure Regen hatte Wände und Markise des Elektronikgeschäfts entfärbt und beides mit einem Graublau überzogen, das an Leichen erinnerte. Was den Laden betraf, so hatte er fraglos schon bessere Tage gesehen. Die Fenster hatten Sprünge, und die Gitterstäbe davor waren verrostet und schienen sich unter der Last des eigenen Gewichts aus den Verankerungen in den Hausmauern zu lösen. Neben der geschlossenen Eingangstür, die so früh am Morgen zweifellos zugesperrt war, hing ein kleines Schild mit der Aufschrift ›Bitte Klingeln‹. Unter dem Schild befand sich die Stelle, wo wahrscheinlich einmal die Klingel angebracht gewesen war, bis sie irgend jemand rücksichtsvollerweise gestohlen hatte.

Auf der linken Seite des Hauses befand sich ein weiterer, schmalerer Eingang, dessen Tür aus massivem, höchstwahrscheinlich kugelsicherem Metall bestand. Das mußte der Eingang zu Smelands Wohnung sein.

Sly stieg aus dem Saab, zögerte angesichts Modals fragendem Blick. »Kommt mit«, sagte sie. »Beide.«

Sie ging zu der Metalltür, suchte nach einer Klingel, einer Glocke oder vielleicht einem Interkom. Nichts. Doch als sie einen weiteren Schritt näher trat, erwachte flackernd ein kleines rotes Licht über der Tür. Annäherungssensor, vermutete sie, der eine Videokamera und vielleicht noch ein paar andere Systeme in Betrieb setzte. Gut, daß sie zuvor vom Autotelekom aus angerufen hatte. (Natürlich ein potentielles Risiko, wenn der Wagen bereits als gestohlen gemeldet war, aber ein kalkuliertes.) Sie lächelte zu der Stelle hinauf, an der sie die Kamera vermutete.

»Wie ich sehe, hat Modal dich doch noch gefunden«, kam Theresa Smelands Stimme — blechern und elektronisch — von einer Stelle oberhalb der Tür.

Sly schaute sich um, sah den Elf und den Amerindianer hinter sich stehen. Sie lächelte in die Kamera. »Ist 'ne lange Geschichte, T.S.«, sagte sie. »Kann ich sie mit raufbringen?«

Smeland zögerte einen Augenblick und gab dann ihre Zustimmung. Die Metalltür öffnete sich mit einem Klikken.

Sly trat ein, sah eine Treppe vor sich. Die Wände auf beiden Seiten sahen aus, als bestünden sie aus einem verstärktem ballistischen Kompositmaterial, und die Treppe war so schmal, daß die ausgepolsterten Schultern ihrer Jacke auf beiden Seiten an der Wand streiften.

Am Ende der Treppe erwartete sie eine weitere Metalltür, aber kein Treppenabsatz, und die Stufen selbst waren hoch und steil. Was bedeutete, jemand, der die Tür aufbrechen wollte, hatte nirgendwo einen sicheren Stand. Eine Minigranate oder ein Raketenwerfer würde mit Sicherheit kurzen Prozeß mit der Tür am Ende der Treppe machen, aber Sly war davon überzeugt, daß im Treppenhaus selbst Sicherheitssysteme angebracht waren, die sich um jeden kümmern würden, der versuchte, so eine Waffe in das Haus zu bringen. (Waffendetektoren und Gassysteme? Höchstwahrscheinlich. Automatische Geschütze, die das Treppenhaus unter Feuer nehmen konnten? Möglicherweise.) Es konnte kaum ein Zweifel daran bestehen, daß Smeland das menschenmögliche tat, um ihr Heim sicher zu machen.

Mit Modal und Falcon auf den Fersen erklomm Sly die Stufen. Bevor sie das Ende erreichte, hörte sie ein weiteres Klicken, und die Tür schwang auf. Sie trat in ein kleines Vorzimmer, wo sie sich einer weiteren Tür gegenübersah. Dann öffnete diese sich ebenfalls.

In der Tür stand Theresa Smeland, die einen hellblauen, knöchellangen Morgenmantel trug. Sie sah müde aus, was Sly nicht weiter überraschte, weil sie den Club erst vor ein paar Stunden geschlossen hatte, aber auch wachsam. Sie lächelte grüßend und trat zurück, um ihre drei Besucher in ihr Apartment einzulassen.

Beurteile nie einen Chip nach seiner Hülle, war der erste Gedanke, der Sly durch den Kopf ging. Aus dem Zustand der Hausfassade hatte sie den Schluß gezogen, daß Smelands Wohnung wahrscheinlich ziemlich gemütlich, der größte Teil der Einrichtung aber darauf abgestellt war, die baulichen Unzulänglichkeiten des Hauses zu verdecken.

Total falsch. Alles — Möbel, Teppiche, Beleuchtung, Kunstgegenstände an den Wänden — war vom Feinsten. Die Einrichtung schien keiner offiziellen Designrichtung zu folgen, zumindest keiner, die Sly kannte, weder neuindustriell noch ostafrikanisch noch semigotisch. Doch alles fügte sich zu einem harmonischen Ganzen zusammen — es ließ sich nicht besser in Worte kleiden.

Smeland lachte kehlig. »Gefällt es dir, Sly?«

Sly schüttelte langsam den Kopf. »Der Club scheint mehr Geld abzuwerfen, als ich gedacht habe.«

»Der Club hat nichts damit zu tun«, erläuterte Smeland. »Das ist was Persönliches. Ich habe jemandem einen Gefallen getan, dem Chummer eines alten Freundes«, sagte sie vorsichtig, »und damit hat er sich bei mir erkenntlich gezeigt.«

»Schade um das Haus«, warf Modal ein.

»Ach, das Haus ist vom Fundament her völlig in Ordnung, besser als die meisten in der Gegend. Wenn irgendwelche Arbeiten anfallen, lasse ich sie erledigen, aber ich habe beschlossen, nichts an seinem Aussehen zu verändern.« Smeland zuckte die Achseln. »Warum Aufmerksamkeit erregen? Welche Einbrecher-Gangs schlagen in einem Haus zu, das so aussieht, als würde es schon einstürzen, wenn man nur zu laut redet?«

»Da ist was dran«, räumte Modal ein. »Darf ich?« Er deutete auf einen der Polstersessel im Zimmer. »Es war 'ne verdammt lange und anstrengende Nacht.«

Smeland nickte. »Warum setzt ihr euch denn nicht alle?«

Sly sah zu, wie Smeland sich anmutig in einen Sessel setzte und die Füße manierlich vor sich stellte. Modal lümmelte sich in einen anderen Sessel und entspannte sich augenblicklich, während Falcon — steif und nervös — auf der Couch Platz nahm. Sly setzte sich ans andere Ende derselben Couch und gestattete sich einen Augenblick lang den Luxus, den Überfluß um sich herum zu genießen.

Dann begann sie: »Ich brauche deine Hilfe, T.S.«

Smeland nickte mit einem schiefen Grinsen. »Hab ich mir schon gedacht. Um diese Uhrzeit kriege ich normalerweise nicht allzu viele gesellschaftliche Anrufe. Was brauchst du?«

Sly holte tief Luft. »Ich brauche ein paar Informationen über den Konzerngerichtshof.«

Smelands Augen weiteten sich. »Im Zürich-Orbital? Seit wann spielst du in der Oberliga?«

»Ich hab's mir nicht ausgesucht, das kannst du mir glauben«, versicherte Sly ihrer Freundin.

»Was darf's denn sein?« fragte Smeland. »Eine persönliche Zusammenkunft mit dem Obersten Richter?

Kontoauszüge von Aztechnology? Oder was *echt* Heikles?«

»Nichts Ausgefallenes. Ich muß nur wissen, ob der Gerichtshof irgendein BTX-System betreibt — irgendein System, über das Informationen an die Megakonzerne weitergegeben werden.«

»Das ist alles, wie?« schnaubte Smeland. »Ich denke, sie müßten so etwas haben. Aber du willst Gewißheit?«

Sly nickte. »Und ich muß wissen, wie ich mir Zugang verschaffen kann.«

Smeland musterte sie verblüfft. »Du willst das BTX-System des Konzerngerichtshofs lesen, ist es das, was du mir sagen willst?«

»Ich will etwas *einspeichern*.«

»Was? Deinen Lebenslauf? Suchst du 'n verdammten Job, oder was?«

Sly schüttelte nur den Kopf. Sie konnte erkennen, daß ihre Freundin aus der Fassung war. Aber sie wußte auch, daß sich Theresa bald wieder unter Kontrolle haben würde.

Tatsächlich dauerte es nur ein paar Sekunden. Smeland lächelte ein wenig verschämt. »Tut mir leid«, sagte sie leise. »Ich bin es nur nicht gewöhnt, auf dieser Ebene zu arbeiten, wenn du verstehst, was ich meine.« Sie schwieg noch eine halbe Minute oder so, dann sagte sie: »Relativ gesehen, sollte es gar nicht *so* schwierig sein.«

»Relativ gesehen«, echote Sly.

Smeland nickte. »*Alles*, was mit dem Konzerngerichtshof zu tun hat, ist nicht unbedingt ein Kinderspiel, das weißt du, Sly. Aber ich glaube nicht, daß diese Sache unmöglich ist. Was willst du denn einspeichern?« Sie breitete hastig die Hände aus. »Nein, sag's mir nicht, so genau will ich es gar nicht wissen. Aber ist es eine Textdatei? Oder etwas anderes?«

»Nur ein Text.«

Smeland entspannte sich ein wenig. »Das macht es leichter. Die Sicherheitsvorkehrungen bei einem BTX-

System sind immer etwas schärfer, wenn man versucht, ein ausführbares Programm einzugeben, weil es ein Virus enthalten könnte. Bei simplen Textdateien besteht diese Gefahr nicht.«

Sly nickte. Das war ihr ebenfalls klar. »Wie läuft das also?« fragte sie, ihre Fragen außerordentlich vorsichtig formulierend. »Wie läßt sich am besten herausfinden, erstens, ob der Gerichtshof ein BTX-System betreibt, und zweitens, wie man hineindecken kann?«

»Es gibt nur eine Möglichkeit«, stellte Smeland mit Entschiedenheit fest. »Der Gerichtshof hat einen System Access Node in der Matrix. Du brichst einfach in den SAN ein und siehst dir das System des Zürich-Orbitals an« — sie lächelte grimmig —, »wobei du *verdammt* sichergehen solltest, daß du dich von allem fernhältst, das auch nur am Rande mit der Gemeinschaftsbank zu tun hat. Die ist nämlich auch da oben, weißt du?«

»Wir haben darüber geredet«, sagte Sly trocken. Sie hielt inne, ordnete ihre Gedanken. Ihre nächste Frage war die entscheidende. »T.S.«, begann sie, »ich ...«

Doch Smeland ließ sie nicht ausreden. »Ich weiß, was du fragen willst«, sagte sie scharf. »Ob ich bereit bin reinzugehen, richtig?«

»Nicht direkt.« Sly fühlte sich kalt, wie taub. Sie ballte die Hände in ihrem Schoß zu Fäusten, um das Zittern in ihnen zu unterdrücken. »Ich brauche dich als Rückendeckung, T.S., mehr nicht. *Ich* werde reingehen. Aber ich ...« Sie hielt für einen Augenblick inne, da sie darum kämpfte, ihre Stimme ruhig und vernünftig klingen zu lassen. »Ich brauche nur etwas Begleitschutz«, fuhr sie fort, »jemanden, der mir den Rücken frei hält. Ich glaube nicht, daß ich es allein schaffe.«

Smeland starrte sie an. »Ich bin überrascht, daß du überhaupt in Erwägung ziehst, es zu tun«, sagte sie aufrichtig.

Ich auch, dachte Sly. »Wirst du mir helfen, T.S.?«

Sly beobachtete die ältere Frau, die aufstand und zu dem einseitig polarisierten Fenster ging, das auf die Straße ging. Sie wollte ihrem Anliegen Nachdruck verleihen, mehr Gründe nennen, warum Smeland ihr helfen mußte. Doch so schwierig es auch war, den Mund zu halten, ihr war klar, daß ihr Schweigen die wirksamste Überzeugungsmethode war, die ihr zur Verfügung stand. Sie warf einen Blick auf Falcon und Modal. Beide beobachteten Theresa, doch keiner von ihnen schien den Drang zu verspüren, irgend etwas zu sagen.

»Es muß wichtig sein«, sagte Smeland leise, fast zu sich selbst, ohne sich vom Fenster abzuwenden. »Andernfalls würdest du das nicht tun.« Danach schwieg sie ein paar Minuten lang.

»Also gut«, sagte sie schließlich. »Ich gebe dir Rückendeckung. Zum Z-O-SAN und entlang der Leitung zum lokalen System des Orbitals. Aber nicht weiter, Sly. Ich bleibe am Ende der Leitung.« Sie zuckte die Achseln. »Das meiste Ice müßte sich im SAN und an beiden Enden der Leitung befinden. Da werde ich dich durchschleusen. Wenn du einmal drin bist, sollte es nicht mehr viel Ice geben ... außer, du weckst die Sicherheit der Gemeinschaftsbank. Und wenn du das tust, könnte ich sowieso nichts mehr tun, außer mit dir zu sterben.«

Sly atmete geräuschvoll aus und bemerkte erst da, daß sie den Atem angehalten hatte. »Mehr brauche ich auch nicht, T.S.«, versicherte sie ihrer Freundin.

»Wann willst du es tun?« fragte Smeland.

Sly wollte ihr sagen, daß sie es überhaupt nicht tun wolle, sagte aber statt dessen: »Sobald du bereit bist, T.S.«

Theresa wandte sich vom Fenster ab. »Wie wär's dann mit sofort?« Ihre Miene war grimmig. »Ich nehme an, du brauchst ein Deck.«

Sly fuhr mit den Fingern über das Cyberdeck, das Smeland ihr geliehen hatte. Sie erkannte das Äußere — ein simples Radio Shack-Gehäuse. Aber das Innere, die elektronischen Eingeweide ... Das Radio Shack hätte nicht ein Teil wiedererkannt. Alles Maßarbeit. Und, was das Wichtigste war, gute Maßarbeit. Sly fragte sich, ob T.S. es selbst gebaut hatte.

Smeland hatte ihr eigenes Deck aus seinem gepolsterten Anvil-Koffer geholt und es sich in den Schoß gelegt, nachdem sie sich im Halblotus auf den Boden gesetzt hatte.

Auch dieses Deck war nach Maß angefertigt. Das Gehäuse stammte von einem Fairlight Excalibur, aber an der Anordnung der Tasten und den Ein- und Ausgängen auf der Rückseite konnte Sly erkennen, daß Smeland genug Veränderungen vorgenommen hatte, um das Gerät buchstäblich in ein ganz neues Deck zu verwandeln.

Beide Decks waren mit einer Weiche und über die Weiche mit einer Telekombuchse in der Wand verbunden. Sly starrte auf die Verbindung. Das war der Weg in die Matrix. Der Gedanke hallte in ihrem Schädel wie eine große Glocke. *Die Matrix ... die Matrix ... die Matrix ...* Sie nahm das Kabel mit dem kleinen F-DIN-Stecker, der in die Datenbuchse des Deckers eingestöpselt wurde. Er sah so harmlos aus und war doch so gefährlich. Über diese winzige Verbindung konnte ein Decker sein Bewußtsein in den Cyberspace projizieren. Aber über diese Verbindung konnten sich die zahlreichen Gefahren der Matrix auf direktem Weg in sein Gehirn winden. Sly zitterte wieder.

Aus dem Augenwinkel sah sie, daß Smeland sie beobachtete. »Bist du sicher, daß du es wirklich tun willst?« fragte Theresa.

Das waren ihre Worte, aber Sly wußte, daß die eigentliche Frage lautete: Bist du wirklich fähig dazu, oder verläßt du dich auf mich, wenn es hart wird? »Von mir aus kann's losgehen«, sagte Sly. Rasch, bevor sie Zeit hatte, ihren Entschluß noch einmal zu überdenken, stöpselte sie den Stecker in die Datenbuchse, hörte und spürte ihn einrasten.

Sie legte die Finger auf die Tasten, schaltete das Deck ein. Sie spürte das beinahe unbewußte Prickeln in ihrem Kopf, als die Verbindung zwischen Hirn und Deck hergestellt wurde. Die Verbindung war noch nicht aktiv — in beiden Richtungen gab es noch keinen Datenfluß —, aber sie brauchte nicht auf die kleine Anzeige des Decks zu schauen, um zu wissen, daß die Verbindung stand. Sie gab einen Befehl ein, der das Deck aufforderte eine Selbstdiagnose durchlaufen zu lassen, sah, wie sich die Datenkolonnen über ihr Blickfeld legten. Anders als in der Matrix, konnte sie die normale Welt um sich noch erkennen, aber nun, da sie eingestöpselt war, kamen ihr die Diagnosedaten realer, unmittelbarer vor als die ›wirkliche‹ Welt.

»Schnelles Deck«, sagte sie zu Smeland. »Gute Zugriffszeiten.«

»Einer meiner Protégés hat es aufgemöbelt — eine Art Praktikum«, sagte Smeland. »Als Bezahlung für seine Ausbildung habe ich hinterher das Deck behalten.«

Sly nickte. In gewissen Kreisen war wohlbekannt, daß Theresa Smeland gelegentlich vielversprechende junge Decker unter ihre Fittiche nahm und ihnen beibrachte, was sie wissen mußten, um in diesem Geschäft zu überleben. Sie vermittelte ihnen die technischen Fähigkeiten und die professionelle Weltsicht, die sie sich im Laufe ihrer langen Karriere angeeignet hatte. Manche Leute behaupteten, Smeland unterhalte Connections zum organisierten Verbrechen, sie sei eine Anwerberin, die ihre vielversprechendsten ›Protégés‹ an die Mafia weiterreichte. Doch Sly hatte nie auch nur den Hauch eines Beweises gesehen, der diese Anklage untermauert hätte.

»Willst du einen Übungsrun?« fragte Smeland. »Nur, um die alten Reflexe zurückzuholen? Ich hab 'ne brandheiße Matrixsimulation, die ich über mein Telekom laufen lassen kann.«

»Nein«, sagte Sly schärfer als beabsichtigt. »Laß uns sofort anfangen.« Bevor ich den Mut verliere, fügte sie nicht hinzu — und brauchte es auch nicht, Theresas verständnisvoller Miene nach zu urteilen.

»Gut. Dann los.«

Sly holte tief Luft, drückte auf die Go-Taste.

Und die konsensuelle Halluzination, die Matrix genannt wurde, erblühte in ihrem Verstand.

Ich hatte ganz vergessen, wie schön sie ist, war ihr erster Gedanke. So schön und so angsteinflößend.

Es war, als hinge sie im Raum, hundert Meter über dem Lichtermeer der Stadt. Über ihr war eine Schwärze, tiefer als Mitternacht, die Schwärze des unendlichen Raumes. Hier und da hingen seltsame ›Sterne‹ am Himmel — System Access Nodes des lokalen Telekommunikationsgitters — und andere Konstrukte, die in den strahlenden Farben von Lasern und Neon glühten. Unter ihr durchzogen Datenkanäle — die wie überfüllte Autobahnen in der Nacht aussahen — eine Landschaft, die aus zahllosen leuchtenden Bildern und Konstrukten bestand. Manche erhoben sich in gewaltige Höhen — die neongrüne Mitsuhama-Pagode, die Aztechnology-Pyramide, der Fuchi-Stern —, während andere aus dieser ›Höhe‹ nur farbige Punkte waren. Der Lichtteppich verblaßte in der Ferne, bis er schließlich den ›Fluchtpunkt‹ am Elektronenhorizont erreichte.

Das Icon, welches Theresa Smeland in der Matrix repräsentierte — ein großes, anthropomorphes Gürteltier mit T. S.' dunklen, intelligenten Augen —, tauchte neben ihr aus dem Nichts auf. Einen Augenblick lang fragte sich Sly, wie wohl ihr eigenes Icon aussah. Offensichtlich nicht wie der vertraute Quecksilberdrache, dessen Gestalt sie früher in der Matrix angenommen hatte. Jetzt würde ihr Icon der Programmierung entsprechen, die Smelands Protégé in das Masterpersonakontrollprogramm — das MPCP — eingegeben hatte. Nun, im Grunde spielte es keine Rolle. Wie das Icon eines Dekkers aussah, hatte nicht den geringsten Einfluß auf sein Können — ausgenommen, vielleicht, in psychologischer Hinsicht.

»Fertig?« Es war Smelands Stimme, aber sie klang matt und kontrastlos. Sly wußte, daß T.S. ihr die Worte auf elektronischem Weg übermittelte, direkt ins Hirn, anstatt sie laut auszusprechen, so daß Slys Ohren sie hätten hören können.

Sie antwortete auf dieselbe Weise. »Fertig. Welcher Knoten ist es?«

Das Gürteltier sah auf und streckte eine Vorderpfote aus. Ein hellroter Kreis flammte um einen der helleren ›Sterne‹ über ihnen auf. »Das ist er«, verkündete Smeland.

»Dann los.«

Sly *wußte*, daß sie in Wirklichkeit — in welcher auch immer — in Theresa Smelands Apartment saß und auf den Tasten eines Cyberdecks herumhämmerte. Aber es fühlte sich nicht so an. Ihr Sensorium — die Summe der Sinneseindrücke, die ihr Hirn erhielt — besagte, daß sie sich schneller als ein semiballistisches Raketenflugzeug in den schwarzen Himmel der Matrix schraubte. Die damit verbundene Spannung schnürte ihr die Brust zusammen, und ihr Herz hämmerte rasch und laut in ihren Ohren.

Ihr Zielknoten wurde größer, verwandelte sich aus einem dimensionslosen Punkt in einen Quader, der etwa viermal so breit und neunmal so lang wie hoch war. Die beiden großen Seitenflächen sahen aus, als bestünden sie aus poliertem, blauem Stahl wie Waffenmetall. Die kleineren Flächen leuchteten in einem laserhellen Gelb. Das mächtige Konstrukt, das vieldutzendmal größer als die beiden Decker-Icons war, drehte sich auf komplexe Weise um seine drei Achsen. An den Rändern des Konstrukts veränderte das brennende Gelb ständig seine Intensität, ein konstantes Flackern, das auf die gewaltigen Datenmengen hinwies, die durch dieses Tor zum Telekomsystem flossen.

Smelands Gürteltier-Icon schwebte direkt auf eine der großen Flächen des LTG-SANs zu, Sly dicht dahinter. Ohne langsamer zu werden, tauchten sie in die scheinbar solide Oberfläche ein. Das Universum krümmte sich in sich selbst, stülpte sich von innen nach außen und um Sly herum. Sie hatte diese Veränderung schon unzählige Male vorher erlebt, aber das letzte Mal lag fünf Jahre zurück, und sie hatte die damit verbundenen Emotionen schon fast vergessen. Die Angst krampfte ihr den Magen zusammen, entriß ihrer Kehle ein dumpfes Stöhnen. Dann waren sie hindurch und in einem anderen Abschnitt der Matrix.

Nur für einen Augenblick. Noch eine Transition, als sie durch einen anderen SAN in das regionale Telekommunikationsgitter glitten — die ›Fernleitungen‹ des Welt-Telekomsystems. Wiederum stülpte sich das Universum um.

Und dann waren sie draußen und schossen über eine schwarze Ebene. Ein Teil der Matrix ohne Konstrukte? wunderte sich Sly.

Doch nein, da *waren* Konstrukte, nur nicht so viele und an ungewöhnlichen Standorten. In der Matrix war sie daran gewöhnt, daß der ›Boden‹ mit Systemkonstrukten und Datenkanälen bedeckt war. In dieser seltsamen ›Welt‹ hingen die Konstrukte jedoch am ›Himmel‹. Vielleicht zwei Dutzend insgesamt, nicht mehr, und zu weit entfernt, als daß sie mehr Einzelheiten als ihre Farben hätte erkennen können. Ihre Helligkeit ließ auf die immense Kapazität schließen, welche die Computer, die sie repräsentierten, besitzen mußten.

Sie schaute zum Horizont, zunächst unfähig, irgendeine Trennlinie zwischen ›Himmel‹ und ›Erde‹ auszumachen. Doch dann fügte ihr Verstand das, was sie sah, zu einem vernünftigen Bild zusammen. Es gab einen Horizont, unsichtbar, doch klar definiert durch die mächtigen, unvorstellbar weit entfernten Konstrukte, die er teilweise verdunkelte. Sie sahen wie Festungen aus, gewaltige, klobige Dinger, brutal in der Einfachheit ihres Designs, aber wenn dies die ›wirkliche‹ Welt und die Entfernung zum Horizont normal gewesen wäre, wären diese Konstrukte vielmals größer gewesen als die höchsten Berge.

»Was *ist* das?« Dem Nachhall in ihren Ohren entnahm Sly, daß sie den Gedanken laut ausgesprochen hatte.

Smelands Antwort, direkt in ihrem Verstand, klang gelassen und beruhigend. »Das sind größere Militärsysteme, Regierungssysteme, die Space Agency der UCAS ... die großen Jungs eben.«

»Wir kommen nicht in ihre Nähe, oder?«

Das Kichern ihrer Freundin hallte klar und deutlich in Slys Ohren wider. »Nicht die Spur. Unser Ziel liegt direkt vor uns.«

Mit einiger Anstrengung riß sich Sly vom Anblick der mächtigen, weit entfernten Systemkonstrukte los. Im Gegensatz zu ihren anfänglichen Eindrücken befanden sich auch ein paar Konstrukte auf dem ›Boden‹ — klein, trübe erleuchtet, wahrscheinlich so gut wie möglich vor neugierigen Blicken geschützt. Smelands Gürteltier-Icon führte sie direkt auf eines davon zu, ein blaues Konstrukt, das wie ein Radioteleskop oder eine große Satellitenschüssel aussah.

»Das ist es?« fragte Sly, indem sie das Konstrukt mit einem roten Lichtkreis umgab, wie Smeland es ihr vorgemacht hatte.

Das Gürteltier nickte. »Sieht nicht nach viel aus, oder? Aber das ist der SAN, der zum Zürich-Orbital führt.« Smeland schwieg einen Augenblick, in dem sie weiter vorwärtsstrebten. »Bist du schon mal in einen Satelliten gedeckt?« fragte sie.

Sly schüttelte den Kopf, dann fiel ihr ein, daß Smeland die Geste nicht sehen konnte. »Nein«, antwortete sie. »Irgendwas, worauf ich achten sollte?«

»Es gibt 'ne Zeitverzögerung. Wegen der großen Entfernung. Etwa eine Viertelsekunde, wenn wir eine direkte Sichtverbindung von der Satlink-Station zum Zürich-Orbital haben. Und eine halbe Sekunde — oder sogar noch mehr —, wenn wir auf andere Satelliten ausweichen müssen, um die Verbindung herzustellen.«

Eine halbe Sekunde? In der Matrix war das eine Ewigkeit. »Okay...«

Smeland registrierte das Zögern in Slys Stimme. »So schlimm ist es nicht«, sagte sie beruhigend. »Beide Decks haben Chips, um die Verzögerung zu kompensieren. Sie ist da, aber du merkst nichts davon, solange du nicht in eine Keilerei verwickelt wirst. Im Cyberkampf wird dir keine Utility auf der ganzen Welt helfen. Du würdest die Zeitverzögerung immer noch nicht als solche wahrnehmen. Es ist nur so, daß deine Reaktionszeit Drek ist.«

Sie wurden langsamer, während sie sich dem Satlink-Systemkonstrukt näherten. Es sah mehr wie das impressionistische Gemälde einer Satellitenschüssel statt wie das Original aus, sah Sly jetzt. Seine Bestandteile glommen trübe in einem tiefen Dunkelblau. Einzelne Strukturelemente flackerten, als Daten das System passierten. Aber es war noch etwas anderes da. Kleine dunkle Kugeln glitten einige der Strukturelemente entlang wie Perlen auf den Reihen eines Abakus. Als sie einzelne Perlen näher in Augenschein nahm, kamen ihr ihre Bewegungen völlig zufällig und wahllos vor. Doch als sie ihre Aufmerksamkeit auf das ganze System ausdehnte, konnte sie sich des Gefühls nicht erwehren, daß ihren Bewegungen ein Schema zugrunde lag. »Was sind das für Dinger?« fragte sie.

»Ice«, sagte Smeland schlicht.

Das Wort war wie ein kalter Dolch, der tief in Slys

Unterleib schnitt. »Graues?« flüsterte die. »Oder schwarzes?«

Das Gürteltier zuckte die Achseln. »Kann ich von hier aus nicht sagen.« Smeland hielt inne. »Willst du weitermachen?«

Schwarzes Ice. Killerice. Bilder zuckten durch Slys Verstand — Erinnerungen an Klaustrophobie, an Ersticken, an einen krampfartigen Schmerz in der Brust.

Das letztemal, als ich schwarzem Ice gegenüberstand, bin ich *gestorben*. Es hat meinen Herzschlag angehalten, meine Atmung unterdrückt ... Wenn mich nicht jemand ausgestöpselt hätte — sofort, ohne eine Sekunde zu zögern —, wäre ich mit Sicherheit draufgegangen.

Fünf Jahre waren die Erinnerungen alt, aber immer noch so lebendig, als sei es erst gestern geschehen. Das habe ich mit Agarwal gemeinsam, sagte sie sich. Wir haben beide das Medusenhaupt gesehen und überlebt ... aber nur knapp. Sie waren beide mit dem Leben davongekommen und mit dem unerschütterlichen Glauben, daß sie auf geborgter Zeit lebten. Daß sie beim nächstenmal, wenn sie auf schwarzes Ice stießen, mit Sicherheit sterben würden.

Sly verspürte einen Druck an Hals und Hinterkopf, als habe jemand eine Hand dorthin gelegt und begonnen, langsam zuzudrücken. Sie kannte das Gefühl. Es war die Warnung ihres Körpers, daß sich eine Absence ankündigte — ein pseudoepileptischer Anfall, bei dem sich ihr Hirn vorübergehend abschaltete. Sie zwang ihren Körper, sich zu entspannen, langsamer und tiefer zu atmen, den lebensspendenden Sauerstoff einzusaugen, den ihr Hirn brauchte. Langsam, ganz langsam, ließ der Druck im Nacken nach.

Smelands Gürteltier-Icon beobachtete sie. »Alles in Ordnung?«

»Ich bin ganz cool«, antwortete Sly von Hirn zu Hirn, da sie wußte, daß ihre Stimme diesen Worten allzusehr widersprechen würde.

»Wie du meinst«, sagte Smeland. Sie drehte sich wieder zu dem Satlink-Konstrukt um. »Mal sehen, was wir unternehmen können, um an diesen Wichsern vorbeizukommen.«

In einer fließenden Bewegung breitete das Gürteltier langsam die Arme aus. Dutzende winziger, spiegelheller Kugeln erschienen wie aus dem Nichts — Icons, die irgendeine Maskenutility darstellten, vermutete Sly — und trieben auf das Konstrukt zu.

Die kleinen Perlen der Intrusion Countermeasure-Programme änderten ihre Bewegungsmuster und wurden schneller, so daß sie verschwammen und nur noch schemenhaft zu erkennen waren. Die Spiegelkugeln schwebten noch näher heran.

Und allmählich wurden die Ice-Perlen langsamer, nahmen wieder ihr reguläres, zeitlupenhaftes Bewegungsschema auf. Sly spürte eine sonderbare Verkrampfung in den Schultern, wußte daß die Muskeln ihres Körpers vor Streß straff angespannt waren.

Die Maskenutility schien zu funktionieren. Die Ice-Perlen ließen keine wie auch immer geartete ungewöhnliche Aktivität erkennen. Seite an Seite trieben die beiden Icons hinter dem Schirm der spiegelnden Kugeln näher an das Systemkonstrukt heran. Immer noch nichts.

Sie waren jetzt nahe genug, um die Hände ausstrecken und das mitternachtsblaue Konstrukt anfassen zu können.

»Fertig?« fragte Smeland. Und dann grunzte sie: »O je.«

Bevor Sly antworten konnte, beschleunigten die Ice-Perlen plötzlich wieder ihr Tempo, zuckten die Strukturelemente des Konstrukts entlang. Immer schneller bewegten sie sich. Ein elektronisches Jaulen, das ständig an Höhe und Intensität gewann und das Spektrum der Frequenzen emporkletterte, bohrte sich wie ein Eispikkel in Slys Ohren.

Ein Dutzend der Ice-Perlen löste sich von dem Konstrukt, schoß auf die beiden Icons zu.

Sly blieb nicht einmal die Zeit zu schreien, bevor sie zuschlugen.

16

14. November 2053, 0717 Uhr

Falcon langweilte sich.

Zuerst hatte ihn die Vorstellung, zwei Decker bei der Arbeit zu beobachten, fasziniert. Wie jeder, der schon Trideo gesehen hatte, wußte er *etwas* über die Matrix, kannte aber niemanden näher, der sozusagen professionell mit dem Verstand in die Matrix eintauchte. Er hatte sich vorgestellt, daß es aufregend sein würde, spannend, daß die hingebungsvolle Deckerin über ihrem Deck hing, während ihre Freunde nervös Wache hielten und sich wünschten, sie könnten helfen, doch wußten, daß sie dazu gar nicht in der Lage waren.

Zumindest sah es so immer im Trideo aus. Aber im Trid gab es natürlich immer noch den Spannung erzeugenden Soundtrack und die raschen Schnittfolgen, in denen abwechselnd das schwitzende Gesicht des Deckers und die besorgten Mienen seiner Chummer gezeigt wurden.

Im wirklichen Leben, ohne die kinematischen Tricks, waren es nur zwei Frauen, die auf einer Tastatur herumhämmerten. Ungefähr so spannend, wie zwei Leute zu beobachten, die vor einer Textverarbeitung saßen, hatte sich Falcon sehr rasch sein Urteil gebildet.

Nun, vielleicht nicht *ganz* so schlimm. Hin und wieder grunzten oder murmelten die beiden Frauen etwas vor sich hin oder einander zu — Falcon war nicht sicher, was von beidem zutraf. Aber ein elektrisierendes Medienspektakel war es definitiv nicht.

Modal schien genau die richtige Idee zu haben, wie man damit umzugehen hatte. Der schlaksige Elf räkelte sich in einem Sessel, ein Bein hing über der Lehne, und er schien eingeschlafen zu sein.

Genau das sollte ich auch tun, dachte Falcon. Er war erschöpft. Seine Muskeln schmerzten, seine Haut fühlte sich wund und rauh an, und seine Augen waren verklebt.

Wann habe ich zuletzt geschlafen? fragte er sich. Eigentlich war es noch gar nicht so lange her. Er hatte sich in Doc Dicers Wartezimmer hingelegt und war ungefähr um zwanzig Uhr gestern abend aufgewacht. Das bedeutete, daß er erst seit — er sah auf die Uhr — wenig mehr als neun Stunden wach war.

Ziemlich ereignisreiche neun Stunden, natürlich, was zumindest zum Teil erklärte, warum er sich so lausig fühlte.

Sein Blick wanderte wieder zu den beiden Deckerinnen zurück. Wie lange würde das dauern?

Plötzlich fuhren die beiden Frauen heftig zusammen, als seien sie in den Solar Plexus geschlagen worden. Sly sackte auf ihrem Sessel zusammen, den Mund weit offen. Ihre Augen waren halb geöffnet, doch derart verdreht, daß Falcon nur das Weiße sehen konnte.

Smeland kippte zur Seite, der dicke Teppich dämpfte die Rutschpartie des Decks, das aus ihrem Schoß glitt. Die Frau bewegte sich schwerfällig. Ihre Augen waren ebenfalls geöffnet, doch blicklos. Ihr Mund arbeitete, und sie stieß undeutliche Laute aus.

So rasch, daß Falcon seine Bewegungen gar nicht wahrnahm, stand Modal neben Slys Sessel und wiegte ihren Kopf sanft in seinen Armen. Falcon sprang von der Couch, kniete sich neben Smeland.

Die Deckerin schien langsam wieder zu sich zu kommen. Sie rollte verstört mit den Augen, doch Falcon konnte erkennen, daß sie sich zumindest bemühte, sich auf die Wahrnehmung ihrer Umwelt zu konzentrieren.

Keine derartigen Kontrollversuche von Sly. Sie war weggetreten — tot?

Smeland bedeckte ihr Gesicht mit den Händen und rieb sich die Augen. Dann richtete sie sich mit offensichtlicher Anstrengung wieder in eine sitzende Stellung auf. Sie sieht aus wie der Tod, dachte Falcon, blasses und schweißüberströmtes Gesicht, die Augen blutunterlaufen, schwer atmend.

»Was, zum Teufel, ist passiert?« fragte Modal. Seine Stimme knisterte vor Anspannung.

»Isch«, murmelte Smeland. Dann, in einem konzentrierten Versuch, sich deutlicher auszudrücken, wiederholte sie: »Ice. Graues oder schwarzes, ich weiß nicht. Wir wurden rausgeschmissen.« Mit einem metallischen Klicken, bei dem Falcon eine Gänsehaut bekam, zog sie sich den Stecker aus der Datenbuchse.

Mit dem Daumen zog Modal eines von Slys Augenlidern zurück. »Sie ist aber nicht rausgeschmissen worden«, schnappte er.

»Hm?« Smeland versuchte aufzustehen, schaffte es nicht. Falcon bot ihr einen Arm an. Sie zog sich daran hoch, stützte sich darauf. »Sie wurde nicht rausgeschmissen?«

»Genau das. Sie verhält sich, als wäre sie immer noch eingestöpselt.«

Smeland ging unsicher zu Sly, musterte ihr Gesicht, dann ihr Deck. »Das ist unmöglich«, murmelte sie.

»Aber es passiert doch, oder etwa nicht?« schnauzte Modal. Er griff nach dem Kabel, das in Slys Datenbuchse steckte. »Soll ich sie ausstöpseln?«

»Warte mal 'ne Sekunde«, sagte Smeland scharf. Sie tippte ein paar Befehle in Slys Cyberdeck ein, las die Anzeige. Falcon sah ihr über die Schulter, aber die Zahlen und Symbole, die sich über den Schirm bewegten, sagten ihm nichts.

Doch Smeland sagten sie offensichtlich eine ganze Menge, und ebenso offensichtlich gefiel ihr nicht, was sie sah. Sie runzelte die Stirn, kaute nervös auf der Unterlippe.

»Soll ich sie ausstöpseln?« wiederholte Modal.

»*Nein!*« Smeland packte sein Handgelenk, um ihrer Stimme zusätzliches Gewicht zu verleihen.

»Warum nicht?«

»Sie steckt in einer Biofeedbackschleife mit dem Deck«, erklärte Smeland. In ihrer Stimme lag ein Beben, das Falcon noch nie zuvor gehört hatte.

»Also hat sie schwarzes Ice erwischt«, sagte Modal. »Dann *sollte* ich sie ausstöpseln.«

»Nein«, wiederholte Smeland. »Normalerweise ja. Aber nicht jetzt. Das Biofeedback erhält sie am Leben«, erklärte sie. »Das Ice — oder was es ist — hat Herzschlag und Atmung gestoppt. Und jetzt ist *es* das einzige, was sie noch am Leben erhält.«

Modal schüttelte den Kopf. »Das verstehe ich nicht.«

»Es ist so, als hinge sie im Krankenhaus an einer Herz-Lungenmaschine«, sagte Smeland. »Sie auszustöpseln wäre dasselbe, wie die Herz-Lungenmaschine abzuschalten. Sie würde sterben.«

»Was sollen wir dann machen?« wollte Falcon wissen.

»Gar nichts.« Smelands Stimme war matt, fast emotionslos. »Alles, was wir versuchen können, würde sie ganz einfach umbringen. Was dafür auch verantwortlich ist, es muß einen Grund haben. Wenn es fertig ist, läßt es sie vielleicht gehen.«

»Und wenn nicht?«

Smelands Antwort auf Modals Frage bestand lediglich aus einem Achselzucken.

Toll, dachte Falcon, während er Sly musterte, einfach toll. Ihre Augen waren immer noch halb geöffnet, die Lider zitterten ein wenig. Die blasse Haut spannte sich straff über ihren hohen Wangenknochen. Sie sah halb tot aus.

Von draußen drang ein Geräusch zu ihnen herauf — das Quietschen von Reifen. Unmenschlich schnell war

Modal am Fenster und sah nach draußen auf die Straße. »Au, verdammt«, murmelte er.

Falcon gesellte sich zu ihm. Ein großer Wagen hatte hinter dem gestohlenen Dynamit angehalten. Er entließ mehrere große Gestalten — große Gestalten mit großen Waffen. Insgesamt vier, zwei Trolle und zwei Menschen. Und wahrscheinlich weitere vier auf der Rückseite der Hauses, dachte Falcon, wenn dies, wie es den Anschein hatte, tatsächlich ein Angriff war.

»T.S.«, sagte Modal drängend, »wie gut sind deine Sicherheitsvorkehrungen?«

Smeland sah von Slys Deck auf. »Gut genug, um eine kleine Armee aufzuhalten. Warum?«

»Ich hoffe nur, das wird reichen«, sagte Falcon leise.

17

14. November 2053, 0719 Uhr

Die Angst entrang Sly einen Aufschrei, als die Ice-Perlen zuschlugen. Doch der Schrei klang seltsam in ihren Ohren, als habe er nirgendwo anders stattgefunden als in ihrem eigenen Kopf. Die Matrix verblaßte, Dunkelheit hüllte sie ein. In ihrer Brust war ein zerrender Schmerz, und in ihrem Körper breitete sich ein schreckliches Gefühl kalter Taubheit aus. Nein! schrie sie lautlos. Nicht schon wieder.

Ein Augenblick der Desorientierung, als taumele sie unkontrolliert durch den Raum. Sie war immer noch von Dunkelheit umgeben — nein, nicht Dunkelheit, sondern nichts —, und ihre anderen Sinne schienen sie ebenfalls im Stich gelassen zu haben. Ihren Körper spürte sie überhaupt nicht mehr. Die Schmerzen in ihrer Brust waren verschwunden, als hätte es sie nie gegeben, und sie konnte weder ihren Herzschlag noch ihren

Atem spüren oder hören. Für einen unmeßbaren Zeitraum taumelte sie durch die Leere. Oder vielleicht taumelte sie auch gar nicht. Vielleicht fütterte sie ihr Hirn — jeder Empfindung beraubt — mit falschen Daten, um das Nichts zu füllen.

Ich kann mich ausstöpseln ... Sie versuchte die Verbindung zwischen sich und dem Cyberspace zu unterbrechen. Doch nichts veränderte sich.

Panik überfiel sie. Ich kann mich nicht ausstöpseln! Und dann tauchte ein erschreckender Gedanke aus den Tiefen ihres Bewußtseins an die Oberfläche ihres Verstandes.

Man kann sich nicht aus dem Tod ausstöpseln ...

Und dann, so plötzlich, wie es verschwunden war, kehrte ihr Sehvermögen zurück.

Zuerst dachte sie, irgendwie habe sie die Matrix verlassen, sei, vielleicht auf magische Weise, in eine Umgebung verfrachtet worden, deren Vertrautheit bestürzend war. Niederschmetternd.

Sie stand in einem Direktionsbüro. Dicke Teppiche in neutralen Farben auf dem Fußboden, indirekte Beleuchtung, die diverse *Kunstobjekte* an den fensterlosen Wänden anstrahlte. Das Zimmer wurde von einem großen Schreibtisch aus dunklem Holz beherrscht, der abgesehen von einem Bleistift- und Kugelschreibersatz und einer Uhr-Taschenrechner-Kombination leer war. Dahinter stand ein bequem aussehender Ledersessel. Es war die Art von Büro, die man in den oberen Etagen jedes Konzern- oder Regierungsgebäudes auf dem ganzen Kontinent — oder, was das betraf, auch in der ganzen Welt — fand.

Die Tür zu diesem Büro mußte sich hinter ihr befinden. Sly drehte sich um. Keine Tür.

Und erst da realisierte Sly die wahre Natur ihres Aufenthaltsortes. Mit der Bewegung ihres Blickfelds war die Realität um sie herum — vorübergehend, beinahe unmerklich — in einzelne Pixel zerfallen, in Bildelemente, die sich selbst als bloße Illusion der Realität enthüllten. Nur, wenn sich ihr Blickfeld nicht veränderte, wenn sie irgend etwas ansah — die Wand, ein abstraktes Gemälde, was auch immer —, wirkte das Bild stabil.

Doch nicht ganz. Nun, da sie wußte, wonach sie Ausschau halten mußte, konnte sie die einzelnen Pixel erkennen, aus denen jedes Element ihrer Umgebung bestand. Die Auflösung war unglaublich, viel besser als alles, was sie je im Cyberspace gesehen hatte, aber das änderte nichts daran, daß sie es mit irgendeiner Art von Programmkonstrukt zu tun hatte. Was bedeutete, daß sie sich immer noch in der Matrix befand.

Aber wie? Normalerweise funktionierten die Dinge nicht so. Wenn man von schwarzem Ice angegriffen wurde, schlug man es im Cyberkampf, oder man wurde aus dem Cyberspace in die ›wirkliche‹ Welt hinausgeworfen. Oder man wurde getötet. Das war der Lauf der Dinge, die Natur von schwarzem Ice. Doch es schien auch noch eine *vierte* Option zu geben, die sie irgendwie wahrgenommen hatte.

War T.S. ebenfalls hier? An einem analogen Ort? Oder war Smeland hinausgeworfen worden, möglicherweise tot?

Was, zum Teufel, ging eigentlich vor?

Sie hörte ein Geräusch, als würde sich ein Mann räuspern, doch in jenem matten, eindimensionalen Tonfall, der ihr verriet, daß ihr das Geräusch über die Datenbuchse zugespielt worden war. Sie richtete den Blick auf den Schreibtisch.

Der hochlehnige Drehsessel war nicht mehr leer. Darauf saß ein Mann mittlerer Größe mit kurzgeschnittenen grauen Haaren und eisgrauen Augen. Einen Augenblick lang versuchte sie, verwirrt durch die einander widersprechenden Hinweise der Haarfarbe und der Abwesenheit jeglicher Falten um die Augen, sein Alter zu schätzen, gab den Versuch dann aber als bedeutungslos auf.

Er ist nicht real, erkannte sie, als ihr auffiel, daß die Auflösung in diesem Teil der Matrix, so unglaublich sie auch sein mochte, nicht in der Lage war, einzelne Haare auf dem Kopf des Mannes zu definieren. Ein weiteres Konstrukt. Das Icon eines Deckers.

Sie erinnerte sich an die Zeit und die Mühen, die sie aufgewendet hatte, um ihr eigenes Icon zu ›gestalten‹, als sie noch eine aktive Deckerin gewesen war. Erinnerte sich an den erforderlichen Programmieraufwand und die Rechenkapazität, um ein Konstrukt mit einer Auflösung zu animieren, die nicht annähernd an jene heranreichte, welche sie jetzt vor sich sah. Diese Art von Animation benötigte in jeder Hinsicht gewaltige Kapazitäten und Aufwendungen. Wo bin ich? dachte sie verzweifelt.

Der Mann — das Konstrukt, mußte sich Sly vergegenwärtigen — betrachtete sie unverwandt. Er schien darauf zu warten, daß sie das Gespräch begann. Doch sie würde sich ihm nicht beugen.

Schließlich nickte er und sagte: »Sie sind Sharon Louise Young.« Seine Stimme war kräftig, die eines jungen Mannes. Doch da hier nichts wirklich ›real‹ war, gab ihr das auch keine Information, auf die sie sich wirklich verlassen konnte.

Wiederum wartete der Mann. »Das bin ich«, sagte Sly schließlich. »Und Sie sind ...?«

»Jurgensen, Thor. Lieutenant, CSF, UCAS Armed Forces.« Er lächelte ironisch. »Ich glaube, wir können uns die Dienstnummer schenken.«

UCAS Armed Forces. Sly erinnerte sich an die gewaltigen Konstrukte jenseits des Cyberspace-Horizonts, an die Datenfestungen, die größer als die höchsten Berge waren. Sie hatte ein Gefühl, als würde ein eisiger Wind direkt durch sie hindurchwehen.

»Was bedeutet CSF?« fragte sie, obwohl sie die Antwort bereits zu kennen glaubte.

»Cyberspace Special Forces«, antwortete Jurgensen,

ihre Vermutung bestätigend. Er beugte sich vor, legte die Hände auf den Schreibtisch und verschränkte sie. »Sie sind im Besitz einer Information, Ms. Young«, sagte er ruhig. »Wir möchten Sie bitten, sie uns auszuhändigen.«

»Was für eine Information?«

Jurgensen schüttelte den Kopf. »Beleidigen Sie nicht meine Intelligenz. Ich versichere Ihnen, ich unterschätze Ihre auch nicht. Sie wissen ganz genau, was ich meine. Die Datei, die Sie von Yamatetsu Seattle ... *erworben* haben. Die Datei, in der die Forschungen dieses Konzerns hinsichtlich des Abhörens und der Manipulation von Datenübertragungen via Glasfaser beschrieben werden. Die ›verlorene Technologie‹, um den üblichen Jargon zu benutzen. Wir wissen, daß Sie sie haben. Wir wissen auch, daß verschiedene andere ... äh, Gruppierungen ... versucht haben, Sie darum zu erleichtern.«

»Und jetzt sind *Sie* an der Reihe, wollen Sie das damit sagen?«

Das Deckerkonstrukt kicherte trocken. »Wenn Sie so wollen«, räumte er achselzuckend ein. »Aber es gibt einen Unterschied. Meine Kollegen und ich möchten Ihnen die Möglichkeit geben, uns die Datei freiwillig auszuhändigen.«

»Warum sollte ich das tun?«

Jurgensen zuckte die Achseln. »Aus verschiedenen Gründen«, antwortete er gelassen, um dann die Punkte an den Fingern abzuzählen. »Erstens, aus verständigem Eigeninteresse. Wer könnte Sie vor den anderen Gruppierungen besser schützen als das Militär? Zweitens, um die Megakonzerne wieder unter die Kontrolle der zivilen Regierung zu zwingen. Sie haben für und gegen die *Zaibatsus* gearbeitet, Ms. Young. Sie wissen, wie weit sie gehen können und womit sie durchkommen, ohne auch nur die geringste Angst vor Regierungsmaßnahmen zu haben. Mit den Informationen, die Sie sich beschafft haben, können wir ... äh, die Megakonzerne zur Räson bringen, jedenfalls bis zu einem gewissen Grad, und den Wählern zumindest den Anschein von Kontrolle über ihr eigenes Leben zurückgeben. Und drittens, aus Patriotismus.« Jurgensen schnitt eine Grimasse. »Ich weiß, das ist ein überholter Begriff, ein unmodernes Konzept. Aber es ist immer noch eine Überlegung wert. Die Länder auf diesem Kontinent und in der ganzen Welt stehen im Wettbewerb miteinander — um Rohstoffe, um Märkte. Sie konkurrieren vermittels Handelsbeschränkungen und Zölle, vermittels technologischer und industrieller Effektivität und vermittels ... *obskurerer* Dinge. Zwar erwartet niemand von Ihnen, daß Sie sich den alten Irrglauben, ›Es ist mein Land, ob richtig oder falsch‹, zu eigen machen, aber wir hoffen doch, Ms. Young, daß Sie die persönlichen Vorteile berücksichtigen, die es mit sich bringt, Bürger eines konkurrenzmäßig erfolgreichen Landes zu sein.«

»Das ist es?« fragte sie nach einem Augenblick der Stille. »Das ist Ihr Angebot?«

»Das ist es«, bestätigte Jurgensen. »Bitte denken Sie darüber nach.«

»Jetzt?«

Der Lieutenant breitete die Arme aus, die Handflächen nach oben. »Warum nicht? Ich kann Ihnen versichern, daß Sie hier nicht unterbrochen oder gestört werden.«

Mit anderen Worten, du läßt mich erst gehen, wenn du hast, was du willst. »Ich habe das, was Sie wollen, nicht bei mir«, sagte sie dem Decker des Militärs.

Jurgensen zuckte die Achseln. »Dann sagen Sie mir, wo in der Matrix es sich befindet. Ich schicke ein Smart-Frame, um es zu holen.«

Ein Smart-Frame — ein halbautonomes Programmkonstrukt. Das verriet ihr, daß sie hier nicht wieder herauskommen würde, selbst wenn sie ihnen gab, was sie wollten.

Und wenn schon, sagte sie sich plötzlich. Vielleicht

hatte Jurgensen recht. Er hatte ein vernünftiges Plädoyer für eine Alternative gehalten, die sie zuvor nicht richtig in Erwägung gezogen hatte. Wenn ich die Daten nicht vernichten und auch nicht dafür sorgen kann, daß sie alle gleichzeitig bekommen, kann ich mir immer noch die beste Partei aussuchen, der ich sie gebe — das geringste Übel —, um die Gefahren zu minimieren.

Und mich dann auf diese Partei verlassen, um mich vor dem Rest zu schützen.

Wie gut paßte die Regierung der UCAS auf diese Beschreibung? Die Vorstellung, die Megakonzerne zu einem gewissen Grad unter Kontrolle zu bringen, war ziemlich anziehend. Seit dem Shiawase-Beschluß im Jahre 2001, der multinationalen Konzernen Exterritorialität garantierte, hatte die zivile Regierung einen Großteil ihres Einflusses verloren. Die Regierungen schlagen sich mit den Drek-Jobs herum, an denen die Konzerne kein Interesse haben, dachte Sly, und das war's. Alle Vorteile liegen auf seiten der Megakonzerne.

Und was ist mit diesem Nationalismus-Drek? Nichts mit am Hut ...

Oder vielleicht doch? Sly hatte sich nie um internationale Angelegenheiten gekümmert — außer natürlich um das, was direkte Auswirkungen auf die Schatten hatte —, aber es hatte sich gar nicht vermeiden lassen, daß sie hin und wieder Gerüchte über das aufgeschnappt hatte, was an der internationalen Front geschah. Zwischen den UCAS und der Salish-Shidhe-Nation gab es einen ständigen Zank um den Status von Seattle. Ein paar Heißsporne aus der Stammesregierung wollten die Kontrolle über die Stadt an sich reißen. Und da die UCAS dadurch ihren letzten Pazifikhafen — und damit ihr einziges Tor nach Japan und Korea — verlieren würden, bemühten sich die Burschen in D.C. nach Kräften, das zu verhindern.

Und dann waren da noch die ständigen Grenz›streitigkeiten‹ zwischen den UCAS und sowohl dem Sioux

Council als auch den Konföderierten Amerikanischen Staaten. Trotz aller lautstark vorgebrachten gegenteiligen Äußerungen der Bundesregierung schien sie ziemlich ausgedehnte territoriale Ambitionen zu hegen. Doch so, wie die Dinge im Augenblick standen, war nicht viel für sie drin. Die Konkurrenten schienen zu gleichwertig in ihren Möglichkeiten zu sein.

Doch das würde sich ziemlich rasch ändern, wenn sich die UCAS die verlorene Technologie aneignen konnte. Würde die Bundesregierung mit diesem Vorteil in der Hinterhand nicht versucht sein, stärkeren Gebrauch von den — wie hatte Jurgensen sie genannt? — obskureren Mitteln des Wettbewerbs zwischen den Nationen zu machen? Und wie destabilisierend würde sich das auf das politische Klima Nordamerikas auswirken?

Konzernkrieg oder konventioneller Krieg? Sind das die Alternativen, vor die ich hier gestellt werde?

Jurgensen beobachtete Sly mit stetigem Blick. »Wo befindet sich die Information, Ms. Young?« fragte er ruhig.

Im Augenblick war es vielleicht am besten, die Parameter ihrer Wahlmöglichkeiten auszuforschen. »Was ist, wenn ich es Ihnen nicht sagen will? Werden Sie mir dann drohen?«

»Drohen?« Die Augen des Deckerkonstrukts öffneten sich weit, als sei ihm diese Idee noch gar nicht gekommen. »Sie meinen, so?«

Plötzlich wurde Jurgensen von zwei ungeschlachten Gestalten flankiert, Gestalten aus einem Alptraum. Mit einem alarmierten Aufschrei wich Sly einen Schritt zurück.

Die Wesen, oder was immer sie waren, hatten eine Größe von fast drei Metern — wenn dieser Maßstab hier überhaupt irgendeine Bedeutung besaß. Ihre deformierten Köpfe berührten die Decke. Sie waren von annähernd humanoider Gestalt, jedoch nicht aus Fleisch und Blut. Statt dessen schienen sie Gestalt gewordene Dunkelheit zu sein. Sie waren Regionen des Nichts, der Nichtexistenz, präzise umrissen, doch ohne Oberfläche, ohne Struktur, ohne Wesenszug. Sie hatten keine sichtbaren Augen, doch Sly konnte spüren, daß sie sich ihrer Anwesenheit bewußt waren, sie studierten, beobachteten und sie als Gegnerin oder Beute abschätzten.

»Was *sind* das für Dinger?« fragte sie. Sie hörte die Angst in ihrer Stimme. *Warum hast du überhaupt gefragt Sly? Du weißt, was sie sind.*

Jurgensen sah nach rechts und links auf die beiden wuchtigen Gestalten. »Ice, was sonst? Unsere letzte Auflage schwarzer ICs der ›Golem-Klasse‹, die von einem hochkarätigen Expertensystemcode gesteuert werden.« Er lächelte kalt. »Sie sehen also, ich *könnte* Ihnen drohen. Die Golems könnten Ihnen ernsthaften Schaden zufügen — natürlich ohne Sie zu töten —, und Sie wären nicht in der Lage, sich auszustöpseln, um ihnen zu entkommen.«

Er hielt inne. »Aber das wäre einfach zu primitiv«, fuhr er etwas freundlicher fort. »Ich würde es vorziehen, wenn Sie mich nicht zwängen, diesen Kurs einzuschlagen.« Er betrachtete noch einmal die beiden Ice-Konstrukte. »Glauben Sie, daß wir sie brauchen werden?«

Sly brachte kein Wort heraus, sondern schüttelte nur rasch den Kopf. Jurgensen lächelte, und die beiden Alptraumgestalten verschwanden. Der Knoten in Slys Magen schien sich um eine Winzigkeit zu lockern.

»Bitte beantworten Sie meine Frage«, fuhr Jurgensen fort. »Wo in der Matrix befindet sich die Information?«

»Sie befindet sich nicht *in* der Matrix«, log sie glatt, »sondern in einem isolierten System, einem vollständig abgeschirmten System.«

»Hinter einem Tempest-Schirm?« fragte Jurgensen, wobei er die militärische Bezeichnung für ein System nannte, das gegen alle elektromagnetischen Einbruchsversuche geschützt war.

Sly nickte. »Und es ist mit meinem Retina-Abdruck gekoppelt«, sagte sie. »Wenn jemand anders an die Datei heranzukommen versucht, wird sie sofort gelöscht.«

Der Decker des Militärs schwieg einen Augenblick. »Warum glaube ich Ihnen nicht?« fragte er schließlich.

Sly zuckte lediglich die Schultern.

»Wenn sich die Information *in* der Matrix befindet, kann ich sie auch finden.«

Du bluffst, dachte Sly. Der Chip, der die Datei enthielt, befand sich im Chiplaufwerk des Cyberdecks, das Smeland ihr geliehen hatte. Wenn du ihn finden könntest, wenn du ihn von jeder Stelle aus zu meinem Deck zurückverfolgen könntest, hättest du ihn bereits. Sie bemühte sich, ein triumphierendes Lächeln zu unterdrükken, froh darüber, daß die Auflösung ihres Icons nicht gut genug für Jurgensen war, ihr Mienenspiel deuten zu können.

Jurgensen schlug mit den Fingern einen Trommelwirbel auf die Tischplatte. Sly glaubte, sein Dilemma zu verstehen. Du hast ein ernsthaftes Problem, nicht wahr? *Du kannst mich hier festhalten, mich daran hindern, mich auszustöpseln. Aber wenn du das tust, kann ich dir nicht das holen, was du haben willst.*

Vorausgesetzt, Jurgensen konnte sie nicht zu ihrem physikalischen Aufenthaltsort zurückverfolgen, ein Team hinschicken und ihren fleischlichen Körper genauso wirkungsvoll festsetzen, wie ihm das mit ihrem Bewußtsein gelungen war. Aber *konnte* er das? Und wenn ja, warum hatte er es dann nicht schon längst getan?

»Hören Sie«, sagte sie, »ich schlage Ihnen einen Handel vor. Sie bekommen die Daten, ich bekomme Schutz. Aber mein Körper befindet sich in Everett und die Datei in Fort Lewis. Ich muß sie holen. Was bedeutet, sie müssen mich freilassen.« Sie hielt den Atem an. Ich bin in Puyallup, nicht in Everett — mein Körper zumindest. Wird er die Lüge schlucken?

Jurgensen schwieg fast eine Minute lang, als wolle er

die Spannung künstlich verlängern. Doch dann nickte er.

»Wie komme ich zurück ... hierher?« fragte sie.

»Der leichteste Weg ist zu versuchen, das Zürich-Orbital zu erreichen. Wir beobachten alle Zugangsmöglichkeiten. Sie werden automatisch hierher befördert.«

»Ich komme wieder«, log sie. »Kann ich mich jetzt ...?«

»Sie können sich ausstöpseln.«

Wiederum versuchte Sly, die Verbindung zu unterbrechen. Diesmal klappte es. Sie spürte die momentane Desorientierung, als ihre echten Sinneswahrnehmungen das Cyberspace genannte Konstrukt verdrängten.

Und fand sich plötzlich in einer Welt wieder, die auseinanderzufliegen schien.

18

14. November 2053, 0727 Uhr

Falcon duckte sich, als ein weiterer Feuerstoß von der Straße die wenigen Glassplitter zerfetzte, die sich noch im Fensterrahmen befunden hatten. Er wollte einfach losrennen, um dieser Falle zu entkommen. Aber wohin sollte er rennen?

Die Wohnung hatte wahrscheinlich irgendeinen geheimen Ausgang — Falcon hätte jedenfalls dafür gesorgt, wenn dies seine Wohnung gewesen wäre —, aber Smeland hatte noch kein Wort darüber verlauten lassen.

Nach allem, was sie gesagt hatte, konnten sie Sly nicht transportieren, wenngleich Falcon nicht vollkommen verstand, warum nicht. Irgendwas von Sly war mit der Matrix verbunden, und sie würde sterben, wenn jemand sie ausstöpselte. Das bedeutete, daß ihnen keine Wahl blieb. Wenn sie die Angreifer davon abhalten wollten, sich Sly zu schnappen, mußten sie es hier tun. Sie hatten ihr möglichstes getan, um Sly vor Querschlägern und verirrten Kugeln zu schützen, und sie auf den Boden zwischen der massiven Couch und einer Wand gelegt, doch ihr Spielraum war durch die Länge des Kabels eingeschränkt, das Slys Cyberdeck mit der Weiche und der Telekomdose in der Wand verband. Falcon hatte gefragt, ob sie das Deck nicht aus der Dose ausstöpseln und Sly in das Deck eingestöpselt lassen konnten, aber Modal und Smeland hatten ihn angesehen, als sei er ein Idiot. Man wird doch wohl noch fragen dürfen, hatte er verbittert gedacht.

Er fragte sich außerdem, warum, zum Teufel, Smeland und Modal überhaupt noch hier waren. Modal konnte er fast noch verstehen: Offensichtlich hatten er und Sly eine gemeinsame Vergangenheit, obwohl es schwer zu verstehen war, wie jemand, der so lebendig war wie Sly, für eine derart kalte und emotionslose Person wie den Elf etwas empfinden konnte. Und umgekehrt.

Und was war mit Smeland? Sicher, sie und Sly waren Chummer. Aber man riskierte sein Leben nicht für jeden Chummer, oder?

Und dann war er noch da... Er *konnte* nicht verschwinden, was ihn der Last enthob, eine Entscheidung treffen zu müssen. Wenn es einen geheimen Ausgang gab, kannte ihn Falcon nicht, und die Vordertür stand nicht zur Debatte. Doch er stellte sich immer wieder die Frage, ob er überhaupt verschwinden wollte, selbst wenn es einen Geheimausgang gab.

Falcon hockte sich neben Sly, musterte ihr blasses, ausgemergeltes Gesicht. Keine Veränderung. Wäre nicht das rhythmische Heben und Senken ihrer Brust gewesen, hätte er sie als tot abgeschrieben.

Er zuckte instinktiv zusammen, als Modal den Schützen auf der Straße einen weiteren Hochgeschwindigkeitsgruß schickte. Der Elf bewegte sich wie ein verchipptes Kaninchen, tauchte immer wieder an irgendeinem Fenster auf, um eine rasche Salve abzugeben, und duckte sich dann, bevor irgend jemand das Feuer erwidern konnte. Wiederholte den Vorgang an einem anderen Fenster. Selbst den Kopf herauszustrecken, um einen raschen Blick zu werfen, schien ihm nicht das Gesündeste zu sein, also wußte Falcon nicht, ob der Elf traf. Zuallermindest zwangen Modals Schüsse ein paar der Angreifer dazu, den Kopf unten zu halten.

Die Schüsse von draußen hatten alle Glasscheiben zerstört, was die Fenster zu perfekten Zielen für Granaten machte. Zuerst hatte Falcon nicht begriffen, warum niemand diese Gelegenheit ausnutzte. Eine verdammte Granate hätte sie alle ohne jedes Risiko für die Angreifer erledigt.

Doch dann wurde ihm klar, daß das die Angreifer, wer sie auch sein mochten, gar nicht wollten. Höchstwahrscheinlich wollten sie Sly lebendig erwischen und sie lange genug am Leben erhalten, um den Aufbewahrungsort der Datei aus ihr herauszupressen. Das bedeutete also, keine Granaten. Es bedeutete außerdem, daß die Angreifer sorgfältig darauf bedacht sein würden, zunächst die Identität eines Ziels zu bestätigen, und erst zu schießen, wenn sie es schließlich die Treppe herauf und durch die Wohnungstür schafften. Für Falcon, Modal und Smeland mochte das ein entscheidender Vorteil sein, da die drei keine Probleme haben würden, jeden, der von draußen hereinkam, als einen Bösen zu identifizieren. Währenddessen würden die Angreifer mit dem Schießen warten müssen, bis sie wußten, wer wer war, was sie teuer bezahlen würden.

Wie es aussah, hatte es im Augenblick jedoch noch niemand die Treppe herauf geschafft. Smeland saß mit gekreuzten Beinen in einer Ecke, in ihr Cyberdeck eingestöpselt, und kontrollierte auf direktem Weg das Sicherheitssystem, das ihre Wohnung schützte. Zu Beginn des Angriffs hatte Falcon einen gedämpften Knall gehört, als die Angreifer die Haustür aufgesprengt hatten. Smeland, die zu diesem Zeitpunkt bereits eingestöpselt gewesen war, hatte die Zähne in einer Grimasse gebleckt, die ebensosehr wütendes Knurren wie Lächeln gewesen war...

Und in diesem Augenblick hatte die Schießerei begonnen, das schreckliche Rattern ultraschnellen automatischen Feuers von einer Stelle direkt vor der Wohnungstür. Es war immer weitergegangen — mindestens fünf Sekunden lang, viel länger, als es dauerte, das Magazin einer normalen Waffe zu leeren. Das Donnern des langen Feuerstoßes war fast laut genug gewesen, um die schrecklichen Schreie vom unteren Treppenabsatz zu übertönen. Fast.

»Drek«, hatte Modal gemurmelt. »Geschützluke?«

Doch Smeland hatte ihm nicht geantwortet.

Die automatische Waffe, die sie offensichtlich kontrollierte, hatte seitdem noch zweimal das Feuer eröffnet und vermutlich die Treppe von allen Personen gesäubert, die versuchten, in die obere Etage zu gelangen.

Falcon sah Modal wieder aufspringen und ein paar Schüsse aus seinem schweren Revolver abgeben, bevor er wieder in Deckung ging. Automatisches Feuer von der Straße durchlöcherte den Fensterrahmen und die gegenüberliegende Wand. »Wo, zum Teufel, bleibt Lone Star?« fragte der Elf niemanden im besonderen. »Mittlerweile müßten sie aber hier sein.«

Falcon kam es so vor, als dauere das seltsame, fast zögerliche Feuergefecht bereits Stunden. Ein Blick auf seine Uhr verriet ihm zu seiner Verblüffung, daß erst acht Minuten vergangen waren.

Doch acht Minuten konnten eine verdammt lange Zeit sein. Der Elf hatte recht: Wo blieb der Star? Normalerweise traf das erste Patrouillenfahrzeug innerhalb von ein paar Minuten am Schauplatz einer Schießerei auf, kurz darauf gefolgt von einem gepanzerten Citymaster oder vielleicht einem Kampfhubschrauber. Warum nicht auch jetzt? Weil diese Burschen den Schneid hatten, Lone Star zu sagen, sich aus allem herauszuhalten? Und mit dieser Art von Einfluß würden ihnen noch andere Hilfsmittel zur Verfügung stehen. Zum Beispiel ein Magier oder Schamane. Wie Falcon die Sache sah, gab es nur einen Grund, warum er und Modal nicht schon längst von einem Zauberbubi fertiggemacht worden waren: Die Angreifer hatten bereits vor Beginn ihres Angriffs gewußt, daß Sly & Co. nicht über magische Hilfsmittel verfügten. Nun aber, wo der Angriff zum Stillstand gekommen war, konnte er sich gut vorstellen, wie jemand in ein Funkgerät plapperte und jemanden heranpfiff, um diese Unterlassung zu korrigieren. Und wenn der Zauberbubi eintraf, war der Drek echt am Dampfen.

Smeland fluchte bösartig und riß sich den Stecker des Decks aus der Schläfenbuchse.

»Was ist los?« fragte Falcon.

»Sie haben meinen letzten Sensor gefunden und demoliert«, fauchte sie. »Ich bin blind.«

Modal fixierte sie durchdringend. »Das bedeutet, sie kommen jetzt.«

Sie nickte. »Ich habe noch eine letzte Überraschung für sie, aber ich muß das richtige Timing finden.« Sie zuckte die Achseln. »Und wer weiß, ob es reicht?«

»Sprengstoff in den Treppenstufen?« vermutete der Elf.

»Splittergranaten in der Decke.«

»Aua«, machte der Elf.

»*Falls* ich sie hochgehen lasse, wenn tatsächlich jemand auf der Treppe ist. Danach ...« Smeland zuckte vielsagend die Achseln.

Irgend etwas knallte gegen die Tür am Ende der Treppe. Falcon sah das massive Metall erzittern, sah, wie die Tür fast aus den Angeln gerissen wurde. Er sah Smeland erwartungsvoll an.

Von irgendwoher hatte sich die Frau eine kleine Maschinenpistole besorgt. Doch sie schenkte ihr keinerlei Aufmerksamkeit. Statt dessen konzentrierte sie sich auf die Tür, ihr Finger schwebte über einer Taste ihres Cyberdecks.

Tu es! wollte Falcon ihr zuschreien.

»Noch nicht«, murmelte sie.

Ein Kugelhagel prasselte gegen die Tür, richtete jedoch keinen Schaden an. Es war wesentlich mehr erforderlich, um dieses Metall zu durchdringen, das wußte Falcon, aber es war ganz gewiß das Vorspiel zu einem neuerlichen Ansturm. Er prüfte das Magazin der Maschinenpistole, die er dem toten Konzernkiller im Zimmer des Sheraton abgenommen hatte. Vierzehn Schuß. Das mußte reichen. Er hatte keine Reservemunition.

Ein weiterer Feuerstoß traf die Tür, während gleichzeitig eine gemeinschaftliche Salve aus mehreren Waffen durch die Fenster kam. Falcon duckte sich, als die Querschläger durch das Zimmer jaulten.

»Heiliger *Drek* ...« Das war Slys Stimme.

Falcon wirbelte herum. Ihre Augen waren weit aufgerissen, und sie bemühte sich sichtlich, in die Wirklichkeit zurückzukehren. Mit zitternder Hand griff sie sich an die Schläfe und zog den Stecker aus der Datenbuchse. Sie wollte sich aufsetzen, doch Modal war schon bei ihr und hielt sie fest. »Halt deinen verdammten Schädel unten, wenn er dir nicht abgeschossen werden soll«, grollte er.

»Was ist los?«

»Später«, antwortete der Elf, »wenn es ein Später *gibt*.« Er wandte sich an Smeland. »Wo ist die Hintertür?«

Die Deckerin tippte einen raschen Befehl in ihr Cyberdeck ein. Mit einem Klicken und anschließendem Summen schwang ein Abschnitt der Wand in der Nähe einer Ecke zur Seite wie eine Tür. »Dahinter ist eine Leiter. Sie führt zu einer Geheimtür auf die Hintergasse.«

»T.S., du gehst zuerst«, befahl Modal. »Geh raus, und bleib vor allem in Bewegung. Du gehst als nächste, Sharon Louise. Und du« — er zeigte mit dem Finger auf Falcon — »du bringst sie raus, und zwar presto. Ich übernehme die Rückendeckung.«

Falcon sah, daß Sly protestieren wollte, doch er packte sie an der Schulter und zog sie auf die Beine. »Beweg dich«, fauchte er. Als sei ihm nachträglich die Idee gekommen, schnappte er sich das Cyberdeck und klemmte es sich unter den Arm.

Smelands Finger drückte eine Taste, und das Zimmer hallte von zahlreichen Explosionen im Treppenhaus wider. Von Explosionen und weiteren Schreien. Ein Splitterregen prasselte gegen die Metalltür. Falcon krümmte sich, als er sich den Wirbelsturm aus Metallsplittern vorstellte, der durch das Treppenhaus fegte und Fleisch von Knochen trennte.

Während die Wände immer noch unter dem Nachhall der Explosionen bebten, verschwand Smeland bereits durch die Geheimtür. Falcon folgte ihr, indem er Sly durch die Öffnung zerrte.

Sie standen in einem kleinen Vorzimmer, ein kreisrundes Loch im Fußboden führte in einen ähnlichen Raum im Erdgeschoß. Smeland hatte die Leiter bereits verlassen und bedeutete ihnen von unten, sich zu beeilen.

»Geh«, sagte Falcon zu Sly. »*Mach schon!*«

Die machte immer noch einen teilweise betäubten Eindruck — Auswurfschock, nannten die Decker das nicht so? —, bewegte sich aber trotzdem sehr rasch. Sie kletterte rasch die Sprossen herunter, um die letzten eineinhalb Meter zu springen.

Er war an der Reihe. »Fang auf.« Er warf das Cyberdeck zu Sly herunter, wartete jedoch nicht, ob sie es tatsächlich fing, sondern griff nach den Leiterholmen, klemmte die Füße seitlich dagegen und rutschte hinunter. Als er unten angekommen war, hörte Falcon eine weitere Explosion und das Knattern automatischer Waffen von oben.

Irgend etwas verdunkelte plötzlich das von oben einfallende Licht, stürzte ihm entgegen. Falcon warf sich gerade noch rechtzeitig zurück, um Modal auszuweichen. Der Elf hatte sich gar nicht erst mit der Leiter aufgehalten, sondern war einfach gesprungen. »Nichts wie raus hier!« rief er. Um seine Worte zu unterstreichen, hob der Elf seinen Revolver und leerte das Magazin nach oben durch das Loch. Ein Aufschrei kündete von seiner Treffsicherheit.

Smeland öffnete eine Tür in der Mauer gegenüber der Leiter. Sly war direkt hinter ihr, Falcon bereit, den beiden Frauen nach draußen zu folgen. Er drehte sich zu Modal um. Im trüben Licht des dämmernden Morgens, das von draußen hereinflutete, sah er Blut aus einer klaffenden Wunde im Hals des Elfs schießen.

Smeland huschte durch die Tür, Sly dicht hinter ihr. Falcon zögerte. Modal hatte das leere Magazin seines Revolvers ausgeworfen und versuchte ein neues aus der Tasche zu fischen. Doch sein linker Arm war buchstäblich nutzlos und schien die Befehle zu verweigern, die ihm sein Hirn übermittelte. Er stirbt, wurde Falcon plötzlich klar. Jetzt stirbt auch er.

»Modal!« schrie er. Als sich der Elf umdrehte, warf Falcon ihm seine Maschinenpistole zu. Modal ließ seine eigene Kanone fallen, pflückte die Waffe mit der gesunden rechten Hand aus der Luft. Er fuhr wieder herum und schickte einen kurzen Feuerstoß durch das Loch in der Decke. Kein Aufschrei diesmal, aber Falcon hörte, wie die Kugeln Fleisch und Knochen zerschmetterten.

»Macht schon!« Das war Smelands Stimme von draußen. Falcon drehte sich um und rannte los, Modal folgte dicht hinter ihm.

Er fand sich auf einer breiten Gasse wieder, nahm verblüfft einen großen alten Ford, Baujahr irgendwann in den dreißigern, zur Kenntnis, dessen Motor lief. Smeland saß hinter dem Steuer, Sly neben ihr. Die hintere Tür war geöffnet.

Falcon warf sich auf die große Rückbank und streckte dann die Hand aus, um den verwundeten Modal hineinzuziehen.

Doch Modal hatte sich zum Haus umgedreht und hob die Maschinenpistole.

Die Instinkte des Elfs funktionierten einwandfrei. Einen Augenblick später tauchte eine Gestalt in der Türöffnung auf, eine schwere Schrotflinte gegen die Hüfte gepreßt.

Modal schoß zuerst, ein langer Feuerstoß, welcher der Gestalt die Kehle aufriß und ihr Gesicht in eine breiige Masse verwandelte. Bereits tot, krümmte sich der Finger des Angreifers noch einmal um den Abzug seiner Waffe. Die großkalibrige Schrotflinte donnerte.

Die Ladung traf Modal voll in die Brust, hämmerte ihn förmlich gegen den Wagen. Er hielt sich noch einen Augenblick aufrecht, brach dann auf dem Boden zusammen.

»Drek!« Falcon rutschte über die Rückbank, packte den Elf unter den Achseln und zerrte ihn in den Ford. Er kam nicht mehr an die Tür, um sie zu schließen, aber wen kümmerte das schon? »Ab!« schrie er Smeland zu. Mit kreischenden Reifen setzte sich der Wagen in Bewegung, die Beschleunigung preßte Falcon in den Sitz.

Hinter ihnen brüllte irgendwer, aber die Worte verloren sich, als sie davonrasten. Von vorne kamen Schüsse. Irgendwas knallte gegen die Karosserie des Wagens, aber ob es eine Kugel war oder ein Angreifer, der nicht schnell genug zur Seite gesprungen war, wußte Falcon nicht. Sly erwiderte das Feuer, das Knallen ihres schweren Revolvers im Wagen dröhnte Falcon unerträglich laut in den Ohren. Dann schien die unmittelbare Gefahr vorbei zu sein. Falcon erwog, etwas wegen der Tür zu unternehmen, doch dann warf Smeland den Wagen in eine harte Linkskurve, und die Tür knallte von selbst zu.

»Wie geht's ihm?« Sly hatte sich umgedreht und beugte sich über die Lehne des Beifahrersitzes.

Falcon brauchte nichts zu sagen. Sie konnte die Antwort ebensogut sehen wie er. Die gesamte Brust des Elfs war eine Masse aus Blut und zerfetztem Fleisch. Er hatte eine wattierte Jacke getragen, deren Panzerung vielleicht ausreichte, um Kugeln aus einer leichten Maschinenpistole aufzuhalten. Aber die volle Ladung einer schweren Schrotflinte — aus einer Entfernung von weniger als zehn Metern? Nicht die Spur einer Chance. Der Elf hätte ebensogut ein T-Shirt tragen können, so gut schützte ihn die Jacke dagegen. Er war tot, das wußte Falcon, wenn nicht jetzt schon, dann bald. Und wieviel Zeit ihm noch bleiben mochte, jede weitere Sekunde war nicht unbedingt ein Segen.

Es stellte sich heraus, daß Modal noch lebte. Die Brust des Elfs hob sich. Er hustete, versprühte roten Speichel. Falcon wollte sich abwenden, sich übergeben, doch mit einer übermenschlichen Willensanstrengung unterdrückte er beide Impulse.

Sly wußte Bescheid. Falcon las es in ihrem Gesicht. Sie streckte den Arm aus, ergriff die Hand des Elfs, drückte sie fest.

Modals Augen öffneten sich flackernd, richteten sich auf Slys Gesicht. »Wie geht's, Sharon Louise?« fragte er. Er hustete wieder, während ihm helles arterielles Blut aus dem Mundwinkel sickerte.

Falcon konnte erkennen, daß Sly mit den Tränen kämpfte. »Gut«, sagte sie heiser. »Gut.«

»Ich habe keine Angst, Sharon Louise.« Modals Stimme war mit einem schrecklichen Blubbern unterlegt. »Ich habe keine Angst, und ich bin nicht traurig. Ich sollte aber, findest du nicht? Gehört das nicht dazu?« Er holte noch einmal Luft, als wolle er noch etwas sagen.

Doch ein heftiger Krampf ließ seinen Körper zucken, und die Luft entwich zischend aus seinen Lungen.

Das macht zwei. Der Gedanke reichte aus, um Falcon bis ins Mark zu erschüttern. Zwei Menschen tot, in meinen Armen gestorben wie in einem alten verdammten Kitschfilm. Wie viele noch, bevor dieser Drek endlich vorbei ist?

DRITTER TEIL

Über den Rand

19

14. November 2053, 0850 Uhr

Sie waren jetzt alleine, nur noch Sly und Falcon. T.S. hatte ihren Beistand angeboten — um der alten Zeiten willen. Theresa hatte es zwar zu verheimlichen versucht, doch Sly hatte ihre Erleichterung gespürt, als sie das Angebot abgelehnt hatte.

Smeland hatte sie in einen besonders unerfreulichen Teil Südredmonds gefahren, wo sie eine geeignete Bude besaß, in der man sich verkriechen konnte, bis sich die Dinge ein wenig beruhigt hatten ... wenn sie das jemals taten. Als T.S. am Randstein hielt, suchte Sly nach den passenden Worten, um ihren Chummer um einen letzten großen Gefallen zu bitten. Zum Glück kam ihr T.S. zuvor.

»Du kannst den Wagen behalten«, sagte Theresa ruhig. »Er wird wohl heiß sein. Die Killer werden sich wahrscheinlich die Zulassungsnummer notiert haben und ziemlich bald nach dem Wagen suchen, aber 'ne Weile könnt ihr die Karre bestimmt noch fahren, bis ihr euch 'n anderen fahrbaren Untersatz besorgt habt. Und was ... ihn betrifft«, sagte sie, mit einer Handbewegung auf Modal deutend, »ich habe Freunde, die sich um ihn kümmern können.«

Sly nickte wortlos, da sie nicht wußte, was sie mit der Leiche angestellt hätte. Es wäre ihr gegen den Strich gegangen, Modals leblose Gestalt einfach irgendwo abzuladen, aber welche andere Wahl hätte sie gehabt? Sie war erleichtert, daß Smeland das Problem für sie löste.

Wie sich herausstellte, war Smelands Bestimmungsort eine Ork-›Halle‹, ein alter Laden, der zu einem Gemeinschaftswohnhaus ›umgebaut‹ worden war. Theresa hatte das Haus betreten, um ein paar Minuten später in Begleitung dreier stämmiger Orks wieder herauszukommen. Alle drei trugen Gang-Leder, doch die Farben sagten Sly nichts. (Er kennt sie wahrscheinlich, dachte sie mit einem Seitenblick auf Falcon, machte sich jedoch nicht die Mühe, ihn zu fragen.)

Die Orks öffneten die rückwärtige Tür und zogen Modals Leiche heraus. Unter völliger Nichtbeachtung der anderen Leute auf der Straße, hauptsächlich Orks, hatte sich der größte der drei den blutüberströmten Elf über die Schulter geworfen und ihn dann in die Halle getragen. Sly hatte sich nervös umgesehen, darauf gewartet, daß irgendein Zuschauer reagierte, sich einmischte, vielleicht wegrannte, um Lone Star zu alarmieren. Doch wenn die Leute überhaupt eine Reaktion an den Tag legten, dann Selbstgefälligkeit, wenn nicht äußerste Langeweile. Und das, dachte sie, ist so ungefähr die schaurigste Bemerkung über die Barrens, die man überhaupt machen kann.

Ein anderer Ork war auf den Rücksitz geklettert, um die größten Blutlachen mit einem Handtuch wegzuwischen. Dann hatte er den völlig durchnäßten Stoffetzen seinen Chummern zugeworfen und ein anderes Stück Stoff — eine Art Plane — über die Flecken gelegt.

Und das war es gewesen. Er hatte die Hauer gebleckt und Sly mit einem raschen Grinsen bedacht, dann waren er und seine Chummer wieder in der Halle verschwunden.

Zu Slys Enttäuschung und zugleich Erleichterung war Smeland nicht wieder aufgetaucht. Keine Abschiedszeremonie, keine Versuchung, T.S. irgendwas zu erzählen, das sie frühzeitig ins Grab bringen mochte. Sly bedeutete dem Jungen, sich zu ihr auf den Vordersitz zu gesellen, um sich dann hinter das Steuer zu klemmen und loszufahren. Sie kurbelte ein Fenster herunter in der Hoffnung, der Fahrtwind würde den widerlichen Gestank nach Blut und Tod zerstreuen.

Sie wußte, daß sie den Wagen loswerden und einen anderen stehlen mußten.

Doch was dann? Die Frage war doppelt beunruhigend, weil sie keine gute Antwort darauf hatte. Sollte sie sich verkriechen und abwarten, bis alles vorbei war?

Aber es würde nicht vorbei sein, bestimmt nicht. Der Konzernkrieg würde beginnen. Und schließlich würde irgend jemand Sharon Louise Young aufspüren, sie foltern, bis sie alles verraten hatte, was sie wußte, und sie dann töten. Früher oder später würde es so weit sein, wie tief in den Schatten sie sich auch versteckte. Früher oder später würde irgend jemand Glück haben ... und wahrscheinlich eher früher als später. Welche anderen Möglichkeiten blieben ihr also?

Ihr Blick fiel auf das Cyberdeck, das auf dem Vordersitz neben Falcon lag. Der Junge hatte es aus Smelands Apartment gerettet, während sich Sly in einem dumpfen Schockzustand befunden hatte. Und welch ein Segen, daß er es getan hatte. Der Chip mit der Datei über die verlorene Technologie befand sich immer noch im Laufwerk des Decks.

Vielleicht sollte ich einen Handel mit Jurgensen abschließen, überlegte sie. Einige seiner Argumente ergaben einen Sinn. Das Militär der UCAS hatte zweifellos die Möglichkeiten, sie vor den Konzernen zu schützen. Wenn es sich an seine Zugeständnisse hielt, fügte sie im stillen hinzu. Und sie mich dort nicht selbst geeken, um die Tatsache zu verheimlichen, daß sie sich die Geheimtechnologie unter den Nagel gerissen haben.

Vertrauen. Alles lief auf Vertrauen hinaus. Wie weit traute sie Jurgensen? Traute sie ihm zu, daß er sein Wort hielt? Sie am Leben ließ? Die Technologie auf eine Weise nutzte, die nicht den ganzen verdammten Kontinent destabilisieren würde?

Nein, dachte sie, und der Gedanke versetzte ihr einen schmerzhaften Stich. Ich traue ihm *nicht*. Wie könnte ich?

Was blieb also noch übrig? Hatte sie nicht gerade ihre sämtlichen Alternativen abgehakt?

Sly schüttelte leicht den Kopf, zwang sich, die Ruhe

zu bewahren. Beschäftige dich mit dem Nächstliegenden, sagte sie sich, um die Eventualitäten kannst du dir später Gedanken machen. Im Augenblick war das Nächstliegende, sich einen anderen Wagen zu besorgen.

Und Falcon. Sie wandte sich an den Amerindianer. »Wo soll ich dich absetzen?« fragte sie.

Sein Kopf ruckte herum. »Was?«

»Ich will dich irgendwo absetzen«, sagte sie geduldig. »Wo?«

Er schwieg für einen Augenblick, aber sie spürte förmlich, wie sich seine Gedanken überschlugen. »Nein«, sagte der Junge schließlich mit einer Stimme, die wenig mehr als ein Flüstern war. In seinen Augen stand die Angst, als er sie ansah, doch seine Miene spiegelte Entschlossenheit wider. »Nirgendwo.«

Sly wollte ihn anbrüllen, zwang sich jedoch zur Ruhe. »Das ist nicht dein Spiel.«

»Vielleicht doch.«

»*Warum?*«

Sly fixierte sein Gesicht, entnahm seiner Miene, daß er eine Antwort auf ihre Frage hatte. Sie konnte ebenso deutlich erkennen, daß er sich alle Mühe gab, sie in Worte zu kleiden, die sie verstehen konnte — die *er* verstehen konnte. Sie drängte ihn nicht, bot ihm jedoch auch keinen leichten Ausweg an. Soll er ruhig daran knabbern, dachte sie.

Nach über einer Minute zuckte er die Achseln. »Das ist ganz allein meine Entscheidung«, sagte er ruhig, gemessen. »Es ist mein Leben, ich kann damit machen, was ich will.«

»Es ist auch mein Leben, Chummer.«

Er nickte zustimmend. »Wenn *du* mich loswerden willst, ist das *deine* Entscheidung, und du kannst es mir sagen. Aber solange du keinen guten Grund hast, will ich dabeibleiben.«

Jetzt versank sie in tiefes Nachdenken. Sie fuhr den Ford an den Straßenrand, stellte den Schalthebel auf N.

Sie starrte in das Gesicht des jungen Amerindianers, in seine Augen, aber sie wurde einfach nicht schlau aus dem Jungen. Da war Angst, aber sie war von vielen anderen Empfindungen durchsetzt. Außerdem von einer Menge Entschlossenheit.

»Was wirst du jetzt tun?« fragte er sie.

Das war die Frage, nicht wahr? »Ich weiß es noch nicht«, gab Sly zu. »Was glaubst du, was ich tun sollte?«

»Verschwinde aus dem Plex«, antwortete er sofort. »Der ganze Konzerndrek ist auf Seattle, auf die UCAS beschränkt, oder nicht?«

»Im Augenblick ja.«

»Dann verschwinde«, wiederholte er. »Geh über die Grenze irgendwohin, wo es ruhiger ist. Verschaff dir — verschaff uns — eine Atempause, damit wir uns unseren nächsten Zug überlegen können. Und wenn du die Sache damit« — er tätschelte das Cyberdeck — »angehen willst, kannst du das von überall, oder? Warum also ein Fisch im Aquarium sein, wenn du über den verdammten Rand klettern kannst?«

Der Miene des Jungen, deren Ernsthaftigkeit mit einer Spur Verlegenheit unterlegt war, entnahm sie, daß die Analogie nicht auf seinem Mist gewachsen war, daß er sie wahrscheinlich im Trideo aufgeschnappt hatte. Aber sie traf trotzdem den Kern der Sache.

Warum *nicht* über den Rand klettern?

»Wohin würdest du gehen?« fragte sie zögernd.

»Sioux-Nation.« Wiederum antwortete er sofort, als hätte er sich das alles schon vor einiger Zeit überlegt. »Weniger Konzerne, weniger Drek hinter den Kulissen. Der Rat der Häuptlinge hält diese Sachen streng unter Kontrolle.«

Da habe ich aber ganz andere Dinge gehört, dachte Sly. Aber ... »Dann warst du schon mal dort?«

Wiederum kroch der Anflug von Verlegenheit über die Miene des Jungen. »Nein«, gab er widerwillig zu, »aber ich weiß 'ne Menge darüber. Ist 'n gutes Land.«

Vielleicht. Sie wußte nicht, wieviel von dem Enthusiasmus des Amerindianers auf Tatsachen und wieviel auf sentimentalen Phantasien beruhte.

Sein Vorschlag hatte trotzdem eine Menge für sich. Aus dem Plex zu verschwinden — über den Rand zu klettern —, hörte sich nach einer guten Idee an. Die offensichtliche Wahl war das Salish-Shidhe Council, weil sie dorthin nur eine Grenze überschreiten mußten. War nicht die Vermeidung unnötiger Komplikationen eine der wichtigsten Regeln für jedes Unternehmen?

Andererseits mochte das S-S Council nicht die *beste* Wahl sein. Wie lautstark die stammesübergreifenden Räte es auch bestritten, die Ereignisse in Seattle hatten starke Auswirkungen auf das, was im S-S-Gebiet ablief. Die Nachrichten über den kurz bevorstehenden Konzernkrieg würden zuerst ins Salish-Shidhe Council durchsickern. Es war äußerst wahrscheinlich, daß jeder Megakonzern mit einer Niederlassung dort bereits ebenso aktiv vorging wie in Seattle.

Wohin dann? Tir Tairngire? Vergiß es. Die Konzerne waren in der Elfennation praktisch nicht vertreten. Die Elfen ließen sie nicht herein, so einfach war das. Aber dieselbe territoriale Paranoia und eben jener Isolationismus, welche den Megakonzernen den Zutritt verwehrten, bedeuteten auch, daß die Tir-Grenzen noch schwerer zu überwinden waren als jene zum Pueblo Council — und das wollte etwas heißen. Welchen Unterschied machte es schon für sie, ob sie von einem Konzernteam oder einer Tir-Grenzpatrouille gegeekt wurde? Tot war tot.

Tsimshian? Dort oben geschahen seltsame Dinge. Darüber waren sich die Schatten und die Nachrichtenfaxe einig. Offensichtlich versuchte dort irgendeine Gruppierung — die Nationale Befreiungsarmee der Haida oder irgendein ähnlicher hochtrabender Drek — die Regierung zu stürzen, *wieder einmal*. Sich bürgerkriegsähnlichen Unruhen und dementsprechenden staatlichen

Repressalien auszusetzen, war höchstwahrscheinlich kein besonders geschickter Schachzug.

Blieben also noch die Sioux und Ute Nations, wenn sie es mit dem Minimum illegaler Grenzüberschreitungen bewenden lassen wollte. Ehrlich gesagt, wußte Sly über beide Territorien zu wenig, um eine überlegte Wahl zu treffen. Warum also der Laune des Jungen nicht folgen?

»Und wohin in der Sioux Nation würdest du gehen?« fragte sie.

»Cheyenne, schätze ich. Das ist die Hauptstadt, die größte Stadt dort.« Er grinste — ein echtes Grinsen, nichts Vorgetäuschtes, um seine Angst zu überspielen. »Mehr Schatten, in denen man sich verbergen kann, stimmt's?«

Was soll's, dachte sie. »Warum nicht.« Ihre Antwort war mehr Feststellung als Frage.

»Ich komme doch mit, oder?« fragte er drängend.

Von wem konnte sie sonst noch Hilfe erwarten? Von niemandem.

Sly nickte. »Warum nicht?«

Sly hielt den Wagen in der Gasse hinter Agarwals Haus neben der breiten Rampe an, die zur Garage/Werkstatt des Ex-Deckers führte. Sie stellte den Motor ab, wollte aussteigen.

»Warum halten wir hier?« fragte Falcon.

»Wir brauchen einen anderen Wagen«, erklärte sie.

»Und hier können wir uns einen besorgen?«

Sie lächelte über den zweifelnden Tonfall des Jungen. »Du kannst es ruhig glauben«, sagte sie. »Und wenn wir Glück haben, bekommen wir hier sogar noch falsche Papiere, mit denen wir sicher über die Grenze kommen.« Sie stieg aus. »Warte hier, ich bin gleich zurück ...« Sie brach ab.

»Was ist los?«

Sie starrte die Rückseite der alten Kirche an. Die Hintertür stand einen Spalt offen. Eine böse Vorahnung beschlich sie, und ein kalter Schauer lief ihr über den Rücken. Sie griff unter ihren Mantel, tätschelte den Kolben des Revolvers in ihrem Halfter. »Bleib hier«, sagte sie.

»Vergiß es.« Der Amerindianer schwang sich aus dem Ford, entsicherte die Maschinenpistole, die er trug. Er schlang sich Smelands Cyberdeck über die Schulter.

Einen Augenblick erwog sie, ihm zu befehlen, im Wagen zu bleiben. Doch welche Autorität besaß sie eigentlich? Die, welche er ihr zu geben bereit war, nicht mehr. Warum sollte sie den Bogen wegen einer Sache überspannen, auf die es nicht ankam? Und außerdem konnte eine zusätzliche Kanone nicht schaden.

Sie ging voran, die Stufen zur Tür hinauf. Dann blieben sie stehen, während Sly lauschte.

Von drinnen war kein Laut zu hören. Mit der Stiefelspitze schob sie langsam die Tür auf, ließ sie gegen die Wand schlagen. Mit gezogener Waffe trat sie ein.

Nach allem, was Sly über Agarwals Sicherheitssystem wußte, hätte ihr Gewicht auf dem Boden selbst dann einen Alarm auslösen müssen, wenn die Türen offenstanden. Das ließ vermuten, daß alle Systeme abgeschaltet waren. Was wiederum vermuten ließ, daß Agarwal sie entweder persönlich abgeschaltet hatte oder es demjenigen, der die Tür offengelassen hatte, gelungen war, eines der ausgefeiltesten Sicherheitssysteme im Plex zu überwinden. Nicht gerade ein beruhigender Gedanke.

Sie blieb erneut stehen, um zu lauschen. Noch mehr Stille.

Das Haus *fühlte* sich leer an, leblos. Ihre Besorgnis wuchs, verwandelte ihren Magen in einen verkrampften Knoten. Sie bedeutete Falcon, ihr zu folgen, und schlich sich auf der Suche nach Agarwal tiefer in das Haus.

Sie fand ihn in seinem Arbeitszimmer, aber er war tot, auf schreckliche Weise gestorben. Er saß aufrecht auf seinem hochlehnigen Schreibtischstuhl, aufrecht, weil er von langen Velcrostreifen in dieser Stellung gehalten wurde. Ein Streifen wand sich um die Taille, ein anderer um den Hals, so daß er nicht vornüber kippen konnte. Je einer um die Arme und Armlehnen des Stuhls. Ein anderer um die Beine, die an Drehfuß des Stuhles befestigt waren. Jemand hatte seine Kleidung weggeschnitten — und dann noch mehr weggeschnitten als nur die Kleidung. Sein Gesicht war schlaff, ausdruckslos, kreidebleich. Seine Augen waren offen, weil zu den Dingen, die sie abgeschnitten hatten, auch seine Augenlider gehörten. Wie verdrehte Klauen hatten seine Hände die Enden der Armlehnen gepackt, die Knöchel weiß wie Elfenbein. Unter dem Stuhl lag eine Plastikplane, die jemand dort ausgebreitet hatte, um das Blut aufzufangen — und mehr als das Blut —, das bei ihrer Arbeit angefallen war. Es war ein sinnloser, makaberer Hauch von Ordentlichkeit.

Agarwal hatte dichtgehalten. Sly wußte nicht, woher, aber sie wußte es. Sie waren Profis gewesen, begabt in ihrem Handwerk. Er war nicht leicht gestorben.

Sie schloß die Augen, sah weg.

Hörte ein Geräusch hinter sich. Wirbelte herum, riß den Revolver hoch.

Natürlich war es Falcon, das Geräusch ein ersticktes Würgen. Die Augen des Jungen traten fast aus den Höhlen, sein Gesicht war fast so weiß wie das Agarwals. Er ließ die Maschinenpistole fallen, wandte sich ab. Leerte seinen Mageninhalt geräuschvoll auf Agarwals teuren Teppich.

Sie drehte sich wieder zu ihrem Freund um, ihrem Mentor. Es tut mir leid. Sie formulierte die Worte lautlos. So leid.

Ich habe das getan. Ich habe das Messer, die Zange, die Sonden nicht selbst geführt. Aber trotzdem habe *ich* dir das angetan. Weil ich hergekommen bin und dich um Hilfe gebeten habe, bevor ich das Ausmaß, die ganze Bedeutung des Spiels kannte, auf das ich mich eingelassen hatte.

»Wer?« Falcons Stimme war heiser und rauh, das Wort ein mühsam herausgequetschtes Krächzen.

»Ich weiß nicht.«

Der Junge fuhr sich mit dem Ärmel über den Mund, spie aus, um den Mund freizubekommen.

»Sie halten das Haus nicht unter Beobachtung«, sagte Sly. Wenn sie das täten, dachte sie, wären sie und Falcon jetzt bereits tot. Oder schlimmeres.

»Warum nicht?« wollte er wissen.

»Ich weiß nicht.«

Er spie noch einmal aus. »Wir müssen verschwinden. Vielleicht kommen sie noch mal wieder.«

»Ja.«

Aber sie rührte sich nicht. Sie konnte Agarwal nicht zurücklassen. Nicht so. Sie mußte irgend etwas tun ...

»Wir müssen verschwinden«, wiederholte Falcon.

Er hatte recht, das wußte sie. Es gab jetzt nichts mehr, was sie für ihren Freund tun konnte.

Sie zwang sich zum Reden. »Nach unten«, sagte sie. »Wir nehmen einen seiner Wagen.«

Er zögerte.

»Komm schon«, sagte sie, indem sie den Jungen am Arm zog. »Er braucht sie nicht mehr.«

20

14. November 2053, 0942 Uhr

Falcon starrte voller Verblüffung auf die Reihe der Wagen. Sie waren wunderschön. Er hatte noch nie etwas Vergleichbares gesehen. Vorsichtig, fast zärtlich, strich er mit der Hand über die Haube eines BMW der 9er-Reihe. Dreißig Jahre alt — doppelt so alt wie er —, aber er sah aus, als sei er gerade erst vom Fließband gerollt. Jeder einzelne Wagen hier war mehr Geld wert, als seine gesamte Familie in ihrem ganzen Leben je verdienen würde. Und es waren insgesamt wie viele — ein Dutzend? Er schüttelte voller Ehrfurcht über so viel Hochgeschwindigkeitstechnik auf einem Haufen den Kopf.

Doch sie hatten ihren Besitzer nicht retten können, oder?

Er spürte Sly mehr hinter sich treten, als daß er sie hörte.

Der Tod des alten Burschen hatte sie schwer getroffen. Was natürlich kein Wunder war. Falcon hatte er ebenfalls völlig umgehauen, und dabei hatte er ihn nicht mal gekannt. Schlimm genug, jemanden zu sehen, der auf die Art den Löffel abgegeben hatte, erst recht, wenn es ein Chummer war.

Sly mochte zwar emotional am Boden sein, aber ihr Verstand schien noch zu funktionieren. Ihr Gesicht war blaß, die Augen blickten verstört, aber es sah so aus, als sei sie noch bei sich. Sie hatte einen Bund mit Wagenschlüsseln in der Hand und einen klobig aussehenden tragbaren Computer unter dem Arm.

»Wofür soll der gut sein?« fragte er, auf den Computer zeigend. »Wir haben doch das hier.« Er tätschelte das Cyberdeck, das er sich über die Schulter geworfen hatte.

»Wir brauchen immer noch Papiere, um über die Grenze zu kommen.« Ihre Stimme klang monoton, emotionslos. »Ich glaube, damit kann ich was in der Art deichseln.«

Er nickte. Er hatte sich keine Gedanken über die tatsächliche Logistik gemacht, die erforderlich war, um die Grenze zu passieren. Als er sich vorgestellt hatte, sich aus dem Plex zu verziehen und nach Südosten ins Siouxterritorium zu gehen, waren in seinen Tagträumen niemals irgendwelche Details hinsichtlich Grenzposten,

Einwanderung und dem ganzen damit verbundenen Drek enthalten gewesen. Er hatte es einfach *getan.* Doch dies war die Wirklichkeit, kein Tagtraum. »Gut überlegt«, sagte er.

Sie ging durch die Wagenreihen zu einem niedrigen Monster in der Nähe der großen Rolltore. Schloß die Fahrertür auf.

Er begutachtete den Wagen, während sie den Computer in dem kleinen Gepäckraum hinter den Vordersitzen verstaute. Seiner Schätzung nach war er von Stoßstange zu Stoßstange fast fünf Meter lang und nicht viel mehr als einen Meter hoch, der Überrollbügel des halboffenen Daches reichte ihm gerade bis zum Bauch. Die seltsam geformte Motorhaube ließ auf einen kraftvollen Motor schließen. Er sah unglaublich schnell aus, selbst im Stand. Er trat gegen einen der dicken Reifen. »Was ist das für einer?« fragte er.

»Ein Callaway Twin Turbo«, antwortete Sly ausdruckslos. »Eine frisierte Corvette, Baujahr neunzehnhunderteinundneunzig.« Sie zögerte, und er hörte sie schlucken. »Er hat mir alles darüber erzählt, aber ich kann mich nicht mehr daran erinnern. Steig ein.«

Falcon nickte. Er ging um den schnittigen Wagen herum und öffnete die Beifahrertür. Die Sitze lagen tief, erinnerten ein wenig an die Kampfliegen der Jagdflugzeuge, die er im Trid gesehen hatte. Rücksitze waren keine vorhanden — auch kein Platz dafür —, nur ein kleiner, mit Teppich ausgelegter Stauraum hinter den beiden Vordersitzen. Er versuchte Smelands Cyberdeck dort so unterzubringen, daß es nicht allzusehr durchgeschüttelt werden würde. Dann stieg er ein, und der Sitz wickelte sich förmlich um ihn, stützte ihn nicht nur von hinten, sondern auch von den Seiten. Er schloß die Tür.

Sly glitt auf den Fahrersitz, schob ihre langen Beine unter das Lenkrad. Sie schloß ihre Tür mit einem soliden dumpfen Klicken.

Mit unverhohlenem Staunen unterzog er das Wageninnere einer intensiven Betrachtung, musterte das Armaturenbrett und die komplexe Stereoanlage in der Mittelkonsole über dem Schalthebel. (Ein Sechsganggetriebe, bemerkte er.) Und den Wagen haben sie neunzehnhunderteinundneunzig gebaut? fragte er sich voller Verwunderung. Die Technik war vor sechzig Jahren noch nicht so weit fortgeschritten, konnte es gar nicht gewesen sein. *Oder doch?* Ihm fielen Nightwalkers Bemerkungen wieder ein, wie der technologische Fortschritt durch den Crash von neunundzwanzig aufgehalten worden war. Vielleicht konnte sie...

Er sah Slys Verwirrung, als sie die Instrumente musterte, das Lenkrad, den Schalthebel, dann den Kopf schief legte und die Pedale anstarrte.

»Was ist los?« fragte er.

»Keine Riggerkontrollen«, murmelte sie vor sich hin.

Natürlich nicht, nicht neunzehnhunderteinundneunzig. »Und?« fragte er.

Dann fiel sein Blick auf die Datenbuchse in ihrer Stirn, und er begriff. Sie konnte keinen Wagen fahren, der manuell gesteuert werden mußte.

»Soll ich fahren?«

Sie sah ihn an, Zweifel in den Augen. Einen Augenblick spürte er eine Woge des Zorns in sich aufwallen. Sie hält mich immer noch für ein Kind, wurde ihm klar, nichts weiter als ein verfluchtes Kind.

»Du kannst diesen Wagen fahren?« fragte sie skeptisch.

»Diesen? Kein Problem, Chummer.« Bedingt durch seinen Ärger schlich sich ein spöttischer Unterton in seine Stimme.

Sie zögerte.

»Es heißt jetzt, ich oder keiner, oder nicht?« fügte er ein wenig vernünftiger hinzu.

Ein weiterer Augenblick des Zögerns. Dann nickte sie. »Also los.«

Sie tauschten die Plätze. Der Fahrersitz lag noch tiefer

als der Beifahrersitz, die Pedale weit vorne, scheinbar direkt vor der Stoßstange. Falcon suchte nach einer Möglichkeit, den Sitz zu verstellen, fand eine kleine Knopfleiste. Mit ein wenig Herumprobieren fand er die richtige Sitzposition und verstellte das Lenkrad, so daß es fast auf seinen Oberschenkeln lag. Mit einem Lächeln, das mehr Selbstvertrauen zum Ausdruck brachte, als er tatsächlich empfand, streckte er die Hand aus und drehte den Zündschlüssel um. Es war ein Doppelturbo. Trotz ihrer sechzig Jahre war die Karre wahrscheinlich eine Rakete.

Der Motor sprang sofort an, ein tiefes, volles Röhren. Die Instrumente erwachten zum Leben, die Benzinanzeige kletterte immer weiter nach oben, bis die Nadel auf F stand. Zumindest darum brauche ich mir keine Sorgen zu machen, dachte er.

Er tippte auf das Gaspedal, beobachtete die Reaktion des Drehzahlmessers, dessen roter Bereich bei fünfeinhalbtausend Umdrehungen pro Minute begann. Die Geschwindigkeit wurde in Meilen pro Stunde angezeigt, und der Tachometer reichte bis 210. Er vollführte die Umrechnung im Kopf. Das waren wieviel ... dreihundertfünfundzwanzig Kilometer? Nein, mehr. Wahrscheinlich Drek. Doch dann fiel sein Blick auf die Ladedruckanzeige für die Turbos, den Schalthebel des Sechsganggetriebes. Einundneunzig? War das nicht, bevor die ganzen harten Emissionsschutzgesetze in Kraft getreten waren? Vielleicht war es doch kein Drek.

Er trat auf die Kupplung, die so glatt wie Seide war, und testete die Gänge. Die Schaltwege waren kurz und präzise, viel besser als alles, was er bisher gefahren hatte. Ihm kamen langsam Zweifel, ob er mit dieser Karre tatsächlich umgehen konnte.

Doch dann verdrängte er alle Zweifel aus seinem Verstand. Wie er gesagt hatte, jetzt hieß es, er oder keiner. »Was ist mit der Tür?«

Sly nahm ein kleines Kästchen, das an der Sonnenblende festgeklemmt war, und drückte auf einen Knopf. Das große Rolltor direkt vor dem Wagen hob sich leise.

Mit einem letzten Blick auf das Schaltbild auf dem Knauf des Schalthebels legte Falcon den ersten Gang ein. Er gab ganz wenig Gas, sah die Nadel des Drehzahlmessers auf fünfzehnhundert Umdrehungen steigen. Dann ließ er vorsichtig, fast zimperlich, die Kupplung kommen, wobei er genau darauf achtete, an welchem Punkt sie faßte. Geschmeidig setzte sich der Wagen in Bewegung und fuhr die Rampe zur Straße hinauf.

Den Callaway zu fahren, war eine reine Freude. Nun, da er langsam das Gefühl für die Pedale bekam, verwandelte sich Falcons Angst vor dem gewaltigen Motor in uneingeschränkte Bewunderung. Das Drehmoment war unglaublich. Obwohl ihm klar war, daß sich der Wagen bei Geschwindigkeiten jenseits der in Städten geltenden Beschränkung wohler gefühlt hätte, war die Kraftübertragung so geschmeidig und zugleich manierlich, daß er nie das Gefühl hatte, der Wagen versuche sich ihm zu entziehen. Die ersten paar Blocks behielt er die Ladedruckanzeige im Auge, besorgt, er könne den Motor zufällig so hoch drehen, daß die Turbos einsetzten. Doch dann wurde der Wagen immer mehr zu einer Verlängerung seines Körpers, seines Willens. Er glaubte nicht, daß er irgend etwas tun konnte, das ihn überraschen würde.

Er warf Sly einen raschen Seitenblick zu und nahm erleichtert zur Kenntnis, daß sie den Türgriff aus ihrer krampfhaften Umklammerung entlassen hatte. »Wohin?« fragte er lässig.

»Nach Osten«, antwortet sie nach kurzem Nachdenken. »Highway Neunzig. Aber mach einen Bogen um Council Island«, fügte sie rasch hinzu.

Er schnaubte. »*Darauf* wäre ich auch selbst gekommen.«

Sie griff hinter den Fahrersitz, um den Computer hervorzuholen, den sie aus der Wohnung des Toten mitgenommen hatte. Legte ihn sich auf den Schoß und klappte die Tastatur auf. Dann warf sie Falcon einen zweifelnden Blick zu, als seien ihr plötzlich Bedenken gekommen.

Er grinste breit. »Bleib cool, Sly«, sagte er. »Tu, was nötig ist. Die Karre ist völlig unter Kontrolle.«

Wie als Reaktion auf das Selbstvertrauen in seiner Stimme — das diesmal echt war —, nickte sie mit einem flüchtigen Lächeln. Dann schaltete sie den Computer ein und entrollte das Glasfaserkabel.

Soll sie mit ihrem Spielzeug spielen, dachte Falcon, der immer noch grinste wie ein Bandit, und ich mit meinem.

Highway 90, aber unter Umgehung von Council Island. Der rascheste Weg verlief nördlich über die I-5, dann über den Highway 520 und die Schwebebrücke und dann auf der Route 405 nach Süden. Alles Autobahnen. Was Falcon nur recht war.

Er steuerte den Callaway in südlicher Richtung den Broadway entlang, bog dann nach rechts auf die Madison ab und fuhr in südwestlicher Richtung der I-5 entgegen. In der Auffahrt sah er, daß der Autobahnverkehr ziemlich flüssig war. Sein Grinsen wurde noch breiter. Warum nicht? Er trat das Gaspedal herunter.

Obwohl er die Ladedruckanzeige beobachtete und mit der zusätzlichen Kraftentfaltung rechnete, wurde er von dem plötzlichen Einsetzen der beiden Turbos völlig überrascht. Die riesigen Hinterreifen quietschten, und der Wagen schoß vorwärts, preßte Sly und Falcon in die Sitze. Einen Augenblick lang schlingerte der Wagen auf alarmierende Weise, bevor ihn Falcon wieder unter Kontrolle hatte. Sly keuchte vor Furcht.

»Kein Problem, Chummer«, krähte er, während er den Callaway durch die Gänge jagte. »Ich will nur mal sehen, was dieses Baby wirklich leistet.« Er spürte ihre Augen auf sich ruhen, ließ den Blick jedoch keinen Augenblick von der Straße und dem Verkehr vor sich. »Ich könnte mich daran *gewöhnen.*« Er beschleunigte den Wagen auf 115 Meilen — über 180 Kilometer! —, bevor er die Geschwindigkeit zurücknahm und in gemächlicherem Tempo weiterfuhr. Der Schlitten fühlte sich bei höherer Geschwindigkeit ebenso geschmeidig und stabil an wie bei fünfzig auf einer Nebenstraße.

Ja, er könnte sich echt daran gewöhnen.

21

14. November 2053, 1400 Uhr

Ich fühl mich wie Drek, dachte Sly. Ich muß unbedingt schlafen.

Sie griff nach unten, spielte mit den Knöpfen für die Sitzverstellung, stellte die Lehne ein wenig flacher und rutschte etwas nach vorn.

Der Sitz war bequem, so bequem, wie ein Autositz nach sechs Stunden ununterbrochener Fahrt überhaupt sein konnte. Und das tiefe, gleichmäßige Brummen des Motors, das Summen der Reifen auf der Straße hätte einschläfernd wirken müssen, aber Sly konnte einfach nicht eindösen, obwohl sie geistig und seelisch völlig erschöpft war.

Ein paarmal war sie fast eingenickt, aber wenn ihre Gedanken frei umherzuschweifen begannen und sich ihrer bewußten Kontrolle entzogen, kamen die schrecklichen Bilder zurück. Modal, der in den letzten Zügen lag und blutigen Schaum ausatmete. Der entsetzlich verstümmelte Körper Agarwals. Sie war aufgeschreckt, die Muskeln so verkrampft, als sei sie von einem Taser getroffen worden.

Sie waren jetzt aus Seattle, aus den UCAS, heraus. Sollte das nicht einiges ändern? Aber natürlich tat es das nicht.

Der Grenzübertritt in die Salish-Shidhe-Ländereien hatte für ein paar angespannte Minuten gesorgt. Sly war ziemlich sicher gewesen, daß die Daten, die sie auf Agarwals tragbarem Computer erstellt und dann in die Chips zweier Kredstäbe kopiert hatte, jeder normalen Überprüfung standhalten würden. Aber ziemlich sicher sein und *wissen* waren zwei völlig verschiedene Paar Schuhe. Als Falcon — der jetzt unter dem Namen David Falstaff reiste — dem aufmerksamen Grenzposten die beiden Kredstäbe aushändigte, hatte sie gespürt, wie sich vor Angst alles in ihr verkrampfte. Wenn sie die falschen Identitäten und Ausweise für David Falstaff und Cynthia Yurogowski nicht akzeptierten, würden sie Sly und Falcon so lange festhalten, bis sie ihre echten Namen ausgegraben hatten. Und wenn erst ihre *echten* Namen durch die Matrix gejagt wurden, wer wußte dann schon, wer sonst noch alles auf sie aufmerksam wurde?

Doch alles war gutgegangen. Der Grenzbeamte hatte die Kredstäbe einen nach dem anderen in das Lesegerät an seinem Gürtel gesteckt und die Informationen, die in ihnen gespeichert waren, über die Verbindung zu seiner Datenbuchse durchgesehen. Er hatte ein paar Routinefragen gestellt — Grund der Reise (wenngleich der, den gesetzlichen Vorschriften entsprechend, auf der Einreiseerlaubnis stand), Heimatadresse (dito) —, doch Falcon hatte sie völlig glatt beantwortet. (Alles andere hätte sie auch überrascht, so, wie sie ihm die Antworten zuvor eingetrichtert hatte.) Dann, gerade als sie dachte, sie seien durch, hatte der Grenzer noch über den verdammten Wagen reden wollen.

Sly zwang sich zur Entspannung. Das war jetzt alles Vergangenheit. Nachdem der Grenzer eine Reihe von technofreakmäßigen Fragen über Hubraum und Motorleistung gestellt hatte, auf die Falcon Antworten aus dem Stegreif erfand, hatte er den Callaway einfach durchgewunken und sich dem nächsten Fahrzeug zugewandt.

Auf dem Highway 90 war kaum Verkehr, während sie sich die Kaskaden-Kette hinaufschlängelten und durch das Gebiet des ehemaligen Snoqualmie National Forest fuhren. Der Himmel war mit schweren, grauschwarzen Wolken bedeckt, aber der Regen ließ auf sich warten.

Die Straße war zwar naß, aber Schnee lag nur auf den Grasrändern des Highways, deprimierend aussehende, schmutzigweiße Flecken am Straßenrand. Mitten im November war das für die Kaskaden ungewöhnlich. In Seattle schneite es überhaupt nicht mehr — eine Folge des ›industriellen Mikroklimas‹ und örtlich begrenzter Treibhauseffekte —, aber in den Bergen fielen oft mehrere Meter. Die Straßen, die über die höhergelegenen Pässe wie den Snoqualmie führten, waren oft gesperrt, insbesondere deshalb, da eine ganze Reihe der Stämme, aus denen sich das Salish-Shidhe Council zusammensetzte, Schneepflüge als ›unangemessene Technologie‹ zu betrachten schienen. Das unverhältnismäßig milde Wetter war ein Glücksfall, für den Sly dankbar war. Ein relativ leichter Wagen wie der Callaway würde mit Schnee wahrscheinlich nicht besonders gut zurechtkommen.

Um sie erhoben sich jetzt die bewaldeten Hänge der Kaskaden-Kette. Wegen der eingeschränkten Sicht konnte man leicht vergessen, daß der Snoqualmie-Paß mehr als tausend Meter über dem Meeresspiegel lag und die Gipfel, von denen sie umgeben waren, noch einmal tausend Meter höher waren. Hin und wieder erhaschte Sly einen Blick auf den Mount Rainier, der sich wie ein Gigant erhob und die ihn flankierenden Berge um Kopfes- und Schulterlänge zu überragen schien. Der Rainier hatte seinen eigentlichen Gipfel 2014 verloren, als das Land auf Daniel Howling Coyote und seinen Großen Geistertanz reagiert hatte, aber er war immer noch über viertausend Meter hoch.

Abgesehen von kurzen Geschäftsreisen wie derjenigen, die sie nach Tokio geführt hatte, war Sly nie aus

Seattle herausgekommen, hatte nicht einmal die Kaskaden besucht, die sich nur ein paar Autostunden entfernt im Osten des Sprawls befanden. Sie hatte sie sich immer wie die Rockies vorgestellt — gewaltige, majestätische, zerklüftete Gipfel aus nacktem Fels und Schnee —, die sie einmal auf einer Geschäftsreise nach Banff und Lake Louise, nördlich der ehemaligen Grenze zwischen Alberta und British Columbia, gesehen hatte. (Es handelte sich um das Reservat Dunkelzahns, des großen Drachen, wenngleich diese erhabene Gestalt nichts mit ihrem Run zu tun gehabt hatte — allen Göttern, die es dort geben mochte, sei Dank.) Die Rockies hatten einen außerordentlichen Eindruck auf sie gemacht. Sie fand sie wunderschön, ehrfurchtgebietend und in gewisser Weise sogar erschreckend.

Sie erinnerte sich, von Banff aus in nördlicher Richtung über den Highway 1 nach Lake Louise gefahren zu sein. Links vom Highway befand sich eine scheinbar ununterbrochene Reihe zerklüftet aussehender Gipfel, die sich in die Bäuche der tiefhängenden Wolken krallten. An einen der Gipfel — Mount Rundle? — erinnerte sie sich noch ganz genau, ein mächtiges Monument aus nacktem Fels, dessen absolut glatte Hänge sich in einem Winkel von fünfundvierzig Grad nach oben schraubten. Damals hatte sie gedacht, daß er wie ein Pflasterstein aussehe, wie der Abschnitt einer Straße zu den Göttern, den eine unvorstellbare Kraft geformt und eingesetzt hatte. Am linken und südlichen Rand endete er in einem scharfzackigen Sims, über den der stetige Wind ein langes Fähnlein Schnee wehte, das sie an Wolkenfetzen erinnert hatte, die sich an dem spitzen Fels verfangen hatten. Sie war sicher, daß das Banff-Gebiet, vulkanisch und geologisch gesprochen, bereits seit Millennien ›tot‹ gewesen war, als der Mensch die Szene betreten hatte. Doch die ganze Gegend besaß immer noch eine Aura des Neuen, des Unmittelbaren, gewaltiger Kräfte, die gegenwärtig — doch nicht dauerhaft — schliefen.

Die Kaskaden-Gipfel kamen ihr älter, verwitterter vor, und die Schroffheit wurde durch den Baumbewuchs irgendwie gemildert.

Sie warf einen raschen Blick auf Falcon. Wenn der Junge von der Fahrt, der Grenzüberquerung oder den Ereignissen zuvor angestrengt war, zeigte es sich weder in seinem Gesicht noch in seiner Haltung. Er wirkte entspannt, lächelte hin und wieder sogar, wenn er den kraftvollen Wagen auf der Paßstraße durch enge Serpentinen steuerte.

»Wenn du müde bist, sag es mir, dann halten wir an«, sagte sie.

Er nickte.

Sie räkelte sich ein wenig auf dem Sitz, bis sie die bequemste Stellung gefunden hatte, dann schloß sie die Augen und versuchte zu schlafen.

Zu ihrer Überraschung klappte es.

Die Berge der Küste lagen längst hinter ihnen, abgelöst von der unfruchtbaren Halbwüste des südöstlichen Salish-Shidhe. Mit den Bergen hatten sie auch die Wolken hinter sich gelassen, und der frühe Abendhimmel war klar und unendlich blau. Auch hier gab es keine Spur von Schnee, und das konnte nur bedeuten, daß die klimatischen Veränderungen nicht auf die Seattler Gegend beschränkt waren. Als sie noch ein Kind war, hatte im November in der Gegend um Sunnyside und dem Columbia River immer Schnee gelegen. Zumindest hätte der Boden durch den Frost beinhart gefroren sein müssen.

Doch hier und jetzt, gut nach siebzehn Uhr und kurz vor Sonnenuntergang, lag die Temperatur immer noch weit über dem Gefrierpunkt. Es mochten durchaus noch zehn Grad Celsius sein. Sly fragte sich kurz, ob im Salish-Shidhe-Land wohl immer noch das archaische Fahrenheit-System Gültigkeit hatte, wonach es ungefähr fünfzig Grad gewesen wären. Unnatürlich warm, egal welches System man benutzte. Nach Sonnenuntergang sackte die Temperatur möglicherweise ab wie ein Stein, doch Sly bezweifelte, daß es schneien würde.

Schon früh war klar gewesen, daß sie kurz nach Erreichen der Ebene tanken mußten, was Sly ein wenig nervös gemacht hatte. Die meisten Tankstellen gaben nur Methanol und Autogas ab, weil benzingetriebene Fahrzeuge nicht mehr allzu verbreitet waren, insbesondere in den Stammesgebieten. Außerdem war Falcon davon überzeugt, daß der Callaway unverbleites Benzin mit hoher Oktanzahl benötigte, ein spezielles Benzin, das wahrscheinlich nicht überall erhältlich war.

Wie sich herausstellte, hätten sie sich keine Sorgen zu machen brauchen. Sie hatten sich immer noch auf dem Highway 90 befunden, der Hauptverbindungsstraße zwischen dem Salish-Shidhe Council und dem Algonkian-Manitou Council. Dementsprechend gab es hier mehr Verkehr — und mehr benzingetriebene Lastwagen — als auf jeder anderen Straße im Umkreis von tausend Kilometern. Die erste Tankstelle, an der sie hielten, hatte das Benzin, das der Twin Turbo benötigte. (Natürlich zu einem himmelschreienden Preis, aber ihnen blieb keine andere Wahl, als den hiesigen Kurs zu bezahlen.)

Nicht lange danach waren sie auf die Route 82 abgebogen und durch Yakima gerauscht. Die Karte, die Sly an der Tankstelle gekauft hatte — eine Hardcopy-Ausführung auf richtigem Papier —, half ihnen bei der Wegbestimmung. Der Trick lag darin, ihre Durchschnittsgeschwindigkeit so hoch wie möglich zu halten, indem sie möglichst den alten Interstates folgten, gleichzeitig aber die Gebiete des A-M Councils und von Tir Tairngire mieden. (Das erstere war garantiert nicht halb so gefährlich wie das letztere, aber je weniger Grenzen sie überschritten, desto besser.)

Sie wollten der Route 82 nach Süden über den Columbia River folgen, bis sie auf die Route 84 stießen. (Laut Karte war der Treffpunkt der beiden Highways kaum mehr als einen Kilometer von der Tir Tairngire-Grenze entfernt. Das war viel näher, als Sly und Falcon dieser Grenze kommen wollten, aber jede andere Strecke hätte die Fahrt um mehrere Stunden verlängert.) Dann ging es auf der 84 weiter nach Südosten — wenn möglich unter Umgehung von Boise — und weiter zur Sioux-Grenze bei Pocatello. Von dort aus führte die einzige größere Straße in die Ute Nation, so daß sie auf zweitrangigen Straßen weiterfahren mußten, bis sie bei Rock Spurs den Highway 80 nehmen. Danach verlief der Highway direkt in östlicher Richtung, zunächst nach Laramie und dann weiter bis Cheyenne.

Und was dann? fragte sich Sly. Brachte sie diese Reise wirklich einer Lösung näher, oder handelte es sich nur um eine kompliziertere Methode, den Problemen aus dem Weg zu gehen?

Nein, schalt sie sich energisch. So durfte sie nicht denken.

Sie wandte sich an Falcon. »Können wir nicht schneller fahren?«

Seine Antwort bestand lediglich aus einem Grinsen, als er fester auf das Gaspedal trat.

22

15. November 2053, 0010 Uhr

Das verdammte Motel war zu nah am verdammten Highway und Falcons verdammtes Bett zu nah am verdammten Fenster!

Jedesmal, wenn einer dieser riesigen Lastwagen vorbeidonnerte, glaubte er, vom lärmenden Dröhnen des Motors würden ihm die Zähne ausfallen. Und dann erfaßte die Schockwelle zahlloser, durch die Nacht rauschender Tonnen von Metall Wand und Fenster und ließ sie erbeben, als sei draußen eine Granate hochgegangen. Und dabei sollen wir schlafen? jammerte Falcon im stillen.

Sein Blick fiel auf das andere Bett, auf dem sich Sly zu einer embryonalen Haltung zusammengerollt hatte. Einen Moment lang war er so wütend, daß er fast gegen ihr Bett getreten hätte. Wenn er keinen Schlaf bekam, warum, zum Teufel, dann sie? Sie hatten eine Münze geworfen, wer welches Bett bekam, aber es war ihre verdammte Münze gewesen, und sie hatte sie geworfen!

Doch dann verpuffte sein Ärger. Glaubte er wirklich, daß es einen Unterschied machte, ein paar Schritte weiter vom Highway entfernt zu sein? Sieh den Tatsachen ins Auge, sagte er sich.

Vielleicht hätten sie überhaupt nicht anhalten sollen. Als ihn Sly auf die Hinweistafel für das Motel aufmerksam gemacht hatte, war er so müde gewesen, daß er es für eine gute Idee gehalten hatte. Rückblickend erwies sich die ganze Sache jedoch als Schuß in den Ofen.

Die Crystal Springs-Ruhestätte. Er schnaubte. Ruhestätte? *Letzte* Ruhestätte traf den Kern der Sache schon eher. Und ›Springs‹ mußte für die Bettfedern stehen, die entsetzlich quietschten, kaum daß man seine Lage auf dem Bett geringfügig veränderte*. Der alte Sack am Empfang hatte nicht einmal einen Blick auf ihre Personaldaten geworfen, die über den Computerschirm liefen, als Sly ihre Kredstäbe eingeschoben hatte, um für das Zimmer zu bezahlen. (Sie hatten ihre neue Identität — David Falstaff und Cynthia Yurogowski — behalten, aber Sly hatte ein paar Änderungen vorgenommen, so daß sie jetzt beide aus Bellingham stammten.) Falcon dankte den Geistern, daß sie beide amerindianisch aus-

---

* *Anmerkung des Übersetzers:* Wortspiel mit dem Namen des Motels: ›Crystal Springs‹ bedeutet eigentlich ›Kristallquelle‹, aber ›spring‹ bedeutet unter anderem auch (Bett-)Feder.

sahen — wenigstens irgendwie. Die Leute stellten einem in der Regel nicht so viele Fragen.

Leute wie der Mann am Empfang, zum Beispiel, aber sein schmieriges Grinsen verriet Falcon, woran er dachte, wenn sich eine Frau ein Motelzimmer mit einem Burschen teilte, der halb so alt wie sie war. Das hatte natürlich einen interessanten Gefühlswirrwarr in ihm hervorgerufen. Ein Teil von ihm hatte dem alten Sack die Lichter ausblasen wollen, ein anderer Teil hatte sich irgendwie gewünscht, er hätte recht.

Was natürlich nicht der Fall war. Sie hatten um die Betten gelost und sich dann hingelegt, um ein paar Stunden zu schlafen.

Und dann war der erste Truck vorbeigerauscht.

Logisch betrachtet, war Falcon eigentlich froh, daß sie sich zu einer Rast entschlossen hatten. Seine erste Begegnung mit einem der gewaltigen Multi-Hänger-›Straßenzüge‹ hatte ihn zu Tode erschreckt. Er war mit etwa zweihundert Stundenkilometern, der Reisegeschwindigkeit des Callaway, die Straße entlanggedüst, die vor ihm total leer ausgesehen hatte. Dabei hatte er sich natürlich am Fehlen jeglicher Scheinwerferlichter entgegenkommender Fahrzeuge orientiert. (Bei zweihundert Stundenkilometern nützten ihm die Scheinwerfer an seinem Wagen nicht mehr viel. Wenn sich irgend etwas ohne Eigenbeleuchtung auf der Straße vor ihm befand, würde er wahrscheinlich damit zusammenprallen, bevor sein Hirn überhaupt zur Kenntnis nahm, daß er etwas gesehen hatte.) Einen Augenblick lang glaubte Falcon, er hätte ein paar schwache Lichter vor sich gesehen, tat die Beobachtung jedoch als leichte Halluzination ab. Dann war auf der gegenüberliegenden Fahrbahn eine gigantische, dröhnende Metallmasse aufgetaucht und vorbeigedonnert, bevor er auch nur hatte reagieren können. Im Sog des *Dings* war der Callaway ziemlich wüst ins Schlingern geraten. Mit einem Kichern erinnerte er sich daran, wie Sly dadurch ziemlich zügig aus ihrem Schlummer gerissen worden war. (Das Ding war bereits verschwunden, nur noch ein paar winzige rote Lichter im Rückspiegel, bevor sie ihren ersten Schrei beendet hatte.)

Vielleicht zehn Minuten später war es zur nächsten Begegnung gekommen. Er ging ein wenig vom Gas, verlangsamte den Wagen auf hundertfünfzig, so daß er eine bessere Chance hatte, das Ding zu sehen. Diesmal machte er es ein paar hundert Meter entfernt aus. Es fuhr ohne Scheinwerfer, eine schwarze Masse mit Ausnahme einer winzigen Reihe äußerer Begrenzungslichter, die seine Ausmaße kennzeichneten. Im Vorbeifahren war es ihm gelungen, ein paar Einzelheiten zu erkennen.

Falcon glaubte, in der Zugmaschine einen Nordkapp-Conestoga Bergen erkannt zu haben. Mit ihren fünf riesigen, selbstgetriebenen Anhängern im Schlepptau bildete sie einen gewaltigen, zusammenhängenden Konvoy, der von Stoßstange zu Stoßstange fast hundert Meter lang war. Der Truck fuhr wahrscheinlich hundertzwanzig Kilometer pro Stunde, was bedeutete, daß die Annäherungsgeschwindigkeit so um die *zweihundertsiebzig* Stundenkilometer betrug. Kein Wunder, daß der Callaway gebockt hatte wie ein Flugzeug in einem Wirbelsturm.

Warum, zum Teufel, fahren die ohne Scheinwerfer? hatte Falcon innerlich getobt. Verdammte Idioten!

Erst da hatte er die Einzelheiten, die er gesehen hatte, bewußt zur Kenntnis genommen. Anstelle von Fenstern hatte der große Bergen die üblichen heruntergezogenen Windfänge. Kein Fahrer hätte sehen können, wohin, zum Teufel, er überhaupt fuhr und was sich vor ihm auf der Straße befand, während er hinter jener monströsen Wand aus solidem Metall saß. Dann fielen ihm die sonderbaren klobigen Dinger ein, mit der die Zugmaschine übersät gewesen war. Und schließlich begriff er.

Die Lastwagenfahrer in Seattle und dem Rest der

UCAS wetterten erbittert gegen diese Dinger. Die Trideoberichte hatten damals keinen großen Eindruck auf ihn gemacht, aber jetzt fiel ihm alles wieder ein. Anscheinend experimentierten einige der Native American Nations mit etwas, das die Australier für Transporte durch die Outbacks erfunden hatten: Völlig automatisierte Trucks, in denen Autopiloten mit Expertensystemen und begrenzter künstlicher Intelligenz zum Einsatz kamen, die ihren Input ausschließlich über einen umfangreichen, außen am Truck angebrachten Sensorsatz erhielten. Diese Trucks donnerten ohne eine einzige lebende Person an Bord durch die Nacht und fuhren ohne Scheinwerfer, weil die Sensoren im Dunkeln besser sahen, als ein Mensch bei hellem Sonnenschein. Viel zuverlässiger, weil Autopiloten bei der Arbeit nicht tranken und auch keine Drogen oder Chips einwarfen. Auch nicht einschliefen, und, was das Wichtigste war, nicht für höhere Löhne oder bessere Arbeitsbedingungen streikten.

Falcon fragte sich, wie gut diese Autopiloten wohl waren. Was, wenn ich über den Mittelstreifen gefahren wäre? dachte er. Wäre der riesige Truck dem Callaway ausgewichen? Auf die Bremsen gestiegen? Oder wäre er einfach weitergerast und hätte den Twin Turbo dabei zu Metallkonfetti verarbeitet? Sehr wahrscheinlich letzteres. Unter Berücksichtigung der Massendifferenz würde ein Frontalzusammenstoß jeden entgegenkommenden Wagen ein für allemal erledigen, auf der Zugmaschine aber höchstwahrscheinlich nur ein paar Kratzer hinterlassen. Und die Kosten für eine Lackauffrischung lagen sehr wahrscheinlich niedriger als die Kosten, die durch Verzögerungen entstanden. Der Gedanke ließ Falcon frösteln.

Ein weiterer Straßenzug donnerte vorbei und ließ das Motel in seinen Grundfesten erbeben. Kein lebendes Wesen auf dem Highway, aber die Fracht war trotzdem unterwegs.

»Woher wußtest du es?«

Er schrak zusammen, sah zu Sly. Sie lag immer noch in ihrer Embryonalhaltung da, das Gesicht zur Wand gedreht.

»Was?«

Sie wälzte sich herum, setzte sich auf, lehnte den Kopf gegen das fleckige, zerkratzte Kopfende des Bettes. »Im Sheraton. Woher wußtest du von dem Überfall?«

Das war dieselbe Frage, die er sich die ganze Zeit gestellt hatte, während er den Callaway durch die Nacht jagte. Sly hatte auf dem Beifahrersitz gedöst und ihn mit seinen Gedanken allein gelassen. Er zuckte die Achseln.

»Ich habe etwas gehört«, sagte er mit einigem Unbehagen.

»Was hast du gehört? Wie jemand den Hahn seiner Waffe gespannt hat? Was?«

Er zögerte. Wenn er ihr die Wahrheit sagte, würde sie dann glauben, daß er den Verstand verlor? Dann fragte er sich, ob das vielleicht tatsächlich der Fall war. »Ich hörte eine Stimme«, sagte er zögernd.

Sie schüttelte unzufrieden den Kopf. »Die haben wir auch gehört«, erinnerte sie ihn. »Eine Männerstimme, die ›Zimmerservice‹ sagte.«

»Nein. Ich meine, das habe ich auch gehört. Aber...« Er brach ab.

Sie drängte ihn nicht, beobachtete ihn nur mit stetem Blick. Das Licht vom Neonschild des Motels fiel durch die Ritzen der schlecht angepaßten Jalousien vor dem Fenster und zog gelbrote Linien durch das Zimmer und über die Betten. Ihre Augen reflektierten das Licht, was sie wie eine glutäugige Kreatur aus einem Horrortrideo aussehen ließ.

Er versuchte es noch einmal. »Ich hörte... ich hörte meine eigene Stimme, aber sie war nur in meinem Kopf. Ich hörte sie nicht mit den Ohren. Meine eigene Stimme ... Und sie sagte ›Gefahr‹. Und ich wußte Bescheid. Ich *wußte*, es war eine Falle.«

Zu seiner Überraschung — und Erleichterung — nannte Sly ihn nicht einen Lügner, behauptete nicht, er sei ein armer Irrer. Sie nickte nur zögernd. »Bist du ein Magier, Falcon? Ein Schamane?« fragte sie ruhig.

Er schüttelte den Kopf, kicherte sarkastisch. »Nein«, erwiderte er. *Noch nicht.*

Und dann zögerte er. Kannte er die Antwort? Wie war es wirklich, wenn die Totems riefen? Hörte man sie als Stimme von außen? Oder hörte man seine eigene Stimme? Beschritt er schon den Pfad der Schamanen und wußte es nur nicht? Er zuckte die Achseln, schob den Gedanken beiseite. Darüber würde er sich Gedanken machen, wenn dies alles vorbei war. Falls es überhaupt jemals vorbei war.

»Wurdest du in Seattle geboren, Falcon?« fragte Sly. Ihre Stimme war weich, entspannt. Sie schien noch halb zu schlafen und machte zum erstenmal, seitdem er sie kennengelernt hatte, einen lockeren und unbesorgten Eindruck. Ihr Gesicht war glatt, ohne die üblichen Sorgenfalten. Dadurch wirkte sie viel jünger.

»In Purity«, antwortete er, »draußen in den Barrens.«

»Ich kenne Purity. Was ist mit deiner Familie. Lebt sie noch?«

»Meine Mutter auf jeden Fall, das weiß ich.«

»Immer noch in Purity?« Er nickte. »Warum bist du von zu Hause weggegangen?«

Er schwieg eine ganze Weile, erinnerte sich. Erinnerte sich an die Frau, die ihn und seine Brüder aufgezogen hatte, die sich um sie gekümmert hatte, die sich abgerackert hatte und dabei vorzeitig gealtert war, um ihnen das zu geben, was sie brauchten, um ihnen eine bessere Chance zu geben, als sie je gehabt hatte. Erinnerte sich an sein Schuldgefühl, als ihm zum erstenmal klar geworden war, wieviel es sie kostete, noch ein hungriges

Maul zu stopfen, für eine weitere Person zu sorgen. »Ich mußte einfach gehen«, sagte er schließlich, verärgert über den Anflug unterdrückter Gefühlsaufwallung in seiner Stimme — ein Zeichen der Schwäche. »Ich wollte einfach nur mein eigenes Leben führen, weißt du?«

Er lag angespannt da, wartete auf weitere bohrende Fragen, die weitere schmerzhafte Themen anschneiden und weitere schmerzhafte Gedanken mit sich bringen würden. Doch sie schwieg. Er sah sie an. Auf ihrem Gesicht lag ein sanftes Lächeln, ein Lächeln der Traurigkeit. Des Verstehens.

»Dein Vater?« fragte sie sanft.

Er zuckte wieder die Achseln. »Er... er hat uns verlassen, als ich noch klein war.« Zu seiner Überraschung war es bei weitem nicht so schmerzhaft, es auszusprechen, wie er erwartet hatte. »Er war ein Shadowrunner.«

»Hast du ihn gekannt?«

»Nein. Er hat uns verlassen, als ich sechs war, und er war auch vorher nicht oft zu Hause. Aber meine Mutter hat oft von ihm erzählt.«

»Was ist aus ihm geworden?«

»Keine Ahnung«, antwortete Falcon aufrichtig. »Mom — meine Mutter — weiß es auch nicht. Sie sagte, er hätte einen Run angenommen und sei einfach nicht mehr zurückgekommen. Sie hat uns erzählt, es wäre irgendeine große Sache gewesen, ein Run gegen irgendeinen Megakonzern. Sie dachte, er hätte vielleicht zuviel Staub aufgewirbelt und sei einfach untergetaucht, um die Familie nicht mit reinzuziehen. Sie sagte, wenn Gras über die Sache gewachsen wäre, wenn die Konzerne nicht mehr nach ihm suchten, würde er zu uns zurückkommen. Und mit uns aus dem Plex wegziehen. Das hat sie gesagt.«

Er wartete auf die nächste Frage — *Glaubst du das?* —, aber sie stellte sie nicht. Beobachtete ihn lediglich schweigend, nickte.

Also, *glaube* ich es? fragte er sich selbst. Habe ich es jemals geglaubt?

Es hatte eine Zeit gegeben, da hatte er es selbstverständlich geglaubt. Wenn man jung genug ist, glaubt man seiner Mutter alles, oder nicht? Wenn sie einem vom Nikolaus erzählt, von der Zahnfee, vom verdammten Osterhasen. Und von seinem Dad — dem Top-Runner, der mit Runs gegen die Megakonzerne das große Geld macht.

Verbarg sich also Rick Falk — der *ebenfalls* den Straßennamen Falcon benutzt hatte — irgendwo im Schoß des Luxus? Und wartete auf den geeigneten Zeitpunkt, um nach Purity zurückzukehren — wahrscheinlich in einem Rolls Royce Phaeton — und seiner Familie fortan ein Leben zu bieten, wie sie es sich nie hätte träumen lassen? Dachte er — Tag und Nacht — an die Frau und die Kinder, die er zurückgelassen hatte?

Wie standen wohl die Chancen? Sein Dad war vor neun Jahren gestorben, *das* war die Wahrheit. Er hatte sich gegen einen großen Konzern gestellt, und der Konzern hatte ihn zerquetscht, wie Falcon einen verfluchten Moskito zerquetschen mochte. Das war die Wahrheit.

Wie der Vater, so der Sohn?

»Ich bin müde«, sagte er zu Sly. Dann drehte er sich um und schloß die Augen. Ein weiterer Straßenzug rauschte vorbei, und der Motorenlärm und die Schockwelle schienen die gesamte Struktur der Realität zu erschüttern.

23

15. November 2053, 1945 Uhr

Die Stadt Cheyenne, Sioux Nation, war größer, als Sly erwartet hatte, aber natürlich viel kleiner als Seattle. Der Innenstadtkern war etwa ebensogroß, aber die umliegenden Gebiete waren weniger ausgedehnt. Keine endlosen Vororte, die langsam verrotteten und zum Teufel gingen. Als sie auf der Route 80 in die Stadt fuhren und dann die Abfahrt Central Avenue Richtung Innenstadt genommen hatten, waren ihr einige Anzeichen aufgefallen, daß es wahrscheinlich früher einmal die ausgedehnten Schlafzimmergemeinden, die endlosen Reihen der Automobilvertretungen und Schnellrestaurants, der Einkaufspassagen und Bowlingbahnen gegeben hatte. Aber all das war vor der Völkermordkampagne, vor dem Großen Geistertanz und dem Vertrag von Denver gewesen. Jetzt hatten die Native Americans all diese Zeichen der ›Unterdrückung durch die Bleichgesichter‹ niedergerissen, und das Land war zu seinem natürlichen Zustand zurückgekehrt. Über die Reste der abgerissenen Gebäude und ihrer Fundamente waren Gras, Büsche und Bäume gewachsen.

Die Innenstadt selbst war irgendwie widersprüchlich. Die Gebäude waren hoch, fachkundig gebaut und viel besser konstruiert als die in Seattle. Der Stadt haftete etwas Zusammenhängendes an, eine Art Ganzheit, in der jedes Bauwerk seinen Platz hatte. Anstatt irgendeinem architektonischen Hundefrühstück zu ähneln, griffen die einzelnen Gebäude ineinander und erweckten einen Eindruck der Einheit. Sly war seltsam berührt und fragte sich, ob so Städte aussehen sollten.

Sie waren durch die Innenstadt gefahren und auf der anderen Seite wieder heraus. Die Stadt machte einen geschäftigen, lebhaften Eindruck, ihre Straßen und Bürgersteige waren überfüllt. Aber irgendwie fehlte das aufgedrehte, frenetische Hart-am-Abgrund-Gefühl, das charakteristisch für Seattle war. Oder auch Tokio, was das betraf.

Sie waren am Cheyenne Municipal Airport vorbeigefahren und auf die Route 25 in Richtung Norden abgebogen. Und dort hatten sie einen Ort gefunden, wo sie ihre Operationsbasis aufschlagen konnten: Ein kleines Motel, etwas abseits vom Highway und am Rande einer ziemlich großen Luftwaffenbasis gelegen. Sie hatte einmal Warren Air Force Base oder so ähnlich geheißen, erinnerte sich Sly, als sie diese unwesentliche Information aus den Tiefen ihres Gedächtnisses ausgrub. Den großen Schildern in der Nähe des Haupttors zufolge, hieß sie jetzt schlicht Council Air Base (›Frieden durch Abschreckung‹).

Das Motel war das Plains Rest, ein zweigeschossiger Stahlbetonbau, der U-förmig um einen von Bäumen überschatteten Swimmingpool angelegt war. Die meisten Gäste waren wahrscheinlich Geschäftsreisende, die eine Unterkunft in der Nähe des Flughafens brauchten, welche nicht zu weit von der Stadt weg war.

Das Einchecken war kein Problem gewesen. Die Frau am Empfang war wachsamer gewesen als der Bursche im Crystal Springs und hatte tatsächlich die in ihren Kredstäben gespeicherten Personaldaten gelesen, als sie auf dem Computermonitor erschienen waren. Die falschen Identitäten und anderen Dokumente hatten ihrer Überprüfung jedoch standgehalten. Und damit hatte sie ihnen die Paßkarte zu Zimmer 25D überreicht, einem ›Apartment‹ mit einer winzigen Kochnische, dessen Fenster auf den Pool hinausgingen.

Jetzt saß Sly an dem kleinen Tisch, stöpselte Smelands Cyberdeck in die Telekomdose und schaltete das System ein.

Falcon räkelte sich auf einem der großen Doppelbetten und spielte mit den Kontrollen des Massagesystems. Er rollte den Kopf von einer Seite auf die andere und versuchte offenbar, eine Verspannung in seinem Nacken loszuwerden.

»Was jetzt?« fragte er.

Gute Frage, dachte Sly. »Ich werde mich einfach einstöpseln und mal sehen, was in der Matrix so läuft«, sagte sie, wobei sie versuchte, sich ihre Nervosität nicht anmerken zu lassen. »Behalt mich im Auge, während ich weg bin, okay?«

Er nickte, tätschelte die Maschinenpistole, die er auf das Nachtschränkchen gelegt hatte. »Paß auf dich auf«, sagte er leise.

Ja, paß auf dich auf. Sie stöpselte das Kabel in ihre Datenbuchse ein. Zögerte einen Augenblick. Ich will ja gar nicht tief eindringen, erinnerte sie sich. Nur eine rasche Oberflächensuche. Und die öffentlichen Datennetze sind nicht mit Ice gesichert. Kein Grund zur Panik. Dann, bevor sie es sich anders überlegen konnte, hieb sie auf die Go-Taste.

Eine halbe Stunde später zog sie das Kabel aus der Datenbuchse, lehnte sich auf dem unbequemen Stuhl zurück und reckte sich. In ihrem Rücken knackte und knirschte es. Drek, sie wurde langsam zu alt für diese Sachen.

Falcon beobachtete sie vom Bett aus. »Was gibt es?«

»Nichts«, sagte sie, indem sie sich noch ein bißchen mehr reckte und unter dem Schmerz überanstrengter Sehnen zusammenzuckte. »Wir sind aus dem Schneider. Keine Steckbriefe oder Haftbefehle für Sharon Young und Dennis Falk. Auch nicht für Cynthia Yurogowski und David Falstaff, was das betrifft.«

Der Junge sah überrascht aus. »Du hast damit gerechnet?« fragte er ungläubig. »Die UCAS und die Sioux sind doch viel zu sehr mit ihren Grenzstreitigkeiten beschäftigt, um zu irgendeiner Art von Zusammenarbeit zu gelangen.«

Sie nickte. »Ja, ich weiß. Offiziell gibt es keinen Auslieferungsvertrag und nur eingeschränkte diplomatische Beziehungen. Aber ich habe mir wegen der *in*offiziellen Zusammenarbeit Sorgen gemacht. Zum Beispiel, daß irgendein in Seattle beheimateter Konzern eine *große* Spende für den Rentenfonds der Siouxpolizei gemacht haben könnte — natürlich mit der Auflage, diese beiden Desperados Young und Falk aufzuspüren und auszuliefern.«

»Das könnten sie tun?«

Sie wollte über seine Naivität kichern, zeigte ihre Belustigung jedoch nicht. »Das könnten sie tun«, erwiderte sie in gemessenem Tonfall. »Die Tatsache, daß sie es *nicht* getan haben, bedeutet wahrscheinlich, sie wissen nicht, daß wir hier sind.«

»*Wahrscheinlich*«, echote er.

»Manchmal muß das eben reichen.«

Er schwieg eine Zeitlang. »Wie lange wird es dauern?« fragte er angelegentlich. Nur seine Augen verrieten den Grad seiner Besorgnis.

»Bevor sie uns hier aufspüren?« Sie zuckte vielsagend die Achseln. »Wahrscheinlich nicht lange. Irgendwann wird jemandem auffallen, daß einer von Agarwals Wagen verschwunden ist, und dann werden sie unserer Spur über die Grenzen folgen.«

»Wir hätten andere Nummernschilder klauen sollen.«

Jetzt grinste sie ganz unverhohlen. »Was würde das nützen?« fragte sie. »Was glaubst du wohl, wie viele einundneunziger Callaway Twin Turbos in der Gegend herumfahren?«

Er versank in brütendes Schweigen. Sly überließ ihn seinen Gedanken.

»Was machen wir jetzt also?« fragte er schließlich.

Und wie immer war das die große Frage.

Sly wußte, was sie tun *wollte*, nämlich sich schnurstracks in die Karibische Liga absetzen und es den Konzernen überlassen, sich gegenseitig zum Teufel zu schicken. Vielleicht war das der einzige Ausweg. Sollte doch der Rest der Welt zur Hölle gehen, wenn er unbedingt wollte, und hoffentlich kam keiner auf die Idee, Barbados zu bombardieren ...

Aber das alte Problem war *immer noch* da. Sie mochte sich noch so oft dazu durchringen, alles sausen zu lassen, aber wie konnte sie all die Konzerne, Regierungen und Gott weiß wen davon überzeugen? Das konnte sie nicht. Was bedeutete, daß es noch immer nur einen Ausweg gab, so sehr sie es auch haßte, nur darüber nachzudenken.

»Wirst du es noch mal mit dem Zürich-Orbital versuchen?«

Sie ballte die Fäuste, um den plötzlichen Schüttelfrost zu unterdrücken. Wandte sich ab und gab vor, sich mit dem Aufwickeln des Cyberdeck-Datenkabels zu beschäftigen. »Nein«, sagte sie, als sie glaubte, ihre Reaktionen unter Kontrolle zu haben. »Nein, ich glaube nicht, daß dafür schon die Zeit reif ist.« Sie beobachtete ihn aus dem Augenwinkel, wartete auf irgendeine Reaktion.

Er zuckte lediglich die Achseln, doch sie glaubte einen Anflug von irgendwas — vielleicht Verständnis? — in seinen Augen zu entdecken. »Die Matrix ist *deine* Spielwiese«, sagte er vernünftigerweise. »Deine Entscheidung.«

Ein paar Minuten lang sprach keiner von ihnen. Ich muß ihm die Wahrheit sagen, dachte sie schließlich, soviel bin ich ihm einfach schuldig.

»Ich habe Angst, Falcon«, platzte es aus ihr heraus. »Ich habe Angst davor, wieder in die Matrix zurückzukehren.«

»Warum?«

Sie sah weg. »Vor fünf Jahren bin ich abgestürzt. Und zwar ziemlich schwer. Irgendwelches schwarzes Ice hat mich erwischt. Es hat mich nicht umgebracht, aber es war *so* dicht davor, mein Hirn zu rösten. Es hat Jahre gedauert, bis die Schäden verheilt waren. Die *körperlichen*

Schäden«, betonte sie. »Die psychischen Schäden? Ein großer Teil ist bis heute noch nicht verheilt. Ich bin überzeugt...« Sie hielt inne, verlangsamte bewußt ihren Redefluß. »Ich bin überzeugt, ganz tief drinnen bin ich davon überzeugt, daß meine nächste Begegnung mit schwarzem Ice tödlich für mich enden wird. Ende der Geschichte.«

»Du warst doch schon im Gitter«, stellte Falcon fest.

»Ja, aber mit T.S. als Rückendeckung.« Sie unterdrückte einen weiteren Schauder. »Und selbst da...« Sie zwang sich, die Vorstellung von den schwarzen Gestalten, den schwarzen Ice-Konstrukten, die Jurgensen flankiert hatten, zu verdrängen.

Sie schwieg. Falcon sagte nichts, beobachtete sie lediglich mit stetem Blick. Begriff er überhaupt etwas von dem, was sie erzählte? fragte sie sich.

»Ich weiß, ich muß wieder zurück und es noch mal mit dem Zürich-Orbital versuchen«, sagte sie zögernd, wobei sie die eigenen Worte im Innersten erbeben ließen. »Ich habe gar keine andere Wahl. Aber ich bin noch nicht bereit. Ich brauche mehr Ausrüstung — ein paar Utilities für das Deck. Und vielleicht einen Phase Loop Recourser und ein paar andere Spielzeuge.« Sie hielt inne, fügte leise hinzu: »Und ich muß mich dafür psychisch aufmöbeln. Verstehst du das?« Sie sah ihn an.

Er räkelte sich immer noch lässig auf dem Bett, aber irgend etwas an seiner Körperhaltung hatte sich geändert. Seine Augen ruhten auf ihr, stetig, taxierend. Und verstehend. Akzeptierend. »Deine Entscheidung«, sagte er.

Dann plötzlich, als wolle er einen unerfreulichen Gedanken abschütteln, wälzte er sich vom Bett. »Tu, was du tun mußt«, sagte er entschlossen. »Aber ich muß mir etwas Bewegung verschaffen, Sly. Wenn ich hierbleibe, drehe ich mit Sicherheit durch.«

Sie lächelte verständnisvoll. Wie lange war es her, daß sie auch so voller Energie war und etwas unternehmen mußte? Zehn Jahre? Mehr? Es kam ihr nicht so vor. »Nimm den Wagen, wenn du willst«, sagte sie, »aber sei vorsichtig, okay?«

Er bedachte sie mit einem aufsässigen Lächeln. »Hey, Vorsicht ist mein zweiter Vorname.«

Ja, klar.

Er schnappte sich die Schlüssel vom Tisch, ging zur Tür. »Warte nicht auf mich, ja?« Er hielt inne. »Und sei selber vorsichtig.« Und dann war er verschwunden.

24

15. November 2053, 2200 Uhr

Falcon ging langsam, genoß das Gefühl der nächtlichen Stadt um ihn. Er hatte den Callaway in einem gebührenpflichtigen Parkhaus auf der Twenty-third Street Ecke Pershing Boulevard abgestellt. Als er die Gebühr im voraus mit seinem Kredstab — David Falstaffs Kredstab, um genau zu sein — bezahlte, hatte er etwas über die Sioux Nation herausgefunden, das er bisher noch nicht gewußt hatte.

Für manche Dinge benutzten sie immer noch harte Währung. Nicht nur Kredits, die elektronisch überwiesen wurden, sondern richtige, harte Währung. Münzen aus metallüberzogenem Plastik, Banknoten aus beschichtetem Mylar. Die gültige Währungseinheit war der vertraute Nuyen wie fast überall auf dem Kontinent. Aber es sah so aus, als würden die meisten kleineren Transaktionen — wie das Bezahlen eines Parkscheins und wahrscheinlich auch kleinere Bestechungsaktionen — unter Benutzung von Münzen und Banknoten durchgeführt. Als Falcon seinen Kredstab herausgeholt hatte, war der Parkwächter, ein großer Kerl mit einer gefärbten Mohawksichel, etwas heftig geworden. Falcon spielte den dämlichen Touri, indem er behauptete, gerade erst aus den Salish-Shidhe-Ländern eingereist zu sein, und sich für seine Unwissenheit entschuldigte. Einem Geistesblitz folgend, fragte er den Parkwächter, ob er nicht eine größere Summe von seinem Kredstab abbuchen und ihm den Überschuß bar auszahlen könne. Nach einer Minute des Herumnörgelns und Meckerns war der Bursche einverstanden gewesen. Er berechnete Falcon hundert Nuyen für die Parkgebühr in Höhe von fünf und überreichte ihm fünfundachtzig Nuyen in Münzen und Scheinen. (Die verbleibenden zehn Nuyen waren natürlich die gesetzlich vorgeschriebene ›Wechselgebühr‹.) Mit dem ungewohnten Gewicht der Münzen in seiner Tasche entfernte sich Falcon von dem freien Unternehmer im Gewand eines Parkwächters und begann mit seiner Besichtigungstour.

Der Pershing Boulevard schien das Zentrum des Nachtlebens in Cheyenne zu sein. In der Nähe der Kreuzung mit der Twenty-third standen ein paar große Gebäude, die nach Regierung oder Stadtverwaltung aussahen, darunter auch eines, das als Sioux National Theater ausgewiesen war. Aber weiter westlich entlang des Boulevards, weiter in Richtung Zentrum, wurden die Häuser kleiner und schäbiger. Haufenweise Kneipen und Clubs, viele davon mit Neonschildern, auf denen für LIVESHOWS AUF OFFENER BÜHNE geworben wurde, andere mit ausführlicheren Holodarstellungen, welche die dargebotenen Attraktionen in fast klinischen Details zeigten.

Zuerst bemerkte er, daß fast jeder, der ihm begegnete, ein Amerindianer war. Die meisten trugen Klamotten, die auf den Straßen Seattles nicht deplaziert gewirkt hätten. Doch hin und wieder sah er auch jemanden in traditionellen Hirschlederbreeches, Leggings und perlenbestickten Mokassins. Die häufigste Frisur war diejenige, welche von den meisten Leuten in Seattle Mohawksichel genannt wurde — eine Haarsichel, die von der Stirn in den Nacken reichte, und bei der beide Seiten des Kopfes kahlrasiert waren.

Eine Erinnerung nagte an Falcon, irgend etwas, das er in dem Buch von H.T. Langland gelesen hatte. Diese Art von Frisur war von den echten Mohawks niemals getragen worden, sondern von den Creeks und anderen Stämmen. Laut Langland hatten sich die traditionellen Mohawks die *Mitte* des Kopfes rasiert und nur an den Seiten und im Nacken einen Haarkranz gelassen. An der Ecke Pershing und Logan sah er jemanden mit dieser Frisur: Einen *großen* Kerl in einer Uniform, die geradezu nach Cop schrie, und mit einer riesigen Kanone, die in seinem Gürtelhalfter aussah, als sei sie einen Meter lang. Falcon hastete vorbei, mied seine Augen, spürte die Blicke des Cops wie kalte Finger über seinen Rükken huschen.

Während er eine andere Straße mit Oben-ohne-Bars entlangschlenderte, fragte sich Falcon, was er hier draußen eigentlich tat. Die Wahrheit entsprach dem, was er Sly erzählt hatte: Er hatte einfach rausgemußt, sonst hätte er in spätestens einer Stunde Kleinholz aus dem Motelzimmer gemacht. Außerdem war es nicht das schlechteste, ein Gefühl für die Stadt zu bekommen.

Und was war mit Sly? Ein Teil von ihm war froh, daß sie sich ihm anvertraut und erzählt hatte, was ihr auf der Seele lag. Aber ein anderer Teil wollte gar nicht wissen, daß Sharon Louise Young, die fähige, erfahrene, professionelle Shadowrunnerin, sich psychisch aufmöbeln mußte, um sich Dingen zu stellen, vor denen sie Angst hatte, ganz so wie Dennis Falk. Entschlossen schob er beide Gedanken beiseite. Um diesen Drek kannst du dir später noch Sorgen machen, sagte er sich.

Er blieb vor einer besonders schäbig aussehenden Kaschemme stehen. Entweder hatte sie keinen Namen oder man machte sich nicht die Mühe, ihn anzuzeigen. Dem draußen angebrachten Holo zufolge schien ihr einziger Anspruch auf Berühmtheit ein Akt mit zwei verblüffend ausgestatteten Anglo-Blondinen zu sein, die augenscheinlich eine seltsame Vorliebe für Gemüse, Flöten und Tischtennisbälle hatten.

Er schlenderte hinein, nur um an der Innentür vom Rausschmeißer — einem amerindianischen Troll, dessen asymmetrischer Kopf die hohe Decke streifte — aufgehalten zu werden, als dieser irgendeinen Ausweis sehen wollte. Falcon steckte seinen Kredstab in den dafür vorgesehenen Computerschlitz, im stillen dankbar für Slys Entschluß, David Falstaff einundzwanzig Jahre alt zu machen, überreichte ihm eine zerknitterte Fünfnuyen-Note als Eintritt und ging hinein.

Die Salatshow war in vollem Gange, wobei die Vorgänge die beiden Blondinen auf der Bühne geradezu kosmisch zu langweilen schienen. Vorne, in der ›Gynäkologenreihe‹ direkt vor der erhöhten Bühne, waren ein paar Plätze frei, aber er wählte einen kleinen Ecktisch im hinteren Teil der Kaschemme, wo er einen strategischen Überblick über den ganzen Laden hatte. Als der Kellner vorbeikam, bestellte Falcon ein Bier und einen unverdünnten Schnaps und fuhr dann fort, seine Aufmerksamkeit gleichmäßig zwischen Show und Publikum aufzuteilen.

Der Laden war voll, aber nicht überfüllt. Die Burschen in der ersten Reihe waren vollkommen in die Vorgänge versunken, die sich kaum zwei Meter vor ihren Nasen abspielten, aber die übrigen schienen mehr mit ihrem eigenen Kram beschäftigt zu sein. Das Ambiente erinnerte ihn an das Superdad, einer echten Spelunke in Redmond, deren Kundschaft zu gleichen Teilen aus Unterschichtvoyeuren und Straßenvolk auf der Suche nach einem sicheren Treffpunkt bestand. Mit neu belebtem Interesse studierte Falcon die Gesichter in der Menge ein wenig intensiver. Wenn dieser Laden Ähnlichkeit mit dem Superdad hatte, würde ein guter Prozentsatz des ›Publikums‹ tatsächlich aus Shadowrunnern bestehen, die versuchten, ein Geschäft zu landen. (Wie aktiv ist Cheyennes Schattengemeinde? fragte er sich. Um sich gleich darauf zu fragen, wie sich das wohl herausfinden ließ. Indem er aufstand und einfach jemanden fragte? *Entschuldigen Sie bitte, mein Herr, aber sind Sie vielleicht ein Shadowrunner? Planen Sie für die nächste Zukunft irgend etwas Illegales?*)

Als seine Bestellung eintraf, bezahlte er mit einer Handvoll Münzen. Der Kellner wartete mit übertrieben zur Schau gestellter Geduld, da Falcon jede einzelne Münze ins Bühnenlicht halten mußte, um ihren Wert zu erkennen. Schließlich verzog er sich mit einem gemurmelten ›Touristen‹.

»Hoi, Schätzchen. Neu in der Stadt, was?«

Falcon drehte sich um. Hinter ihm stand eine Frau. Klein und an den richtigen Stellen angenehm kurvig, mit krausem, kastanienbraunem Haar. Sie trug ein kurzes, schulterfreies Kleid in einem smaragdgrünen Farbton, das anscheinend nur deshalb nicht herunterrutschte, weil es von ihrem üppigen Busen an Ort und Stelle gehalten wurde. Subtile Gesichtsbemalung in Farben, die sowohl ihr Haar als auch die Farbe des Kleides betonten. Ein breites Lächeln auf dem Gesicht, das nur ein paar Jahre älter aussah als Falcons. Hellgrüne Augen, stetig und taxierend, bei deren Anblick er seine Schätzung ihres Alters um eine Dekade nach oben korrigierte.

»In der Stimmung, einer Dame einen Drink zu spendieren?« fragte sie. Ihre Stimme hatte einen musikalischen Südstaatenakzent.

»Äh...« Falcon zögerte, vielleicht fünf Sekunden lang. Dann: »Warum nicht?«

Sie zog sich einen Stuhl heran, setzte sich dicht neben ihn. Schlug die Beine übereinander, wobei sie ein gutes Stück blasser Oberschenkel zeigte. Noch eine Anglo, stellte er zwangsläufig fest. Falcon wollte dem Kellner winken, doch die Frau legte ihm eine überraschend große Hand auf den Arm. »Ich mach das schon, Schätzchen.« Und dann stieß sie schmerzhaft nah an seinem Ohr einen schrillen Pfiff aus. Als der Kellner in ihre Richtung sah, deutete sie auf den Tisch. Der Kellner nickte und ging zur Bar. »Sammy weiß, was ich trinke«, erklärte sie unnötigerweise. Darauf möchte ich wetten, dachte Falcon.

Sie warteten schweigend, bis der Kellner ihren Drink ablieferte — ein fruchtig aussehendes Getränk mit einem kleinen Papierschirm darin. Sie sah zu, wie sich Falcon mit den Geldscheinen abmühte und dem Kellner die verlangten zehn Nuyen zahlte. Erst, als Sammy wieder gegangen war, setzte sie die angebrochene Unterhaltung fort.

»Hast du einen Namen, Süßer?«

»David Falstaff«, antwortete er. »Und du?«

»Bobby Jo Dupuis.« Sie sprach ihn ›Doo-p*wee*‹ aus, wobei die Tonhöhe der zweiten Silbe eine Septime über der ersten lag und fast schrill genug klang, um seine Fingernägel zu spalten. »Die gute alte Bobby Jo.« Sie legte ihm wieder eine Hand auf den Arm, drückte ihn leicht. »Woher kommst du?«

»Bellingham, das ist drüben im Salish-Shidhe.« Die Hand auf seinem Arm weckte ein Gefühl des Unbehagens in ihm, aber er war zu verlegen, um ihn wegzuziehen.

»Bleibst du lange in der Stadt?«

»Vielleicht.«

»Geschäftlich oder zum Vergnügen?« Sie begann mit einer sanften Massage seines Arms.

»Geschäftlich«, antwortete er rasch. Dann zögerte er. Vielleicht war dies eine Gelegenheit, etwas Nützliches über die Schatten von Cheyenne herauszufinden. »Ich schätze, wie lange ich in der Stadt bleibe, hängt davon ab, ob ich was Lohnenswertes finde, verstehst du, was ich meine? Etwas, das mich beschäftigt.« Er zuckte die Achseln, versuchte lässig zu klingen. »Das ist eigentlich der Grund, warum ich hergekommen bin. Ist das hier der richtige Ort, um irgendwas zu finden, das mich auf Trab hält?«

Sie wieherte vor Vergnügen. »Süßer, da bist du hier so richtig, richtiger geht's gar nicht. Und du hast auch die richtige Person gefunden. Die gute alte Bobby Jo ist mit Sicherheit das richtige Mädchen für dich, um dich so *richtig* auf Trab zu halten, wenn du verstehst, was ich meine.«

Die Unterhaltung nahm ganz eindeutig nicht den Verlauf, den Falcon erwartet hatte.

»Weißt du«, fuhr die Frau im Konversationston fort, »mir gefällt der Laden hier echt, aber ... na ja, vielleicht ist das hier nicht der beste Ort für 'ne gepflegte Unterhaltung, weißt du? Zum Beispiel für zwei Leute, die sich echt näher kennenlernen wollen.« Sie strich ihm mit der Innenseite ihres Fußes über die Wade. »Hast du hier irgendwo 'n nettes Plätzchen, wo wir uns, na, du weißt schon, *unterhalten* können, Süßer?« gurrte sie.

Ein plötzliches Gefühl der Panik wallte in Falcons Brust auf. Er sah sich hektisch nach irgendeinem Ausweg, nach Hilfe um.

Und genau in diesem Moment fiel sein Blick auf ein vertrautes Gesicht. Auf der anderen Seite des Raums bahnte sich ein großer Mann mit breiten Schultern einen Weg durch die Menge in Richtung Ausgang. Offenbar war er gerade aus irgendeinem Hinterzimmer hinter der Bühne aufgetaucht. Er drehte sich nicht um, hatte Falcon anscheinend nicht bemerkt. Verdammt, dachte Falcon, das ist Knife-Edge. Der Anführer der amerindianischen Runner, die Sly aufgelauert hatten, diejenigen, mit denen Nightwalker im Sprawl zusammengearbeitet hatte.

Falcon wandte das Gesicht ab, weg von dem großen Runner. Machte sich so klein wie möglich an seinem Tisch, packte das unberührte Schnapsglas und schüttete den Inhalt in einem Zug hinunter. Er gab sich alle Mühe, an dem Feuer in seiner Kehle nicht zu ersticken.

Während er Knife-Edge aus dem Augenwinkel beobachtete, hielt er das Glas so, daß es sein Gesicht verdeckte. Der große Mann sah sich immer noch nicht um, sondern bahnte sich einfach nur einen Weg zum Ausgang, um dann nach draußen zu verschwinden.

Falcon schrak zusammen, als Bobby Jo sein Bein streichelte, hoch oben am Oberschenkel. »Schätzchen, du siehst aus, als hättest du einen Geist gesehen.«

Nicht ganz, dachte er, während ihm wieder einfiel, wie der Schuß des verborgenen Scharfschützen — derjenige, der Benbos Brust zerfetzt hatte — Knife-Edge getroffen hatte. Ich wünschte, er *wäre* ein Geist ...

Der Runner war verschwunden, die Tür schwang hinter ihm zu. Falcon sprang auf. Bobby Jo, die wegen ihrer übereinandergeschlagenen Beine das Gleichgewicht verlor, schwankte einen Augenblick, die Augen geweitet, und griff nach der Tischplatte, um nicht hintenüber zu kippen. »*Hey!*« kreischte sie in einem schrillen Sopran, der an den Zähnen schmerzte.

»Tut mir leid, Bobby Jo«, murmelte er. »Ich muß gehen.«

Falcon hastete zum Ausgang, hörte die Frau bösartig hinter ihm her zischen: »Schwanzlutscher! Schwanzlutschender Schwulenbubi ...« Dann stand er dankbarerweise draußen in der Nacht, und die kalte Brise wehte den Alkoholdunst fort, klärte seinen Kopf.

Knife-Edge war bereits einen halben Block entfernt. Er ging die Pershing in östlicher Richtung entlang, also zurück zur Twenty-third Street. Der große Runner schritt schnell aus, aber Falcon glaubte die Spur eines Hinkens zu erkennen. (Nur die Spur? Nach dem Treffer? Er mußte sich einer Heilmagie unterzogen haben.) Falcon folgte ihm, wobei er gleichgültig zu wirken versuchte und Fußgängergruppen benutzte, um vor Knife-Edges Blicken geschützt zu sein für den Fall, daß dieser sich zufällig umdrehte.

Es war nicht so leicht, wie es im Trid immer aussah,

entschied er, nachdem er sich den dritten harten Rippenstoß eingefangen hatte, als er zufällig mit einem Passant zusammenstieß. Sein Bemühen, eine gewisse Deckung zu wahren, hielt ihn auch auf, und die große Gestalt Knife-Edges war ihm bereits einen Block voraus. Auf diese Weise würde Falcon ihn verlieren, bevor sie noch zwei Blocks weit gekommen waren. Was, zum Teufel, sollte er tun?

Knife-Edge schien nicht nach Verfolgern Ausschau zu halten. Seitdem sie aus der Bar gekommen waren, hatte er sich noch nicht einmal umgeschaut, und es schien kaum möglich, daß der Runner die Schaufenster als Spiegel oder andere Tricks hätte benutzen können. Nachdem Falcon einen Augenblick darüber nachgedacht hatte, änderte er seine Taktik und verkürzte den Abstand zwischen ihnen, bis er nur noch einen halben Block hinter dem Amerindianer war. Auf diese Entfernung spielte es wahrscheinlich keine Rolle, daß er sich nicht mehr hinter anderen Fußgängern verbarg. Wenn Knife-Edge sich überhaupt umdrehte, wie groß waren die Chancen, daß er auf eine Entfernung von fünfzig Metern ein Gesicht in der Menge erkannte? Nicht gut. Auf der anderen Seite machten es Knife-Edges Größe und sein — dank des unbekannten Heckenschützen — eigenwilliger Gang unwahrscheinlich, daß Falcon ihn aus den Augen verlor.

Sie kamen wieder am Sioux National Theater vorbei. Offensichtlich war gerade eine Vorstellung zu Ende gegangen, und eine Flut von Männern und Frauen, die alle viel besser gekleidet waren als die Fußgänger weiter westlich auf dem Pershing Boulevard, überschwemmte die Bürgersteige und rief nach Taxis oder ließ sich ihre Wagen von Bediensteten bringen. Einen unangenehmen Augenblick lang dachte Falcon, er hätte Knife-Edge verloren. Er drängte sich durch die Menge, was ihm ein paar Flüche und noch mehr Rippenstöße einbrachte. Wo ist er? dachte Falcon, um Knife-Edge gleich darauf wieder zu erspähen. Er war kaum weiter als vierzig Meter voraus und ging immer noch in östlicher Richtung.

Auf der anderen Seite der Twenty-third Street nahm die Anzahl der Fußgänger langsam ab. Ein zweischneidiges Schwert: Die Chance, Knife-Edge zu verlieren, verringerte sich drastisch, während sich die Chance erhöhte, daß der Runner seinen Schatten bemerkte. Indem er vorgab, sich ein Schaufenster anzusehen, ließ sich Falcon weitere zwanzig Meter zurückfallen.

Mit dem Verkehr auf den Bürgersteigen änderten sich auch die Gebäude, die sie flankierten. Die schummerigen Bars wurden von vornehmen Geschäften und Boutiquen verdrängt, die zu dieser Uhrzeit alle geschlossen hatten. Nachdem Falcon eine Seitenstraße namens Windmill Road überquert hatte, veränderten sich die Häuser wieder, diesmal zu hohen Bürokomplexen und anderen Gebäuden, die wie Regierungsbauten aussahen. Er warf einen Blick auf ein imposantes Gebäude. *Justizministerium* besagten die großen Messingbuchstaben neben der Tür. Jawohl, dachte er, wir befinden uns auf Regierungsgebiet. Sein Blick wanderte wieder zu der Gestalt des Runners vor ihm auf dem Bürgersteig.

Und konnte ihn nicht finden. Knife-Edge war verschwunden.

Eine plötzliche Panik drohte Falcon zu überwältigen.

Und dann sah er die große Gestalt wieder. Der Samurai hatte den Bürgersteig verlassen und erklomm gerade eine flache Treppe, die zur Tür eines klobig aussehenden Bürogebäudes führte. Der untere Teil der Treppe wurde von zwei großen Büschen flankiert, was erklärte, warum Falcon den Mann vorübergehend aus den Augen verloren hatte. Er ging in die Knie und gab vor, sich mit dem Klettverschluß seines Turnschuhs zu beschäftigen, während er tatsächlich sein Jagdwild im Auge behielt.

Knife-Edge blieb vor der Tür stehen, griff in die Tasche und holte etwas heraus, das zu klein war, als daß Falcon erkennen konnte, um was es sich handelte. Mit diesem Ding in der Hand streckte er den Arm zur Tür aus, um sie dann mit der anderen Hand aufzuziehen. Eine Paßkarte, dachte Falcon, was sonst? Der große Mann betrat das Haus, schloß die Tür hinter sich, und das war's.

Falcon rührte sich nicht sofort, beschäftigte sich immer noch mit dem Klettverschluß an seinem Schuh. Er konnte sich einfach nicht vorstellen, was er jetzt tun sollte. Alles, was er empfand, war ein überwältigendes Bedürfnis herauszufinden, wohin Knife-Edge gegangen war und was er hier in Cheyenne machte. Doch wie ließ sich das bewerkstelligen? Er hatte den Runner in einem Bürogebäude verschwinden sehen, sicher, aber wieviele Firmen saßen in einem durchschnittlichen Bürogebäude?

Ließen sich die Möglichkeiten irgendwie eingrenzen? Es war offensichtlich, daß Falcon nicht in das Gebäude selbst hineinkonnte, wenn Knife-Edge eine Paßkarte brauchte ...

Vielleicht half es, wenn er in Erfahrung brachte, in welche Etage der Runner ging. Was es erforderlich machte, daß er einen Blick durch die Glastür des Gebäudes auf die Fahrstuhlanzeige warf.

Was wiederum bedeutete, daß er sich beeilen mußte. Falcon sprang auf, lief los und hielt erst an, als er den großen Busch am Fuß der Treppe erreichte. Vorsichtig lugte er um den Busch herum.

Ja, das war der perfekte Aussichtspunkt. Er konnte in die Lobby sehen und hatte freien Blick auf die Fahrstuhlreihe. Noch besser, es sah so aus, als habe noch kein Fahrstuhl auf Knife-Edges Ruf reagiert. Der große Runner stand mit dem Rücken zur Eingangstür da und wartete. Falcon vergewisserte sich: Ja, es *gab* eine Anzeige über jeder Fahrstuhltür, und ja, sie *waren* so groß, daß er sie auch aus dieser Entfernung lesen konnte.

Was war das überhaupt für ein Gebäude? Er sah einen Moment weg, warf einen Blick auf das Logo und die großen, über der Tür angebrachten Buchstaben.

Das Logo stellte die stilisierte Verbindung der Buchstaben A, M und A dar; die Worte erklärten, was die Buchstaben bedeuteten.

Amt für Militärische Abschirmung der Sioux Nation.

Das Amt für Militärische Abschirmung! O du heiliger Drek... Einen Augenblick lang stand Falcon wie angewurzelt da.

Einen Augenblick zu lange. Wie von einem untrüglichen Instinkt geleitet, sah sich Knife-Edge zum erstenmal um.

Falcon spürte den Blick des Runners auf sich ruhen, sah, wie sich seine Augen überrascht weiteten, als er ihn erkannte. Sah die Hand des Mannes mit irgendwas darin hochkommen. Nein, keine Kanone, sondern ein winziges Funkgerät. Sah, wie er hineinsprach.

Und plötzlich konnte sich Falcon wieder bewegen. Und tat es auch. Er drehte sich um und rannte den Weg zurück, den er gekommen war, zurück zu den Fußgängern und dem protzigen Neon und den Oben-ohne-Bars und Bobby Jo Dupuis. Weg vom Amt für Militärische Abschirmung, weg von dem Runner, der überhaupt keiner war, und den offiziellen uniformierten Schlägern, die nach seiner Pfeife tanzen mußten.

Er hörte etwas hinter sich, das Trampeln von Stiefeln auf Beton. Schnelle Schritte — *schwere* schnelle Schritte. Er riskierte einen raschen Schulterblick.

Und wünschte, er hätte es nicht getan. Vier Mann waren hinter ihm her, vier Trolle mit Mohawk-Sicheln in halbmilitärischen Uniformen, und alle vier hatten großkalibrige Handfeuerwaffen gezogen. Wo waren sie hergekommen? Aber natürlich war es völlig *egal*, wo sie hergekommen waren. Sie waren wenig mehr als fünfundzwanzig Meter hinter ihm, bis an die Hauer bewaffnet und hinter ihm her wie der Teufel hinter der armen

Seele. »Stehenbleiben!« brüllte einer von ihnen. »Stehenbleiben, oder wir schießen!«

Davon träumt ihr aber auch nur. Falcon drückte auf die Tube.

Hinter ihm knallte eine Pistole, und eine Kugel schlug neben ihm in den Bürgersteig. Betonsplitter schnitten durch seine Hose, zerkratzten seine Beine. Ein Warnschuß? Oder wollen sie mich erledigen? Es spielte sowieso keine Rolle, wurde ihm sofort klar. Da Knife-Edge dort hinten auf ihn wartete, war eine Gefangennahme so gut wie der Tod. Irgendwas pfiff an seinem Ohr vorbei, und einen Augenblick später dröhnte der Schuß hinter ihm.

Vor sich sah er eine schmale Passage zwischen zwei Boutiquen. Er bog mit Höchstgeschwindigkeit um die Ecke, stemmte sich gegen die Fliehkraft und schaffte es gerade noch, nicht mit der Hauswand Bekanntschaft zu machen. Dann rannte er, so schnell er konnte, durch die schmale, hallende Gasse.

Er mußte raus hier, und zwar *sofort*. Jede hinter ihm abgefeuerte Kugel würde von den lückenlosen Mauern auf beiden Seiten der Gasse — Stahlbeton oder noch widerstandsfähigeres Material — abprallen und ihm als Querschläger um die Ohren pfeifen. Wodurch sich natürlich die Chance erhöhte, daß etwas Wertvolles getroffen wurde — nämlich Dennis Falk, respektive David Falstaff.

Hinter ihm verstärkten die parallelen Mauern die donnernden Schritte seiner Verfolger. Zwei Kanonen feuerten gleichzeitig, die Kugeln jaulten in der Dunkelheit davon. Kein Schuß war so nahe, daß er den Vorbeiflug der Kugeln gespürt oder gehört hätte. Doch das würde nicht so bleiben. Alle Vorteile lagen auf Seiten der Trolle hinter ihm, und niemand, der gegen die Bank wettete, hielt sich lange.

Doch was hatte er für Möglichkeiten? Den Geräuschen nach zu urteilen, vergrößerte er den Abstand. Auf den geraden Abschnitten liefen die Trolle wie geölte Blitze, ihre langen Beine fraßen die Meter förmlich. Doch wenn Richtungsänderungen anlagen, kamen selbst ihre gewaltigen Kräfte nicht gegen das fast absurde Beharrungsvermögen ihrer Körper an. Durch das Abbiegen in die Gasse hatte Falcon seinen Vorsprung um mindestens zehn Meter ausgebaut, vielleicht sogar mehr, den die Trolle jedoch mit jedem Schritt verringerten.

Sollte er sich also umdrehen und versuchen, sie alle abzuknallen, wie es der Held immer in den Trideoshows tat? Vergiß es, Chummer! Das klappte vielleicht im Trid, aber in den vergangenen drei Tagen hatte Falcon eine Menge darüber gelernt, wieviel Bezug das Trideo zum wirklichen Leben hatte. Nicht die Bohne. Wenn er stehenblieb, wenn er versuchte, das Feuer zu erwidern, gelang es ihm vielleicht, einen oder zwei von den Trollen umzunieten — wenn er *viel* Glück hatte —, bevor sie ihn in eine Wolke aus Blut und einen Gewebeklumpen auf dem Boden verwandelten. Nein, vielen Dank.

Eine breitere Einmündung zur Rechten. Ohne auch nur hineinzusehen, bog er in vollem Tempo um die Ecke.

Noch eine Gasse, breiter diesmal, die sich so weit vor ihm erstreckte, wie das Auge reichte. Diese war so breit, daß Müllwagen hindurchfahren konnten, um die Abfallcontainer auszuleeren, die im Abstand von ein oder zwei Blöcken wie schlafende Bestien am Boden kauerten.

Einen Moment lang fühlte sich Falcon nach Seattle versetzt, in den Teil des Sprawl, den er sein Zuhause nannte. Zum Kingdome ging es in *die* Richtung, die Renraku Arcologie lag dort drüben.

Und dann schien die Zeit plötzlich zurückzulaufen, in sich zusammenzustürzen. Er war nicht in Cheyenne. Die Zeitspanne, in der er von Seattle hierher gefahren war, hätte ebensogut nie existiert haben können. Er war wieder in den Gassen Seattles, und ein Rudel Trolle war ihm auf den Fersen, Trolle, die ihn umbringen wollten. Sicher, ein Teil seines Verstandes wußte, daß es sich um militärische Sicherheitsposten handelte. Aber, bei allen Geistern und Totems, sie hätten auch die Disassembler sein können, die ihn durch die Docks jagten. Aus irgendeinem Grund möbelte ihn das Gefühl der Vertrautheit auf, gab ihm die Kraft, noch schneller zu rennen.

Damals hatte er die Disassembler abgeschüttelt, indem er sie zermürbte. Bei jedem Rennen, das über eine gerade Strecke verlief, würde er verlieren. Also bestand der Trick darin, um möglichst viele Ecken zu biegen.

Zu seiner Linken sah er eine weitere Einmündung, eine weitere Gasse. Er hätte fast laut aufgelacht, als er sich nach links warf und jeder Muskel seines Körpers kooperierte wie ein Teil einer perfekten Rennmaschine. Zwei weitere Kugeln prallten von den Betonwänden rechts und links von ihm ab, aber er wurde nicht langsamer. Die Trolle waren bereits weitere fünfzehn Meter zurückgefallen. Eine weitere Einmündung tat sich vor ihm auf, diesmal zur Rechten. Als er diesmal um die Ecke bog, lachte er tatsächlich laut auf. Wieder fünfzehn Meter mehr.

Er wußte nicht, wie lange die Verfolgungsjagd dauerte und wie weit die Verfolger mittlerweile zurückgefallen waren, hatte rasch jegliche Orientierung verloren. Den Echos ihrer trampelnden Stiefel und dem gelegentlichen Knall eines Schusses entnahm er, daß sie ihm immer noch auf den Fersen waren. Aber nichts davon kam ihm noch nah. Er war froh über die Geräusche der Verfolger. Ohne diese Hinweise hätten ihn seine wahllosen Richtungsänderungen im Gewirr der Hintergassen und Gäßchen von Cheyenne zufällig direkt zu ihnen zurückführen können.

Und dann war es egal, wie lange er schon gerannt war. Wichtig war nur noch die Frage, wie lange die Jagd noch dauern würde. Die kalte Luft schnitt durch seine

Kehle, versengte seine Lungen. Seine Beinmuskeln brannten wie Feuer.

Das war der Unterschied zwischen diesen Burschen und den Disassemblern, dachte er, während er den gleichmäßigen Geräuschen seiner Verfolger lauschte. Diese Burschen waren in Form.

Vielleicht sogar in besserer Form als Falcon. Vielleicht hatte er seinen Vorsprung ausgebaut, aber nur wegen des Geschwindigkeitsunterschieds in den Kurven. Je weiter er rannte, desto überzeugter war er, daß sie ihn in dem Augenblick erwischen würden, in dem er stehenblieb. Sie würden ihn erwischen, und sie würden ihn umbringen. Oder noch Schlimmeres mit ihm anstellen, dachte er, indem er sich ins Gedächtnis rief, was von Agarwal übriggeblieben war.

Er warf sich in die nächste Kurve, wäre fast mit vollem Tempo gegen einen offenen Müllcontainer gerannt. Er stoppte ab.

Warum nicht?

Er sprang in den Müllcontainer, versank bis zu den Waden in seinem übelriechenden Inhalt. Nach oben greifend, zog er den schweren Deckel herunter. Anders als bei dem Container in Seattle waren diese Scharniere nicht verrostet. Der Deckel würde sich problemlos schließen. Rasch klemmte er etwas zwischen Deckel und Container, so daß ein annähernd handbreiter Spalt dazwischen frei blieb. Dann duckte er sich, spähte durch den Spalt und wartete.

Was, zum Teufel, tue ich da? dachte er plötzlich, und die Antwort traf ihn so hart wie einer dieser Straßenzüge, die in der Nacht an ihm vorbeigerauscht waren. Die Erkenntnis war schrecklich. Er verhielt sich so, als seien seine Verfolger die Disassembler, indem er versuchte, denselben Trick zu wiederholen, der ihn in Seattle gerettet hatte.

Aber diese Kerle waren nicht die Disassembler. Es waren ausgebildete, verdammte Sicherheitsposten, höchstwahrscheinlich sogar mit militärischem Hintergrund. Und er glaubte, sie so leicht abschütteln zu können wie ein paar ausgeflippte Westentaschentrolle aus den Docks?

Falcon griff nach oben, drückte die Handflächen gegen den schweren Metalldeckel, bereit, ihn aufzustoßen. Diese unsagbar dämliche Verzögerung hatte ihn viel zu viele Sekunden gekostet, wertvolle Meter. Wenn er *echt* Glück hatte, würde er mit demselben Vorsprung aus dem Container herauskommen, mit dem er vor dem AMA-Gebäude begonnen hatte.

Aber er hatte kein Glück. Bevor er den Deckel auch nur einen Zentimeter anheben konnte, wurde das Geräusch der Stiefel auf dem Beton lauter, deutlicher. Voller Panik lugte er durch den Spalt, den er gelassen hatte.

Die Trolle hatten die Ecke umrundet, waren nur noch ein paar Schritte von seinem Versteck entfernt. Alle vier atmeten schwer, aber keiner sah erledigt aus. Falcon schätzte, daß sie, falls nötig, die Jagd so lange fortsetzen konnten wie er.

Aber das brauchten sie gar nicht. Er duckte sich so tief, daß er die Vorgänge draußen gerade noch beobachten konnte, und bemühte sich verzweifelt, leise zu atmen.

Der Anführer der Trolle verschwendete seinen Atem nicht mit Reden. Im trüben Licht sah Falcon, wie seine Hände eine Rasche Folge komplizierter Gesten vollführten. Sie sagten Falcon nichts, doch für die anderen Trolle waren sie offenbar äußerst vielsagend. Einer nickte.

Zu Falcons Entsetzen ging der Troll direkt auf den Müllcontainer zu. Eine Hand von der Größe eines Männerkopfs ausstreckend, griff er nach dem Metalldeckel.

25

15. November 2053, 2312 Uhr

Sly sah auf die Uhr. Sie hatte ein paar harte Stunden hinter sich. Nach Falcons Abgang war sie in die Matrix zurückgekehrt, wobei sie jedoch einen großen Bogen um alles gemacht hatte, was wahrscheinlich ernsthaft gesichert war, aber dennoch etwas tiefer gegraben hatte als beim ersten Mal.

Ein Grundsatz der Schattenarbeit lautete, daß der beste Weg, etwas Verborgenes zu finden, der war, nicht direkt danach zu suchen. Statt dessen beobachtete man andere Dinge, die von dem, hinter dem man her war, in Mitleidenschaft gezogen werden mochten. Man hielt Ausschau nach ungewöhnlichen Reaktionen, merkwürdigen Unruhen oder Störungen, die nicht logisch waren. Und wenn man die Störungen fand, bestand eine gewisse Chance, daß man die Wirkung sah, die das verborgene Ziel auf seine Umgebung hatte. Wenn man diese Störungen katalogisierte, konnte man sehr oft den genauen Standort des Gesuchten berechnen. Jemand hatte Sly einmal erzählt, daß diese Technik ursprünglich in der Astronomie angewandt worden und für die Entdeckung eines der äußeren Planeten — ihrer Ansicht nach Pluto — verantwortlich war. Astronomen hatten merkwürdige Störungen in den Umlaufbahnen der anderen Planeten gemessen und postuliert, sie würden von der Gravitation einer anderen, bislang unentdeckt gebliebenen Welt herrühren. Sie hatten berechnet, wo sich diese neue Welt befinden mußte, um die gemessenen Effekte hervorzurufen, dann ihre Teleskope auf diesen Teil des Himmels gerichtet, und bingo.

Sly hatte so ziemlich das gleiche getan, aber statt Planetenumlaufbahnen die Aktivitäten der hiesigen Konzerne, bestimmte Arten von Nachrichtenmeldungen und Aktivitäten in den öffentlichen BTX-Systemen untersucht. Sie suchte nach Mustern, analog zu den leichten Unregelmäßigkeiten in den Planetenumlaufbahnen, die den Astronomen aufgefallen waren, und sie fand sie auch. Sie verrieten ihr, daß unter der Oberfläche der Cheyenner Geschäftsaktivitäten etwas Großes und sehr Einflußreiches operierte.

Eine große und aktive Schattengemeinde. Es konnte nichts anderes sein.

Woher kamen die Runner? fragte sie sich neugierig. Hatten sie ihr Handwerk hier gelernt, oder waren sie Importe? Wie viele der Seattler Runner, die plötzlich von der Bildfläche verschwunden waren und von denen sie angenommen hatte, daß sie den Löffel abgegeben hatten, waren tatsächlich nur unter- und dann in Cheyenne wieder aufgetaucht?

Sobald sie ein Gefühl für den Umfang und die Aktivitäten der Schattengemeinde hatte, war es nicht mehr allzu schwierig, sich einzuklinken, zumindest peripher. Beträchtliche elektronische Kredit-Überweisungen an verschiedene Quellen verhalfen ihr zur LTG-Nummer einer hiesigen ›Beraterin für Bergungsfragen‹ und Teilzeitschieberin namens Tammy. Und von ihr kaufte Sly die LTG-Nummer der hiesigen Shadowland-Niederlassung.

Im Laufe ihrer Suche war sie auf etwas anderes gestoßen, etwas, nach dem sie gar nicht gesucht hatte, das aber trotzdem interessant war. Ein Name tauchte immer wieder auf, offenbar der Name einer Person, die gelegentlich in den Schatten Cheyennes aktiv war, ein unregelmäßiger Spieler, aber sehr einflußreich, *wenn* er mitspielte. *Montgomery*. Kein Vorname und keine weiteren Einzelheiten. Konnte das *Dirk* Montgomery sein? Die auf den Straßen Seattles kursierenden Gerüchte besagten, daß Dirk einen *echten* Treffer gelandet hatte — den Haupttreffer, von dem jeder Runner träumte — und ins Licht zurückgekehrt war, um seine Ausbeute im Ruhestand zu genießen. Wenn das stimmte, warum war er dann noch aktiv? Und warum ausgerechnet in Cheyenne?

Sie zuckte die Achseln, schob die Spekulationen dann als irrelevant beiseite. Wahrscheinlich handelte es sich sowieso um einen anderen Montgomery.

Sie spielte mit dem Datenkabel des Cyberdecks herum, warf einen Blick auf das Bett, wo Falcon gelegen hatte. Zu ihrer Überraschung stellte sie fest, daß sie sich wünschte, der Junge wäre bereits wieder zurück. Zumindest hätte sie mit ihm ein paar Dinge durchsprechen können.

Die Vorstellung, in das hiesige Shadowland-System zu decken, ängstigte sie, wie sie zugeben mußte, aber sie wußte nicht, warum. Es war nicht so, daß sie gegen Ice antreten mußte. (Natürlich *war* mit Shadowland auch Ice assoziiert, um das System vor Konzern- und Regierungsdeckern zu schützen, die es liebend gern geschlossen hätten. Aber solange sie nicht irgend etwas Verrücktes versuchte, beispielsweise den Befehl über das System zu übernehmen oder wichtige Dateien zu löschen, würde sie nicht einmal merken, daß es dort Intrusion Countermeasures gab.) Es war einfach nur so, daß Shadowland ein Symbol war. Es repräsentierte ihr altes Leben, das Leben der Schattendeckerin. Das Leben, das sie beinahe umgebracht hatte, das ihren Verstand für über ein Jahr lahmgelegt hatte und ihr immer noch gelegentliche Alpträume verursachte.

Dumm, sagte sie sich. Logisch gesehen, war das Risiko, in das Shadowland-System zu decken, nicht größer als bei einem Telekomanruf. Sie hatte bereits etwas viel Riskanteres getan, indem sie versucht hatte, in das Zürich-Orbital zu hacken.

Ja, erwiderte ein anderer Teil ihres Verstandes, aber da hat dir auch Smeland Rückendeckung gegeben, nicht? Diesmal ist niemand da, der dir den Rücken freihält.

Sie schüttelte den Kopf. Wenn sie wollte, konnte sie

Dutzende von Gründen — logische und gefühlsmäßige — finden, warum sie das, von dem sie wußte, daß sie es tun mußte, besser ließ. Der ganze Trick besteht also darin, nicht daran zu denken, sagte sie sich. Rasch, bevor sie ihre Meinung ändern konnte, stöpselte sie das Kabel in ihre Datenbuchse und tippte die erste Befehlsreihe in das Deck.

Der Ort nannte sich Erehwon. Es war eine ›virtuelle Bar‹, etwas, von dem Sly schon gehört, es jedoch noch nie persönlich erlebt hatte. Damals, als sie in die Matrix gedeckt war, um sich ihren Lebensunterhalt zu verdienen, hatten die Leute davon geredet, ›virtuelle Treffpunkte‹ im Gitter zu schaffen. Aber wenn da tatsächlich schon derartige Orte existierten, hatten weder sie noch irgendwer aus ihrem Bekanntenkreis jemals einen besucht.

Natürlich war das fünf Jahre her, eine Ewigkeit, wenn es um technologische Entwicklungen ging. Virtuelle Treffpunkte — Foren, Diskussionsgruppen und so weiter — waren alltäglich. Anstatt sich körperlich an einem Konferenztisch zu treffen oder in ihren Möglichkeiten beschränkte Konferenzschaltungen und Zwei-Wege-Video zu benutzen, konnten sich Personen mit Datenbuchsen *virtuell* treffen. Alle Teilnehmer an solch einem Treffen projizierten ihr Persona-Icon an einen zuvor ausgewählten Ort in der Matrix, um dort ihre Diskussion zu führen.

Die Vorteile lagen auf der Hand: Keine Reisezeiten und -kosten und absolute körperliche Sicherheit (weil die Teilnehmer ihre Wohnung nicht zu verlassen brauchten). Einige Technopsychologen betrachteten das Phänomen der virtuellen Treffen als eine der signifikantesten Veränderungen in der menschlichen Gesellschaft, seit der Ackerbau die Jäger-Sammler-Existenz der frühen Menschheit abgelöst hatte. Diese Psychos glaubten, daß die Matrix irgendwann ›elektronische Stämme‹ und

›virtuelle Nationen‹ hervorbringen würde. Die Mitgliedschaft in einer bestimmten sozialen Gruppe würde nicht mehr vom körperlichen Aufenthaltsort, sondern mehr von den Kommunikationskanälen abhängen. Ganz so, wie das ›Telependeln‹ den Arbeitsplatz des ausgehenden zwanzigsten Jahrhunderts verändert hatte, weil ein Kopfarbeiter nicht mehr in der Nähe seines Arbeitgebers, nicht einmal mehr auf demselben Kontinent wie dieser, wohnen mußte, würden sich dadurch andere Facetten der Gesellschaft ändern (jedenfalls behaupteten das die Gelehrten). Zwar verbanden die meisten Menschen im Jahre 2053 Begriffe wie ›Gruppen‹ und ›Nationen‹ noch mit geographischen, ortsbestimmten Kriterien, aber durch die virtuellen Treffpunkte wurden diese Vorstellungen langsam aufgeweicht.

Trotz der zunehmenden Verbreitung virtueller Treffpunkte schien Erehwon einzigartig zu sein. Den Gerüchten im Shadowland-BTX zufolge, handelte es sich um einen virtuellen *Club*. Decker konnten ihre Icons in die Knoten des Gitters projizieren, aus denen Erehwon bestand, und mit jedem anderen kommunizieren, der zufällig gerade dort war. Selbstverständlich wurden auch Geschäfte abgewickelt, aber viele Decker aus der ganzen Welt schienen dort ganz gern einfach nur herumzuhängen, sich mit anderen Kunden zu unterhalten und die Gesellschaft der anderen zu genießen.

Der virtuelle Club war überfüllt, als Slys Icon den Knoten betrat. Sie verharrte einen Augenblick reglos, um die Umgebung in sich aufzunehmen.

Den Sinneseindrücken zufolge, mit denen ihr Verstand über das Datenkabel versorgt wurde, stand sie in einer verräucherten Kneipe mit niedriger Decke. Die Auflösung war so gut, daß sie einen Moment lang fast glauben konnte, sie sei real. Doch dann sah sie sich die Menge näher an.

Die Gäste Erehwons erinnerten sie an eine Gruppe Videospielcharaktere, die sich einen Abend freigenom-

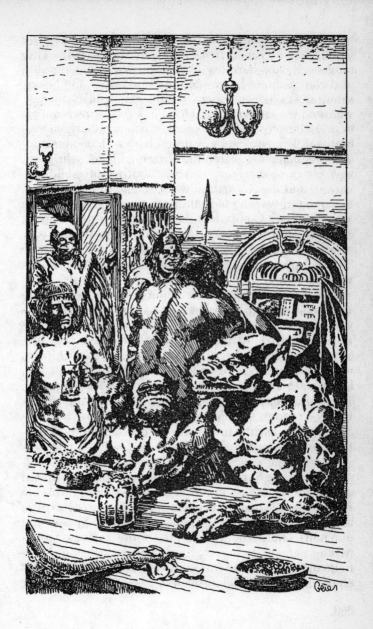

men hatten und auf ein Bier ausgegangen waren. Die Decker-Icons, von denen es in der Kneipe wimmelte, rangierten von harmlos über bedrohlich bis schrullig und von nüchtern bis ausgeflippt und bizarr. Ein Neonsamurai saß neben einem anthropomorphischen Igel, während ein zweiköpfiger Hund in ein Gespräch mit einem Alabasterengel und einem schwarzen Gargoyl vertieft war. Die Auflösung war von Icon zu Icon verschieden. Bei manchen waren die einzelnen Pixel sehr groß, was ein grobkörniges, ›derbes‹ Erscheinungsbild bewirkte, und die Animation war ruckelig und unpräzise. Bei anderen war die Gestaltung so meisterhaft, daß sie kinematischen Computeranimationen neuester Prägung ähnelten und wirklicher aussahen als die Wirklichkeit selbst. Nach einer raschen Überschlagszählung schätzte Sly, daß gegenwärtig etwa fünfunddreißig Decker anwesend waren.

Rechts von ihr befand sich eine lange Eichenbar, die ›Saftbar‹, eine der Besonderheiten, durch die sich Erehwon von anderen virtuellen Örtlichkeiten abhob. Sie war ein Matrixkonstrukt, diente jedoch einem sehr realen Zweck. Decker konnten ihre Icons zur Bar schicken, wo sie ›Schwirrer‹ bestellen konnten. Die Getränke-Icons erschienen als Biere, Longdrinks oder Schnäpse. Tatsächlich repräsentierten sie jedoch kleine und simple Utility-Programme, die im Verstand der konsumierenden Decker leichte und vorübergehende Biofeedbackschleifen erzeugten. Diese Schleifen sorgten für verschiedenartige psychologische Effekte — im allgemeinen eine milde Euphorie —, die zum Teil die Wirkungen des Alkohols nachahmten. Wenngleich Sly nicht die Absicht hatte, heute abend mit Schwirrern zu experimentieren, mußte sie zugeben, daß die Vorstellung durchaus anziehend war. Man konnte sich das angenehme Schwirren im Kopf verschaffen, das mit Alkoholgenuß verbunden war, ohne am nächsten Tag unter einem Brummschädel zu leiden, und theoretisch sogar jederzeit das Utilityprogramm unterbrechen, um augenblicklich wieder ›nüchtern‹ zu werden.

Sie setzte sich wieder in Bewegung. Zwar war hier nichts ›real‹, und Persona-Icons konnten — wenn beide das wollten — problemlos durcheinander hindurchgehen, aber alte Gewohnheiten lassen sich nicht so leicht ablegen. Sie bahnte sich einen Weg durch die Menge, sorgfältig darauf bedacht, niemandem einen Ellbogen in die Rippen zu stoßen oder auf die Füße zu treten.

Es dauerte ein paar subjektive Minuten, das Icon zu finden, das sie suchte. Er saß an einem kleinen Ecktisch, ein amerindianischer Krieger mit nackter Brust und einem perlweißen Adlerkopf. Vor ihm standen drei leere Bierkrüge, was darauf hinwies, daß er den Schwirrern zugesprochen hatte. Er sah auf, als sie an den Tisch trat.

»Moonhawk«, sagte sie.

Das fein gezeichnete Icon blinzelte. »Kenne ich dich?«

Für einen Moment wünschte sich Sly, sie hätte Erehwon in der Gestalt ihres vertrauten Quecksilberdrachen besuchen können. Dieses Icon genoß so etwas wie einen Ruf, der sich wahrscheinlich sogar bis nach Cheyenne herumgesprochen hatte. Aber natürlich war sie auf das Icon im MPCP von Smelands Deck beschränkt — einen ziemlich uninspirierten weiblichen Ninja.

»Nein«, antwortete sie kühl. »Aber es gibt Leute in Cheyenne, die *dich* kennen. Und die sagen, du seist gut.«

Der adlerköpfige Krieger zuckte die Achseln. »Wahrscheinlich gut genug«, sagte er lakonisch. »Wer hat dir meinen Namen genannt?«

Sly lächelte, schüttelte den Kopf. »So wollen diese Leute nicht spielen.«

Moonhawk zuckte wiederum die Achseln. »Dann rede. Was willst du?«

»Zubehör und Hilfsmittel«, sagte sie. »Utilities. Die eine oder andere Hardware.«

»Warum kommst du damit zu mir?«

»Es heißt, du seist der richtige Mann dafür.«

»Vielleicht.« Moonhawk musterte sie kurz. »Hypothetisch gesprochen«, sagte er einen Augenblick später, »wenn ich in der Lage wäre, dir zu helfen, hättest du dann die entsprechenden Nuyen?«

Jetzt kommen wir zur Sache, dachte Sly. »*Hypothetisch*« — sie betonte das Wort, so daß es ironisch klang — »hätte ich die Nuyen.« Sie fuhr ein kurzes Darstellungsutility ab, das eine Geldbörse produzierte, die vor Banknoten aus den Nähten zu platzen schien. Sie wedelte mit dem Geldbörsenkonstrukt vor Moonhawks Nase herum und ließ es dann wieder verschwinden.

»Also, wiederum hypothetisch gesprochen, wonach suchst du genau?« fragte der Schieber. »Welche Utilities willst du? Welche Hardware?«

»Was die Utilities betrifft, da will ich alle«, sagte Sly entschlossen. »Das volle Programm: Kampf, Abwehr, Sensor, Maske.«

Moonhawk kicherte. »Du willst aber nicht viel, was? Was hast du vor, willst du 'n ganzes verdammtes Deck neu ausrüsten?«

Genau das, dachte sie, lächelte jedoch nur.

»Irgendwelche Vorlieben?« fragte der Schieber. »Stehst du auf Musik, Farben oder was?«

»Ist mir egal. Du gibst sie mir, ich kann sie benutzen. Sie müssen nur heiß sein. Hypothetisch gesprochen, natürlich.«

Moonhawk schnaubte. »Welche Hardware?«

»Einen Phase Loop Recourser.« Als der Schieber nicht sofort antwortete, fügte sie hinzu: »Einen PLR.«

Die durchdringenden Augen des Icons weiteten sich überrascht. »Einen *was?*« Dann lachte er. »Chummer, du bist rückständig. *Verdammt* rückständig. PLRs nützen gar nichts gegen das Ice, das sie heutzutage schreiben. Jedes schwarze Ice, das seinen Namen zu Recht trägt, fegt durch einen PLR, als sei er gar nicht da.« Er lachte wieder, ein rauhes Bellen zynischer Belustigung.

In diesem Augenblick war sie dankbar, daß die Auflösung ihres Icons nicht gut genug war, um ihre Verlegenheit zu zeigen. »Dann brauche ich nur einen Speicherchip«, sagte sie, sich bemühend, ihren Tonfall so ausdruckslos wie möglich zu halten. »Zweihundert Megapulse. Und einen mikroelektronischen Werkzeugsatz. Das ist alles.«

»Das ist alles«, echote er. »Tja, *Omae*, heute muß dein Glückstag sein, wenn man bedenkt, daß wir nur hypothetisch gesprochen haben. Ich kenne da jemanden, der jemanden kennt, der ein paar Utilities hat, von denen er sich trennen würde.«

»Sie müssen heiß sein.«

»*Nova*heiß«, versicherte ihr Moonhawk. »Alles Stufe sechs und aufwärts« — er bedachte sie mit einem zweifelnden Blick —, »wenn dein Deck damit fertig wird. Spitzenware, alles von IC Crusher Systemware. Du kennst doch ICCS, oder?«

Natürlich nicht. Sogar die Softwarefirmen hatten gewechselt, aber sie nickte dennoch wissend. »Hat er auch die Hardware?«

Der Schieber nickte. »Bist du interessiert?«

»Ich bin interessiert«, bestätigte sie.

»Also gut«, sagte Moonhawk brüsk, plötzlich ganz Geschäftsmann. »Wie schnell brauchst du die Sachen?«

Sly zögerte. Je früher ich die Utilities habe, desto früher habe ich keine Entschuldigungen mehr. »So schnell wie möglich«, sagte sie entschlossen. »Noch heute nacht.«

Das adlerköpfige Icon zögerte. »Die Eile könnte extra kosten.«

»Hühnerdrek. Wenn der Freund deines Freundes den Kram hat, wie er behauptet, will er ihn doch so schnell wie möglich abstoßen, damit er die Nuyen in die Finger kriegt, richtig? Und wenn er das Zeug nicht parat hat, wende ich mich an einen *seriösen* Schieber. Sind wir uns einig, Moonhawk?«

Der Schieber funkelte sie einen langen Augenblick an, dann hellte sich seine Miene auf. Er kicherte. »Okay, okay, reg dich ab. Es war 'n Versuch wert, hab ich recht? Laß mir 'ne Sekunde Zeit, dann mach ich das Treffen aus.«

Das Icon erstarrte wie ein Standbild in einem Film. Der Schieber hatte seine Verbindung zur Matrix unterbrochen, während er einen Anruf tätigte.

Es dauerte nicht lange. »Du hast 'ne Verabredung«, verkündete Moonhawk. »Um ein Uhr dreißig. Reicht dir das?«

Sly nickte. »Wo?«

»Im Reservoir Park am Rondell. Fahr nach Osten aus der Stadt raus, dann findest du ihn automatisch. Der Mann heißt Hal.« Er zögerte. »Bist du sicher, daß du die Nuyen dafür hast? Deine Einkaufsliste wird dich hundert K und mehr kosten.«

»Ich steh dafür gerade, Moonhawk.« Sie hielte inne, bleckte die Zähne ihres Ninja-Icons zu einem Beinahe-Lächeln. »Es wäre besser, wenn dein Chummer die Ware auch hat. Sonst findet unsere nächste Begegnung in Fleisch und Blut statt. Haben wir uns verstanden?« Dann stöpselte sie sich aus.

26

15. November 2053, 2320 Uhr

Falcon konnte den schlechten Atem des Trolls über den Gestank des Müllcontainers hinweg riechen, als sich die mächtige Hand des Sicherheitspostens um den Rand des Metalldeckels schloß.

Der junge Amerindianer duckte sich tiefer, der Puls hämmerte in seinen Ohren, sein Magen hatte sich zu einem Knoten verkrampft. Er dachte daran, dem Troll eine Salve aus seiner Pistole ins Gesicht zu jagen, wenn dieser den Container öffnete, doch was dann? Dann blieben immer noch drei weitere Trolle übrig.

Quietschend begann sich der schwere Deckel zu heben.

»Hey, ihr Penner! Hier drüben!« Die höhnische Stimme hallte von den Betonmauern der umliegenden Häuser wider. Eine männliche Stimme, jung und vor Spott triefend.

Einer der drei Tolle fluchte, und der Deckel knallte wieder herunter. Der Abfall, den Falcon zwischen Deckel und Container geklemmt hatte, saß noch an Ort und Stelle, so daß sich der Deckel nicht völlig schloß. Verwirrt spähte Falcon durch den schmalen Spalt.

Die Trolle hatten sich von dem Container abgewandt und rannten bereits hinter einer Gestalt her, die den Weg zurücklief, den Falcon gekommen war. Eine vertraut aussehende Gestalt mit glatten dunklen Haaren, Lederjacke und Turnschuhen mit Klettverschluß. Sie hätte Falcons Zwillingsbruder sein können.

Doch der Gestalt haftete irgend etwas *Merkwürdiges* an, und das lag nicht nur an ihrem Aussehen. Der Bursche kommt mir einfach nicht richtig vor, dachte Falcon, und realisierte dann, daß er zitterte, und nicht nur vor Angst. Irgend etwas Verrücktes ging hier vor.

Einer der Trolle gab ein paar Schüsse auf die fliehende Gestalt ab. Es sah so aus, als ob die Schüsse getroffen hatten, aber die Gestalt zeigte keine Reaktion. Ein spöttisches Gelächter erklang — nicht Falcons Stimme. Dann waren die Trolle außer Sicht, das Poltern ihrer Stiefelabsätze auf dem Beton war bald verklungen.

Was, zum Henker, ging hier vor?

Falcon öffnete den Deckel. Er kletterte vorsichtig heraus, sprang lautlos zu Boden, wo er sich in den Schatten des Containers duckte.

»Ist schon okay, sie sind weg.«

Er fuhr herum, als die Stimme neben ihm erklang. Hob die Maschinenpistole und legte an.

Der Ziellaser färbte das Gesicht einer Frau, die neben einem weiteren Müllcontainer stand. Vor einer Sekunde hat sie noch nicht dagestanden, sagte er sich, das *weiß* ich! Sie blinzelte, als das Laserlicht auf ihre Augen fiel, regte aber ansonsten keinen Muskel.

Sie war eine Amerindianerin mit glatten schwarzen Haaren, die zu einem Zopf geflochten waren, der ihr fast bis zur Taille reichte. Ihre Kleidung war — Falcons Meinung nach — die der Stämme aus den Ebenen: eine hirschlederne Tunika über Leggings und perlenbestickte Mokassins an den Füßen. Die Kleidung war mit Federn, perlenbesetzten Fetischen und anderen Talismanen behangen. Obwohl die Frau klein, fast zierlich war, vermittelte irgend etwas in ihrer Haltung Falcon das Gefühl, daß sie tatsächlich aus überlegener Höhe auf ihn herabsah. Zum Teufel mit dem Drek. *Ich bin derjenige mit der Kanone*, machte er sich klar.

Er versuchte ihr Alter zu schätzen. Ihre Haarfarbe war ein glänzendes Schwarz ohne jede Spur von Grau, ihr Gesicht faltenlos. Und sehr attraktiv, wie er unwillkürlich registrierte. Anhand dieser Merkmale allein hätte er sie auf ungefähr zwanzig geschätzt. Aber ihre Haltung und ihre offensichtliche Selbstbeherrschung beraubten seine Schätzung jeglicher Grundlage. Sie konnte jedes beliebige Alter haben.

Als ihm klar wurde, daß er die MP immer noch auf ihre Augen gerichtet hatte, senkte er die Waffe zwar nicht, nahm jedoch den Finger vom Abzug, so daß der Ziellaser erlosch. »Wer bist du?« wollte er wissen.

»Ich heiße Mary Windsong«, antwortete die Frau mit heller, fast singender Stimme. Ihr Blick senkte sich von seinen Augen auf die Waffe. »Das ist unnötig«, fügte sie hinzu. »Ich will dir nichts tun.« Dann fuhr sie fort, ihn einfach nur gelassen zu beobachten.

Falcon spürte, wie seine Wangen heiß wurden. Errötete er? Er kam sich irgendwie lächerlich vor, ein großer, zäher Shadowrunner, der diese unbewaffnete, harmlos aussehende Frau mit einer Waffe bedrohte. »Tut mir leid«, murmelte er. Er senkte die Kanone auf Hüfthöhe, steckte sie jedoch nicht in die Tasche zurück. Sie blieb in seiner Hand, wobei der Lauf jedoch nicht auf sie zeigte.

»Du kennst nun *meinen* Namen«, sagte die Frau spitz.

Falcon zögerte, dachte dann, was kann es schaden? »Falcon«, sagte er, um dann kurz innezuhalten, bevor er fragte, was er eigentlich wissen wollte: »Was, zum Teufel, war das vor einer Minute? Ich sah ... ich sah *mich* wegrennen.«

Mary Windsong lachte, und Falcon war gezwungen, ein paar Jahre von seiner ursprünglichen Schätzung ihres Alters abzuziehen. Sie ist nicht viel älter als ich, wurde ihm klar.

»Es war das Beste, was mir auf die schnelle eingefallen ist«, antwortete sie fröhlich. »Ich sah dich im Müll untertauchen, und ich wußte sofort, daß die AMA-Schläger dort nachsehen würden. Also ... nur ein einfacher Illusionszauber, aber der hat's gebracht.«

»Dann bist du eine Schamanin?«

Sie nickte. »Ich folge dem Pfad der Totems«, bestätigte sie.

»Welchem Totem?«

»Ich singe Hunds Lieder.«

Falcon wollte diesen Aspekt der Befragung weiter vertiefen, aber zuerst mußte er ein paar andere Dinge wissen. »Warum hast du mir geholfen?« fragte er. »Was springt dabei für dich heraus?«

Sie zuckte die Achseln. »Nichts, jedenfalls nicht direkt. Aber als ich sah, daß diese AMA-Schläger kurz davor waren, dich zu erwischen« — sie lächelte breit —, »dachte ich mir, was soll's.«

»Was ist das überhaupt für ein Verein, AMA?« wollte er wissen. »Was sind das für Leute? Was machen sie?«

Mary kicherte wieder. »Willst du wirklich, daß ich dir hier und jetzt eine Unterrichtsstunde in politischer Wissenschaft erteile? Die Trolle dürften die Illusion mittlerweile verloren haben. Sie könnten jederzeit zurückkommen.«

Falcon zögerte. Sein erster Impuls war, sich schleunigst aus dem Staub zu machen, seinen Hintern zu retten und Mary sich um ihre Angelegenheiten kümmern zu lassen. Doch er mußte zugeben, daß die junge Schamanin wahrscheinlich Informationen besaß, die nützlich für ihn und Sly waren. Zum Beispiel, welche Verbindung zwischen Knife-Edge und diesem AMA-Laden bestand.

»Kennst du einen Platz, wo wir hingehen und uns unterhalten können?« fragte er.

Die Kneipe nannte sich Buffalo Jump. Ein kleiner, verräucherter Laden, keine Tische, nur eine lange, zerkratzte Bar, in die hier und da Initialen und Graffiti eingeritzt waren. Es waren nur fünf Gäste anwesend, Falcon und Mary nicht mitgerechnet. Alles Amerindianer, alles zäh aussehende Burschen, die viel mehr an ihrem Bier als an den anderen Gästen interessiert zu sein schienen.

Mary führte Falcon zu zwei wackeligen Hockern am Ende der Bar, weg vom Vorderfenster mit seinen flakkernden Bierreklamen. Der Wirt, ein Muskelberg mit einem Gesicht, das wie eine gekochte rote Faust aussah, kannte Mary offenbar. Er begrüßte sie mit einem warmen Lächeln — oder seiner besten Annäherung daran — und brachte jedem von ihnen einen halben Liter Bier. Dann schlenderte er zum anderen Ende der Bar und widmete sich wieder seiner Beschäftigung, die darin bestand, den Schmier auf dem Tresen mit einem grauen Lappen neu zu verteilen.

Die Schamanin nahm einen herzhaften Schluck von ihrem Bier. Dann sagte sie: »Du wolltest was über das

AMA wissen, stimmt's? Wieviel weißt du über die Sioux-Politik?«

Falcon schüttelte den Kopf. »Nicht genug.«

Sie kicherte. »Das siehst du schon ganz richtig, besonders dann, wenn das AMA was gegen dich hat.

Das AMA ist der Geheimdienst«, fuhr sie fort. »Angeblich soll es eng mit den Spezialeinheiten der Sioux zusammenarbeiten — den Wildcats. Hast du von denen schon gehört?«

Falcon nickte zögernd. Er hatte Geschichten über die Wildcats gehört, die militärischen Härtecracks, Experten für Geheimoperationen. Sie waren eine Einheit schwer vercyberter Krieger, die durch einen Zug schamanischer Einzelkämpfer verstärkt wurde. »Echt schlechte Nachrichten, richtig?«

»Nette Untertreibung, Chummer. Das AMA arbeitet außerdem mit dem übrigen Militär zusammen und befaßt sich mit der Einschätzung von Gefahrenpotentialen, der Überwachung von Truppenverschiebungen und ähnlichen Dingen. Zumindest tut es das *angeblich*. Vor ein paar Jahren hat das AMA eine neue Leiterin bekommen, eine echte Hexe aus der Hölle namens Sheila Wolffriend, die von allen nur ›Wolf‹ genannt wird. Wolf hat damit begonnen, das AMA zu ihrem kleinen privaten Imperium auszubauen. Mehr Geld, mehr Hilfsmittel. Lockerere Verbindungen zu den Wildcats und weniger Aufsicht durch den Militärrat der Sioux. Anstatt das Amt nur zur Informationsbeschaffung und Unterstützung der anderen Truppen zu benutzen, hat sie damit angefangen, von Zeit zu Zeit eigene Unternehmen ablaufen zu lassen. Zuerst haben die Leute getobt und geschrien, besonders die Wildcats. Sie haben damit gerechnet, daß sie damit böse auf die Schnauze fällt und sie dann einspringen müßten, um die Scherben zusammenzufegen. Aber Wolf *hält* sich nicht nur für gut, sie *ist* gut. Alle ihre Unternehmungen sind gelaufen wie geschmiert.

Die Wildcats sind an den Militärrat herangetreten«, fuhr Mary fort, »und haben versucht, das AMA dichtzumachen. Aber der Rat hat nicht mitgespielt. Sie haben Wolf Rückendeckung gegeben und sogar die Autorität der Wildcats beschnitten.« Mary lachte leise. »Ein Haufen Leute ist damals zu dem Schluß gekommen, daß Wolf den einen oder anderen Keller gekannt haben muß, in dem ein paar echt wichtige Leichen versteckt sind.«

»Hey, Augenblick mal.« Falcon hob die Hand, um sie zum Schweigen zu veranlassen. »Woher, zum Teufel, weißt du das alles?«

»Wo, glaubst du, rekrutiert das AMA seine Leute?« fragte die Schamanin. »Bei den Wildcats? Die würden Wolf am liebsten am Marterpfahl verbrennen. Wo also?«

Falcon dachte einen Augenblick nach und lächelte dann grimmig. »In den Schatten«, tippte er.

»Volltreffer. Wolf hat einige der heißesten Runner der Sioux rekrutiert. Also ist natürlich ein Teil des Hintergrunds zum ›Schattentelegraf‹ durchgesickert, wenn du verstehst, was ich damit meine.«

Falcon verstand. Der Schattentelegraf war das Nachrichtensystem des Untergrunds, das die Gerüchte über fast alles, was geschah, aus dem Licht ins Dunkel beförderte — wenn man wußte, wie man es anzapfen konnte. »Was ist dann passiert?«

Mary zuckte die Achseln. »Der Telegraf ist irgendwie ausgetrocknet. Wolf hat *irgendein* echt massives Unternehmen am Laufen. Ein paar Leute sagen, daß das AMA ein großes Unternehmen gegen die UCAS starten will. Andere behaupten, es ginge gegen Pueblo. Was mich betrifft, ich bin da nicht so sicher: Beides hört sich nach glattem Selbstmord an.«

»Kennst du welche von den Leuten, die Wolf rekrutiert hat?« fragte Falcon.

»Ein paar. Jemand bestimmtes?«

So genau, wie er konnte, beschrieb Falcon den Runner, der sich Knife-Edge nannte.

Als er fertig war, schüttelte Mary den Kopf. »Da klingelt nichts bei mir«, sagte sie. »Aber die Beschreibung trifft auf alle möglichen Leute in der Sioux Nation zu.«

Falcon nickte und trank sein Bier aus. »Ja. Tja, vielen Dank, Mary, ich bin dir was schuldig.« Er machte Anstalten, sich vom Barhocker zu erheben.

»Warte noch.« Sie packte seinen Unterarm mit erstaunlich festem Griff. »Ich hab deine Fragen beantwortet. Vielleicht hab ich jetzt auch noch ein paar.«

Er setzte sich wieder. »Schieß los.«

»Welchem Totem folgst du?«

Er schnitt eine Grimasse. »Keinem.« Um dann heftig hinzuzufügen: »Noch.«

Mary wirkte verblüfft. »Nicht? Aber ...« Sie brach ab. »Aber was?«

»Aber ich habe gespürt ...« Sie hielt inne, versuchte offensichtlich, ihre Gedanken zu ordnen. »Ich habe die Macht der Geister gespürt.«

»Häh? Wann?«

»Als ich die Illusion erzeugt habe, wie du vor den AMA-Schlägern wegrennst. Ich habe die Kraft in dir gespürt, ich dachte, du hättest mein Lied gefühlt.«

Er starrte sie an. Er erinnerte sich an seine Reaktion auf den Anblick des magischen Doppelgängers auf der anderen Seite der Gasse. Er *hatte* irgend etwas Merkwürdiges daran gespürt. Die Gestalt war nicht richtig, rief er sich noch einmal ins Gedächtnis. Ich habe es gespürt. Ist es das, wovon sie redet?

»Ich spürte ... etwas«, sagte er leise.

»Du hast mein Lied gespürt«, wiederholte sie fest. »Und das kann nur jemand, der die Geister bereits gehört hat. Aber« — sie sah wieder verblüfft aus — »du hast gerade gesagt, daß du dem Pfad der Totems nicht folgst.«

»Ich habe es versucht.« Rasch erzählte er ihr von H.T.

Langlands Buch, von seinen Versuchen, den Ruf der Geister zu hören. »Ich ...« Er zögerte verlegen. »Ich war auf einer Traumsuche.« Er funkelte sie herausfordernd an, forderte sie auf, zu lachen oder ihm zu widersprechen.

Doch Mary Windsong tat nichts dergleichen. Sie fixierte lediglich sein Gesicht. »Eine Traumsuche«, sagte sie zögernd. »Ja.« Sie machte erneut eine Pause. »Willst du deine Traumsuche vollenden, Falcon? Ich glaube, ich kann dir vielleicht dabei helfen.«

Er antwortete nicht sofort, sondern starrte die junge Frau nur an. Meint sie das ernst? fragte er sich. Oder macht sie sich nur über mich lustig und zieht mich auf, weil sie etwas kann, was ich nicht kann?

Doch Marys Gesicht ließ nichts erkennen. Sie saß lediglich da, beobachtete ihn gelassen, wartete auf seine Antwort. »Wie?« fragte er heiser.

Mary zuckte die Achseln, offenbar ein wenig verlegen, dachte Falcon. »Es gibt Mittel und Wege, um ... um jemanden bei seiner Traumsuche zu unterstützen«, sagte sie. »Techniken, die andere Schamanen entwickelt haben. Man kann einem anderen helfen, sein ... ›Geisterführer‹ sein, jedenfalls nenne ich das so, aber es ist nicht ganz richtig.«

»Wie funktioniert das?«

Sie begegnete seinem Blick, und er spürte ein Kribbeln durch seinen Körper laufen — fast wie ein Stromschlag. »Ich zeige es dir, wenn du willst«, sagte sie ruhig.

Er zögerte. »Heißt das, ich muß deinem Totem folgen?«

Mary schüttelte den Kopf. »Nicht notwendigerweise ... Der Führer bringt dich lediglich zur Ebene der Totems. Was danach geschieht« — sie zuckte wiederum die Achseln —, »hängt von dir und den Totems ab, nicht von mir.«

»Aber wie funktioniert es?« fragte er noch einmal.

Sie schwieg einen Augenblick, schien ihre Gedanken zu ordnen. »Manchmal reden die Totems mit dir«, sagte sie zögernd, »aber deine mentalen Mauern verhindern, daß du sie hörst. Ein Geisterführer kann helfen, diese Mauern einzureißen — helfen, die Stimme der Totems zu hören —, wenn Stimmen da sind, die gehört werden können.«

»Ist es ungefährlich?« fragte er.

Sie lächelte grimmig. »Jedenfalls ungefährlicher als ein paar andere Techniken, welche die Leute anwenden.«

»Also ist es ungefährlich«, hakte er nach.

»Das habe ich nicht gesagt. Die Technik *an sich* ist ungefährlich. Aber manchmal benutzen sie die Leute, um den Ruf der Totems zu hören, wenn die Totems *nicht* rufen ... wenn das einen Sinn ergibt. *Dann* kann es ... Probleme geben. Willst du es versuchen? Es ist deine Entscheidung. Ich kann dich führen, nach bestem Wissen, aber ...«

»Aber wenn ich mich irre, wenn die Totems *nicht* rufen ... was kann mir dann passieren?«

Sie musterte ihn mit festem Blick. »Dann kann es dich umbringen«, sagte sie sanft. »Aber ich glaube nicht, daß diese Gefahr bei dir besteht. Ich habe die Macht in dir *gespürt*, und gewöhnlich irre ich mich in diesen Dingen nicht.«

Falcon starrte sie an. Es klang so verlockend, so simpel.

Sollte er es versuchen?

Den Pfad des Schamanen zu beschreiten — davon hatte er immer geträumt. Und hier war dieses Mädchen — diese Schamanin — und bot ihm die Möglichkeit, diesen Traum zu verwirklichen. Sie hat gesagt, ich hätte ihr Lied gespürt, dachte er. Habe ich das? Ich habe etwas gespürt. Soll ich es riskieren?

Und was war mit Sly? Konnte er diese Entscheidung wirklich allein treffen? Er und Sly waren Chummer, Kameraden. Wenn er starb, war sie alleine. (Und ich *tot!* erinnerte er sich.)

Aber was konnte er schon tun, um Sly zu helfen? Sie mußte ins Zürich-Orbital decken, und er konnte ihr nicht in die Matrix folgen. Sie brauchte ihn nicht für das, was sie tun mußte. Wenn der Versuch fehlschlug — wenn er starb —, würde sie das nicht so sehr beeinträchtigen.

Und wenn ich Erfolg habe, bin ich ein Schamane, dachte Falcon. Und als Schamane könnte ich Sly nach ihrem Matrixrun viel besser helfen. Danach, wenn sich die Dinge beruhigen, kann ich ihr viel mehr helfen, oder nicht?

Und ich wäre ein Schamane.

Er sah auf die Uhr. Mitternacht oder zumindest kurz davor. Was hatte Sly gesagt? Daß sie sich ein paar Utilities und ein paar technische Spielzeuge besorgen mußte, bevor sie ins Zürich-Orbital decken konnte. Das würde einige Zeit dauern, nicht wahr? *Zeit genug für mich, es zu versuchen ...*

Er wandte sich an Mary und schluckte durch eine Kehle, die plötzlich wie zugeschnürt schien. »Dann laß es uns tun«, sagte er heiser.

Mary führte Falcon ins Hinterzimmer des Buffalo Jump, einen luftlosen, fensterlosen Besenschrank, der in Früher Verwahrlosung möbliert war. Marys Anweisungen folgend, setzte sich Falcon auf den Boden und zwang seine Beine zu einer Annäherung an die vollständige Lotusposition. Die junge Schamanin hockte sich ihm gegenüber hin und stellte eine kleine Metallschüssel zwischen sie. Wortlos öffnete sie den perlenbestickten Beutel an ihrem Gürtel und zog verschiedenartige Blätter und getrocknete Kräuter daraus hervor, die alle in kleine Samtläppchen eingewickelt waren. Ein paar warf sie direkt in die Schüssel, andere zerrieb sie zwischen den Handflächen, bevor sie sie der Mischung hinzufügte. Beißende Gerüche stachen Falcon in die Nase, blieben in seiner Kehle haften.

Aus dem Beutel holte Mary außerdem einen kleinen Fetisch, an den eine Feder mit einem dünnen Lederbändchen festgebunden war. Es handelte sich um den Schädel eines kleinen Tiers — wahrscheinlich einer Maus, dachte Falcon. Sie schloß die Augen, schwenkte den Fetisch über der Schüssel. Dann legte sie ihn auf den Boden und öffnete die Augen wieder.

Mary betrachtete forschend sein Gesicht. »Bist du bereit?« Ihre Stimme war leise, aber so intensiv, daß er eine Gänsehaut bekam.

Falcon nickte nur, da er seiner Stimme im Augenblick nicht traute.

»Schließ die Augen«, wies sie ihn an. Er tat es, spürte einen Augenblick später ihre Handflächen kühl auf seinen Wangen ruhen. Sie rochen stark nach den Kräutern, die sie zermahlen hatten. »Atme tief«, sagte sie. Ihre Handflächen waren weich, doch stark, kühl und lebendig aufgrund irgendeiner Energie, die Falcon nicht näher benennen konnte. Das Gefühl ihrer Haut auf seiner war beruhigend, tröstlich.

Dann waren die Hände verschwunden. »Halt die Augen geschlossen, bis ich dir sage, daß du sie öffnen kannst«, ordnete Mary sanft an. Er nickte, hörte dann ein Klicken und ein leises Zischen. Seine Nüstern füllten sich mit stechendem Rauch, wahrscheinlich von der Blätter- und Kräutermischung, die sie offenbar verbrannte.

»Atme tief.«

Er tat es, sog den warmen Rauch tief in seine Lungen. Zuerst brannte ihm der Rauch in den Nasenschleimhäuten und in der Kehle, aber der Schmerz wurde rasch von einer Taubheit verdrängt. Die Dämpfe schienen seinen Kopf auszufüllen. Er konnte die Schwaden förmlich durch seinen Verstand treiben und sich mit seinen Gedanken vermischen sehen. Dann hatte Falcon plötzlich ein Gefühl, als würde er langsam hintenüberkippen — *genauso, als sei er betrunken.* Er wollte die Augen öffnen, hielt sie jedoch fest geschlossen.

»Atme tief«, wiederholte Mary, deren Stimme von weither zu kommen schien. »Atme tief und regelmäßig.«

Er nickte. Das Gefühl der Bewegung wurde intensiver, aber die damit verbundene Desorientierung ließ nach. Er spürte, wie ihm wärmer wurde, wie er sich immer behaglicher und zuversichtlicher fühlte, als sei er vor allem abgeschirmt und geschützt, das ihm schaden konnte. Er spürte, wie sich seine Lippen zu einem Lächeln kräuselten.

Ein Geräusch erreichte seine Ohren, ein leises musikalisches Summen. Es war Mary. Seine Lippen und Fingerspitzen begannen zu prickeln. Marys Summen bekam einen läutenden Unterton. Falcon atmete noch einmal tief ein ...

Und das Universum öffnete sich um ihn herum. Er hörte sich selbst aufkeuchen.

Es war, als könne er die Unendlichkeit der Schöpfung überall um sich herum wahrnehmen, mit sich selbst im Zentrum. Ein winziger, unendlich kleiner Punkt. Allein, verletzlich ... belanglos.

Aber dann stülpte sich das Universum von innen nach außen. *Er* stülpte sich von innen nach außen. Die Unendlichkeit war immer noch da, doch jetzt ruhte sie in ihm. Das Universum war ein unendlicher Punkt innerhalb der Unendlichkeit Dennis Falk. Er keuchte wiederum vor Verwunderung.

»Keine Sorge.« Marys Stimme erreichte ihn ganz leise. »Ich bin bei dir. Du brauchst keine Angst zu haben.«

»Was geht vor?« fragte er.

»Du beschreitest den Pfad der Totems«, sagte sie ruhig. Ihre Stimme klang noch weiter entfernt, verdreht und aller menschlichen Obertöne entkleidet. Ihre letzten Worte schienen um ihn, nein, *in* ihm, ein Echo auszulösen. »Der Totems, der Totems, der Totems, der Totems ...«

Jählings beunruhigt, öffnete Falcon die Augen.

Doch was er sah, war nicht das schmierige Hinterzimmer des Buffalo Jump.

27

16. November 2053, 0115 Uhr

Dies war also der Reservoir Park. Der Taxifahrer hatte gleich Bescheid gewußt, als Sly ihm ihr Fahrziel genannt hatte, also bestand keine Gefahr, daß sie sich am falschen Ort befand.

Der Taxifahrer. Zuerst hatte es sie gefuchst, daß Falcon nicht mit dem Callaway zurückgekommen war. Doch dann wurde ihr klar, daß sie ihm keinen Grund gegeben hatte zu glauben, sie würde den Wagen so bald benötigen. Außerdem war der Callaway unbestreitbar ein Blickfang, unbestreitbar unangemessen für diese Verabredung. Das Taxi hatte sie auf dem Deming Drive abgesetzt, einen halben Kilometer vom Park entfernt, und sie war den Rest des Weges zu Fuß gegangen.

Der Reservoir Park bestand im wesentlichen aus einer mehrere hundert Meter durchmessenden Grasfläche. Ein paar kleinere Erhebungen erstreckten sich bis zum Reservoir, das vermutlich Cheyenne mit Trinkwasser versorgte. Eine sanfte Brise wehte über das Wasser, kühl und erfrischend. Sly konnte sich vorstellen, daß dieser Ort im Frühling und Sommer höchstwahrscheinlich ein Farbenmeer war, wenn in den zahlreichen Beeten, von denen die Grasfläche umgeben war, die Blumen blühten. Zu dieser Jahreszeit waren die Blumenbeete jedoch leer und lediglich öde Flecken nackter Erde.

Am anderen Ende des Parks, genau südlich der Erhebungen, stand ein kreisrundes Gebäude von vielleicht zwanzig Metern Durchmesser. Das mußte das Rondell sein, das Moonhawk erwähnt hatte. Sly ging langsam darauf zu, wobei sie den schweren Revolver in ihrem Halfter lockerte.

Als sie näher kam, konnte sie erkennen, daß das Rondell keine Außenmauern besaß, nur Säulen, wahrscheinlich aus Stahlbeton, welche ein Spitzdach stützten. Einen Augenblick war sie verwirrt, bis ihr dann klar wurde, daß es wahrscheinlich als Schutz für Ausflügler für den Fall eines plötzlichen Gewitters gedacht war. Sie lächelte ironisch in sich hinein. Vielleicht hielt sie sich schon zu lange in den Schatten auf. Sly hatte fast vergessen, daß normale Menschen auch normale Dinge taten und zum Beispiel Picknicks veranstalteten.

Sie mußte zugeben, daß das Rondell ein ausgezeichneter Platz für ein Treffen war. In der Nähe gab es keine anderen Gebäude und auch keine Büsche oder Bäume, die eine Versteckmöglichkeit für jemanden boten, der sich vielleicht an sie und ihren Kontakt anschleichen wollte. Auch die Tatsache, daß sie ab einer bestimmten Entfernung vom Rondell mühelos in das Gebäude hineinsehen konnte, verringerte die Chancen für eine Falle ganz beträchtlich.

Sly sah auf die Uhr. Immer noch mehr als zehn Minuten bis zur vereinbarten Zeit. Vorsichtig umrundete sie das Rondell in einem Abstand von etwa fünfzig Metern, suchte das Gelände nach Versteckmöglichkeiten ab, die jemand benutzen konnte, der sich an das Rondell anschleichen wollte. Nichts. Niemand war da, und es war unmöglich, sich dem Rondell näher als bis auf zwanzig Meter zu nähern, ohne sich dabei zu exponieren. Zufrieden blieb sie am Rand des Reservoirs hocken und wartete.

Um genau ein Uhr dreißig flammte im Innern des Rondells ein Licht auf. Sly konnte erkennen, daß es sich bei der Lichtquelle um eine batteriebetriebene Campinglampe handelte, die auf einem Tisch stand. In ihrem gelblichen Licht sah sie außerdem eine kleine, schlanke Gestalt in der Mitte des Gebäudes stehen. Sie wartete noch ein paar Minuten in der Hoffnung, ein wenig Spannung zu erzeugen, die ihr bei den anstehenden Verhandlungen nützlich sein mochte. Erst danach machte sie sich langsam auf den Weg zum Rondell.

Die Gestalt, vermutlich Hal, schaute nach Norden in Richtung der Hauptstraße, die am Park vorbeiführte. Lautlos wie ein Geist näherte sich Sly aus der anderen Richtung, von der Seite des Reservoirs, wobei es ihr möglich war, ihren Kontakt näher in Augenschein zu nehmen.

Hal schien ein Elf zu sein, klein für seinen Metatypus, doch mit dem charakteristischen zarten Knochenbau und den spitz zulaufenden Ohren. Er trug Jeans, eine Jeansjacke und Motorradstiefel. Sein blondes Haar war oben kurz geschnitten und zu einer Bürste aufgestellt und schulterlang im Nacken. Über die Schulter hatte er sich einen Metallkoffer von der Größe einer Aktentasche geworfen. Sly lächelte beifällig. Es sah ganz so aus, als habe er ihren Kram mitgebracht.

Sie schaffte es bis zum Rand des Rondells, bevor Hal die Geräusche ihrer Schritte auf dem Betonfußboden hörte. Er fuhr überrascht herum, griff jedoch nicht nach irgendeiner verborgenen Waffe. Sly trat vor, wobei sie die leeren Hände ausbreitete und von ihrem Körper fernhielt.

»Ich nehme an, du bist Hal«, sagte sie.

Der Elf bedachte sie mit einem grimmigen, ironischen Grinsen. »Und ich *weiß*, wer du bist, Sly«, sagte er.

Diese Stimme hatte sie schon einmal gehört. Aber wo?

Und dann fiel es ihr wieder ein. In den Seattler Docks, kurz bevor der Heckenschütze das Feuer eröffnet hatte ...

Falle!

Zugleich mit dieser schrecklichen Erkenntnis begann die Gestalt vor ihr zu flimmern wie eine Fata Morgana und verwandelte sich. Wurde größer und breiter, während das Gesicht vertrautere Züge annahm. Sogar die Kleidung verwandelte sich, und aus den lässigen Jeansklamotten wurde eine halbmilitärische Uniform. Sie erkannte das Gesicht, das auf sie herabgrinste. Knife-Edge der Anführer der amerindianischen Runner, die versucht hatten, sie am Hyundai-Kai zu töten.

Instinktiv warf sie sich zur Seite, griff nach dem großen Warhawk. Zu spät, das wußte sie, zu langsam. Knife-Edge war unbewaffnet. Doch als die Illusionsmagie endete und der Runner wieder seine wahre Gestalt angenommen hatte, nahm ihre periphere Sicht andere Gestalten wahr, die überall um sie herum sichtbar wurden. Illusionen und Unsichtbarkeit ...

Sie prallte auf den Boden, rollte sich ab, riß ihre Kanone hoch. Versuchte auf Knife-Edge anzulegen.

Sie sah eine der anderen Gestalten, einen skelettdürren Amerindianer mit Federn im Haar und einer reichhaltigen Auswahl von Fetischen im Gürtel, mit dem Finger auf sie zeigen. Sie versuchte sich herumzurollen, als sei der Finger der Lauf einer Kanone.

Dann bewegten sich die Lippen des Dürren.

Das Vergessen folgte auf dem Fuß, traf Sly wie ein Geschoß.

Das Bewußtsein kehrte so rasch zurück, wie sie es verloren hatte. Kein langsamer, benommener Übergang, sondern eine scharf umrissene Grenzlinie, die das Nichts vom vollen Bewußtsein trennte.

Sly hielt die Augen geschlossen, zwang ihren Körper, absolut reglos zu bleiben, da sie noch niemandem verraten wollte, daß sie wach war. Das gab ihr die Zeit, eine rasche Bestandsaufnahme ihrer körperlichen Empfindungen zu machen.

Sie saß aufrecht auf einem gepolsterten, hochlehnigen Stuhl. Ihre Hände waren an den Handgelenken mit straffen Bändern an die Armlehnen des Stuhls gefesselt. Ihre Knöchel waren zusammengebunden, und um Brust und Hüfte verliefen breite Gurte, die sie an die Rückenlehne des Stuhls banden. Ein gepolstertes Metallband um ihrer Stirn, genau oberhalb der Datenbuchse, machte ihren Kopf bewegungsunfähig. Sie brauchte es nicht erst auszuprobieren, um zu wissen, daß sie keinen Muskel rühren konnte.

Eine übelkeiterregende Woge der Furcht durchströmte sie. Das war genau das, was sie mit Agarwal angestellt hatten. Es bedurfte aller Selbstbeherrschung, die sie aufbringen konnte, nicht zu bocken und gegen die Fesseln anzukämpfen. Sie konzentrierte sich auf ihre Atmung, hielt sie gleichmäßig, tief und langsam.

»Gib dir keine Mühe.« Die Stimme war sehr nah an ihrem Ohr, ließ sie innerlich zusammenfahren. »Wir wissen, daß du wach bist.«

Einen Augenblick dachte sie daran, den Bluff durchzuziehen, aber es war sinnlos. Sly öffnete die Augen, sah sich um.

Sie befand sich in einem kleinen fensterlosen Raum, dessen Wände, Boden und Decke aus nacktem Beton bestanden. Ihr Stuhl, der in der Mitte des Raumes stand, war das einzige Möbelstück. Drei Personen standen um sie herum. Zwei erkannte sie sofort: Knife-Edge, der immer noch seine halbmilitärische Uniform trug, und den leichenhaften, fetischbehangenen Schamanen, der sie im Rondell ausgeschaltet hatte. Die dritte Person war eine kleine, wieselig aussehende Frau, die ein Stück von den beiden anderen entfernt stand und sie mit einer emotionslosen Neugier beobachtete, die in Sly ein Gefühl äußersten Unbehagens hervorrief. Knife-Edge und der Schamane trugen beide Pistolen im Gürtelhalfter. Die Frau war offenbar unbewaffnet.

Knife-Edge schlenderte zu Sly herüber und hockte

sich vor sie, bis sich ihre Augen auf gleicher Höhe befanden. Sie versuchte ihn zu treten, aber ihre Knöchel waren nicht nur zusammengebunden, sondern auch an die Stuhlbeine gefesselt.

»Es freut mich, daß wir schließlich doch noch eine kleine Unterhaltung führen können«, sagte der Amerindianer gelassen. »Und diesmal ohne jedes Risiko, unterbrochen zu werden.«

»Du hättest zwanzig Zentimeter weiter links stehen müssen«, grollte Sly.

Knife-Edge fuhr sich über die linke Seite, wo ihn die Kugel des Heckenschützen getroffen hatte. Er lächelte. »Für mich hätte das sicher einiges geändert«, räumte er ein, »aber nicht für dich. Wenn ich in Stücke geschossen worden wäre, hätte irgendwann jemand anders diese Unterhaltung mit dir geführt, und das weißt du auch.« Sein kaltes Lächeln erlosch. »Und jetzt solltest du mir verraten, wo sich die Informationen befinden. Ich weiß, daß du sie nicht bei dir hast.«

Er griff in seine Tasche und zog die Paßkarte für das Motelzimmer heraus.

»Die Hotels kennzeichnen die Paßkarten nicht mehr mit ihrem Namen«, fuhr er im Konversationston fort. »Normalerweise würde ich das für eine gute Idee halten. Die Anzahl der Diebstähle wird verringert. Aber im Augenblick ist es ziemlich ärgerlich. Ich vermute, daß sich der Chip, nach dem wir suchen, in diesem Hotelzimmer befindet.«

Sly lächelte grimmig. »Gibt 'n Haufen Hotels in Cheyenne, was, Drekhead?«

»Was der Grund dafür ist, daß du uns verraten wirst, welches es ist«, sagte er ruhig. »Du wirst uns außerdem sagen, wo du den Chip versteckt hast, und wie man die Sicherheitsvorkehrungen überwindet, die du zweifellos getroffen hast.«

»Oder du bearbeitest mich auf dieselbe Weise wie Agarwal, richtig?« Sie versuchte ihre Stimme ausdruckslos klingen zu lassen, was ihr jedoch nicht ganz gelang.

Knife-Edge schüttelte den Kopf. »Das waren wir nicht. Das war barbarisch und primitiv. Außerdem gefährlich. Es besteht immer die Chance, daß der Gefolterte stirbt, bevor er zusammenbricht. Ein schwaches Herz, eine Gehirnblutung ... so viele Dinge können schiefgehen. Wir haben das Verfahren verbessert. Die, äh, Überredungsküste der Folter ohne die damit verbundenen körperlichen Risiken.« Er kicherte, und das Geräusch verursachte ihr eine Gänsehaut. »Warum sollten wir dem Körper überhaupt Schaden zufügen, wenn wir direkten Zugang zum Verstand haben?« Er streckte die Hand aus und berührte mit der Fingerspitze ganz leicht Slys Datenbuchse.

O verdammt, Jesus Christus ... Sie warf sich gegen die Fesseln, die sie hielten. Sinnlos. Sie gaben keinen Millimeter nach, schnitten nur tiefer in ihr Fleisch, wenn sie gegen sie ankämpfte. Sie konnte nicht einmal den Stuhl umkippen, an den sie gefesselt war.

Knife-Edge sah ihr lediglich leidenschaftslos zu, bis sie, vor Anstrengung keuchend, aufhörte. Er winkte die Frau heran.

Sie näherte sich ihnen und zog dabei irgend etwas aus der Tasche. Ein kleines, schwarzes Kästchen, nicht viel größer als ihre Handfläche. An einem Ende hing ein Glasfaserkabel mit einem Stecker für Datenbuchsen heraus. Die Frau nahm den Stecker und machte Anstalten, ihn in Slys Datenbuchse einzustöpseln.

»*Nein!*« schrie Sly. Sie versuchte den Kopf zu drehen, dem Stecker auszuweichen. Aber das Metallband um ihren Kopf saß ebenfalls stramm genug, um jede Bewegung zu verhindern. Sie konnte nichts tun, als die Frau den Stecker mit einem entschlossenen Ruck in ihre Datenbuchse einstöpselte. Sly spürte das Klicken, als er einrastete. Wogen übelkeiterregender Furcht und Verzweiflung schlugen über ihr zusammen.

»Du kannst uns jederzeit sagen, was wir wissen wollen«, sagte Knife-Edge. »Dann schalten wir den Kasten ab.«

»Und dann bringt ihr mich um«, spie Sly förmlich aus.

Knife-Edge erhob sich, zuckte die Achseln. »Warum sollten wir?« fragte er ganz vernünftig. »Wir können dadurch nichts gewinnen, wenn wir erst haben, was wir wollen.«

»Lügner!« schrie sie.

Knife-Edge nickte der wieseligen Frau zu und ging auf die Tür zu. »Wir sehen uns später, Sly«, sagte er spöttisch.

Die Frau drückte einen Knopf an dem schwarzen Kästchen.

Bilder der Schändung, der Erniedrigung und des Schreckens erblühten in Slys Verstand. Und überlagert wurde das alles von reißenden, brennenden Qualen.

Sly konnte nicht anders. Ihr blieb nichts weiter, als zu schreien.

28

Falcon stand auf einer welligen Ebene, die mit grünem Gras und einer Überfülle von Wildblumen bedeckt war. Die Luft roch frisch und rein, unberührt von den Menschen und ihren Giften, so sauber wie sie vor dem Zeitalter des Menschen gewesen sein mußte. Eine Brise bewegte die Grashalme, zerzauste sein Haar und brachte andere Gerüche nach tiefen, uralten Wäldern mit sich.

Wie lange bin ich schon hier? fragte er sich. Einen Augenblick? Mein ganzes Leben? Schon immer, seit dem Anbeginn der Zeit? Tief im Innern wußte er, daß die Wahrheit etwas von alledem hatte.

Die Brise brachte mehr mit sich als Gerüche: Das Plätschern eines entfernten Baches, eine Symphonie aus Vogelgezwitscher... Und über allem lag Musik. Ein leiser komplexer Rhythmus und eine dazu passende Melodie. Stark und würdevoll, ein Widerhall der Kraft. Aber auch freudvoll, frei und ungebunden. Die Musik schien in ihm zu vibrieren, von den fundamentalen Frequenzen seiner Knochen und Nerven widerzuhallen und ein Echo in seinem tiefsten Innern zu erzeugen. Er konnte sie mit den Ohren hören. Aber jetzt hörte er sie auch mit dem Herzen. Die Musik rief ihn, und er kam.

Er rannte auf ihren weit entfernten Ursprung zu, rannte schneller, als er je zuvor gerannt war, schneller, als es jeder Mensch konnte. Rannte schneller als der Hirsch, schneller noch als der Adler. Es gab keine Anstrengung, keine Erschöpfung. Er atmete so langsam und stetig, als stünde er völlig entspannt da. Aber er rannte immer noch weiter, gewann mit jedem verstreichenden Augenblick zusätzliches Tempo.

Und mit ihm rannte noch jemand anders und hielt mühelos Schritt. Mary Windsong.

Und doch auch *nicht* Mary, nicht ganz. Ihr Aussehen hatte sich verändert. Ihr Haar sah mehr wie das Fell eines Tieres aus, Nase und Kiefer traten weiter hervor, so daß sie fast einer Schnauze ähnelten. Doch die Augen wie das Lächeln waren ganz sie selbst.

Er bleckte die Zähne zu einem wilden, ungezähmten Lächeln und heulte seine Freude in den unendlichen azurblauen Himmel. »Warum hast du mir nicht gesagt, daß es so sein würde«, rief er dem Mädchen zu.

Ihr Lachen war wie klares Felsquellwasser, das über die Kiesel tanzt. »Hättest du mir geglaubt?«

Sie rannten weiter.

Wie lange rannten sie, wie weit? Diese Fragen waren hier bedeutungslos, das wußte Falcon. Hier erlebten sie zwar Zeit, standen jedoch außerhalb derselben. Sie standen außerhalb der Welt, wie er sie kannte. Vielleicht hätte er Angst haben müssen, aber Angst war mit dem Wind im Haar und der Musik im Herzen unvereinbar.

Jetzt konnte er den Wald sehen, der sich vor ihm erhob. Fast augenblicklich hatten sie seinen Rand erreicht und waren gezwungen, ihr Tempo zu verlangsamen, zu gehen anstatt zu rennen.

Das Sonnenlicht fiel in unbeständigen goldenen Strahlen durch das Blätterdach über ihren Köpfen, als Mary Windsong und er weitergingen. Er hörte große Tiere zu beiden Seiten, die sie im Unterholz flankierten. Wiederum sondierte er seine Emotionen, suchte nach Furcht und fand keine. Die Tiere beschleichen uns nicht, wurde ihm klar, sie eskortieren uns.

Die Musik erklang immer noch, deutlicher und stärker jetzt, da ihre Quelle irgendwo vor ihnen lag. Nach einer unmeßbaren Zeitspanne erreichten sie eine Lichtung, einen großen, mit Gras bewachsenen freien Platz mitten im Wald. Falcon trat ins Freie, zögerte, als er sah, daß Mary inmitten der Bäume stehengeblieben war.

»Ich kann dich nicht weiterführen«, beantwortete sie seine unausgesprochene Frage, »aber du brauchst meine Führung auch nicht mehr. Siehst du?« Sie zeigte auf die Lichtung. Er sah in die angegebene Richtung.

Die Lichtung war nicht mehr leer wie noch einen Augenblick zuvor. Ein großes Tier stand in der Mitte der freien Fläche. Ein Wolf, schwarzgrau und mit silbernen Einsprengseln, beobachtete Falcon mit stetem Blick.

Nein, nicht ein Wolf. Das *war* Wolf.

Zum erstenmal verspürte er so etwas wie Angst. Sein Magen verkrampfte sich, sein Puls hämmerte in seinem Kopf. *Ich kann das nicht ...*

Er sah sich hilfesuchend nach Mary um. Sie lächelte beruhigend, nickte ihm zu. *Geh zu ihm.* Er hörte die Worte, ihre Stimme, in seinem Kopf.

Die Musik war immer noch da, um ihn, in ihm, rief ihn immer noch. Wie konnte er den Ruf mißachten? *Das ist es, was ich mein ganzes Leben lang gewollt habe ... oder nicht?* Er schluckte, trat vor.

Der erste Schritt war der schwierigste. Je näher er Wolf kam, desto mehr schwand seine Angst, um wiederum von einer unbändigen Vorfreude verdrängt zu werden — ebenso intensiv, doch eher belebend als lähmend. Die Tiere, die sie durch den Wald begleitet hatten, traten jetzt ins Sonnenlicht. Graue Wölfe, groß, aber dennoch kleiner als Wolf. Sie wahrten einen gewissen Abstand, beobachteten Falcon respektvoll, umgaben ihn wie eine Ehrengarde.

Und dann stand Wolf vor ihm, richtete seine großen grauen Augen unverwandt auf ihn. Die Musik in seinen Ohren verklang, spielte jedoch in seinem Herzen weiter.

»Kennst du mich?« Die Worte — kristallklar und durchdringend — hallten in Falcons Verstand nach. Wolfs Schnauze hatte sich nicht bewegt, aber Falcon hatte keinen Zweifel, wessen mentale ›Stimme‹ er hörte.

Er schluckte wieder, zwang die Worte durch seine trockene Kehle. »Ich kenne dich.« Erst, als er es sagte, wurde ihm klar, daß es stimmte. »Ich habe dich schon immer gekannt und es nur nicht gewußt.«

»Wie ich dich gekannt habe.« Wolf kam näher. Falcon spürte den Atem des Totems warm auf seinem Gesicht. »Mein Lied ist in dir, Mensch. Es ist schon immer dort gewesen, obwohl du es nicht hören konntest. Jetzt *kannst* du es hören und ihm folgen, wenn du willst.

Aber *wenn* du ihm folgst, wird es nicht leicht sein, manchmal die schwierigste Sache, die du je unternommen hast. Es mag dir mehr abverlangen, als du zu geben bereit bist. Aber es wird dir nie mehr abverlangen, als du zu geben in der Lage bist.

Wirst du ihm folgen, Mensch?«

Falcon rang mit seinen widerstreitenden Gefühlen. Angst, Begeisterung, Trauer, Erwartung. Er war überwältigt von der Ungeheuerlichkeit dessen, was Wolf gesagt hatte — mehr noch von dem, was Wolf ungesagt gelassen hatte. Doch das Lied erklang weiter in seiner Brust, und er hätte genausowenig anders antworten wie zu atmen aufhören können. »Ich werde ihm folgen.«

»Dann hast du deine ersten Schritte auf dem Pfad des Schamanen getan«, sagte Wolf. »Du wirst mein Lied ausschmücken und es zu deinem eigenen machen, so, wie jeder es tut, der es mit dem Herzen hört. Und jetzt werde ich dich ein paar andere Lieder lehren — unbedeutendere Lieder vielleicht, aber dennoch Lieder der Macht.«

Falcon neigte den Kopf. Es gab nichts, was er sagen konnte, nichts, was er sagen wollte.

Und das war der Augenblick, in dem er den ersten Schrei in seinem Kopf hörte. Den Schrei einer Frau, ein Schrei absoluter Qual, mächtig genug, um ihn fast um den Verstand zu bringen.

Er wirbelte zu Mary herum. Sie stand immer noch am Waldrand und beobachtete ihn, jetzt allerdings mit verwirrter Miene. Sie hatte nicht geschrien, sie hatte den Schrei nicht einmal gehört.

Wieder erklang ein Schrei, lauter diesmal, noch durchdringender. Und diesmal erkannte er, wem die Stimme gehörte.

Sly!

Ein dritter Schrei. Er konnte ihre Qualen fast spüren, als seien es seine eigenen, konnte ihr Entsetzen und ihre Machtlosigkeit fühlen. Konnte fühlen, wie sie um Hilfe rief. *Ihn?*

Er drehte sich wieder zu Wolf um. Das große Wesen machte einen völlig ungerührten Eindruck, als habe es die Schreie nicht gehört. »Ich werde dich Lieder lehren«, wiederholte Wolf.

»Ich kann nicht bleiben.« Die Worte rutschten ihm heraus, bevor Falcon nachdenken konnte.

Wolf hob die Augenbrauen in einer menschlichen Geste der Überraschung.

Falcon fuhr hastig fort. »Ich muß diesen Ort verlassen. Eine Frau ist ... eine Frau braucht mich.«

Wolf knurrte leise, der erste wirkliche Laut, den Falcon von dem Wesen vernahm. Er runzelte die Stirn zu einer finstern Miene. »Du willst gehen?« fragte Wolf. »Du willst meine Lehren zurückweisen? Was bedeutet dir diese Frau?«

Vielleicht sollte ich bleiben ... Doch er konnte nicht, das wußte Falcon ganz genau.

Er schluckte. »Sie ist eine Freundin«, sagte er so eindringlich, wie er konnte. »Sie...« Er hielt inne. Seine Augen wurden wie magisch von den grauen Wölfen angezogen, die ihn flankierten.

»Sie gehört zu meinem Rudel«, beendete er den Satz.

Wolfs Stirnrunzeln verschwand. Als er einen Augenblick später sprach, schwang in seiner mentalen ›Stimme‹ ein Unterton der Belustigung mit ... und der Anerkennung. »Ja, sie gehört zu deinem Rudel. Du folgst meinem Lied vielleicht besser, als du ahnst. Du bist ihm *immer* gefolgt.« Falcon hatte das starke Gefühl, eine Art Prüfung bestanden zu haben.

Wolf setzte sich auf die Hinterpfoten. »Geh, Mensch«, sagte er freundlich. »Später bleibt noch genug Zeit für dich, um mehr zu lernen. Einstweilen geh in Frieden.«

Und ohne jede Vorwarnung schien die Realität in Millionen Scherben zu zerspringen, die ihm um die Ohren flogen.

Falcon stand auf einer nächtlichen Stadtstraße, Mary neben sich. Menschen gingen an ihnen vorbei, aber nicht sehr viele. Alle kümmerten sich nur um ihren Kram, aber es kam Falcon doch ziemlich merkwürdig vor, daß auch nicht einer von ihnen Mary oder ihm Beachtung schenkte.

Die Straße und die Gebäude hatten irgend etwas Seltsames an sich. Alles sah zu deutlich, zu scharf umrissen aus. Er konnte in alle Schatteninseln sehen, selbst in die tiefsten, in die kein Licht fiel. Er wandte sich an Mary.

»Wo sind wir?« fragte er.

»Vor dem Buffalo Jump«, antwortete sie zögernd, »aber wir befinden uns auf der Astralebene. Hast *du* das bewirkt?«

Falcon schüttelte den Kopf. Er hätte das nicht tun können. Er wußte nicht einmal mit Sicherheit, was die Astralebene war. »Das war Wolf.«

»Warum?«

Der schreckliche Schrei erklang wiederum, erschütterte die Grundfesten seines Verstandes. *Darum*, wurde ihm klar. »Hast du das gehört?« fragte er Mary.

»Was gehört?«

Also ist das nur für mich bestimmt, was es auch sein mag.

Wenngleich Falcon wußte, daß er Slys Schreie nur mit dem Verstand und nicht mit den Ohren hörte, glaubte er doch die Richtung spüren zu können, aus denen sie kamen. Er wandte den Kopf, forschte mit Sinnen, von denen er nicht gewußt hatte, daß er sie besaß. *Sie kommen aus dieser Richtung.*

»Komm«, drängte er Mary. Er begann zu rennen, Mary dicht hinter sich.

Hier zu rennen, war fast so, wie auf der Ebene der Totems zu rennen. Er bewegte sich viel schneller, als ihn seine Beine tragen konnten, und es schien keine Anstrengung, keine Erschöpfung damit verbunden zu sein. Zwar wußte Falcon nicht, woher der Gedanke kam, aber plötzlich setzte sich die Idee in seinem Verstand fest, daß sein Tempo hier nur den Beschränkungen seines Willens unterlegen war. Er übte diesen Willen aus, und seine Geschwindigkeit verdoppelte, verdreifachte sich.

Zuerst wich er Hindernissen wie geparkten Wagen und Häusern aus. Doch dann begann er zu experimentieren, rannte direkt auf eine Hausmauer zu und durch sie hindurch, als sei sie gar nicht da. Er krähte vor Begeisterung.

Ein weiterer Schrei, viel näher, viel lauter — und viel entsetzlicher. Irgendwie wußte er, woher er kam. Aus einem kleinen Gebäude voraus, dessen erloschenes Neonschild es als Maschinenhalle identifizierte. Türen und Fenster waren mit Brettern vernagelt.

Das hielt Falcon nicht auf. Mit Mary dicht hinter sich tauchte er in das Gebäude ein. Passierte die Außenmauer wie ein Gespenst und fand sich in einem großen leeren Raum wieder. Überall Staub und Abfälle. Kein Zeichen von Leben.

Doch — irgendwie — konnte er Leben unter sich *spüren*. Eine Willensanstrengung reichte, um ihn durch den Fußboden sinken zu lassen.

Er fand sich in einem Raum mit kahlen Betonwänden wieder. Zwei stehende Gestalten flankierten eine dritte, die auf einem hochlehnigen Stuhl saß. Eine war dünn, fast skelettartig. Seltsame Gegenstände baumelten an ihrer Kleidung. Falcon nahm diese Gegenstände mit einer Art Doppelsicht war. Er sah sie als das, was sie waren — winzige Konstruktionen aus Holz, Knochen und Federn —, aber auch als das, was sie *darstellten* — flakkernde Machtkonzentrationen.

Er konzentrierte sich nur einen winzigen Augenblick auf die seltsamen Gegenstände, bevor seine Aufmerksamkeit von der Gestalt auf dem Stuhl angezogen wurde.

Es war Sly, die sich wand und gegen die Fesseln wehrte, die sie banden, das Gesicht zu einer Grimasse der Qual verzerrt. Sie schrie wieder, und diesmal hörte Falcon den Schrei sowohl mit den Ohren als auch mit dem seltsamen Sinn, der ihn direkt zu ihr geführt hatte. Erst da fiel ihm auf, daß Mary Windsong immer noch bei ihm war. Die junge Frau starrte entsetzt auf Falcons gefolterte Freundin.

Die zweite stehende Gestalt war eine hagere, seelenlos wirkende Frau. Ihre Finger lagen auf einem schwarzen Kasten, der mit Slys Datenbuchse verbunden war, und gerade in diesem Augenblick betätigte sie einen Schalter daran.

29

16. November 2053, 0223 Uhr

Gott, laß mich sterben! Sly wollte die Worte herausschreien, versuchte um die Gnade des Todes zu flehen.

Die Qualen peinigten jede Nervenfaser ihres Körpers, brannten sich durch das Mark jedes ihrer Knochen. Ihr Kopf stampfte, Magen und Eingeweide verkrampften sich im gleichen Rhythmus. Manchmal waren sie formlos. Dann wieder hatten sie eine Gestalt — Trollbanden, die sie vergewaltigten, ihren Körper zerfetzten. Chirurgische Instrumente in den Händen eines wahnsinnigen Arztes. Feuer, das sie von innen verzehrte. Ratten, die sie von außen verzehrten ... Jedesmal, wenn sie glaubte, die Grenzen des Schmerzes erreicht und erkannt zu haben, änderte sich die Gestalt — so schnell, daß sie sich nicht anpassen konnte.

Sie konnte lediglich schreien.

Und dann waren die Schmerzen verschwunden. Die schrecklichen Empfindungen strömten nicht mehr in ihren Verstand, wurden von den äußerst realen Empfindungen ihres Körpers verdrängt.

Sie war schwach, schwach wie ein Baby oder eine Frau, die ein Dutzend Marathonläufe hinter sich hatte. Ihre Muskeln zuckten und vibrierten — Nachwirkungen der Krämpfe, vermutete sie. Ihre Kleidung war schweißdurchtränkt, die Kehle rauh vom Schreien. Sie holte tief und schaudernd Luft.

»Falcon«, stöhnte sie.

Aber Falcon ist nicht hier, antwortete ein anderer Teil ihrer selbst müde. Warum hast du nach ihm gerufen?

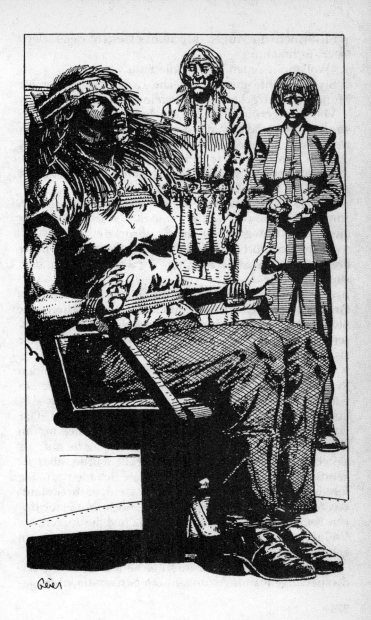

Sie öffnete die Augen, sah in das Gesicht der seelenlosen Technikerin.

»Wollen Sie reden?« sagte die Frau.

Sly versuchte ihr ins Gesicht zu spucken, aber ihr Mund war zu trocken. »Fick dich ins Knie«, krächzte sie.

Völlig ungerührt, zuckte die Frau die Achseln. Sie streckte die Hand aus, um den Schalter an dem schwarzen Kasten zu betätigen.

Nein! Panik zerriß förmlich ihren Verstand. *Ich kann das nicht noch mal ertragen!* Sie schwankte am Rande des Abgrunds, an der Grenze zum Wahnsinn.

Falcon? Wieder spürte sie die Präsenz des jungen Amerindianers, was völlig unmöglich war, und es war diese seine Anwesenheit, die sie zurückriß.

Als ob das noch eine Rolle gespielt hätte. Der Finger der Frau berührte den Schalter. Sly wappnete sich, eine sinnlose Geste.

»*Häh?*« Der dürre Schamane stieß ein gutturales Grunzen aus, schien auf irgend etwas zu starren, das Sly nicht sehen konnte. Die Technikerin schrak bei diesem Laut zusammen, der Finger rutschte vom Schalter ab.

Und dann erblühte ein Feuerball in dem kleinen Raum, explodierte förmlich aus einem der Fetische am Gürtel des Schamanen. Der Feuerball dehnte sich aus, donnerte über die Technikerin hinweg, entzündete Haar und Kleidung, verwandelte sie in eine kreischende, um sich schlagende menschliche Fackel. Sly schrie auf, als sie ebenfalls von den Flammen erfaßt wurde, aber irgendwie fügte ihr das Feuer keinen Schaden zu. Sie fühlte keinen Schmerz, sah keine Blasen auf ihrer Haut. Weder ihre Kleidung noch ihr Haar noch ihre Haut fingen Feuer. Trotzdem schloß sie ganz fest die Augen.

Einen Augenblick später hatte sich der Feuersturm gelegt. Vorsichtig öffnete Sly die Augen wieder.

Die Frau war tot, über ihre Leiche leckten letzte widerspenstige Flammenzungen. Der Schamane schien jedoch fast unberührt zu sein. Seine Kleider waren versengt — besonders in der Umgebung des Fetischs, der explodiert war —, und seine entblößte Haut sah rot aus, aber alles in allem war er nicht besonders schwer verletzt. (Abwehrzauber? fragte sich Sly groggy. Bin ich auch dadurch gerettet worden?) Er knurrte vor Wut, schloß die Augen und sackte zusammen. Sly realisierte, daß er auf die Astralebene gewechselt sein mußte, um sich um irgendeine magische Bedrohung zu kümmern.

Seine Trance dauerte nur ein paar Sekunden. Dann riß er die Augen auf, sein Gesicht verzerrte sich zu einer Grimasse des Unglaubens und des Entsetzens. Er rappelte sich auf — unbeholfen, wie ein Zombie aus einem Billighorrortrid — und stolperte ein paar Schritte in Richtung Sly. Die Runnerin schrak vor der verzehrenden Wut in den Augen des dürren Mannes zurück. Sein Mund arbeitete, als versuche er zu sprechen, doch es kam nur ein verstümmeltes Stöhnen und Grunzen heraus. Ein Speichelfaden lief ihm den Mundwinkel herunter.

Das gehört alles mit zur Folter. Der Gedanke traf Sly ganz plötzlich. Das ist nicht real, nur ein anderes falsches Szenario, mit dem mein Verstand gefüttert wird. Dennoch kämpfte sie immer noch gegen die Riemen an, die sie an den Stuhl fesselten.

Der Schamane blieb neben ihr stehen, streckte die Hand aus und löste das Velcro-Band, mit dem ihr linkes Handgelenk an die Armlehne gebunden war. Sie riß die Hand zurück, sobald sie frei war, ballte sie zur Faust, bereit, sie dem Mann in die Kehle zu treiben ...

Mit einer immensen Anstrengung hielt sie sich im letzten Augenblick zurück. Er befreit mich. Aus welchem Grund auch immer, er bindet mich los. Sie fühlte sich irgendwie distanziert, emotional überwältigt und total verwirrt.

Wortlos knurrend, befreite der Mann ihren anderen Arm und bückte sich dann, um die Fesseln an ihren Füßen zu lösen. Während er damit beschäftigt war, entfernte Sly die Gurte um ihren Rumpf und das Metallband, das ihren Kopf hielt.

Als er ihre Füße befreit hatte, taumelte der Schamane zur Wand zurück. Seine Augen verdrehten sich, und er sackte zusammen, ob tot oder bewußtlos, konnte Sly nicht sagen.

Einen Augenblick lang blieb sie einfach auf dem Stuhl sitzen. Dann griff sie sich an die Schläfe und stöpselte das Folterinstrument aus ihrem Schädel. Kaum war der Stecker aus ihrer Datenbuchse heraus, als sie den schwarzen Kasten mit einem lauten Schrei und aller ihr noch verbliebenen Energie gegen die Betonwand schleuderte. Sie lachte laut auf, als die Plastikverkleidung splitterte und sich zerbrochene Platinen und Bruchstücke integrierter Schaltkreise auf dem Boden verteilten.

Sie straffte sich, packte die Armlehnen und wollte sich erheben.

Aber die Welt schien sich um sie zu drehen und zu schwanken. Mit einem Stöhnen sank sie zurück auf den Stuhl.

Sie fühlte sich wie Drek. Reiner, unverfälschter, längst verrotteter Drek. Jeder Muskel in ihrem Körper schmerzte. Ihre Gelenke fühlten sich wie ausgeleierte Scharniere an. Selbst ihre Haut kribbelte und juckte. Aber am schlimmsten war das Gefühl, daß ihr Sinn für die Realität ins Wanken geraten war. Ist das alles real? fragte sie sich. Hat mich der Schamane wirklich befreit? Oder habe ich Halluzinationen?

Oder — welch schrecklicher Gedanke — war dies nur eine Fortsetzung der Folter? Was, wenn sie sich aufrappelte, den hallenden Betonraum mit dem Geruch nach verbranntem Fleisch verließ und nach draußen in die Nacht rannte — nur, damit ihre Folterer anschließend das Gefühl von Freiheit in ihr zerstören konnten? Damit sie die Augen öffnen und sich auf dem Stuhl wiederfinden konnte, gefesselt und bewegungsunfähig? Und die Technikerin wieder den schwarzen Kasten vorbereitete, um eine weitere elektronische Phantasie — etwas noch Seelenzerstörenderes — in ihren Verstand einzuspeisen?

Sly konnte diesen Gedanken nicht ertragen. Wenn sich herausstellte, daß genau das vorging, würde sie augenblicklich am Ende sein. Aufgeben, den Lebenswillen verlieren.

Und, ja, *zusammenbrechen.* Ihnen sagen, was sie wissen wollten. Und machte es eben diese Tatsache — die Erkenntnis, daß diese Technik Erfolg haben würde — nicht noch wahrscheinlicher, daß dies alles eine Sim-Sinn-Phantasie war?

Sie schloß die Augen. *So kann ich sie schlagen,* sagte sie sich. Wenn ich gar nicht erst glaube, daß ich meine Freiheit wiedergewonnen habe, wird es mich nicht besonders aufregen, wenn sie mir wieder genommen wird. Wer trauert schon um den Verlust von etwas, das man nicht besessen hat? Sie verlangsamte ihre Atmung, versuchte die Muskeln zu entspannen.

Sie spürte Augen auf sich ruhen — jemand beobachtete sie. *Ist es jetzt soweit? Ist jetzt der Moment gekommen, wo die Technikerin den Folterkasten abstellt?* Trotz ihrer Bemühungen, sich zu entspannen, spürte Sly, wie sich wiederum alle ihre Muskeln verkrampften. Sie öffnete die Augen.

Niemand war da. Nun, zumindest niemand, der bei Bewußtsein war. Die schwelende Leiche der Technikerin lag verschrumpelt in der Ecke, der Schamane zusammengekrümmt an der Wand, bewußtlos oder tot. Abgesehen von diesen beiden war der Raum leer.

Aber, zum Teufel damit, sie spürte dennoch die Anwesenheit einer anderen Person. *Wußte,* daß jemand sie beobachtete. Und tief drinnen *wußte* sie auch, daß sie nicht durch ein Guckloch oder eine Kamera beobachtet wurde. Jemand war in ihrer Nähe, das konnte sie spüren. Jemand stand neben ihrem Stuhl, obwohl sie niemanden sehen konnte.

Ein Zuschauer — vielleicht Knife-Edge persönlich — unter dem Schutz eines Unsichtbarkeitszaubers wie bei der Falle im Rondell? Doch nein, das glaubte sie nicht. Sie konnte die Nähe einer Person spüren, aber dahinter steckte mehr als das. Sie kannte diese Person. So kam es ihr wenigstens vor — sie empfand ein Gefühl der Vertrautheit.

»Falcon?« Der Name entschlüpfte ihren trockenen Lippen, bevor sie ihn unterdrücken konnte.

Es konnte nicht sein ...

Doch — und jetzt war sie völlig davon überzeugt —, es *war* so.

»Falcon, bist du da?«

Wie konnte dies Teil der Folter sein? Sie konnten nicht wissen, daß Falcon mit ihr zusammenarbeitete, daß er mit ihr nach Cheyenne gekommen war. Daß er ihr Kamerad war, ihr Chummer. Oder doch?

Plötzlich donnerte eine Woge der Panik über sie hinweg. Verliere ich den Verstand? Ist es so, wenn man wahnsinnig wird? Sie sah sich hektisch in dem Raum um.

Und, ja, dort war Falcon. Er stand neben ihr, das Gesicht vor Angst, vor Entsetzen verzerrt. Und vor Sorge. Sie griff nach ihm, versuchte seinen Arm zu packen.

Doch ihre Hand glitt durch seinen Körper hindurch. Erst jetzt nahm sie wahr, daß der Körper des jungen Amerindianers durchscheinend war, irgendwie transparent. Sie konnte durch ihn hindurchschauen, die Wand und den zusammengesunkenen Körper des Schamanen hinter ihm sehen.

Ich werde wirklich *wahnsinnig!* Sie schloß wieder die Augen, während ihr Tränen über die Wangen rannen. *Stell mir deine Fragen, Knife-Edge. Ich beantworte sie. Aber mach dem ein Ende.*

»Sly.«

Es war Falcons Stimme ... aber doch nicht ganz. Der Laut hatte etwas Gespenstisches, etwas — *Ätherisch* — war das einzige Wort, das einigermaßen paßte. Er klang außerdem weit weg, als spreche er aus großer Entfernung mit ihr und stünde nicht direkt neben ihr.

»Geh weg«, murmelte sie.

»Sly«, sagte Falcon noch einmal, und diesmal konnte sie die Anspannung, die Dringlichkeit in seiner Stimme hören. »Komm schon, du mußt hier raus, Chummer.«

Sie schüttelte den Kopf, schloß die Augen. »Du bist nicht echt«, flüsterte sie.

»Knife-Edge könnte zurückkommen.« Die Panik in seiner Stimme bildete einen unwirklichen Gegensatz zu dem Frieden, den sie in sich spürte — den Frieden des Fatalismus, der Kapitulation. »Du mußt dich aufraffen.«

»Du bist nicht echt«, wiederholte sie.

»Zum Teufel, beweg dich! Willst du sterben?«

»Warum nicht?«

»Sly, du verfluchtes *Aas!*« schrie er, und die Stimme hallte seltsam durch den Betonraum. »Stirb, wenn deine Zeit gekommen ist! *Und jetzt beweg deinen verdammten Hintern!*«

»Du bist ein Geist«, murmelte sie.

»Wenn ich einer bin, werde ich dich bis ans Ende der Zeit heimsuchen. Jetzt heb deinen verfluchten Arsch aus diesem Stuhl und *beweg ihn!*«

Sie zuckte innerlich die Achseln. Warum nicht? Natürlich würde ihr das nichts nützen. Sie würde nach draußen kommen, dann würde die Technikerin den schwarzen Kasten abstellen, und sie würde wieder auf ihrem Stuhl sitzen. Aber was, zum Henker, machte es schon aus? Falcon zuzuhören, war genauso schlimm — seine Stimme erinnerte sie daran, daß sie nur dann ihren Frieden bekam, wenn sie Knife-Edge erzählte, was er wissen wollte. Erinnerte sie daran, daß sie Falcon damit ebenfalls ans Messer lieferte.

»Okay, okay...« Sie zwang sich wieder auf die Beine,

klammerte sich am Stuhl fest, während die Welt um sie wilde Bocksprünge vollführte. Biß die Zähne zusammen, um der Übelkeit Herr zu werden, die ihr den Magen umdrehte.

Machte einen ersten taumelnden Schritt auf die Tür zu.

»Das ist es, beweg dich«, sagte Falcon.

»Fick dich doch ins Knie, Geist«, murrte sie.

Machte einen weiteren Schritt. Stolperte über die ausgestreckten Beine des bewußtlosen Schamanen, wäre fast kopfüber zu Boden gestürzt. Streckte die Hand aus, um sich abzustützen, spürte die Kälte der Metalltür unter ihrer Handfläche.

Okay, ich bin an der Tür. Und jetzt?

Öffne sie, Schwachkopf. Sie griff nach dem Türknopf, umklammerte ihn, drehte daran.

Er drehte sich nicht. *Natürlich nicht, die Tür ist abgeschlossen.* Sie schlug voller Frustration über die Vergeblichkeit von allem mit der Faust dagegen.

»Dreh ihn andersrum, verdammt!«

»Schon gut, schon gut«, murmelte sie und drehte den Türknopf andersherum.

Und die Tür öffnete sich. Vor ihr eine schmale Treppe, die nach oben führte.

Drei oder vielleicht vier Meter bis nach oben. So, wie sie sich fühlte, hätten es genausogut hundert Kilometer sein können.

Aber er wird mir keine Ruhe lassen, bis ich es tue, oder? Sie machte sich an das Erklimmen der Stufen, wobei sie sich an die Betonmauer lehnte, um sich aufrecht zu halten.

Es war fast zu schwierig. Ihre Muskeln rebellierten, ihr Gleichgewichtssinn verhielt sich wie eine Kompaßnadel neben einem Elektromagneten. Ihr Blickfeld schrumpfte. Ihre Atemgeräusche nahmen in ihren Ohren denselben entfernten Hall wie Falcons Geisterstimme an. *Ich schaff's nicht.*

Doch irgendwie schaffte sie es. Sie wäre fast gefallen, als sie den Fuß hob, um eine Stufe zu erklimmen, die gar nicht da war. Mit zitternden Beinen lehnte sie sich gegen die Wand, atmete tief, bis sich ihr Blickfeld wieder ausdehnte. Nicht gänzlich: Es war immer noch so, als schaue sie durch einen Tunnel mit flackernden, pixelartigen Lichtern an der dunklen Peripherie.

Sie sah sich um. Ein kleines Vorzimmer, Türen rechts und links, hinter ihr die Treppe. »Wohin?« flüsterte sie.

»Nach rechts.« Der Geister-Falcon war immer noch bei ihr, schien direkt neben ihr zu stehen. »Die Tür ist nicht abgeschlossen. Öffne sie.«

Nur, wenn du mich danach in Ruhe läßt. Sie packte den Türknopf, drehte ihn. Die Tür öffnete sich.

Ein Schwall kühler Luft erfaßte sie, klärte für einen Augenblick ihren Kopf, zumindest teilweise. *Draußen. Die nächtlichen Straßen von Cheyenne. Freiheit?* Sie blieb stehen.

»Worauf wartest du?« fragte der Geister-Falcon, der vor Ungeduld kurz davor war, von einem Fuß auf den anderen zu springen. Es war fast komisch. »Nun?«

Was sollte sie ihm antworten? Daß sie darauf wartete, daß die Technikerin die SimSinn-Vorstellung unterbrach ... Jetzt, wo sie die Freiheit einen Meter vor sich liegen sah? Oder wenn sie sich die ersten paar Schritte von dem Gebäude entfernt hatte? Was würde ihr größere Qualen bereiten?

»*Beweg dich!*« schrie der Geister-Falcon.

Sie bewegte sich. Was konnte sie auch anderes tun, als mitzuspielen, dem Drehbuch bis zur letzten Seite zu folgen? Sie trat in die Nacht hinaus, füllte ihre Lungen mit der kalten Nachtluft.

Sly stand auf einer Gasse in einer Gegend, in der allem Anschein nach leichte Industrie beheimatet war. Lagerhäuser, unbenutzte Maschinenhallen, und auf der anderen Straßenseite identifizierte sich eine vernagelte Gießerei als Cheyenne Chain and Wire.

Wohin? Und spielte es überhaupt eine Rolle?

Sie wandte sich nach rechts, entfernte sich einen ersten Schritt von ihrem ehemaligen Gefängnis.

Die Illusion endete nicht. Die Technikerin schaltete den Kasten nicht ab.

Noch ein Schritt, dann noch einer. Mit zunehmendem Tempo, immer schneller, bis sie in ein torkelndes Laufen verfiel. Die stoßweise eingeatmete Luft stach in ihrer trockenen Kehle, aber der Schmerz fühlte sich gut an. Wer weiß? dachte sie. Vielleicht vergessen sie, den Kasten abzuschalten. War eine überzeugende Illusion der Freiheit nicht ebensogut wie echte Freiheit, solange die Illusion nicht endete? Wenn man die Wirklichkeit nicht von der Illusion unterscheiden konnte, warum sollte man dann die eine der anderen vorziehen? Vielleicht war ihr ganzes Leben SimSinn ... Sie rannte weiter.

Ihre Lungen schmerzten, ihre Beine fühlten sich an, als ob sie in Flammen stünden. Jeder Schritt fuhr ihr wie ein Hammerschlag die Beine hinauf, durch ihr Rückgrat und dann ins Gehirn. Ein Rauschen füllte ihre Ohren. Der Tunnel — mit seinen flackernden Wänden — verengte sich. Auf die Größe zweier Fäuste auf Armeslänge. Einer Faust. Einer Fingerspitze ...

Und dann war nichts mehr da, außer Schwärze und feurigen Sternen vor ihr. Ein trügerisches Sternenfeld.

Mit so etwas wie Erleichterung stürzte Sly kopfüber hinein.

30

16. November 2053, 0310 Uhr

Mit einem Keuchen ›stürzte‹ Falcon in seinen Körper zurück.

Das war die einzige Art und Weise, wie er den Vorgang beschreiben konnte. Im einen Augenblick war er noch bei Sly, rannte neben ihr her, während sie die Hintergasse entlangtaumelte. Im nächsten verspürte er so etwas wie einen psychischen Ruck und war dann wieder in seinem fleischlichen Körper, der auf dem Boden des Hinterzimmers im Buffalo Jump lag. Er blieb noch einen Augenblick liegen, registrierte ein Kribbeln am ganzen Körper. Es war wie einer jener Momente, wenn man im Halbschlaf war und träumte, daß man fiel, in dem man aber, anstatt irgendwo aufzuschlagen, jählings erwachte und gegen die Decke starrte, während einem die Nerven die seltsamsten Empfindungen übermittelten.

Er wandte den Kopf. Mary saß immer noch im Lotussitz und schwankte leicht. Sie schien sich immer noch in ... Trance zu befinden. War das das richtige Wort? Und dann öffneten sich ihre Augen ebenfalls. Sie starrte ihn an. »Was, zum Teufel, ist gerade passiert?« fragte sie ruhig.

Er rappelte sich auf — testete seinen Gleichgewichtssinn. Das Kribbeln ließ bereits nach. »Ich weiß es nicht«, sagte er. »Das ist dein Ding, nicht meines. Ich hab das noch nie zuvor getan.«

»Aber ...« Sie hielt inne. Auf ihrem Gesicht lag ein seltsamer Ausdruck, der Ehrfurcht sehr nah kam. »Aber was du getan hast ...«

»Was *habe* ich denn getan?«

»Du hast deine Freundin von der *Astralebene* aus aufgespürt«, sagte die junge Frau zögernd. »Du bist zu ihr gegangen. Dann hast du den Fetisch des Schamanen mit einem Zauber belegt ...«

»Nein!« keuchte er. »Das warst du.«

Sie schüttelte den Kopf. »*Du* warst es. Du hast einen Zauber gewirkt. Denk zurück.«

Er versuchte es. Er erinnerte sich daran, den Raum und die auf einen Stuhl gefesselte Sly gesehen zu haben. Das Lied Wolfs hatte immer noch seine Nerven erfüllt, seine Sehnen, seine Knochen. Er erinnerte sich an seine Wut, an sein Entsetzen, als er realisiert hatte, daß Sly gefoltert wurde. Und dann...

Und dann hatte Wolfs Lied einen anderen Tenor angenommen. Nicht mehr den einer ruhigen, stetigen Kraft — wie die eines langsam dahinfließenden Flusses. Es hatte sich verändert, war zorniger geworden, heftiger — mehr wie ein sturmgepeitschtes Meer. Das Lied hatte ihn erfüllt, ihn überwältigt. Er war eins mit der Musik geworden, hatte mitgesungen.

Und dann war der Feuerball explodiert.

Ich habe einen Zauber gewirkt? Wirkt man so einen Zauber?

»*Ich war es?*« murmelte er. Mary nickte. »Was war... was war mit dem Schamanen, als er Sly befreite?«

»Das war ich«, bekannte Mary. »Eine einfache Kontrollmanipulation. Zu diesem Zeitpunkt hatte ich schon so eine ungefähre Ahnung, was vorging. Aber dann hast du dich körperlich manifestiert, nicht? Du hast dich für sie sichtbar gemacht und mit ihr gesprochen. Stimmt's?«

Er nickte. »Aber Schamanen können das doch auch, oder?«

»Ja, aber... Drek, Falcon, sie müssen es erst *lernen*. *Alles,* was du heute nacht getan hast... Es ist keine so große Sache, ein Motorrad zu fahren; aber was du heute getan hast, ist so, als würde sich irgendein Bursche, der noch nie zuvor ein Motorrad aus der Nähe gesehen hat, einfach auf ein Kampfkrad schwingen und Stunts fahren!« Sie schüttelte voller Verblüffung den Kopf. »Darüber müssen wir uns unbedingt unterhalten.«

»Später.« Er sprang auf. »Sly ist ohnmächtig geworden. Wir müssen sie finden. Wo, zum Teufel, *war* denn das?«

Mary überlegte einen Augenblick. »Diese Gießerei, die wir gesehen haben — Cheyenne Chain and Wire. Die kenne ich. Sie liegt im Süden in der Nähe der I-80. In einem Industriegebiet.«

»Bring mich dorthin«, sagte er entschlossen, bereits auf dem Weg zur Tür.

Mary zögerte einen Moment, um ihm dann achselzuckend zu folgen.

Falcon wußte nicht, wie Mary den Wirt — Cahill, sagte sie, sei sein Name — dazu überredet hatte, ihr sein Motorrad zu leihen, und es war ihm auch egal. Er saß auf dem Sozius des dröhnenden Hobels, die Arme fest um die Hüften der Schamanin geschlungen.

Sie war eine gute Fahrerin, nicht aggressiv, nicht versessen auf hohe Geschwindigkeiten oder Protzereien, sondern solide und ruhig. Sicher. Im Augenblick hätte Falcon wahrscheinlich nur allzu bereitwillig ein wenig Sicherheit gegen etwas mehr Tempo eingetauscht. Doch er war kein Besserwisser und hielt den Mund.

Es dauerte nur ein paar Minuten, bis sie das Industriegebiet erreicht hatten. Die Gegend, verlassene Gebäude, Industriemüll, Aasfresser — tierische und menschliche — in den Gassen, vermittelte das richtige *Gefühl*, wenngleich er nichts direkt wiedererkannte. Dann fuhr Mary langsam an der verlassenen Gießerei vorbei.

»Sie ist in die Gasse hinter diesem Gebäude gelaufen«, sagte Mary.

»In welche Richtung?« fragte Falcon. »Und wie weit?«

Mary zuckte die Achseln. »Keine Ahnung. Wir müssen wohl einfach nach ihr suchen.« Sie bog in die Gasse hinter der Gießerei ein.

Ein paar Minuten später — die Minuten kamen Falcon wie Stunden vor — fanden sie sie. Mit dem Gesicht in einem Abfallhaufen, während sie eine Ratte von der Größe eines unterernährten Beagle beschnüffelte. Als Falcon zu ihr rannte, schien die Ratte einen Augenblick zu erwägen, ihre Beute, die ihr mindestens einen Monat lang Nahrung liefern würde, gegen ihn zu verteidigen. Doch dann kam das Tier offenbar zu dem Schluß, daß

Vorsicht der bessere Teil der Tapferkeit war, und verzog sich.

Falcon kniete sich neben Sly, griff nach ihrem Handgelenk, tastete nach ihrem Puls. Er war da — schnell, aber nicht stark. Mary hockte sich neben ihn, legte Sly eine Hand auf die Schulter. »Wie geht es ihr?« wollte Falcon wissen.

»Du könntest es wahrscheinlich selbst herausfinden«, erwiderte sie rätselhaft. Doch dann schloß sie die Augen, und ihre Atmung verlangsamte sich. Einen Augenblick später sah sie auf. »Nicht so gut. Sie lebt, ist aber ziemlich fertig.«

»Kannst du ihr helfen? Schamanen können doch heilen, nicht wahr?«

»Ich kann ihr helfen.« Mary sah sich um. »Aber das ist hier nicht der beste Ort.« Sie zögerte. »Wir können zu dritt auf dem Motorrad fahren — so eben —, aber nicht weit und auch nicht sehr schnell. Wohin willst du sie bringen?«

Jetzt mußte Falcon überlegen. Das Motel war zu weit entfernt und vielleicht auch zu gefährlich, aber hatte er eine andere Wahl? Wenn Sly immer noch diesen Drek durchziehen und ins Zürich-Orbital hacken wollte — vorausgesetzt, natürlich, sie gab nicht vorher den Löffel ab —, würde sie ihr Deck brauchen, das sich im Motel befand. Und das Motel war viel zu weit entfernt, um mit einer bewußtlosen Frau auf einem Motorrad hinzufahren.

»Kannst du hier mit ihr warten?« fragte er. »Ich nehme das Motorrad und hol den Wagen.«

Mary nickte.

»Sie könnten nach ihr suchen.«

Die Schamanin lächelte. »Wenn sie das tun, werden sie mehr finden, als ihnen lieb ist. Ich werde einen Stadtgeist beschwören. Der kann uns während deiner Abwesenheit verstecken und beschützen.«

»Gut. Ich komme zurück, so schnell ich kann.« Als er

sich auf das Motorrad schwang und Gas gab, hörte er noch, wie Mary ein seltsames, rhythmisches Lied anstimmte.

Er rechnete mit Schwierigkeiten. Daß jemand versuchen würde, ihn daran hindern, mit dem Wagen zurückzukehren, Sly einzuladen und zum Motel zu fahren. Drek, er freute sich fast darauf. Er war wie aufgedreht, bereit, jemandem kräftig in den Hintern zu treten. Seine Maschinenpistole war geladen und lag neben ihm auf dem Beifahrersitz, und er summte Wolfs Lied vor sich hin, die Zähne zusammengebissen.

Doch niemand versuchte sich mit ihnen anzulegen. Tatsächlich schenkte ihnen niemand auch nur die geringste Aufmerksamkeit. Selbst, als er Slys schlaffe Gestalt vom Wagen in das Motelzimmer trug. Irgend jemand marschierte währenddessen zwar über den Parkplatz, aber der Bursche sah nicht einmal in ihre Richtung. Falcon fragte sich, ob vielleicht Marys Stadtgeist noch über sie wachte. Er legte Sly sanft auf das Bett, während Mary die Tür hinter ihnen schloß.

Sly sah aus wie Drek — das Gesicht bleich und eingefallen, die Haut fast gelb. Während er sie trug, hatte er mehrere Anfälle von Schüttelfrost bei ihr gespürt. Und ihre Haut war kalt. *Wie bei Nightwalker kurz vor seinem Tod.* Mit einiger Anstrengung verdrängte Falcon diesen Gedanken.

Er wandte sich an Mary. »Bring sie in Ordnung«, sagte er schroff. Dann etwas freundlicher: »Bitte.«

Er versuchte zuzuschauen und etwas zu lernen, als Mary sich mit gekreuzten Beinen neben Sly auf das Bett setzte, mit ihren kleinen Händen sanft über den Körper seines Chummers strich und zu singen anfing.

Aber er konnte nicht. Er konnte nicht stillsitzen. Er war voller Energie — destruktiver Energie — und hatte nichts, woran er sie auslassen konnte. Also ging er in dem Zimmer auf und ab wie ein Raubtier im Käfig und schäumte vor Wut. Er stellte sich vor, wie sich Knife-Edges Gesicht vor Schmerzen verzerrte, während er dem Amerindianer eine Kugel nach der anderen in den Bauch jagte. Stellte sich vor, wie er in Flammen aufging und schrie, während er verbrannte wie die Frau in der Folterkammer. Stellte sich vor, wie er vor Angst wimmerte, während sein Blut in den Rinnstein lief und das Leben aus ihm herausströmte.

Er konnte es nicht ertragen, das bleiche Gesicht seines Chummers zu betrachten. Sly sah so jung aus, so hilflos, wie sie auf dem Bett lag. Und das war vielleicht das größte Verbrechen von allen, für das Knife-Edge büßen mußte. Er hatte eine selbstsichere, fähige Frau genommen und sie in *das* verwandelt.

Warum ist das so wichtig? fragte er sich. Vor einer Woche, wußte ich nicht mal, daß es sie gibt. Sie sollte mir gar nichts bedeuten.

Aber natürlich bedeutete sie ihm etwas. Sie arbeiteten zusammen, arbeiteten auf dasselbe Ziel hin. Sie vertrauten einander, waren aufeinander angewiesen. Sie gehört zu meinem Rudel, hatte er Wolf gesagt. Und das war die Wahrheit, schlicht und ergreifend. Er setzte sich auf das andere Bett, sah jedoch nicht in Slys und Marys Richtung. Das Lied der Hundeschamanin erfüllte seine Ohren, und gräßliche Vorstellungen erfüllten seinen Verstand.

Schließlich verklang Marys Lied. Er hatte Angst, sich umzudrehen, hinzusehen. Aber er mußte.

Sly lag immer noch reglos da, doch ihre Gesichtsfarbe war wieder normal. Die neben ihr sitzende Mary sah müde aus, ihr Gesicht glänzte vor Schweiß.

»Wird sie ...?« Falcon konnte die Frage nicht beenden.

Mary nickte nur.

Falcon stand auf und setzte sich dann auf die Bettkante neben seinen Chummer. Er strich Sly eine Haarlocke aus dem Gesicht. »Sly«, sagte er leise.

Und ihre Augen öffneten sich. Einen Augenblick irrten sie ziellos umher, umwölkten sich mit Entsetzen. Dann blieben sie auf seinem Gesicht haften.

Sie lächelte. Ein müdes, erschöpftes Lächeln, aber eben doch ein Lächeln. »Du *warst* es«, sagte sie schwach. »Es war doch alles echt.«

Er traute sich nicht zu sprechen, nickte nur. Seine Augen tränten, und er strich sich mit dem Handrücken darüber. Das kommt davon, wenn man nur auf Achse ist, wo man doch eigentlich schlafen sollte, sagte er sich.

»Wie geht es dir?« fragte Mary.

Sly lächelte der jungen Frau zu. »Gut. Besser, als es mir von Rechts wegen eigentlich gehen dürfte.« Sly hielt inne. »Du warst auch da, nicht? Ich habe dich *gespürt*.« Mary nickte. Sly wandte sich an Falcon. »Wie?«

Mary antwortete für ihn. »Dein Chummer beschreitet den Weg der Schamanen«, sagte sie ruhig. »Er singt das Lied Wolfs.«

Slys Augen weiteten sich, waren voller unausgesprochener Fragen. Dann lächelte sie. »Stille Wasser, Falcon«, sagte sie. »Stille Wasser.« Vorsichtig setzte sie sich auf. »Ist *sonst* noch irgendwas passiert, von dem ich wissen sollte?«

31

16. November 2053, 0521 Uhr

Auf Vorschlag der jungen Frau, deren Name, wie Sly erfuhr, Mary Windsong war, packten sie ihre Sachen und zogen aus. Sly war ziemlich sicher, daß sie ihren Folterern nichts über das Motel verraten hatte — wenn sie das getan hätte, wären die drei bereits erledigt gewesen —, aber es war sinnlos, es darauf ankommen zu lassen, wenn sie es verhindern konnten. Mary fuhr auf einem Motorrad voraus, das viel zu groß für sie war;

ihr langer Zopf flatterte im Wind. Falcon steuerte den Callaway, Sly saß auf dem Beifahrersitz, das Cyberdeck schützend auf dem Schoß. Sie fuhren zu einer kleinen Kneipe mit dem unwahrscheinlichen Namen Buffalo Jump und richteten sich in dem winzigen Hinterzimmer ein.

Sly fühlte sich besser — fast wieder normal, mußte sie zugeben. Manchmal spürte sie noch ein Zittern in den Muskeln, und manchmal, wenn sie die Augen schloß — auch nur für einen Augenblick —, kamen Bilder von der SimSinn-Folter zurück, und sie mußte einen Aufschrei unterdrücken. Was würde wohl geschehen, wenn sie schlafen ging? fragte sie sich.

Sowohl Falcon als auch Mary waren sehr besorgt um ihre Gesundheit gewesen. Vielleicht ein wenig *zu* besorgt, dachte Sly zunächst, eine Spur mißmutig. Doch dann wurde ihr klar, daß ihre Fürsorge keineswegs übertrieben war. Sie *hatte* eine Menge durchgemacht und fühlte sich trotz der magischen Zuwendungen der Hundeschamanin immer noch wie eine feuchter Haufen Drek.

Zwischen Falcon und der jungen Amerindianerin schien eine merkwürdige Dynamik zu existieren. Zuerst hatte Sly gedacht, es handele sich um sexuelle Anziehungskraft — Falcon war auf eine rauhe Art hübsch und das kleine Mädchen auf eine Weise niedlich, wie Sly als Kind immer hatte sein wollen. Doch dann erkannte sie, daß mehr dahintersteckte, vielleicht sogar viel mehr. Sie hatten etwas Wichtiges gemeinsam, etwas, das sich durch ihr gesamtes Leben zog. Sly fragte sich, ob es daran lag, daß Falcon jetzt ›den Weg der Schamanen beschritt‹ — was immer das auch bedeuten mochte.

»Was brauchst du?« fragte Mary sie, sobald sie die Kneipe erreichten.

Slys erster Impuls hatte darin bestanden, irgend etwas Schnodderiges zu erwidern, wie zum Beispiel, einen Liter Synthahol und sechsunddreißig Stunden Schlaf. Doch sie hatte diesen Gedanken sofort unterdrückt. Knife-Edge war immer noch hinter ihr her. Er hatte sie einmal erwischt und keinen Grund, es nicht noch einmal zu versuchen. Sich zu vergraben und abzuwarten, war ganz einfach dumm, insbesondere nachdem Falcon ihr erzählt hatte, was er über den amerindianischen Runner erfahren hatte. *Das Amt für Militärische Abschirmung — kein Drek.* Das bedeutete, sie hatten sich mit der Sioux-Regierung auseinanderzusetzen, dem Militär — vielleicht sogar mit den verdammten Wildcats. Nein, sich zu vergraben, war keine gute Idee. Dies würde nicht einfach so vorbeigehen. Sie mußte irgend etwas unternehmen, *und zwar sofort.*

Und wie sehr sie der Gedanke auch ängstigen mochte, sie wußte, wie dieses Etwas aussah. Noch einmal ins Zürich-Orbital. Sly mußte es versuchen, auch wenn es sie umbrachte. Vorher war natürlich das Problem der Cyberdeck-Utilities zu lösen. Wenn sie echt militant drauf gewesen wäre, hätte sie ›nackt‹ in die Matrix gehen und sich auf ihre Fähigkeiten verlassen können, die Programme, die sie unterwegs brauchte, herbeizuzaubern. Vor fünf Jahren hätte sie das ernsthaft in Erwägung gezogen.

Und jetzt? Auf gar keinen Fall. Ihre Unterhaltung mit Moonhawk — *dieser verdammte, verräterische Drek-Fresser* — hatte sie davon überzeugt, daß sie dafür zu lange aus dem Geschäft war. Phase Loop Recoursers — PLRs — richteten nichts mehr gegen modernes Ice aus. Welche anderen unangenehmen Veränderungen waren ihr entgangen?

Nein, sie brauchte jeden Vorteil, den sie kriegen konnte. Und das bedeutete, brandneue und brandheiße Utilities mußten her.

Glücklicherweise — und zu ihrer Überraschung — hatte Mary Rat gewußt, als sie das Problem angesprochen hatte. Die kleine Schamanin hatte ein paar Connections zu der Cheyenner Schattengemeinde — einschließlich, wie sich herausstellte, zu einer Reihe von Programmierern und Deckern. Mary ging mit einer Liste der Utilities und Hardware los, die Sly brauchte, und kehrte weniger als eine Stunde später mit einer Chipkollektion in einem Plastiketui zurück.

Drek, dachte Sly, als sie die letzte Utility in den Speicher des Decks geladen hatte, warum war sie Falcon nicht schon ein paar Stunden eher über den Weg gelaufen?

Sie legte den letzten Programmchip beiseite und ließ ein rasches Selbstdiagnoseprogramm laufen. Der Prozessor hatte keine Probleme mit den Utilitycodes. Die Utilities selbst waren fast unwahrscheinlich hochentwickelt — zumindest im Vergleich damit, was Sly vor fünf Jahren benutzt hatte. Laut interner Leistungsindizes des Decks, pegelten sich die meisten bei einer Leistung von knapp über sieben ein. Eine hatte den Wert neun, und eine erreichte sogar eine unerhörte *Elf*. (Was wird mich das bloß kosten? fragte sie, um dann die Sorgen zu verdrängen. Mary hatte ihr den Kram auf Kredit besorgt. Wenn Sly also gegeekt wurde, brauchte sie sich darum keine Gedanken mehr zu machen. Und wenn sie es schaffte, war jeder Preis billig.) Dank der von Smeland eingebauten Verbesserungen und der Kombination aus erstklassigen Utilities und fettem Prozessor war das Deck jetzt ein echter Ice-Pickel.

Zufrieden lehnte sich Sly zurück.

Falcon war nervös auf und ab marschiert. Jetzt hockte er sich neben sie, und seine Sorgen standen ihm ins Gesicht geschrieben. »Bist du dem auch gewachsen, Sly?« fragte er leise. »Willst du nicht lieber noch etwas warten? Dir noch mehr Zeit lassen, bis du wieder ganz auf dem Damm bist?«

Sie lächelte ihn an, wußte seine Besorgnis um sie zu schätzen. Drückte ihm beruhigend den Arm. »Ich bin dem gewachsen«, sagte sie zu ihm. »Ich bin bereit.« So bereit, wie sie überhaupt nur sein konnte. Doch wie bereit war das? »Haben wir eine andere Wahl?«

Sly sah ihn damit ringen, die Möglichkeiten — die auf traurige Weise beschränkt waren — im Geiste durchgehen. Schließlich sackten seine Schultern herab, und er nickte. Sie wußte, wie er sich fühlte. Hilflos, ohnmächtig. Er konnte nichts tun, um Sly direkt zu helfen. Sie drückte noch einmal seinen Arm, versuchte Entschlossenheit und Selbstvertrauen zu übermitteln, Dinge, die sie tatsächlich gar nicht empfand. Vielleicht war es das. Sie konnte den Gedanken einfach nicht verdrängen. Sly hatte immer geglaubt, daß sie bei ihrer nächsten Konfrontation mit schwarzem Ice den Löffel abgeben würde. Und jetzt bekam sie es mit dem besten zu tun. Und vielleicht sogar noch einem Armee-Decker dazu. Würde Jurgensen auf sie warten, wenn sie hinaufdeckte? Rechne besser damit, sagte sie sich.

Sly wandte sich an Mary Windsong. »Kannst du auf mich aufpassen?« fragte sie. »Mich magisch überwachen oder so? Wenn du siehst, daß etwas Merkwürdiges mit meinem Körper geschieht ...«

»Du meinst, wenn du mit dem Doppel-Z anfängst?« fragte die junge Frau.

»Doppel-*was?*« warf Falcon ein.

»Zucken und zappeln«, erklärte Mary. »Wie wenn ein Decker auf schlimmes Ice stößt. Ja, klar. Wenn du Ärger bekommst, stöpsel ich dich aus. Ich hab schon früher auf Decker aufgepaßt.« Sie wandte sich an Falcon. »Das ist so, als würde man auf den Körper eines Schamanen aufpassen, wenn er sich auf der Astralebene befindet. Ja, kein Problem, Sly. Ich reagiere schnell.«

Sly nickte. Mehr konnte niemand zu ihrer Hilfe unternehmen. Wenn Mary tatsächlich so schnell war, wie sie glaubte, und wenn sie Sly aufmerksam genug beobachtete, konnte sie Sly vielleicht ausstöpseln, bevor schwarzes Ice Gelegenheit hatte, ihr Hirn zu grillen oder ihren Herzschlag zu stoppen. Doch wieviel schneller reagierte schwarzes Ice mittlerweile? Wie lange brauchte Killer-Ice, um die tödliche Biofeedbackschleife einzurichten?

Sie betrachtete das Deck, das Glasfaserkabel mit dem Hirnstecker daran, das zusammengerollt war wie eine zum Zustoßen bereite Schlange. Keine weiteren Entschuldigungen, sagte sie sich, keine weiteren Ausflüchte. Wenn ich gehe, dann *jetzt*. Sie nahm das Kabel, stöpselte es in ihre Datenbuchse ein. Spürte das vertraute Kribbeln, das ihr verriet, daß das Deck eingeschaltet war, bereit zum Tanz.

Sie sah in Falcons besorgt blickende Augen, bedachte ihn und Mary mit einem zuversichtlichen Lächeln. »Tja«, sagte sie leise, »es ist soweit.« Sie überprüfte den Speicher des Decks — alle Utilities waren geladen, harmonierten gut mit MPCP und Personaprogrammen. Sie ließ noch eine rasche Diagnose durchlaufen, bekam grünes Licht. Keine Bugs, keine Anomalien. Keine weiteren Entschuldigungen.

»Bis bald«, flüsterte sie, während sie entschlossen auf die Go-Taste drückte.

Sie jagte durch die Matrix von Cheyenne, tanzte über die Datenlinien, bis sie den LTG-Knoten hoch über der surrealen Stadt unter sich sah. Schoß darauf zu und in ihn hinein. Dann der Sprung ins RTG, wobei sich das Universum wieder umzustülpen schien wie eine Origami-Figur.

Und nur allzu rasch flog sie auf die Satellitenverbindung zu, auf das blaue Radioteleskop-Konstrukt am dunklen Himmel. Instinktiv sah sie sich nach Theresa Smelands Gürteltier-Icon um. Lachte ironisch über ihre Reaktion. Diesmal bin ich allein, machte sie sich noch einmal klar. Keine Rückendeckung. Nur ich, niemand sonst.

Sie sah die Ice-Perlen über die Strukturelemente des Satellitenverbindungs-Konstrukts huschen. Sah, wie sie ihr Tempo erhöhten, als sie sich ihnen näherte. Okay, dachte sie, dann wollen wir doch mal sehen, wie gut diese Utilities wirklich sind ...

Ihr Samurai-Icon griff in den Beutel an ihrem Gürtel, zog eine winzige Maske — wie eine Harlekinmaske — heraus und pappte sie sich aufs Gesicht. Ein Kribbeln durchlief ihren virtuellen Körper, als die Maskenutility aktiviert wurde. Einen Augenblick lang dachte sie, es hätte geklappt. Die Perlen wurden wieder langsamer, kehrten zu ihrem normalen Grad der Aktivität zurück. Doch dann, als sie in Kontaktreichweite des Konstrukts kam, wechselten die Perlen wieder in den Hochgeschwindigkeitsmodus. Bevor sie noch eine andere Utility ausprobieren konnte, lösten sich ein Dutzend Perlen von dem Konstrukt und prallten gegen ihr Icon. Leere hüllte sie ein.

Und dann befand sie sich wieder in dem Büro, jener perfekt gestalteten Nische in der Matrix, die von der Armee der UCAS geschaffen worden war. Zweifellos irgendein Knoten, der auf schrecklich leistungsstarken Mainframes des Militärs lief.

Jurgensen, der Decker, saß hinter dem Schreibtisch und sah mit überraschter Miene zu ihr auf, als sich ihr Icon vor ihm materialisierte.

»Haben Sie schon auf mich gewartet, Jurgensen?« fragte sie. Und dann fiel sie mit allem über den Decker her, was sie hatte. Startete ein Frame — ein autonomes Programmkonstrukt — und hetzte es auf ihn. In Übereinstimmung mit ihrem eigenen Icon hatte es die Gestalt eines japanischen Ronin mit relativ niedriger Auflösung. Der Ronin war mit einem *Tetsubo* bewaffnet, der im glühenden Rot eines CO_2-Lasers leuchtete. Als das Frame Jurgensen mit hoch erhobenem Streitkolben angriff, startete sie ein ›Vielfraß‹-Virus — der in Gestalt eines stachelbewehrten Pfeils im Knoten auftauchte. Sie schleuderte den Pfeil auf Jurgensen.

Der Armee-Decker hatte rasch auf das Frame reagiert — *zu rasch?* — und hielt einen Makroplast-Antiaufruhrschild vor sich, mit dem er den *Tetsubo*-Schlag des Ronin parierte. Doch das bedeutete, daß seine Aufmerksamkeit für einen kritischen Augenblick nicht auf Sly selbst gerichtet war. Der Viruspfeil flog an dem Schild vorbei und bohrte sich tief in die Brust des Icons. Jurgensen heulte vor Wut auf, als sich das Virus mit rasender Geschwindigkeit in seinem Cyberdeck ausbreitete und dabei den Arbeitsspeicher des Decks belegte, so daß dieser nicht mehr für etwas anderes benutzt werden konnte. Sofern der Decker nicht rasch reagierte und das Virus eliminierte, würde dieses zunächst den gesamten unbenutzten Arbeitsspeicher belegen, sich danach über den Speicherbereich hermachen, der seine Utilities enthielt, diese letzten Endes löschen und ihn damit aus der Matrix auswerfen.

Natürlich *würde* Jurgensen rasch reagieren. Sie konnte nicht davon ausgehen, daß ihn etwas so Simples wie eine Vielfraß-Utility schaffen würde. Aber zumindest war er für ein paar Augenblicke beschäftigt. Augenblicke, die sie selbst nutzen konnte.

Sie ließ ihre erste Angriffs-Utility los, und in der Hand des Samurai erschien eine mächtige Armbrust. Sorgfältig zielend, schoß sie einen Bolzen ab, sah ihn an ihrem autonomen Frame vorbeizischen und ihn in Jurgensens Brust fahren. Ein verdammt guter Treffer. Für einen Augenblick verschwamm das Icon des Deckers, verlor seine hohe Auflösung. Bleib dran, sagte sie sich, gib ihm keine Gelegenheit, ein Medic-Programm zu starten. Und laß nicht zu, daß er sich um das Virus kümmert. Die Armbrust spannte sich wieder, und sie jagte einen weiteren Bolzen in ihren Gegner. Wiederum verlor das Icon seine hohe Auflösung, doch diesmal kehrte es nicht zu seinem vorherigen makellosen Zustand zurück. Das hat wehgetan, was? krähte sie innerlich.

Jurgensen fauchte vor Wut. Sein Schild verschwand, und eine stummelläufige Maschinenpistole nahm statt dessen in seinen Händen Gestalt an. Er jagte einen Feuerstoß in das Frame, das ihn immer noch angriff, durchlöcherte es wie ein Sieb. Das Frame attackierte ihn noch einmal, traf den Decker mit dem *Tetsubo* am Kopf. Doch dann löste es sich mit einem verzweifelten elektronischen Kreischen in einzelne Pixel auf und verschwand. Die MP-Mündung schwang zu Sly herum.

Sie warf sich zur Seite, und die Kugeln schlugen in die Wand hinter ihr. Gleichzeitig startete sie eine der am höchsten bewerteten Utilities in ihrem Deck — eine Spiegel-Utility allererster Güte. Als das Programm ausgeführt wurde, teilte sich ihr Icon in zwei identische Samurai. Das neue Icon — das Spiegelbild — tänzelte nach rechts, während sie nach vorn in den toten Winkel von Jurgensens Schreibtisch hechtete.

Der Armee-Decker zögerte einen Augenblick, versuchte zu erraten, welches das echte Icon und welches das Spiegelbild war. Riet falsch und gab eine lange Salve auf das Spiegelkonstrukt ab. Was Sly die Zeit gab, aufzuspringen und ihm aus nächster Nähe einen weiteren Armbrustbolzen in die Brust zu jagen. Jurgensen heulte auf, sein Icon zerfiel wie das des Ronin zuvor in einzelne Pixel. Dann verschwand er — ausgestöpselt oder ausgeworfen, Sly wußte es nicht, und es war ihr auch egal. Sie hielt den Atem an, versuchte ihren rasenden Herzschlag zu beruhigen.

Nur für einen Moment. Und dann geschah das, was sie befürchtet — aber im tiefsten Innern erwartet — hatte: Zwei alptraumhafte Gestalten, nachtschwarz und surreal verzerrt, ragten vor ihr auf.

Die Golems. Schwarze ICs der Golem-Klasse — die laut Jurgensen von einem hochklassigen Expertensystemcode gesteuert wurden. Gerissen — vielleicht ebenso gerissen wie ein Decker —, schnell und tödlich. Mit einem ohrenbetäubenden Brüllen stürzten sie sich auf sie.

Sly wich hastig zurück. Ihr Spiegelbild war immer

noch sichtbar, aber die Golems ignorierten es, näherten sich ihr aus zwei verschiedenen Richtungen. Sie riß die Armbrust hoch und jagte dem näheren der beiden Monster einen Bolzen in den Leib. Keine sichtbare Reaktion.

Was, zum Teufel, mache ich jetzt? schnatterte ihr Verstand hektisch. Soll ich mich ausstöpseln, solange es noch geht? Die ganze Sache aufgeben? Aber das stand nicht zur Debatte, oder? Wenn sie jemals wieder ein normales Leben führen wollte, mußte sie diesen Kampf gewinnen, und zwar endgültig.

Sie tänzelte einen weiteren Schritt zurück, als der nähere der beiden Golems mit einer Faust nach ihr schlug, die größer als ihr Kopf war. Das IC-Programm war so hoch entwickelt, daß sie sogar den Luftzug des Hiebs ›spürte‹, der nur Zentimeter an ihrem Gesicht vorbeistrich.

Noch einen Schritt zurück. Und eine Utility starten. Noch einen Schritt. Noch eine Utility.

Die erste — eine modifizierte ›Rauch‹-Utility — füllte den Raum mit funkelndem blauweißen Licht, einem ganzen Vorhang davon, ähnlich wie Wetterleuchten. Sly konnte die vorrückenden Golems immer noch deutlich sehen, wußte jedoch, daß diese Utility ihnen die Wahrnehmung ihres eigenen Icons erschwerte. Keine große Hilfe gegen derart hochentwickeltes Ice, aber doch viel besser als gar nichts. Die zweite Utility umgab ihr Icon mit einem anderen Konstrukt — einer mittelalterlichen Ritterrüstung.

Und keinen Augenblick zu früh. Die Golems waren schneller, als sie aussahen. Einem war es gelungen, zu ihr aufzuschließen, und jetzt hieb er ihr seine mächtige Faust gegen die Brust. In der wirklichen Welt hätte ihr der Schlag den Brustkasten eingedrückt, innere Organe zerfetzt und möglicherweise ihr Rückgrat zerschmettert. Doch hier in der virtuellen Realität der Matrix traf der Schlag ihre Rüstung und ließ das Metall hallen wie einen Gong. Trotzdem reichte die Schlagkraft, um sie ins Wanken zu bringen und in ihrem Kopf die Glocken läuten zu lassen. In der wirklichen Welt würde ihr Körper jetzt wahrscheinlich aufzucken, da das IC-Programm für einen winzigen Augenblick die Kontrolle über das Cyberdeck übernommen und einen Stromstoß durch ihre Datenbuchse gejagt hatte. Würde Mary sie ausstöpseln oder zu dem Schluß gelangen, daß der Schaden gering war, und Sly in Ruhe lassen?

Das Büro verschwand nicht, also hatte Mary anscheinend beschlossen, sich zurückzuhalten. Einer der Golems war offenbar durch den ›Rauchvorhang‹ verwirrt und hieb unkontrolliert nach den Lichtwänden, die ihn umgaben. Ganz anders der zweite. Er ging wieder auf Sly los, langsamer diesmal, als nehme er sich die Zeit, ihre Rüstung zu analysieren und ihren schwachen Punkt zu finden. Sie versuchte nach links auszuweichen, doch dieses Unternehmen wurde von einem herabsausenden Arm vereitelt. Sie wich wieder zurück, spürte die Bürowand hinter sich. Kein Rückzug mehr. Keine Ausweichmöglichkeiten.

Sie konnte nur noch eines tun. Es war ein großes Risiko — aber welcher Teil dieses Runs war keines? Sie hatte immer noch eine Utility übrig — ein Angriffsprogramm der Stufe elf. Vielleicht mächtig genug, um die Golems zu eliminieren, vielleicht nicht. Doch schon das Starten des Programms stellte ein schreckliches Risiko dar. Es handelte sich um ein Experimentalprogramm, hatte ihr Mary verraten, das sich nicht einmal annähernd so schnell und problemlos einsetzen ließ wie die anderen Utilities, die Sly bisher benutzt hatte. Nicht nur, daß es fast den gesamten Speicher ihres Decks benötigte — so viel, daß sie alle anderen Programme stoppen mußte, um ihm den benötigten Speicherplatz zur Verfügung zu stellen —, sondern sie würde auch noch eine Augenblicksprogrammierung improvisieren müssen, um das Programm auf die Golems auszurichten.

Was bedeutete, sie würde nicht manövrieren, den Schlägen der Golems nicht mehr ausweichen können. Sie würde sich ihnen ganz einfach stellen und sie einstecken müssen.

Und sie hatte nicht mehr die Möglichkeit, sich auszustöpseln, wenn sich die Dinge schlimm für sie entwickelten.

Alles oder nichts. Hatte sie den Schneid, das durchzuziehen?

Habe ich eine andere Wahl?

Bevor sie noch weiter darüber nachdenken, sich durch Unschlüssigkeit lähmen lassen konnte, stoppte Sly die anderen Utilities, die auf ihrem Cyberdeck liefen. Das Spiegelbild, das Wetterleuchten, sogar die Ritterrüstung — alles verschwand. Mit einem triumphierenden Grollen drangen die beiden Golems auf sie ein.

Das Konstrukt des Angriffsprogramms erschien in ihren Händen. Ein knolliges Lasergewehr aus einem Weltraumopus. Sie hob den Lauf, zielte auf den näheren der beiden Golems. Es war plump, klobig, unglaublich schwierig, damit zu zielen. (Sly wußte, daß in der Wirklichkeit ihr fleischlicher Körper auf einem Sofa im Hinterzimmer der Kneipe hockte und ihre Finger über die Tasten des Cyberdecks huschten. Die Schwerfälligkeit des Lasergewehrs entsprach den Schwierigkeiten, die sie dabei hatte, den Code eines Virusprogramms so maßzuschneidern, daß es den Code derjenigen ICs zum Absturz bringen würde, die versuchten, die Kontrolle über ihr Deck an sich zu reißen. Doch wie bei jedem Decker war diese Realität auch bei ihr tief im Unterbewußtsein vergraben. Es war so viel schneller, so viel effektiver, symbolisch zu denken. Aber auch schreckerregender.)

Sie drückte auf den Abzug des Gewehrs. Mit einem lauten *Pah* sich entladender Kondensatoren feuerte die Waffe. Ein gelbweißer Energiestrahl schoß aus der Mündung, fuhr in den Torso des Golems und schlug ein

Loch von der Größe ihrer Faust. Das Ding taumelte heulend zurück. Sie drückte wieder auf den Abzug.

Nichts. Die Waffe benötigte einige Zeit, um sich wiederaufzuladen — ein Äquivalent für die Zeit, die sie brauchte, um das Programm für einen weiteren Angriff auf das Ice zu modifizieren. Das hochtönige Jaulen des Wiederaufladevorgangs erfüllte ihre Ohren.

Der Golem war verwundet — vielleicht schwer —, aber er wich nicht zurück. Er sprang sie wieder an, während sein Gefährte zur Seite auswich, um sie von der Flanke aus anzugreifen.

Das Lasergewehr summte, und sie drückte erneut ab. Der Energiestrahl traf den angreifenden Golem sauber in das nichtvorhandene Gesicht und riß ihm den Kopf vom Rumpf. Die mächtige Gestalt brach zusammen, flackerte, verschwand schließlich.

Der zweite Golem fauchte und sprang sie an. Sie konnte nichts tun, während sich das Gewehr auflud. Eine schwarze Faust knallte gegen ihren Kopf, schleuderte sie zu Boden. Ihr Schmerzensschrei klang in ihren Ohren unsagbar weit entfernt. Die Welt verschwamm um sie.

Durch den Nebel der entsetzlichen Schmerzen hörte sie ein Summen. Zuerst realisierte sie seine Bedeutung nicht. Dann, gerade als der Golem zu einem weiteren Schlag — einem tödlichen Schlag diesmal — ansetzte, drückte sie auf den Abzug.

Der Energiestrahl bohrte sich in den Bauch des Monsters, schleuderte es nach hinten. Es schrie vor Schmerzen, ruderte angesichts des Loches in seinem Rumpf wild mit den Armen.

Aber es ging nicht zu Boden.

Hilflos auf dem Boden liegend, das Gewehr — nutzlos, bis es sich wiederaufgeladen hatte — in den Händen, sah Sly den Tod auf sich zukommen. Drei Meter hoch über sie aufragend, fauchte der Golem zu ihr hinunter.

Er genoß die Situation, hob langsam einen Fuß, um ihn auf sie niedersausen zu lassen und ihr den Schädel zu zerschmettern.

Zu langsam. Das Gewehr summte. Slys Finger verkrampfte sich um den Abzug.

Der Energiestrahl schoß nach oben, bohrte sich in steilem Winkel durch das Konstrukt. Fuhr in seinen Unterleib, wühlte sich durch den Rumpf und trat im Nakken aus. Einen Augenblick blieb es wie angewurzelt stehen, dann kippte es vornüber. Verwandelte sich in einzelne Pixel und verschwand, kurz bevor es auf sie stürzte.

Sly blieb keuchend liegen. Das Lasergewehr fühlte sich tonnenschwer in ihren Händen an — was bedeutete, daß die Programmieranstrengungen, die Utility weiterhin laufen zu lassen, zuviel für sie wurden. Sie deaktivierte das Programm, und das Konstrukt flackerte kurz und löste sich dann auf.

Ich hab's geschafft... Die metabolischen Gifte Angst und Erschöpfung durchströmten ihren Körper, bewirkten, daß sich ihre Muskeln bleiern anfühlten und sie starke Kopfschmerzen bekam. Mit einer übermenschlichen Anstrengung zwang sie sich aufzustehen. Sah sich um. Das Büro war leer.

Aber vielleicht nicht mehr lange. Sie mußte von hier verschwinden, und zwar *sofort*.

Sie nahm sich einen Augenblick Zeit, um ein Medic-Programm laufen zu lassen und zumindest einen Teil des Schadens zu beseitigen, den das Ice an ihren Personaprogrammen angerichtet hatte. Sie fuhr mit dem Konstrukt — einem komplizierten Scanner, der direkt aus einem Science-Fiction-Trid zu stammen schien — über ihren Körper, spürte ihre Energie zumindest teilweise zurückkehren. Ein Teil des Schadens, den sie erlitten hatte, war echt und betraf direkt ihren fleischlichen Körper — Schübe zu hohen Blutdrucks hatten wahrscheinlich Gefäße platzen lassen und die Herzklappen in Mitleidenschaft gezogen. Aber sie wußte, daß diese Dinge mit der Zeit heilen würden.

Die sie jetzt natürlich nicht hatte. Sie mußte — irgendwie — aus diesem Knoten herauskommen, zurück zur Satellitenverbindung. Aber wie?

Sie wollte eine Analyse-Utility starten — verpatzte es beim erstenmal, mußte es noch einmal versuchen. Das Konstrukt der Utility erschien in der Gestalt einer Brille, die sie ihrem Icon aufsetzte. Sie musterte die Wände des ›Büros‹.

Und dort war es, was sie zu finden gehofft hatte. Eine verborgene ›Tür‹, ein Rechteck in der Wand, das schimmerte, wenn sie es durch die Brille betrachtete — ein Datenkanal, der aus diesem Knoten herausführte. Eine andere Utility verriet ihr, daß die ›Tür‹ nicht gesichert war, nichts vorhanden war, was sie davon abhalten konnte, die ›Tür‹ zu benutzen, aber sie konnte ihr nicht verraten, was sich auf der anderen Seite befand. Offenbar gab es eine Art Diskontinuität, die das Analysevermögen der Utility überforderte.

Das war beruhigend. Sie hatte mit Sicherheit eine Diskontinuität erfahren, als sie hierher umgeleitet worden war. Wenn sie Glück hatte, würde sie dieser Datenkanal wieder zurück zur Satellitenverbindung führen. Sie holte tief Luft, machte sich bereit. Und schritt durch die Tür.

Ein Augenblick der Schwärze, des Schwindels und der Desorientierung. Und dann nahm um sie herum wieder die virtuelle Realität Gestalt an.

Das Glück hatte sie nicht verlassen. Sie war wieder im Satknoten. Diesmal tatsächlich sogar *im Innern* des Konstrukts. Die blauen Strukturelemente bildeten ein Gerüst, das sie umgab. Die Ice-Perlen huschten immer noch die Elemente auf und ab. Einen Augenblick lang krampfte sich vor Furcht ihr Magen zusammen, doch dann bemerkte sie, daß sie ihrem Icon nicht die geringste Aufmerksamkeit schenkten. Warum sollten sie auch? folgerte sie. Ich bin jetzt drinnen. Sie suchen nach Eindringlingen, die von *draußen* kommen.

Sie sah sich um. Die Parabolschüssel der Satellitenverbindung befand sich über ihr und zeigte in den Himmel. Von außen hatte sie nichts erkennen können, das von der Satellitenverbindung ausging, nichts, das der Datenkanal zum Zürich-Orbital hätte sein können. Von ihrem neuen Aussichtspunkt konnte sie ihn gar nicht übersehen. Eine schwache, schimmernde Röhre aus azurblauem Licht, die in den Himmel schoß.

Z-O, ich komme, dachte sie, dann stürzte sie sich in den Datenkanal.

Irgend etwas daran, wie Sly sich fühlte, als sie den Datenkanal entlangjagte, war ... *nicht richtig.* Sie hatte ein Gefühl der ... *Losgelöstheit,* obwohl es das auch nicht richtig beschrieb. Zuerst hielt sie es für eine mentale Nachwirkung ihres Kampfes mit Jurgensen und den Golems. Doch dann wurde ihr klar, daß es mit der Zeitverschiebung zusammenhängen mußte, die T.S. erwähnt hatte. Je nach der Geometrie der Verbindung — der Anzahl der Nebenverbindungen, die notwendig waren, um mit dem Zürich-Orbital in Verbindung zu treten — konnte die Verzögerung eine Dreiviertelsekunde betragen, eine Ewigkeit in puncto Rechnergeschwindigkeit. Sie versuchte sich vorzustellen, wie es wohl ohne den laut T.S. im Deck installierten Kompensatorchip war, und gab dann auf. Dieses Gefühl der Losgelöstheit war beunruhigend genug.

Sie hatte damit gerechnet, daß irgend etwas Charakteristisches an dem Zugangsknoten war, der in das System des Zürich-Orbitals führte — irgend etwas, das seine Bedeutung widerspiegelte. Doch da war nichts Ungewöhnliches. Es war nur ein weiterer SAN, der dem Standard der universellen Matrixspezifikation entsprach und als simple Tür in einer silberglänzenden Wand erschien.

Sly hielt vor dem SAN inne und scannte ihn mit einer Auswahl verschiedener Analyse-Programme. Wie erwartet, war die Tür ein Gletscher — fast solides Ice. Nichts Tödliches, wenigstens nichts, was die Utilities entdecken konnten, aber genug Barrieren-Ice, um einen weniger mächtigen Knoten hoffnungslos zu überlasten.

Nichts, woran sich Mary Windsongs raffinierte Utilities — unterstützt durch die Kapazitäten von Theresa Smelands Deck — nicht vorbeischleichen konnten. Das Ice akzeptierte Slys gefälschte Paßcodes, und die Tür schwang auf. Sie glitt lautlos in das Herzstück des Z-O-Computersystems.

Durch eine SPU — eine Subprozessoreinheit — und in eine CPU. Wahrscheinlich eine von vielen, mutmaßte sie. Die meisten modernen Systeme waren ›massiv parallel‹ — der Ausdruck, der momentan in Mode war —, mit mehreren CPUs ausgestattet, die sich die Prozessoroberhoheit über das System teilten. Getarnt, so daß Ice oder Decker in der CPU sie nicht ausmachen konnten, rief sie eine Karte des Systems auf.

Dann wurde ihr mit betäubender Gewißheit klar, daß sie ihr Ziel erreicht hatte. Sie brauchte nicht weiterzusuchen. Es gab ein öffentliches BTX-System — nun, ›öffentlich‹ zumindest hinsichtlich der Leute, die Zugang zum Computer des Konzerngerichtshofes hatten, was auf alle multinationalen Konzerne zutraf. Es bestand aus einem einzelnen Datenspeicher, der mit einer nur für ihn zuständigen SPU verbunden war — die wiederum in direkter Verbindung mit der untergeordneten CPU stand, in der Sly sich befand. Sie brauchte nur noch Louis' gestohlene Datei aus ihrem Cyberdeck in die CPU zu kopieren und der CPU die Anweisung zu geben, sie zur SPU zu transferieren und sie in den Lesebereich des Datenspeichers zu laden. Simpel.

Zu simpel, jammerte ein Teil von ihr. Aber nein. Es dauerte nur ein paar Sekunden, um ein entsprechendes Programm zu schreiben und es in den Befehlsspeicher der CPU zu laden. Sie beobachtete genau, wie das Programm ausgeführt wurde. Sah die Entstehung der Datenpäckchen, welche die Daten und die entsprechenden Anweisungen für die SPU enthielten. Ein paar Augenblicke später forderte sie eine Auflistung aller neuen Veröffentlichungen in dem BTX-System an und sah die immer noch verschlüsselten Daten mit den Dateiattributen READ-ONLY und PROTECTED auftauchen.

Es war immer noch möglich — aber unglaublich schwierig —, die Datei zu löschen. Die untergeordnete CPU, in der sich Sly befand, hatte die Fähigkeit, Einträge in den Datenspeicher des BTX-Systems zu laden. Doch sie hatte nicht die Befugnis, einen Eintrag zu löschen oder Attribute und Status der Datei zu verändern. Wenn jemand das versuchen wollte, mußte er *viel* tiefer in das System des Zürich-Orbitals eindringen.

Wie schwierig war das? Um das herauszufinden, wies Sly die untergeordnete CPU an, das Sicherheitsniveau der Knoten um den zentralen CPU-Ring anzuzeigen. Als sie die Zeilen las, mußte sie ein Schaudern unterdrücken. Keine Chance, sagte sie sich. Ein Decker, der auch nur daran *denkt*, in den zentralen CPU-Ring vorzudringen, kann sich auch gleich eine Kugel in den Kopf jagen. Das Resultat wäre nicht weniger endgültig, aber wahrscheinlich weniger schmerzhaft.

Ich kann es nicht glauben. Ich bin aus dem Schneider ...

Es kam ihr dennoch nicht real vor. Vielleicht würde das noch eine ganze Weile so bleiben — vielleicht so lange, bis sie nach Seattle zurückkehrte und sah, daß alles wieder normal war. Aber *wollte* sie überhaupt nach Seattle zurück?

Sie schüttelte den Kopf. Hier, inmitten des Computersystems des Konzerngerichtshofs, war weder der richtige Ort noch die Zeit, um sich darüber Sorgen zu machen. Sie ging in Gedanken noch einmal alles durch. Hatte sie irgendwas vergessen? Zufrieden, daß dem nicht so war, stöpselte sich Sly aus.

32

16. November 2053, 0613 Uhr

Es war wie ein ganz schlimmer Fall von Déjà-vu-Erlebnis, dachte Falcon. Sly stöpselte sich ein, machte ... irgendwas. Und dann brach um sie herum die Hölle aus, und er hatte Angst, sie auszustöpseln, bevor sie fertig war. Und Angst, sie nicht auszustöpseln, weil die Kombination Frau plus Cyberdeck — die mit der Wand, mit der Telekomdose und von dort aus mit der Matrix verbunden war — ihre Möglichkeiten so sehr einschränkte. Er begriff nicht, was sie tat, nicht richtig. Und dieses Nichtbegreifen machte alles noch viel schlimmer.

Sie hatten keine echte Warnung erhalten. Alles war ruhig gewesen. Mary hatte auf dem Boden neben Sly gesessen und sie sorgfältig beobachtet. Zuerst hatte Falcon geglaubt, das sei alles — nur beobachten. Aber dann hatte er in gewisser Weise ... *seine Wahrnehmung geöffnet* — so ließ es sich vielleicht am besten beschreiben. Hatte sich zusätzlichen Daten geöffnet, Daten, die ihm nicht von seinen normalen Sinnen übermittelt wurden. So ähnlich, wie er sich der alternativen Realität auf der Ebene der Totems geöffnet hatte. Und dann hatte er begriffen, daß Mary ebenfalls andere als ihre fünf normalen Sinne benutzte, um Sly und die Reaktionen ihres Körpers zu überwachen.

Zweimal hatte er Sly zucken sehen. Das erste Mal so, als habe sie jemand unerwartet berührt. Das zweite Mal so, als habe sie jemand ziemlich kräftig in den Po gekniffen — oder als befinde sie sich auf einem schlechten Drogentrip. Er hatte sie sofort ausstöpseln, sie von dem befreien wollen, was sie in der Matrix quälte. Er hatte sich an Mary gewandt, beunruhigt und mit fragendem Blick.

Doch Mary hatte den Kopf geschüttelt. »Sie hat

Schmerzen«, sagte die Schamanin. »Vielleicht sogar schlimme Schmerzen. Aber ihr Zustand ist noch nicht kritisch.« Er hatte sie anschreien, ihr sagen wollen, daß nach den Qualen, die ihr das schwarze Kästchen in jenem winzigen Betonraum zugefügt hatte, *jeder* Schmerz, jede Verletzung kritisch war. Doch Mary hatte ihn nur ganz ruhig angesehen. »Das ist ziemlich wichtig, oder?« hatte sie gesagt. Und er hatte nur noch nikken können.

Und da hatte das Gewehrfeuer begonnen. Das Knallen von Einzelschußwaffen, das scharfe Knattern automatischen Feuers. Der Krach wurde durch die geschlossene Tür gedämpft, kam jedoch offenbar aus dem Schankraum der Kneipe.

»Was, zum Henker, ist *das*?« rief Falcon.

Mary hatte nicht sofort geantwortet, nur die Schulter gegen das Sofa gelehnt und die Augen geschlossen. Dann war ihr das Kinn auf die Brust gesunken. Er wollte sie schütteln, realisierte dann jedoch, daß sie auf die Astralebene gewechselt war — so wie er in den Astralraum gewechselt war, um Sly zu finden und zu retten. Falcon wollte sich ihr anschließen, aber er wußte nicht, wie. Nicht auf sich allein gestellt, nicht ohne die Hilfe Wolfs. Er versuchte das Lied heraufzubeschwören, daß er in dem Wald auf jener entfernten Ebene gehört hatte. Er konnte sich auch daran erinnern, doch so sehr er sich auch bemühte, er konnte es nicht in sich vibrieren spüren wie zuvor, war unfähig mitzusingen.

Mary kam beinahe sofort zurück, öffnete die Augen, erhob sich in einer fließenden Bewegung. Er sah ihr sofort an, daß sie schlechte Nachrichten hatte.

»Vorne in der Kneipe geht ziemlich übler Drek ab«, sagte sie kurz und bündig. »Ein paar neue Leute sind reingekommen — Fremde. Keiner von den Stammgästen kannte sie. Sie haben sofort das Hinterzimmer angesteuert. Cahill« — das war der Wirt, wie sich Falcon erinnerte — »hat versucht, sie aufzuhalten. Sie haben ihn erschossen. Insgesamt waren fünf Stammgäste vorne — die wie gewöhnlich ihr Frühstück hier getrunken haben — und vier Fremde. Im Moment ist eine regelrechte Schlacht im Gange. Zwei Fremde hat es erwischt und drei Stammgäste.«

»Was, zum Teufel, machen wir jetzt?« wollte Falcon wissen. Er sah sich in dem Raum um. Die einzige Tür führte in den Schankraum — in das Feuergefecht. Zuerst hatte ihm die Sicherheit gefallen, die dadurch gewährleistet war: Niemand konnte von der Straße oder durch irgendeine Seitentür hereinkommen, ohne daß ihn der Wirt vorher sah und ihnen eine Warnung zukommen lassen konnte. Jetzt wurde ihm klar, daß der Raum durch die Tatsache, daß er nur einen einzigen Ausgang besaß, in eine Falle verwandelt wurde. Kein Fluchtweg im Notfall.

»Kannst du irgendwas tun?«

Sie zögerte, nickte dann. »Du paßt auf Sly auf«, sagte sie zu ihm.

»Was wirst du tun?«

»Einen Geist beschwören.« Ihre Stimme klang so gelassen, als sagte sie, »einen Drink bestellen«. »Ich werde einen Herdgeist beschwören.«

»Wie?«

Sie schnitt eine Grimasse. »Soll ich es tun oder nur darüber reden?«

»Tu es.«

Falcon hockte sich neben Sly und legte ihr eine Hand auf die Stirn. Die Haut der Deckerin war kühl, aber nicht kalt. Ihr Körper schien nicht angespannt zu sein — als sei das, was das Zucken verursacht hatte, vorbei. Er wußte nicht, ob er das als gutes oder schlechtes Zeichen werten sollte.

Mary ging in die Mitte des Zimmers, bereits ein ruhiges gemächliches Lied vor sich hin summend. Sie begann sich in einer Art ruckhaften Tanzes rhythmisch zu bewegen, wobei sie die ganze Zeit weitersang. Er sah ihr zu, versuchte aber auch, sie mit seinen neuen, nicht so vertrauten Sinnen zu beobachten.

Für seine fleischlichen Augen schien gar nichts zu geschehen. Aber für jene sonderbaren, außerweltlichen Sinne, von denen er nicht gewußt hatte, daß er sie überhaupt besaß, war es offensichtlich, daß irgend etwas vorging. Er konnte einen Energiefluß spüren, der anfänglich von Mary selbst ausging, sich dann aber veränderte und von außerhalb zu kommen schien — offenbar aus dem Fundament des Hauses und dem Boden, auf dem es errichtet war. Er formte sich um sie zu einem wirbelnden Strudel, völlig unmerklich für die normalen fünf Sinne, doch offensichtlich für seine erweiterte Wahrnehmung.

Marys Lied veränderte sich, bekam einen Text — Worte, die weder Englisch noch Sprawlslang waren, die er aber dennoch verstehen konnte. »Hüter von Herd und Heim«, sang sie, »Beschützer der Elemente, beschütze jetzt uns. Geh jetzt hinaus, Großer, und behüte deine Kinder.« Sie deutete auf die Tür.

Der Strudel veränderte sich, zog sich zu etwas zusammen, daß fast humanoide Gestalt besaß. Immer noch unsichtbar, immer noch unhörbar, aber dennoch leicht auszumachen. Und die Gestalt ging durch die geschlossene Tür in den Schankraum.

Mary beendete ihr Lied, ließ die Schultern hängen. Wischte sich mit dem Rücken ihrer kleinen Hand den Schweiß von der Stirn. »Das wird fürs erste reichen«, sagte sie ruhig, »aber es kommen noch mehr Fremde. Und sie haben ihren eigenen Schamanen bei sich.«

»Was, zum Teufel, sollen wir also tun?« Falcon hatte seine Maschinenpistole gezogen und fummelte nervös am Sicherungshebel herum.

»Abhauen, das wäre das Gescheiteste«, antwortete ihm die junge Frau.

»Wie denn? *Da* durch?« Er zeigte auf die Tür zum Schankraum.

Mary antwortete ihm nicht direkt, sondern ging zur Rückseite des Zimmers. Fuhr mit der Hand über die Wand. Falcon konnte nicht genau erkennen, was sie tat, aber plötzlich schwang ein scheinbar fester Abschnitt der Wand auf — eine kleine Geheimtür, die in die Dunkelheit führte.

»Wohin geht die?«

»In das Lager«, antwortete sie. »Dann führt eine andere Tür auf die rückwärtige Gasse.« Sie deutete auf die andere Tür. »Sollen sie sich ruhig gegenseitig umlegen. Wir verziehen uns einfach.«

Er zögerte, betrachtete Sly. Die Deckerin schien vollkommen ruhig zu sein, als sei sie am Schlafen — oder tot. Er verspürte einen Anflug von Panik, bis er sah, daß sich ihre Brust in einem langsamen, entspannten Rhythmus hob und senkte. »Nein«, sagte er schließlich. »Ich muß Sly die Möglichkeit geben, ihr Ding durchzuziehen. Das bin ich ihr schuldig.«

»Selbst wenn uns das umbringt?«

Er antwortete nicht — *konnte* nicht antworten.

»Was ist, wenn jemand von der anderen Seite reinkommt?« hakte Mary nach. »Die Tür zur Gasse ist nicht verborgen. Sie könnten versuchen, uns in den Rücken zu fallen.«

Endlich sah Falcon etwas, das er tun konnte. Er entsicherte seine Maschinenpistole endgültig und vergewisserte sich, daß sie schußbereit war. »Du bleibst hier«, wies er sie an. »Paß auf Sly auf. Stöpsel sie erst aus, wenn sie fertig ist. Hast du verstanden?«

»Was willst du tun?«

Er zuckte die Achseln. »Uns den Rücken freihalten. Und alles, was mir sonst noch einfällt.« Bevor sie eine Diskussion anfangen konnte, war Falcon durch die kleine Geheimtür gehuscht. »Und schließ die Tür hinter mir«, fügte er hinzu.

Der Lagerraum war klein und dunkel und roch nach schalem Bier. An zwei Wänden stapelten sich Holzki-

sten — die zweifellos Schnapsflaschen enthielten —
und Metallfässer. Es gab zwei Türen, die einander gegenüber lagen. Eine führte in den Schankraum, die andere war verschlossen und verriegelt und mußte auf die
Gasse führen. Die Geheimtür schloß sich hinter ihm,
und er hörte ein Schloß klicken. Er wandte den Kopf,
um sich davon zu überzeugen, wie geheim die Tür tatsächlich war, und stellte erleichtert fest, daß nicht das
geringste Anzeichen für ihre Existenz zu sehen war.

Er lauschte an der verschlossenen Tür zur Gasse.
Nichts. Doch ließ sich daraus irgend etwas anderes folgern, als daß die Tür zu massiv für ihn war, um verstohlene Bewegungen auf der anderen Seite hören zu können?

Er zögerte, wünschte sich die Fähigkeit herbei, in
den Astralraum wechseln zu können, wie er es zuvor
getan hatte. Er versuchte die Empfindungen heraufzubeschwören, die er auf der Ebene der Totems und auch
später noch gehabt hatte, das Einssein mit dem Lied
Wolfs. Es wollte sich nicht einstellen.

Tja, herumsitzen und abwarten würde niemandem
helfen. Er entriegelte die Tür. Lauschte noch einmal —
immer noch nichts. Öffnete die Tür und tauchte sofort
zurück in den Schutz der Wand. Wiederum nichts —
keine Granate flog oder rollte in den Lagerraum, keine
Hochgeschwindigkeitskugeln durchlöcherten die Finsternis. Tief geduckt trat er in die Gasse hinaus und zog
die Tür hinter sich zu.

Soweit er sehen und hören konnte, war die Gasse
leer. Nichts bewegte sich in seiner Nähe. Niemand
pumpte Blei in seinen Körper.

Wohin? Nach links oder nach rechts? Das Buffalo
Jump befand sich auf der Nordseite der Straße in der
Nähe des Ostendes des Blocks. Was bedeutete, die am
nächsten gelegene Straße lag rechts von ihm. Wenn er
den Block auf dieser Seite umrundete, ging er ein echtes
Risiko ein, genau in die Unterstützung zu laufen, die

laut Mary zur Kneipe unterwegs war. Er wandte sich mit raschen Schritten nach links.

Er hörte wüstes Gewehrfeuer. Mehr als nur das kleine Scharmützel, das Marys Angaben zufolge in der Kneipe im Gange war. Dies hörte sich mehr nach automatischem Feuer an, das gelegentlich von laut hallenden Donnerschlägen durchbrochen wurde, die er mittlerweile mit Granaten in Verbindung brachte. Irgendwo fand ein echter verdammter Krieg statt. Was, zum Teufel, ging vor? War es wie bei dem Hinterhalt in den Docks, wo sich laut Modal mehrere Konzernteams die Zähne aneinander ausgebissen hatten? Das ergab auf häßliche Art und Weise einen Sinn. Sly redete immer wieder von einem Konzernkrieg. Hatte er bereits begonnen und sich bis nach Cheyenne ausgeweitet? Drek, warum nicht? Es war sowieso alles ... wie lautete Modals Wort? *Fugazi!*

Er rannte geduckt weiter, die Maschinenpistole mit beiden Händen vor sich haltend.

Irgendwas war da! Er *spürte* die Bewegung, bevor er sie sah. *Über* ihm, auf einem der Dächer. Er warf sich zur Seite.

Das Donnern eines großkalibrigen Gewehrs, schrecklich laut. Ein Geschoß knallte gegen die Wand neben ihm und explodierte. Stahlbetonsplitter fegten über seine entblößten Hände und das Gesicht. Ein Splitter riß ihm direkt über dem rechten Auge die Haut auf. Der Schmerz und das Blut blendeten ihn vorübergehend. Er riß die MP hoch.

Falcon konnte den Heckenschützen sehen, eine schwärzere Silhouette vor der Schwärze des Himmels. Die Gestalt stand auf dem Dach eines einstöckigen Gebäudes am Westende des Blocks. Ein schwaches blaues Glimmen, irgend etwas Elektrisches. Ein Zielfernrohr — mit Lichtverstärker. Der Heckenschütze lud durch, beförderte ein weiteres Geschoß in die Kammer. Legte das Gewehr wieder an.

Vor Angst aufschreiend, zog Falcon den Abzug durch. Die Maschinenpistole knatterte, bockte in seinen Händen.

Er sah, wie die Kugeln an der Brüstung vor dem Heckenschützen Funken schlugen. Hörte einen doppelten Schmerzensruf, als mehrere Treffer die Luft aus den Lungen des Schützen preßten. Die Silhouette schwankte, brach zusammen. Irgend etwas fiel vom Dach und knallte auf die Straße. Das Gewehr!

Er rannte los, hob die Waffe auf. Preßte sich gegen die Mauer direkt unterhalb der Stelle, wo der Heckenschütze zu Boden gegangen war. Vielleicht ist er nur verwundet, dachte Falcon. Vielleicht hat er auch noch eine Handwaffe ... Er sah auf, wischte sich das Blut aus dem rechten Auge.

Es dauerte ein paar Sekunden, bis sich seine Augen an die Dunkelheit gewöhnt hatten. Dann sah er etwas über die Brüstung hängen. Einen Arm. Etwas Warmes tropfte auf sein aufwärts gerichtetes Gesicht.

Blut. Nicht seines.

Der Heckenschütze war erledigt. Wenn er nicht tot war, dann zumindest außer Gefecht. *Fürs erste.*

Falcon betrachtete das Gewehr in seinen Händen. Eine mächtige Waffe, Einzelschuß, das Magazin dreimal so dick wie das an seiner Maschinenpistole — das jetzt leer war. Der Lauf war lang und dick, mit einer merkwürdigen Vorrichtung am Ende. *Eine Mündungsbremse.* Er steckte den Finger in den Lauf, der immer noch heiß vom Schuß des Heckenschützen war. Das Kaliber der Waffe war größer als eine Fingerbreite. Wie groß war es dann? Kaliber 50, also 12,5 Millimeter? Welches verdammte Gewehr hatte Kaliber 50?

Dann erinnerte sich Falcon noch an etwas anderes, das Modal nach dem Hinterhalt in den Docks gesagt hatte. Irgendwas über ein Barret, ein Scharfschützengewehr. Irgendwann in den Achtzigern des letzten Jahrhunderts gebaut. Dies war dasselbe Gewehr — und wie viele davon konnte es schon auf der Straße geben? Bedeutete das nicht, dies war dasselbe Konzernteam wie das, welches Knife-Edges Hinterhalt hatte platzen lassen? *Der Feind meines Feindes ist mein Freund* ... Das hatte er mal irgendwo gehört. Aber konnte er daran jetzt noch glauben?

Nein! *Jeder* war ein Feind.

Er hob das Gewehr an die Schulter, versuchte es auszubalancieren. Es war ein schweres, plumpes Ding mit einer integrierten Stütze unter dem Lauf. Es mußte mindestens dreizehn Kilo wiegen — ziemlich viel Gewicht, um es ständig mit sich rumzuschleppen, und dazu noch ungeeignet für Schnellfeuer. Den Geistern sei Dank ...

Es gab keine digitale Anzeige für die verbliebene Munition, aber eine mechanische Vorrichtung an der Seite des Magazins verriet ihm, daß noch vier Schuß übrig waren. Zuerst dachte er, das Nachtsichtgerät sei bei dem Fall vom Dach beschädigt worden. Doch dann fand er einen kleinen Schalter in bequemer Reichweite des rechten Daumens. Er legte ihn um, und das Zielfernrohr erhellte sich. Durch das Rohr betrachtet, wurde die Gasse taghell, nur ein wenig körnig, als schaue man durch die Linse einer billigen Kamera.

Falcon ließ die nutzlos gewordene Maschinenpistole fallen und behielt dafür das Barret.

Er trabte bis zum Ende des Gasse, blieb dann stehen. Benutzte das Zielfernrohr, um die Dunkelheit abzusuchen. Keine Gestalten lauerten in der Dunkelheit der Schatten. Er bog um die Ecke, strebte der Hauptstraße entgegen. Duckte sich und lugte um die Ecke.

Alle Straßenlampen waren aus — vielleicht zerschossen. Die einzigen Lichtquellen waren Leuchtspurgeschosse und das Mündungsfeuer der Gewehre. Eine Szenerie wie aus einem Kriegsalptraum. Er benutzte wiederum das Zielfernrohr.

Selbst mit elektronisch verstärkter Sicht wurde Falcon

aus den Vorgängen nicht sonderlich schlau. Es sah aus, als sei eine größere Schlacht im Gange. Die Schützen hockten hinter geparkten Wagen und schossen von Dächern oder aus Fenstern. Auf der Straße lag mindestens ein halbes Dutzend Gestalten, tot oder so schwer verwundet, daß sie sich nicht mehr bewegten. Keine Shadowrunner, soviel glaubte er erkennen zu können. Die Leichen und die noch lebenden Kombattanten, die Falcon entdecken konnte, sahen irgendwie alle gleich aus, uniform, als stammten sie alle aus ein und demselben Stall. Konzernsoldaten? Sehr wahrscheinlich. Er vermutete, daß mindestens drei Parteien beteiligt waren, war aber nicht sicher. Vielleicht verstand jemand, der in Taktik mit kleinen Einheiten ausgebildet war, was hier vorging, doch Falcon war, verdammt noch mal, nur ein kleiner Gassenpunk.

Die Situation wirkte statisch. Jeder hatte Deckung. Niemand rückte vor, niemand zog sich zurück. Wahrscheinlich waren diejenigen, die jetzt tot am Boden lagen, die Tapferen und Verwegenen gewesen und hatten versucht, einen Geländegewinn zu erzwingen. Oder vielleicht waren sie auch nur im Freien überrascht worden, als der Drek zu dampfen angefangen hatte. Er legte das Barret an, stützte es, so gut es ging, an der Hausekke ab und fand ein kleines Daumenrad, drehte daran. Die Szenerie sprang ihn förmlich an, als sich der Vergrößerungsfaktor des Zielfernrohrs änderte. Er sah ein leuchtendes Fadenkreuz in der Mitte des Bildes auftauchen, richtete es auf den Rücken eines Soldaten, der auf der Straßenseite der Kneipe hinter einem geparkten Wagen hockte. Erinnerte sich daran, wie dieses Gewehr ein flammendes Loch durch den gepanzerten Rumpf des Straßensamurais Benbo geblasen hatte. Krümmte den Finger langsam um den Abzug, erwartete den heftigen Rückschlag des Barrets ...

Und nahm dann den Finger vom Abzug. Wen will ich da geeken? fragte sich Falcon. Er hatte noch vier Schuß und mindestens fünfmal so viele potentielle Ziele vor sich.

Was würde es also nützen, wenn er vier davon umlegte? Nach dem ersten Schuß würden zumindest einige der Schützen ihre Gewehrläufe auf ihn richten. Ein Schuß, vielleicht zwei, wenn ich Glück habe. Dann erwischen sie mich ...

Er wich ein wenig weiter in die Deckung des Hauses zurück. Was sollte er tun?

Falcon konnte den Kampf nicht beenden, wußte nicht, ob er es überhaupt wollte. Und wahrscheinlich konnte er nicht einmal seinen Ausgang auf irgendeine sinnvolle Weise beeinflussen. Wenn ich vier von zwanzig Soldaten umlege, was soll's?

Warum war er überhaupt hier? Um Sly und Mary lange genug zu beschützen, daß die Deckerin beenden konnte, was sie begonnen hatte.

Also war das seine Antwort. Er verringerte die Vergrößerung des Zielfernrohrs ein wenig, um sein Blickfeld zu erweitern. Dann zielte er auf die Eingangstür des Buffalo Jump. Legte den Finger auf den Abzug. Im Augenblick waren alle festgenagelt. Aber wenn jemand seine Deckung verließ und auf jene Tür zustürmte, *dann* würde er schießen. Die erste Person, die in die Kneipe rennen will, stirbt, sagte sich Falcon. Und die zweite und dritte und vierte ebenfalls, wenn er lange genug lebte. Auch das machte am Ende vielleicht keinen Unterschied. Aber es *war* zumindest etwas.

Er wartete.

Das Feuergefecht tobte weiter. Kugeln schlugen in geparkte Autos, rissen Mauerwerk aus Häusern. Ein Granatwerfer hustete. Ein Wagen explodierte in einem Feuerball, und schwarzer Rauch quoll in den langsam heller werdenden Himmel. Drei Gestalten, die Falcon sehen konnte, wurden getroffen und brachen auf der Straße zusammen.

Wo waren die verdammten Cops? wunderte er sich

zornig. Kümmert es sie einen Drek, daß irgendwelche Privatarmeen die Stadt in die Luft jagen?

Aber das sind Megakonzernarmeen, machte er sich klar. Konnte sich so ein Megakonzern nicht ganz leicht die gesamte Polizei von Cheyenne kaufen? Drek, in Seattle kam das oft genug vor — eine bedeutende Spende für Lone Stars Rentenfonds oder welcher verdammte Deckmantel gerade in den Kram paßte. Das Barret wurde langsam zu schwer für ihn, die Muskeln seiner Unterarme begannen unter der Belastung zu zittern. Er erwog kurz, die Stütze auszuklappen, verwarf die Idee dann jedoch, weil dadurch seine Mobilität zu sehr eingeschränkt würde. Das Gewehrfeuer steigerte sich zu einem Crescendo.

Und hörte auf.

Einfach so.

Gerade war die Luft noch von Hochgeschwindigkeitskugeln erfüllt, die trübe Morgendämmerung stroboskopartig durch Mündungsblitze und gelegentliche Explosionen erhellt worden. Und im nächsten Augenblick herrschte absolute Stille.

Was, zum Teufel, ging vor?

Die schwer gepanzerten und bewaffneten Gestalten blieben immer noch in Deckung und hielten ihre Waffen bereit. Doch niemand schoß, niemand rückte vor oder zog sich zurück. Sie schienen lediglich zu warten. *Worauf zu warten?*

Über eine Minute lang sah die Straße wie ein Standbild aus irgendeinem Trideo aus. Die einzige Bewegung, die er wahrnahm, stammte von einem schwer verwundeten Konzernsoldaten, der quälend langsam auf eine Deckung zukroch und dabei eine verschmierte Blutspur zurückließ. Noch eine Minute.

Dann setzte die Bewegung ein. Rückzug, kein Vorrücken. Durch das Zielfernrohr konnte er verfolgen, wie die Gestalten ihre Stellungen verließen und in der Dunkelheit irgendwelcher Gassen oder in den umliegenden

Häusern verschwanden. Ein paar Soldaten rannten mit leeren, weit ausgebreiteten Händen auf die Straße, um die Toten und Verwundeten zu bergen. Niemand mähte sie nieder.

Was, zum Teufel, ging hier vor?

Innerhalb von fünf Minuten war die Straße leer, die Stille vollkommen.

»Es ist vorbei.«

Falcon wirbelte zu der Stimme in seinem Rücken herum. Versuchte den schweren Lauf des Barrets herumzureißen.

Eine große Hand packte den Lauf, hielt ihn so unverrückbar fest, als sei er in einen Schraubstock geklemmt worden. Falcon sah in das Gesicht eines schwer gepanzerten Soldaten. Sah in den Lauf einer Maschinenpistole, der auf einen Punkt zwischen seinen Augen zeigte. Jeder Muskel in seinem Körper verkrampfte sich, als könnten angespannte Muskeln die Kugeln davon abhalten, seinen Schädel zu pulverisieren.

Doch der Konzernsoldat schoß nicht. Er musterte Falcon lediglich ganz ruhig. »Es ist vorbei«, sagte der Mann noch einmal. Dann ließ er den Gewehrlauf los, drehte sich um und rannte mit übermenschlichem Tempo davon.

Falcon sah ihm nach, ließ das Barret sinken. Realisierte, daß er den Atem angehalten hatte, und ließ zischend die Luft aus den Lungen entweichen.

»Es ist vorbei«, wiederholte er. Aber was? Und warum?

Auf jeden Fall war eines ganz sicher: Daß er es nicht herausfand, wenn er hier hocken blieb.

Er warf sich das Barret über die Schulter und trabte zur Hintertür der Kneipe zurück. Ging in den Lagerraum, klopfte an die Stelle der Wand, wo er die Geheimtür vermutete.

Nach ein paar Sekunden hörte er ein Klicken, und die Tür öffnete sich. Er trat in das Hinterzimmer.

Mary war dort. Und auch Sly, die nicht mehr in das Cyberdeck eingestöpselt war. Sie saß jetzt auf dem Sofa, ein müdes Lächeln auf den Lippen. Jede Faser ihres Körpers spiegelte Erschöpfung wider.

Er warf das Gewehr auf einen Stuhl. »Was, zum Henker, geht eigentlich vor?« fragte er in der Hoffnung, daß sich endlich jemand dazu herabließ, ihn aufzuklären.

33

16. November 2053, 0700 Uhr

Sly lächelte dem jungen Gangmitglied zu. Oder sollte ich ihn jetzt als Schamanen bezeichnen? fragte sie sich. Er sah fast so erschöpft aus, wie sie sich fühlte.

»Es ist vorbei«, sagte sie.

»*Was* ist vorbei, um Himmels willen? Was ist gerade passiert? Es ist so...« Er zögerte, suchte nach den richtigen Worten. »Es ist so, als hätte der verdammte Regisseur ›Schnitt!‹ gebrüllt und alle verdammten Schauspieler seien nach Hause gegangen.«

Sie nickte. »Ich habe es getan.«

»Was getan?«

»Ich habe die Datei in das BTX-System des Konzerngerichtshofs geladen«, erklärte sie. »Jeder Konzern auf der ganzen Welt kann sie jetzt lesen.« Sie genoß die Erleichterung. »Wir sind aus dem Schneider.«

»Und warum haben sie mit dem Schießen aufgehört?« wollte Falcon wissen.

»Siehst du das denn nicht? Jeder Konzern verfügt jetzt über die Informationen. Es bringt ihnen nichts mehr, uns zu jagen, und es bringt ihnen auch nichts« — sie kicherte —, »sich gegenseitig umzulegen. Und du weißt, daß Konzerne nie etwas tun, das ihnen nichts bringt.«

»Also haben sie aufgehört zu kämpfen ...«

»Weil sie durch weitere Kämpfe nichts mehr gewinnen konnten«, beendete sie den Satz für ihn. »Sie haben ihre Armeen zurückgepfiffen.« Sie schüttelte den Kopf. »Ich mag die Konzerne nicht, aber die rationale Art und Weise, wie sie mit den Dingen umgehen, hat einiges für sich.«

Falcon schüttelte langsam den Kopf. Sie konnte erkennen, wie er sich um Verständnis bemühte. Dann glättete sich seine Stirn, und er lächelte. »Es ist vorbei?« fragte er fast kläglich.

»Es ist vorbei.«

Sie zogen wieder in ihr Motel — das Plains Rest. Warum auch nicht? Soweit Sly wußte, hatte niemand herausbekommen, daß sie dort gewohnt hatten — und selbst wenn, warum hätte das jetzt noch eine Rolle spielen sollen? Es war vorbei! Und zum Teufel damit, sie mußten sich irgendwo ausruhen. Irgendwo entscheiden, wohin sie jetzt gehen sollten.

Falcon hatte den Callaway gefahren, und Mary war ihnen auf dem geborgten Motorrad gefolgt. Andererseits war es jetzt vielleicht ihr Motorrad. Sein ehemaliger Besitzer — der Wirt — war tot. Falcon hatte darauf bestanden, das riesige Gewehr mitzunehmen — er hatte ihr nicht erzählt, wie er in seinen Besitz gelangt war, und sie hatte nicht nachgefragt. Sie würden sehr bald massenhaft Zeit haben, um sich Geschichten zu erzählen.

Sly hatte sich ein wenig Sorgen gemacht, wie es aussehen würde, wenn der Junge solch eine Zimmerflak ganz offen mit in das Motelzimmer nahm, doch Mary hatte versprochen, sich um dieses Problem zu kümmern. Sly wußte nicht genau, wie Mary es angestellt hatte, doch obwohl Falcon mit dem Gewehr auf der Schulter an einer Putzfrau vorbeigegangen war, hatte es keinen Entsetzensschrei gegeben, nicht einmal ein Zeichen des Erkennens, daß er ein Gewehr trug. Ich sollte mehr über diesen Magiedrek herausfinden, dachte Sly sarkastisch. Jetzt lag Falcon auf dem Bett, die Waffe neben sich, als wolle er sich nicht zu weit von ihr entfernen. Sobald sie es sich gemütlich gemacht hatten — jeder mit einem Glas synthetischen Scotch in der Hand, die Flasche hatte Mary zur Feier beigesteuert —, erzählte Sly ihnen von ihrem Run durch die Matrix. Und stellte überrascht fest, daß sie am ganzen Körper zitterte, als sie ihnen den Kampf mit den Golems beschrieb. Das war der Stoff, aus dem die Alpträume waren, wurde ihr klar, die nur darauf warteten, über sie herzufallen. Sie wußte, daß es noch eine ganze Weile dauern würde, bis sie wieder schlafen konnte, ohne daß die Erinnerungen zurückkehren und sie schweißgebadet hochschrecken würde.

Als sie fertig war, schüttelte Falcon langsam den Kopf. »Das war's dann also?« fragte er zweifelnd. »Niemand ist mehr hinter uns her, um uns zu geeken?«

Sie lächelte. »Die Konzerne sind zufrieden ... wenn das das richtige Wort ist«, erläuterte sie. »Die Bedingungen sind wieder für alle gleich. Alle haben die Ergebnisse von Yamatetsus Forschungsarbeit. Keiner hat irgendeinen Vorteil. Es gibt nichts mehr, wofür sich ein Krieg lohnen würde.«

»Der Konzernkrieg ist vorbei?« hakte er nach.

»Er ist vorbei«, versicherte ihm Sly. »Wie ich schon gesagt habe, er bringt nichts mehr. Alles ist wieder normal.« Sie kicherte. »Zweifellos reißen sich alle ein Bein aus, um das, was sie haben, auch auszunutzen, um die Technologie zu entwickeln. Aber sie beginnen alle am selben Punkt, also hat niemand einen Vorteil.« Sie zuckte die Achseln. »Wahrscheinlich ist das Konkordat des Zürich-Orbitals wieder in Kraft — mit einigen Änderungen —, und der Konzerngerichtshof hat wieder alles fest im Griff.«

»Die Sioux-Regierung räumt auf«, warf Mary ein.

»Jedenfalls habe ich das gehört, als ich die Flasche besorgt habe. Sie machen das AMA dicht und ...«

Ohne jede Warnung wurde die Tür aus den Angeln gerissen. Slys Ohren klingelten noch von der Explosion, als sie eine Gestalt im Eingang stehen sah. Eine massive Gestalt, gepanzert und mit einem großen Helm auf dem Kopf. Das Visier war heruntergeklappt, aber durch das transparente Makroplast konnte sie das Gesicht dennoch erkennen.

Knife-Edge.

Sly griff nach ihrem Revolver. Aus dem Augenwinkel sah sie, wie Mary sich hinter die zweifelhafte Deckung eines der Betten warf. Falcon suchte nicht nach einer Deckung. Er griff nach dem Barret.

Knife-Edge hob sein Sturmgewehr und gab einen kurzen, kontrollierten Feuerstoß ab. Falcon schrie auf, als ihn die Kugeln trafen und ihn die Aufprallwucht vom Bett schleuderte. Immer noch die Waffe umklammernd, fiel er mit dem Gesicht nach unten auf den Boden und blieb in einer rasch größer werdenden Blutlache reglos liegen.

Sly riß ihren Revolver hoch und gab zwei Schüsse ab, die harmlos von Knife-Edges schwerer Panzerung abprallten.

»Verdammtes *Miststück!*« brüllte er. »Du hast alles verdorben!« Er schwang das Sturmgewehr herum.

Sie starrte hilflos in die Mündung. *Kein Ausweg mehr!* Die Zeit schien in Zeitlupe abzulaufen, alles geschah im Schneckentempo. Instinktiv versuchte sie sich zur Seite zu werfen. Spürte, wie sich ihre Muskeln spannten, wie sich ihr Gewicht verlagerte, als sie nach rechts tauchte. *Zu spät, zu langsam.* Ihre eigenen Bewegungen waren ebenso langsam wie alles andere — so langsam wie alles außer ihren rasenden Gedanken. Sie sah den Finger des amerindianischen Runners weiß werden, als er ihn um den Abzug krümmte. Sie war völlig ungeschützt, hatte keine Deckung. Keine Zeit, eine Deckung zu errei-

chen. Ich bin tot, dachte sie, rechnete jeden Augenblick damit, von Kugeln durchlöchert zu werden. Sie hörte sich selbst aufschreien, mit viel zu tiefer Stimme, als würde der Laut von einem Band abgespielt, das zu langsam lief. »*Neeeiiinnn!*«

Ein schweres Gewehr krachte.

In Zeitlupe sah sie Knife-Edges Brustpanzerung unter dem Aufprall brechen, sah den Feuerball aufglühen, als ihn die Kugel traf. Sah, wie sich sein Brustkorb deformierte, als das Geschoß in ihn eindrang. Sah es auf der anderen Seite als faustgroßen Klumpen aus Blut und Gewebe mit einem Kern aus brennendem, geschmolzenem Metall austreten.

Die Waffe des Runners ruckte hoch, seine Todeszuckungen lösten den Abzugsmechanismus aus. Eine lange Salve fuhr in die Decke und riß große Löcher in die Dämmfliesen. Der Aufprall der Kugel schleuderte ihn nach hinten, und er kippte um — langsam und schwerfällig wie ein gefällter Baum.

Slys Sprung trug sie nach rechts, aus dem Sessel heraus, auf dem sie gesessen hatte. Keine Möglichkeit mehr, ihn abzubrechen. Als sie stürzte, immer noch in Zeitlupe, sah sie Falcon. Irgendwie hatte er es geschafft, sich auf die Ellbogen zu stützen und das Barret anzulegen. Er starrte mit offenem Mund auf Knife-Edges Überreste, die Augen glasig vor Schmerz, das Gesicht blaß vom Wundschock und Blutverlust. Sie sah ihn wieder zusammenbrechen.

Sly schlug hart auf dem Boden auf, zu abgelenkt, um sich abzurollen, wie sie beabsichtigt hatte. Während ihr der Aufprall die Luft aus den Lungen preßte, schien die Zeit wieder zu ihrem normalen Ablauf zurückzukehren.

Keuchend rappelte sie sich auf. Das Zimmer sah aus wie ein Schlachthaus. Die Luft war mit dem süßlichen, widerlichen Geruch nach Blut und dem Gestank nach Fäkalien, Kordit und heißem Metall erfüllt.

Marys Kopf tauchte hinter dem Bett auf. Ihr Blick fiel

auf das, was von Knife-Edge übrig geblieben war, und ihr Gesicht wurde kalkweiß.

»Tu irgendwas für Falcon«, befahl Sly atemlos. Mary beeilte sich, die Anweisung in die Tat umzusetzen.

Sly sah sich in dem Chaos um. In weiter Ferne hörte sie das Jaulen einer sich nähernden Sirene.

»*Jetzt* ist es vorbei«, flüsterte sie.

Epilog

20. Mai 2054, 1430 Uhr

Die mittägliche Sonne brannte von einem wolkenlosen Himmel herunter, während die flachen Wellen der Karibik das goldene Licht in glitzernde Fünkchen brachen. Bei Windstille wäre es unerträglich heiß gewesen. Doch es wehte eine leichte Brise aus östlicher Richtung — vom Land her —, die den süßlich frischen Duft nach tropischen Blumen und üppigem Wald mit sich brachte. Die vierzehn Meter lange Motorjacht — die *Out of the Shadows* — schaukelte leicht am Anker, etwa einen Kilometer von der Westküste der Insel Santa Lucia entfernt.

Sharon Young räkelte sich auf dem Kapitänssessel auf der Brücke, einen breiten Schlapphut auf dem Kopf, der sie vor den schlimmsten Auswirkungen der brennenden Sonne schützte. Ihre Haut war tief gebräunt. Kleine Schweißbäche rannen ihren Körper hinunter und verdunkelten die Ränder ihres himmelblauen Monokinis.

Auf der Reeling stand in bequemer Reichweite ein großes Glas Gin-Tonic — echter Gin, der auf den Inseln immer noch erhältlich und auch erschwinglich war. Auf dem Deck neben ihr lag ein Feldstecher — ebenfalls in bequemer Reichweite, falls sie eines der anderen Boote, die in der Bucht ankerten, in Augenschein nehmen oder den gewaltigen, speerähnlichen Berg betrachten wollte, den die Karte als Gros Piton identifizierte.

Sie seufzte. Sie war jetzt seit fast zwei Monaten an Bord der *Shadows* und kreuzte langsam — fast ziellos — durch die Inselketten der Karibischen Liga. Lebte einfach in den Tag hinein, erholte sich allmählich. Ging nach Lust und Laune irgendwo vor Anker und an Land oder faulenzte einfach an Bord. Die *Shadows* hatte genug Frischwasserkapazität und ausreichend Laderaum für fast drei Wochen Aufenthalt auf See. Was Sly nur recht war.

Sie fuhr mit der Hand über die polierte Teakholzreling. *Mein Boot.* Sie konnte es immer noch kaum glauben, selbst nach zwei Monaten nicht.

Nach dem Debakel in dem Motelzimmer, nach KnifeEdges Tod, waren sie in den Schatten Cheyennes untergetaucht. Mary hatte die ganze Zeit an Falcons Bett gewacht — die zwei Wochen lang, die Medizin und Magie benötigt hatten, um den jungen Schamanen endgültig ins Reich der Lebenden zurückzuholen. In dieser Phase hatte Sly mehrere Stunden am Tag damit verbracht, in der Cheyenner Matrix herumzustöbern, dabei aber nur ganz allgemein die öffentlichen Nachrichtensysteme beobachtet und die Aktivitäten der Megakonzerne in Sioux und anderswo überwacht. Natürlich hatte sie nie versucht, in irgend etwas zu hacken, was geschützt war, und sich insbesondere von allem ferngehalten, was irgendwie nach Sioux-Militär oder Konzerngerichtshof aussah.

Der Konzernkrieg war vorbei — alle Anzeichen des Konflikts waren verschwunden, als hätten sie nie existiert. Das war vom ersten Augenblick an offensichtlich gewesen, als Sly mit ihrer Überwachung der BTX-Systeme begonnen hatte, aber es hatte ein paar Tage lang gedauert, bis sie es wirklich geglaubt hatte. Es hatte Hinweise auf Ablösezahlungen zwischen den Konzernen gegeben — zweifellos Wiedergutmachungen für ›verlorene Aktivposten‹, für im Verlauf der Kämpfe getötetes Personal und zerstörte Ausrüstung. (Sie hatte sich gefragt, was die toten Soldaten wohl davon hielten ...) Der Konzerngerichtshof hatte diese Zahlungen ganz offenbar angeordnet, und die Gemeinschaftsbank hatte sämtliche Transaktionen abgewickelt. Bedeutete das nicht, daß der Gerichtshof wieder alles unter Kontrolle hatte? Alles wieder normal, keine besonderen Vorkommnisse ...

Schwieriger war es gewesen, die Vorgänge innerhalb des Militär- und Regierungsapparats der Sioux Nation zu verfolgen, aber mit der Zeit hatte sie ein paar ›indirekte Indikatoren‹ aufgeschnappt, die ihr einiges darüber verrieten, was vorging, ohne sich so weit vorwagen zu müssen, um einen Alarm auszulösen. Es hatte ganz den Anschein, als habe Mary recht gehabt — das Sioux-Militär hatte offenbar ein Großreinemachen eingeleitet. Das Amt für Militärische Abschirmung war einer massiven Säuberung unterzogen worden — einer ›Umstrukturierung‹, wie es in der Sprache der Bürokratie hieß. Die meisten bedeutenderen Köpfe des AMA waren innerhalb des Militärkomplexes versetzt worden, aber einige — die Leiterin des Amtes, eine gewisse Sheila Wolffriend, eingeschlossen — waren einfach vom Erdboden verschwunden, und niemand würde je wieder etwas von ihnen hören. Ende der Geschichte. Dann hatte das Militär Fall und Akten einfach geschlossen, und das war's dann. Auch hier alles wieder normal, keine besonderen Vorkommnisse.

Gegen Ende von Falcons Rekonvaleszenz hatte Sly all ihren Mut zusammengenommen und einen Blick in die Seattler Matrix geworfen. Auch hier herrschte der *Status quo ante* — keine Veränderungen, alles lief so, als wäre nie ein Konzernkrieg am Horizont aufgezogen. Sie hatte auch ihre persönlichen Daten überprüft, nur um festzustellen, ob sie jemand mit den Ereignissen in Sioux in Verbindung gebracht hatte.

Jemand *hatte*, das war augenblicklich klar gewesen. Den Eintragungen zufolge, besaß Sharon Louise Young jetzt ein Konto bei der Züricher Gemeinschaftsbank. Ein Konto mit einem siebenstelligen Guthaben. Ein außerplanetares Konto, also steuerfrei und nicht der Überwachung durch den Internal Revenue Service, der Steuerfahndung der UCAS, unterworfen.

Als Sly über diese Daten gestolpert war, hatte sie sich vor Panik schwitzend sofort ausgestöpselt. Eine Falle?

Jemand wartet darauf, daß ich etwas abhebe, und dann fällt Gott und die Welt über mich her ...

Doch dann war sie zurückgekehrt und hatte sich den Informationen aus einem Dutzend verschiedener Richtungen genähert. Das Konto war nicht von Fallen oder Fußangeln umgeben. Nur mit den monolithischen Sicherheitsvorkehrungen der Bank. Keine Decker, die nur darauf warteten, daß sich jemand Zugang zum Konto verschaffte. Unter Benutzung verschiedener Tarnungen und Deckmäntel, Scheingesellschaften und Strohmänner hatte sie versucht, einen Teil des Betrages abzuheben und auf ein Sperrkonto einer Bank in Casper, Sioux Nation, zu überweisen. Kein Problem. Die Überweisung war schneller über die Bühne gegangen als alle Banktransaktionen, die Sly je gesehen hatte — zweifellos hatte die Leute in der Bank von Casper der Schlag getroffen, als sie gesehen hatten, woher die Kreds kamen.

Am nächsten Tag war die elektronische Mitteilung eingetroffen. Nicht bei irgendeiner ihrer Tarngesellschaften oder Strohmänner. Sondern direkt in ihrem Cyberdeck. Adressiert an Sharon Louise Young. Von der Direktion der Züricher Gemeinschaftsbank. Als sich das Zittern und die Schweißausbrüche endlich bei ihr gelegt hatten — *wie, zum Teufel, hatte man sie so leicht aufgespürt?* —, las sie die Botschaft.

Das Guthaben war eine vom Konzerngerichtshof persönlich angeordnete Bezahlung für geleistete Dienste. Keine näheren Angaben über die Art der Dienste, aber Sly fiel es nicht allzu schwer, eine Vermutung anzustellen. Natürlich dafür, daß sie den Konzernkrieg beendet hatte. Dafür, daß sie alle davon abgebracht hatte, sich gegenseitig zu geeken, dafür, daß jetzt alle wieder zu dem profitablen Geschäft zurückkehren konnten, den Verbraucher zu schröpfen.

Die Botschaft hatte mit einer Empfehlung geendet, es bestehe ›keinerlei Notwendigkeit, Kontakt mit dem Gerichtshof aufzunehmen, um ihm zu danken, oder die

Angelegenheit in irgendeiner Weise zu erörtern‹. Mit anderen Worten, nimm das Geld, halt's Maul und geh uns ein für allemal aus den Augen. Das hatte nach einer ausgezeichneten Idee geklungen.

Und so befand sich Sharon Young — nun nicht mehr Sly — im lange ersehnten und wohlverdienten Ruhestand.

Und so ungern sie es auch zugab, sie begann sich zu langweilen. Sie hatte Falcon und Mary in Cheyenne zurückgelassen — selbstverständlich mit einem anständigen Anteil ihrer Kreds — und damit auch ihr altes Leben in den Schatten. Aber ...

Man konnte einen Runner aus den Schatten herausholen, aber niemals die Schatten aus einem Runner — oder so ähnlich.

Sie seufzte, trank ihren Drink aus und ging nach unten.

Die *Out of the Shadows* hatte ein hochmodernes Computersystem aufzuweisen, komplett mit Satellitenverbindung, was natürlich nicht der Fall gewesen war, als Sharon es gekauft hatte. Das war die erste von vielen Veränderungen gewesen, die sie für das elegante Boot in Auftrag gegeben hatte. Sie setzte sich vor die Tastatur, schaltete das System ein und forderte eine Liste aller Botschaften an, die ihre Mailbox empfangen hatte.

Es gab nur eine Botschaft. Kein Absender.

Neugierig verfolgte sie die Sendung zurück. Kein großes Problem. Der Absender hatte zwar seine Identität verheimlicht, sie aber nicht allzu tief vergraben — als *wollte* er, daß Sharon die Botschaft zurückverfolgen konnte, wenn sie den Wunsch verspürte.

Als die Information auf dem Schirm erschien, lehnte sich Sharon zurück und lächelte.

Die Sendung kam aus Cheyenne — von Falcon. Sie kicherte, als sie die Botschaft las.

Allem Anschein nach zeichnete sich ein echt heißer Run ab. Der Ausgangspunkt war Cheyenne, aber es bestand durchaus die Möglichkeit, daß er auf die UCAS und Seattle übergriff. Falcon hatte ein Team zusammengestellt, aber ein Platz war noch frei — für einen brandheißen Decker. Ob es sich die ›müßige Lady‹ nicht überlegen wolle, wenn sie es mit ihrem zweifellos vollen gesellschaftlichen Terminkalender vereinbaren konnte?

Sly schüttelte langsam den Kopf. Ich habe mich zur Ruhe gesetzt, sagte sie sich.

Doch dann kam ihr ein anderer Gedanke. Ruhestand bedeutet nicht, daß man gar nichts mehr tut, wurde ihr klar, er bedeutet, daß man nur noch das tut, wozu man Lust hat. Das war eine ganz neue Vorstellung.

Ein Grinsen breitete sich auf ihrem Gesicht aus. Mai, dachte sie. Ich frage mich, wie wohl das Wetter in Cheyenne ist.

Glossar

Arcologie — Abkürzung für ›**Arc**hitectural E**cology**‹. In Seattle ist sie der Turm des Renraku-Konzerns, ein Bauwerk von gigantischen Ausmaßen. Mit ihren Privatwohnungen, Geschäften, Büros, Parks, Promenaden und einem eigenen Vergnügungsviertel gleicht sie im Prinzip einer selbständigen, kompletten Stadt.

Aztechnology-Pyramide — Niederlassung des multinationalen Konzerns Aztechnology, die den Pyramiden der Azteken des alten Mexikos nachempfunden ist. Obwohl sie sich in ihren Ausmaßen nicht mit der Renraku-Arcologie messen kann, bietet die Pyramide mit ihrer grellen Neonbeleuchtung einen atemberaubenden Anblick.

BTL-Chips — Abkürzung für ›Better Than Life‹ — besser als die Wirklichkeit. Spezielle Form der SimSinn-Chips, die dem User (Benutzer) einen extrem hohen Grad an Erlebnisdichte und Realität direkt ins Gehirn vermitteln. BTL-Chips sind hochgradig suchterzeugend und haben chemische Drogen weitgehend verdrängt.

Chiphead, Chippie, Chipper — Umgangssprachliche Bezeichnung für einen BTL-Chip-Süchtigen.

chippen — umgangssprachlich für: einen (BTL-)Chip reinschieben, auf BTL-Trip sein usw.

Chummer — Umgangssprachlich für Kumpel, Partner, Alter usw.

Cyberdeck — Tragbares Computerterminal, das wenig größer ist als eine Tastatur, aber in Rechengeschwindigkeit, Datenverarbeitung jeder Ansammlung von Großrechnern des 20. Jahrhunderts überlegen ist. Ein Cyberdeck hat darüber hinaus ein SimSinn-Interface, das dem User das Erlebnis der Matrix in voller sinnlicher Pracht ermöglicht. Das derzeitige Spitzenmodell, das *Fairlight Excalibur*, kostet 990 000 Nuyen, während das Billigmodell *Radio Shack PCD-100* schon für 6200

Nuyen zu haben ist. Die Leistungsunterschiede entsprechen durchaus dem Preisunterschied.

Cyberware — Im Jahr 2050 kann man einen Menschen im Prinzip komplett neu bauen, und da die cybernetischen Ersatzteile die ›Leistung‹ eines Menschen zum Teil beträchtlich erhöhen, machen sehr viele Menschen, insbesondere die Straßensamurai, Gebrauch davon. Andererseits hat die Cyberware ihren Preis, und das nicht nur in Nuyen: Der künstliche Bio-Ersatz zehrt an der Essenz des Menschlichen. Zuviel Cyberware kann zu Verzweiflung, Melancholie, Depression und Tod führen.

Grundsätzlich gibt es zwei verschiedene Arten von Cyberware, die **Headware** und die **Bodyware.**

Beispiele für Headware sind **Chipbuchsen,** die eine unerläßliche Voraussetzung für die Nutzung von **Talentsofts** (und auch BTL-Chips) sind. **Talentsofts** sind Chips, die dem User die Nutzung der auf den Chips enthaltenen Programme ermöglicht, als wären die Fähigkeiten seine eigenen. Ein Beispiel für ein gebräuchliches Talentsoft ist ein Sprachchip, der dem User die Fähigkeit verleiht, eine Fremdsprache so zu benutzen, als sei sie seine Muttersprache.

Eine **Datenbuchse** ist eine universellere Form der Chipbuchse und ermöglicht nicht nur Input, sondern auch Output. Ohne implantierte Datenbuchse ist der Zugang zur Matrix unmöglich.

Zur gebräuchlichsten Headware zählen die **Cyberaugen.** Die äußere Erscheinung der Implantate kann so ausgelegt werden, daß sie rein optisch nicht von biologischen Augen zu unterscheiden sind. Möglich sind aber auch absonderliche Effekte durch Gold- oder Neon-Iris. Cyberaugen können mit allen möglichen Extras wie Kamera, Lichtverstärker und Infrarotsicht ausgestattet werden.

Bodyware ist der Sammelbegriff für alle körperlichen Verbesserungen. Ein Beispiel für Bodyware ist die

Dermalpanzerung, Panzerplatten aus Hartplastik und Metallfasern, die chemisch mit der Haut verbunden werden. Die **Smartgunverbindung** ist eine Feedback-Schaltschleife, die nötig ist, um vollen Nutzen aus einer Smartgun zu ziehen. Die zur Zielerfassung gehörenden Informationen werden auf die Netzhaut des Trägers oder in ein Cyberauge eingeblendet. Im Blickfeldzentrum erscheint ein blitzendes Fadenkreuz, das stabil wird, sobald das System die Hand des Trägers so ausgerichtet hat, daß die Waffe auf diesen Punkt zielt. Ein typisches System dieser Art verwendet ein subdermales **Induktionspolster** in der Handfläche des Trägers, um die Verbindung mit der Smartgun herzustellen.

Jeder Straßensamurai, der etwas auf sich hält, ist mit **Nagelmessern** und/oder **Spornen** ausgerüstet, Klingen, die im Hand- oder Fingerknochen verankert werden und in der Regel einziehbar sind.

Die sogenannten Reflexbooster sind Nervenverstärker und Adrenalin-Stimulatoren, die die Reaktion ihres Trägers beträchtlich beschleunigen.

decken — Das Eindringen in die Matrix vermittels eines Cyberdecks.

Decker — Im Grunde jeder User eines Cyberdecks.

DocWagon — Das DocWagon-Unternehmen ist eine private Lebensrettungsgesellschaft, eine Art Kombination von Krankenversicherung und ärztlichem Notfalldienst, die nach Anruf in kürzester Zeit ein Rettungsteam am Tat- oder Unfallort hat und den Anrufer behandelt. Will man die Dienste des Unternehmens in Anspruch nehmen, benötigt man eine Mitgliedskarte, die es in drei Ausführungen gibt: Normal, Gold und Platin. Je besser die Karte, desto umfangreicher die Leistungen (von ärztlicher Notversorgung bis zu vollständigem Organersatz). Das DocWagon-Unternehmen hat sich den Slogan eines im 20. Jahrhundert relativ bekannten Kreditkartenunternehmens zu eigen gemacht, an dem, wie jeder Shadowrunner weiß, tatsächlich etwas dran ist: Never leave home without it.

Drek, Drekhead — Gebräuchlicher Fluch; abfällige Bezeichnung; jemand der nur Dreck im Kopf hat.

ECM — Abkürzung für ›Electronic Countermeasures‹; elektronische Abwehrsysteme in Flugzeugen, Panzern usw.

einstöpseln — Bezeichnet ähnlich wie **einklinken** den Vorgang, wenn über Datenbuchse ein Interface hergestellt wird, eine direkte Verbindung zwischen menschlichem Gehirn und elektronischem System. Das Einstöpseln ist die notwendige Voraussetzung für das Decken.

Exec — Hochrangiger Konzernmanager mit weitreichenden Kompetenzen.

Fee — Abwertende, beleidigende Bezeichnung für einen Elf. (Die Beleidigung besteht darin, daß amer. mit ›Fee‹ auch Homosexuelle, insbesondere Transvestiten bezeichnet werden).

geeken — Umgangssprachlich für ›töten‹, ›umbringen‹.

Goblinisierung — Gebräuchlicher Ausdruck für die sogenannte Ungeklärte Genetische Expression (UGE). UGE ist eine Bezeichnung für das zu Beginn des 21. Jahrhunderts erstmals aufgetretene Phänomen der Verwandlung ›normaler‹ Menschen in **Metamenschen.**

Hauer — Abwertende Bezeichnung für Trolle und Orks, die auf ihre vergrößerten Eckzähne anspielt.

ICE — Abkürzung für ›Intrusion Countermeasure Equipment‹, im Deckerslang auch Ice (Eis) genannt. Grundsätzlich sind ICE Schutzmaßnahmen gegen unbefugtes Decken. Man unterscheidet drei Klassen von Eis: **Weißes Eis** leistet lediglich passiven Widerstand mit dem Ziel, einem Decker das Eindringen so schwer wie möglich zu machen. **Graues Eis** greift Eindringlinge aktiv an oder spürt ihren Eintrittspunkt in die Matrix auf. **Schwarzes Eis** (auch Killer-Eis genannt) versucht, den eingedrungenen Decker zu töten, indem es ihm das Gehirn ausbrennt.

Jackhead — Umgangssprachliche Bezeichnung für alle Personen mit Buchsenimplantaten. Darunter fallen zum Beispiel Decker und Rigger.

Knoten — Konstruktionselemente der Matrix, die aus Milliarden von Knoten besteht, die untereinander durch Datenleitungen verbunden sind. Sämtliche Vorgänge in der Matrix finden in den Knoten statt. Knoten sind zum Beispiel: I/O-Ports, Datenspeicher, Subprozessoren und **Sklavenknoten,** die irgendeinen physikalischen Vorgang oder ein entsprechendes Gerät kontrollieren.

Lone Star Security Services — Die Polizeieinheit Seattles. Im Jahre 2050 sind sämtliche Dienstleistungsunternehmen, auch die sogenannten ›öffentlichen‹ privatisiert. Die Stadt schließt Verträge mit unabhängigen Gesellschaften, die dann die wesentlichen öffentlichen Aufgaben wahrnehmen. Renraku Computer Systems ist zum Beispiel für die öffentliche Datenbank zuständig.

Matrix — Die Matrix — auch Gitter genannt — ist ein Netz aus Computersystemen, die durch das globale Telekommunikationsnetz miteinander verbunden sind. Sobald ein Computer mit irgendeinem Teil des Gitters verbunden ist, kann man von jedem anderen Teil des Gitters aus dorthin gelangen.

In der Welt des Jahres 2050 ist der direkte physische Zugang zur Matrix möglich, und zwar vermittels eines ›Matrix-Metaphorischen Cybernetischen Interface‹, kurz Cyberdeck genannt. Die sogenannte **Matrix-Metaphorik** ist das optische Erscheinungsbild der Matrix, wie sie sich dem Betrachter (User) von innen darbietet. Diese Matrix-Metaphorik ist erstaunlicherweise für alle Matrixbesucher gleich, ein Phänomen, das mit dem Begriff **Konsensuelle Halluzination** bezeichnet wird.

Die Matrix ist, kurz gesagt, eine informations-elektronische Analogwelt.

Messerklaue — Umgangssprachliche Bezeichnung für einen Straßensamurai.

Metamenschen — Sammelbezeichnung für alle ›Opfer‹ der UGE. Die Gruppe der Metamenschen zerfällt in vier Untergruppen:

a) **Elfen:** Bei einer Durchschnittsgröße von 190 cm und einem durchschnittlichen Gewicht von 68 kg wirken Elfen extrem schlank. Die Hautfarbe ist blaßrosa bis weiß oder ebenholzfarben. Die Augen sind mandelförmig, und die Ohren enden in einer deutlichen Spitze. Elfen sind Nachtwesen, die nicht nur im Dunkeln wesentlich besser sehen können als normale Menschen. Ihre Lebenserwartung ist unbekannt.

b) **Orks:** Orks sind im Mittel 190 cm groß, 73 kg schwer und äußerst robust gebaut. Die Hautfarbe variiert zwischen rosa und schwarz. Die Körperbehaarung ist in der Regel stark entwickelt. Die Ohren weisen deutliche Spitzen auf, die unteren Eckzähne sind stark vergrößert. Das Sehvermögen der Orks ist auch bei schwachem Licht sehr gut. Die durchschnittliche Lebenserwartung liegt zwischen 35 und 40 Jahren.

c) **Trolle:** Typische Trolle sind 280 cm groß und wiegen 120 kg. Die Hautfarbe variiert zwischen rötlichweiß und mahagonibraun. Die Arme sind proportional länger als beim normalen Menschen. Trolle haben einen massigen Körperbau und zeigen gelegentlich eine dermale Knochenbildung, die sich in Stacheln und rauher Oberflächenbeschaffenheit äußert. Die Ohren weisen deutliche Spitzen auf. Der schräg gebaute Schädel hat 34 Zähne mit vergrößerten unteren Eckzähnen. Trollaugen sind für den Infrarotbereich empfindlich und können daher nachts unbeschränkt aktiv sein. Ihre durchschnittliche Lebenserwartung beträgt etwa 50 Jahre.

d) **Zwerge:** Der durchschnittliche Zwerg ist 120 cm

groß und wiegt 72 kg. Seine Hautfarbe ist normalerweise rötlich weiß oder hellbraun, seltener dunkelbraun. Zwerge haben unproportional kurze Beine. Der Rumpf ist gedrungen und breitschultrig. Die Behaarung ist ausgeprägt, bei männlichen Zwergen ist auch die Gesichtsbehaarung üppig. Die Augen sind für infrarotes Licht empfindlich. Zwerge zeigen eine erhöhte Resistenz gegenüber Krankheitserregern. Ihre Lebensspanne ist nicht bekannt, aber Vorhersagen belaufen sich auf über 100 Jahre.

Darüber hinaus sind auch Verwandlungen von Menschen oder Metamenschen in Paraspezies wie **Sasquatchs** bekannt.

Metroplex — Ein Großstadtkomplex.

Mr. Johnson — Die übliche Bezeichnung für einen beliebigen anonymen Auftraggeber oder Konzernagenten.

Norm — Umgangssprachliche, insbesondere bei Metamenschen gebräuchliche Bezeichnung für ›normale‹ Menschen.

Nuyen — Weltstandardwährung (New Yen, Neue Yen).

Paraspezies — Paraspezies sind ›erwachte‹ Wesen mit angeborenen magischen Fähigkeiten, und es gibt eine Vielzahl verschiedener Varianten, darunter auch folgende:

a) **Barghest:** Die hundeähnliche Kreatur hat eine Schulterhöhe von knapp einem Meter bei einem Gewicht von etwa 80 kg. Ihr Heulen ruft beim Menschen und vielen anderen Tieren eine Angstreaktion hervor, die das Opfer lähmt.

b) **Sasquatch:** Der Sasquatch erreicht eine Größe von knapp drei Metern und wiegt etwa 110 kg. Er geht aufrecht und kann praktisch alle Laute imitieren. Man vermutet, daß Sasquatche aktive Magier sind. Der Sasquatch wurde 2041 trotz des Fehlens einer materiellen Kultur und der Unfähigkeit der Wissenschaftler, seine Sprache zu entschlüsseln, von den Vereinten Nationen als intelligentes Lebewesen anerkannt.

c) **Schreckhahn:** Er ist eine vogelähnliche Kreatur von vorwiegend gelber Farbe. Kopf und Rumpf des Schreckhahns messen zusammen 2 Meter. Der Schwanz ist 120 cm lang. Der Kopf hat einen hellroten Kamm und einen scharfen Schnabel. Der ausgewachsene Schreckhahn verfügt über die Fähigkeit, Opfer mit einer Schwanzberührung zu lähmen.

d) **Dracoformen:** Im wesentlichen wird zwischen drei Spezies unterschieden, die alle magisch aktiv sind: Gefiederte Schlange, Östlicher Drache und Westlicher Drache. Zusätzlich gibt es noch die Großen Drachen, die einfach extrem große Vertreter ihres Typs (oft bis zu 50% größer) sind.

Die Gefiederten Schlangen sind von Kopf bis Schwanz in der Regel 20 m lang, haben eine Flügelspannweite von 15 m und wiegen etwa 6 Tonnen. Das Gebiß weist 60 Zähne auf.

Kopf und Rumpf des Östlichen Drachen messen 15 m, wozu weitere 15 m Schwanz kommen. Die Schulterhöhe beträgt 2 m, das Gewicht 7,5 Tonnen. Der Östliche Drache hat keine Flügel. Sein Gebiß weist 40 Zähne auf.

Kopf und Rumpf des Westlichen Drachen sind 20 m lang, wozu 17 m Schwanz kommen. Die Schulterhöhe beträgt 3 m, die Flügelspannweite 30 m und das Gewicht etwa 20 Tonnen. Sein Gebiß weist 40 Zähne auf.

Zu den bekannten Großen Drachen zählt auch der Westliche Drache *Lofwyr*, der mit Gold aus seinem Hort einen maßgeblichen Anteil an Saeder-Krupp Heavy Industries erwarb. Das war aber nur der Auftakt einer ganzen Reihe von Anteilskäufen, so daß seine diversen Aktienpakete inzwischen eine beträchtliche Wirtschaftsmacht verkörpern. Der volle Umfang seines Finanzimperiums ist jedoch unbekannt!

Persona-Icon — Das Persona-Icon ist die Matrix-Metaphorik für das Persona-Programm, ohne das der Zugang zur Matrix nicht möglich ist.

Pinkel — Umgangssprachliche Bezeichnung für einen Normalbürger.

Rigger — Person, die Riggerkontrollen bedienen kann. Riggerkontrollen ermöglichen ein Interface von Mensch und Maschine, wobei es sich bei den Maschinen um Fahr- oder Flugzeuge handelt. Der Rigger steuert das Gefährt nicht mehr manuell, sondern gedanklich durch eine direkte Verbindung seines Gehirns mit dem Bordcomputer.

Sararimann — Japanische Verballhornung des englischen ›Salaryman‹ (Lohnsklave). Ein Konzernangestellter.

SimSinn — Abkürzung für **Sim**ulierte **Sinn**esempfindungen, d. h. über Chipbuchsen direkt ins Gehirn gespielte Sendungen. Elektronische Halluzinogene. Eine Sonderform des SimSinns sind die BTL-Chips.

SIN — Abkürzung für **S**ystem**i**dentifikations**n**ummer, die jedem Angehörigen der Gesellschaft zugewiesen wird.

So ka — Japanisch für: Ich verstehe, aha, interessant, alles klar.

Soykaf — Kaffeesurrogat aus Sojabohnen.

STOL — Senkrecht startendes und landendes Flugzeug.

Straßensamurai — So bezeichnen sich die Muskelhelden der Straßen selbst gerne.

Trid(eo) — Dreidimensionaler Video-Nachfolger.

Trog, Troggy — Beleidigende Bezeichnung für einen Ork oder Troll.

Verchippt, verdrahtet — Mit Cyberware ausgestattet, durch Cyberware verstärkt, hochgerüstet.

UCAS — Abkürzung für ›**U**nited **C**anadian & **A**merican **S**tates‹; die Reste der ehemaligen USA und Kanada.

Wetwork — Mord auf Bestellung.

Yakuza — Japanische Mafia.

Top Hits der Science Fiction

Man kann nicht alles lesen – deshalb ein paar heiße Tips

Ursula K. Le Guin
Die Geißel des Himmels
06/3373

Poul Anderson
Korridore der Zeit
06/3115

Wolfgang Jeschke
Der letzte Tag der Schöpfung
06/4200

John Brunner
Die Opfer der Nova
06/4341

Harry Harrison
New York 1999
06/4351

Wilhelm Heyne Verlag
München

Ein genialer Geheimplan

Die USA hatten einen genialen Geheimplan: mit Zeitmaschinen Spezialisten 5 Millionen Jahre in die Vergangenheit zu schicken, um den Arabern vor ihrer Zeit das Öl abzupumpen und mit Pipelines in andere Lagerstätten zu verfrachten. Das Fatale war nur: Niemand konnte wirklich die Folgen eines solchen Eingriffs kalkulieren. Wie würde unsere Gegenwart aussehen, wenn der Coup gelänge? Hätte es dann die Welt, wie wir sie kennen, überhaupt je gegeben?

Wolfgang Jeschke
Der letzte Tag der Schöpfung
06/4200

Wilhelm Heyne Verlag
München

SHADOWRUN 2.01D
Das Cyberpunk-Rollenspiel

Shadowrun, 2.01 D: Das Rollenspiel, das zum ersten Mal Cyberpunk und Fantasy zu einer unvergleichlichen Einheit integrierte. Deutsche Ausgabe des Bestsellers, der 1989 den amerikanischen Rollenspielmarkt revolutionierte. Hervorragende grafische Aufmachung. 320 S., davon 40 Farbtafeln, A4 Hardcover.
ISBN 3-89064-700-6   **DM 65,00**

Silver Angel, 2.01 D: Auf in die Schatten von Seattle. Kurzabenteuer, Connections, Charakterbögen, Spielfiguren und Spielleiterschirm.
ISBN 3-89064-701-4   **DM 29,80**

Straßensamurai-Katalog, 2.01 D: Waffen und Ausrüstung für das urbane Raubtier.
ISBN 3-89064-702-2   **DM 29,80**

Asphaltdschungel: Alle Örtlichkeiten, die man im Jahre 2050 kennen oder meiden sollte.
ISBN 3-89064-704-9   **DM 36,00**

Mercurial: Wie kam Maria Mercurial aus der Gosse an die Spitzen der Charts?
ISBN 3-89064-705-7   **DM 26,80**

DNA/DOA: Nur, wer sich mit den Orks gutsteht, gelangt in die geheimen Labors von Aztechnology - leichter gesagt als getan!
ISBN 3-89064-703-0   **DM 24,80**

Flaschendämon: Ein Artefakt von enormer Macht, für das einige bereit sind, ihr Leben zu geben - und mehr!
ISBN 3-89064-707-3   **DM 24,80**

Dreamchipper: Auf der Jagd nach den Dreamchips. Jeder will sie - wer hat sie?
ISBN 3-89064-711-1   **DM 24,80**

Queen Euphoria: Was man beim Kidnapping beachten sollte...
ISBN 3-89064-712-X   **DM 24,80**

Deutschland in den Schatten: "Good old Germany" im Jahre 2053. Der Topseller! 200 Seiten, Softcover, 12 Farbtafeln.
ISBN 3-89064-708-1   **DM 49,80**

Grimoire 2.01 D: Magie! Was steckt dahinter? Wie bekommt man die Macht? Wie übt man sie aus? Die langerwartete Regelergänzung.
ISBN 3-89064-706-5   **DM 39,80**

Schlagschatten: Shadowrun im Rhein-Ruhr-Megaplex und im Hamburg des Jahres 2053. Welterstveröffentlichung. Drei Abenteuer und und ein Quellenteil.
ISBN 3-89064-709-X   **DM 36,00**

Erhältlich im Fachhandel oder direkt bei
Fantasy Productions GmbH
Postfach 14 16
40674 Erkrath
0211/924 22 42

Gesamtkatalog anfordern! Bitte Schutzgebühr (3,00 DM) in Briefmarken beilegen